本作品受“广州市宣传文化出版资金”资助

百越王者系列丛书

百越图腾

贾非 著

广州新华出版发行集团
广州出版社

图书在版编目（CIP）数据

百越图腾/贾非著. —广州：广州出版社，2018.10（2019.4 重印）
ISBN 978-7-5462-2626-2
（百越王者系列丛书）

Ⅰ.①百… Ⅱ.①贾… Ⅲ.①长篇历史小说—中国—当代
Ⅳ.①I247.5

中国版本图书馆 CIP 数据核字（2017）第 225383 号

书　　名　百越图腾
　　　　　Baiyue Tuteng
出版发行　广州出版社
　　　　　（地址：广州市天河区天润路 87 号 9、10 楼　邮政编码：510635
　　　　　网址：http：//www.gzcbs.com.cn）
责任编辑　陈洁仪
责任校对　龚莉莎
封面设计　陈健俊
印　　刷　佛山市华禹彩印有限公司
　　　　　（地址：佛山市南海区罗村联和工业区西二区三路 1—1 号　邮政编码：528226）
规　　格　787 毫米×1092 毫米　1/16
印　　张　24.75
字　　数　513 千
版　　次　2018 年 10 月第 1 版
印　　次　2019 年 4 月第 2 次
书　　号　ISBN 978-7-5462-2626-2
定　　价　88.00 元

· 序 ·

中华和平文化的一炬千年亮火

美国中文作家协会主席、文学博士　李　岘

这是一部探源中国“龙”文化合体、讲述中华和谐、大同、一统“大天下”人文精神的长篇小说，是两千多年前广州等古城创始人物、百越王者赵佗的一部“和平文化生命”传奇史诗。

作家贾非教授，原本是中国北方长篇小说界、编剧界、影视文化界有影响、有作为的一位。作为百越王者赵佗的河北同乡、祖籍人士，二十七年前为避升迁，他一路寻巡王者足印调至暨南大学，为矢志著述使命，竟然做起学府“隐者”。致使岭南文化业界至今少有认知此公者。此种“大隐闹市”、淡泊名位的学人著述精神，窃以为与赵佗的“平民”情怀是一脉同源的。

在北方他曾以《冰雪摇篮》《山林之神》《密林奇客》《雪茫茫》等多部长篇作品，扬起北部山林文学的风帜；“客隐”南方以来，起笔长篇小说《天地男女》的同时，投身于“百越王者系列丛书”《百越图腾》创作，开启“百越乐土”人文精神建设的创意实践。作者一反历史题材常规，独开史上和平文化观念新视角，彰显岭南赵佗和合文化胜迹；叙写一曲驱除阴谋、智平陷阱、融汇文心、和合百越、遏止分裂、一统华夏的大中华式传奇；诠释了两千余年前中原与岭南的种种玄秘历史符号。同时通过一个人物——赵佗，讲说广州等多个城市的经济文明创始期史情。

文化合流与生命辑合，构筑和平文化，是人类生存史上时时面对的重大课题，也是中国城史文化经济组合发展的千古主题。探究完成这个和平文化课题，更是在广东、广西，乃至云贵、港澳等百越故地，迄今少见有作家认真做过的大事。贾非教授的“百越王者”系列《百越图腾》，是一部和平文化的玄奇精品。

赵佗发兵岭南于绝境中遇有智者喻导，探秘得到大舜帝先祖合盟神髓，移兵西进，修造灵渠，连通了中原湘江水系与珠江水系的灵脉。小说成功塑造了赵佗这位“一改战船为商船”的“太平大将军”、和平大长老的“另类王者”形象；成就了中国秦代历史上“北有长城，南有灵渠”、继开紫鹊界梯田的人文奇迹。本书对百越部族的人文精神轴心——炎、黄、蚩尤三帝结盟“三圣界”的认定，对大舜先帝南巡为启的中国龙文化的岭南之源与赵佗客属文化流脉的全新叙解与定位，都属于重大历史事件的文化发现；以文学形象宣示史学价值，更为难能可贵。

赵佗驻足南海、龙川，为赢得百越同心，深入“和集百越”（《史记》语），又奏请秦始皇批准遣派中原妇女两万余移民岭南，与秦兵和婚；同时亦准秦、越通婚，落地生根。这构成中国移民史上第一次有政令和组织的大规模移民。赵佗成为营造中华客属移民首次落地生根于“百越乐土”的王者。这诠释出赵佗是岭南客家中原文化先祖的史学定位，引发了毛泽东的风趣之语：

赵佗，南下干部第一人！

本书以百越的多图腾部族被赵佗以先帝大舜神髓统和进中华“九兽神龙”，着意展示赵佗归秦汉的“大天下”“大中国”“大一统”情结的渊源；为当今时代“龙的传人”和“中华儿女”和谐精神，提供着全新的启迪和思考。

与此同时，“和平将领”赵佗依然为来自朝中争王势力的重重离间陷阱所纠结。战事反而乌云密布、悬念迭起。和平与战争两个魔幻旋风的此起彼伏，构成了别开生面的史情。而作者以独创的“时空情景录”文学样式，简约凝练的叙事风格，大度囊括百年长史为一薄卷。这也是作者文学功力之所在。

本人相信读者会有荡步文化人格长廊、吸纳天地人文美韵的审美感受。

2016 年元月

于美国加利福尼亚圣地亚哥

目录

龙语

一道道霹雳巨闪，通天接地。

一声声“轰隆隆、轰隆隆……”，震耳欲聋。

这是他小时候多次做过的一个梦。直到他多次被这梦中的响声惊醒。

他坐起朝窗外望去。北方的夜空正悬着一个勺子形的星群。老奶奶说那是北斗七星。

那道雷闪的巨神光影，正飞驰着融进那勺子形的魔幻星群里。

长大后，他梦一般来到南方，才又听一位老者说道，那是龙行、龙声、龙语、龙风——龙的先祖缘起……

是谁，把它挂到天上去的？

后来又是谁，把老奶奶、老爷爷、老祖宗们几百代、几千代讲说的九大神兽合体成了天上的雷闪、北斗七星？又是怎样回落到人间，成了“龙神图腾”的？

也许他，唯有他赵佗，能够用他甘苦难言的风云一生说得清楚……

“河北出了个南越王！”

“岭南是王者客家乡！”

大南大北两方人士，讲说着黄河岸边人赵佗当年率秦军从河北客行岭南，从平民罪裔到百越王者的种种传奇、连连玄妙。越世千载，难得人解。

岭南百越自古部落繁多，寮寨村居无可数计，散处丛莽山林，踪迹时聚时散。其神兽崇拜令其所居以诸如狮山、虎岭、鹰崖、凤巢、鹿峰、珠澳、豹湾、鬼角等命名；并以图腾标示，悬置于寮寨、村首，且以心会形于部落族人傩面，戴之为妆具。或祭或庆、或礼或典、歌之舞之、悲也喜也皆成傩面图腾之嬉戏。成俗成风。上溯自九黎首领蚩尤大帝算起，亦不过是浩大部落联盟的盟主，下循除春秋时期有几位被周天子分封为地王的之外，向无邦国无王者可言。

然而百越偌大族群，却是举世罕见的图腾王国。

忽一日，百越族人那成俗成风几百代的习性使族群人潮悄然流动，朝西北方向的三座联坡拥峰的大山群谷默然长行，去朝圣，去拜祖。这以后又有几个上百代时光，每逢年节祭庆日，人潮依然是向西北方那不知名的大山流动。戴着傩面图腾，“弄三牲”，吃大酒大肉，去大歌，大舞。《百越大歌》之节，传衍千古。

乃朝何方神圣？只说是祖山、祖峰、圣山、神岭。

传闻多多，几成世代悬谜。

直到做梦也没想过客属岭南的赵佗神奇地步上他的玄迷之路。此谜情才逐步得以开解。

那年正是赵佗年轻气盛、失去双亲、浪迹中原之时。他来到河北家乡大河边的一处青石台上。天云迷蒙中走来一位道人模样的老者，身后紧跟着一只大得惊人的黑狗。那狗居然家犬般围着他亲热。

那狗引了他。

他随了那狗，行至一处山洞里。

满天宇般响彻着那道人的声音：

王非王，王亦王，王者非王。
王可王，非常王，非王者王。

旋即又混入老奶奶的声音：

走出北斗星，
南庚客家乡。

正迷惑不解之间，那山洞竟石壁顿开，流出一道花花翻滚的泉水来。那泉流瞬间竟浩然翻腾滚动成一条大河。赵佗正急得无处躲避，一道雷闪轰鸣，雾霭风袭，那老者便遁走，不见了形迹。身后石上留下几个划痕斑驳的大字“舜帝……圣谷……”。他迷离中惊醒，方知是一场梦。

再寻那石、那人、那洞、那狗，都无了踪影。

他走出玄迷，恰恰看到那北斗七星正悬在天上。仿佛那小时候的雷闪又飞舞着隐身其中。耳边正伴响着老奶奶口中叨念出的怪语声声：大十字……“南庚。南庚是啥？也是星吗?”赵佗又是疑惑。

自那日后赵佗经历了许多意外际遇。虽有不少已觉离奇，都无法与那梦境扯上干系，日子久了也自淡忘。但他留有的奇境却穿过千年时空，回观着赵佗的命运行迹。

笔者作为赵佗的黄河岸边祖上同乡人士，两千余年后的当今，有缘追寻他王者进军百越路线足迹多年，寻访、探源、悟迷、听观、巡考，走遍他所经历的历史时空种种，拾得它的声画光影、摩崖灵迹、足印遗存，经世数载，几经易稿，笔录成此龙、雷、闪、星奇异图腾之“历史时空情景录”。

简约之至，不加雕饰。呈奉于情缘有分的诸位看君。

在下视此为大幸也。是“龙语”为小引。

第一章　天剑篇

天有天剑　地无掠戮　人除贪饕
世乃芳荣

——引　古民谚

1

“越秀失踪啦!”

“秀女出走啦!”

一阵海上刮来的风，山里滚动的雷，惊醒了百越人的沉沉清梦。

扰乱了龙母、龙山（龙川）、龙水之地的百越族人的百年安宁。

百越、百越呀!

灾难、灾难啦!

人们在心里呼叫着。那是一阵阵惊恐。那是一声声哀叹。

那位漂亮的龙山越女——越秀姑娘，真的无声无息地出走，离开了龙川古地的百越部落，去刺杀那秦王嬴政了?

龙川在平卧中悬念。龙峰在翘首中凝望。

啊，霍山、龙峰、龙川!

越人把你比作娲神女儿的越秀姑娘，你真的、真的走上了那条不归的灾难之路了吗?

你真的会为平息这场大杀戮，像娲神那样献身体补全天漏吗?祖先神者的传唱，化作族人的哀叹与祈祐。

……

啊，岭南!

啊，百越!

百越部落族人的心里烧着火。

他们成群地集结在岭南三江汇合的河源大地，遥望着那火焰般的云霞萦绕下的霍山龙峰。祈念着岭外内地流来的大江大河，不要流来战争和杀戮;祷告着霍山龙峰守望的不是祸端而是太平。

然而，越秀真的在这个时候失踪了。是福是祸谁来告诉我?

族人们的心疑团丛生。

正是两千两百多年前那一段古今难忘的日子。

古史时空里记录过这样一幕幕惨烈景象——

中原。千军万马的秦旅，裹着风雷，挟着云阵，奔扑着杀向湘楚大地。

六十开外的大秦主将任嚣，纵马指鞭挥出长剑。伫立高坡的副将屠睢——满脸胡须的中年悍者，一转马头驰入战阵。

楚军严阵迎敌。

秦、楚一黑一白，两军混战厮杀在一起。

楚军溃败。秦军追击。

楚城昌平被围困，被攻破。

“楚”字旗杆倒地。“秦”字旗帜飘上城楼……

战火硝烟。残城断垣。

伏尸遍野。惊马失主。

哀鸿、荒旱。逃难的黎民……

公元前 223 年，秦军灭楚。秦王的统一大业还未完成——

御西域匈奴，

平岭南百越。

岭南。绵延起伏、东西数千里，横亘在南中国的五道相接的青山翠岭。那是一道天然的屏障。

它的南侧，正是那片山林奇峻、江川网布、深藏神秘的百越大地。

当年大舜帝出九嶷入西岭南巡，行至苍梧之洲而得拜龙母山峰。其龙子九龙大脉东衍，化作岭南龙川、龙水，携九龙之气南下入海，乃成九龙聚首之山——九龙山岛。

龙母。龙子——龙川。九龙。纵横蜿蜒、盘踞了岭南……

千古风水神明之说，此乃龙兴王者之地。秦王岂能任其旁落，再出什么王者与其争王？

大秦果然发兵岭南啦。

平常悠闲自得的日子里，百越人如同活在梦境，今日被失踪的越秀惊醒，不知是走出了噩梦，还是又走进了噩梦。

有说：“她寻了那柄长剑……”

有说：“她去了北方刺秦……”

“秦军要来屠杀岭南啦！”

“百越就要遭受灾难啦！”

海上刮来强风。

山里滚动着雷。

……

2

正是这一年的春分时节。

虽然千山萌绿，柳枝冒红。但是干旱如魔影，突然来到中原燕赵大地。

河北、山西接壤的太行山口，冶水河畔，土地龟裂，河床裸露。

赵氏武灵剑炉，炉火正燃得红红亮亮，仿佛加重着人间的干旱与烘烤。

炉前台地、岩屋、木棚、铁砧，正传出叮叮咚、咚咚叮的打凿声响。那声音缓缓地，传递出一股忧伤，蕴含着万般心事。平原的大风卷来云丝，与飘起的炉烟环绕远去。苍凉的河水送走幽怨，绕着山的陡壁流向平原。火光闪射里，两个男人的黑红面膛，蒸腾着连连滚落的汗水。这剑炉前的一老一少，正是赵佗父子。

赵佗，公元前239年出生在黄河之北赵地真定（今石家庄市东）的铸剑世家。秦始皇二十六年（公元前221年）秦灭六国，那年赵佗十八岁。赵国地方不大，却是名将辈出。此前三年，秦军围赵多次，均以落败撤兵告终，赵国的存在阻碍着秦国灭楚、平齐计划的大踏步推进。秦王十分恼火。再加上生母赵姬和吕不韦之间的那些叫人脸上无光的事，当赵国被灭了，赵氏族人就沦为罪族，都被徙往甘肃、青海一带作为边地流民。也有少数改换姓氏，逃亡岭南的。佗父赵公因是太行山中的铸剑名师，被留在赵地山中，负族人之罪为秦铸剑。

罪族后裔赵佗，自幼随父在山中习武铸剑，悉读先秦孔孟、孙吴兵法，三艺精通、威勇灵睿。秦始皇为平定边族，又命赵佗之父打造王者之剑，以备定天下。

可是时过半年有余，赵公仍迟迟不肯开炉出剑。

这天，山下一个人疾步走上来。此人正是真定县令伍正。他身穿短襟束腰官袍，热得管袖袒胸。他气喘吁吁来山里催告：“赵佗，你爹他……赵公。皇帝正在出巡东游，就要来真定之地取王者之剑了。赵公，始皇帝他可是在路上啦!”

赵公的脸色阴沉得有如一块岩石。

赵佗把剑坯放回炉中。

赵公迟迟不肯开炉出剑。天下无人知其缘由。

……

邯郸以南的山麓驰道上。烟尘滚滚。

那是东来的秦始皇出巡兵马车阵。一路十里，浩浩荡荡地驰来。兵马簇拥中，六驾金黄伞盖的高车和长厢的卧车一路风驰电掣，正狂奔猛跑着。

车马被一条大河拦了下来，升腾起云状的烟尘。

秦始皇睡眼惺忪，走出卧车的长厢。

他高大的身量，张开臂膀舒展着劳顿的筋骨，好像将要起飞的鹰，一步步挪向了坡下的大河岸边。

“这是什么河？”秦始皇问左右。

“回陛下，这就是滹沱河。”新任丞相李斯答。

“这儿离那赵氏武灵剑炉还有多远？”

“禀陛下，还有三天的路程。”中车府令赵高答。

“驿站信使飞马驰行呢？”秦始皇问。

“当天可达，次晨可返。”李斯答。

秦始皇想了一阵说：“派飞马信使前去真定县赵氏武灵剑炉，接武灵大师带‘王者剑’，于后天一早赶来邯郸行宫见朕。”

“这……陛下，眼下是荒郊野外，派不出知道道儿的信使。莫如等进了邯郸再……”李斯说。

秦始皇：“……”

小吏过来说：“臣请陛下上车，这里的风太大。”

秦始皇笑了：“看来你们大臣小厮小吏们配合得倒好。一定要让朕先进了邯郸再说？不！朕进了邯郸，就要见到送剑的武灵大师。带不来武灵大师和宝剑，就提他的人头来见！”

小吏：“臣遵旨。”

“这里的风光令寡人——”秦始皇说惯了“寡人”，登极之后改称“朕”实在还不习惯。“朕……朕心情很爽。哈哈哈……”

赵高：“此地已进了往昔邯郸的地界，邯郸城乃陛下龙体圣诞之福地。邯郸所建的行宫，已恭迎圣驾多时。”

秦始皇：“算你讲得不错。不过一路荒旱不堪，这里却山明水秀、景致美奂。尔等大丈夫、小吏们陪朕临风把酒，举杯一醉，祭奠美景山河，如何？”

“陛下万岁！臣等遵旨。”随行的臣子们都异口同声地答道并行跪拜礼。

此时，一骑飞马信使遵秦始皇吩咐，在山麓上飞驰而去。

太行山的赵地谷口。

赵氏武灵剑炉前。

赵佗那双惊诧的大眼睛盯着剑师老爹。

那把红红亮亮的王者之剑悬挂在石梁上，正垂在老爹的眼前。

老爹细细品看着王者之剑的剑身，锋芒闪射出的寒光、光中奇异的暗纹幻化编织出异彩的光环、图案……

阳光下恍若射出一道飞虹。

“好剑呀！好剑！真是一柄绝好的赵氏武灵王者之剑。”

赵公的心声停了。人却依然默默地呆视着，脑海里闪现出一幕幕历史的残象——那不是破碎后的光与影的拼接，而是风烟残迹与血泪斑痕的重聚。

烽火，狼烟。

列国大征杀的战场上。

齐、楚、燕、韩、赵、魏、秦战旗下执剑冲杀的将军、士卒兵阵，如旋风铺天盖地而来，如狂飙撕扭砍杀在一起。

大军过后留下一片死寂——旗倒兵亡、横尸遍野，饮剑刎颈的王者、将相。

余烟残火、血水成河。

山间白骨、昏鸦枯木。

野草荒冢、断碑残坑。

执王者之剑的人在狂笑。

有人在笑者足下化成饿殍。

柄柄悬挂着的剑坯刺痛着赵氏父子的心扉……

赵公双眼涌动出泪水。

他口中喃喃自语："千古王者之剑——我赵氏世代名师相传的大越王者宝剑，为先祖、为今人留下的是什么呢？为争国争王者，涂炭了天下多少生灵……赵氏从此以后，不再为争战者铸剑。佗儿，记下了……"

赵佗点头。

"始皇一统天下河山，必有天赐皇天下之道。此乃天剑。天之剑既赐，炉中剑当休矣！"

又是叮叮咚、咚咚叮的锻铁声响。

老爹默然无声，苍老无力地敲击着。

赵佗眼里涌出了泪滴。

天那边，山野处。隐约响起了一种声音——说不清是歌者还是吟者的咏叹：

王者剑上一滴血，
苍生地下万千魂。

旋即，那声音被一阵阵大风的嘶吼掠断……

3

滹沱河畔。邯郸。秦始皇行宫。

拜站台上临风把酒的王者君臣们。

丞相李斯："当年是由欧冶子、扬越氏、赵氏武灵子三门剑师合一而成太行山武灵剑门。为越王勾践铸造了那柄王者之剑之后，三位掌火的剑师都被削了头颅——欧冶子族人宁愿子孙断脉，不再造剑；扬越氏族人祭过亡灵，从海上迁回古越地隐居。只留赵氏一族不想离赵，独撑武灵之门。天下争抢的越氏王者之剑随着勾践的覆灭已不知落于天下何者之手。”

秦始皇：“无疑会在他的子族南越人之手。我要双剑合一，古今一脉。兵发岭南、平定百越乃当务之急也！”

群臣颂道：“陛下圣明！”

秦始皇：“派人先去襄阳。给任嚣送个信儿，叫他多招水师骑士。从东海回程，朕要去他那儿阅兵选将！”

下臣：“臣领旨！”

“这碗酒喝了吧！”秦始皇饮酒。

“陛下万岁！”群臣呼着陪饮。

赵高：“陛下，明晨将是天下的一大吉祥时辰。”

秦始皇：“何由？”

赵高：“明晨日出时分陛下在龙身圣诞之地得到新铸成的王者之剑。岂不是举世一大吉祥！恭喜陛下！”

秦始皇点头。

李斯：“臣已命邯郸郡守建造‘天剑宝塔’，传代千古、永世铭志。”

“贺喜陛下！”群臣应着。

“算你说对了，饮酒！”秦始皇举杯。

“皇帝陛下万岁！万万岁！”群臣大呼着。

这山吟海啸般的呼叫声，引发了燕赵大地一阵隆隆震响。山在摇晃抖动。正北方天空鸦群似的乌云下，闪现出火红的一片光焰。

这红光令对饮的君臣一阵阵慌乱发抖。

这红光与太行山里的赵氏武灵炉火两相辉映。

赵公正在开炉——只见一片片熊熊火光，直冲云霄。

赤云闪射、紫霞幻化。

天地间一片奇象。

炉中的剑影在白亮的火光中隐约可见。

引发出一阵阵天摇地动、沉雷滚落。

在如此的声浪与光焰中，赵父纵身投入了剑火炎炎的武灵剑炉中。

……

他的身影融进火里。

他把身影聚成云阵。

他把身影化作风雷，驰吼长天，萦绕太空……

太行山巅。赵佗对天长跪，悲泣无声，泪横如雨。

当时赵地就有众口衍传——那炉中的王者之剑，随着大师的神魂化作一道雷闪之光，驾着“隆隆”的滚雷巨响，飞幻入阴霾中的北斗七星之中。

滹沱河畔。秦始皇惊愕呆立，不知此象何来。片刻过后，他举起一坛老酒洒地祭天……

群臣跪地祈祷，口中念念有词：“上苍保佑，天不塌，地不陷，大秦国，永平安。上苍保佑……”

真定县郊野。赵佗亡母之墓旁新添了一座高大的土墓——亡父赵公之墓。赵佗在赵公墓前作揖叩拜。

天宇间回响着那叮叮咚咚、击打魂魄的金属声，闪射着那红红亮亮的生命光焰。

太行山峰垂首。乌云沉沉滴泪。

在山顶。在云层。仿佛有人唱起了一支苍凉的歌——

叮叮咚兮，咚咚叮。
火之光兮，魂之声。
在高山兮，响暮鼓。
伴飞云兮，送辰钟。

先人命兮，父母愿。
万剑血兮，民牺牲。
河之干兮，千魂墓。
鼎峙山兮，将军陵。

大风来兮，风告语。
长河去兮，河梦惊。
胡可止兮，征战事。
何忧殇兮，万民情。

叮叮咚兮，咚咚叮。
火之光兮，魂之声。
…………

漫天宇里响彻着赵佗心底的声音：“天地明鉴，父母之灵在上，孩儿赵佗誓不再为征战者屠杀生灵铸剑！祈愿从此天下太平……”

（史话纪言：《人间训》从诸多杂陈秦简中拼理成句，有“秦岁暮春。赵地陷动。山石撼之。天云染火”的史话。）

4

赵佗呆涩地透过旱风凝视着远方。

不远处的山路上驰来秦始皇的兵马车队，又似乌云推压过来。

赵佗眼见那兵马车队在他脚下的谷地走过去了。那秦篆书写的“秦”字皇麾，那秦始皇坐卧的华盖高车和卧车，在前呼后拥的车队里走远了。

不知不觉间，一位伟岸的白马白衣骑者，走近赵佗。

赵佗与他对视着，对视着……

白衣骑者下马，近前。

“请问公子，这可是赵氏武灵大师的陵墓?”

孝服在身的赵佗哑然不语。

白衣骑者不再多问。他走近矮矮的墓碑，看了一阵字迹。一回身，不远处的三位黑衣骑者跟过来。

“想必他就是守孝的儿子赵佗了。”白衣骑者对三个黑衣骑者说，“告诉真定县令伍正，已命邯郸出库粮一千石救济真定灾民。为赵氏武灵大师修赵陵，立高碑，派专人常年守陵，年俸禄三十石。”

“遵命。”一个黑衣骑者飞马驶去了。

赵佗顿觉蹊跷。

白衣骑者飞身上马，望着远山近水，对天自语：“地陷天塌，神明可鉴，天不赐剑，未必非王也!”

那白衣骑者的战马踟蹰、旋动着。

他回身又盯着赵佗一阵：“倒也是个孝子!”马背上的白衣骑者喊叫起来：“赵佗——等你守孝期满，可以去找寡人——不，朕——朕就是你们说的那个皇——帝!”

秦始皇策马，犹如一阵风，跑了，去追赶那远去了的兵马车队。

留下的是他干直、宏大的声音。

赵佗好似遭了雷击，心里有说不出滋味的一阵阵抖动。

赵佗缓缓地登上山坡，凝视着那白衣骑者秦始皇和大队人马的背影。

赵佗久久不动，像一棵静止的孤树。

赵佗心中颇为震撼——原来他就是秦始皇。他不在那陪护巡游的隆重队列中，不远处只跟了三五素衣骑者，确是游者的一副自在消闲样。也许那就是“主不居辇、帅不卧帐”的兵家智谋吧。

（史话纪言：秦始皇君临天下，命将赵氏双亲坟茔拓大如双山，命名赵陵，凿石立碑。并派专人常年守陵。是谓赵陵之由来。守陵人代代居此成村落——河北赵陵村传承至今。）

风平浪静之后。真定县城郊出现一位女扮男装的行路公子。随他身后蹒跚而行的是一位形污神秘的男乞，在闪闪藏藏地跟踪着。

他们被封路禁行的大秦武士拦截、搜身，挡在了城门之外。

真定县城郊的一家小酒楼。

那位女扮男装的行路人，是一位越公子。他进店饮茶。越公子问道："请问这可就是太行山北的真定县?"

倒茶的店家目光异样，点点头："正是。客官您请坐。"

越公子问道："赵氏武灵剑炉可在此山上?"

店家脸色突现惊惧，摇头不答。

越公子喝着茶，目光忧悒。

跟踪行乞的家伙与一位卖酒人一道入门来。

邻桌的三个壮汉酒客在议论着：

"这可是秦皇大帝御封的天剑名师啦。"

"可那赵公分明是投炉自尽、毁王剑、抗皇命的啦……"

"这回赵姓的后人又要遭诛灭九族的大祸!"

"不由他赵佗不去刺秦!"

一只酒杯突然堵住了议论者的嘴巴。

"咱哥仨儿正好和他连手，干他个人仰马翻!"

旁桌的越公子暗自闻声、饮茶。

"啪"的一声，他有意把大茶碗在桌面上蹾出声响。

三壮汉交递眼神止声，小心地把目光投向陌生的越公子。

越公子还是顾自饮茶并不理会。

壮汉们齐乎拉围坐过来：

"小哥，外来人?"

越公子无声。

"刺——秦?"

越公子道："看得出你们就是出了名的黄河三雄喽!"

三壮汉一惊，呆吓一阵过后有意岔开话题：

"好秀气，宫里人?"

"是面首——想必是探子!"

此言被刚进来的大秦武士们听到，围过来盯住四人。

乞丐跟踪者靠近过来。

大秦武士们动手擒拿四人。

乞者摇晃着身子隔开武士。

三汉子逃走。

大秦武士奔向越公子。

越公子蓦然飞蹿起身，与来者武士打起来。

一时间风绞雨、雨卷风，不可开交。

只见那乞者以丑怪醉功夫戏耍引逗着武士们。

武士们追出茶馆。

越公子盯住一时。酒保一个手势，越公子会意。抽身逃走。

武士与乞者追至街口。

在街口。又是风绞雨、雨卷风的不可开交的追杀打斗一阵。

他们被遮没在风雾烟尘中。

越公子独自登上山麓。

她来到了赵氏武灵剑炉前。面对空荡荡的炉地、废台，她惊愕着。寻访铸剑大师不遇。过了好一会儿。终于她怏怏地走了。

在她不住的回首中，隐现着武灵剑炉的山影和卖酒人的影子。

5

山下赵氏大墓前。

赵氏双亲的新旧坟茔已被拓大如双山，并立石碑镌刻“赵陵”两个秦篆大字。

她见到了守陵人赵佗。

“请问公子可是武灵大师的传人——赵佗？”

孝服在身的赵佗还是哑然不语。

“请问……始皇手中的御剑可是武灵大师铸的‘王者之剑’？”

赵佗似一截木桩，默默然无声色。

……

越公子在赵公墓碑前拜了三下。她无奈地消失了。

小酒楼发生的一幕、眼下见到的，令赵佗明了前前后后所发生的一切。

之后。赵佗拜别祖墓赵陵、冶水河，背剑飘零，成为游侠。

此时赴东溟巡游的秦始皇正在黄河南岸许都的行宫里。

真定县令伍正追赶去晋见陛下。

秦始皇大怒：“什么？他是投炉自尽、毁王剑、抗皇命？怎么早没这么说？”

伍正：“本来百姓们都以为是那场山崩地裂造成的。谁也不会想到他是……”

“真定县令伍正！”

“小、小臣在。”

“你是一县之令。为官一方，决人生死于掌中。你所说的赵氏投炉的事，何以为证呢？”

“小臣也是这么说。并无证据。可是全真定县、全邯郸的人都只管这么传呀。”

“照你这么说，是赵地邯郸的人有意为朕闹这场山崩地裂了。”秦始皇说。

“其实是赵氏大逆不道，奉陛下之命，小臣监造那把王者之剑，赵氏一拖再拖，迟迟不肯开炉。圣驾出行，不得不开炉了，他却投炉自尽以毁剑。他真的是在违抗圣命。赵地无人不知呀！”伍正说。

秦始皇：“怎么不见邯郸令来报？”

伍正：“邯郸令说，有人要立即拆除赵陵。”

“大胆！”秦始皇压抑着火气，“赵陵乃是朕亲自为赵氏所立。是朕东巡以来为逝者做的头一件功德之事。既然满城胡言乱语，就该统统将他们治罪，统统抓他们去修建长城，何必跑到这儿来跟朕嚼舌呢？令朕的颜面何存，置大秦的威严于何地？”

伍正：“臣罪该万死！臣罪该万死……”

秦始皇：“你给朕听清了！王者之剑不存于世，赵陵就是我大秦天剑的图腾！他是护佑大秦的。赵陵，看谁敢动它一个指头——连同妖言惑众者一道……”秦始皇怒挥长剑劈掉龙案一角。

伍正抖成一团：“臣罪该万死！臣罪该万死……”

秦始皇：“不管怎么说，先把赵佗给朕抓回来，好好问个明白。朕倒要看看，是赵地的百姓与朕作对，还是朕有眼无珠，为逆君的罪民树碑立传。”

“是，微臣谨遵圣旨！”

“抓不到赵佗呢？”

“谨听陛下发落。”

“自个儿提头来见！”

“是，陛……陛下圣明！”

一阵风刮起来。

真定城里一队队兵丁在城街盘查、奔走。

城门上张贴出了缉拿赵佗的绢帛画像告示。

兵捕们在挨家挨户地搜查、盘问。

飞马驿者驰出城门。相继从许都、邯郸、安阳、南阳的城门楼里驰进又驰出，接换的信使，一溜烟飞马消失在南去的大道上。

与此同时，赵佗却已行走在长江岸边的大道上。

襄阳城楼出现在眼前。

赵佗看到缉拿自己的告示被张贴在城楼上，一种莫名其妙的感觉袭上心头。他转身以竹笠遮面，随了一伙山柴帮混进城门。

他发现身后有跟踪的人。

襄阳热闹的小街市上。赵佗身后的跟踪者紧随而来。

小街转角处又现出一双盯着他们的眼睛——正是那位越公子。随后他也远远地跟随而来。

赵佗来到一家很特别的小楼店铺面前。店铺横匾上的雕金大字：襄阳赵氏铁铺。木门却关闭着。

越公子一身“易”字测卦装，迎面过来塞给赵佗一根竹简，随后转身而去。简上书有“剑火息　舟水济”的玄妙语。

赵佗去敲店铺的木门。门开了。

赵佗走进铁铺厅堂、院内。

空寂无人。

突然蹿出四个黑衣武士要动手拿他。赵佗纵身跃入院心。他剑不出鞘，单臂抵挡四个黑衣人，已令群顽无计可逞。

不意间他踏了翻板，跌进陷阱，落入铁制的捕网中，被提吊起来。

赵佗此时才拔剑出鞘，挥剑切开捕网，一跃身腾出院墙。

黑衣武士们追出院外，盯紧了他的踪影追去。

赵佗在小巷子里疾步飞跑。

赵佗被大江拦住去路。

无计可施之时，大江上漂来一叶乌篷小船，上有一位弯腰驼背的斗笠老者。

6

江岸上的赵佗别无选择，他纵身跃上了小船。

小船飞快地划入江心。

追赶者们赶至江边，一筹莫展。

转身之间，那摇橹划船的老者竟变作那位清秀的越公子。

赵佗十分惊诧地望着他。

越公子微微一笑：“请问先生可是赵公子？”

赵佗习惯性地停顿一下，礼节性地开口了：“多谢公子相救。在下正是真定赵佗。”

越公子又是一笑：“这我早就知了。”

赵佗：“之前在剑炉、在赵陵，今又在襄阳、在此地几番蒙公子关照。不知有何见教？”

越公子：“公子已大难临头，可知否？”

赵佗：“……”

越公子：“有人想借公子的宝剑一用，可知否？”

赵佗：“剑非玩物，乃护命维生、诛奸除逆之用，岂可曰借？”

越公子：“当然不是儿戏，维千百万人之生道，诛天下当诛的一颗头颅。”

赵佗：“什么人？”

江岸上有大批追兵出现，呼叫着。

对岸有截兵在拦挡，呼叫着。

越公子："就是下令捉拿你的那个天字号人物。"

赵佗："他？为什么？"

越公子："没有为什么。他杀的人成千上万，无非是为了一帝、一王、一己之贪心也。"

赵佗："我武灵赵氏之剑，再也不会为争王者之战涂炭生灵了。"

越公子："可他现下就要在此襄阳之地招兵选将，进攻岭南、屠杀百越。又要有千千万万的无辜百姓死于你赵氏铸造的剑下！"

赵佗如遭雷击，心头一震……

襄阳城楼下。一位长须飘然的将军骑马出现在城门前。

他一眼就看到了捉拿赵佗的告示。

他的双眉一蹙，心神好似为之一颤。他陡转马头带领一队兵卒向城内疾走而去。

江南岸水网的深处，有捕吏船在搜寻。

捕吏船发现了越公子前行隐入府巷的小船影子。

捕吏船挥刀弄剑急忙追过去。

越公子小船顺水道进入临江府门。捕吏船被铠甲武士拦挡在外，被喝令远去。

府正门悬挂的是"大将军行营"匾牌。石牌坊上雕有"千杯少酒乡"几个大字。

一股股捕吏、兵丁围集在府门外边，被铠甲武士、卫者挡在阶下："什么人大胆在大将军行营闹事？还不退下、散去！"

真定县令伍正上前作揖说："请代为通禀任嚣大将军阁下，下官真定县令伍正有紧急要务赶来襄阳，求见大将军大人。"

卫士甲："你可以等在这儿，我去禀报大将军，其余人等退下！"

越公子的小船直驰入千杯少酒乡的后园。

赵佗随他上岸进了园，登了诗剑亭——空寂无人的佳境所在。赵佗一时间竟为这奇境所叹服。

然而，越公子于不声不响中消失了。

廊后盯着他多时的一位长衫公子走过来。

又一位留短须的矮个先生同时走过来。

三人在诗剑亭上相视而立，都流露出猜测的目光。

时光仿佛停止在他们的目光里。

此时，大将军任嚣——那位长须的美髯将军，在他的迎客厅里接见伍正。

任嚣："会有这等事？你伍大人追捕缉拿的朝廷要犯，会逃进我远在襄阳的大将军行营里来！不会是看我任嚣老矣，要在陛下那儿赶我回老家吧！"

伍正急忙跪下来："小的不敢！小的不敢！真是卑职的部下亲眼所见，是有人划着一条小船从小河道进了大将军的北府门……”

任嚣：“你说的这个赵佗，可是武灵剑门赵家炉的小儿子佗儿？”

伍正：“正是。大人，您的记性真好。就是那个赵佗，当年……”

任嚣捻须沉吟着。

诗剑亭上的三个陌生人，对视良久。长衫公子终于开口道：“在下姓陆名贾。”

留短须的先生道：“在下姓吴名芮。”

赵佗道：“本人姓赵名佗，北方真定人。”

陆贾：“原来是早就相知……”

吴芮：“初次见面。哈哈哈……”

赵佗：“幸会、幸会。”

陆贾——陆氏父辈是经商的赵人，祖籍山西，随商旅出生在楚。先人虽给他取了个商业味的名字贾——西行得贝、尽收金财物宝的含义，他却与商无缘。在楚地打理先人留下的这间“千杯少酒乡”，把其中的酒亭变成了诗剑亭，以诗会友、以诗论天下，一时间倒成了剑侠诗客们的江湖“沙龙”——随便来去的聚点。在这里赵佗遇见并结识了陆贾、吴芮。

如果不是赵佗引来了朝廷追缉的麻烦，来这里相聚的各路豪杰还要多。因为大将军任嚣为了接纳、预选南平百越的将才，把他大将军的行营设在了这里。但他万万没有想到的是赵佗以如此方式走进了他的选将行营……

大将军的迎客厅里。

任嚣道：“依你所说，那武灵赵公投炉自尽，连那王者之剑一块葬进了赵陵？”

伍正：“正是。大人……”

任嚣：“老子死了，抓他儿子干啥？又是你县令大人的点子！”

伍正：“小的哪敢，是皇帝问罪下来。”

任嚣：“我这儿是为了迎接皇帝，设我洞庭水师的行营。要在这选定出兵岭南、平定百越的将领。所以山南海北想带兵打仗的人，都会来这里找机会。怎么，县令大人也想寻个佩剑将军当？”

伍正：“小的不敢。如此说来倒让小的想起赵佗父辈与大将军私交甚笃，他来投靠将军，倒也顺理成章。”

任嚣：“你小子是一定得要在我这将军行营挖出个井来不成？”

伍正：“大人息怒。小的也是为了大将军阁下的清白……”

任嚣猛一拍案台吼道：“来呀！中军——”

中军急忙过来：“将军在上。”

任嚣：“来此行营的有多少人了？”

中军：“仅三个年轻人。”

任嚣："问明哪个是赵佗？"

中军："是有一个真定来的叫赵佗。"

任嚣："中军听令。"

中军："在。"

任嚣："将赵佗拿下！"

中军："遵命！"

7

中军领着众武士围住了诗剑亭，将赵佗拿下。

赵佗瞄到了越公子在山石后凝重的脸色一闪。

中军回到将军行营的迎客厅里禀告了大将军。

任嚣道："怎么样，伍县令伍大人，我已将赵佗拿下了，还有什么不满意的吗？"

伍正："没有、没有。小的非常满意，多谢大人。"

任嚣："那就好。中军，送客！"

伍正："哎、哎，大人——请将军大人把要犯赵佗交给小的，带去复命。"

任嚣："怎么？就你懂得向皇帝请功邀赏，我任嚣就得是个大傻瓜不成？"

伍正："不不不，大将军救小的一命吧。小的拿不到赵佗，是要拿我项上人头见皇帝的呀！"

任嚣："想见皇帝的人都得舍得项上人头。"

伍正："大人，使不得，千万使不得呀！唯有大将军您能救小的一命——您就胜造七级浮屠吧。"

任嚣："当年我在赵家铺子村跟赵公一块给我的西征大军打铁造剑的时候，就看你是个烧铁不红、和泥不稀的崽子。跟佗儿比，你小伍子可是个出了名的'二流子'。我任嚣老头不怕得罪你。你既然混上了县令大老爷的位置，不担点性命攸关的事，岂不太便宜你了？"

伍正："大人，您这是……"

任嚣："不为难你。明天一早把赵佗押往洞庭水师大营的苦牢。所有在这个时候来我行营想做佩剑将军的人，统统开到洞庭湖水师，先参加操练、游水、打造船只。这叫劳其筋骨、苦其心志。而后，才可天降大任于斯人也。"

伍正："大人、大人，那小的我……"

任嚣："县令大人既然来了，机会均等。你可以一道去洞庭，也可以等在这里。过些天皇帝出巡到这襄阳，我可把赵佗当着你的面交给皇帝。皇帝要犒赏你的话，就赏你当我的平南少将军啦。一石二鸟，终归还是给你得了个大便宜！"

一席话说得伍正满头冒汗："大人，您说的这……这是真的吗？"

"哈哈哈……老夫从无戏言，已经有个番阳县令等在这儿了，你并不是头一个，全看你伍县令的造化了。”任嚣又笑了。

伍正：“……”

襄阳城关。大将军任嚣的马队驰出，沿着驰道一路向南奔去。

与驰道并行的河道上，一艘官船驶来。任嚣的中军站立船头。几个武士立陪着带着木枷的赵佗。

摇船的越人船工里，有一人不时盯着赵佗的脸颊，那人正是越公子。官船乘风向南方驶去。

赵佗观察着船与岸。越公子与他的目光撞击在了一起。

赵佗愁苦迷惑的神色。

酒乡园里。

卖酒人陆贾走进吴芮的房门：“吴兄，有个人不知你想不想一见？”

吴芮：“哪一位？”

陆贾：“真定令伍正。”

吴芮：“早有耳闻。民间戏友，好赌之徒。他来这……想见我？”

陆贾：“是我想让二位一见。”

吴芮：“……”

陆贾：“瞧，他出来了。”

诗剑亭上。伍正、陆贾、吴芮三个人相见了。

吴芮：“真定令伍大人，您……”

伍正：“彼此，番阳令吴大人，您……”

吴芮：“您这一手儿一步到位。赵佗眼看就没命啦！”

伍正：“即便如你所言，其实正是你吴县令所巴不得的呀！”

吴芮：“倒是我该谢你了？”

伍正：“不敢当。本来嘛，我在河东已经见过皇帝了。做梦都没想过要来这再见皇帝，更没想过会在这儿跟你们这些争当佩剑将军的人掺和在一块儿。完全是赵佗他把我引到这儿来的。其实你吴大人真该谢我。”

吴芮：“为什么？”

伍正：“如果不是下官把他赵佗及时拿下，论武功、论剑道、论兵法、论心力，天下恐无几个人能抵得了赵佗。”

吴芮：“铸剑师的儿子而已，何以如此危言耸听？铸剑的能当将军，那做凤冠的就当得太后啦？其实你不必对他下狠手。”

伍正：“此言差矣。全真定县、邯郸城民言鼎沸。身为县令，不禀实情，早晚也是欺君之罪。以实奏明朝廷，则有个犯奸告密的坏名声跟来。本人就卑职论卑位，处处难行事，事事难做人，怎比得了吴芮吴大人的鸿鹄之志，一心想着大业。”

吴芮：“伍县令你也不必回避。我想什么自有我的道理。而你若一想，则免不了去害人。”

伍正被激得恼羞成怒：“我知道你吴芮，你不就是吴王夫差的第五、六、七、八代孙子吗？你做梦都想独吞岭南。想来整个统兵主将的位子，就是你吴芮的本意，和我伍正不相干！”

吴芮：“呀——看不出来，知我者倒是非此公莫属哩！”

伍正：“其实，如果赵佗他老爹没出这档子事，他肯定是你的对手，虽然不如你是名门望族，可那小子的实力不比你差。如今他是没戏了。陆贾哪，经商不入流，武功提不起来，只是个文才军师的料。说来说去只剩下你吴芮一个了，你不谢我倒真有点说不过去啦！”

吴芮：“原只以为大辩才只有陆贾一个，没想到你伍正倒是陆贾第二。”

伍正：“不敢当。”

陆贾：“燕赵不只出慷慨悲歌之士，也有奇才。”

吴芮：“为此该喝一杯。”

河道里的楼船——大船进入黄昏、进入夜色。

中军把披枷的赵佗带进底舱，为他打开了大木枷，命他换上了军士的铠甲。

赵佗摸不着头脑，盯着中军。

晨光曦微中，大楼船甲板上站哨瞭望的正是换上新装的军士赵佗。船工们来换班，越公子一眼就发现换了军装的赵佗，他们的目光又一次碰撞在一起。

大河翻起的浪涛。

楼船划开水面在翻滚的浪中远去。

洞庭湖。水师大营。

中军引赵佗沿着湖边前行。

湖面上有在演练行驶的楼船，有刚刚下水的楼船。

兵卒、越族民工，岸上水下，忙忙活活，一片热闹。

在一片打造楼船的开阔场地门前，中军停下了脚步。

“赵佗，你要听清楚了，从现在起你不是赵佗了。”

“为……为什么？”赵佗又张大着惊愕的眼睛。

“没有为什么。”中军说。

“那……那我是谁？”

“你是谁到时候再说。”中军说，“反正你从现在起不姓赵，也不叫赵佗了。”

“这到底是怎么回事？”

“记住了，只准干活，不准讲话！”

“那我……”

“乱讲就会没命。这是将军大人的意思。”中军说完回身就走了。

“剑，我的剑！”赵佗追赶着喊。

“它会留在将军大人的剑库里。”

赵佗愣在那儿。

水师大营的造船场地里。
赵佗在大锯架下拉锯木料。
赵佗在打铁炉前打铁钉。
远处搬舵杆的越公子的目光在不时追随他、盯着他。
湖岸边。
赵佗在和兵卒们一同背纤、拖大船下水。
半身赤裸的赵佗在和越人、兵士们游水。
一个汉兵在远处呼救，赵佗飞快地游过去将他救起，推上岸来。
刚好越公子的救应小船也赶来。
“赵佗！”越公子轻轻地叫了他一声。赵佗却一步上前捂住他的嘴：“闭嘴！想要我的命吗？”
“你……你到底是咋回事？”
“我还想问你哩。”
“问我？”
“你好像知道得挺多的。”
越公子一笑：“别急，装哑，自会有人告诉你。”
暗夜。晓色。
月亮。星星。
赵佗在竹床上翻覆不能入睡。
又一个黄昏，晚霞里。
中军走进赵佗的兵士营房。
中军无声地引赵佗走出来，又无声地引他走向一座高大的青砖瓦舍院落。
院门前的沙滩上。一对对的孩子们在玩“天下太平”游戏：两人各画一个“田”字型的大方格，两人口中有节奏地念着“天下太——平”，手上按节奏出着石头、剪刀、布。每赢一把就在自己的方格里写一画，谁先把自己的田字空格里写满“天下太平”四个字，谁就是赢家。赵佗停下脚步看得出神。
中军站在那里等了一会儿，终于喊叫他：“喂，走啦！”
将军的院落里。没有戒备森严的武士护卫，空空荡荡的。
他们走进院门，在一幢高大的正房的门前停下来。
中军：“将军要见你，进去吧。”
赵佗惊愕地张大眼睛。
赵佗走进大堂，堂上坐着的是长者任嚣。
赵佗惊呆在那儿，半晌儿才叫出来：“任伯伯？”
“佗儿，是我。你过来。”任嚣起身缓缓地迎过来，与赵佗执手相视。
“任伯伯，想不到是您来做平越大将军。”

“这恐怕是老夫今生今世的最后一役。”任嚣说，“赵佗，我和令尊当年是一道铸剑的至交。你好像还不知道这个世界上发生了什么事情。”

赵佗：“……”

任嚣：“有人把令尊投炉毁剑的事，以违抗皇命之罪告到了皇帝那儿。皇帝下旨，通缉捉拿你赵佗。”

“原来如此。”赵佗说，“无疑是那伍正干的。他为了解脱自己督造王者之剑不利的干系。”

任嚣：“老夫把你捕进水师大营，方可保你性命。从你进水师营那日起，即已隐名埋姓，以另一个兵丁的姓名造册。老夫已命中军安排委任你为水师第19楼船的百夫长。佗儿，你是另外一个人了。”

“不，任伯伯，我不可以做另外一个人。”

“现在只有此法可保你平安存身。”

“佗儿固然可以苟活。真定、邯郸的黎民百姓，就要遭到皇帝的涂炭。”

“此话怎讲？”

“始皇本认为家父人剑同毁于那场地陷大灾，建赵陵、立墓碑、守陵场，好大的举动。伍正传出家父实情，酿成邯郸百姓风言。如果我赵佗不归，始皇必会安邯郸百姓以谣言诬陷朝廷的罪过。活我赵佗一人则害万千无辜百姓，大将军伯伯，不可以的呀……”

任嚣：“原来是这样。”

赵佗：“任伯伯，您的搭救之情，佗儿心领了。可是我不能隐名埋姓，我还是赵佗，并且要主动回去面见始皇，以自首告白天下，说个一清二楚，方可以解救真定、邯郸的黎民百姓。如果佗儿还能活着，我愿随将军戎马四方，终生效力……”

任嚣自语地：“可是一旦……一旦事与愿违，既不能救助赵地城民，又自投罗网、身陷囹圄，如何是好？”

赵佗：“始皇虽然生性残戾，但在大义、大德、大勇面前不至于浑然不明，况且，即便要了赵佗这颗头颅，我也要秉承家父大人所嘱，向大秦国皇帝阐明，天下皆知武灵赵氏剑门要还天下太平！天下太平——”

“天下太平”“天下太平”……

湖边的沙滩上的孩子们在一双一对地喊叫着“天下太平”谣语、玩着“天下太平”游戏。孩子们天真清亮的游戏声，仿佛荡满着洞庭天宇，飘进了将军府第的窗。

任嚣、赵佗一老一少在窗前凭听、凭望着窗外的声情景象。

任嚣感触尤深，取下琴墙上的宝剑：“佗儿，你已是老夫水师营的百夫长。可你依然是赵佗，好样的赵佗！待皇帝返回襄阳，老夫亲自带你去见皇帝……这是你的护身宝剑，随身带着吧。”

“谢——大将军在上！”赵佗长跪接剑，“任伯伯，佗儿今日之后，生死未卜，家传的武灵之剑，本就有任伯伯的心血在内，就请任伯伯先替佗儿保管一时。待始皇定佗儿生死之后，再由将军大人还剑于我。”

任嚣又接过剑，深情地抚摸着。

他的心中像出现红红的炉火，出现武灵剑影，出现叮叮咚咚的打铁声。

隐隐地、隐隐地天地间又似有人在吟咏：

叮叮咚兮，叮叮咚。
火之光兮，魂之声。
大风来兮，钟告语。
长河去兮，长梦惊。

先人命兮，父母愿。
万剑血兮，民牺牲。
河之干兮，千魂墓。
鼎峙山兮，将军陵。

叮叮咚兮，叮叮咚。
火之光兮，魂之声。
征战事兮，何日止？
普天下兮，得太平……

水师营木楼。百夫长的小房里，深夜难眠的赵佗，面对窗前的月光辗转反侧。墙上悬挂着的百夫长短剑，令他一阵阵发呆。

月色下的将军府。

一个黑衣人的影子倏然掠过屋脊，飘至窗前。

黑衣人进了将军厅堂，摘下墙上的宝剑，忽然发觉有影子隐在门外，他从后窗轻身蹿出，提着那宝剑欲越墙逃走，却被中军一剑拦住。二人一场翻打激战。

黑衣人翻过高墙，飘向远处的山脚，却被赵佗拦个正着。

赵佗以手中的百夫长短剑对黑衣人盗得的赵氏武灵剑，却对打出一场意想不到的惊奇。

黑衣人有意向山林边上退去。

赵佗以短剑猛逼不舍，他终于看清了对手耍的竟是地道的赵氏武灵剑法。他犹疑间正要“拿腕子”夺回宝剑。

黑衣人却一步后旋，纵上了悬崖，又攀藤援树蹿进山林不见了踪影。

赵佗、中军追撵了一遭，不得不在一段山转水临处停下来。

中军：“赵佗？你怎么会在这？”

赵佗：“他是谁，我知道。”

中军：“你……你怎么知道？”

赵佗："他在水师营的房间空啦！由我去追他、找他……"

中军："慢！既是水师营的事，你我必须即刻向大将军禀报。"

赵佗："是，中军大人。"

将军府的厅堂里。任嚣聆听两个军人的禀报。

"这位越公子，看其行走山林的身手功夫，十有八九是随岭南的百十位越族人进来的。"任嚣踱步自语着，"他盗剑是何用意？又是武灵赵氏剑门的超然剑法，三日后，正是皇帝陛下东巡南来襄阳的日子。中军！后日起，对襄阳施行全城戒严，确保一个可疑人都不得靠近皇帝陛下。赵佗你必须追踪找到那个越公子，控制住他，不准他靠近皇帝陛下一步。"

"是，大人！"赵佗、中军同声应了。

8

千杯少酒乡的厅堂里。

吴芮与陆贾、伍正在饮茶。

伍正："吴大人，你说的这些可是真的？"

吴芮："我有探马内线。"

伍正："任嚣欺我，任嚣欺我也！"

吴芮："他果然把赵佗给放了，还授了他百夫长的职位。我说的没错吧？伍大人。他要出来游走江湖，随时都可灭了你伍正的！"

伍正："任嚣欺我，任嚣欺我也！"

吴芮："何止欺你？更在欺君也！"

伍正："对，我要面见皇帝，告他欺君之罪。"

吴芮："只有一石二鸟——将军、士卒一道上了断头台，方可免除后顾之忧。"

伍正："可眼下我真定县的衙吏兵卒都回去了，就我光杆司令一个，遇上赵佗我就全完啦！"

陆贾："不过，依我看，任嚣老谋深算，不至于幼稚到随意欺君找死，必有说动皇帝的法宝，他才敢如此行事。"

伍正："他有啥法宝是他的事，我必须把他抓了。吴兄，番阳令吴大人，真定县令有急情求助，借用兵丁衙役百人如何？"

吴芮："本衙地处江西，路途之遥，与你的黄河之北无异，此事当从头计议。"

伍正："从头计议？哪儿是头？我要搭船去洞庭水师大营，找那任嚣老儿要人！"

吴芮："这不是去送死吗？三日后是皇帝到达襄阳的日子。不如你明晨骑我的快马飞驰一日，当天你可与皇帝同时到达襄阳行宫。奏明皇帝，亲自派兵马来捉拿任嚣和赵佗，一切岂不迎刃而解？"

伍正："好计，好计！"

陆贾："不过，皇帝敬重任嚣老将军。一旦皇帝跟他有啥默契……"

吴芮："赵佗是谋乱，任嚣是造反，不会有丝毫默契可言。一旦皇帝派出兵马，你伍令自然就是带兵的骁骑啦，哈哈哈……"

伍正："玩笑，玩笑了，在下保个性命而已。"

吴芮："明晨五更起程，今夜为君饯行。"

夕阳里。白河上驰来一条小快船。

赵佗在撑船急行中。

他进了襄阳城，在一家小酒馆里狼吞虎咽地吃面。

此时诗剑亭上为伍正饯行的小宴正在进行。

酒足饭饱的赵佗朝千杯少酒乡大门走来。

他径自进门，直奔诗剑亭而去。

在为伍正饯行的几位都惊愕地停了杯，望着赵佗。

赵佗惊异地发现，吴芮身边正坐着一位散发披肩的秀美女子，怀抱着一柄飘着剑袍的乌亮长剑。赵佗一眼识出，那并不是出自太行山赵氏之门的武灵宝剑，只是一把普通的江湖侠剑，而抚瑶琴吟咏的却是陆贾。

伍正见了赵佗真的出现在眼前，吓得哆嗦在一边。

陆贾："赵佗老弟，真的把你给盼回来了！"

赵佗突做大醉状："各位，别、别怕，我赵佗不是逃、逃出来的。我身后有二百士兵押解，有中军武士监管，送我向皇帝陛下自首、坦白……"

伍正："好、好、好你个赵佗，你、你竟敢引兵诈降，谋逆造反，你、你、你……"

"哈哈哈……"赵佗大笑着，"伍正你小子就好埋汰人，咱俩光腚娃娃就在一块儿，谁不知道谁呀？你到皇帝那告了我个死罪，我都不怪你！我也不会杀你。放、放心，你个王八蛋……小姐把你的长剑借我一、一用……"

白衣小姐有意把剑抛给他。

赵佗接剑，随意试了几个醉卧翻身。

伍正惶惶地溜走。

赵佗觉得剑不趁手，又把剑抛回给她。剑抛过高，那女子轻起一个追云长步接剑在手。

赵佗与她目光相对——电闪似的一瞬碰撞。

此时的襄阳城关。飞奔出驱马长驰的伍正。他一路扬鞭消失在夜色沉沉里。

诗剑亭上。

赵佗说："小姐身手不凡。在、在下想请小姐对、对剑。小姐肯赏、赏光吗？"

白衣小姐正眼看了看赵佗，摇摇头："莫如小妹我倾听先生即兴吟句、豪歌一曲，小妹即兴剑舞，聆听公子指教？"

赵佗："小妹所说甚好，正、正合我意。"

陆贾抚起瑶琴。自那以后，赵佗就叫她小妹。

小妹飘然执剑，挥袖长舞。

赵佗以粗犷豪放的铁匠嗓子即兴吼唱：

夜漫漫兮，白云来。
执我剑兮，何故哉?
影窈窕兮，情脉脉。
夺魂剑兮，点花开。
何由来兮，何由来?

白衣小妹在剑舞中应答唱道：

百千魂兮，魂祈剑。
万万人兮，人挚剑。
除一剑兮，消千剑。
天剑下兮，天安然。

赵佗、白衣小妹二人探测的目光牢牢对视。

吴芮、陆贾各自蹊跷的神色。

陆贾察言观色后抚琴加入和吟，带起吴芮一道合唱。

赵佗佯醉伏案不醒。琴歌为之戛然而止。

赵佗偷偷睁开眼睛。

吴芮、陆贾都伏案而睡。唯独白衣小妹在注视着他赵佗。

晓色迎来骄阳。马上奔驰中的伍正，径直入了黄河南岸许都城关。

许都。秦始皇的行宫大殿里。酒后的秦始皇正在美女如云的歌声艳舞中翻阅奏简，翻到情急处，将满堂歌乐挥之而去。“叫那个真定县令觐见。”

小吏出去引伍正进来。跪拜。

“小臣真定县令伍正叩见陛下万岁！万万岁！”

秦始皇：“怎么，你抓了赵佗，叫任嚣给放了，任嚣还授了个小官儿给他?”

“陛下圣明，确属实情。”伍正跪着回答。

“那你没传朕旨意，命任嚣交出要犯?到时你把他赵佗给我押来不就是了吗?”

“陛下呀，那任嚣与赵佗是同乡，与赵父是故交老友。小臣已向他申明圣旨，任嚣是有意抗旨谋反。怂恿赵佗持剑追赶小臣，试图报仇，幸被番阳县令吴芮等人拦住，小臣才得以逃脱面见圣上。”伍正故作凄惨状，“乞请陛下速派兵马去捉拿任嚣，捕杀赵佗，方有国泰民安哪……”

秦始皇：“你是说……要朕派兵马捉拿任嚣和赵佗?”

伍正："陛下万岁！万岁！万万岁！"

秦始皇："你下去吧。"

秦始皇在行宫的边殿漫步。

李斯跟过来："陛下，臣以为……"

秦始皇："讲。"

李斯："臣以为赵佗之事，言有未尽；任嚣之事，言不足信。"

秦始皇："有些个家伙，一门儿心思想要朕打内战。拼圆了六合、一统天地，这是朕唯一可说与后人之事。朕要横扫六国之外的边陲蛮地，他们就想在肚皮里头给我闹饥荒。有人就是居心叵测！丞相言之有理。命屠睢率三十轻骑连夜赶往襄阳，看个究竟，不得有一丝讨伐气焰。"

李斯："投石问路。"

秦始皇点头："让那个真定县令带路。"

李斯："臣领旨。"

诗剑亭上。月光下。

赵佗在万籁俱寂中打坐。

山坞的一扇后窗悄悄地开了，露出了小妹瞬然一瞥的眸子。

晨曦中。吴芮走出房门，在带露珠的草地上练功夫，远远地盯着赵佗。

入定的赵佗，心无旁念。

许都城关。晓色里驰出屠睢率领的三十骑兵队。

夕阳里骑兵队奔入了襄阳城关。

骑兵队闯入食肆。

骑者歇马围桌入座大吃起来。

屠睢叫过食肆的老板与之耳语："集齐了 30 个青壮男女……"然后又大声说："声势要大，整热热闹闹的，去吧！"又对军卒们说："听着，抓紧时间吃饱喝足，只许喝汤不许沾酒。半个时辰后，飞马直奔洞庭水师大营，接着还要急奔闽东。"

突然满街满城都有人敲锣击盆地嚷叫："缉拿赵佗！"

"缉拿赵佗！"

"缉拿赵佗！"……

"有人拿赵佗了。哈哈哈……"屠睢大笑，他的骑兵队又飞驰着远去了。"缉拿赵佗！"的嚷叫声被他抛在城里。

城中的山岩上，站立着赵佗。

他听到了阵阵怪异的喊叫声，双眉紧蹙，露出一脸悲苦。

……

9

洞庭湖岸边的山路上，飞奔着屠睢的骑兵队。

骑兵队飞奔进水师营地。

将军府的院落静悄悄的。任嚣正在客厅里读书。

“大人。”中军进来，“信兵来报，屠睢将军一行三十骑已飞马来到营地。”

任嚣：“十有八九是为赵佗之事。来得正好，出迎。”

屠睢已经闯进门来：“大将军在上，恕末将冒昧。”

任嚣：“是屠睢将军，一直盼着你来，只是没想到会这么快。”

屠睢：“老将军常教诲在下兵贵神速。”

任嚣：“倒是老朽领教了。”

屠睢：“大人，在下此次前来是奉皇帝圣命，动问通缉犯赵佗之事。”

任嚣：“老朽已明将军来意。”

屠睢：“大人既已明了，不妨明示在下如何回禀圣上？”

任嚣：“屠将军明鉴，赵佗乃老朽同乡晚辈，幼小受过老朽童蒙开启，此番老朽于不经意之间将赵佗拿下。”

屠睢：“真定县令已在圣驾前告了任大将军的御状，说大人名为缉拿赵佗，实则庇护钦犯以徇私情。”

任嚣：“将军何出此言？”

屠睢：“缉拿押解只是做个样子，暗中收他为水师营的士卒，并且授任百夫长官衔。这还不是徇私吗？”

“将军此言差矣。”任嚣说，“老夫徇的乃是皇帝陛下的天子之情。”

屠睢一怔：“此话怎讲？”

任嚣道：“将军你想，赵氏武灵剑门在列国年代即为天下皆晓。我主秦皇大帝此番东巡所做的第一件抚民之事，就是赐名赵陵、大兴土木、御笔铭碑，并且亲临墓地，告慰遗孤赵佗。如此种种已成皇天盛事、天下美传。于此其时也，因一乡之不实言传而囚牢赵佗，岂非与对日扬沙无疑？将军，你我之流焉能与浩浩皇恩逆行？”

屠睢：“这……当、当然。不过，对他不施监押也就罢了，提任做百夫长又做何解？”

任嚣笑曰：“比起用百兵看押赵佗，以百夫长为名令其身陷百兵之网，又可彰陛下仁怀圣境，何者为佳哉？”

屠睢：“大将军之言，在下一向无可辩驳。但有一事在下必须声张圣意——三日内皇帝驾临襄阳，大将军将置赵佗于何如？”

任嚣：“老朽将遵皇帝圣意，将赵佗交由真定县令伍正，负荆请罪面见皇帝。”

屠睢：“既如此，请大将军好自为之。在下可复皇命。转道闽东先平东越去也。”

此言即罢，恍若一阵突来的狂风，刮过就息了。

屠睢在驰骋的行军途上，也免不了暗赞任老将军的巧行妙言。

这一年的春夏之交，因十余年来征战不息，战将殒亡、缺员缺位，南平百越计划已无战将可用。秦始皇不得不东巡南来，预备在襄阳招任嚣来议出兵岭南、选定将领的大计。

这一天的山野驰道上。

秦始皇巡游南来的车阵浩浩荡荡、缓缓而来。

临近襄阳途中，一桩意外的刺杀事件发生了。

正行走间，秦始皇的人马车阵突然一阵混乱。

一阵无名的骚乱风云中，一位黑衣人仗剑而落。

当刺客踏破兵阵、所向披靡，一剑刺向龙车皇辇时，突来出手营救的是一位年轻神勇的布衣仗剑之侠——赵佗。

他与黑衣刺客的一场神奇剑击，如同风雷电闪、周天寒彻，竟让护驾的兵马一个个傻傻地看呆了。当他们醒过神来捉拿刺客时，又被立在高坡上的红衣红马骑士——秦始皇挥手止住。护卫们全神贯注地观看这场神奇的剑法对拼。

赵佗以非凡身手执剑击退刺客，在交手中他识得刺客用的乃是赵氏门人的大武灵剑法，刺客手中所持的宝剑正是他赵佗的那柄祖传长剑。从眼神中他断定刺客就是那越公子。赵佗故意露出破绽，给刺客暗留一条逃路。二人在激烈的对拼中远去。

赵佗一路追杀出好远。

黑衣人逃之夭夭入了山林。

他停下来时，发现自己正立在山林边的一座石崖上。

他猛然回头，发现身后正立着一位红衣红马的骑士。

他与他，两双电闪一样的目光在对射着。

“好——好剑法!”那声音宏大而干直。正是那骑者在说话。

赵佗品视着那红衣红马骑士的音容，他的眼前顿时浮现出当日父母墓前出现过的白衣白马骑者的音容笑貌。那个飘在时空中干直、宏大的声音：“朕——朕就是你们说的那个皇——帝!”

他意外地心语：“皇——帝!”他在忧悒中呆立着，一时不知所措。

秦始皇盯视着赵佗，也显现出当日赵氏陵前的景象。

赵佗下意识地转身，想回避秦始皇的目光。

秦始皇却开口叫住了他：“赵——佗!”

赵佗猛地转过身来。又是一阵两双目光雷击一样地交融撞击。

终于，赵佗伏跪在地：“陛下！草民赵佗有幸见驾。”

“哈哈！”秦始皇爽朗地大笑着。

“看——剑！”正值此时，一声尖叫，一阵黑影，黑衣刺客风一般从山林中冲出来，冲着秦始皇执剑出手。马背上的秦始皇一个旋身，却落在了黑衣刺客背后的岩畔上。黑衣人再次冲向秦始皇之际，赵佗跃然飞起，旋身出剑将刺客在半空中截挡下来。又是一场惊心动魄的交手，两个人绞成了一阵黑色的旋风，在一逃一追中刮得不知去向了。

崖畔上的秦始皇，望着那双远去了的黑风黑影，口中不住地自语着、嚷叫着：“赵佗、赵佗……哈哈哈……他果然是赵佗……哈哈哈……”

山口险崖处。

赵佗追踪刺客的双影旋风，一路搏击狂卷。在一道迎面的高崖前，黑衣刺客纵身攀步，轻猿一般上了高崖，遁入莽林，消失了踪影。

赵佗停步不再追赶。

山下的大路口上。李斯领着护卫们和车阵前来迎接圣驾。

秦始皇：“李斯，前边就是襄阳了？”

李斯：“回禀陛下，前边不远就是襄阳城楼。”

秦始皇：“可有任嚣的消息？”

李斯：“任嚣已等在城关之前迎候圣驾多时。”

秦始皇：“派人告诉任嚣，他可以不必等在城前迎驾，要他找回赵佗，带领赵佗一道入行宫见朕。”

李斯：“遵旨。”

10

一身疲惫的伍正在千杯少酒乡的门前下了马，把缰绳交给了伙计。一转身，任嚣正立在他的面前。

“大、大、大将军，您……在下……”伍正不知所措。

“伍正你回来得正好，我就要把赵佗交给你，你好面见圣驾邀一大功。”任嚣说。

“哎呀，得了吧，老爷子，那赵佗已是救驾的大英雄了。您别让我找死不成吗？”

“缉拿赵佗是皇帝的圣命。给你赵佗你不要，你不复圣命，难道要提头去见皇帝吗？”

“大人，大人，我不是那个意思。我……”

伍正说着，任嚣已经上马走人了。

伍正呆立在那儿：“这、这可如何是好？”

在诗剑亭上。吴芮、陆贾正在谈着这件事。

“做梦也想不到会平白冒出个刺客来。”吴芮说。

“这一剑倒让赵佗变成了大英雄。”陆贾说。

吴芮思索着：“太像了，太像了。”

陆贾：“像什么？”

吴芮：“太像是自个儿预先设下个刺杀的骗局，然后……”

陆贾：“然后再去救驾？那还是赵佗吗？那是你吴芮。可惜，前去救驾的不是你吴芮。”

吴芮：“不，我没有如此称手的合作者。”

陆贾：“所以你没做。”

吴芮一笑：“而赵佗有，他有任嚣。任嚣多的是不怕死的军卒和仇恨始皇的越人丁役。”

陆贾：“所以，你放弃了救驾的机会，脑袋一转，早就想了个置赵佗于死地的招儿。”

吴芮：“陆贾兄觉得这招如何？”

陆贾：“过于阴损不说，安到赵佗头上难以令人置信。拿不到刺客做证据，在始皇座下变戏法，可是虎口里打把式——找死啊！”

吴芮：“也许，会来证据的。”

刚好，在他的目光里，亭下走来了伍正，正远远地向他们拱手作揖。

吴芮笑着引陆贾走下诗剑亭台阶。

吴芮与伍正比比划划，交头接耳地交谈着。

伍正：“就怕这第一道关就过不去。”

陆贾：“觐见皇帝陛下？”

伍正：“是啊。”

吴芮：“你是怕赵佗不说实话？”

伍正：“你想啊，有当着皇帝的面承认自个儿的老爹是违抗皇命、投炉自尽的吗？他只要说一个不字，我就是欺君罔上、辱没皇廷。不光我的小命没啦，连真定、邯郸的百姓也要遭刑的呀！”

吴芮：“只要他露出了不认账的端倪，你就立马使出那杀手锏。”

伍正：“在、在大殿上说，他、他、他救驾是假？”

吴芮：“为了保住脑袋，唯有如此。”

伍正：“那、那下一步……”

吴芮：“我就有理由把证人送交给皇帝，保你有惊无险。”

陆贾：“赵佗要是说了真话呢？”

伍正：“那、那他不就是天底下头号的大傻瓜了吗？哎呀，反正这回我都是完了、完了、完了！”

“伍正兄——”一声低沉的话语，一位黑衣壮汉昂立在他们的面前，正是赵佗，“真定县大老爷，草民赵佗受任嚣大将军之命，前来服罪。”赵佗双手作揖——那已是带了铁铐的双手。

张口结舌的伍正。

襄阳的秦始皇行宫门前。

威严的刀斧手、壮士、卫队。两厢兵阵直通行宫门前。

任嚣在前，赵佗在后，战战兢兢的伍正紧紧相随。他们在行宫前望阵止步。少顷，任嚣引他们走入刀斧兵器的长阵。进入宫门。

秦始皇的行宫大殿里。任嚣首先近前跪拜秦始皇："臣任嚣叩见陛下，万岁！万岁！万万岁！"

秦始皇："任嚣，朕的大将军，朕想先知道，你到底把赵佗怎么样了？"

任嚣："启禀陛下，臣已把赵佗交与真定县令伍正带来朝见陛下了。"

秦始皇："噢，真定令伍正在哪儿？"

伍正步入殿堂："小臣真定令伍正叩见陛下，陛下万岁！万岁！万万岁！"

秦始皇："伍正，你把赵佗给朕带来了吗？怎么不见赵佗？赵佗呢？"

带着铁铐的赵佗走上殿堂。

赵佗跪拜："草民赵佗叩见陛下，陛下万岁！万岁！万万岁！"

秦始皇喜形于色："啊——赵佗，你真的来了。朕很欣赏你救驾的勇力和武功。好剑法、好样的、好家伙，哈哈哈……"

惊愕、呆愣的朝臣们。

秦始皇："赵佗上前来，朕要封赏你，封赏你为御剑侍卫。"

赵佗伏跪在地："陛下圣恩，草民不敢承受。"

秦始皇："何故——何故啊？"

旁边的任嚣在关注着。

任嚣："启禀陛下，赵佗乃是真定县衙署张榜通缉的武灵赵氏后裔。"

伍正一脸惊恐。

秦始皇："朕封赏的就是武灵赵氏后裔赵佗。来，接剑！"

秦始皇将剑交给身边侍者，递到赵佗面前。

赵佗迟迟疑疑地伸出戴铐的双手。

那双手被秦始皇看到了。

秦始皇立现阴冷的目光。

他突然暴怒大喝："大胆伍正！"

伍正扑通一声跪倒伏地。

秦始皇："你怎敢将救驾的功臣戴上刑铐?!"

伍正："启禀陛下，那是他、他、他自个儿给自个儿带上的铐子呀……"

伍正抖作一团。

秦始皇一疑："竟有这等事？赵佗，是真的吗？"

赵佗："回禀陛下，是真的。"

秦始皇："何故——何故啊？"

赵佗："县令缉拿赵佗张榜各地城池，天下皆知已成圣旨。赵佗若不佩刑见驾，传言四播，有辱皇命矣。"

秦始皇点头："还真有他的道理。开铐！"

伍正为之开铐。

秦始皇："赵佗，你可知朕要伍正缉拿你的原因？"

赵佗："一如伍正所言，为真定、邯郸盛传家父投炉毁剑之事。"

秦始皇："正是。不过，朕已拟好了处罚那些传讹生事者的条令。朕有这等自信，武灵赵氏门人绝不会以死与朕的旨意抗衡。讹传此事者一律要问罪。伍正。"

伍正："小臣在。"

秦始皇："赵佗这副铁铐应该留给你带喽！"

伍正面如死灰："小臣领、领旨。"

秦始皇："哈哈哈……"

伍正一咬牙："陛下、陛下！小臣还有下情禀、禀报。"

秦始皇："岂容你再放痴梦之言？把他拖下去！"

赵佗阻拦："慢。"面对秦始皇，"小民有话启奏陛下。"

秦始皇："赵佗，朕要你说句实话。"

赵佗："陛下容禀。伍正所言真定、邯郸民家之风传，并非以讹传讹，乃为实情。"

秦始皇正色。

满朝文武皆惊。

伍正以为自己听错了，呆呆站在那里。

秦始皇："讲。"

那声音如同一声旱天里的闷雷。

赵佗起身作揖："家父生前盛赞陛下一统六合万邦之大功，同和天地人间之厚德。堪为始皇大帝者，必为天地之骄子。自有天赐皇者之剑。天有始皇之剑而无形，臣铸王者之剑以有形。是以皇者剑以天地之无形治理人寰之有形，方有天、壤、人之大异。天剑之无形，其小无内，其大无外。可腾龙于海、伏虎于山、养民于田、安民于市。除杀戮、罢征战，开太平世界于大千。天之剑玄玄在上缔造星河日月，生息人寰；人之剑猎猎出炉涂炭生灵，血雨腥风，战祸人间。已非天子所为也。是故当贺天子得赐天剑之万民大幸，销王者杀戮之剑以应百姓大安。家父乃与剑身同化、与炉火俱红。此黎民为陛下天地大业开基、得获天赐皇剑之庆典也。容赵佗在此代真定、邯郸的乡亲父老在始皇大帝殿前一跪。呼唤陛下万岁！万岁！万万岁！"

赵佗在慷慨陈词中大施叩拜之礼。

赵佗的一席话，令满朝惊呆了。

秦始皇一时也怔住了。

伍正的脸变了形。

沉寂。

天地间一派沉寂。

任嚣在满朝的一阵阵沉寂中开口："臣任嚣恭喜陛下、贺喜陛下!"

随行的朝臣们也跟随同声呼喊："恭喜陛下、贺喜陛下!"

又过了好一阵子。

秦始皇终于笑了出来，吼道："哈哈哈，好、好一个赵佗！真不愧是武灵赵氏剑门的后裔、传人。不光有一身好剑法、好品格，还有如此精彩的天剑论、天道论，得一将胜过得一剑也。将军与天剑俱来，也真是个喜庆日子。朕封你为佩剑将军，做任嚣大将军的副帅、少将军，先去洞庭操练水师，等候拜帅封印、出师岭南，朕倒要看看你赵佗如何剑不刃血、一统百越、归来大秦。"

伍正变形的脸上布满了说不清的泪水和汗水。

任嚣、赵佗一前一后跪拜在秦始皇的面前。

朝臣们跪拜、同声呼喊："陛下万岁！万岁！万万岁!"

那声音回荡在朝堂之中。

第二章　天人篇

苍天有情　苍天有眼　苍生何有？
善爱有命……

——引　古民谚

1

诗剑亭上的伍正喝了一大口酒，感叹着："嘿，做梦也想不到他会这么说。"

吴芮、陆贾也捏着酒杯在听他慷慨陈词。

陆贾："我说过他命好哦，会说实话的，我可是没做梦。"

吴芮："看来赵佗并非胜我等一筹，只是你伍正没有胆量照我吴芮说的去使出杀手锏！"

伍正："得了吧，吴芮大师，你还想把我往火坑里送？"

吴芮："三个字，怕死鬼，胆小不得将军做，这回应验了吧！"

伍正："就算我伍正生死不怕，可是赵佗那番话真叫人动心。那小子真是条汉子，我再坏也不能害这样的人。"

吴芮："那就等他回过头来害你。"

"我和赵将军是同乡，早晚会是哥们儿……"

吴芮："等着吧。愿你的美梦成真！"

三人干杯。

伍正道："我等着咋啦？等到你吴老兄做了大将军，也不会有我什么事。就是你得了天下，还不得先拿我这样的人来开刀啊？干、再干一个吧！哈哈哈……"

吴芮："我对你伍县令本来就没啥兴趣。我最关心的是，既然大局已定，我们还能有什么妙计可行。"

伍正："有能耐自个儿使吧，我可不上你的贼船了。"

陆贾："吴兄，相处数日，在下增长不少见识，我陆贾还是开我陆贾的千杯少酒乡吧。"

吴芮："看来我只有自行其是喽。"

陆贾："二位别忘喽，下回来还住我这'千杯少'，有酒喝……"

三人饮罢散去。

离开行宫的赵佗，正在行走中。

赵佗走在江岸的船埠，心中闪现出越公子撑着乌篷小船向他驶来那一幕。

赵佗行走在酒乡园的北江堤上，仿佛又看到了越公子摇船避开追兵、闪入将军行营。

赵佗行走在酒乡园的内河边，心头闪现出越公子的一连串影子：他戴着斗笠在摇船，他穿着越服在楼船上、在水师营，那日像旋风一样剑击中他的眼神，他遁入山林的矫健身手……

赵佗独坐在诗剑亭上沉思，耳畔又响起秦始皇的声音："那刺客是大武灵剑法，一看便知与你赵佗、与朕都是同门。从他逃遁山林的身手和瘦小的身量来看，十有八九是来自岭南的越人。朕要出兵岭南、平定百越，惹起越人的敌视，也算合情合理……"

思索间陆贾走来，伙计随后送来酒菜托盘。

陆贾："赵佗老弟，从今往后你这佩剑将军，就要花心思对付许多诡计和陷阱了。"

赵佗："陆兄有何指教?"

陆贾："罢征战、大一统，乃万民所愿、天下福祉。不久后出兵百越之事，老弟自当心中有数了。"

赵佗："谢陆兄提醒。大军绝非一味刀兵客，更当以恤民愿为天职。"

陆贾："只怕刀兵岭南，交战双方，不在秦、越。"

赵佗："此言何解?"

陆贾："谨防背后——湘楚是也。"

赵佗心中一怔。

江流上，那只乌篷船正顺流飞快地漂下来。

站立于船头的是吴芮。他注视着摇橹的她——小妹，她赤脚、一身洁白的宽脚衣裤、大檐的竹笠下一缕过肩长发飘在胸前。她不声不响地摇着橹。

"阿秀——你说话呀!"吴芮不耐烦了。

她——越秀依然不声不响，只是摇橹。

"那天一出事儿，我就猜中了。是你阿秀想一剑捅出个惊天动地来。"吴芮说，"咋样?不听师训，必然大败。"

越秀："老师，这也许是新的开始。"

吴芮："这仇是越结越深了。吃苦、流血、丢命的，还是百越族人……"

越秀："赵佗为将，也许……"

吴芮："丢掉美梦吧。你的胡来打乱了我的计划。听着，阿秀，我们的船直去长沙楚庭。"

越秀："那要三天。"

吴芮："刚好。我已经给百越的龙昆部落长桀骏捎去口信，让他速来长沙楚庭见我。”

“我感觉得到。”越秀道，“越岭梅关古道上，正驰来桀骏一行的猎骑，直向正北方驰走。可是大秦已向岭南出兵了。”

襄阳。郊外的校场上。

秦始皇在点将台上点将。

丞相李斯在主持拜帅封印大典。

任嚣、赵佗全副铠甲战袍装束，接佩剑、捧金印、挂印绶、骑战马，鼓乐齐鸣中，旌旗蔽天，千军万马随将帅列阵出行。绕过点将台前，全军齐声呼喊：“天、地、威武！龙、虎、雄风！”

在声震天宇的呼吼声中，秦始皇绽出了大笑。

一骑飞马信使驰来捷报。丞相李斯呈上，秦始皇阅后大悦：“哈哈哈……屠睢也是好样的。他的十万大军已经开进闽东，歼灭了东瓯、闽越的叛军，不日即将向南越横扫！正好与任嚣、赵佗的五十万大军在岭南三路会师。哈哈哈，好好……”

这时的闽东，“秦”字战旗、“屠”字军旗正迎风招展。屠睢率部驰马挥刀，袭击占领了闽东的一座小山镇。他们继续在呼号砍杀着。

而这边，任嚣、赵佗统帅的千军万马兵列正开出洞庭、前行在发往岭南的驰道上。

湘江岸畔。吴芮、越秀的小船停泊在岸下。

他们上岸来到长沙城里，疾步行走。

江畔的山路上，桀骏的十人骑队在疲惫地向着长沙城奔驰。

楚庭楼门前的大街上。疾步而来的吴芮、越秀，迎面飞驰而来的桀骏马队，刚好在楚庭楼门前相遇。

桀骏等翻身下马，与吴芮执手匆匆一礼，步入楚庭大门。

楚庭客房里。越秀为吴芮、桀骏端上茶来。

吴芮道：“桀骏部落长，慢慢说，慢慢说。”

桀骏吞茶言道：“大人，大事不妙啊。秦军屠睢的人马进了岭东，大杀大砍，越人伤亡惨重！很快就要杀入岭南了！”

吴芮：“何止这些！中原一路还集结了五十万秦军，由任嚣、赵佗率领，就要进攻岭南！”

桀骏：“这、这怎么办？”

吴芮：“别急，我自有妙计。”

2

浩浩湘江岸畔。越人楚庭坐落于长沙城。

楚庭，是在战国时期，越被楚灭、大部分越人逃归岭南之后，在湘地设置的联络百越的处所。它在湘江畔、长沙城南的一处高地上，是一座高院神庙、外园客栈、连通小街的综合式建筑群落。

小街、竹楼、瓦房、木屋、茶寮、酒铺、食街、地摊……

繁华时，各色摊场上摆满着越人的珍珠、宝石、象牙、海贝、干虾、南药、山果，也有越人拿着山、海特产在湘楚中原人的店铺里换成盐、饴、麻布、绸缎，以及家常用具、用品。

小街上总有熙熙攘攘的人群。

神庙里外总有上香的各色族人。

而今，秦军就要攻打岭南的消息，使楚庭一夜之间冷落了。越人不再过岭易货了，中原商家不再游走楚庭了。

空寂的楚庭、神庙。

关闭的店铺、门市。

冷清无人行走的越人小街。

平定百越的战争阴霾，布满了五岭内外的上空。

楚庭内一间小酒铺的酒桌上，吴芮、桀骏正在对酒说着话。

吴芮："按我说的办了吗?"

桀骏："当然，集合了上百个部落里的强壮男人。"

吴芮："有十万人马?"

桀骏："多说有两万。"

吴芮："先扎营在嘉应的北岭口、东江口，隐蔽山野、藏身丛薄、出入山林。要带足吃的、喝的和火种。依你我所言，照计行事……"

桀骏点头应了。

梅关古道——韶关东北 20 里开外的梅岭山口。

吴芮、桀骏、越秀三人三骑勒马停步。

吴芮："这就是中原所说的梅关古道，地处岭南中段正北方，梅岭的山口如关，关下的古道实是吴越春秋年代百越先人出入中原的一条通途，如今是北来秦军入越的唯一要道。"

桀骏："这里要设重兵把守?"

吴芮："不，这里是开放的，不设一兵一卒，让北来的秦军一股脑地进来，重点在北岭沿线和东江口一带设陷、挖坑、备船……啊，那一整套的法子我都说过了的。"

桀骏："桀骏明了，吴兄放心。"

吴芮："记住，梅关捉拿赵佗，东江擒杀屠睢。"

越秀："桀骏大哥，此番秦军入岭，当视其气焰行事。秦军若不杀戮，越人不可先行莽撞。越家子弟性命要紧。"

桀骏："小妹，我知。你师从吴芮先生，是咱百越族人一大幸事。百越得救之事，迟早要仰仗于你们。"

吴芮："谁说百越无兵旅？你桀骏号称百越之雄，乃勾践王的五代后裔，招手一呼，就云集数万越人兵马。你桀骏就是岭南的首位将领。对于屠睢、赵佗之流何惧之有？东岭入者，杀之；梅关入者，擒之。不给他们得手之机。一旦秦军得手，百越休矣。"

桀骏揖别："桀骏明白。百越出于无奈，被逼自卫求生而已。二位保重。"

桀骏驰马远去。

越秀面对自己的家乡——岭南的山野莽林，倍感亲切。她在一处山泉银瀑下下马，掬捧泉流如饮甘霖，沁醉心腹。又洗脸沐足，在山泉前散落开她女儿家的长长秀发。

吴芮在山崖上静静地望着她，禁不住自语："真是个绝佳的百越女子！"

她临泉理妆的秀影。

……

少时，岭南山野间响起了一支越调的山歌，歌词竟是中原脍炙人口的《诗经·关雎》：

关关雎鸠，
在河之洲。
窈窕淑女，
君子好逑。
…………

歌声来自梅江上的一只小船，船上的船工阿仔正摇橹放歌，船尾的妹子和上，那词就改变了：

情哥来求，
梅江欢流。
阿仔无语，
小妹心忧。

泉岩下慢理秀妆的越秀眼望着江船，聆听着家乡人甜美的对歌，心中不由得一动。

石畔上的吴芮听到歌声，眉梢一阵颦蹙。

歌声与小船远逝。

在余音未尽的歌声里，闽越山中又是另一番景象。

“秦”字战旗、“屠”字军旗在骑者手中飞驰。屠睢率他的东征秦军驰马挥刀，袭击占领了闽东的另一座山镇。他们继续在呼号砍杀中飞奔。

秦军踟蹰在东岭脚下。

屠睢在马上面对三军发令：“眼前就是五岭之东，传令三军安营扎寨、歇兵三日，三日后三路进兵岭南，平定南越！”

岭南山野，一片宁静。但越族部落似乎在心跳与颤抖中。江边、渡口，停泊着数十条乌篷小船。

桀骏正组织越族龙昆部落的家小、亲眷扶老携幼走出龙寨，到江边上船——转移、逃难。

“秦军已进了东海，就要攻打百越了。”

“只是一岭之隔了，那杀过来就是一夜之间的事啦！”

“真是天杀的呀！灾难、灾难来啦……”

女人、老人们在跌跌撞撞中嘟哝着。

幼童们在啼哭叫嚷着。

男人们来送别上船的家人。

钟离部吕氏玉娘，桀骏的妻子，背着三岁的儿子在桀母的搀扶下随人群走来。桀骏迎上去，双手扶住她，百感交集。

桀骏：“夫人，秦军入越，见人就杀，见女人就抢。此番截击，必定是生死之战。阿郎会带你们顺江南逃入海，到了海上就安全啦。他会送你们进梧州，有亲人在那边接应你们……”

玉娘：“桀骏，我要你活着。我们一起逃，逃去夜郎、逃去十万大山里，总可以活命的呀！”

桀骏：“百越不在此截击，秦军的快马追杀，我们是一个也逃不掉的。放心地逃吧，夫人！我死不了。去梧州找儿子的外公，在那里等我，不要叫人知道他是我桀骏的儿子，只要他活在钟离吕家，名字就叫吕嘉。”他抱起了儿子亲吻。

家眷们上了船。

船队沿东江缓缓离岸而去。

桀骏望着亲人家小的船队远去。

他卷曲的络腮胡须上沾满男儿的苦泪。

亲人们走了。

桀骏领着越族男人蹚进了岭南、东江山口。

他们在山麓上挖陷阱、立竹剑，一部分青壮越男在霍霍磨刀、磨镰，又一队越男在弯竹、系藤做弓箭、演练射靶，所有的越族男人面带仇恨与怒火，目光带着忧虑。

此时的湘楚山林里。

秦军军士史禄统领的一队士卒在砍林伐木、挖沙运土、修造驰道，大路直达南岭岭关之下。

疲惫不堪、汗流浃背的秦军一个个脱去铠甲、赤背裸身地劳作。

烈日下。

雷雨中。

劳作者们的身影，镶嵌进了远乡的山野。

……

3

公元前218年立夏的这一天，旌旗如云，战戟成林。

任嚣、赵佗将帅三军列队成阵，浩浩荡荡在驰道上向南进发。

马背上的任嚣、赵佗，全副武装，神情凝重。

大军在无声行进中。

七日过后，梅岭山中。

热浪如蒸。

马背上铠甲威严的任嚣、赵佗，已经快受不住暑热的焖烤。但他们还是强耐军威不肯解甲——汗水淋漓满面、铠衣滴出汗流。

梅岭山外北口。秦军兵营帐篷密如丛林，布阵在南岭之外的山地里。

士兵们揭开铠甲在谷地石梁上纳凉。

岭外的江河口处，有几艘楼船在航行、停泊。

黄昏。入夜。

月色。晓星。

山崖上出现了赵佗站立的身影。他巡视着大军扎营的岭外山野。

江河口的崖岸上。赵佗一个人在沉思踱步。

远远的石畔泉崖下的江流里，漂过一只小船。

山野间又响起了那支越调的山歌：

关关雎鸠，
在河之洲。
窈窕淑女，
君子好逑。
…………

小船上的船工阿仔正摇橹放歌。

船尾的妹子和上：

情哥来求，
梅江欢流。
阿仔无语，
小妹心忧。

心忧情忧
阿妹何由……

这片宁静之乡的天籁之音，令感触颇深的赵佗神色越发沉重，心头笼罩乌云，闪现出雷鸣电光、出现燃起剑炉的火焰老父与王者之剑的身影……

沙滩岸边。赵佗情不自禁地随着船影，信步来到大江岸边的沙滩上。

船影远逝。

他在漫步。

……

忽然间，一个白色身影呼啦啦凌空而越，落在他的前方。

原来是白衣白帽的越公子。

他不由得一阵惊悸。

二人对视着，对视着。

“越公子？你失踪了好长时间。”赵佗道。

“不过我一直都在你身边。”越公子狡黠地一笑。

他们依然在对视着。

良久，那越公子一转身间就变了个人儿——一个长发披肩、越人装束的秀美女子。嫣然不语相对。

赵佗呆愣了。

“小妹？”赵佗认出了她。

她又是嫣然一笑。

好久，那女孩竟漫舞起他赵佗熟悉的剑法——大武灵剑法，口中吟出那支武灵剑歌。

他也对她笑出来：“越公子、小妹，果然都是你……”

她依然是笑。

“行刺秦王的刺客！”赵佗确认了她。

“我不来刺秦，你岂能当上大将军？该谢我啦。”她浅笑着。

“你到底是谁？”

女孩依然笑，笑得妩媚。

“你放过我一剑，我来放过你一马，算我越秀报你赵将军一剑之恩。”

“何解？”

“岭南已有人布下重重陷阱，进兵必死无疑。”

"你在威胁本将军？"

"良言报恩，通个消息而已。"

"在下只是屯兵养兵，何谈必死陷阱？"

"算你还聪明。"

"请讲个明白。"

"还你的剑，小妹告辞了。"

她把盗得的武灵宝剑抛给了赵佗。

她又在笑。

"你还算够义气。"赵佗说。

他欲近前拿下她问个清楚。

她却一笑就飘远了。

他去追赶她。

她在一路放声朗笑中涉水、盘山、爬树，迷迷幻幻就不见了踪影。

那身影叫他想起那日的刺客犹如山魈的身手，进了山峡丛林，就如游鱼入海。她的身影告诉他，她确是来自山林的百越族女子。

赵佗顾不上多想。

他从木寨外疾步走来，步入将军的大帐。

他将手中的捷报竹简交与任嚣："大将军在上，飞马传来屠睢平定闽越的简文捷报。"

任嚣阅后一惊："以屠睢的脾性，他会一路砍杀，越过东岭横进岭南。岭南有多个百越之雄，均非等闲之辈，我等正图与其谋商。当速传令屠睢，不得擅进岭南，歇兵待命！"

赵佗："与晚辈所思不谋而合。况且他砍杀成性，岭南已联合数十部落设下重重陷阱，屠睢贸然进入，必遭不测。佗立即书军令一简，飞马屠睢军营。"

任嚣："甚好，就这么办吧。"

此后不久，飞马驿者扬鞭驰马而去。

4

岭南的东江山口。

桀骏正指挥着越族男人在山麓上演练突袭、擒拿、围剿和虎、猫、蛇的怪步腾挪进击技法。

飞马驿者扬鞭驰马在东去的驰道上。

他的影子隐埋进晚霞的雾霭中。

晓星下。屠睢大营营帐里。

杀罢闽越的秦将屠睢正在披挂战甲。

中军疾步入帐："将军，大将军任嚣飞马传来军令。"

屠睢："不看。念给我听。"

中军展简宣读："着——大将军令——屠睢将军立即率部歇兵东瓯。不得擅进南越。免遭陷阱……"

屠睢一把掠过军令简，草草看了一眼摔在地，哈哈大笑道："任嚣是个老废物？非也。他是怕我屠睢再抢头功，夺了他赵佗的彩头！俺屠某只凭十万雄兵，平定闽越不费吹灰之力。区区岭南更奈我何？"

中军："将军，在下以为……"

屠睢："无须多虑。发兵！"

话音落后，东五岭山区——岭南山野，出现了一连串的怪异事件。

屠睢率领的十万秦军分三路驰过山峡隘口，扑奔在岭南东部的榛莽山麓上。山清水秀之地，空寂荒芜、不见人迹。

秦军闯入一部落村寨。

烧杀一阵。鸡鸣狗叫声四起。村寨大火熊熊。

山麓上。日挂中天。正午的大太阳底下人马找不到自己的影子，此刻的岭南呈现奇象——万物都不见阴影，那如火一样的太阳炙烤得兵马无处躲避。

一条大河拦在面前。一支秦军不管三七二十一，见了水就甩掉铠甲往河里跳，扎进去就不出来。

岸边的林子里。

桀骏率一队越人，神猿般从岸边老林子里搭弓射箭，射向江里赤裸的秦军，中箭者惨声大叫。

越人冲出山林，跃到岸上，提了秦军的刀剑、骑了秦兵的战马，飞奔而去，遁入崖岸的山林。

江里漂浮着秦军的尸体。

上了岸的残余秦军有马的上了马，丢了马的在路上疾步行走，中箭带伤的躺倒在林子里，哀嚎不断。

另一脉山麓上。

铠甲之师的秦军，也变成了赤裸者的马队。

屠睢也成了真正的"光杆"司令，骑马在前，热得汗如雨下，喘不过气来。

几个日夜正午的岭南酷暑、瘴气蒸腾，又现出惊人的奇象：有飞鹰中暑，从空中跌落地面；有马儿中暑，翻倒在草地不起；有士兵中暑，晕倒而死去。

在近海的山麓上。台风、雷暴大作。

树倒石滚，砸伤了另一支秦军的兵马；大潮大汐，卷走了一群群马匹和士卒。

不远的江湾、山口里。

逃难的越人家眷船队在山湾里避风。

逃命的秦军发现了船队，把家小赶下船，纷纷弃了战马上船，企图逃生。

越族家小们被潮汐困在山岸上，与秦军遗弃的战马为伍。

阿郎与护送的男人们一阵耳语，脱光了悄悄潜入江里。

秦军的船漂入江心。江中的越人男子潜入一条条船底，用刀具凿穿了船底。眼见着一条条乌篷船进水下沉。直至秦兵船队渐渐没入江底。

……

山麓上。

越人家小们在马背上行走的长阵。

有人牵马行走在前，有人在一旁扶着马背上的妇幼、老者。

他们行走得艰难、缓慢，渐渐消失在山雾深处。

傍晚时分。江湾的山麓上。

桀骏的马队远远驰来，停在江海的浩浩波涛前，他看到了江面上漂浮的空船、翻扣的木船、浮尸、弃物……

不祥的场面令他呆若木鸡。

他扑通一声跪倒在山坡。身后的全队越人都随他跪倒在地。

他面对苍天、山湾呼喊着："百越的亲人、妻儿父母啊！我等不报此仇誓不为人！"

越人的队伍随他翻身上马，旋风一样刮走了。

屠睢的秦军马队行走在峡谷的大道上。

一队队兵马的足下突然塌陷，落入陷阱。竹剑穿透兵卒们的裸身。

秦军满山寻找敌人。空山寂寥，不见人影。

成队的秦军遭了飞来箭弩的射杀。

夜晚。山野谷地。

秦军搭起营帐歇息。

冷月、孤星。

夜深时刻。满山的越人摸入秦营放火、砍杀，与秦军绞杀作一团。天亮时分，满山横尸、血流成河。

一道孤岩下。

屠睢重新披挂好铠甲，提着将军佩剑准备上马。

提剑而来的桀骏赤着半个身子迎面挡住了他。

屠睢命令道："上马。杀出重围！"

桀骏盯着他。

屠睢："没长耳朵还是没长眼睛？听我军令。我是大秦将军屠睢！"

桀骏："好啊！我是百越将军桀骏！"

屠睢："啊？你、你真的是桀骏？"

桀骏："谁敢冒名找死吗？"

屠睢："看剑！"

桀骏："我让你尝尝你秦军的剑！"

两个人展开剑法的拼击，如同雷火与岩石的撞击。

于惊心动魄中桀骏左臂中剑。这令桀骏横下心来——一剑刺入屠睢的心脏。

屠睢当即死去。

桀骏摇晃了一下身子，斜靠在岩石上。左臂流出的血，染红了山石。

……

黎明。曙色。

横尸遍地的山野。

寂静的死亡谷中。

大地上，不断有伤者渐渐苏醒过来，绝望地爬起、坐立、跌倒、呻吟……

桀骏在两个越人的搀扶下盯着辽阔哀伤的战场，好久才说："活着的乡亲还、还有多少？"

"还剩不到一半了。"扶他的越人哽咽了。

"召集起来。轻伤的抬着重伤的、救活没死的。战马和船只并用。一定要逃到梧州，去寻找我们的亲人家眷……百越黎民虽有上千部落。可梅岭外还有五十万秦军。如何抵挡得了？与秦军东岭一战，结下血仇。我们只有离开家乡，离开家乡了……"

桀骏被扶上了担架。

他流泪了。

江河。沿江河的路上。越人的船只、马帮在缓缓行走。一支悲伤的歌在伴随着他们：

啊——
就要离开家乡，
为了什么？

亲人不知死活，
为了什么？

百越突遭横祸，
为了什么？

岭南流出血河，
为了什么？

问天天高无话说，
问地地深心哆嗦。

谁能告诉我，
谁能告诉我，
为了什么？
为了什么？

同一支歌随着乌云飘到无数道岭及远处的山林河道里。

越人家小们的马帮在疲惫、悲伤中缓缓行走。

同一支哀伤的歌伴随着她们。

马背上。玉娘怜惜地背着孩子……

越人家小一张张忧伤的脸颊、一双双含泪的眼睛。

那支歌随着他们在山雾中远逝。

5

梅岭外。秦军的大本营。一骑飞马驿者如疾风闯入将军大帐。

“报——将军阁下，屠睢将军十万兵马，进入岭南东江，一路屡遭伏击重创，于昨夜全军覆没。屠睢将军阵亡。”

任嚣、赵佗大惊。

赵佗：“越人兵马呢？”

驿报者：“多数与秦兵同归于尽。少数活命者散入山林，逃之夭夭，不知去向。”

任嚣、赵佗大悲，一时呆呆无语。

“咳！屠睢果然落得如此下场！可悲、可悲呀！”任嚣痛心疾首。

“大将军阁下，属下请求带船只、马匹、郎中潜入岭南，去救助伤残者，收拾战场，撤出秦军残部。”赵佗急不可耐了。

任嚣思虑着：“全军覆没——伤残必定是双方的。”

“属下会一视同仁。”赵佗说。

任嚣点头：“隐没山林、鹰豹行踪，是越人的习性。越人正沉于仇杀之中，要提防，受伤的猛虎也伤人。未必没有伏击。”

赵佗：“属下明白。”

此时中军近前：“禀将军大人。梅岭山上发现越人马队正朝我大秦军营地进发。”

任嚣、赵佗大吃一惊。

任嚣道：“难道桀骏真的要来拼死决战吗？”

“先辈请勿多虑。晚辈赵佗出面应对。”赵佗说。

任嚣道："不可莽撞。"
赵佗："多半是残部逃生。"
任嚣："不可再杀无辜。小心行事。"
赵佗："是。"
山林中。越人老弱家小的马帮在阿郎的牵引下艰难地迎面走来。
他们越走越近……
与阿郎并行在前的老阿爹好似发现了山林外的异物，惊愕地睁大了老眼，停步呆立在那，颤抖着："秦、秦、秦军……"
阿郎顺着老阿爹的目光望去，透过林隙望到山谷对面，林梢处正飘动着"秦"字军旗。
阿郎也惊呆在那儿。

梅关岭外的秦军大营。
"秦"字的龙幡军旗，"任"字、"赵"字的虎幡军旗在营寨的上空飘扬。
全副铠甲的持戟秦兵哨卡，雄焰可见。
营帐里走进驿报者："走来的越人马队乃是妇幼老小。"
赵佗："家小？越人兵丁的残部呢？"
驿报者："已逃向西江方向。"
赵佗："中军郑武。"
郑武："小的在。"
赵佗："你带兵船一艘、马队三百去搜救战地的伤残者。"
郑武："遵命。"
赵佗："赵光，选担架、轻车各五十，战骑一百随我接应越人逃难的家小。"
赵光："小的明白。"
赵佗引领的秦军小队向岭南梅关山口驰进。
秦军小队驰过险山，转入山林。
越人家小的马帮在阿郎的引领下艰难地迎面走来。
越人家小登上梅岭。越人喊叫起来。"秦军！山下有秦军的马队……"
远远的山脚下正有秦军马队的影子驰入山林。
越人家小的马帮一时慌作一团。
阿郎、老阿爹哑然示意悄声调头往回走。一些老者和饥渴病饿的孩子在马背上坐不住了，落到地上走不动了。
"宁可死在这啦。走不了啦……"
"走到哪都遇上秦军。是天意啦……死在小梅关可以啦。"
老阿爹："一定要走出去。走出北江。去到西江、梧州。"
阿郎："乡亲们走啊，不能死在这！亲人们在梧州等着我们啦。走啊，离开这里。走啊，离开这里。都站起来走啊！"

人们站不起来、不想走了。

跌坐的、躺倒的、斜倚在地的……

老阿爹："阿郎，我们走错了方向。这里是秦军的老虎口——梅关。我们应该向西，再向西走。家小们怕是一时走不出这片林子啦。你腿脚灵便，骑上快马，先逃出去找找桀骏头领。给梧州送个信，弄些船过来，家小们也好……"

阿郎："老阿爹。我懂。可是……头领要我护送龙昆夫人的。就我这么一个年轻力壮的男人。我……"

玉娘："阿郎，好男人不该只护送玉娘一个人。老阿爹说得对，你去吧。"

玉娘把背上的儿子交给了婆母："家小们还有百十号姑娘们，都过来。拿好你们手中的刀剑。听我龙昆玉娘的号令。秦兵敢来伤害我百越家族老小，我们就拿出穿山狩猎的功夫来，血拼到底！"

老阿爹："玉娘夫人，你千万不可露面。他们抓的就是你——桀骏长老的妻子。我们可都是护送你的呀！"

玉娘："老阿爹，如果一个玉娘可以平息秦军的追杀，正是我玉娘该出面的时刻。阿郎，听我龙昆夫人的号令。你走——快走！"

老阿爹："是，阿郎快走，快！"

玉娘率领女子们骑上了战马。

阿郎跌跪拜别龙昆夫人。

山林中。阿郎拉着一匹马下了山。

山林托出阿郎飞马潜出驰行的身影。

接近一座岭口时，阿郎正遇上迎面驰来的赵佗的秦军小队。阿郎即刻隐身密林深处。

赵佗的秦军小队走过他的跟前，驰入岭口山道；阿郎悄悄闪避着，远远尾随秦军小队而去。

6

岭北。北关外内良城。吴芮讲学的一家学馆门前，"天人学馆"的木雕牌匾大字显著。学馆内越公子在聆听老师的教诲。

吴芮："东江一战本不该先发生。我的计谋是先在越北灭掉赵佗的进关兵马。而后取屠睢首级，将那十万秦军与桀骏的越丁合营，对付任嚣的主帅兵力，将其一举拿下。这叫以秦克秦、以越保越之计。我不出一兵一卒，巧得百越，大功可成矣。可是如今呢？"

越公子站立不语。

吴芮："是你暗通消息给赵佗，没让他进入我在越北布下的围阵。"

越公子仍是站立不语。

吴芮：“赵佗大军安然无恙。屠睢和我为桀骏储备的兵员合计十万，倒统统呜呼哀哉了！”

越公子只是在听。

吴芮：“阿秀，莫不是你迷上了赵佗？”

越公子仍是站立不语。

吴芮一把扯下他的帽子。

越公子飘散出了长长的云发，露出越秀小姐的本色。

吴芮：“为师苦心为你搞一身男儿装，还有何用？我早就看出你对赵佗心怀隐秘。你早就现出了越秀小姐的真面目。你砸了为师的大计，坏了投师吴门的规矩！你……”

越秀反倒轻轻一笑：“老师，是您让我谨遵师道的呀！”

吴芮弩眉一怔。

越秀：“赵佗驻兵梅关口外，东西一线五百里分五路安营，至今按兵不动，是他另有所思。屠睢一路烧杀，抢先进兵东江山口，中了你和桀骏设下的陷阱。二万越丁的伏击，断送了数万秦军的阴魂。这也算天意了。顺乎天意乃为人之大道——这是老师对弟子千叮万嘱的教导。学生何过之有？”

吴芮：“你的师兄、我的儿子吴央他可是屠睢的中军校尉，这你不是不知道。”

越秀：“师兄的去向我可以料定。赵佗早就发出了休兵免进的军令。师兄他不会像屠睢那般傻。”

吴芮：“难道他会不随屠睢一同杀入岭南？全军覆没的是秦军，他会活着回来？”

越秀：“这就是您不了解师兄了。他比您还狡黠。”

吴芮：“越说越不像话。”

越秀：“他会活着回去向始皇复命的。”

吴芮：“反正是完了。屠睢死了倒也少了个麻烦。那十万兵马毁于一旦，我还拿什么潜入岭南，拿什么与桀骏联盟？你这个丫头，丢了灵谷先生的期待，毁我大计，害我好苦呀！来人。”

走过两个兵卒。

吴芮：“把她关进闲云观里。没我的命令不准放她出来。哎，我的儿子吴央……”

丢盔卸甲的吴央拉着战马正在岭南山里的溪边喝水。

一小股随行的屠睢秦军兵卒累倒在地上。

千夫长马旺：“校尉大人，还往前走吗？”

吴央：“马旺，离内良城还有多远？”

马旺：“现在已是五岭之南。过了脚下这条河，翻过大岭就是内良界。”

吴央:“这就对了。这应该是定远河。江对岸有深峡,人称‘一线天’,直穿过去就是安远、内良,可省一天一夜的路程。走!”

探马跑回来:“校尉大人,我们走反了方向。眼下已是越北正中的小梅山隘口——梅西河,再往前走就是韶关山了。”

吴央:“啊?”

马旺:“这么说应该转头往北走?”

吴央:“慢着。我们必须返回家父的营盘驻地。切不可错投了赵佗的大门。”

又一探马:“报大人,大事不好。我们又中了越人的埋伏!”

吴央等皆惊:“什、什么?”

探马:“那边山、山上。一色的白衣白马白刀剑。足有好几百号人马……”

吴央:“别慌、别慌!随我找回来路。不准出声响。撤!”

山林中。

越人家小的马队稀稀拉拉地行走着。

老阿爹嘟哝着:“咱们不能在这里等死。找我们的亲人去。走,走啊!要死也死到西方——到我们梧州去。远走雷州。走!走……”

林中越人家小突然吃力地停下来。一个个全惊愕地立在那里。

迎面,吴央的小队秦兵已经立在他们的面前。

此刻的天地山林一片沉静,仿佛听得到人们的心跳声。

吴央与老阿爹、家小与秦兵在战战兢兢地顾视着。

他们相互品视着对方的疲惫、惊慌、凄惨神色。

吴央终于看明白了,突然哈哈大笑。

“哈哈哈……哈哈哈!原来是一帮南蛮的家族老小。哈哈哈……天助我也!来,留几个有头有脸的活着做拿下桀骏的献礼。其余老弱不堪的杀光。为十万秦兵祭奠亡魂,也免得拖累我们。”

越族家小哀声一片。

白衣越女们在龙昆夫人玉娘带领下,密聚成阵,欲搏一死。

吴央提剑:“马旺,要他们听明白啦。就说是我——吴氏家族的吴公子吴央,送他们上路啦!动手。杀!”

马旺带领他的秦兵正欲动手行凶,忽然吴央、马旺等人手中的铁剑被击飞出去,发出哐啷啷的怪响。

众人跃起接剑在手,正在惊异。

赵佗的兵马如天外来人一般飞落其中。

赵、吴——一场秦兵与秦兵的格斗在山间如旋风般卷起。

赵佗舞一套龙凤剑法,几阵大十字旋腾。吴央兵器被击落在地,翻滚跳下悬崖夺马而逃。

赵佗不再去追赶。

“拿下!”

赵佗吼叫一声。马旺和他的小股马队瞬间就擒受绑。

越族家小们一个个战战兢兢地待在那。
赵佗向他们走来。
家小们把目光投向赵佗。
赵佗巡视着家小们。
“不怕，不怕。”好久赵佗才说出话来，“本人姓赵名佗。奉大秦任嚣大将军之命，特地前来寻找接应各位家小。来吧，你们到家了……”
越人家小惊惧尤在。
一个个颤抖呆立，茫然失措。
“来吧，跟我来……”
这是赵佗的声音。
在秦军的搀扶、拉帮下，家小的马帮稀稀拉拉地启动。
赵佗对赵光说：“校尉赵光。”
赵光：“小的在。”
赵佗：“呵护家小们骑马上车。小心回营。”
赵光：“是。”
秦军兵卒们扶老携幼。
赵佗带着小队秦军、越人马队缓缓地向岭口外的秦营走去。

密林深处隐身的阿郎。
他盯着家小们在秦军围拢下远去的背影。
阿郎急得双眼冒火。
山林中飞驰出阿郎——他策马远去。
他的马从晓星中跑出。
他又驭马驰入夕阳。
西江。岸边、山口。阿郎放马啃草。
他在江边胡乱地洗了脸、掬水猛喝了一气，四仰八叉躺倒在草地上。
他头枕着西江的沙岸。
听得见大江流水的喧嚣，看得见苍穹飞鹰的孤影。
他流泪了。
忽然，他坐起来。
两柄长剑从左右架住了他的脖颈。他惊恐地左右看着持剑人，好久。
“阿郎？”
他霍地跳起身来：“阿牛、水根？我不是撞到鬼了吧？”
“你怎么在这儿？”
“找你们呀。”

"家小们呢?"

"让秦军抓走了呀!"

"天哪……"

"桀骏头领呢?"

"走吧。他在石屋里。"

他们朝崖下的石洞一摇一晃地奔去。

梅关岭外的秦军大营里。赵佗指挥着秦兵往越人家小们入住的几座大营帐送干粮、开水，为越族人们分食。

玉娘婆媳紧搂着她们的孩儿，避缩在人群的角落里。

赵佗亲自把水和干粮递到她的手里。

她与婆母怯怯地接过食物。

一声孩儿哭闹。她急忙把孩儿搂紧在怀里捂住嘴巴。

赵佗平静地盯着她们。

她们的目光惊惧中掺着感激。

西江岸边的石洞屋里。

阿郎气喘吁吁地道："头儿，不、不好了。家小们让秦兵抓……抓走了!"

桀骏跳起身来："什么？现在在什么地方?"

阿郎："在东江，遇到秦兵夺了我们的船，我们把他们送进了江底，骑了秦兵的马，惶惶沿着北江往西走，走了三天三夜。想直奔梧州。昨天一早做梦似的发现走北了，魔怔似的走进了秦兵的大营寨……"

"莫不是真的中了邪?"

桀骏急得在地上团团乱转。

带着伤的桀骏立在崖前，面对山川发呆。

"阿郎，你看准了吗，秦军挑头抓家小们的真的是他?"桀骏说着。

"没错。我看得清楚，还听得清清楚楚。那领头的自报姓名——姓赵名佗。"阿郎说。

"赵……佗?"桀骏自语着，"他果然出马。在东江我们刚刚灭了屠睢的数万秦兵。赵佗肯定不会放过我。难道他要对我桀骏的家小们下毒手啦！秦兵杀到我们家门来，百越不可以等死呀!"

他的脸颊，活像一块淋雨中的石头。

好半天桀骏才道："秦兵杀到，百越不可以等死。阿郎、老六、老三，你们领着越人的马队在这一带休整、布防。我带着一半人马去联络西江三百部落男丁，秦兵比乌胥山的骷髅王凶狠得多。武装起来！百越联盟，先抗秦，才能保家。"

阿郎："对。百越联手，抗秦保家！顺手连骷髅王一块收拾喽!"

人们应着："百越不可以等死呀！"
桀骏喊叫着："走，抗秦！秦兵是最可恶的敌人。出发！"
桀骏领着一队越人纵身上马，沿江向南驰去。

7

小梅关的山麓上。
中军郑武领着秦军马队、战车驮着伤兵往营地行走着。
兵营里有秦军兵士出来招抚伤员入帐。
士兵刘二突然大叫："哥！大哥……"他跑到车前扶住一个伤了右臂的秦兵哭喊起来。
受伤的秦兵刘大坐起身来看着自己的兄弟刘二，无言流泪。
一个拄着拐杖的越人伤者艰难地走过来。
刘大手指着他大叫："就是他！就是他！这老越砍了我一刀！"
刘二等几个秦兵围过来揪住那越人伤者。
越人伤者："你先刺我那一剑。腿筋都差点断了。"
刘二："你这该杀的！"
越人伤者："秦兵杀人才是该死！"
越来越多的秦兵、越人伤者揪打在一起。
中军郑武走过来大喝："住手！"
士卒们罢手静下来。
"将军有令！"中军吼道，"凡伤残者，不分秦、越，一律救养疗伤。有动武闹事者，斩！"
刘二："老越杀了我十万秦兵。几个伤员抵不了这么多弟兄的命。"
"中军大人，打进岭南，杀平百越。为秦军弟兄报仇雪恨呀！"
"打进岭南，杀平百越，报仇雪恨呀！"
家小们的帐篷里。
玉娘和越人家小们听到了帐外秦军的呼喊。
惊惧惶恐的愁云笼罩在家小们的心头。

帐外。中军把越人伤者叫到一边："你是谁？"
"我就是我。"
"告诉我你叫什么名字。"
"我叫桀武。"越人伤者快速地说，"是我哥的弟弟。"
"你哥是谁？"
"桀骏。咋的？"
"百越之雄、桀骏部落长的弟弟？"

"无错，你呢？"露出越语声。

"你问我？本人姓郑名武。"

"也叫武。哥俩同名不同姓。"

"无错，我领你见一个人。"他说着越语。

"边个？"

"我无知。"中军郑武用越语回了他，"见了面你会知道。把越人伤者都叫过来。"

中军郑武、越人桀武带领着一群越人伤者进了越人家小们的营帐。玉娘与婆母都一眼认出桀武。婆媳二人都缩在一起不敢正视，生怕与桀武相认会暴露出全家的身份。

而桀武老远见到家里亲人，禁不住大叫着挤过人群："娘，嫂嫂……你们、你们……"

婆母终于忍不住叫着："儿啊，桀武，可是我们还有人，还有人，留在越东、留在龙川——全是寡妇了啊！"

家小们与伤残的亲人们哭抱在一起。

"千万不要说出我们的底细……"婆母惊恐地压低声音说，"改名换个姓吧，桀武！"

中军郑武悲悯的目光。

面对这些相逢在生死线的越人老小，他眼前一片雾水风涛。

秦军营帐里。

巡游中的任嚣、赵佗听着中军郑武的回话。

郑武："将军大人说得极是。经桀武进帐相认，那带着小儿的果然是婆媳，老太太正是击杀屠睢将军和十万秦军的百越之雄桀骏的娘亲。"

赵佗："应该还有桀骏的夫人、孩子和兄弟。"

郑武："将军说得是。"

任嚣："哦……"

赵佗："大人，这批越人老小的马帮全是越军的眷属。这部分伤残者倒也算是团聚了。"

任嚣："还有几百号人的残部，跟随着桀骏逃往越西。要探明这一支越人逃至越西的会合地点。"

赵佗："这个桀骏，应该就是龙昆大寨的部落长。他的妻子就是这儿有名的龙昆夫人了。对于桀骏家小的身份不可外传。要确保他们的安全，我们亦当作不知晓。"

任嚣："少将军此见极为重要。不可加重秦军对他们的仇恨之心。要加专哨专岗护守，谨防军中的仇杀者袭击。不可再结新仇，波及百越抗秦同盟。"

郑武："遵命。"

赵佗："越东的桀骏部落，是如何获得屠睢的军情，如此准确地设陷布阵？"

任嚣："注定会有越人的刺探。"

赵佗陷入深深的思虑。

他忧心地自语："越东、越东，那里居然有一场百越乡民与十万秦军的血战。不可思议、不可思议……"

赵光将马旺等逃亡兵士押入帐中审讯。

任嚣："尔等既为闵越屠睢将军部将，何以不遵本大将军之军令，反而涂炭越族生灵，杀戮百姓？"

马旺："大将军在上，越族兵丁生杀我大秦将兵数万。整整十万人马溃不成军呀！此仇岂是山海可比？我等有幸逃亡，路见凶民，岂有不杀之理？"

赵佗："逃亡路上，遭遇手无寸铁的百姓却大开杀戒。何德何能之有？有污大秦天子兵将的风范。"

马旺："这……小的知罪。"

史禄："既是全军覆没，尔等何以活着逃命？"

马旺："我等随中军校尉督押粮草在后。三日后赶到战场，企图冲杀援救，已是两军俱亡。我等左右追杀，越丁如风四散，逃入山林不见踪影，进山找寻，又遭偷袭。我等掩埋了屠睢将军的尸体才……"

史禄："山上逃离者是何人？"

马旺："屠睢将军的中军校尉吴央。"

任嚣："吴央？莫非是那位吴芮的公子？"

马旺："正是，番阳令吴芮大人的公子。"

此刻岭外的一道山峡口中。吴央带着几个骑者正驰骋而出。

他们向山外的空旷林地驰去。

大将军营帐里。

任嚣："来人，岭北所有山涧路口设卡，捉拿吴央来见。"

史禄："大人，吴央既是屠睢部将，不捉也罢。由他单独向皇帝禀报战败军情，岂不更妥？"

任嚣、赵佗交换了一下眼色。

赵佗："大人。赵佗以为，监军大人所言不无道理。"

任嚣点头会意。

赵佗："马旺。尔等既为亡将之旅，又有战伤劳疾在身，愿留者、愿回朝复命者，皆可悉自由之。"

马旺："谢少将军恩典。马旺等愿留将军麾下，为十万秦军冤魂报仇雪恨！这也是吴央吴公子的心意。"

赵佗："马旺听令。"

马旺：“在。”

赵佗：“本将命你为大秦军招抚吏。率尔等十骑巡游东江龙川一带，聚拢、招抚散失的大秦屠睢将军残部。随时会有驿吏与你联络。”

马旺：“遵命。”

赵佗：“你们要潜行密居山林，不得与越人冲突。”

马旺：“马旺明白。”

入夜。内良城的吴氏学馆。

逃出生天的吴央在和父亲吴芮说话。

吴芮：“央儿能活着回来，也算是老天有眼啦！”

吴央：“全是屠睢那个愣头青，抢功心切，掉进了桀骏那魔鬼的陷阱。”

吴芮：“是他抢先出兵，才做了赵佗的替死鬼，也害得我儿险遭不测。”

吴央：“可是赵佗驻足不前，屯兵岭外，至今逍遥自在。”

吴芮：“那就给他个不得自在。”

竹帘窗外隐现一偷听的黑衣蒙面人影。

吴氏学馆内。

吴央：“桀骏部落的家小都在赵佗的手中。”

吴芮：“哦？人质也让他抓到了手里！”

吴央：“我想杀掉他们，被赵佗给搅黄了，赵佗救走了他们，央儿我费了九牛二虎之力才逃了出来。”

吴芮：“也罢。正好点他一把火。”

吴央：“父亲大人，央儿想听教诲。”

吴芮：“为父已从梅狷将军部下调集了精壮兵马八千骑射，可由我儿统领潜回岭南，巧施周旋，伺机找到桀骏。连通岭南东西百越，再征男丁。”

吴央：“东山再起？”

吴芮：“越族家小在赵佗手里，肯定会作为要挟桀骏的人质、诱饵。你要把他们抢到手。抢不到则劫杀之。”

吴央：“孩儿懂了。”

吴芮：“我儿要把吴氏先人的《吴起兵法》再通读一遍。”

吴央：“儿已倒背如流、心领神会。此番上路，先偷袭赵佗的营寨。袭之、扰之、劫之、杀之、匿之、逃之……”

吴芮：“先祖遗训，何止如此？长卷兵书，博大精深，王者之道，尽在其中也。”

吴央：“儿会慎记。”

吴芮：“尤不可忘记的是，‘兵忌疏察’‘乃漏为患’。”

吴央：“难道出了内贼？”

吴芮：“没那么邪乎。不过，父子用兵，只可天知地知……该去见见你的小师妹啦。”

窗外有声音。

吴氏父子惊觉。

吴央大叫："什么人？"他遄出房门寻望。

黑衣蒙面人如影子般跃出墙外。

吴央追出墙院。

黑衣人影消失。

闲云观前。两卫士守在门前，并向吴央施礼。

吴央欲进。

一卫士拦挡："少公子请留步。老爷有话，我等守护姑娘不得出门半步。"

吴央："我知了。"说着进门。

闲云观内烛灯亮着，但空无一人。

吴央四下寻找，无人迹声响。

吴央跳至外间，仰首望见天窗开着。可见星光闪烁。

吴央自语："师妹失踪了！"

晨霞里的江流上。一叶小舟正顺着江流而来。

船上撑篙者正是越公子——一身夜行黑衣的师妹越秀。

秦营。大将军帐里。三位将军在议事。

赵佗："大人。现在全营秦军同仇敌忾，呼喊攻越报仇雪恨，势如箭在弦上。以桀骏家族为首的越人家小，继续留在我秦军营内，恐难以保全他们的性命。"

任嚣："以少将军之见？"

赵佗："末将以为，应即刻放行家眷。"

任嚣："监军的意见呢？"

史禄："赵佗将军所言，正犯了兵家大忌。拘押人质乃逼降对手的法器。轻言放行就是放弃战机。有我十万军魂之唤，正值悲师必胜之势。理当大举进兵，横扫岭南，摧枯拉朽，一举可成平定百越大业。少将军不可以止步不前！"

赵佗："屠睢轻进，十万军魂殆尽，越人也与之同归于尽。此前车之鉴，倘若随意重蹈覆辙，五岭将成死亡之谷、秦越百万人合葬之地。我大秦皇帝所言'平定'二字，非此意也。"

史禄："打仗就是要死人的。平天下就是要杀人的。兵不血刃，只配去做儒生。"

赵佗轻笑："监军大人，平天下者，乃为天下太平也。倘若人都死绝了，天下也就没有了。况且您就是真正的儒生出身。何出此言？"

史禄："既率雄兵在此，却辗转反侧，按兵不动，让我如何向皇帝陛下禀报军情？"

赵佗："大人。歇兵八日以来，山林阻隔，粮道犹未打通。兵士随身所带之粮，只够歇兵食用。倘若进兵，一入岭南就断粮炊。何言征战？况且，战船三百艘无法进入岭南水系，粮米草料搁置在湘江尽头。与陆马兵部相去千山。水陆两师既无法匹配呼应，又无同进共守之通途。这才是用兵大忌呀！如需奏明陛下，当如实禀报。”

史禄：“难道要我史禄奏请退兵不成？”

赵佗：“歇兵十数日，退兵五百里，都是将帅挥动之间的权谋。监军大人可以不必禀奏陛下。”

史禄：“赵佗，你在挥洒皇命。你不要过于傲慢了！”

任嚣：“二位不要争吵。赵佗所言皆属实情。御使所虑，也是常理。容老夫思考再三，再行定夺。”

大江陡岸。

月色。晓星。远山。沙滩。

山崖上站立的赵佗。他巡视着大军扎营的岭外山野。

夕阳。晚霞。

江河口的崖岸上。

赵佗迎着黄昏霞彩，一个人在大河沙岸上沉思踱步。

远远的石畔泉崖下的江流里，又漂过一只小船。

山野间又响起了那支越调的山歌：

关关雎鸠，
在河之洲。
窈窕淑女，
君子好逑。
…………

小船上。船工阿仔正摇橹放歌。

船尾的妹子和上：

情哥来求，
梅江欢流。
阿仔无语，
小妹心忧。

心忧情忧，
阿妹何由……

江河口的崖岸上。感触颇深的赵佗，神色变得越发沉重。

他视野中的越人小船在悠悠然摇荡着。

沙滩岸边。赵佗情不自禁地随着船影，信步来到大江岸边的沙滩上。一眼望去，船影远逝。

他在漫步中。

忽然间，一个黑色身影呼啦啦地从他头上凌越而来，落在他的前方——原来是穿着黑衣黑帽的越公子。

二人对视着。

“越公子？你又失踪了好长时间。”赵佗说。

“所以我又来了。”

越公子又是狡黠地一笑。

他们依然在相互对视着。

良久，那越公子又是一转身间就变了个人儿——一个长发披肩越人装束的秀美女子又出现在赵佗的面前，嫣然地与他不语相对。

这一身素雅的红颜越女，别具风韵。

赵佗又是呆愣了一刻。

她又是淡淡一笑。

“怎么又是你？”

她依然笑，笑得妩媚。

“我说过的。你放过我一剑，我放过你一马。你赵将军这一剑之恩，我越秀报答了。我们扯平了。”

“何解？”

“重重陷阱，有屠睢替你做了替死鬼。将军还不领情吗？”

“难道你参与设陷，害我十万秦军、数万百越男丁？”

“你认为小女子有这等狠毒本领吗？”

“那……你何言报恩呢？”

“通个消息，免将军一死而已。”

“免在下一死？想必别有用心了。”

“算你还聪明。”

“请讲个明白。”

越秀又是一笑，走上前来：“古语云‘临渊羡鱼’，懂吧？”

赵佗一笑：“未必。”

越秀：“你正被困扰在深渊之边。兵家临渊不可羡鱼。乃是思退。”

赵佗：“哦？”

越秀：“明白了吧？”

赵佗摇头。

“你是秦军统帅。本小妹自然要下功夫让你悟懂一个‘退’字。”

“你在恫吓本将军？”

“我在为你支招——你忘了‘以退为进’、退一步进百步是大将风范里的奇兵大法?”

赵佗:“嗯?”

“勇于言退，进自有法。”

“依小妹之见?”

“想知道吗?”

赵佗点头。

越秀:“秦军共有三劫。屠睢临祸，算你赵将军躲过一劫。其他劫数将接踵而至。”

赵佗:“请小妹明示。”

越秀:“三日之内，连夜打坐，面朝正西方，心念日落湘水漓江，虚灵透顶，气沉丹田，无须点化，你心自明。更会有人来告。”

赵佗一头雾水，呆望着她。

她又是嫣然一笑。

“小妹告辞了。”

“等等。在下如何再见小妹?”

“你想明白了，我自会出现。”

他欲上前拿她问个清楚。

她却飘远了。

他又去追赶她。

崖岸。山麓上。

她在一路笑声中涉水、攀山、援树。

她不见了踪影。

赵佗独身矗立，寻望影子迭入月轮。

8

深夜的岭北。内良城。

吴氏学馆里的灯光亮着。北边的夜风从山口的河道里刮过来。檐下的“学”字纱灯摇晃了一阵，熄灭了。

吴央晃着幽灵似的影子拉开父亲的竹门，见到的是父亲惊愕的眼睛。

“央儿，咋啦?”吴芮轻声问。

“她、她……没了……”儿子的回话，没头没尾。

“谁、谁没了?”

“小妹，小妹，失踪啦!”

“失踪了?”

“我找她两天了。就是失踪啦!”

吴芮说:“想必她……又是去会那赵佗了!”

“赵佗？她与赵佗到底怎么了？”吴央妒火中烧。

“也不必怪她。她不过想为岭南百越讨得个安宁而已。”吴芮说，“为父让你去见她，就是要你看破她。你这个师妹在秦、越之间，是透风的墙壁、漏底的木船。不可再让她坏了我的大计。”

“那咋办？让我除了她？”

“你舍得吗？”吴芮说，“我说过的，‘兵忌疏察’‘乃漏为患’。既然看明白了她，也就与事无碍。留着她反会有大用处。这是她第二次出走。”

“她还会回来吗？”

“会回来的。”吴芮说，“她此次连夜出走，意味着她已知你我之计，才去寻找赵佗。故而为父要反其计而行之。”

“提早偷袭赵营！”

“哈哈哈……何止如此。为父给你一柄双刃剑。”

“双刃剑？”

“不错。”吴芮说，“一面叫‘百越之刃’，一面曰‘大秦之刃’。”

吴央拧眉聆听着。

吴芮：“我儿等精兵一会儿装扮成百越民丁，突袭赵营；一会儿则以秦军装束打杀百越之部。一剑双刃见血，燃起秦、越仇杀之火，然后悄然撤离。我兵伺机杀掉赵佗，我儿自可独领百越也。”

“这招，先祖兵法上可没写。”吴央说。

“由我们补写喽。”吴芮道，“此行先亮‘百越之刃’，以越人之装扮奇袭赵营，抢获桀骏家小。”

“如若不成则反之。”吴央说，“张秦兵之旗，以赵佗之名，劫杀桀骏家小。”

“哈哈哈……真乃吴芮之子。孺子可教也。”吴芮哈哈大笑，“事情急迫。三日后我儿统兵一小队三百骑射——”

“不。”吴央抢过话头，“就在今晚——连夜出发！”

山野里。吴央等装扮成越人兵马，弓弩刀剑、全副武装，如旋风般驰出山林古道。

江岸。山崖。

秦营。月轮。

巡夜兵卒敲着三更的梆声在营寨里走动。

秦营里有不眠的士兵在吹着故乡的古埙。

天宇间回荡着咸阳秦埙低沉的声韵。

大营帐前的草地上。赵佗在皎洁的月光下舞剑。

他在老榕树下顺着大武灵剑法“入鼎无极”的收式打坐入静。

古埙的音韵萦绕在他的脑际、胸间。

营帐里。兵卒们酣然入梦乡。

古埙的北方乡音，令他们回到了故乡的雪山、黄河、小城院落中。

越人家小的营帐里。长夜无眠的龙昆夫人玉娘怀抱幼子，面对窗外，盯着天上的一轮大月亮，暗自垂泪。

西江崖岸。山洞门外。

桀骏站立在石畔岩头，呆望着月下涌流的大江。

他望着手中祖传下来的王者长剑，满脸悲苦。泪眼里闪烁着火光。

天宇间隐约响起的是玉娘那支深情的越人山歌——

关关雎鸠，
在河之洲。
窈窕淑女，
君子好逑。
…………

妹子和上：

情哥来求，
梅江欢流。
阿仔无语，
小妹心忧。

心忧情忧，
阿妹何由……

这支山歌在漫天飞游。

它与古埙奇妙地冲撞、糅合，相混绞在一起。

它飞入秦营帐前玉娘的心头；它飞入酣睡了的秦营，令兵卒们自梦中含泪惊醒；它飞入山洞里越人们的梦境，幻化出与家小亲人们团聚的喜境。

古树下打坐的赵佗。

那柔媚摄魂的歌吟，仿佛绚丽的剑锋，袭中他的灵脉。他周身不觉为之一抖。他又强行平复下来，入静打坐。

他的心意飞动了。

赵佗飞动的心象：东江战场；屠睢十万秦军悲惨覆没陷阱、船沉江海的战局浮现；小梅山上的越人家小、前来劫杀的吴央秦军及那场格斗血拼；越秀小妹的身影。

她的声音：“‘临渊羡鱼’，懂吧？……兵家临渊不可羡鱼。……退一步进百步!”

他的心象在飞动：

湘水头。灵川外。

三百艘“秦”字水师楼船在云水中浮动，拥挤地停泊在湘水尽头的河道里。水师督尉卢浩川领着一群楼船百夫长，迎面走来，齐声苦求着：“将军大人，湘水断了源头，与漓江被山岸隔断。大秦三百楼船被困在灵川。越兵即将来袭，劫粮毁船，火烧连营，秦军将死无葬身之地啊！将军……”

……

突然惊醒的赵佗。

他像从缠身的噩梦中猛醒，忽地拔身跃起。睁眼一看，月下正有一人影立在他跟前。

“将军。小的赵光惊扰您了。”那是赵光低沉而轻轻的声音。

“赵光，有事?”

“小的见将军在山地入静，特意随行护卫将军。”

“已近四更，天快亮了。请去禀告大将军，我想见他。”

“禀将军，大将军正在大帐中等您。已经多时。”

“哦? 好!”赵佗一阵风似的旋走。

他来到大将军帐里。

监军史禄已经入座。

任嚣：“少将军，天还没亮就把你和监军大人请来，见谅，见谅。”

赵佗：“末将一直坐在老榕树下等您的召唤。”

任嚣：“哦? 我和监军大人也在这儿等你有一个时辰了。想让你多歇息一会儿。想不到……我们真的心有灵犀啦。坐。”

赵佗落座在一旁。

“赵佗将军，湘江水师督尉卢浩川星夜赶来。军情紧迫，我把二位请来，需要立马决策。”任嚣说道。

卢浩川进帐：“二位将军大人、御使大人在上。我楼船已到了湘水的尽头。坡岸之下才是漓江。湘、漓二江是被灵川隔开的，大秦三百楼船已被困在灵川湘水的河道里……”

他们的心一同飞往湘江尽头。天旱水枯的场地。

大秦楼船困在枯水的河道。

卢浩川的声音：“满船军粮草料无法运来这梅关大营。秋来继续天旱枯水，水师就要船落荒滩。随时都会引出越丁风火来袭，劫粮毁船，断我给养……”

他们心象中的河对岸、山隙间火光映天。

卢浩川的声音响起：“前天夜里发现湘水对岸山林起火，风干物燥，火光逼人，倘若火借风势烧到我岸，火烧连营，秦军数百艘楼船将无葬身之地！将军，请允我军本部回师湘水，合力扑灭山火，水陆大军相依相守，方可等到复来春水，再商大计呀!”

大将军帐里的将军们一时间惊愕住了。

赵佗心想："这情景竟与心象如此相同。而这等心象竟与大将军任嚣的估算如出一辙。想到了，人就到了。神了。真是神意啊……"

此时中军郑武走进来："禀将军阁下，经过清点，我大军兵卒们随身所带口粮还够五日食用。进军，则三日到达岭南，五日刚好断炊。退兵移师，则五日可抵湘水水师大营。"

大将军的营帐里好一阵沉默。

赵佗突然急切地说："退兵湘水！"

众位皆惊。

史禄愤愤然吼起来："不，不可！"

又是好一阵沉默。

9

大将军帐里仿佛燃着烈火。

史禄愤愤然："事已至此，好似别无选择了！若是早进兵岭南，如今已占领百越，大功早成矣。何至于此？大将军，不可一再放任赵佗蹉跎时日，贻误战机。请分一路兵马与我，为洗我秦军丢功之辱，即刻杀进百越！"

任嚣："御使大人，不可轻言杀字矣。分兵谋进，独领其功，非兵家所为，更非本帅所为。你可知，岭南其实无兵无将，更无设防。而我大军一旦开入，则人人皆兵、各自为将。险山恶水，随处设陷，神出鬼没，奇袭难防。屠睢之惨剧，可谓前车之鉴，不可再莽撞重蹈覆辙。"

史禄："大将军的意思是……大秦五十万将士要长期驻扎在五岭北关之外的湘南之地啦？"

任嚣："何止如此？"

史禄："大将军，您……"

任嚣不语。陷入深思。

山隙间映天的火光；河道里枯陷的楼船；放箭射秦的越人；火烧抢劫楼船的饥民……

史禄："大将军！"

任嚣："只怕……要撤离五岭关隘——移兵湘西。"

赵佗："大将军、监军大人。在下以为，退兵湘水，刻不容缓。应该连夜拔营。"

"回、师、西、进。"好一会儿，任嚣一板一眼地纠正了赵佗，"初临岭南不宜言退。"

史禄："这怎么可以？移师就是退却。我史禄绝不敢苟同。与其做缩头乌龟，不如铤而走险。"

赵佗："监军大人，我二十万水师楼船将士独屯湘水之地，困守我五十万大军的粮草给养，我三十万人马队长驱进驻在这岭关险地，粮谷已尽，首尾不能相顾。眼下天旱水枯，山火四起，我水师楼船正在危急之中。不回师相救，岭南大计不复存也！”

史禄：“赵佗，你……”

任嚣：“好啦。听本帅将令，移师湘水灵川。即刻起拔！”

史禄无奈地瞪着眼睛。

晓色中的营寨。

残月。晓星。昏睡不醒的东山。

北江。小梅山上。

吴央领着越人装束的小支马队驰来。他们策马绕上山岩。透过树隙向梅关山口瞭望。

山风舞动中的“秦”字军旗。

平谷排列中的秦寨营帐。一切都在夜雾中沉寂地酣睡着。

吴央心头一喜。

吴央一使眼色，身边的马丁吹了个口哨。

马丁：“梅旌！”

梅旌：“在。”

马丁：“上。”

吴央的一彪骑队轻轻绕向山后，突袭秦军赵营的首路营寨。

赵营一片静悄悄。无人无兵无马。是空空的废弃营寨。

偷袭者扑空了。

马丁悄声：“公子阁下，我们扑空了。”

吴央心头一悸。

大山谷里。晨曦中。

五路、三十万秦军马队行走在西进的深山谷道里。

越人家小的马队在秦军的中间，踏着烟尘，一同艰难前行。

日出。日落。

行进中的秦军马队、越人家小。

呜咽着的古埙。

……

吴央的小股马队在山林中潜行。

梅旌：“我们中了赵佗的退兵之计。”

吴央：“不对。秦军不会言退的。赵佗一定是进了岭南。”

马丁：“公子说得对。我们跟踪而行，直奔韶关。”

吴央：“先奔西江。去找龙昆头领桀骏。”

马丁：“是。奔西江。走！”

他们的马队向岭关西行驰去。

九嶷山峡。大雾重重。
古岭深处，云嶂弥漫。
五路秦军环聚在大山深峡里，转来转去走不出这山险林深的云霞雾谷。
赵光：“将军，雾太大，大得出奇。我们迷山了，已经围着这山谷转了一整夜。人困马乏，还没走出去呀！”
赵佗：“传令全军，就地歇息。不得解甲松鞍。”
郑武：“遵命。”
没等他的令到，谷地里的兵卒们已然成片卧地，倒头入睡了。
赵佗：“赵光、郑武，随我去探路。”
赵光、郑武齐声应是。
他们驰马隐向云山雾谷的深处。

西江岸畔。
五仙洞前。
越族残部男丁围着左臂剑伤恶化了的桀骏。
阿郎：“阿海，找到医者了吗？”
阿海：“虎寨、豹村都跑遍了。没有医者。连一点刀伤草药都找不到！”
“头领的剑伤溃烂得十分严重。送走！再在这儿耽搁下去他就没命啦。赶紧把他送走。”阿郎下定决心。
几个男丁备好了船只泊在岸边。用担架把昏迷的桀骏抬上江船。桀骏突然清醒过来。
“阿郎！”桀骏突然大喊。阿郎贴近了他：“头领，阿郎在这儿。”
桀骏：“诸位兄弟，桀骏无能。平素没有在西江结下盟缘。这边的好多部落村寨，那些大小部落长、头人们，都不肯加入我们龙昆部落的抗秦联盟。皆因我桀骏平素争强好胜，伤了百越的和气。是桀骏害苦了龙昆部落。你们……”
阿郎：“头领，您安心地走吧。您要走得远远地。我送您到有名医、有草药的地方。”
桀骏：“不。联盟不成，他们会被秦军各个击破的。我桀骏不走！”
阿郎：“头领，告诉您真话吧，从西江到南海的崖珠、合浦、交趾、九真好多大村寨、大部落，我都跑遍啦。头人长老们都知道，秦军恨的就是你桀骏，都不想跟你联盟。他们是怕我们惹来秦兵，百越一块遭殃。秦军只要进了西江，都会起来拼命的。每个部落都是一群山魈、百只鬼虎，一团烈火、千把刀剑。头领，走吧，养好了伤。我们接您回来。”
“阿郎——”桀骏晕了过去。
阿郎一挥手，随行的越人们都上了船。

阿郎等留下的越丁站立在岸边目送着。

越人的数只小木船走远了。

西江岸边。

吴央的马队沿江疾驰而来。

他们来到五仙洞前。空空的江野，不见一个人影。

梅旌："公子，这就是五仙洞。"

马丁："怎么会不见人影？"

吴央："我们已经进了岭南！他们逃不掉！"

一边的石崖树丛里。阿郎等十几个越人隐身窥望着。见是越人装束的骑者，越人眼睛一亮。

阿郎一个人走出来。

两厢对视了好一阵。

吴央："桀骏呢？"

阿郎一直盯着他："你是谁？"

马丁："他是桀骏头领的朋友——吴公子。"

阿郎："朋友？我怎么不认识？"

吴央："我好像也没见过你。"

阿郎："那还叫什么朋友？"

吴央："你是谁？"

阿郎："我是桀骏。我就是你们要找的桀骏！"

吴央："想骗我？来人！"

几个吴氏人上前，审视着阿郎。

石崖树丛里。

原在隐身窥望着的十几个越人，旋即齐呼啦地遄出来。

双方冷冷地对峙着。

吴央："快请桀骏出来见我。"

阿郎："做梦吧。桀骏死啦！"

吴央："啊？他、他在哪？我、我要为他磕头祭灵……"

阿郎："真是朋友？"

双方对视着。

九嶷山的雾谷中。

赵佗他们在峡谷里探路。

重重的雾霭云障里，看不清来路与去处。

"不可以再往远走了。"赵佗命令道，"就地停步，插标。记住来的方向。原地歇息。等待天晴雾散。"

谷地。雾中新搭起了几座营帐。赵佗与赵光在营帐里。

赵佗蹙眉，苦思。

他的心里浮现出越人家小。玉娘、老者、负伤的桀武……

他突然坐起："赵光。我们摸回去。"

赵光："将军。您太累了，睡一会儿再……"

赵佗："天亮了回去。求助于越人家小。他们会认得山路的。"

黎明。秦军的山谷里。

赵佗、赵光、郑武一行来到越人家小的的营帐外。

营帐空了。监军御使统领的骑兵营地也是空空的。

"御使的队伍失踪了！"郑武说。

"越人家小也被他带丢啦！"赵光说。

"快去寻找吧！"郑武说。

赵佗抬手制止："史禄走了。他终于走了。你们……找不回来的啦。"

赵光："可是那些越人家小要遭殃的啦！"

赵佗："郑武，你飞马速向尾队大将军禀报。不得向全军声张。"

郑武："遵命。"他驰马而去。

赵佗压不住满腔怒火。

他跐上马背一鞭策马。战马张开四蹄狂奔。

悬崖上。

赵佗策马绕上悬崖。愤愤然的脸颊在一阵阵抖动着。他勒马茫然四望良久。

"啊——啊——"终于，他一阵兽啸般的嘶喊，唤起大山的百里回响。

赵佗纵马向四面野山肆意飞驰。那声音的回响伴随着他。

"啊！监军史禄！你快回来呀！"

山巅。

又一处不知所向的山之巅。赵佗勒马停立，寻望着四下大雾迷茫的高峡深谷。他激昂惨烈的声音在空谷回荡："监军大人！你在哪里——你要回来呀！"

他滑下马背。

他依然在四下吼唤着："监军史禄！你给我回来呀！"

他对天、对地、对自己："好你个史禄——你、你让我大秦之师真的就不攻自破、有如这断崖山岩迸裂残剑啦！啊——"他在惨烈的叫喊声中，猛挥长剑，劈裂了一块山石。

他像一桩被雷击过的高木，呆立在崖畔上。

战马独自安详地啃食着青草。

云山深处。雾障翻滚，死寂无声。

赵佗望着望着，突有霞光隐现。他似发现了奇景。

险崖处传出越族女子的山歌声：

关关雎鸠，
在河之洲。
窈窕淑女，
君子好逑。
…………
情哥来求，
梅江欢流。
阿仔无语，
小妹心忧。

心忧情忧，
阿妹何由……

他望眼中的峰崖上，正下来一个身背竹篓采药的越装女子。

她落在崖畔之后就一边采草药一边哼唱着走过来。

如在玄梦中的赵佗，一时间看痴了。

山麓上那采药的越装女子相貌酷似那营帐中的龙昆部落夫人——玉娘，也有些像那卸了男装的越公子。只是她秀发齐眉、羽翎束髻、中袖扎腰、行脚短裤，山野味更强。她一直在蹦蹦跳跳地哼唱着走过来。

那龙昆玉娘的面庞不断地在他眼前与她更迭。

他与她二人相对了。四只眼放出犀利的光束，闪射交融着。

“将军，让你久等啦。”她终于开口了。

“……”赵佗莫名其妙地望着她。

“怎么，你还在生他的气？”她又在采草药。

“……”赵佗越发疑惑了。

“师父等你好多天了，你还在这儿磨磨蹭蹭干啥？快走吧。”

“去哪里？”赵佗终于发问。

“你该去的地方、你想去的地方。”

“你是谁？”

“就好比我问，你是谁。”

“采药女，你可知我是谁？”

“君知即可。何必我知？”

“你可知他，去了何处？”

“那位御使大人？哈哈，我迎面遇见了他的马队。”

“在什么方向？”

她用手指漫天一划：“该是出了九嶷岭，直奔岭南百越千峰啦！”

赵佗不由分说，翻身上马飞入雾谷。

“回来——你不可以追他。你追不到的啦!”

她在后边又嚷又叫地追了几步，赵佗已无踪影。她回身援树攀山，不见了身影。

大山背面的山谷里。

赵佗飞马驰来，被三面大山的“死胡同”挡住去路。正在盘旋不知去向，那位采草药的越装女子又站在他的面前。

赵佗怔在那里：“你？你怎么会……”

越装女子：“翻山有近路，自然在马前喽。”

“姑娘带路。领我去追那马队。”

“他有百越族人引路回家，你是追不到的了。”

“……”

“留不住的人就让他去吧。”

“为什么?”

“师父说，你不用找他，他会找你的。”

“师父是谁?”

“灵谷子。”她笑了，这一笑百媚生，“师父说了，他在等你。”

“什么地方?”

“自然是你想去的地方啦。灵川古地!”

赵佗一怔。

“将军，跟我走!”她又是嫣然一笑，笑得十分诡秘，转身融进了一团团飞动的山雾之中。

赵佗又是一怔。他也隐进了滚动的雾团里。

他的心、他的视野、他的秦军，都化进了这神奇大岭的迷雾。

九嶷山南。大雁岭北。

丛山的林深谷道里，奔跑着吴央的越人装束小股骑队。

绕来绕去他们绕不出那个蝴蝶深峡。

“迷山了，大人!”马丁叫着。

“蒙了呀，公子!”梅旌嚷着。

吴央急得在马上打转，辨不出方向：“怎么会跑进这种鬼地方来？这是哪儿？说好了去西江嘛！梅旌，你是百越族人，怎么带的路?”

“大人，去西江没错。”梅旌说，“昨天应该在狮子谷往南走。我们跑过头了。现在进了鬼阵。再往前走，进了云开大山就离夜郎国不远啦!”

“别撞上赵佗我就烧高香啦!”

“没准是梅旌把我们引进埋伏啦!”

“还有精神说笑！”吴央下马，“下来拉马。前行探路。”

吴央的人拉马潜行。

梅旌陪吴央登上高坡四寻看路。

苍山雾海，迷阵茫茫。

吴央、梅旌等望着云山深处。雾障翻滚的山崖上又传出山歌声：

关关雎鸠，
在河之洲。
窈窕淑女，
君子好逑。
…………

从峰崖上下来的又是那位身背竹篓采药的越装女子。

她落在了崖畔之后就一边采草药一边哼唱着走过来。

10

如入玄梦的吴央，一时间也看痴了。

她蹦蹦跳跳地哼唱着走过来。

她与他们——几双眼有如数把锋利的光束之剑，闪射交融着。

梅旌惊讶地认出了：“二秀？妹妹！”

二秀：“梅旌？哥哥……”

兄妹抱在一起流泪。

吴央、马丁看愣在那。

二秀大为抱怨：“说好了的，你身在楚地跟定梅将军，是百越的护兵。怎么会跟着秦兵来打岭南？”

梅旌说：“把秦兵十万全给他折腾完了呀，哥如今回来了嘛！”

“可这岭关外又开进来三十万。”二秀说，“湘水那边还驻扎着水师二十余万！”

“哈哈哈……”吴央大笑着插话了，“那就再给他折腾完不就结啦！”

“吹气打哈哈哪？”二秀说，“毁掉秦兵十来万，二万越人就丧了命。再来对付那几十万秦军，岭南百越就全赔光了。你懂什么？”

“哈哈哈，瞧你说的。再杀他赵佗十万兵，秦军就撤回洞庭湖啦！”吴央又是一阵狂笑。

二秀生气了：“你是谁？”

梅旌：“小妹，可不能这么说话呀。他、他、他是……”

马丁接过话头：“他？他可不是别人——湖湘楚地有个越族的梅涓将军，你没听说过吧？"

二秀："废话，他是我哥的爹！我能没听说过？"

马丁："哦。我一猜就是。他就是令尊大人最好、最好的朋友吴芮吴大人的公子——吴央吴将军。"

二秀："知道。也是将军？那我哥哥他……"

吴央："我的朋友，你爹的儿子喽。"

二秀："错啦。我哥的爹，不是我爹。"

吴央："把人弄糊涂啦。"

二秀："先糊涂着吧。明白早了没用。"

梅旌："小妹。这是我的将军。"

二秀："你们都是秦军？"

吴央；"是——也不是。"

二秀："所以你们穿了越人百姓的土布衣。一身獦獠打扮。"

马丁："小妹聪明。"

他撩开布袍衣襟，露出内藏的秦军铠甲，哈哈大笑起来。

梅旌："诸位，她是鄙人的小妹，叫二秀。是岭南山里的采药女。"

吴央："药娘、药女，好啊。我们正用得着。幸会幸会！"

二秀："我可是从小就不会客气。"

吴央："你叫二秀。有个叫越秀的不知你认不认得？"

二秀："是我姐。怎会不认得？她叫大秀，我才叫二秀。"

吴央："我俩在内良城是师兄妹啦！你也得管我叫师兄啦。哈哈哈！"

二秀："这一套真的挺近乎啦。看来，你们是……"

吴央点头："我们曾经是屠睢将军部下的秦军不假。可我们祖上都是越族在中原的亲朋好友。你父与我父是同伙兄弟。全明白了吧？小妹带路，领我们去西江、到梧州再去南海。"

二秀："姓吴的。先答应小女子一件大事。"

吴央："请、请讲。"

二秀："小女子本是受师父灵谷先生之命，前来引领赵佗三十万大军走出迷山雾谷的。"

吴央："有这等事？"

二秀："眼下，我正把他们又困在这大雾弥漫的大峡谷里。"

马丁："这可是真的？"

二秀："我碰到了他的监军拉走了一二万兵马，挟持着龙昆部族的家小进了岭南谷道了。我不去领他赵佗，就不会再有人引领秦军走出大迷谷。"

吴央："果然秦军又杀进了岭南，直接把赵佗本部困死在大迷谷，岂不更省事吗？"

二秀："想得美。那是赵佗的几十万秦军！"

梅旌："那……妹子，你说咋办？"

二秀："吴央，你听着。你的马队可有胆量？"

吴央："当然。"

二秀："可敢连夜去闯秦兵的将军营帐？"

吴央为之一怵："想不到二秀小妹跟我想到一块去了。好说。今夜就是劫杀赵佗的好机会！——你带路？"

二秀诡秘地一笑："不怕我把你们带进断魂崖？"

吴央："小妹作陪，断魂也心甘！"

他也诡秘地笑了。

大山里的黄昏。秦军营寨。

大将军营帐——"任"字帅帜下的那座高大的营帐。

赵佗骑马驰来。帐前卫士接过马缰。

赵佗径自入帐。帐内空无一人。

赵佗转身问卫士："卫士，大将军呢？"

卫士："回少将军。大将军带领中军们去寻找越人村落。寻找可以带路走出迷谷的越人。"

赵佗："大将军去了什么方向？"

卫士："正是日落的西方——在下好像看见大将军站立的身影一直在那座山峰上。"

日落处。不远的西峰上，有将军立马峰头的背影。

赵佗凝望良久，翻身上马，朝西峰驰去。

西峰山顶。

赵佗御马而来，默默立在将军身后，呆望良久。

任嚣凝望着大雾云团隐没中的夕阳暮色。

赵佗参拜："末将赵佗参见大将军。"

任嚣望着冥顽不散的大雾山影，半自语地："大雾季节。如此连日不散的重雾，在我镇守黔蜀十年之中，也是头一回见到。"

赵佗："将军，可是在寻找可以带路的百越族人？"

任嚣："正是。史禄出走领军二万倒也罢了。挟走了越人家小，令我迷途得不到向导。三军困守谷地，一筹莫展。为将者大辱也！"

赵佗："大将军无须多虑。越人家小可做向导者，已在大将军的营帐里。"

任嚣一怔。

"在我的营帐里？此话怎讲？"

赵佗："敬请大将军随末将回营。"

大将军营帐前。任嚣、赵佗一前一后策马驰来。

任嚣跳下马来直冲自己的大将军营帐。挑帘进去一看——空帐一座，并不见越人。

任嚣："赵佗，你在开老夫的玩笑?"

赵佗轻笑着。

赵佗引任嚣走过又一座悬着"任"字帅帜的将军营帐。

任嚣又是挑帘而进。又是空帐一座，不见越人。

任嚣："你个小伢子，在搞什么鬼把戏！这座将军帐为什么又是空的?"

赵佗："兵家语云，'狡兔有三窟'，将军请看第三'窟'。"

远处一座大帐。

赵佗引领任嚣来到第三座有将军标志的大帐前。

任嚣停下了脚步："那么这第三座一定就是你赵佗将军的营帐喽?"

赵佗笑了："不，依然是大将军的空帐。不过……"

他们来到了第三座营帐前。

"大将军请。"赵佗打开门帘。

任嚣走进一望。吃惊万分地立在那儿。

玉娘、婆母、桀武及几位壮汉伤者都在营帐里，眼巴巴地望着任嚣。

任嚣："这、这是怎么回事?"

赵佗默默地一笑。

任嚣："难道史禄没把他们带走?"

赵佗："禀大将军。他带走的只是一部分。这些是龙昆部落与玉娘夫人一行。大将军曾嘱晚辈格外关注以确保他们的安全。那日之后在下就一直这样做了。"

任嚣笑了，满意地笑道："佗儿得道也!"

营帐外。

赵佗："末将已和桀武等长者商议过。明日黎明，我大军拔营西进。请他们做向导。可出雾谷。"

任嚣："可也。"

赵佗："末将今晨曾遇见一位越族采药的山女子。相貌长得与玉娘夫人如同一人，只是年岁很轻。口称受师父灵谷子之命前来引领秦军。可是转眼间就不见了。末将觉得十分蹊跷。"

任嚣浓眉一蹙："灵谷子遣人来了?"

赵佗："将军知晓灵谷子?"

任嚣："岂止知晓?此行西进灵川，免不了要仰仗于他。不过，来人确实蹊跷，不可轻易听信。提防着又是什么人在玩弄诡计。今夜是拔营西进的前夜，当严加防范。"

赵佗："末将心中有数。"

第三章　天问篇

天下天下　天下者何？　万物人间

民大为天

——引　古民谚

1

山月。皎洁如水。

山谷。秦营入睡。

偶有夜鸟在鸣叫。夜雾依然滚动。天地寂寥。

随着白色雾团的滚动，秦营的将军帐前，摸进一伙越人装扮的白衣杀手。他们在四座将军帐前潜行、窥探。最后在山峡第一座将军帐下隐匿身形。

值更士兵走来。换过将军帐前的卫兵。

白衣杀手们风一般复出。捉了卫兵。先是一阵乱箭一齐射向将军营帐。随后执长剑的杀手们闯入将军营帐。

将军营帐内空无一人。

杀手们茫然地跑出来。

四下埋伏的秦兵跃然而出，与杀手们进行格杀打斗。众杀手在厮杀中逃走。唯有越人梅旌为秦军拿下。

梅旌：“我们只杀赵佗。放、放了我……”

山谷。离将军帐不远的老松树下。

赵佗正在石上打坐。

郑武等押着梅旌来到老松树下。

郑武：“这才是赵佗将军。还不跪下！”

梅旌跪下：“赵将军饶命！赵将军饶命……”

赵佗睁开虎眼，看了一眼越人装束的梅旌。

梅旌又在叽里咕噜地大讲越语。

赵佗：“你是谁？”

梅旌：“小的姓梅名旌。”

赵佗：“哪个部落？”

梅旌：“梅、梅江东寨的。”

赵佗：“梅氏家族的？可知道灵谷子大师手下的一个药女是谁？”

梅旌：“灵谷子手下的药女只有一个——二秀，可让将军给说着啦。她正是在下的妹妹。”

赵佗：“可是她……引领你们来的？”

梅旌：“不不不，是我等贸然前来的。”

赵佗盯着他好一阵子。

赵佗低声命令道：“放了他。”

郑武放开梅旌：“滚。再来干坏事，我一定将你斩首！”

梅旌：“是是是……”他逃走了。

赵光提一柄长剑过来：“将军，这帮越人杀手丢下的长剑，全是中原打造的秦剑。”

“秦剑？”

赵佗接剑在手，看后一怔：“他们，到底是谁？”

郑武：“将军，我捉他回来问个清楚！”

赵佗抬手制止：“不。是他们有意把越人丢给我——背后有人。他会出来的。”

曙色，染亮了雾谷。

大将军的营帐里。长木台的两侧，端坐着越族的龙昆夫人玉娘、婆母、老者和伤了左臂的桀武。

大将军任嚣坐上首。少将军赵佗坐在下首。

膳食兵卒们陆续地送上来茶点。

赵佗：“诸位。本人姓赵名佗。”

越人们如闪电般的目光射向他。

赵佗：“连日来本将军对诸位家小照顾不周。如今撤军西进又陷迷途。受大将军之命，特引诸位来相见。”

任嚣扫视着几位越人家小：“在下姓任名嚣。我已知诸位都是龙昆部落的尊长之辈。”

越人们如闪电般的目光又射向他。

任嚣指了指婆母怀中的孩子：“这位小儿——也许你们这里还有龙昆部落长的母亲、妻子、弟弟。”

桀武：“说得没错——”

婆母慌忙拦住他：“别乱说，没有。没有部落长老的家眷！”

桀武：“有、有多少百越族人，好好的一大家子，现在家没了。秦军——还我的家。还我的家呀！”

婆母捂住了儿子的嘴：“大将军，饶了他吧。不懂事的莽仔！”

玉娘：“大将军在上。秦军十万死在百越之地，越族百姓也死伤无数。将军又来兵五十万。厮杀起来，从中原到岭南将有上百万人家破人亡、流离失所。大将屠睢也未能幸免。如此继续打杀下去，我等岭南妻儿老小自不必说。大将军、少将军可有想到自身、自家?”

赵佗心头为之一震。

在场的人都陷入异常的紧张气氛中。

所有的目光都盯向任嚣。

沉默。静场。

“哈哈!”任嚣突然哈哈大笑,“龙昆部落的玉娘夫人讲得有理。本将军乃大秦军人,从未想过自身的生死。可是面对诸位家族老小,只要是人,都会想到手中的利剑和天下的黎民百姓。正是为此,本帅才请来各位共进早茶。这也是从了百越族人的习俗。闲话少说,茶点过后,尔等为前导,引我大军走出迷谷,西撤灵川。到达之日则护送诸位去梧州。”

玉娘:“让我等越人做向导——是充当捉拿桀骏的诱饵,还是还我等一个自由?”

任嚣:“诸位需要的是什么?”

玉娘:“大将军说呢?”

任嚣:“当然是自由。”

玉娘:“大将军肯给我等自由——此话当真?”

赵佗:“大将军从无戏言。”

玉娘与赵佗双目炯炯相对。

家小们疑惑的脸上,闪出喜色。

云山雾岭中。玉娘、桀武等越人骑马在先,引领着赵佗大军走出了迷雾重重的深山峡谷。

阳光下的平峡、官道上,轻驰着赵佗大军的马队。

半山台地上。

居高临下望去,谷道上的秦军大队如一线长蛇,蜿蜒而去。

半山台地上的吴央、二秀等在引颈观看。

吴央:“你看得清那带路的是什么人?”

二秀:“越族。是我们的人。”

吴央:“会是桀骏的家族?”

二秀:“别人肯定都给史禄带走啦——这可苦了我的玉娘姐姐。”

吴央:“秦军出了雾谷,便宜了赵佗。”

二秀:“这可怨不得我。我给过你们机会。”

梅旌:“我可是亲眼见了赵佗将军。他是将军不坐帐。”

马丁:“拜帅不登台。让咱连毛都摸不着。还想装刺客杀了他?做梦吧。”

二秀:“无能!”

吴央:“你要走?”

二秀:“当然。你们放走了赵佗,我就得完成师命,引他到灵川古地。再营救我的嫂子龙昆夫人。你懂吗?”

吴央:“赵佗西撤灵川,用意虽然不明,不过夺下他手中的桀骏家小,事不宜迟。二秀,我不许你去为赵佗做向导。”

二秀:“咋?你要杀害桀骏家小?那本姑娘可跟你没完!”

吴央:“瞧你说的,本公子有那么笨吗?我怕秦军会要了龙昆夫人的命,我要施计搭救她。”

二秀:“告诉你吴央,在秦军赵佗面前,他们不会说出自家的真实身份。玉娘家翁吕氏钟离家族在苍梧收养了我跟哥两个。我们跟玉娘亲姐妹一个样。敢动她一根毫毛,你就死定了。”

吴央:“……”

二秀:“不信?咱们就走着瞧!”拱手告别。

吴央:“走着瞧。”他也拱手相送。

云山雾岭中。

“桂岭——桂树林——到啦!”

“啊!桂林——桂林啊!”

前边越人的喊叫声,惊醒了昏昏欲睡行走进军中的队伍。

赵佗、任嚣等随着呼叫声向前望去。

不远处的一片大岭群峰,挤压满了厚重的墨绿色云团——一片桂树的山林。随着山势威严而漠然地排立在前面。

桀武从马上转过身来:“将军大人,前面到了桂岭。”

赵佗叨念着:“桂岭?”

玉娘从马上转过身来:“这就是我们西瓯百越族的家乡。将军,那儿满山满岭、满坡满谷长满的全是桂花树。”

赵佗:“桂花树林?”

“这里就可以见到桂树。”玉娘一一指点着桂树道,“这紫色叶背的就叫紫背桂。还有白花桂、香丁桂、肉桂、药桂……品种好多,都十分珍贵。”

赵佗:“哦。寻真美到桂林。这等桂花树北方也有,可是极稀少。更难得一见成林的桂山桂谷、桂岭如龙。”

玉娘:“这里已是岭南五岭的西脉,越人就称之为桂岭。此名是由桂花树之林而来。”

任嚣:“这么说,那灵川就在那桂岭的怀抱之中?”

玉娘:“不错,将军,灵川就在前边不远。”

桀武:“那可是神灵之地,所以才叫灵川。”

任嚣:“是大舜先帝南巡歇脚驻足、仙人送来甘泉的仙灵之地。”

桀武:“老头还真明白西岭的事。”

赵佗:“啊,先帝先祖啊!大秦军旅前来饮你的仙灵之泉,中原人有幸。佗在此祈拜您和列祖列神的在天之灵啊!”

赵佗在马背上遥望作揖。

桀武:“不过这一带可是山地沟谷凶险之地。”

赵佗一怔。

山路上行进的秦军。

桂岭山上的任嚣:“大军在此安营扎寨。记住此地,就叫桂岭!”

赵佗:“好。大将军,末将先查验周边地形、方位。”

任嚣:“大军营帐落地,一定要避凶,方可得安。”

赵佗:“末将明白。”

赵佗的十人骁骑队在深峡里行走。

湘江口外。桂岭群山峰巅的桂花树成荫处。

峰前的平谷林地里。

夕阳暮色下秦军的一座座营帐现出剪影。

林深处神庙里响起鼓声。

营地上亮起篝火,炊烟升腾。

营帐外又响起秦川古埙悠远苍凉的韵调。

大将军高大的营帐里。

任嚣:“中军,见得到赵将军的影子吗?”

郑武:“回大将军,少将军的人马还不见回来。”

任嚣:“哦。郑武,先陪我去巡灵川。”

郑武:“是。”

他们行走在灵川坡地。

他们来到古松翠柏、桂花树掩映的一座神庙前,此处立有古体雕字的石碑。苍然的甲骨大字——“山水灵圣”,密麻的碑文说解象形小字。

大将军任嚣、郑武朝庙门走来。

他们在“山水灵圣”碑前停下,神往地读着碑文。

任嚣:“‘山水灵圣’乃大舜先帝留给桂岭灵川的圣语。这里该是祭祀大舜先帝的百越神庙了!”

大将军任嚣、郑武继续朝神庙门走去。

远远的,庙门开了,走出来一身素白的越族女子。她瞥见山下的来人,一转身又闪回庙门里,进了殿堂。

任嚣等紧跟步入正门、跨入大殿。

不见了那越族女子的身影。

郑武再四下张望着。无人无影。

大殿长老迎过来——那是一位与任嚣年纪相仿的长者。长发束髻，五绺青髯，剑眉俊目透着英气。

长老：“不知将军驾到。老生失礼。”

任嚣：“多有叨扰。”

长老递过香品。

任嚣敬香，朝拜舜帝神壁（那只是一面高高的空墙）。

任嚣盯着神壁，心存一虑：“此乃无像神壁。”

长老：“壁乃一方天地，大像也。请将军落座用茶。”

任嚣：“谢长老。”

长老：“难得将军心怀仁慈。”

任嚣：“祭拜先帝，焚香祈愿，但求天下太平也。”

长老：“将军阁下，大秦五十万大军，刀兵屠来，战火连连，苍生亡奔，颠沛流离，天下何言太平之有？”

任嚣：“长老所言极是。在下亦为此言困惑，正想求得先帝神示。”

长老：“善哉善哉。”

长老向空中一挥手，傩面神像怀抱的签筒里，蹊跷地飞出一签。任嚣接过一看，上书“刀耕火种”几个字。任嚣道：“请问大师，‘刀耕火种’，何解？”

长老接签在手，看了一眼道：“先人感念将军，已得神示曰：‘刀耕火种’。将兵之刀亦可以耕地，沙场之火亦可以种田的呀。”

任嚣有些茫然：“谢大师点化。”

大将军做无意状扫视神台。发现了神傩群像中，混有一身素白的女傩神像。

郑武发现神像那双登山的粗麻女鞋抖抖地动了一下。

郑武欲近前。

任嚣以眼色制止。

郑武：“请问长老，大将军一直想拜访灵谷子。如何得见？”

长老：“将军自知之。”

郑武：“长老过奖。在下真的不知，才向长老讨教。”

长老：“有云：‘知之为知之，不知为不知，是知也。’”

郑武不明所以：“长老，何解？”

长老：“求相见时难相见，别时恰是相见时。”

郑武：“此话……何解？”

任嚣接话答曰：“谢长老明示。”

郑武一头雾水。

任嚣带郑武转身出了庙门。

“将军走好。”身后的长老说。

“大师请回。”任嚣说着走出了帝庙大门。

帝庙神台上。

神傩群像里的一张傩面轻轻移开——露出的正是二秀的脸。她在向外窥视着。

她看得见大将军远去的背影。

山麓上。

郑武："大将军，您瞧这老道，拉圈子磨叨些胡话，真没劲。"

任嚣笑了："动动脑筋才开窍。有意思，有意思！哈哈哈……"

2

他们回到大将军高大的营帐里。

郑武进帐道："禀大将军。少将军回来了。"

任嚣："请。"

赵佗走进帐来。他换了一身越人装束：散发披肩、一身素白短袖布袍、棕麻束腰、斜挎短刀、裹脚短裤、登山麻鞋……俨然一位百越武士，英气逼人。

任嚣见此状况，忍不住朗笑起来："少将军真的以假乱真也！"

赵佗也笑了。

任嚣："可发现了史禄兵马的音讯？"

赵佗："禀大将军。我等沿着越人指引的山峡谷道追寻，史监军踪迹不见，音讯皆无。沿途越人部落村寨也人去楼空。有的被火烧成废墟，荒凉得很。"

任嚣："哦，看来史监军也未必……"

赵佗："只怕是粮草已尽，不知所踪啦！"

任嚣："失踪的秦旅，真是兵家奇谈！"

赵佗："大人放心，末将会找到他的。"

任嚣："你怎知道？"

赵佗："也是那位灵谷大师的女弟子说的。"

任嚣："又是那位采药的山女子？"

赵佗："正是。不过，还有先前的那位越公子也……"

任嚣："那位小药娘我已见过。她躲进百越神庙神傩群像里。"

赵佗："傩巫？"

任嚣："也许，他们一直在跟踪我们。"

大月亮地里的秦营。

营帐的士兵沉睡了。

秦川古坝的声音连绵不断。

（史话纪言：此即史话中之越城。当在今广西兴安灵川西南翼。城居川谷平地。

山畔有百越神庙。祭纪大舜帝南巡圣行。函指古今“山水灵圣”之桂林山系。)

半山坡。一棵老榕树的斜枝上，正横躺着一个人——恰是药女二秀。她正瞭望着坡下的营寨。

陡然间她的视线里出现了令人惊奇的状况。

一座将军的营帐前。

月光下闪现出一列铠甲装束的秦军兵卒。

为首的恰是马丁、梅旌。他们似在巡夜查营。

马丁挑起帐帘，窥望到大帐里坐卧着越族人，不由分说执剑闯入营帐行刺。

不料，“越人们”飞身跃起，三五回合打斗，逐一擒了马丁、梅旌等刺客。

“越人们”恰是赵光、郑武、桀武他们。

赵佗帐内。

他说：“我料定你们会来的。”

赵光等押着秦军铠甲装束的梅旌、马丁入帐。正见大灯烛下夜读的赵佗。赵佗瞄了一眼梅旌、马丁。

赵佗哈哈大笑道：“果然又是尔等。”

梅旌：“将军、将军饶命!”

马丁也跪地求饶不止。

赵佗：“尔等这回换上了秦军的铠甲装束，想要投我秦军不成?”

马丁：“小的原本就是秦军呀。是屠睢将军的部下。我们、我们……我等本意要追随将军效命。可是、可是……我们该死、我们该死!”

赵佗：“我看得出，尔等另有主人。我等待他真人露相。”

马丁、梅旌：“将军请听信小的实言，将军就是小的英主。请将军收留小的。”

赵佗：“无须掩饰。本将军还是不杀尔等。传信给尔的主人，让他速速出来见我！中军，放了他们!”

马丁下跪：“请将军收留小的。”

赵佗：“由他们自便。”

深山峡谷。

山峡里轻驰着吴央的小股马队。

山崖高处。

居高临下望去，桂岭的深山谷道里，布满了秦军的营盘，一直延伸到北边三座相连高耸入云的大山峰，十分壮观。

吴央、二秀、马丁等一伙在山顶凝望着秦军的营阵。

吴央：“一定是桀骏的家小给赵佗带的路。”

二秀：“蠢货。昨夜里，你们白闹了。别以为我不知道。看来，是天意放过了赵佗!”

吴央："你以为赵佗真的是西撤灵川？不。他是在以手中的桀骏家小做诱饵钓鱼。在寻找百越联盟和它的部落长桀骏。二秀，我不许你再去为赵佗做向导。我有马丁跟着他——也跟着你！"

二秀火气好大："我已把他们领给了师父。我也不为你做向导。谁都不做！我再也不做！"

湘江头。桂岭北，灵川谷地。

任嚣、赵佗策马立在山崖上。

风鼓"秦"字军旗，"任""赵"的帅旗。

他们在山崖上看着山林里秦军的营地。

"湘江豁口、桂岭、灵川古地，仙境啊！名不虚传……"任嚣慨叹着。

奇异的桂林山水胜境。

他们在巡走。

"灵谷先生会在这里吧？"赵佗问。

"他原本不在这里。"任嚣道，"十年前本帅在这湘水西南屯兵时，他是南洞庭湖湘楚神庙的人，常来灵川入西越。在这山水灵圣之地与百越交往甚厚。楚越城散后他云游四方，也未必远离这岭南百越。"

任嚣心头不住闪现出百越神庙里的香烛和迷雾。

大殿上迎过来的长老——那位与任嚣年纪相仿的长者。

神庙长老递过香品。

长老与大将军落座用茶。

……

"他是个行者？高深莫测的道人？还是一位傩面的神巫、智者？"赵佗又问，但又似在自语。

"都是。又都不是——非巫非道亦非傩，可巫可道又可傩。是个山人、大儒、高人而已。来去无定、形影无踪……"任嚣半自语地答道。

"山人、高人、傩者、神巫。西越、桂岭、灵川、百越神庙……"赵佗自语沉吟着。

3

山峡里。卢浩川带领着中军等从坡下策马驰来。

卢浩川等下马参拜："参见大将军、少将军。此地已是湘水岸边。水师的灵川驻地。将军营寨已经设好。请将军阅检。"

任嚣："顺便巡查一遭山势江河地貌。"

卢浩川："是。大将军阁下。"

巡走中转眼天黑下来。

月下。秦营。埙声悠远。

营帐中的秦兵士卒们在酣睡。

帐外。月光下照出吹埙的人——埙佬，一脸苦相的秦兵。

他的埙音令梦中的兵卒神游故土、喜泣无常。

在埙声中，秦营里的龙昆夫人玉娘，临窗望月，心事重重。

帐外。赵佗在巡营。

湘江——枯干的河床。

旱岸——困泊的楼船。

赵佗的心音、心象又在闪现：那支古越的民歌；越公子、药娘……

一切又化作空泛和虚幻。

他的眼前仿佛燃起了亮火。

大月亮下远处的山影，好神秘。

赵佗忽然看清，远远的对面山上真的亮起了三处耀眼的红光。那是燃烧正旺的火焰。

赵佗醒过神来，一阵心惊。

赵佗大喊："命卢浩川速来见我！"

"卢浩川在此！"卢浩川如影子般闪出，"少将军有何吩咐？"

赵佗劈手一指远山视野中的火光道：

"命你点水师八百前去灭火。不得有误！从楼船上精养的备用马匹中选足八百。人人要带好扑火的刀、斧、镰、锯和随身米粮。半个时辰后随我出发。"

卢浩川："遵命！"

赵光："将军您率大军刚刚入营，都七天七夜没合眼啦。将军，让小的领兵前去扑火吧！"

赵佗："你自然要随我同去。水火无情，快去传令吧！"他一转身风风火火地走了。

赵光望着他的背影动情地说："遵命。"

山野。

赵佗引领救火的秦兵马队疾驰。

马队翻过了一道山梁。

远处。

三柱火光照得半天通红了。

赵佗勒马观看了一阵，又率队急奔而去。

山谷。大河。

赵佗的马队被拦在了河岸边。大队战马踟蹰盘旋着。

卢浩川过来："将军，火在河对岸的山那边。我们把这岸的树砍光、草割净，火再大也烧不过来了。"

赵佗："给你留下三百人。其余跟我渡河！"

卢浩川："将军，这……"

赵佗："隔岸观火是要吃大亏的。龙昆夫人说过，这一带是有名的西风口。一旦西风北风刮起来，两面高山就会天火相连。八条河谷也隔不住。危及困在河里的楼船大军。走，在下游水浅处过河！"

赵佗引一半马队沿河岸向下游驰去。

大河转弯处。

马队几经奔驰，寻找不到岸平水浅的渡口。

偶有一渡口，马队试了一番，水深流急，马被冲向下游，不得不回到岸上来。

赵佗急得无可奈何。

晨曦照亮江上。

蒙蒙薄雾中对岸摇过一只小船来。

头戴竹笠面纱的摇船老者唱起那支苍凉的越人摇船歌：

今夕何夕兮，搴中洲流，
今日何日兮，得与王子同舟。
蒙羞被好兮，不訾诟耻，
心几烦而不绝兮，得知王子。
山有木兮木有枝，
心说君兮君不知。

岸上。赵光招手。小船靠岸。

赵光："老船家，渡我们过河。可以吗？"

戴竹笠的船家不应。

赵光大声道："老船家，渡我们过河，渡我们过河！"

船家拉了一下竹笠，招了招手，仍不应。

赵佗先上了船："十人一船。留下三十人放牧战马。余者多往返几趟可也。"

小船上满了十人。船头操篙的船家撑起竹篙开船。

船到河心。船尾掌舵的老者从船尾捧上酒坛，为赵佗等秦人兵士倒满酒碗。自己径自先饮了。赵佗也饮了之后与船家讲了些什么，船家垂眉低首，竹笠遮颜，自顾自地去船尾操舵。

船到对岸。越人的木船停稳在石岸畔。

赵佗与秦兵一一下了船。戴竹笠的老船家却又驾了船不朝对岸回渡，只顾顺水漂向下游，并又哈哈笑着唱起那支怪歌。

秦兵们愤怒地在岸上呼叫着、追赶着。小船随着江岸转了弯。

赵光追逐着。只见前方不远，小船停靠在岸边。赵光一纵身跃上小船。那船头操篙的船家却纵身跃到岸上。二人一阵刀光剑影，追打拼杀，飘来跃去，难分难解。

赵佗似看出了什么门道。他执剑跃身过去，挑击一剑，分开了那难解的一双长剑。

赵佗示意，赵光退下。

赵佗与那戴竹笠面纱的船家对视着，对视着。

赵佗："船家，我看破了你的大武灵剑法。"

良久，那船家一撩面纱，抛了竹笠和一身蓑衣，又是一转身，初生的朝晖里她就又变了个人儿——那个长发披肩越人装束的秀美女子又出现在赵佗的面前，笑吟吟地与他不语相对。

这一身素雅的青春越女，别具风韵，令秦兵们惊呆在那儿。

赵佗的心象里出现：玉娘、二秀，与眼前越女面容酷似。

赵佗并不惊奇地望了她一刻。

她又是嫣然笑着。

"果然又是你？"赵佗说。

"我说过的。只要你想明白了我会出现的。"

"你认为我想明白了？"

"明白了一半。"

"那另一半呢？"

"要人点化。所以我还是来了！"

"越公子、越秀小妹来点化在下？来得好。可是你为何要误我大事？"赵佗怒视着她。

她，又是只顾嫣然地笑着。

"将军休急、勿怒。"她笑嘻嘻道。

"还有心笑。阻我灭火，是何用心？"赵佗吼叫。

越秀又是一笑："将军可知这已是灵谷之地？"

赵佗："当是小妹在此引见在下拜会灵谷大师的所在。"

越秀："只可惜，灵谷子只留下了这三柱冲天之火。"

赵佗："火？"

越秀："喏。"她用手一指那不远处鹿角山上的三柱火光。

赵佗回头望去一阵大惊："是灵谷先生放的火？"

越秀："是点火，非放火也。"

赵佗："先生用意何在？害得我等拼死前来灭火！"

越秀："此火无须灭。乃先生叩请将军回师的鹿角烽火也。"

赵佗："先生在玩'烽火戏诸侯'的游戏？"

越秀："非也。乃烽火唤将军——大计也。"

赵佗："何意？何解？"

越秀笑着。

赵佗："这玩笑开大了。小姐，耳听是虚，眼见为实。带我等去那鹿角山看个究竟。如何？"

越秀："当然。那里正有千年神秘在。将军跟我走。"

陡坡的山阶。

他们向山坡上行走。

赵佗："灵谷先生究竟去了何方？"

越秀："在渡江的小船上。将军刚刚见过的。"

赵佗一怔。

越秀："军爷们都饮过了他的一碗米酒。"

赵佗又是一怔——他心头现出过江的小船，船尾掌舵的竹笠老者为他送碗倒酒的情景。

赵佗："先生现在何处？"

越秀："喏，他已驾他的小舟顺江而下啦。"

赵佗放眼望去，那只小船如一片苇叶，已远远地顺江漂去。

正前方不远处，正是那片连肩紧密的三座大山的身影，迷雾笼罩中巍巍然时远时近，好生神秘。

赵佗瞪着不解的双目。小船隐入神秘的雾中。

江中。船上。又飘起老者那有几分玄秘的越韵怪歌：

> 南风之薰兮，可以解吾民之愠兮。
> 南风之时兮，可以阜吾民之财兮。
> …………

山坡上聆听怪歌的赵佗："先祖舜帝《南风歌》？这位神爷！又搞什么鬼把戏？"

越秀一笑："当然是你赵将军最挂心的一桩事！"

赵佗："嗯？"

越秀："难道那位监军史禄大人的生死下落，将军你不挂心吗？"

赵佗："不过，灵谷先生又能如何？"

越秀又是一笑："史将军他走反了方向。赵将军拭目以待喽！"

4

岭南古老的山林里。

燃着的一堆堆篝火半熄半灭。

史禄单挑出的那支秦军队伍在山野里盘营露宿。

兵卒们在草地里横躺竖卧，背靠背挤在一起。绘出死亡与饥饿的黑夜惨象。

古埙的声音有如长夜在哭泣。

吹埙人赵多——一脸络腮短须的中年人——是个军厨。

他不曾凋谢的灿烂笑相如今变作了似笑非笑的哭相。

他身边的大锅、铁镬、铜鼎、陶盆、木勺、泥碗等全是空空的。

天亮了。

史禄率领着他的秦军残队，强驱战马在山间艰难地行走。

正午。饿瘦的战马相继倒地不起，骑手借故倒卧路边歇息。

渐渐多起来的步行兵卒，丢盔弃甲，裤褂被树木勾刮得褴褛不堪，东倒西歪地艰难行走。

史禄在马背上摇摇晃晃地瞌睡着。

正午。小资江的支流拦在他们面前。

所余千余兵马散乱地横倒竖卧在岸畔河滩草地上。

士兵们扶史禄下马，坐在老榕下的岩石上小憩。

身后林子里一阵哗哗啦啦作响，士兵们警觉地起身惊望。

走出来的是御使营帐的伙夫赵多。他担着两只沉沉的木桶，前胸挂着一只大葫芦，急霍霍地撂出来嚷叫着：“喂，孩子们，来泉水啦。清甜冰凉的山泉水呀！”

士兵们围过来，争抢着趴在木桶边喝水。有人抢到他胸前的大葫芦。赵多吱哇乱叫着：“哎哎哎哎——这两桶还不够你们喝的呀！没大没小了？这葫芦里的水是专门给监军大人喝的。”

赵多把葫芦奉给史禄。史禄心绪沉沉，把水推开：“赵多，大伙匀着喝吧。”

赵多：“这可不是说着玩的呢。长官就得是长官。将军命我赵多做您营帐的伙夫，我就得无论生死都跟着您，伺候好您老。”

一士兵：“谁稀罕喝你那葫芦尿？眼下就是大江。我们喝个够！”

赵多喝住：“不行！都给我回来！”

大伙怔在那儿。

赵多：“这一带是硫黄水。上一座山沟里喝趴下了几百号人。现今还死活都不知哩。还找死呀？喝桶里的。喝光了再去挑。谁要是再喝趴下了，我让长官就地把他活扔在这儿喂鱼！”

又一士兵：“有能耐抓一条鳄鱼烧了给大伙吃。三天没吃饭了，快饿死了！给凉水喝顶屁用？你简直是个该杀的伙夫。”

“杀了他！”

“吃了他！”

“大卸八块！”

“炖了他来填饱肚子呀!”

“杀了他呀……”

士兵们喊叫着，吓得赵多四处乱躲。

岸边崖畔。

赵多躲到青石上的史禄背后：“大、大人，救救小人。让小的拣那病倒的瘦马宰几匹吧。不然他们可真的要杀小的啦!”

史禄拔剑半出：“再提杀马者，我就先杀了他。没有马，就没了我秦军。宁可饿死人，也不准杀死马!”

士兵们安静下来了，一个个躺倒在沙滩上。

赵多：“弟兄们，别怪二哥我没招儿呀！南蛮佬们全逃进了山里。大小部落村村寨寨都荒凉无比。一粒粮食一口吃的也不给留下。专门半夜三更来杀营、烧寨。真是绝啦！他们可以跑到山里去，跟野兽滚在一起。我们大秦军咋整？三天前就是山蒿野菜、乌鸡小兽，连黄鼠狼、耗子都逮了炖着吃啦。拉肚子的、病倒的、丢了命的。我哪还敢整那些玩意给大伙吃？饿着还能活，吃了就是死。好死不如赖活着。孩儿们，活着吧。喝口水能活三天，再喝还活三天。活着就有盼头……”

秦兵们如死了一般倒在草地上。

路上。探马飞驰回来。

探马驰近史禄跟前，上气不接下气地跪报：“监、监军大人，前边不见有、有越人的村庄!”

史禄默然醒来：“你走出去有多、多远?”

探马：“老远老远了。十袋烟的工夫都多了。”

史禄：“一个村庄也没有。哎，又得挨着饿啦……”

御使监军也昏睡了过去。

江上。漂来了小船。

又飘起长者那支越韵玄秘的怪歌：

山有木兮木有枝，
心说君兮君不知。

岸边昏睡的秦军无人理睬。

小船渐渐近岸时停下了。

唯有赵多是醒着的。

赵多走近岸边犹如乞讨：“救命的长者在上，船上可有酒肉、饱腹活命的吃食吗？帮帮我的将军吧，行行好帮帮我们吧，行行好了老先生……”

长者把船撑近岸边："酒肉倒是有一点点。可是秦军数千号人马，饱了一位将军，饿死上千的兵马，无济于事吧！"

赵多："救活一个是一个吧，老人家。千军易得，一将难求呀！先生，先救我的监军大人吧！"

长者："如此说来，那人就是秦军的监军史禄大人啦？"

赵多："正是。正是呀。老人家我一打眼就知道您准是我们的救命恩人。果然您讲中原话，还知道我家监军大名。是老天爷派下来找我们的吧！"

长者："不敢当。我只不过是知了赵佗赵将军的心意，前来引领你们回师灵川归赵、事秦、合百越而已。"

赵多："赵佗？实不相瞒，他是俺大哥。嘿嘿，您瞧我等这般模样啦，饿得半死不活、寸步难行的了。还回什么师呀？等着死吧。"

长者："不如这样吧。你上我的船来。听我说给你听。"

赵多痛痛快快地上了船。

长者把酒肉食篮交给赵多。小船离开了岸边。长者一番耳语授意。赵多点头称是。之后赵多抱着食篮跳上岸。

长者一推竹笠露出脸——他正是百越神庙里的长老、湘水上摆渡赵佗的老船家。

长者的小船消失了踪影。

又是那支越韵歌谣，飘洒在江面上。

岸上。赵多跑到史禄眼前，高声唤醒监军史禄："哎！监军大人、监军大人，有酒有肉有白米饭吃喽！哎！监军大人，监军大人，有酒有肉有白米饭吃喽！监军大人，监军大人……"

监军史禄猛地醒来了，看着身边的赵多。

赵多举起托盘又在喊叫着。

史禄霍地起身走近赵多，眼巴巴地看着托盘中的美味，垂涎欲滴。

赵多："监军大人，好事来啦！吃的喝的、香的辣的全来啦！"

史禄拿起一只鸡腿欲啃，转念又放了回去："给我说清楚，哪儿来的？"

"船。老船家……"赵多转身四顾不见了船影，"他他他……"

史禄："又是你装神弄鬼变戏法弄的假东西吧？"

赵多："这、这回可不是变戏法。是真的来了一位掌船的长者。说是替赵将军来接我们回师灵川的。"

史禄："有这种事？"

赵多："这可不是我赵多说瞎话。这酒、这鸡、这肉，是我现在能变得出来的吗？"

史禄："他还讲了些什么？"

赵多："他还让我军吃饱了就速速赶去漓水灵川，扑灭那三把火。不然那边有个骷髅王，一旦摸准消息，发射火箭，大秦军就难逃火烧连营之灾啦！"

史禄："老头在哪儿？叫他快来见我！"

江上已是一片空空。

赵多："明明刚刚还在这儿，现在怎么会不见了？"

茫茫江水的极目处，隐现着老者驾船的影子在消失。随风飘来那吟唱。

5

史禄问道："老头儿讲话是什么口音？"

赵多："中原。对，还有点湘楚口音。一点都不像岭南蛮子话。"

史禄思忖着："替赵佗来接？回师灵川……真的是灵谷先生来过了？"

满腹疑问的史禄思忖着。

他们回到了岩边。

赵多："对啦，大人。老头也说是什么灵谷子传的口信儿。他说我秦军只要沿着大江走一袋烟的工夫，再沿着右手边的岔河而行，不远就有越人的山寨部落叫铜鼓山，是个专门造铜锣、做大鼓的部落。那是个富得流油的地方。鸡鸭鹅鱼、酒肉米粮管够。将军，发令起兵吧！"

史禄："不会又是引我们进陷阱的吧？真有灵谷子吗？"

史禄又在忧悒。

赵多："这鬼地方反正哪儿都是陷阱。吃饱了总比当饿死鬼强。"

赵多已在拾掇空空的炊具。

史禄在犹豫。他突下决心："也罢！"起身挥剑高声吼叫着："大秦的勇士们听着，前边又有越人的营垒、兵阵。有粮、有酒，有吃、有喝！上马，应敌！拿下铜鼓山！"

秦兵骑马的、步行的，都在大河岸边摇摇晃晃奔跑前进着。

铜鼓部落的村寨。

这是一座被越人逃走弃空了的村寨。

竹屋、竹楼、木寮，还有老树上的木仓、库仓……一排排沿河岸山谷而建，自成小街市井。一群战马拴在河边的丛林中。

一伙散髻蓬乱的"越人"，在村中的老榕树下支架着数十个吊锅在烧炊煮肉、熬汤，急急霍霍，忙作一团。

在一旁指指划划的正是吴央等。

马丁："公子，您这是……"

梅旌："您是要喂饱了秦军杀我们吧？"

吴央大笑："哈哈哈……尔等懂些什么？赵佗、任嚣大军已撤离五岭正面的山关要道，回师湘南。史禄虽系小股秦军，越过了岭关、鳄鱼河已接近潭水，遭了饥饿、瘴气、疟疾和越人们的偷袭折腾，已经七零八落、所剩无几了。不能让他们死绝了。喂活了他，他才是赵佗进兵岭南的人证。往后袭扰越人的勾当就用不着我等干啦。留着史禄就是给赵佗挖下了大大的坟坑。”

马丁：“公子，我们杀了这么多越人。史禄吃饱醒了，活过来，要杀我等可咋办?”

吴央：“自然会有对我等寻仇的越人来对付。我们再补一手，马上去捅那马蜂窝——把骷髅王的食人族给他招惹来。”

马丁：“拿他史禄当下酒菜?”

梅旌：“不会把我等也给剁成肉馅蒸了吧!”

吴央：“其实没那么邪乎。他们只是逢年过节杀个把人祭神。他们的神多，杀的人也就多。有史禄的残军败旅，就够骷髅鬼们折腾一阵子啦，会给岭南换来几年的太平。而且，我会让史禄的残部，把乌胥山的骷髅王引到灵川，替我们杀了赵佗。”

马丁：“公子真乃天降奇才!”

梅旌：“上苍保佑!”

马丁：“史禄该到啦，公子。”

吴央：“马丁，下令，撤!”

马丁：“遵命。撤、撤。弟兄们麻溜地撤!”

士兵纷纷上马驰走，不一会儿便失了踪影。

河畔的山麓上。

史禄的秦军在稀稀拉拉地前行。

史禄的秦军包围了村寨，潜伏于树后小心地观看。

无人的村寨一派静悄悄。

秦兵视野中药娘二秀突然出现。她挑着盆、碗、勺，悠然地掀锅、盛肉、烩汤，香气阵阵，倩影迷离。秦军被诱惑得丢了心魂一般。

史禄示意赵多上前。

正中赵多下怀，疾步跑过去叫着：“小妹，嘻嘻，小妹这是咋回事？这是咋回事?”

药娘二秀：“你就是大秦军的伙头军师喽?”

赵多：“在下正是。嘻嘻，在下正是。”

药娘二秀：“灵谷子老人交代的。我是专门在此慰劳秦军的呀。好吃好喝得很。瞧，瞧!”她吃喝起来。

赵多先啃了肉、尝了汤：“哦……好美味！嘻嘻，美味极啦！哈哈哈……”他一招手。四围潜伏着的秦军如一阵狂风般卷上前去，抢吃抢喝乱作一团。

三江岸边。鹿角山上。

越秀姑娘引领赵佗等正观看巨石垒造的烽火台。

越秀："这里已是鹿角山。三座山峰，三座大烽火台。这是灵谷子特意点起的三把火。引将军的回师信号，仅此而已。"

赵佗神色沉沉地观望着。

眼前的巨身烽火石台、不远处山峰上的两座巨大石台，正在冒出股股浓黑狼烟。

赵佗凝思自语："鹿角山，三把火？三把火，灵谷子他到底想做什么？"

越秀："将军以为呢？"

赵佗："……"

越秀："先生想要的，正是将军在做的。"

赵佗："……"

赵佗一抬头看到了对面山坡上的那座高大的神峰。

峰下的石洞门，不断有云烟缭绕而过。

越秀："那里正是大舜帝南巡苍梧之地住过的神洞石宫。"

赵佗疾步向神洞石宫走去。

越秀紧随而行，又赶至前边，引路登阶，临近洞门。

洞门旁。

山岩上的摩崖凿甲骨文大字——"山水灵圣"。

越秀："这是大舜帝面对桂岭桂林、漓江和神峰的山山水水吟咏铭刻在山崖的四个神迹大字。洞里为大舜帝流淌出了灵泉圣水。灵川神宫，由此得名。"

赵佗："它背后的三座毗邻的山峰如此威严奇秘！"

"那是百越族群的祭祖神地。秦人是不可出入靠近的。"

赵佗："哦……"

越秀随赵佗进了神洞。大殿匾额上书刻"灵谷神殿"。

赵佗进了大堂。

他一直在暗暗诧异着。这是一座有神台、神位，无神像的特殊神龛。神台正位是一座巨身罗甸玉石打造的高碑。通体绿透的完玉之石的眉峰处，雕凿出八方大篆大字：通灵一水，天和百越。

正身则是数行甲骨文之类的凿刻字：

王非王　王□王　王者非王

王可□　□□□　非□者王

赵佗近前细细阅之。字已然模糊不清。

大殿左、右侧各为神壁。壁上有勾金描蓝的图画、散缀着偈语字句。赵佗迷迷茫茫、欲求无解，如坠五里云雾。

赵佗瞄一眼身边的越秀。

她在浅笑着。

神宫正堂门外。

赵佗："请问这即是大舜帝神宫？为何有神位无神像？供的是满墙玄之又玄、似是而非、模糊不清的铭文雕语？"

越秀："非也。听师父说这神宫洞是大舜的圣迹遗存。百越人把他叫灵谷神宫。距今已数不清有多少年了。真迹遗址。何来神位具象之有？"

赵佗："又是灵谷子的鬼花样吧。"

越秀："况且先祖有言，大象无形。有形乃具象，非大象也。"

赵佗："本将军不会相信任何鬼话。灵谷神宫，灵谷、灵谷，分明就是他灵谷子的名字；那三座山上的三把火，谎称西风山火。分明在搞鬼把戏蛊惑我军心。他竟敢于游戏之间调动我大秦兵马四十余万。先陷于迷魂之谷暗派刺客，后又聚于如此惊险之地。云霾不测之计，出于不轨之心。足可鉴矣。赵光！"

赵光："在！"

赵佗："传我军令，缉拿灵谷子！"

赵光："是。缉拿灵谷子！"

越秀惊愕得睁大了眼睛："将军。您如此动怒，火暴行事，有伤大计的啦！"

赵佗："他胆敢如此戏谑我秦军，有何大计可言？"

越秀："将军少安毋躁。灵谷大师正在寻找、引渡史禄大人的马队回灵川与将军会师……"

赵佗："史禄我已派员去找。"

越秀："十万大山，茫茫无际，秦人找不到的。"

赵佗："兵马刀枪，神勇之旅，游走山林，又有何妨？"

越秀："史禄早就断粮断炊，人困马乏，处处遭越丁袭扰，一路损兵过半。倘若有人勾连骷髅王，秦人史禄必定成为骷髅王的盘中餐、口中肉！"

赵佗一震。

"食人族、骷髅王？"赵佗突然哈哈大笑，"鬼话笑谈而已。危言耸听至此，何以复加？大秦兵家之计自有兵家将帅来解。无须长者们再来插手作怪。赵光听令！"

赵光："在！"

赵佗："抓捕灵谷子。即刻行动！"

赵光："遵命！"

越秀："怎么会这样！"

她恼怒含泪的双眼。

他恨不能用泪水浇熄那远山三把火。

三江上。

越秀撑长篙驾小船驰行在江面上。

赵光等在岸上呼叫她。

越秀怒目而视自语着："叫你无船、无马，旱路无通，困死在鹿角山上！困死你！困死你！困死你！活该！活该！"

她驾着小船飞快地远去了。

岸上的赵佗等人的喊叫声和影子，远了，小了。

神洞石宫里。

赵佗独自细细品看壁上的雕字和岩画，在不断地玩味着。

赵光小心地跟随着他："将军，咋又不去抓那老头子啦？"

赵佗："抓？没车、没船、没马。如何抓？"

赵光："这……说的是呀。连我等也要困在这山上啦，将军！没吃、没喝、没住的。如何待得下去呀！"

赵佗："用不了几天。"

赵光："等在这儿？还不如我过河去找船，去抓那灵谷老头儿！"

赵佗："不必了。"

赵光："为什么，难道不抓了？"

石墙上显出"王非王"的凿字诗。

赵佗似模拟地自语："抓可抓，未必抓，抓亦未抓；抓非抓，亦可抓，非抓即抓。"

赵光莫名其妙地眨着眼睛咕哝着："抓，还是不抓？"

赵佗："传我将令。赵光，你速去渡口游回对岸，调精壮兵马三百骑。沿河岸绕至潭水渡口过河，埋伏在灵川山口，听我调用。不得声张。"

赵光："遵命。"

6

铜鼓山的寨子里。

吃饱喝足了的秦兵们，睡倒在街村，横倒竖卧，满街满地。

喝醉了的史禄："传、传令下、下去。歇、歇兵三、三日再、再做打、打算……"

而睡过去的，依然在打着呼噜。

药娘二秀走来了。

她端着竹筒杯去为史禄敬酒。

史禄酣然醉卧。

她摇了摇他。他鼾声如雷。

她抽出他怀抱中的宝剑，悄然而走。

史禄却悄然醒来，跃身而起。

她飞步蹿到老树下，跃上一匹战马猛驰向山野。

他也随后跃上一匹战马紧追而去。

盗剑者逃奔如飞，追赶者紧咬不舍。山地。河边。

他们越过山野、林湾。在一道大河转弯处，她有意勒马放慢了脚步。他赶到前边去，截住了她。

二马矗立对视片刻。

二人同时跃身下马。

“还我宝剑来!”史禄伸出一只手。

“不怕断臂，就来接剑。”二秀以剑相指。

一场空手夺剑终于开始了。

打了好一阵。二秀突然收剑停手。

“哎——树后边的滚出来！偷着看算什么本事!”二秀喊叫着。

弄得史禄懵懵懂懂，不知出了何事。

二秀对树后又发起一阵嚷叫：“哎——树后边的还不滚出来！偷着看女人算什么本事。有能耐你出来看！本姑娘不怕看。敢出来就让你看个够!”二秀喊叫着。

史禄只莫名其妙地呆望着。

树后。隐着的是赵多。

他搂住大黑狗的脖子，听到二秀直言不讳地喊叫，浑身为之一抖。脸色也变得哭笑难分。

“听见没有呀？你是站着撒尿的小子就给我滚出来!”二秀又在喊叫。

草木一阵沙沙摇响，蹿出来的却是大黑狗。

它摇头摆尾上蹿下跳纠缠着药女二秀。

二秀躲闪着乱叫：“哎哎……你这狗东西也随主人。哎哎哎……”

史禄：“大黑，大黑过来。你这不懂事的家伙，谁让你来盯我的梢的？搅了我的好事。过来，过来，大黑!”

大黑停下来，却守在二秀身边不动。

二秀把长剑远远地抛在沙滩上。

二秀：“没意思。不好玩。不玩儿啦。”

史禄：“别这样。秀色可餐，秀色可餐嘛。我那大黑可是条公狗，喜欢女人味儿。它都好这口儿，何况俺这爷们?”

二秀：“军爷吃饱了就想来餐秀。秀可是人。是女人!”

史禄：“当然。要的就是女人。”

二秀：“好说。大人敢随我来吗?”

史禄：“去哪儿?”

二秀：“不远，就在前边，骷髅山。那里美女如云，全抢着要外边进去的男人。”

史禄：“有这种美事儿?”

二秀：“想跟我去吗?”

史禄：“还有不想的?”

二秀诡笑：“走!”

又一个大河转弯的地方。

二秀、史禄的两匹马一前一后发疯般驰来。

前方岸边的树丛里又蹿出来大黑狗。随后是一骑秦兵。人、马、狗横在那儿，拦住了去路。

三匹战马停在了那里。

史禄：“赵多?”

赵多：“嘻嘻，大人，小的在这儿恭候多时了。”

二秀：“我就知道是你。躲了半天才敢露相。烧火的厨子都贪酒好色！没一个好东西!”

赵多：“嘻嘻。小妹过奖，过奖哩。”

二秀：“好狗不挡道。让开!”

赵多：“嘻嘻，小妹少废话。想拐骗我家大人上骷髅山？嘻嘻，妄想。”

二秀：“我正想着带你一块儿去。”

赵多：“别忘了，小妹可是灵谷大师的门人。”

二秀：“那又怎么样?”

赵多：“大师是要来接秦军回师漓水、驻兵湘江的。”

二秀：“本人离家在外，早就独往独来了。”

赵多：“本人说过了的，嘻嘻，妄想。”

二秀：“这位爷的意思是……在这儿陪本姑娘玩个痛快喽。”

赵多：“嘻嘻。在下不行，在下不行。”

史禄：“本人可玩够哩。老赵，赶紧给她露两手。咱们好回去。”

“休想。”二秀引逗着他，“秦军的酒色之徒。好玩吗？来嘛。”

赵多：“嘻嘻，玩儿不好。瞎玩儿。嘻嘻……”

这一男一女的“空手道”玩得如风似雨。

这赵多是一身顽皮功夫，处处抖搂出绝活，形似猴子、鸭子、饿狗、青蛙、山狐、野狼，无所不有。

打了一阵又一阵，二秀也是奇招频出，精彩连连。

好久，二人正难解难分之时，二秀眼见抵不住赵多，她冷不防收手罢战。一步抽身，旋身上马，向大山深处跑去。

赵多追了几步停下，望着她的背影，得意地笑了。

赵多回转身："大人，请随小的上马，咱们回铜鼓山。骷髅山不好玩。"

史禄拾了长剑："对。不去骷髅山，不去骷髅山……"他翻身上马，随了赵多而去。

马背上的赵多，又哼起了他那奇怪的歌谣。

……

骷髅山。

这里是骷髅王的神洞。巨大的敞门山岩洞窟。

他们生衍在乌胥山里，是以骷髅头骨为图腾的部落族群，人体骷髅头骨垒砌的巨型神柱是他们膜拜的神位。洞内也是骷髅头骨垒筑的大殿堂壁，自先祖们传承至此，已经岩石化。

在秦人行将踏入岭南的年代，百越的西部大山里，有一个奇特罕见的部族——以砍杀人头祭祀先祖的乌胥部落。每年元月月圆的日子，全部族都要砍杀在格斗中成为俘虏的人，以人血祭祀天地、先祖、神灵。传闻在祭祀上还要煮食俘虏。从残缺不全的口传神话中得知，这是一个从亚洲西部漂泊而来的族群后裔，信奉萨满巫教，崇尚万物有灵，能骑善猎，骁勇强悍。因为勇于外侵挑起格杀，有人头可砍，肆意祭神祖，几辈都受到拥戴。乌胥山里的骷髅王，一直是挑起百越族人仇杀、威胁百越生存的大忧患。而乌胥山也被人称作"骷髅山"。

此刻，乌胥族的部落长们紧随骷髅王的身后，祭拜神位。

议事的石洞大厅里，端坐着戴着傩神面具的骷髅王乌胥。

乌胥干哑的声音："乌胥山的各位头领，今天我骷髅王在太阳神陧拉嘎的面前，向那位敢于来骷髅山报信的百越人，说一句公道话。"

佩戴鬼魈面具的神巫和众头领们齐赞：

"王上、王上。天助我昌。"

"王上、王上。天助我昌。"

乌胥道："秦兵既然歇兵铜鼓山，又引他的头人过来。我乌胥山就又添加了上千的兵士和奴隶。又有砍不完的祭日、祭月、祭山神、祭先祖的人头脑壳啦。"

众头领又是齐赞：

"乌胥王上。天助我昌。"

"王上乌胥。天助我昌。"

乌胥："哈哈哈！诸位，我把这位百越的来人引见给大家。少头领乌干，来呀！"

乌干引梅旌过来。

众乌胥人凶狠的目光投向梅旌。

梅旌紧张得有些发抖。

乌胥："你不怕作为祭品，你不怕秦兵仇杀，敢来我骷髅王的山门。你是乌胥人的宝贝儿、乌胥山的勇士。”

众头领又是齐赞：

“骷髅王上。天助我昌。”

乌胥：“传令，今天是本年最后一个月圆的好日子。把火架得熊熊的。烧开了骷髅山上最大的鼎镬！引领秦军的头领来，不要把他的脑壳砍落，要他的整人整身祭天神！乌干！”

乌干：“孩儿在。”

乌胥：“记住乌胥山人的规矩。女人，不许伤害女人。女人是天神送给乌胥山的恩赐。我的儿子，你去办吧。”

乌干：“是！”

众头领又是齐赞：“骷髅王上。天助我昌。”

鬼魍傩的面具们在狂舞。

山峡里。少时就响起了怪异的呼叫：“咔咔——咔！”

一支彪悍的乌胥族马队在乌干带领下呼喊着狂奔而出。在山峡里、马背上，挥刀舞鞭，口中狂叫，尽兴地驰骋。

7

日落长河。

月上东山。

太阳升起。

铜鼓村寨依然在昏睡中。

一面黄铜打造的巨大铜鼓，停放在老榕树下的高台上。

鼓身上雕满的是熊罴头像的图腾。石台下有上供用的香案。然而，人影绝迹，香火已断。

忽然铜锣铜鼓声铿锵作响。

街心临河的一座木楼广场前，史禄麾下一伙醉醺醺的秦军围着正在敲打另一面铜鼓的赵多，手舞足蹈地吹着笙，耍着酒疯。

史禄秦军的少量士兵们，在享受入越以来唯一的一段置生死于度外的欢乐时光。

大江上。

越秀的一只小船飞快地漂下来。撑船的越秀已换成了老艄公的草笠装束。

她愤懑不悦的脸孔。

她的视野里，铜锣号幡帜的一艘大楼船，迎面而来。

她将小船隐在岸边的一片树影里，盯着大楼船从眼前驶过。

船头站立的是铜匠长者罗阿公。他是个体态大度、慈眉善目、须发洁白的长者，一身帛丝短裤褂。

大船两侧是摇桨的船工水手。船尾是那位戴竹笠的老船工——灵谷大师。一个后生接过他的舵杆。灵谷子来到船头。

“灵谷大师受累了。”罗阿公说。

“罗阿公客气了。”灵谷子取下了竹笠。两个同样仙风鹤骨的长者并立船头，视野里隐现出远处的铜鼓山的影子。

罗阿公：“我铜锣湾部落在海边，与山里的铜鼓山，以一个铜字为缘。一锣一鼓，是山与海的相连。可是我从来没欠过别人一只铜锣。他们也不欠我铜锣湾的铜鼓。”

灵谷子：“铜锣与铜鼓本是一副架儿。敲敲打打才是一通锣鼓。”

罗阿公：“这话说的是。铜鼓山里有好多宝贝。”

灵谷子：“你在海边珍奇就更多。珍珠、海贝、珊瑚。数得过来吗?”

罗阿公：“说的是。我们交往是蛮多的啦。不过我可从来没用十面铜锣去换过他的百面铜鼓。”

灵谷子：“这回主要是用你的海船跑一趟湘江的源头潭水。”

罗阿公：“我看的是你灵谷子的人情。没有那百面铜鼓都不在话下喽。”

灵谷子：“明日之天下百越，都会记着你的大德的。”

罗阿公：“言重啦。不知灵谷大师如此急忙要送的是些何等人物?”

灵谷子：“不瞒罗阿公。是些秦人。是他自家还都不知晓的能人、高人——大秦军岭南监军史禄。灵川事，非此人莫属。所以我亲自前来。”

罗阿公：“灵谷大师慧眼看中的定是济世之才。于百越有益。”

灵谷子：“只是他自己尚未知晓使命。”

罗阿公：“在下愿效劳。”

灵谷子：“多谢罗阿公。”

铜鼓村寨在他们视野中渐近。

听得到铜鼓声、北方怪调的笙声、呼喊的喧闹声。

铜锣号楼船靠岸。

竹笠长者灵谷子与罗阿公上岸。

岸上正泊着一只小船。

船上正立着一位戴竹笠的老艄公。

灵谷子瞄了老艄公一眼。

老艄公拉着灵谷子疾步走到小船边，简短耳语。

灵谷子与罗阿公走进锣鼓喧天的秦兵人群。

一切声音因为陌生人的闯入戛然而止。

赵多看到了戴竹笠的灵谷子。

“老先生、大秦军队的救命恩人，您可回来了!”赵多急忙跑过来拉住戴竹笠的长者朝着史禄喊，“大人！大人！他、他、他来啦……”

史禄起身走过来：“请问您是灵谷大师吧？”

众人都怔在那里。

戴竹笠的长者取下了竹笠，露出的却是越秀姑娘的秀美面孔。

史禄惊异着。

越秀：“史禄大人，小女子受灵谷先生之托，请阁下指挥你的人马，有马的骑马，没马的上船。速沿漓水向灵川进发。一刻不可再误！”

她说完一转身就消失了身影。

史禄：“来船了？灵谷子，灵谷大师，您在哪儿？”

他激动得双手合十。

兵卒们备马的备马、上船的上船，都在忙碌。

江心。越秀的小船。

戴竹笠的越秀把小船停在江心，与立在船头戴竹笠的师父灵谷子，相对而立，久久不语。

灵谷子：“秀儿，为啥要如此神神秘秘、慌慌张张呢？”

越秀：“师父有所不知。那个赵佗他突然变了脸啦！”

灵谷子：“他如何变了脸呢？”

越秀：“他要抓您问罪。下了军令，派出人来啦！”

灵谷子：“嗯？”

越秀：“所以我不能让秦军见到您的面。”

灵谷子：“哈哈哈！抓得的。抓得的。”

越秀：“其实是二秀为您惹的乱子。”

灵谷子：“早在我的意料之中。来抓也好，来捕也好。哈哈哈！”

越秀惊讶：“师父、师父您没事儿吧？”

灵谷子：“秀儿，快开船，赶回灵川谷地。”

越秀：“为什么，自投罗网？”

灵谷子摇头：“是赵佗将军向我发来了请帖。”

越秀：“他是要捉师父进石牢的！”

灵谷子：“反正为师我也是常年住在那儿。我都等急啦。开船。”

灵谷子说着就撑起了长篙。

越秀半迟疑地摇起了舵棹。

小木船顺风而去。

“咔咔——咔！”

“咔咔——咔！”

大河转弯地。山峡。

那支彪悍的乌胥族马队呼喊着狂奔而来。

他们沿着长河飞奔而去。

铜鼓部落村寨。

乌干的百十人飞骑，旋风似的闯进村寨。

村寨空空的了。

乌干的马队兜了几个圈子。

村寨里只剩下余烟未尽的残火、破锅、烂碗和一地垃圾。

乌干忧悒了一阵，勒马回身，一挥手："追！"

马队又如一阵风，随他沿河驰去。

大江上。

满载史禄秦军的楼船由罗阿公亲自掌舵，在大江上前行。

赵多引领的秦军马队与之形影相随，在岸上疾走。远远地尾随其后的是一只小船。掌船的是戴竹笠的两个艄公——灵谷大师与越秀。他们遥遥地望着铜锣号楼船的背影，在无声地前行。

日出。日落。

大江。青山。

马队。帆影。

江岸的山麓上。

乌干马队追赶狂奔。

乌干马队狂奔而去。

潭江水域。灵川山口。

赵多的马队引领着帆影临近了。

山口下横立着乌干的骷髅王马队，拦截住赵多马队的去路。

食人族与可能被吃的疲惫秦人之战开打了。

乌干的马队果然彪悍异常。百十号乌胥人突如其来地冲入秦军马队，有如饿狼扑咬病羊。奇怪的是他们手中使的居然全是赵氏的武灵长剑。剑法虽然并不见精，可是一顿彪悍的乱杀乱砍，也够难抵挡的了。只有赵多的戏耍顽皮功夫，令骷髅王的汉子们恼羞成怒。几个汉子围攻赵多。

赵多一个飞身横跃，左臂负了剑伤。更多的乌胥人围过来。正在危急之时，山口里"秦"字军麾之下杀出一彪人马来。为首之将正是赵佗。

一阵交战之后，赵佗擒了梅旌。

数十乌胥人败下阵来，飞马逃入深山大峡。

灵川潭水岸边。

秦军兵马歇鞍、帆船靠岸。

赵佗前来接监军史禄。衣衫褴褛的史禄满面愧色。

赵佗："监军大人。"

史禄："少将、将军在上。"

赵佗："大人受苦了，末将来迟……"

史禄："少将军厚爱，在下惭、惭愧呀！"

史禄愧疚得涕泗横流，长揖跪拜在赵佗足下。

赵佗急忙俯身，双手扶起史禄。

……

8

岭北。内良城。

吴氏书馆里。

风尘仆仆的吴央与父亲吴芮互视良久。

吴芮："就这么点情况，你就辨不清东西南北了？"

吴央："父亲，孩儿觉得我们还没有读懂赵佗。"

吴芮："不是读懂与读不懂的事。事事不得手，是谋略的欠缺。见了一个叫二秀的女孩，就草率行事。还不清楚那个黄毛丫头是黑是白，就听她的话动手偷袭、行刺赵佗，没中她诱惑埋伏之计已是万幸。"

吴央："正因为如此，孩儿才觉得那二秀是我们的可用之人。"

吴芮："即便如此，亦不可枉断赵佗。那越秀也好，二秀也罢，都是赵佗心神疑惑、缉拿的对象。但他却偏偏对灵谷子发出了捉拿的号令。何也？"

吴央："这正是孩儿读不懂之处。"

吴芮轻笑："哈哈哈……这正是赵佗自己也不懂之处。且看灵谷先生有何动作。"

吴央："孩儿不想看别人的了。兵贵自主出击。既然秦军四十万都已汇进桂林灵川，在满山的林木之中，只需一个'火'字即烧定全局。我——"

吴芮道："非也、非也。任嚣早在五十里外打出隔火山道，派设秦军巡哨把守。不可枉费心思。"

吴央："那……"

吴芮："况且，杀赵佗，意在得秦军、用秦军，而非灭秦军。已毁掉秦军十万。再烧了那五十万秦军，于我何益？我等正需要统领那五十万大军称王百越。这恰恰是始皇给我们的一个良机。谋断一个赵佗、任嚣可也。"

吴央："这……"

吴芮："雕虫小技之类，无须再想。任嚣与灵谷子默契非常。其计不在为父之下。道高一尺，要你魔高一丈！"

吴央："魔高一丈？"

吴芮："二秀要有正用场。只有她能盯准灵谷先生的真实动向。"

吴央："灵谷子？他有那么重要？"

吴芮："他与赵佗同等重要。此招棋输与赢，皆在摸清灵谷子、赵佗如何行事！"

湘江、漓水。

赵佗正行走在湘江、漓水风涛渺茫的坡梁上。

他观看着脚下的山梁迷茫间的漓、湘二水，心头不免一阵阵生起困惑。他回想起灵谷大舜帝神宫里的情景——

大殿左、右侧神壁勾金描蓝的图画，散缀着先人谜语字句。

三处烽火台上的烽火；困在沙滩上的船队；平谷间星罗棋布的秦军营帐……

此时，赵光走来："将军，一直不见灵谷先生的影子。"

缓缓行走中的赵佗默默无语。

雾霭重重的岸上，出现一只停泊的小船。

船旁树下的石畔上，稳坐一位垂钓的蓑笠渔翁。

缓缓走近的赵佗默立在渔翁的身后。

好久过后。

山间隐隐地响起他们的话语声。

"可是大秦少将军赵佗？"渔翁背对着他说。

赵佗沉郁的脸上闪出惊愕。他盯着渔翁的背影。

"是在寻找捉拿的人，还是在寻找通水的路？"

赵佗望着渔翁的背影。

心海中疾速现出那船上灵谷子头戴竹笠的形象。

赵佗开口："请问长者尊姓大名？"

渔翁："山野之人，时而为渔者，时而为山人。不劳动问。"

赵佗："长者定识得灵谷先生！"

"哈哈哈……"渔翁笑道，"灵谷灵谷，满山云雾。可能初一，亦可十五。未知将军打听的是哪一个？"

"是那点起三把火的灵谷子。"

"是将军下了通缉令四处捉拿的那位？"

渔翁起身回首，取下竹笠。

赵佗静静地与他对视着。

二人仿佛同时认定了什么。

赵佗："长者乃大智之人。恳望明示。"

渔翁："与其捕其人，不如窥其道。"

赵佗："敢问其道者为何？何以窥得？"

渔翁："灵谷之道，将军已得矣。"

赵佗："……"

渔翁："将军困惑在胸。此'困惑'二字，即为灵谷之大道也。"

赵佗茫然不解地望着长者。

良久。赵佗拱手："晚生愿闻其详。请长者指点。"

渔翁："将军的楼船战阵被困于湘江之尽。漓江近在咫尺，却阻隔于灵川山地。奈何？"

赵佗静听并渴望地盯着灵谷子。

渔翁用钓竿在沙地上写了一个大大的"灵"字，又画了三条长长的横线——线下写出一个大大的"渠"字。

赵佗全神贯注地看着："灵川——灵渠？"

渔翁笑了，又在长线的两端各写出一个"湘"字、一个"漓"字。

赵佗："开凿灵渠，连接湘漓？"

"哈哈哈……"渔翁笑道，"将军得窥其道也。大秦军中有湘楚水官之后裔，您已迎他回归了秦营。将军可得其道、成其事也。江下有船供将军一用，山上有马给将军一骑。你在抓捕灵谷子，灵谷子也在找将军。哈哈哈！"渔翁边说边笑着。

转眼间一阵云雾，渔翁和小船消失了。

赵佗怔怔地立在那里。

过了一会儿，他好似茅塞顿开，却又陷入新的困惑。

长风、波涛环绕着他。

"长者、长者……"

他呼叫的声音被埋入波涛里。

漓水边过来的一只小船上。

赵佗撑着小船在行走着，查看漓江的沿岸。

他的小船行过风谷之间，也消失了。

灵川的陡坡上。

监军史禄正在山上游走、四处查看。

他发现了漓江水面上漂来的小船——赵佗。

他飞快地朝山下跑去。

"将军——"他奔跑着、喊叫着。

小船上的赵佗听到了他的声音、看到了他的影子。

赵佗站立在岸上。

史禄："将军在上。请问将军可是在巡查在下的山外设防？"

赵佗："监军大人，请问你的家乡可是湘楚之地？"

史禄："正是。在下出生在水乡泽国、洞庭之西的黔城。"

赵佗："祖上可是治水之官？"

史禄："在下先人都在湘楚大泽之国与江河湖海打交道。"

赵佗："没错。他——就是灵谷子！"
史禄："灵谷子？他在哪？将军不是传令四处捉拿他吗？"
赵佗："监军大人好似在寻找什么？"
史禄："通山连水之路。"
赵佗："与灵谷子有关？"
史禄："正是。"
赵佗心中一亮："大人，借马一用。"
史禄："将军，天色已晚，您这是……"
赵佗飞身上马，在落日余晖里，一阵风似的，朝灵川峡谷间驰去。

傍晚。
灵谷山前的百越神庙。
神庙前的"山水灵圣"石碑。
秦军卫士严守着的庙门紧紧关闭着。
驰马而来的赵佗跳下马背。
卫士们接马躬身行礼。
赵佗："有人进过庙门吗？"
卫士甲："禀将军。四围把守得严严密密，不见一个来人。"
卫士乙："连烧香敬神的人也不见一个影子。空庙一座。"
赵佗心想："不。他在里边。他来了。他在里边。"
说话间，神庙院里渐亮起一盏盏灯火。几声晚钟之后，庙门被人从里边打开了。立在门内的是越公子。
赵佗与门卫们惊愕在那。
越公子又是嫣然一笑："将军，让你久等啦，请。"

赵佗走进庙门，随之步入大殿。
殿堂空空的。堂碑的罗甸玉璧上只悬挂着灵谷子的竹笠和蓑衣。顶方是那两句雕文"通灵一水，天和百越"。
下方则是那甲骨字样的雕刻文：

王非王，王亦王，王者非王。
王可王，非常王，非王者王。

赵佗观察得一清二楚。这神庙分明是那三座山下大舜帝神宫的主体复制。
赵佗仿佛一瞬间沉入少年时的那个迷茫梦境。
不久，后堂传出笑声。
"哈哈哈……"走出来仙风道骨的灵谷先生，"将军船马相接，果然来得好快。”

赵佗恍然走出梦境。

赵佗：“灵谷先生请受在下一拜。”

灵谷子：“不敢。在下在此守候将军，是前来投案的。”

赵佗：“不敢。此乃在下寻觅贵客高人之计也。请先生勿怪。”

灵谷子：“高人不敢当。是计倒也了然一二。所以才一而再、再而三与将军相见。”

赵佗：“是也。此前在河岸已领教。请问先生如何入得此神庙？”

灵谷子：“将军有兵士严守此门，在下从彼门而入也。语云：‘知其一必有其二，二则生三，三生万物。’门道、门道，门与道皆如此。有门必有道，有道即有门。有道无门，是为玄道；有门无道，未得入其内也。所谓众妙之门，玄之又玄……”

赵佗用心地领悟着。

赵佗：“末将不知该否放言——”

灵谷子：“但讲无妨。”

赵佗斜睨一眼，扫见庙堂天窗。正有一双眼睛在注视殿内情景。

赵佗：“此百越神庙，无疑是三座峰神洞大舜先帝遗址的衍制。”

灵谷子：“将军好悟性。此乃楚越先贤圣者为传承诠释大舜先祖之神迹圣心所建造，意在呼唤大舜先帝连通华夏神脉、一统江山灵性之神髓者。名为百越神庙，距今已有千余年矣。”

赵佗：“既为神祖台宇，为何不设神位、神像？请指教。”

灵谷子：“也许是虚位以待、寻迎通灵之人吧。”

赵佗：“大师之意，是在那两句雕文，‘通灵一水，天和百越’。”

灵谷子：“所言正是，正是将军！”

赵佗：“依大师之言，前者越公子寻赵剑乃大师所派。空车刺秦也是大师虚设。”

灵谷子：“何以见得？”

赵佗：“众妙之门，难能一语破的。因为只有大师知道赵剑之炉在我赵村，而您派的越公子就证明了一切。”

灵谷子：“其二？”

赵佗：“只有您灵谷大师判得出，始皇不在安车空辇里。所以才差遣越公子去行刺。”

灵谷子：“而后呢？”

“三把火调引我大军来灵川。”他手指那碑文，“意在承接这‘通灵一水，天和百越’。”

“没错！以灵川一渠之水连通湘、漓，将军率大秦军出绝境即为圣境。所以我把史禄也为你找了回来。”灵谷子道，“都只为——天将降大任于将军也。”

庙堂的天窗上。

那双关注着殿内情景的眼睛在冒火。

房瓦发出一声碎裂的响声。

越秀发现了那双眼睛。“什么人！”她惊呼一声，一个纵身飞蹿出天窗，落在房脊上。

赵佗一惊回首。

灵谷子：“没事的，将军。由她们去吧。”

9

神庙的房脊上。

越秀与那白衣窥听者追打起来。二人剑法、身法如出一辙。越秀收手，以剑指住那人——二秀。

“二秀？你……你在做什么？”

二秀气哼哼地不言语。

“妹子，你倒是说话。”越秀情急地叫着。

“我不是你妹妹了。”二秀开口道，“你和师父原来是合伙出卖百越、出卖我二秀！”

“你怎么可以这么讲？”

“现在你们和赵佗在干什么？在和好、在密谋。你们在引秦军入岭南，在领赵佗占百越！”

越秀：“你在胡说！”

二秀：“是你在胡做。你欺骗我说去刺秦，原来是假的；要我去引秦军入峡谷困在灵川，也是假的。原来是要开凿灵渠，从水路进军百越。你们真是坏透啦！坏透啦！”二秀疯了似的吼叫着。

越秀：“二秀，你常年在山里采药，忽而又骑马在荒外，闯东闯西游走四方，怎知道师父的苦心大计？秦兵无小计可退，只有以大道大计来救百越。师父从小收养了你我，情同骨肉，道义入魂，你我……”

二秀依然叫着：“所以我相信你越秀，更相信师父会替我报仇。可是你们……你们真的在、在欺骗我。欺骗我……”她痛哭着，头也不回地跑掉了。

越秀呆呆地站立在那里。

日出。群山秀美。

大将军任嚣的营帐里。

任嚣：“果然不错。这确实是只有灵谷大师才想得出的进兵大计。”

赵佗：“晚辈已与史禄监军用步丈量过湘、漓之间的最近距离，只有三万七千余步。不过三十五六里路。”

史禄：“经在下沿西江一路走来，证实漓水流入西江，通达百越各地、水网相连。凿通灵渠，确可连通中原与岭南的水陆通脉，不止进兵岭南粮草给养后继无忧，更可连通岭南内陆。千古大功大德之计也。”

任嚣：“只是灵川地域虽小，却山地错落，高下悬殊。如何通衢？史监军可有制宜之方略?”

史禄：“先祖虽无明示，坡梁凿渠可取分阶分段之陡门式设置。”

赵佗：“就灵渠而言，十万人马上工，要多少时日？”

史禄：“十万人马用不上。地盘太小。即便万人，也不可一拥而上。分三班倒换、轮用开渠，歇人不歇工，要……三年至四年。”

赵佗：“如此说来，这是我秦军进军岭南的唯一时限了。”

任嚣：“也是唯一稳妥可行之大计。否则，大军进不得，退不得，如鱼落荒滩也。我等要立马集中军中能人巧将一万，认真勘察、仔细测量，做出可行之施工方略，专攻灵渠修造。其余大军屯垦耕植、开矿伐木。进驻紫雀界开凿梯田。一应百计，尽快呈报始皇帝。”

赵佗、史禄：“是，大将军阁下。”

夕阳下的山麓。

白衣骑马人——二秀驰骋而来。

她的影子在夜色里驶进了内良城。

大将军任嚣的营帐里。

史禄：“不过，有几件事应立马着手筹划了——设计灵渠的水运走向、寻找铁矿、搜罗名师匠人、冶铁炼钢、打造工具、伐木造船、造车采石……”

任嚣：“一应实务，有如开国立城。千万条线，一根银针尔。我等需施巧智，调动众多能工巧匠，分门别类，各司其职，同步操持才是。”

赵佗：“灵谷大师身边有一批能工巧匠，可赖仰仗。”

史禄：“在下兵陷岭西，曾在铜鼓山寨得救，又靠灵谷先生引来九龙岛上铜锣号楼船才得回兵灵川，这两地现下既有铜铁金矿，又来了师傅和工匠。在下可以请他们带徒弟、凿矿山。请大人宽心。”

任嚣：“如此甚好。”

内良城。吴氏书馆。

“果然不出所料，不出所料啊……”吴芮听罢二秀的讲述，不住地自语着。

二秀：“想不到是我的师父、我的姐姐，在出卖我和百越，在出卖我的救命恩人——龙昆夫人和越人家小。是他们俩在和秦军勾搭串联！真是不可思议！”

吴芮：“二秀，你是个苦命的孩子，吴伯伯我早有耳闻。你从小避秦人之乱逃来岭南，是龙昆夫人一家收留了你。而龙昆部落长桀骏早就是我的忘年之交。至于你和你的师姐越秀，按说首先都是我的弟子。其次才是灵谷的徒弟。可惜呀，她中了灵谷的邪魔之计。赵佗难道和岭南有何渊源不成？”

二秀：“赵佗，我不会让他得逞！”

吴芮：“逞强不得。帮你师兄吴央、进入西岭的百越族群，才有赵佗好瞧的！”

桂岭。秦军驻地。龙昆夫人玉娘等的营帐。

中军郑武领军卒送饭食进来。

郑武：“龙昆夫人，请家小们用餐。”

玉娘：“中军大人，大将军应允了的，到达灵川后就还我等自由。为何迟迟不见放行？莫非……”

郑武：“夫人不必多虑。是灵谷子让夫人留驻一时。”

玉娘：“灵谷子在这儿？”

郑武：“正是。”

婆母：“是他不让放了我们？”

郑武：“老先生要来看望你们。”

婆母：“我们只想速回岭南部落。谁都不见！”

郑武：“赵将军自有安排。”

郑武和军卒们退下了。

灵川坡谷。

灵谷先生与史禄在湘江、漓水间执杆挟尺，测量、绘图，精心规划着灵渠的开凿走向。

灵谷子：“监军大人。您瞧这湘、漓二水被灵川隔开，相距不足百里，灵渠之难，旷世百代无有问津者，何也？”

史禄：“灵谷先生有意考试在下？湘江源头地出高峡。漓水中游，水在岗下。山川高下悬殊，难成渠运。”

灵谷子：“监军何解此难？”

他们刚好来到一道石门前。

史禄：“先生请进来一看。”

洞门内。

石台上摆放着一座木制的模型。

灵谷子兴高采烈：“啊！陡门阶梯式——灵渠模型？”

灵谷子绕着模型细看良久。

"好、好啊!"灵谷子突然叫起来，"现下您总可以去面见皇帝啦! 哈哈哈……"

史禄："说起回朝面圣……"

灵谷子："监军心存忧虑。无非是会有几日牢狱之苦。"

史禄一惊："只要最终取信于皇帝，在下献上头颅也心甘。"

灵谷子大笑不语。

内良城。吴氏书馆。

"抓到灵谷子与秦军勾连的证据不难。"二秀说，"只是那赵佗越秀间的关系，叫人费解。姓赵的人能当上秦国的将军，这已经是怪事一桩。他来平杀百越，她还跟他出谋划策。这简直就犯了邪病啦!"

吴芮："姑娘说的不错。秦王灭了赵国之后，赵姓家族都被赶出了中原赵国之地，去陇西的、去巴蜀的，也有少量来了岭南，混进了百越族群隐姓埋名过日子。唯独他赵佗一家能留在赵地。又靠了主帅任嚣的乡里世交关系，加上灵谷子事先有意安排……"

二秀随即闪出当年的往事心象：

小秀姑随着被秦军驱赶的赵氏族人逃难。

南方的雾乡云峰下。逃亡的赵氏族人被秦兵赶散。小秀姑被弃在山野湖边。

一位中年人带领的马驮子队赶来，拾到了孤独无助的小秀姑。她被中年人抱上马背，向南方疾行逃遁。

马驮子队把她驮到岭南。

中年人把小秀姑送进了苍梧山下西越的钟离部落、吕蒙阿公的家里。

她与越秀姑娘形影不离，在神庙里烧香、拜过姐妹。

越秀、二秀随灵谷子读书、练字。

她们又与吴芮在山涧练兵器习武。

女扮男装的越公子挥剑刺秦的疾闪影子。

……

吴芮道："你的师姐女扮男装，蓄意刺秦，那临车一剑，成全了他赵佗，改变了他赵姓罪裔的命运，使他意外谋得了副帅的职位，才有今朝得志。"

二秀："不管他是谁，只要是来杀我百越的，全都该死。死定了!"

吴央："干掉赵佗，是当务之急。"

吴芮："他已与大秀暗生情愫，况又与灵谷子一拍即合。结盟之势已成。此局难破也。"

吴央："父亲，孩儿身为大将军屠睢的部下中军校尉，理当在他全军覆没、投奔任嚣营垒之后，亲自去京城面奏皇帝。"

二秀："不如我随同吴兄一道前往，真正刺杀了皇帝倒也痛快了事。"

吴芮："性急不得。你杀了皇帝，赵佗依然是岭南的将军。反而给赵佗占了大便宜。你先去厢房休息。”

二秀：“我看透啦，能与本姑娘合手的人，还没出世。”

吴央：“二秀姑娘，你去哪里？”

二秀：“一柄长剑、一匹烈马，独行天下，那才痛快。”

说罢，她手提长剑走了。

吴芮：“又是去酒馆独饮。先由她去吧。央儿，你进京面见皇帝，所奏何来？”

吴央：“奏他赵佗屯兵不出、见死不救，导致屠将军大军消亡；奏他赵佗违抗圣命、擅自撤军、驻扎灵川、勾连逆贼、图谋反叛。”

吴芮：“不过，皇帝狡黠，未必一听就信。”

吴央：“有撤军灵川的事实，不由他不信。皇帝必定再派御使去灵川监察拿办。那时再……”

吴芮：“也是险棋险招。需要速选人马，抢先赶往京城。绝不可落在赵佗、史禄之后。”

吴央：“孩儿明白。我会连夜动身。”

吴央率他的随员一列十人轻骑，飞快驶出内良城门。

后边远远尾随一骑白衣白马的跟踪者——二秀。

吴央的骑队向山野一路奔驰而去。

山野。十字路口。

追逐而来的白衣白马骑者二秀，勒马停立在十字路口。

她忽然转念，掉转马头朝另一条山道上驰去。

10

黄昏。灵川。秦军驻地。

龙昆夫人玉娘等的营帐。

中军郑武领军卒送饭食进来。

郑武：“龙昆夫人，请家小们用餐。”

营帐里。玉娘等正对着饭菜发愣。

婆母：“玉娘，秦军不会有变吧？”

玉娘：“娘，不必忧心。任嚣、赵佗二将军已应允了我们的。”

婆母：“可是又跑来个灵谷子。他岭南中原两边透亮，谁知他到底是黑还是白？”

玉娘：“灵谷子乃奇谋之士，不会……”

营帐门外。

一个白衣人影闪身门后。

郑武从营帐里出来，走远了。

营帐门哗啦一声响动，闪身进来一个人——正是越女二秀。

二秀："玉娘姐姐，娘，我来救你们出去。"

婆母："二秀。怎么会是你？我的孩子，娘以为再也见不到你的影儿啦！"老人落泪了。

玉娘："好妹妹，你怎么来自投罗网？"

二秀："姐姐，一言难尽。灵谷子在为秦军使阴招儿。大秀也跟着变了心。我才跑来四处找你们。走，我有船有马，快随我逃。逃出秦营！"

玉娘："不可以，逃不出的！秦军看守得严密。我等一群家小，行动不得的。二秀，你快走。逃离这个虎口。快！"

二秀："你们不走，我就不走。看他灵谷子到底做什么！有我掺和进来，他们想打你玉娘的主意就没那么容易。我正好有机会杀掉他赵佗！"

玉娘："不可造次。小妹，这一段路程以来，秦军与我等一直还是以礼相待。至于灵谷先生，也还没有令人信不过的行径。"

二秀："别犯傻啦！那是因为他们还不知道你们是桀骏部落长的家眷。一旦被他们知道了，那可是天大的危险。姐，到时候还是看我的吧。"

大将军任嚣的营帐里。

郑武："禀大将军。灵谷子求见。"

任嚣："灵谷子？我正要见他。请。"

郑武："禀大将军，是他先向赵佗将军发出请求。请求大将军准予龙昆夫人家族今天傍晚一道去神庙大堂见面。"

任嚣："有什么要事相商吗？"

郑武："为确定修凿灵渠的事。"

任嚣："监军大人刚刚回朝面君，尚未得圣上旨意呀。"

郑武："先生说，可以借水行舟。"

任嚣："借水行舟？"

郑武："先生说这里是百越九黎先祖蚩尤的故乡。今夜是中秋。此地的百越部族有'弄三牲'——以酒肉灵祭天地、朝圣先帝先祖的传统。每年都由龙昆夫人、百越女儿以百越大歌、铜锣歌舞敬献于岭南神明、蚩尤先祖。天意民愿，当有助于明君诏定。"

任嚣："中秋，既是灵谷子有意，本地族俗，无甚不妥。只是，我乃秦军将士，与此地部族素昧平生。该如何照办，要请赵佗将军聆听灵谷大师明示。"

郑武："是。"

晚霞初起。灵谷。百越神庙。

神庙庭院里，传出铜锣、铜鼓的铿锵声律。

神庙大门渐开。

庭院里灯火初起，渐渐通明。

任嚣、赵佗步入庙院大门。

殿门里，灵谷子相迎。

神庙大院里。左厢下悬列九面铜锣，右厢下陈设八面铜鼓。院心摆着香案、供案。正殿门前设有四个席位。

灵谷子引任嚣、赵佗品看那石碑上“灵通一脉”“王者非王”等题偈镌字，他们又回身荡步，品视那铜鼓、铜锣的奇特雕纹、图饰：蟒蛇、凶兽、鳄鱼、天狗、日月、飞鸟、云涛、浪卷……

任嚣、赵佗入神品视，心中不断发出无声的赞叹。

庙门外。走来玉娘和两个越族女孩。

二秀混在其中，紧随在玉娘身后。

她们临近庙门。玉娘有些迟疑。

二秀：“姐。后悔啦？我来打头。”

玉娘拦住她：“二秀，不可莽撞。还是我来。”

二秀：“论跳百越雅舞大歌，二秀不如姐姐。可是我的猎舞、战舞不比你差。我又谁都不怕。我不来谁来？”

玉娘：“我是……不甘心在秦军面前歌舞献笑。”

二秀：“越歌敬献神明，与秦何干！说不上谁笑、谁哭的！”

二秀抢先迈进门槛。玉娘紧随着她一阵风儿似的进了神庙大院。

灵谷子迎过来：“夫人来得正好。二位将军、玉娘夫人敬请入座。”

任嚣、赵佗、灵谷子、玉娘相让就位。

灵谷子：“今天是灵渠开脉、湘漓相合有望的初始之日。正逢中秋，有请大将军于先祖舜帝神庙献神赋之辞与百越子民。”

任嚣：“在灵谷大师面前，实不敢当。老夫任嚣，乃军中武人，为大秦国始皇帝千征百伐二十余载。今日始造湘漓之渠，意在连通岭南、辑合百越。天下一统，江山斯如也！”

玉娘、婆母等越人均现出惊忧参半脸色。

灵谷子又道：“此乃万民心愿，千古神日。以百越习俗，铜锣铜鼓上酒、越人尊者献舞，祈拜天地圣祖神明。年复一年，百代相传也。”

五位越女鸣鼓。

灵谷子举杯，邀任嚣、赵佗及众人敬天敬地三杯酒。

之后邀众举杯一饮而尽。

鼓声阵阵大作、复又渐息。

灵谷子：“有请玉娘夫人鸣奏锣神之乐。”

玉娘略显犹豫。二秀捅了捅她的腰身。

玉娘静下心来，舞动身姿，击打八面铜锣，演奏出动听的越韵雅乐。

铜鼓声声与之相和，时而铿锵如雷动，时而若泉流叮咚响，甚为美妙、传神。

震撼山野天地的声音，传至庙外、山峡、三江环绕的三祖峰影下。那里聚满了百越族群。他们似乎聆听到远远的奇妙身心之声。

巨大的中秋月轮，衬托出他们的身影和三祖峰的身影。

神庙内。

铜锣、鼓乐之声中演示一场《问天乐舞》。

龙昆夫人玉娘长袖漫舞，悲愤歌吟：

彼中原兮，我岭南。
岭相隔兮，山相连。
灵同根兮，树同根。
水同源兮，脉同源。

千军起兮，凶风卷。
蛮荒地兮，起狼烟。
越无军兮，无兵阵。
伐我乡兮，血何染？
越无官兮，无衙府。
何狂杀兮，民离散？

百越千村兮，妻儿孺。
父母子孙兮，乐自然。
讨兮伐兮，魂溅血。
民兮王兮，地与天。
天地人兮，相生养。
相与共兮，人地天。

民之心兮，天之愿。
欲何求兮，太平年。
天之剑兮，地之剑。
剑无形兮，愿无言。

司乐舞兮，天问地。
百越心兮，地问天。

司乐舞兮，天问地。
百越心兮，地问天。
…………

铜锣、鼓乐之声又转激昂、澎湃。

山呼海啸之声相和、相唱，绵绵反复、无绝无断。

神庙外。

不知不觉间已聚满了窥视、偷听，随时准备攻击的百越族人；庙门两侧与他们相视而立的是一排秦兵。

神庙内。任嚣、赵佗、灵谷子全神贯注。

铜鼓声忽然一阵雷动。

一位戴着凶骇傩巫面具的白衣舞者跃出，矫揉作态、舞姿怪异。

人们辨出她是个越人女子，正在向赵佗跨进。

玉娘发现了什么，神色顿时现出惊慌。

赵佗察觉了玉娘的神色，心中一动，复又故作平静下来。

笙歌更加猛烈。

……

猛烈的笙歌。

那位戴着傩巫面具的白衣舞者依然矫揉作舞，在向赵佗跨进，并以舞姿挑逗着。

丑恶的傩巫面具居然散发出鬼怪绿色的荧光，令在场的许多人为之一惊。

玉娘一眼辨出那舞者正是二秀，眉头不由得一颦。

武士行列中又跃出一秦兵——那是赵多，从香案上拾了面具，仗剑与之对舞。

笙歌大作。雷闪剑光齐现。

乐舞立时变成了战舞。

气氛随之紧张起来。

任嚣、赵佗、灵谷子炯然关注的眼睛。

（史话纪言：灵渠祖庙、兴安圣地、曾留有古灵训，秦城、越城之遗迹。共同组成大三圣坡下的人文历史奇迹。）

第四章 天玄篇

天地玄玄 人界玄玄 众妙之门
玄玄有道

——引 古民谚

1

帝都咸阳。大秦宫。

吴央在大殿外的廊厢便殿候宣。他焦急地来回踱步。

秦始皇高坐在宝座上。

秦始皇："李斯，你听那吴央之言，可有虚诈？"

李斯："禀万岁，臣也在想。"

秦始皇："想！想！朕要的是你的结论。"

李斯："陛下圣明。臣愿闻圣意。"

秦始皇："屠睢十万大军，那也是我大秦的精良，居然被岭南的山野土著转眼之间就给……怎么可能？这人必定有诈！"

李斯："禀万岁，那吴央乃屠睢将军属下的中军校尉。所言应该不会有假。"

秦始皇："应该？又是应该——只言该不该、会不会，不言有无有、对不对。真了你不错，假了你无过。真是为臣者的灵通妙变之辞。可是朕不需要你们这般明哲保身的戏法。"

李斯："臣知过。臣请圣上准吴央面见圣上。"

秦始皇："宣那小子进宫。朕要亲自听个明白。"

李斯："臣遵旨。宣吴央进殿。"

吴央进殿来。

吴央："小臣跪拜陛下。万岁！万岁！万万岁！"

秦始皇："你就是吴芮之子吴央？"

吴央："禀陛下，小臣正是。"

秦始皇："屠睢十万大军全军覆没，可是真的？"

吴央："臣星夜千里驰骋来禀报圣上，此事千真万确。"

秦始皇："任嚣、赵佗竟敢见死不救，不进攻岭南反倒退兵灵川？"

吴央："小臣以项上人头担保，无半句虚言。"

秦始皇："那任嚣、赵佗还有史禄，他们究竟在做什么呢？"

吴央："他们违抗陛下圣命，更不把小臣的请求放在心上。执意要开凿灵渠、勾连西瓯，图谋立国，叛乱逆反……”

震惊的秦始皇。

秦始皇：“开凿灵渠、勾连瓯越，西南立国，真是人心隔肚皮？任嚣不会呀。赵佗也还想不到这一层的呀！”

吴央：“圣上，还有、还有……”

秦始皇：“讲。”

吴央：“臣下不敢。”

秦始皇：“为臣者知情不举。你就不怕啦？”

吴央：“臣遵旨。其实，赵佗襄阳救驾乃是一场预谋。”

秦始皇：“什么意思？”

吴央：“借我大秦伐越之机，安排越人刺客。如能得手，则狼子野心得逞。而陛下圣明。当他们发现陛下的龙车是空车，才由赵佗前来‘救驾’。巧计令赵佗得了少将军职位。”

秦始皇起身离位踱步：“这是什么人的诡计？是任嚣还是赵佗？”

吴央：“乃是罪该万死的隐者——灵谷。”

秦始皇：“灵谷？有何证据？”

吴央：“刺客是个扮男装的越人女子——正是剑道高手、灵谷的徒弟——越秀。”

大为震撼的秦始皇。

秦始皇：“竟有此事？”

吴央：“现在赵佗正与刺客勾结在一起，共施大阴谋。请陛下速发兵马，将其一网打尽，证据即可在手也。”

秦始皇：“李斯，你意下如何？”

李斯：“倘若是实，当立即缉拿归案、斩首处置！”

秦始皇：“倘若、倘若！倘若不实哪？又是废话。灵谷之名朕也略有所知。当年任嚣驻守湘西边地的时候就提到过这个人。开凿灵渠、开凿灵渠。好像他一直就守候在那儿。灵川到底是个啥地儿？朕原以为他不过是个痴者。没想到啊。”

吴央：“圣上，足见他们蓄谋已久。凡仁义者都不敢相信。这实属食君之禄，谋国之反。小臣劝他们改邪归正，不想一路惨遭疯狂追杀。小臣有箭伤为证。”他展示出左臂的箭伤。

秦始皇：“也罢。丞相，传朕旨意。”

丞相李斯秉笔在记。

秦始皇：“着，土工令瓦举、石工令石良、山工尉孟淞为任嚣大军之后御使督军。”

李斯：“圣上，这几位都是烧瓦、凿石、伐木的大工匠师，不懂用兵之计。圣上……”

秦始皇："瞧瞧，不该你说真话的节骨眼上，你总会冒出不该说的真话来。大秦军要遇山开山、遇水搭桥。没有大工匠做督军，当兵权者自会找借口回师撤兵、徘徊生变。"

李斯："万岁圣明。"

秦始皇："吴央回朝禀报军情有功，朕命你为副宫廷御使，留候咸阳。三日后随大钦差吴晃带一干人等即刻开赴灵川。传旨任嚣，立刻进军岭南，不可有误！"

李斯："臣遵旨。"

吴央："谢陛下。万岁！万岁！万万岁！"

灵川百越神庙的铜锣鼓之声正烈。

白衣舞者二秀的面具不时被她巧妙地以手挪开，不断地闪露她的玉容。这使得赵多的对舞消失了火药味，也出现了女性般的柔态，变得滑稽可笑起来。

柔歌媚舞，赵多感到没劲儿，他丢开了面具，终于走开了。

二秀也索性丢开傩面具，展露出越女风姿，在怪舞中步步靠近赵佗。

平静的赵佗目视着她。

玉娘看破了二秀的心计，出舞拉大二秀与赵佗的间距，几番引开二秀，并以目光示意她罢手。

二秀又几番逼近任嚣。

赵佗已把一切看在了眼里。

他起身离座，徒手走近二秀与之在场中对舞。

这是一场绝妙的将军与越女的阴柔、怪异的对舞。

终于，二秀找到了一个亲近的机会。

她亮出了暗藏的匕首，刺向赵佗。

赵佗一个转身翻腕，扼了秀臂夺了匕首。

反而现出一段杀机妙舞。

那是一把镂金雕花的精美匕首。

霎时间举座皆惊。武士们拥上捉了二秀。

玉娘惊慌地跪在赵佗面前为二秀求情。

玉娘："将军在上，小妹二秀无知。望将军饶恕。"

灵谷子也起身过来鞠躬致歉。

二秀悲怒地叫着："秦军杀人灭族，天下之贼。通灵渠引贼入杀岭南者奸贼也！"

二秀乘机挣脱了武士，一个紫燕飞檐，翻出了庙墙不见了身影。

镇静的赵佗。

静寂的庙院。
惊骇的众人。
赵佗："与诸位无关。我已知她会如此。祭祖先神要紧。请继续吧。"
灵谷子拱手："谢将军大度。诸位请随我来，祭祀灵川灵谷大舜帝之神。"
鼓乐转为风平浪静。

湘江畔的山麓上。
一行车马踏着烟尘风驰而来。
新受皇封的御使督军土工令瓦举、石工令石良、山工尉孟淞一行，骑着高头大马驰在车前。马车里坐着的是御使钦差宦官吴晃，陪坐的是年轻的吴央。
车驰风快，颠簸十分厉害。
吴晃嚷叫着："哎哟！小子，吆喝前边骑马的慢点儿。颠死我老头子喽！"
吴央掀起帘子喊叫了一阵。车马都晃晃悠悠地慢了下来。
吴晃："我说吴央，好歹咱也是个同姓本家的。"
吴央："吴、吴大人在上，晚辈荣幸之至。"
吴晃："小子嘴巴倒是挺甜的。你说一句实话，那任嚣、赵佗果真是要谋反？"
吴央："在下是军人，绝无戏言。前辈，您可不能不信呀！"
吴晃："有圣旨在，老夫信与不信又有何妨呢？"
吴央："圣旨在您手里，皇命在您口里。您若是不信，可就全都没有啦！"
吴晃："你小子还真知道老夫的分量。算你有眼力见儿。"
吴央："前辈，您可比我亲爹还要亲呀！"
吴晃："哈哈哈，中。见了任嚣和赵佗，你可得听我的。不然你就别想再见皇帝！"
吴央："是，前辈。"
车马队在吴晃的大笑声中驰去。

咸阳城关前。
史禄一行三骑，驰马进入咸阳城关。
在一家小茶馆门前他们停马整装，各饮一大碗凉茶，又上马驰向城中。

2

灵川。神庙前。
任嚣、赵佗等人来到了坡地上，一览群山、江河。
赵佗观察着灵谷子："灵谷大师，您为秦军献计灵渠，不怕在百越中落下骂名吗？”

灵谷子面对灵川群岭似自言自语地沉吟起来：“‘彼中原兮，我岭南。岭相隔兮，山相连。灵同根兮，树同根。水同源兮，脉同源。’请问大将军、少将军，对于玉娘夫人刚刚咏唱的《问天乐舞》可有同感？”

任嚣：“当然，当然！”

灵谷子：“赵将军呢？”

赵佗：“岭南民间之乐，是民风民心的表述。实在而自然。”

灵谷子：“下边还有，‘千军起兮，凶风卷。蛮荒地兮，起狼烟。越无军兮，无兵阵。伐我乡兮，血何染？越无官兮，无衙府。何狂杀兮，民离散？’大将军、少将军，对此舞乐之词又做何感悟呢？”

任嚣：“千里杀将，平定版图，乃立国战事，千古依然，绝不可少也。”

赵佗：“大秦六国已平，皇阙天下，唯少岭南，岂可偏失？”

灵谷子：“此乃天乐、天唱、天书也——天愿、天心、天道也！岭南蛮荒乡寨之地，万千部落，民居相守，既非县又非郡，更非诸国。朝廷一纸公告、一旅衙差可得岭南也。请问将军阁下，大秦五十万大军兵临岭关，欲与谁人对阵决杀？”

任嚣、赵佗一时无语。

他们望着岭南百越的恬静部落。

山林、渔猎、庄寨生活如诗如画的天地。

灵谷子、赵佗的对话在岭南浩浩晴空中随云飘逝。

灵谷子：“将军，百越之族可有官兵？”

赵佗：“没有。”

灵谷子：“岭南可有国府王殿？”

任嚣：“没有。”

灵谷子：“蛮荒可有郡县官衙？”

赵佗：“也没有。”

灵谷子：“关山可有一兵一卒？”

赵佗：“也——”

灵谷子：“没有。统统没有。既然无国府、无官衙、无一兵一卒，大秦千里杀将之军，无非是面对黎民百姓、苍生无辜者。正所谓‘百越千村兮，妻儿儒。父母子孙兮，乐自然。讨兮伐兮，魂溅血’。二位将军，可得一悟，回我一问呼？”

天地间一片沉默。

好久。

赵佗问道：“以先生之见？”

灵谷子：“欲得百越，知民心、得民心可也。正所谓‘民兮王兮，地与天。天地人兮，相生养。相与共兮，人地天’。”

灵谷子兴之所至吟唱起来。满山遍野也似和声：

民之心兮，天之愿。
欲何求兮，太平年。
天之剑兮，地之剑。
剑无形兮，愿无言。

司乐舞兮，天问地。
百越心兮，地问天。
…………

赵佗：“如此说来，心得百越无须进军。那先生授意我军打造灵渠，摆渡兵船，用意何在？”

灵谷子：“连通湘、漓二水，乃得神州一脉、天地人和、天地一统。将军奉此为天命，神传千古也。”

赵佗：“我求天地人和，百越却灭我十万秦军，何解？何以说岭南非郡国、百越无官衙、蛮荒无兵丁！”

灵谷子：“将军，您有所不知！将军请看，这灵川大地，自西周历春秋战国五百余年，夜郎、百越、湘南族人一直冀望连接湘漓、沟通灵川。自古就有大舜兴安神庙相传。曾几何时，这里，就是这里，年年百越神庙盛会，号称‘兴安神地’——越城。”

灵谷子所指之处，一片秀美山川、神奇景色。

灵谷子：“诸位将军随我来。”

灵谷子：“诸位请看，那正前方，连肩环抱的三座神峰！”

江上。人们被灵谷子带上一艘楼船。

三座连峰如画，隐约之中迎来。

灵谷子道：“那里正是百越首领蚩尤大帝的故乡，人称蚩尤界。有百越族白话传言：距今百余甲子之秋，炎帝、黄帝、蚩尤大帝由逐鹿中原到山西阪泉之战，蚩尤战败，身首异处五地之山。由北至南，皆有蚩尤陵寝碑墓。黄帝不信斯真。乃追兵直至岭南蚩尤故里山村。率兵之黄帝遍寻十数村庄，百越村民皆言‘蚩尤不死’‘此即蚩尤村也’。皆以百越大歌傩面神舞引之，直至这三牲坡下。”

此时，百越聚众的三牲坡下，晚霞褪尽，月轮显现。

楼船载众正过春姬洞前。

灵谷子言道：“村民世代传言，被碎身五段之蚩尤，乃是替身救主献身。部族九黎之人，追随其逃回故乡紫鹊界，进入这春姬洞内。早有女子春姬等在这里，与其成婚。黄帝率兵赶到，乃见百越男女傩面大歌起舞，为蚩尤归来庆婚，醉入‘弄三牲’之大典。”

此刻真的可见春姬洞前聚集的百越男女众人。

陈列香案的猪、鸡、牛三牲香火。灵谷子朗朗的声音："黄、炎兵众为百越大歌之情韵所感怀，为百越山川之江河秀美所动容，更为蚩尤亨有众星捧月之神遇所慨服。于是令千军复献鸡、猪、牛投身于百越大歌，共舞'弄三牲'之大典。"

春姬洞前的百越大歌突起高潮。

天云染彩，入化江河。人村如画。

灵谷子道："那日起，炎、黄、蚩尤三帝休止征战，在此共结同盟。百越中华，联为一统。天地同圆，一贯南北，乃为一个'中'字。中华、中国，由是而出，天地人间千古之国号也。"

雾中的三牲坡上，叠印出炎帝、黄帝、蚩尤大帝这三祖神像，祥光闪射，紫鹊飞聚万千，氤氲成紫雾云霞……

此时，两支冷箭从恶神傩面的越族群内射出，直冲赵佗、任嚣。一支被赵佗挥剑挡下，另一支箭镞却被他利落地捉在了手中。

众人皆惊。

百越族群惊愕地停止傩面狂舞。

赵佗查看他们冷峻的眼神。

他微微一笑似自语："秦军箭镞！我断定他会混入百越。他会来的。他，果然来了。"

赵佗收起箭镞交给赵多。

赵佗对众："诸位——此乃三圣、三祖成我大中华结盟修好的圣山、圣地！"

赵佗遥望紫雾云霞中的圣像，率先跪拜。

满船的随行将士跪地伏拜。

天地之音，奇妙地升起。

百越的傩舞群，重新起舞。

赵佗率众将士三鞠叩拜之后，百越雄傩突然取下傩面。

群山为之大惊——雄傩后闪现出的是成百上千的百越美女，婀娜多姿地演绎大歌。

（史话纪言：望眼遥祭中的三座连峰大山，即百越王者赵佗后命名的"三圣坡"。居今湘西南、桂东北、黔东南三省连接之处。为黎平、芷江、三江围绕的紫鹊界百越族人集聚朝圣之地。俚称百越大歌"弄三牲"。史上有省区之际俗称"三省坡"，通古辨今皆属"三圣坡"，中华朝圣三祖之第一灵地也。）

秦军大楼船在驰行中。

灵谷子：“这身后的先人神庙是大舜帝南巡来此留下的圣迹‘山水灵圣’，脚下就是平顶祭坛，那双臂一般扯着湘漓二江的曼谷坡峦就是号称‘兴安神地’的古越城。可谓山川秀美，景色神奇。可是……”

现下满目是萧条无人、空荡废弃的竹寮、村街。

灵谷子：“秦乱六国中，大风突起西北，刮进来一伙骑马、食人的乌胥部族，袭扰越人部落，挑起部族残杀。每年正月砍食越人头颅。头骨垒造山门，堆砌成崖壁，称王骷髅山，祸及岭南无穷。为抵抗骷髅王，岭南各部落才聚集于兴安神地，歃血神庙，结盟兴安，百越部落推举桀骏为联盟长。聚集骁勇男丁总计不过三五万人，目的只在于驱赶骷髅王以结盟自卫百越。不曾想，首战却遭遇了大秦屠睢将军的十万大军！”

玉娘：“桀骏本不与大秦为敌。相反，桀骏结交下好多中原友人。可是，大秦发兵、龙虎相残，骷髅王必乘势横行、无与阻拦，大秦数十万官兵又来谋定岭南，百越亲族大难临头，越城之盟破碎！”

她止不住泪水，掩面哭泣。

任嚣、赵佗严峻的面孔。

他们相互对视着、对视着……

3

咸阳。大秦皇宫。

史禄正在大殿外的廊厢便殿候宣，焦急地来回踱步。

皇宫里李斯在禀告秦始皇。

李斯：“臣禀陛下，史禄星夜赶回咸阳，正在宫外候宣，有紧要军情禀告陛下。”

秦始皇：“史禄，他还有脸回来？朕的钦差都派出去，该到灵川了。他还回来干吗？他身为朕的监军，居然不报军情，待他们的退兵密谋木已成舟才赶回来，欺君之罪岂可饶恕？李斯！”

李斯：“臣在。”

秦始皇：“将史禄拿下，关入大牢！”

李斯：“臣遵旨。不过，陛下，这史禄乃圣上钦点的监军。臣请陛下一见。”

秦始皇：“给他长绢笔墨，命他招供罪迹，朕再过目。”

李斯：“臣遵旨。”

铁牢大门咣当打开，史禄等三人被投进牢里。

李斯走来：“史禄，陛下赐你笔墨、长绢。让你将违抗皇命、撤军灵川的罪行从实招来。”

史禄惊讶地说：“丞相大人，事关重大，军情急迫。大人，请禀告陛下……”

李斯：“史禄，我能帮上你的只有这些。一五一十地写吧。我会转呈陛下的。”

灵川。神庙前的坡地上。

赵佗："以先生和玉娘夫人之见，修造灵渠，四十万秦军该如何作为？"

灵谷子："两个字：和、合。"

赵佗："和、合？"

灵谷子："正是。因和而合。战、杀则双亡。将军，灵川之神脉，天意玄玄，昭然如日月也。欲谋岭南，别无他途。"

赵佗："赵佗谢大师指点。"

灵谷子："将军仁慧，乃苍生之幸。"

赵佗："大将军在上，请问大将军的意愿？"

任嚣："老夫也十分感念灵谷先生的苦心点拨。我二人已有十年之约——山前乃先皇大舜帝当年幸临之地罗泊湾。那是先祖南巡存身的仙洞。我等年迈，为耄耋之殇，已在此选好坟地，坑儿都有现成的啦。哈哈哈……"

灵谷子："谢上苍赐人间以天剑无形。令始皇大一统而无纷争，今灵川得通一脉，湘、漓相接而南北相和。岭南蛮荒得融中原教化。枯涸之陌得文养之腴。兴安、兴安，今日得兴天下之安。百越之大幸、天人之永福也。"

深夜来临。

兴安神庙的雕字门匾院落里又响起了铜锣乐鼓的悠扬音律。

人影笼罩在月亮银光的初照里。

赵佗的营帐里。

赵光、郑武紧张地走进帐来。

赵光："将军，骷髅山又开出上万人马，与逃掉的乌干会合，一路把被骷髅王羁押的东江越人家小做头阵，前来围剿我秦军的湘漓山口驻守马队。气焰十分嚣张。"

赵佗十分震惊地拍案而起，又压住了火气。

赵光："将军，调令大军，一举杀光骷髅山算啦！"

赵佗："不！不可以贸然进山迎战。骷髅山想必是有人做向导。"

赵光："这……我们去哪里找向导？"

赵佗："由我们抓到的越人梅旌做向导。赵光，你率精骑三千，飞马迎战，杀断骷髅王对越人家小的绑架线。那是史禄监军丢失的越人家小，一定要救出来。我率飞骑三千围剿骷髅王骑队，郑武率飞骑三千带足五日粮草、湘漓山口渡江，我等分三路围剿骷髅山。快进快出，直取骷髅山大本营，将其一举平定！我马上请示任大将军。"

赵佗、郑武、赵光各率领三千骑队在山谷里举行出兵仪式。

越人梅旌驭坐骑在赵佗身后。

任嚣在帅台上。

灵谷子带玉娘、越人女子等近前献酒。

灵谷子："铲除骷髅王、平灭乌胥山，救百越于忧烦之中，开岭南以通天济世。越人必将鼎礼谢恩秦皇大帝也。本灵谷山人乃村夫一介，以斗酒三石，敬送大军旗开得胜！"

任嚣："接酒敬天地——三军同饮！三军同胜！"

三军头目接饮。士兵们山呼海啸般地高呼："皇帝万岁！皇帝万岁！皇帝万岁！"

赵佗拜别大将军任嚣，翻身上马，高喊："三军听令——出兵！"

赵多的笙吹起了威武欢快的调子。

大庙庭院里的铜锣、铜鼓也赫然间敲响。与赵多的笙声相应和，甚是铿锵热烈。

赵佗、郑武、赵光在先，浩浩秦军马队启动出发。

骷髅山峡。

旋风一样刮来的秦军马队。

黑风一样刮起的骷髅王马队。

两股巨大的旋风，两片漫山遍野的飞骑马队在飞驰。

黑白两股旋风胶着在了一起。

骷髅王的旋风如潮水般溃退了。

赵佗的旋风如雷霆般穷追不舍。

骷髅王的旋风如潮水般忽然隐遁，不知去向。

秦军的旋风在山口停住。

赵佗勒马踟蹰，迷茫地寻望着。

大山。深峡。空空荡荡。

峡谷的山石背后。

越人女装箭手的二秀与梅旌在林中寻到了一起。

二秀："哥，我只让你带领赵佗的小部队来。"

梅旌："妹，全怪骷髅王的兵丁像狗熊，逃得比老鼠还快。"

二秀："原想借骷髅王的手杀掉赵佗。"

梅旌："那是白想啦！"

二秀："现在咋办？"

梅旌："骷髅王本来就是百越的杀亲仇家。今儿他完蛋啦。你我将计就计，听哥的，引秦军带赵佗追杀骷髅王。"

二秀："那我们的仇……"

梅旌："仇家杀仇家，让他们使劲杀。听我的。"

二秀解下红绸披肩绑在竹竿上，挥动着策马驰出，引动秦军追入峡谷。

大秦军旋风般扑入林深茂密的山峡。

山呼海啸般的呐喊声，震响云霄。

骷髅山。“秦”字军旗、“赵”字麾帜，如云阵飘在骷髅山头。
秦军鼎沸云天的呐喊声。
赵光、郑武生擒了骷髅王之子乌干。
赵光：“我认得出你是乌干。你的父亲骷髅王呢？”
乌干：“家父年前就、就去世啦。”
赵光：“不对。有人看到他逃啦。快说，他逃到哪儿去啦？”
乌干：“真的呀。你看那神木王柱就是为家父亡魂立的呀！”
赵佗面对骷髅山乌胥部落殿洞前，嵌满骷髅头骨的神木王柱。
赵佗抑不住胸中怒火，猛挥长剑，砍倒了骷髅神木王柱。
神洞、骷髅山门燃起了大火。
梅旌、二秀兄妹在一旁无声地观看着大火。
沉默的赵佗走过来。
赵佗：“梅旌、二秀，你兄妹二人不愧为百越族人。你们平灭骷髅山有功。本将军会禀报任嚣大将军褒奖你兄妹二人。”
梅旌：“谢少将军。”
二秀无语。
赵佗、二秀以异样的目光凝视着对方。

灵川。
大钦差吴晃的车马骑队驰出峡谷，在百越神庙大门前停了下来。早已迎候着的任嚣、灵谷子等三军人等鞠躬相迎。
神庙，大堂。
吴晃在宣读圣旨：“任嚣听旨——”
任嚣跪伏在地。
吴晃：“查——任嚣身为平定岭南主帅大将军，怂恿部下，违抗皇命、擅自撤军，包容刺客，图谋不轨。命任嚣即刻将副将赵佗拿下。”
任嚣大惊：“钦差大人。赵佗自发兵岭南以来，如迅雷疾风，剿灭骷髅山的邪恶部族。眼下正在沙场上，取得了西江大捷，为平定岭南开启万胜大局。大人……”

岭南山地里。正如旋风一样刮来的秦军马队。
“秦”字大麾下的赵佗在风云中驭马疾驰、凯旋。

神庙，大堂。
吴晃：“大将军，陛下可是要你亲自拿下赵佗！”

任嚣："这并不难。在下曾经拿下过赵佗。"

吴晃："这就好。任嚣接旨。"

任嚣接旨："臣谢陛下圣恩。万岁！万岁！万万岁！"

山野里。

旋风一样刮来的秦军马队。

"秦"字大麾下的赵佗在风中驭马疾驰着。

旋风里裹挟出吴晃沙哑的声音："麻利拿下赵佗！拿下赵佗！"

旋风里裹挟出任嚣愤昂的声音："将我任嚣拿下！将任嚣、赵佗统统拿下！"

任嚣的声音如同雷电般震响着。

4

灵川。百越神庙外围。

围满了"秦"字、"任"字麾帜下的秦军。

左中军尉严虎、骁骑尉里弦分别统着手下数百荷戟武士，分列神庙正门两侧。一派森严、不可靠近的气氛。

不远的坡谷上，新搭起的一架大营帐。

吴晃走出帐门，望了神庙那边一阵。他无奈地摇摇头朝北边走去。

湘水、漓水间的神台老树下。

灵谷子正坐在那里的石桌旁。

一身素雅的越秀姑娘，端来托盘，往石桌上摆放酒菜。

吴晃走来，与越秀姑娘一瞬对视。

越秀低头颔首而去。

吴晃就座："瞧瞧，这任嚣先把自个儿拿下啦，岂有此理！"

灵谷子："拿下了就进得了百越神庙。"

吴晃："那就更岂有此理。神庙又不是牢房，凭什么我堂堂大钦差倒进不得？"

灵谷子："此乃'画地为牢'——妙用也。大钦差如果也将自己拿下，不也就进得了那座神圣的'大牢房'了吗？"

吴晃："这是皇家圣事，哪有如此游戏、开玩笑的？"

灵谷子："不过，任嚣这个玩笑，可是越开越真，一成都假不了啦。"

吴晃："怎么讲？"

灵谷子："别忙。先喝酒。"

草棚下的锅灶案前。

越秀一边收拾菜蔬，一边留意他们的对话。

神台老树下。二人对饮了一杯。

灵谷子："大将军刚派出史禄进京禀告，钦差大人就捧着圣旨来灵川兴师问罪。请问是什么恶人先告状，跑到皇帝那儿胡奏一本？”

吴晃：“自然是屠睢将军的中军、一大队部下。”

灵谷子：“不出所料。看来史禄大人也是凶多吉少啦？”

吴晃：“他身为监军，知情不报，必是合伙同谋。被人捷足先登，他再送上门去，脑袋难保啦！”

灵谷子：“哈哈哈……龙登高位，一向是难辨真假的。这正与当年你、我——吴大人与灵谷那档子事儿同出一辙。”

吴晃：“怎么会扯得那么远？”

灵谷子：“你我的事远了，可是赵佗、史禄的事儿近了。正在眼前发生着。”

吴晃：“太较真了没用。这么多年过去了，你我不也是各得其所了吗？”

灵谷子：“是呀。一个是当朝权贵。一个是阔野山人。天渊之别，举世可鉴也。”

吴晃：“谁也别客气。眼下的灵谷先生，您实际上不也在操控着任嚣、赵佗的大秦三军？”

灵谷子：“哈哈哈……过奖了。无非顺应天意也。”

吴晃：“这个天下也真小。当年的几位王业冤家，想不到在这小小的岭南桂岭又搅和到一起。这些年，凭你灵谷先生的大智，无疑会洞察天地之嬗变、人间之大易。山不转水转，老朽就是那会转的山啦。灵谷子，请跟我讲实话。”

灵谷子：“以假做真，真亦假；无为有处，有还无。何谓实话、何谓假话，钦差大人早自分晓。你若真已是那会转的山，就该相信任嚣的话，知晓秦军不得不回师灵川的前前后后。”

吴晃：“思则可得，不可为据。请灵谷先生直言。”

灵谷子：“难得一个‘山不转水转’，我自有下文禀告。来，喝酒！”

神庙里。西厢。

任嚣在西厢里独自打坐入定。

他忽然圆睁双眼，叫道：“侍卫！”

侍卫急应：“大将军，小的在此。”

任嚣：“唤左中军尉严虎前来。”

侍卫：“回大将军。严中军已等在门外多时。”

严虎走进门来：“参见大将军。”

任嚣：“给赵将军送信的人……”

严虎：“赵多已连夜骑快马前去回峰岭，应该赶到赵将军营地了。”

任嚣：“这就好。叫里弦前来。”

里弦入门：“大将军，里弦在此。”

任嚣：“来。陪本帅杀一盘！”

里弦：“是。”

二人在桌前下棋。

任嚣："本帅现在是被'拿下'的大将军。这座庙就成了关虎的牢笼。"

里弦："这里才是大将军指挥三军的营帐。戒备森严。"

任嚣："哈哈哈……开弈！"

里弦："开？大将军，在下不客气。围！"

任嚣："围他个水泄不通！哈哈哈……"

去峰岭山麓上。

赵多在飞马疾驰。

赵多驰进了赵佗的营地。直入赵佗的将军营帐。

赵佗："赵多？你不在营中为大将军理厨，怎么来这儿了？我正要拔营返回灵川。"

赵多："慢。少将军，大事不好啦。昨儿钦差大人来宣读圣旨，要把将军拿下问罪呀！"

赵佗大惊："为何？"

赵多："有大将军书信在此。"

赵佗接过绢本书信展读。

赵佗愤愤地挥拳击案。

赵多："将军切切在此安营，暂不回师。小的还要速速返回禀告大将军。免得他老人家着急。"

赵佗："赵多！"

赵多："在。"

赵佗："定是有人先于史禄向皇帝谎报军情。这是有计划的陷害。我相信史禄会取信于皇帝活着返回，路上他可能会遇到暗算。"

赵多："特别是那风云口外的必经之路——猫儿洞，容易遭劫。我老多心里有谱。将军，您可千万别——"

赵佗："我当然不会回师灵川。郑武驻守桂岭山口，命赵光率百骑随我同行。"

赵多："将军何往？"

赵佗："休再多问。我自有安排。"

赵多："将军，小的生死不惧，愿随将军同行。"

赵佗："不。赵多听令。"

赵多："将军吩咐！"

赵佗："命你带十人小骑队，先返灵川交差。而后直奔猫儿洞，巡防杀手。迎候史禄大人回程。"

赵多："少将军——"

赵佗："在那里与赵光会合。"

赵多："赵多遵命！"

5

咸阳。秦大牢。

史禄在油灯下秉笔书写奏章。

狱卒："史禄大人，第三本奏章您该写好了吧。丞相在外边都等着急啦。陛下都催了三回啦。"

史禄："就好，就写好啦。不过别着急，多留一点时间给陛下，每本奏章圣上可以看二至三遍。方好尽玩其味。不过啦，这一本你倒是现在就可以拿去，免得圣上急坏喽。"

狱卒："谢大人。"

秦始皇正在大殿上反复览读史禄的绢墨奏本，秦始皇越读越觉得心情酣畅、乐不可支，起身来回踱步。

秦始皇："来人。"

宫人："在。"

秦始皇："传朕旨意。史禄来见！"

宫人："遵旨。"

秦始皇来回踱步自语着："灵通一脉、天人无虞、和合百越、江山一统……灵谷子，灵谷大师……八年前伐楚的时候，他与吴晁闹了一场是是非非的大颠倒。灵谷隐居桂岭、灵川，一转眼八年。朕正寻他不到。想不到啊，倒积成了奇象！奇象啊，哈哈哈。史禄！"

史禄一等在宫门。

史禄："臣在。"

秦始皇："你所写的可是句句实情？"

史禄："臣以项上人头担保。"

秦始皇："修造灵渠、通合岭南，确实出自你的心愿？"

史禄："臣史禄祖上数代均为治水之吏。且臣曾孤军冒入岭南，亲历生死艰险，经灵谷先生暗施救助、点拨，加上大将军任嚣、少将军赵佗同心海涵，才令三军窥得玄机。倘若湘江、漓水以灵渠沟通，秦乳滋养岭南，百越自可来归。届时，我大秦帝国北有长城以御匈奴，南有灵渠以安百越，上接八荒，下御四海。天地人和，圣上将功齐三皇，惠及百代，实乃我大秦帝国千秋万世之大基业也。"

秦始皇："史禄所言甚合朕意。史禄！"

史禄："臣在。"

秦始皇："朕命你为大灵渠修造监御史，统领灵渠实务，三军将尉任你选用。你可愿意？"

史禄："谢陛下圣恩。臣史禄万死不辞！"

秦始皇："对了。前番听吴央之本，朕派出了钦差。现朕命史禄召回前任钦差。还有那泥瓦工匠、凿石工师，本来就是想着为你去做的，现在全归你统管啦。还有那打造钎镐、铁具的大小工匠，需要千万之众者，从大秦军营中挑选。"

史禄："谢圣上盛意龙恩！"

秦始皇："至于那谎报军情的吴央。丞相！"

李斯："臣在。"

秦始皇："听好了，拟旨！"

……

湘江岸边的山麓上。

史禄的十余人马队、战车在奔跑中向南行进着。

他在湘江岸畔山野中行走并不断下马观测、衡量着山形水势，并勾画着山水地脉蓝图。

灵川。月夜。

吴央的营帐外。吴央溜出帐门。他佯装悠闲，行走在山麓上。

山岩旁、老榕树下。

吴央停了下来。他吹了三声口哨。山野无应。

他又拍了三个巴掌。

少顷，岩洞里警觉地走出来白衣越女二秀。

"是你？"二秀气哼哼地，"这些天蹽哪儿去啦？咋才冒出来！"

吴央："想我啦？这一阵子，每见一个山洞、一棵老榕树，我都按你说的吹口哨、拍巴掌，想象着你会从洞里走出来、从树上掉下来。可是一直落空着。"

二秀："干吗从树上掉下来呀？不说点吉利的。"

吴央："这回你真的从洞里出来了，好听的也就来啦。"

二秀："讲吧。"

吴央："圣旨已到，把赵佗拿下啦！"

二秀："你有那么大本事？"

吴央："我是钦差大人的随员。还敢不信吗？"

二秀："不敢——不敢相信！"

吴央："为啥？"

二秀："赵佗刚刚在战场上打败了骷髅山，捉了骷髅王儿子。是我亲自做的向导、亲眼看见的。谁把他赵佗拿下啦？瞎掰呀？"

吴央："我当然知道。已经派骑队专程前去捉拿啦。很快就该押解回来了。"

二秀："他大军兵权在握，不怕他杀了你？"

吴央："我手上有皇命！"

二秀："难道能处死他吗？"

吴央："当然。赵佗必死无疑。"

二秀："那……你吴央就可以当上少将军、二统帅啦？"

吴央一笑。

二秀："你能保证你不攻打岭南、不屠杀百越吗？"

吴央："当然。我是谁呀？冲着你二秀姑娘，我也不会干那种伤神的事呀！"

二秀："哼。少空口说白话。到时候稍有不对头我就先宰了你吴央！"

吴央："嘿嘿嘿……不过，这里头也还藏有变数。"

二秀："什么变数？"

吴央："史禄孤军入越、死里逃生之后，完全归顺了赵佗。他也去咸阳禀报皇帝了。一旦皇帝信了他的鬼话，准了他的奏本，他再回到灵川来，赵佗就得救啦。"

二秀："那，你敢灭了史禄吗？"

吴央："当然。一旦皇帝放虎归山，在他归途半路……"

二秀："杀掉他？"

吴央："不错！"

二秀："风云口猫儿洞……"

吴央："设下箭手埋伏。"

二秀："劫下皇帝的密旨。"

吴央："没错。"

二秀："一旦杀不成呢？"

吴央："女人——总有你们女人的招数。"

二秀："皇帝不放他回来呢？"

吴央："本公子会等在那风光处与小姐幽会。"

二秀瞥了他一眼："这活儿你交给我？"

吴央："非你二秀莫属。"

二秀："赵佗那边呢？"

吴央："有我和大钦差搞定他。"

二人相视。吴央笑了。

二秀却不冷不热地盯着他。

灵川。神台老树下的石桌。

灵谷子、吴晃犹在对饮。

山峡里不断响起他们的笑声。

吴晃："听君一席话，胜读十年书。"

灵谷子："在下深居山谷，才刚刚八年。"

吴晃："八年前的事，其实是一场龙门烟云而已。"

灵谷子："过眼云烟自可以转瞬即逝。于今这场龙口是非，波及大秦帝国、黎民性命，钦差大人，可是马虎不得的！”

吴晃：“老夫明了。老夫明了。灵谷老弟的殷殷之心、天人智慧、家国之情，令老夫感怀至深。就看圣上如何明断史禄的亲口禀告啦！”

灵谷子：“在下以为，皇帝虽然性情怪异，却也是大圣大明之君。灵谷之情，乃华夏先祖之愿、世代百越之心。吴兄闻之且深深为之感言，圣主焉有不为之动情之理？”

吴晃：“言之有理。皇帝肯定恩准史禄所奏之本。此间利害不可小觑。一旦史禄归来……”

灵谷子：“您说的是这一路之上？”

吴晃：“正是。此间是非悬殊，必藏生死之壑，不得不防啊。灵谷老弟想必已有所安排？”

灵谷子浅笑：“此类事已无须灵谷操心。少将军赵佗聪慧过人，疏而有密。自可一切无忧也。”

吴晃：“嗯。这我就放心啦。哈哈哈……”

越秀又端上来新的下酒小菜。

吴晃盯着她：“这位丫头是……”

灵谷子：“老夫的大徒儿，名叫越秀。”

吴晃：“哦，想必还有二徒儿喽？”

灵谷子：“正是。叫二秀。”

吴晃：“哦，就是民间响当当的越秀公主和二秀公主喽？也算好福气啦，替老弟高兴。哈哈哈……”

灵谷子：“心如止水，不谈祸福。饮酒。”

吴晃：“好啦。在下不可贪杯。还得遵照圣旨去操劳行事。任嚣还一直没有拿下赵佗。倒是拿下了自个儿，把我关在了庙门外头。狡猾的家伙！”

灵谷子一笑：“赵佗正在战场抓骷髅王。”

吴晃：“我料定那骷髅王是个传说人物，倒像个虚幻的影子。我可不能等着他赵佗回来也把自个儿拿下。得让任嚣老头立马出手！”

灵谷子：“拿下拿不下，不拿亦拿下。哈哈哈……”

吴晃：“拿下。干杯！”

二人碰杯。

一边的越秀偷偷盯着他们。

神庙后的山岩、老榕树下。

马丁带领着一伙秦军装束的马队拉马潜行而来，隐蔽在密林深处。马丁同样使用着吹口哨、拍巴掌的暗号。

老榕树下走出了吴央，与之对暗号。

他们火速走到一起。

马丁："公子。我的百人骑队等候多时啦！"
吴央："好。你我现在是加入了大秦国钦差的随行骑队。"
马丁："小的明白。"
吴央："不过不可张扬。目标只有一个——捉拿赵佗。"
马丁："是。"
吴央："夜里行动。等我口令。"
马丁："遵命。"

神庙。西厢。
吴晃在与任嚣对弈。
吴晃："大将军阁下，棋高，招更高。"
任嚣："此话怎讲？"
吴晃："一个人把自个儿拿下，就躲进了神庙里对弈养神，拒老夫于门外。这会儿又请老夫进来对弈。何意？"
任嚣："老夫将自己拿下，是俯首皇命。在下不才，于山水灵圣之乡，以先帝神庙迎钦差大人，共图个清闲雅致尔。"
吴晃："圣旨上书写得明白——将赵佗拿下。在下可就等您出手啦。大将军！"
任嚣："大人有所不知，圣旨到达之日，任嚣片刻不敢耽误，当即派出马队前去缉拿赵佗。人刚刚回来。里弦！传赵多来见钦差大人。"
里弦："是。"
赵多进来了："小的赵多回禀将军大人。"
任嚣："见过钦差大人。"
赵多："在下赵多拜见钦差大人。"
吴晃："咋的，这位就是赵佗？英武超人的赵将军？"
赵多："小的不敢。小的爹娘多子多女又多生出来小的，取名赵多，乃多余的多，并非赵佗的佗。赵佗的佗并非俺赵多的多，更非小的赵多以多少的多混淆他少将军名号赵佗的佗……"
吴晃："打住打住。你的话就更多。可抓到赵多啦？"
赵多："禀大人，小的赵多在此恭候着大人您哪。"
吴晃："嘿，瞧我这嘴让你搞瓢了！我问的是那赵佗！"
赵多："禀大人，赵将军他在岭南战场上正与骷髅王作战，杀得来劲。谁都抓不了他。再后来就连影子都看不到啦！"
吴晃："好啦，好啦！"
任嚣："你下去吧。"递给他一个眼色。
赵多会意："在下告退。"
庙门外。赵多挥手上马、驰行。
两旁林中暗出三五骑手紧随其后。

庙内。

吴晃："赵佗是有意逃避、另有所为吧！"

任嚣："将在外君命有所不受。更何况我等乃君下之臣。赵佗正率军飞夺乌胥山，捷报频传。此时，捉拿赵佗，无异于千里杀将、无异于逼虎反殇也。于大秦不利不说，你我这颗头颅也不想要了，是与不是呀？"

吴晃："如此说来，大将军阁下，是不肯抓赵佗啦？"

任嚣："非也。非也。"

吴晃："大将军是在逼老夫亲自下手喽？"

任嚣："钦差大人已经备好了一支随行马队，且已出动。不是吗？"

吴晃："啥？绝无此事。绝无此事。"

任嚣："大人，你我拭目以待。哈哈哈……"

6

岭南山麓。

吴央、马丁率领的一队秦骑飞快地驰出。

又飞快地驶进远去的山林。

灵川漓水山口。"赵"字旗下郑武的驻守营地。

山口处的秦军哨卡将驰来的吴央马队拦下。

吴央："让开！我等乃钦差大人的马队，前来传达圣旨。快去禀报赵佗跪接圣旨！"

二武士形若泥像，横戟不动。

中军郑武走过来："请问钦差尊姓大名？"

吴央："我秉钦差吴晃大人之命前来传旨。命赵佗出来接旨——"

郑武："请问将军尊号。"

吴央："在下乃皇封副宫廷御使吴央。"

郑武："果然是吴大人大驾光临。不巧的是赵将军已于前些时候赶赴咸阳，面见陛下去啦。"

吴央震惊："啊？你、你是何人？"

郑武："在下乃中军尉郑武。"

吴央："郑武听命！陛下有旨，赵佗违抗皇命、罪行昭昭，钦命将赵佗拿下。进京，无非是赵佗逃逸遁匿之辞。马上全军搜捕赵佗，若有迟误，株连问罪！"

郑武："大人，将军行事，小的怎敢过问？大人之命，在下记下了。"

吴央："马丁，我留兵五十，在这搜捕。你飞马横叉山道赶去风云口猫儿洞。"

马丁低头扭面不敢正视："下官遵命。"

马丁率队疾驰而去。
郑武疑惑地盯着马丁的背影。
吴央："喂，你看啥哪？"
郑武与吴央对视，不知所由地一笑。

风云口前。
赵佗、赵光的小股马队轻步驶来。
赵佗示意赵光引马队隐入山中小路。
赵佗单骑来到湘江岸边，见岸边停泊着一艘小船。
赵佗解下马鞍、缰绳，亲了亲战马，与马耳语了几句，将马儿放去山下草地。
赵佗来到渡口。走近小船。
小船上站立着竹笠艄公，背对着赵佗。
赵佗："船家，打扰了。"
艄公纹丝不动，轻轻一撑篙竿，小船就移近了他。
赵佗："船家，打扰了。请问——"
艄公："无须多问。将军上船。"
赵佗："请问船家，你的船——"
艄公："会去你该去的地方。"
赵佗上船。小船离岸。
船上。
赵佗未明所以，暗自蹊跷之中，船家猛然回过身来。
赵佗蓦然愣住。
"你——越秀！"赵佗惊诧地自语。
越秀一个轻笑，她自顾自地摇起长橹，一双笑目盯着他。
赵佗："越秀，怎么会又是你？"
越秀："该是我时必是我。"
赵佗："为什么？"
越秀："难道因为将军要捉拿刺客，我越秀就得永远消失吗？"
赵佗："可是你已经消失了。"
越秀："该消失时就消失。"
赵佗："你的船——"
越秀："去你该去的地方。"
赵佗："你怎知我该去哪里？"
越秀："各方都在关心皇帝圣旨的来去。越秀为何不知？"
赵佗："圣旨钦差在马道上行走。你何独守三江？"
越秀："等候将军呀！"

赵佗一笑："灵谷先生在此？"
越秀："有徒弟在此，不劳先生。"
赵佗："……"
小船已在江中远去。

风云口。它像身量高大的巨人俯视着眼下的诸条山峡。
左峡谷中，吴央的马队在向风云口驰行。
右峡谷中，赵多的马队在向风云口驰行。
前峡谷中，赵光的马队在向风云口驰行。
湘江岸畔。风云口外的驰道上。
史禄的马队战车慢悠悠一路驶来。
路边出现草寮、竹亭、茶棚。
史禄的马队驰来。在茶棚前停了下来。
一老茶翁出迎，请官员行者们入座。
几位湘裔茶女出来，为史禄等客人送来铜脸盆、毛巾。
最后走出来奉茶献艺的茶女却是二秀。
二秀端来托盘、茶具，按岭南规矩为史禄奉上一盏盏茶。
史禄的目光集中在铜脸盆和铁砂大水镬上。
二秀递过第一盏茶。
史禄一口饮尽。
史禄："这还是红铜的脸盆。这山里出红铜，有铜矿必有铜匠啦？"
二秀："有。当然有啦！"
二秀一盏盏递茶。
史禄端详着铜铁器皿，一口一盏将茶饮尽。
二秀索性把茶水倒进大陶碗里。
史禄接碗大口吞饮："这大水镬是铁砂铸的。这湘南山地也有铁矿，有炼铁、铸铁的大工匠啦？"
二秀："有。当然啥都有啦。"
二秀不住地观察史禄的神色，并注意他身上的背囊。
史禄高兴地喝完一大碗茶："这茶真香。多谢茶娘。"
二秀："这是岭南的'云雾茶'。军爷，我这茶水是管够儿的。"
史禄："诸位，我等人未到岭南，先饮越乡茶，又遇越女茶娘相奉，真是一大幸事也。来，茶娘，我这厢有礼……"
二秀只是以秀目相迎，暗笑着。

史禄左右打量——他认出了她。
史禄："你……茶娘？怎么又是你？"

二秀暗笑着："史禄大人。咱们的缘分是会越结越深的啦。"

史禄："上苍保佑。求之不得。之前你曾夺我的宝剑。这回又来打什么主意？"

二秀："湘水煮天下。山外奉茶迎客、犒赏军爷而已。"

史禄："荣幸之至。好茶、好茶。哈哈哈……"

二秀："哈哈哈……岭南的茶好喝，大口贪杯是要醉人的呦！"

史禄头晕了起来。他咕哝着："茶不醉人，人自醉人。来床，来床……"

饮者们都醉了，倒伏在茶案上、草床上睡过去了。

二秀悄悄地窃走了史禄的背囊。

她一纵身，不见了踪影。

史禄睁眼一觑，之后一仰身子倒在草床上大睡。真的打起了大鼾。

风云口。猫儿洞外的三条羊肠小道上。

凌风而来的二秀，从一道山岩上跃下落地，做了一个舒气收式。抡搭着刚窃得的背囊，得意地哼起小曲儿在荒草小道上走来。

前边不远处，横卧着一个鼾声如雷的男人，这个男人翘起的二郎腿在古怪地摇着。

二秀停步，退回身子。

二秀绕过一道山峡，进入另一条小路。她向前行走着。

前边不远处，又横卧着那个鼾声如雷的男人。

二秀思忖了片刻，耐着性子又退回。

蹊跷疑惑的二秀。

二秀又绕过一道山峡，进入另一条小路。她向前行走着。

前边不远处，又是横卧着那个鼾声如雷的男人。

二秀思忖了片刻，又耐着性子退回。

二秀又绕过一道山石，进入另一条小路。等待她的又是同样的怪异情景——前边又是横卧着那个鼾声如雷的男人，那个男人卧地翘起的二郎腿在古怪地摇着。

二秀停步。

蹊跷疑惑的二秀要发火了。

二秀思忖了片刻，她终于耐不住性子，怒喝："哎，哪儿来的狗东西？敢跟本姑娘开玩笑。滚开！"

那人动也不动，鼾声却大了起来。那卧地翘起的二郎腿却更大幅度地摇着。

二秀跃上前去就是一招螳螂飞脚。

那人横着身子居然也能跃起，飞出老远立在那儿。咕咚一声倒地横在小道上。又是鼾声如雷。

二秀拔出长剑，飞步刺过去，那人才一个鲤鱼打挺，跃起身来出剑，顽皮地应对她的剑术。

“嘻嘻……在下等姑娘多时哩。嘻嘻嘻嘻……”

他——正是顽皮功夫小子赵多。

山峡。树林。

二秀以剑怒指着赵多：“你？你个不死鸟，又想来坏我的好事？”

赵多以剑抵剑：“好事多‘魔’。嘻嘻嘻，我就是你、你的魔。”

二秀：“告诉我，你到底想干什么？”

赵多：“你都说啦。来坏、坏你的好事。”

二秀：“你想怎么样？”

赵多：“就看你、你怎么样。”

二秀：“我想从这过去。让开！”

赵多：“先把东西留下。东西！”

二秀：“休想。你怎知……什么东西？”

赵多：“你刚刚偷来的东西。”

二秀：“别做梦。出招吧！”

赵多：“老多我向来无、无招。”

二秀：“滚开！”

赵多：“客气。”

二秀：“看剑！”

赵多：“随便。”

她一剑刺出。两个人的对剑风雨交缠、俯仰翻腾、追追杀杀……

山中岗地。对剑中。

赵多一剑挑落了二秀身上的背囊。

二秀几次欲拾起，赵多剑剑逼近，二秀均无法得手。

赵多：“你可知窃夺圣旨该当何罪？”

二秀：“穷兵黩武、屠杀生灵，更是罪满天渊。”

赵多：“交出圣旨，可以洗清罪过。”

二秀：“痴心妄想，宁将圣旨毁掉！”

二秀一个飞鹰捕食，直将圣旨背囊一剑劈开。

那囊中的御封盒碎裂，蹦散出的是一根木棒。

二人同时从剑云中落地，呆呆地看着那儿。

赵多：“咦？”

二秀：“上当啦！”

赵多：“嘻嘻，哈哈哈！木棒换御旨，史禄够爷们儿！”

二秀：“我知道是谁在作怪。跑不了他！”

她如一阵旋风，迅即没了影子。

赵多："嘻嘻，哈哈哈……"

7

气愤的二秀在山间飞快地奔跑。

她穿过草地。翻过陡岩。

她在拼力地奔跑。

赵多追望了一段二秀飞奔的背影，在一道坡岗上停了下来。他吹了一声口哨，战马跑了过来。

赵多骑了战马向岭口飞驰而去。

山口外。

茶棚里的史禄依然在酣睡。

史禄伸伸懒腰醒来。

"啊——这一觉睡得好香。醒醒，都醒醒！"

行者们都醒来。

史禄瞄一眼空了的茶案，拍拍鼓鼓的肚子，咧嘴一笑。

史禄："真是一肚安眠好茶。该我等太太平平地行路喽。走！"

史禄的御旨马队在山麓上行进。

猫儿洞。

洞口林中隐蔽着马丁骑队。

洞外山道。

赵多单骑驰近洞口，被马丁骑队冲出拦挡。

马丁："你是何人？"

赵多："嘻嘻，你、你是何人？"

马丁："我等乃钦差大人骑队。"

赵多："我乃大将军麾下的名将——赵多是也。嘻嘻……"

马丁："闪开。我等要找的是史禄。"

赵多："我要找的也是他。那咱们是一伙的了。咋都不认识呢？"

马丁："我可认得你！"

赵多："我觉着你也挺'面熟'的！"

马丁："杀！"

赵多以马上顽皮功应对着马丁的骑剑攻击。且战且走，引马丁的马队到洞口外。

马丁、赵多打斗了一阵。

赵多佯退，将马丁引至山脚。

赵多吹响了口哨。
赵多的兵马冲出，围住了马丁的骑队。激战在进行中。
猫儿洞。山麓。
史禄的骑队顺利地通过了空空的猫儿洞，轻快地走在了山麓上。

山间。奔跑着的二秀。
她精疲力竭了，跌跌撞撞地来到了湘江岸畔的渡口。
她喘息着，望着茫茫江水的远处。
湘江渺茫处。
漂出一小小的黑点。那是一只竹棚小船。
船上飘出渔歌：

关关雎鸠，
在河之洲。
窈窕淑女，
君子好逑。
…………

一个越人装束的男子驾着小船驰来。
湘江岸边。喘息迎立着的二秀观望着江上的小船。
江船上。渔歌不停。
那唱歌、摇船的是同一个人——赵佗。
他看清了岸边的二秀，有意加大了嗓门儿吼给她听。
岸上的二秀气急地大叫：“赵佗你听着！别以为圣旨到了你手里。只要你进兵百越，没你的好！”
江上。
小船载着渔歌远去了。
岸上。
气急、力竭的二秀倚坐在一块岩石上喘息。
她的身后一阵草响。
她拔出剑猛回身，才见越秀正牵着一匹战马立在她的身后。
越秀：“妹妹。”
二秀：“你？”
越秀：“一道上马。”
二秀：“赵佗的战马？你们预先谋划好的？”
越秀：“你来茶棚盗御旨，才是预先谋划好的。”
二秀：“你真的那么醉心于他？”

越秀："我醉心的是百越亲族。"
二秀："骗鬼去吧。大秀姐——现在我还叫你一声姐。"
越秀："可你永远是我的二秀妹妹。"
二秀："恐怕不会有永远！"
越秀："一道上马。"
二秀："我不骑你的马。我走路！"
越秀："上来吧！"越秀伸手拉她。
二秀挣脱。"不，我有马！"她一声喊叫，"莱莱——莱——"
一匹白马从林中跑了过来。
两姐妹各自上马，沿湘江相互追逐着。
她们气闷无言地疾驰在深山峡谷中。

百越神庙，大堂。
依然在对弈的吴晃、任嚣。
史禄的御旨骑队，正轻快地走在山麓上。
江畔的岸路上。
二秀骑马在前。
赵多驱马暗随其后。
史禄的御旨骑队进了灵川。
赵佗小船靠岸。
灵川。神庙。大堂。任嚣、史禄、赵佗在同堂议事。
任嚣："两位殊途同归。于大秦，于百越，可谓劳苦功高。"
史禄："大将军过奖。"
赵佗："从劫持圣旨的动向看出，中原和越族各有人马、各有所图。我等防范亦须格外审慎。"
任嚣："所言极是。八面来风，自当多关几扇窗多开几道门才是。"
史禄："大人，此番赵佗将军巧妙地保护了圣旨，史某以为由大将军宣读第二道圣旨为是。"
赵佗："依末将所见，不如由史禄大人恳请钦差吴晃吴大人宣读这第二道圣旨。"
任嚣："有理。通一条渠好过横一道山。史监军意下如何？"
史禄："在下明白二位将军的深意。"
任嚣："圣上既有明旨——天道施人和，民道乐一统。我等有命可依也。如此由监御史安排吴晃宣读圣旨大事。权当捧他。"
史禄："在下明了。"
吴晃在他的营帐里，正手捻念珠，似在闭目养神。
吴晃喃喃道："多谢史大人不忘老朽。可是陛下有规矩，大钦差一向是说一不二的。只宣陛下亲授的圣旨。不是我信不过你史大人。敬请海涵、海涵。”

史禄：“钦差大人，下官史禄一路奔波、越过崇山峻岭，时时不忘陛下所嘱——吴晃大人乃御命钦差，在下特带来金牌圣信，请大人亲自宣读陛下谕旨。”

史禄奉出腰中皇信令牌。

吴晃从半眯的眼缝中瞄到了令牌，慌忙伏身叩首，接过令牌。

吴晃：“圣命在上，老臣接旨。老臣罪该万死！”

8

灵川谷口。

驰马在前的二秀突然停下来。

身后的赵多勒马隐身林中。

出现在前的是姐姐越秀。

两姐妹以怨怒的目光对视着。

她们无言地并排行走。

两姐妹的两匹马勒停在神庙前的山梁峡口。

越秀：“小妹，你心里憋着话就说出来。闷在心里烧火，是要害人的！”

二秀：“钟离越秀——我明明白白告诉你，当初你若是一剑将始皇刺死，就不会有赵佗兴兵岭南；你若不给赵佗暗通消息，流血的就不会是百越东江的龙川部落；你若是不跟师父联手把秦兵唤回越城、驻扎灵谷兴安，秦军就会困死在岭北大峡谷……现在好呀，你们还在引狼入室，在坑害岭南亲族。大秀姐？你……还称得起扬越钟离家的大姐姐吗！”

越秀：“小妹。你我同姓钟离。让我怎么说你才能明白呢？当初秦王命赵氏剑炉打造王者之剑。师父才差我去寻找赵氏武灵剑门人赵佗。”

二秀格外细心地听着：“赵氏武灵剑的门人？告诉我，你去的是赵国何地？”

越秀：“黄河之北的真定。”

二秀心中一抖。

越秀：“师父以先祖之约断定，该是武灵门人投炉断火、化解王者之剑的时候，才命我暗中相随赵佗。得知始皇为赵氏先人墓立了赵陵。”

二秀：“赵陵？请说赵佗在什么城、什么村、什么地？他、他、他……”

越秀：“真定城东南、赵陵铺北、将军岗下。”

二秀呆怔自语：“真、真的是、是他？”

越秀：“师父才又命我伺机以假刺秦为赵佗设下救驾、主兵的机缘。”

二秀沉入苦思：“……”

越秀：“赵氏武灵门人的后裔，多流亡在岭南百越之地。灵谷师父就是其一。”

一席话令二秀沉入童年往事之中：

秦兵在后追杀着赵人。

秦将赶来追扑她小二秀。秦将成为赵佗，赵佗变成魔影。

二秀冷冷一笑："可是，为什么、为什么不一剑将始皇刺死。绕个大弯，是要率秦军吞战百越吧！"

越秀道："为姐何尝不如同小妹所想？跋山涉水本就想真的一剑刺死始皇，可是后来才知救驾人正是赵佗。"

二秀："为何？"

越秀："如他所说——杀一秦，将会引发天下大乱、将兵砍杀、百姓涂炭。岭南百越更会坠入离乱之大灾大难。大秦一统，得来不易。莫如顺应天时之意，以将之兵之大法，行灵谷平生之大计。"

二秀："……"

越秀道："秦将既为武灵门人，自会接受灵谷百越之生死相约，奉行祖传的天剑和合之策。无疑乎百越和平之将，为着这一天，师父在这兴安之地守望了整整八年。这是师父孜孜以求的呀！"

二秀在魔与人的困扰中挣扎出来。"呵呵呵！"她一声声冷笑之后道，"你和师父一道在编造神话。我怎么从来不知？这又怎么可能？你说的是真还是假，是神话还是鬼话，我会探个水落石出。咱们……走着瞧！"

二秀扬鞭上马，飞也似的远去了。

越秀望着她的背影渐渐消失在深山峡谷里。

百越神庙，大堂。

灵川诸将在聆听吴晃宣读圣旨。

吴晃："大将军任嚣、少将军赵佗、监军史禄接旨——"

三人及在神庙里的诸军官伏跪听旨。

吴晃宣读圣旨："大秦帝国始皇帝诏曰，修造灵渠、通脉岭南，是为大秦进兵百越、统合天下之大计。乃史上先帝先祖之心愿神音。史禄如实陈言任嚣、赵佗之柬，其行功德有纪。更念及其祖上三代均为治水开山之吏。深得灵谷先生之玄机妙要，特命史禄为大灵渠修造监御史，统领灵渠实务，三军将尉任其选用。前番所派之泥瓦匠师、凿石工师，悉数归其统管。一应打造钎镐、铁具的大小工匠，需要千万之众者，从大秦军营中挑选。灵渠修造期内，全军屯兵自耕自资。大秦平定岭南之秋，不得惊扰民间另征徭役。

"前番吴央之本，谎佞军情，朕决意召回前旨。其人听凭任嚣、赵佗发落。

"大将军任嚣、少将军赵佗应同心和慧，令三军得悉灵谷子苦心玄机。共襄漓水、湘江以灵渠沟通，秦乳滋养岭南。百越归服之日，即我大秦帝国北依长城之御，南执灵渠之脉；上接八荒，下御四海；天地人和，圣业昭昭之时。我大秦帝国千秋万世之大基业成矣。"

任嚣、赵佗、史禄同声跪接圣旨："谢陛下圣意隆恩！"

神庙大堂门外传响着众将的呼喊声。

门旁的吴央面如死灰，汗颜抽搐，不知所措。

山峡谷畔。

湘江古道上孤身行走的二秀。

百越神庙，大堂。

诸将、钦差围坐在桌边议事。

越秀在一一奉茶。

吴晃："本钦差遵陛下旨意，已将前旨撤回。可是谎报军情的吴央，大将军准备如何处置呢?"

任嚣望了一眼赵佗，未语。

赵佗、史禄交换了一下眼神。

三人沉重的目光交映着。

史禄的心象里出现了吴央在宫里向皇帝大进谗言。史禄进殿即被关入大牢。史禄当时的声音："吴央，你这奸佞小人。我与你势不两立!"

赵佗的心象里出现了梅关岭上劫杀玉娘家小的秦军吴央；被赵佗击剑落地、骑马逃入山林的吴央；迷魂岭上相遇的越女药娘二秀；大雾岭营帐前行刺的梅旌及隐身林后的吴央；诸人往事形象的交叉……

劫盗史禄圣旨的一幕幕——

湘江渡口的赵佗、越秀；茶棚里的二秀与史禄；风云口外的二秀与赵多；湘江小船上怀揣圣谕的赵佗……

大堂里。任嚣打破了沉寂。

任嚣道："诸位。监御史意下如何?"

史禄想了良久未语。

一片寂静。

任嚣："少将军呢?"

又是一片寂静。

赵佗终于言道："念他吴央是屠雎将军的随身部下。死里逃生，仇越心重，误解本军回师之举，情有可原。不宜再遭劫命。留他在我部属下如何?"

任嚣："……"

史禄："既是将军有言，在下从命。然不如来我史禄属下，投身工程，劳其筋骨，以观后效——"

吴晃抢过话头："好啊。也算卖我一个人情啦。再不济他也是我吴姓族人。史大人安排他在部下做点啥活儿呢?"

史禄："车夫、马夫、骑手、驭手任他自选。"

吴晃："也好。那就车夫、马夫、骑手、驭手轮着干喽。哈哈哈……"

大堂门外的吴央听到了堂内的谈论，松了一口气，拭抹着满头的冷汗。

吴晃："皇命已达，大局已定。诸位军务紧迫。本钦差也该早些回宫复命啦。"

任嚣："大人不急。我会请灵谷先生陪大人在此山色灵光、秀水旖旎的桂林、灵川、湘黔三圣之地，尽兴地周游些天。圣上钦准的灵渠修造，乃我大秦秉承先帝先祖的兴安工程。开工大典万万少不得钦差吴大人。大人一定要解解鞍马劳顿再行起程回宫复命之事。"

吴晃："多谢大将军盛情美意。本钦差也正愁着哪。"

任嚣："大人何言愁字？"

吴晃："光说赵佗将军奇袭乌胥山骷髅王，打了大胜仗，还解了百越的隐患。皇帝凭什么相信老臣啊？本钦差明明是打这儿回去的。空口说白话？本钦差得拿点证物才好向皇帝奏本交差呀。"

任嚣："这……何种证物为好呢？"

吴晃："还用说吗？许多岭南珍奇，都是中原见不到、摸不着的稀罕物。平了乌胥山、灭了骷髅王，打了那么大的胜仗，一点这类宝物都捞不到手，献不到皇帝面前？圣上自然不会怪罪诸位将军。肯定会定老臣一个私吞战利贡宝的死罪。诸位，不是在有意害吴某吧？"

三位将军皆惊。相视无语。

赵佗："钦差大人，在下统兵专程潜入岭南，一路秋毫无犯，越人除了存身的竹舍、木寮别无他物。军情火急，在下怎有意趣搜找珍奇？"

吴晃："赵将军客气了不是？当年在楚都的越人街上我就见到过。"

赵佗："……"

吴晃："我不信，难道你带的两三万兵马都是傻子，没有一个懂这个、私下里来一手的？"

赵佗："大人，我秦军来岭南日起，乃行仁义之道。大将军严令兵卒上下，无一人可动越人一草一木。这……"

吴晃："你不妨搜一搜、找一找。搜一搜、找一找也许我就不会空着手啦！"

赵佗沉郁的脸色。

……

赵佗郁郁回到自己的营帐里。

少顷，发出了刺耳的乱响。

赵佗一怒把满桌的竹简横扫落地。

"岂有此理！岂有此理！真真的岂有此理！"

营帐里传出他大声地吼叫。

赵佗狠命地跌躺在大木床上。喘息。

好久才又忽地坐起身来，平息着心情。

9

灵川。山野。

赵佗行走在灵川山野中。

他气闷无语、心神不宁地疾步走着。

灵谷子的草寮前。

赵佗与灵谷子在树下石桌上对弈。

灵谷子："将军，又走错啦。"

赵佗不语，改棋。

灵谷子："将军心不在焉。"

赵佗："也不在棋。我本就不是来下棋的！"

灵谷子："那将军是来……"

赵佗不语。

灵谷子："我就知道将军是来泄气儿的。哈哈哈……"

赵佗："大师笑从何来？"

灵谷子："我得了一个字。"

赵佗："字有何用？"

灵谷子："此一字可泄将军满心的火气，长少帅满身的锐气。"

赵佗："先生，什么字？"

灵谷子："想听？"

赵佗："当然。"

灵谷子："好。要先平平心、静静气。"

赵佗闭目平息。

灵谷子："吴晃在为皇帝要贡宝。"

赵佗："那要属国、番邦献贡才成。骷髅山有啥？骷髅、骨头？"

灵谷子微笑。

赵佗："吴晃分明是在勒索财物，中饱私囊！"

灵谷子："御用的京官、私宦，大凡如此。"

赵佗一怔。

灵谷子："小不忍则乱大谋。再说，此事也确需给皇帝一个亮眼的凭证，以示百越族人的向往之心。"

赵佗："百越避祸离家，民不聊生。哪儿来的宝物？"

灵谷子："此事需要运筹。天地之大，立者为何？"

赵佗："立者？立者乃人也。"

灵谷子："人者如何为立？"

赵佗："站立、直立，顶天立地之立。"

灵谷子："天人之道，立在人之口。"

赵佗："何解？"

灵谷子："唯将军可解。"

赵佗："如何是解？"

灵谷子："请将军试书写之。"

灵谷先生将一竹条与赵佗。

赵佗口中念念："'立'在'人'之'口'。"

同时在沙地上大写一个"立"字，下方又写一个"人"字，人之下又写一个"口"字。

灵谷子："请将军将'立''人''口'三字按上、中、下连为一体。"

赵佗试写："哦，按圣祖仓颉的字法写。这不是个字！"

灵谷子："按大秦篆书写。立在家人屋舍之上，则是一个真真切切的'商'字。"

赵佗："不错。'商'字又如何？"

灵谷子："'商'字乃从人之立、人之口、人之命乃得立于商。商可立人、立口、立命也。"

赵佗："商乃通商、经商、交易之道也。"

灵谷子："如日如月为易也。日月昼夜轮回交替为'易'。日月交替为永明。永明为易，易即商、商即易。商之易之，人口天地之立也。"

灵谷子写了一个"易"字。

赵佗："交替、交换、流转、流换、交易，日月之'易'。人口天地之立……"

灵谷子："正是。将军得其玄妙也。"

赵佗："先生，晚辈未必全然明了……"

灵谷子："已然、已然。一句话：'货兑货、物换物。'如此是也。"

赵佗："何解？"

灵谷子："无须再解。将军，秦军有数百楼船困守在湘江沙岸。装有何物？"

赵佗："粮草、兵器、衣物，一应人吃的、喂马的，大军给养。"

灵谷子："然也。粮食、衣物，正是岭南百越族人稀缺之物。以百越之稀缺，易将军之急需，即乃小易周人，人周则为大易，大易而周天。周天周人，乃成大'商'轮易之道也。"

赵佗为之一震。

灵谷子："将军试想，以一楼船载装谷粮、布帛、油盐，沿漓水先入岭南。以物易其象牙珠宝，无须动用一刀一枪，更无须掠掳抢夺。以商易之团，行易物之实。既可亲和百越，又可填满钦差大人的胃口。何乐而不为也！"

赵佗："莫非先生开通灵渠之举，意在用一个'商'字和一个'易'字替代一个‘战’字?”

灵谷子：“将军神慧也！大商之道，可以养民、可以济世、可以富邦国、可以安天下。”

赵佗有些激动地自语：“大商之道，可以养民、可以济世、可以富邦国、可以安天下。谢先生教诲。可是、可是灵渠尚未凿通，楼船都在湘江困守。如何进得了漓水?”

灵谷子：“我已备好罗阿公的铜锣号楼船一艘，在漓水岸边待命。遣兵卒搬运些货物上船即可成行也。”

赵佗惊喜：“多谢先生指点！可是，岂能满足那宦人吴晃之私愿!”

灵谷子：“对此贪婪者自会有下文。将军实为灵慧出众。不过还需……”

二人贴耳细语。

神庙。西厢。

传出大将军的笑声。

……

10

“哈哈哈……好好好！真是个好主意。”任嚣高兴地在房中来回踱步。

大将军高兴了好一会儿，才又道：“赵佗，还是由玉娘夫人做向导带路兼做翻译。顺路把他们先送去苍梧之地——梧州山下，让他们亲族团聚。”

赵佗：“大人所言甚是。末将想请钦差大人同行。我军行商易之道而非抢掠之旅，要他亲眼所见。”

任嚣：“有道理。免得他在皇帝面前胡言佞语。只是怕他不肯吃苦。我看还是道明大计。让他留下看看风景，等待时日坐享其成吧。”

史禄：“甚好。甚好。倘若行之有效，史禄则可取灵石、修灵渠，赵将军可造楼船、集货品，灵渠工程、商易百越同步起程。灵渠修成之日，商旅大军之途自然全开。太平岭南和平来归，大秦天地大业成矣。”

任嚣：“但愿如史禄所言。不过此行水深水浅，风起何处，要时时事事小心留神。走一步看下一步。赵将军先率楼船走一趟，再做定夺。”

赵佗：“末将谨记。如果水路方便，末将极想一路赶往粤东龙山之地。我秦军溃散的遗部，应该还漂泊在那一带。”

任嚣了解赵佗的心思：“我也想利用此行摸清屠睢兵败之地还有多少秦军的伤残遗部。那里的百越族人也死伤惨重，该是最需要吃食物品救济的。”

赵佗：“末将，这就去筹办了。”

任嚣：“一应防务之事在老夫。灵渠修造工程在监御史。我等分头行事吧!”

赵佗、史禄：“是。大人!”

湘水。船口。

一群群兵卒在扛粮袋、装马驮，运到铜锣号楼船。

吴央陪着吴晃在山崖畔观看着。

吴晃："也算你小子走运啦。赵佗若是不留你，要我把你带回去交给皇帝，你的小命可就保不住啦。"

吴央："谢大人相助。我吴央都听得一清二楚。大人，下一步小的还得靠您在皇帝面前……"

吴晃："我心里有个数。谁让我和你爹有多年的旧交哪。可是，还要看你自个儿。整不好谁说话都不顶用喽！记下啦？"

吴央："小的没齿不忘。"

吴晃："瞧见了吧。赵佗是一心想当个太平将军。亦商亦易，'和'取岭南。不打不杀就想谋天下！我就不信，百越千万，打斗不断，跟他赵佗就打不起仗来！"

吴央："大人高见。大人高见。"

吴晃："高什么见？"

吴央："肯定有仗打。"

吴晃："我可是什么都没说。你老老实实地跟在史禄手下干活吧。车轱辘是圆的，上上下下轮着转的。你小子往好了干，没准儿还有望……"

吴央："多谢大人指点迷津！"

漓江。山口。

满载着谷粮、油盐、布帛及各类用具的铜锣号楼船。

铜锣号楼船上醒目的龙纹铜锣的大图腾，有别于秦军楼船的龙、蛇、虎、牛四象生肖的图腾。

铜锣号楼船升帆、起锚、挥舵。

楼船甲板上迎风站立着越人装束的赵佗。两侧舷道上摇桨的士卒、三百护船武士，全部越人打扮，赤膊露臂，由赵光挥舞号旗在甲板上指挥着。

铜锣号船主罗阿公亲立尾台操拿大舵。

楼船的顶层上摆挂上了八面铜锣、六面铜鼓的乐阵，玉娘、越秀站立中央，心中藏不住欣慰。

赵多很是活跃，指挥着十几个武士敲打起了中原的锣鼓经。"文锣""武鼓"铿铿锵锵，震山般响了起来。

漓江岸上。

任嚣的欢送队伍矗立相送。

旗号兵阵吹响了大进军的号角。山谷回荡，雄风四起。

大楼船缓缓启动、离岸、出航了。

神庙后的峡谷。老榕树下的岩洞前。

吴央在与马丁鬼祟地约见。

吴央："楼船已经出发。赵佗把兵船改作商船，要去笼络百越人心。"

马丁："公子，我们的机会来啦。"

吴央："他们的第一站是西江口上的梧州大寨。你带兵百骑，先找到越女二秀，伺机行动。"

马丁："二秀正在我手上。"

吴央："要好生待她，不得无礼。"

马丁："公子的人，小的怎敢有歹意。嘻嘻，将军放心。"

马丁驭马的影子在深山峡谷中远去。

楼船在他们的视野中远去。

漓江上行进中的楼船。

漓江两岸奇幻旖旎的秀水风光。

玉娘在为赵佗讲解着漓江的景色。

玉娘："上有灵湖，下有青狮潭。"

灵湖、青狮潭的幽蓝倩影拥过来，赵佗、赵多、士卒们随玉娘的指引眺望着。

"象山、九龙穿岩、尧山晴雪……"玉娘道，"这峰头上的三座烽火台下，就是东南西北百越联盟集会、抗击骷髅王的越城。"

大象的山形、连绵不断的九龙山岩、兀立着三座烽火台的尧山身影，这山川奇景令秦军们情醉于怀。

玉娘："那远去了的灵川古刹神庙，就是我们大将军如今的驻地。年年春天有百越大祭神会，平素则是汉越百族交易的大集市，车水马龙十分热闹。而今风闻秦军来攻打百越，人们都四散远逃山林，这里……荒凉、死寂了。"

赵佗凝视的目光。远山近水。

玉娘："是灵谷大师又点起那烽火台上的三把火。招来了秦军回师灵川，转换为今天的这艘入越的商船……"

赵佗凝视的目光——鹿角山。

晚霞中那三座山顶仿佛又燃起了那三柱冲天的亮火。

"三把火！"

"是大将军在目送我们远行。"

楼船上军士们在呼喊。

"三把火、三把火、三把火……"赵佗的声音响在心里，响在山野。

楼船在行进。

……

梧州的山野。

二秀飞马驰过深山峡谷，奔过雕凿有“苍梧山”的山界碑。

梧州寨街。

木寮屋、小竹楼、古旧的寨街。

街边江岸的沙地网滩上，停放着一艘艘渔船、支挂着一片片渔网。

三三两两的渔女在补网，在洗头浣衣；有些男人在修补旧船。

越女怀中的婴儿瘦小黝黑，饿得又哭又闹。妇人揉了一阵干瘪的乳房，怜惜地亲着婴儿泪流不止。

江边岩石上呆坐着越人老者，饥饿使他的眼神放空。

整个古州寨不见炊烟、不闻鸡犬声，一片死寂。

巨岩、老树下扬越氏的木寮宅院。

院心支架着一口特大的铸铁镬灶。火旺汽腾，阿童、阿女在添柴煮粥。

扬越氏长者钟离老阿公靠在老树下的藤竹躺椅上，心事重重，却又气定神闲。

阿公：“阿童、阿女，粥煮好了吗？”

阿童、阿女：“煮好了，阿公。”

阿女：“可是不够米啦。一大锅清汤寡水。”

阿公：“秦军一来，越城断了交易。铜锣铜鼓的商船也不见了踪影。粮米油盐都没得换啦，大家将就着吃了活命吧。别烫着。叫几个大人过来挑了去，分给老人、妇人、孩子们喝。”

“是。”

村街上——那是连通十万大山的苍梧之野。沙地网滩上人们在分着扬越氏宅院抬出来的清汤寡水。

山口大道上二秀飞马驰来。

她急匆匆翻下马背，进入扬越氏宅院。

大木门打开，迎门而立的是阿郎。

阿郎：“二秀？”

二秀：“阿郎？你活着回来啦？”

阿郎：“秦军不死，我咋能死？”

二秀：“秦军来啦。赵佗来啦！”

阿郎：“赵佗来啦？我正等着他啦！”

……

江边的鳄鱼仔跑进来，上气不接下气地对阿郎说：“铜锣、铜锣号楼船来啦！”

阿郎：“真的？鳄鱼仔，到我们的库里拿些个东西。准备上船换米粮。”

鳄鱼仔：“好咧。”

二秀：“不对。载货的铜锣号是真的，可是商船是假的。上边全是赵佗的秦军，是假扮越人的秦军！”

阿郎：“不管他！”

鳄鱼仔取上一竹篓犀牛角、穿山甲、象牙之类的东西。

二秀：“秦军正想诱你上船。抓你、杀你！”

阿郎：“谁抓谁？我正愁没处去找他。他送上门来撞我的枪刀。岂能便宜了他？我正要去会他赵佗！”

二秀：“闪开。我要见阿公！”

阿公：“是阿秀吧？”

二秀：“阿公——是我。二秀。”

阿公：“这么久不见你过来。还以为你出事了呢。”

二秀：“阿公，不好啦，赵佗带着秦兵真的沿着漓江进西江杀过来啦！”

阿公：“赵佗？就是那个年轻的大秦少将军？”

二秀：“就是他。只过来三百多骑兵马队，还有一楼船的水师射手。”

阿公：“难道刚刚杀灭了骷髅王，就来梧州追讨桀骏吗？”

阿郎：“阿公，有我阿郎在，决不会让他们抓到桀骏头领的。”

二秀：“杀灭骷髅王是我和梅旌带的路——借刀除害而已。如今赵佗冲着我们来啦。他死我活，怕是无路可退了！”

阿郎：“跟着我的龙川部落家小，全和梧州大部落一道进山。我好带着新拉起来的西越联盟，围杀赵佗。”

阿公：“勿急、勿急。孩子们让我想想明白……赵佗大军刚刚杀灭了骷髅王。士气正锐，不可轻易抵挡。西越联盟刚刚拉起来，人也不多，不是秦军的对手。不要再让百越族人白白去送死！进山，逃进山林。你的西越联盟往南越、东越去。回到你龙山大岭里去反倒更安全，越远越好。让龙川部族的家小们保住性命。梧州越人就近逃入山林，巧施计谋与赵佗周旋。看个明白再说。至少，免得他们见不到越人的影子，深入百越的腹地祸害更多的族人。”

阿郎：“阿公，赵佗区区三五百人、一条楼船，哪像打仗的样子？正是灭他的好时机。”

阿公：“正是因他不像打仗的样子，才要看个究竟再说。行动吧！全梧州老少逃山！”

二秀、阿郎走出院门，敲响了逃山铜锣！

“锵——锵——锵——”

大树下的越寨警钟、大锣响起。

钟离老阿公沉思的脸颊。

他银白的长须在抖动。

他苍老的声音：“苍梧山啊，苍梧山啊……”

苍梧山的伟岸身影。

龙母峰的神姿仙影。

阿公："先祖舜帝的神灵之影。想不到你的子孙百越族裔守望了世世代代，总不见那'灵通一脉，百越天合'的时辰到来，却见天降大祸、刀光剑影。中原秦军是真的杀来了吗？先主之神助佑你的子孙后裔吧！龙母、龙神、龙山、龙水，千灵百圣都来显出神威吧！愿上苍有灵，齐来点化赵佗；神剑天剑，莫再杀戮生祸。上苍助佑啊，上苍助佑啊……"

街寨上。

响着逃山的铜锣声。

越人们的杂乱呼叫声："逃山啦！逃山啦……"

越人们在杂乱出逃。

西江。楼船上。

岸边兀立的山岩，"苍梧山"的古体雕凿大字出现在赵佗的视野里。

赵佗双手合十，默祭苍梧神峰。

楼船缓缓驶进着。

梧州。了无人迹的梧州街寨。

楼船停泊在西江岸边。

赵佗与玉娘等越人亲族站在甲板上。

他们愕然的目光。

梧州街寨的岸边。

玉娘、越秀、婆母、桀武等越人亲族陪着赵佗走进山街街道。

空空的竹寮、木屋、房舍，奄奄一息的灰烟残火，被越寨主人丢弃的鸡、鸭、鹅、猪……

赵佗与越人亲族们忧郁、惨然的目光。

高坡、悬崖。

一道山岩林丛的背后。

阿郎、二秀伏在巨石背后偷窥山下。

玉娘等人走进了扬越氏钟离家宅的院门。

岩石后的二秀情不自禁地叫出声来："玉娘姐姐……"

阿郎捂住了她的嘴巴。

钟离老阿公大竹楼院里。

玉娘等走进了自己的家门。

人去楼空的凄惨景象，令玉娘潸然泪下。

赵佗戚戚然的惨淡目光扫视着这里的一切。

山坡上。岩洞里。

一线阳光从天隙中射入，照在钟离老阿公斜依吊床的身上。他手捻念珠，嘴里念念有词，银须银发随之而抖动。

二秀、阿郎急匆匆跑进洞来。

二秀："阿公，秦军进了村子。玉娘姐姐他们被送回来了。"

阿公霍地坐起身来："玉儿真的回来了？"

二秀："真的。我看得真真切切。他们回到了祖宅竹楼的大院里。"

阿郎："可是下船来的全是秦兵。"

二秀："装扮却全是越人的穿戴。"

阿公狐疑："唔，装扮成越人？莫非秦兵以玉儿做诱饵，意在诱捕桀骏？"

二秀："桀骏头领早已不在苍梧之地，他人在十万大山之中，怕他秦军不成？"

阿郎："对。我率部落联盟的兵丁杀下山去！"

阿公："不可、不可。我知——青年秦将赵佗乃赵氏武灵门人之后。赵氏武灵子与我扬越钟离氏门人，曾经亲如手足。对赵佗，我要辨个虚实真假。"

阿郎："那……秦军的剑向来是杀人的，还辨啥真假呀，他们想抓龙昆部落长桀骏报仇，这是铁一般的事实。虚不了，假不了。阿公，别管赵佗是谁，把他干掉才行。"

阿公："不可、不可。不可以再像桀骏那样，让越人拿血肉去和秦军硬拼。阿郎，避其锋芒，自可消其锐气。你先带领联盟的男丁和龙昆部落的家小赶往南越，可到崖珠山向那里的安阳崖珠长老求助暂且安身。"

阿郎："阿公，我——"

阿公："孩子们，别说啦。这边的事我老钟离自会搞定。听我的。走、快走！"

二秀："得，这又出来个灵谷子……"

阿公："二秀，你在说什么？"

二秀："啊，阿公，我说……是该问个真假虚实。"

阿公："阿郎，快去行动吧。"

阿郎："是！阿公，您和寨里的人，多多保重……"

阿郎率领着龙昆部落的越人家小和联盟兵丁的马队行走在江岸上。

江里有成片的竹篷船只在同行。

山野、天宇间又响起了那支百越族逃山的悲凉歌声——那是玉娘和百越家族老小们的心语伴着山风在呼喊：

啊——
又要离开家乡，
为了什么？

亲人不知死活，
为了什么？
百越突遭横祸，
为了什么？

岭南流出血河，
为了什么？

为了什么？
问天天高无话说，
问地地深心哆嗦。

谁能告诉我，
谁能告诉我，
为了什么？
为了什么？

越人家小们的马帮、船队疲惫、悲伤，缓缓在山林河道里。

越族家人族群一张张忧伤的脸颊、一双双含泪的眼睛。

那支歌又一次伴随着他们在山雾中即将消逝的影子。

梧州。村寨里。

上百年的红木棉神树下，苍梧之州的铜锣铜鼓祭神乐台。

越秀搀扶着悲戚的玉娘走出家宅大门，登上祭神乐台。

同来的桀武、梅旌等一众越人一同随玉娘奔上乐台。

众人随玉娘执起槌，猛力敲响铜锣铜鼓。

震天响的祭神锣鼓神乐，凝住了浮动的云朵。

震撼着隐藏山畔的越人族群。

缓缓沿远处山林河道前行的族群家小听到了这祖传的亲切的锣鼓乡音，都停住了脚步，迷恋地遥望苍梧山峰，双手合十，默默祈祷，热泪盈眶。

阿郎的螺号吹响了。

远山缓缓行走的族人们，又聚拢起来。

他们回首凝望故乡的山云。

他们聆听着家门神台上传出的熟稔锣鼓。

留下的苍梧山畔藏身的越人。

钟离老阿公寻听着百越神祭的锣鼓乡音，他情不自禁地向山下移动脚步。口中轻轻叨念着：“玉儿，玉儿……这是你的声音，这是你的声音！我的玉儿……”

铿锵的锣鼓乐音愈响愈烈，戛然而止。

钟离老阿公也停下了脚步。他屹立在崖头向山下观望着。

他看到了，山下街寨里正燃起了炊烟；浔江、桂江、西江三江汇流的江口岸上，正停泊着眼熟的庞大的铜锣号楼船；木棉神树下的祭神乐台上，正舞动着亲人们熟悉的身影。

他也看到了乐台上站立着一位挺拔伟岸的年轻人——那正是赵佗。

钟离老阿公的神色与古老的苍梧山一样冷峻，他炯炯有神的双目，发出含泪的期待光亮。

好久，他低沉粗犷的嗓音里，响起了那支先人传下来的《铸剑谣》。山风把它送得好远，好远。

老人的那支苍凉的歌，在山顶，在云层漂游着：

叮叮咚兮，咚咚叮，
火之光兮，魂之声。
在高山兮，响暮鼓，
伴飞云兮，送辰钟。

先人命兮，父母愿，
万剑血兮，民牺牲。
河之干兮，千魂墓，
鼎峙山兮，将军陵。

歌声里，天宇间闪出了那遥远年代的火光。回响起那叮叮咚咚、击打魂魄的金属声。

山下挺立的赵佗。

老人的歌令他十分激动。赵佗情不自禁地接唱起来：

大风来兮，风告语，
长河去兮，河梦惊。
胡可止兮，征战事，
何忧殇兮，万民情。

叮叮咚兮，咚咚叮，
火之光兮，魂之声。
胡可止兮，征战事，
何忧殇兮，万民情。
…………

歌声里，闪现出赵氏老爹投炉毁剑的悲壮画面。

山上山下的人群，闻声而起，肃然聆听。

一切、一切都静止了。

山风、江涛把这一曲民心民愿附和成灌满天宇的混声合唱。

在歌声中扬越钟离老阿公领着的苍梧越人，情不自禁都从山上移步下来，无声地出现在神树、祭神乐台的四围。

神树。祭神乐台。

猛敲猛打的鼓槌。

当祭神乐台的锣鼓又铿铿锵锵响起来的时候，越人们风一般走近了祭神乐台，个个双手合十、口念祈愿，虔诚地加入祭祀。

在神祭中。玉娘、钟离老阿公一家亲族抱头。

震撼山谷的铜锣铜鼓声。

祭神乐台上站立的赵佗。

他透着酸楚滋味的目光。

玉娘、钟离老阿公一家亲族向赵佗走来。

赵佗奔下祭神乐台迎上前，伸出双臂搀住老人，二人就势相扶相拜在一起。

震撼山谷的铜锣铜鼓声渐息。

……

“将军，你就是赵氏武灵门下的后人——赵佗赵将军?”

“您就是先父的歃血兄弟——扬越氏钟离老阿公?”

老人望着赵佗，老泪悄然横流下来。

低弱的铜锣鼓声中转化出了铁锤敲打的叮叮当当的响声。

又引出了那支古老的《铸剑歌》的声律：

叮叮咚兮，咚咚叮，
火之光兮，魂之声。
在高山兮，响暮鼓，
伴飞云兮，送辰钟。
…………

声音、火光把人们带回了太行山。赵氏武灵剑炉前。

赵佗那双诧异的大眼睛盯着剑师老爹。

一把红红亮亮的王者之剑坯悬挂在老爹的眼前。

剑身闪现出的光、火中奇异的暗纹，幻化编织出异彩的光环、图案……

阳光下恍若射出一道飞虹。

老爹默默地呆视着，化出一幕幕历史的残像——烽火、狼烟。

列国大征战的战场。

将军、士卒兵阵，如旋风般铺天盖地而来，狂飙撕扭砍杀在一起。

大军过后留下一片死寂：旗倒兵亡、横尸遍野。

白骨、昏鸦。

荒冢、残碑。

化作一柄柄悬挂着的剑坯……

老爹双眼涌动出泪水。

赵佗眼里滴出了泪滴。

赵公开炉。一片片熊熊火光冲天，赤云闪射、紫霞幻化。天地间一片奇象。

老爹纵身投入剑火炎炎的武灵炉中……

引发出一阵阵天摇地动、沉雷滚落。

……

太行山巅。赵佗对天长跪，悲泣无声，泪如雨下。

赵村前的赵陵、墓碑。

……

苍梧越寨。老神树下。

所有聆听赵佗讲述的人都涕泗横流。

阿公："悲也武灵子赵公，善也武灵之后赵公，你果然不负所约，为求天剑，你投炉关火、人剑同殒。令一统天下之皇者，以天剑和合天地，以灵脉太平人间。赵佗——佗儿，你、你不愧为赵氏大武灵剑门的传人。"

山崖的林深处。

潜伏着的马丁兵马，蠢蠢欲动。

山崖的林深处。

二秀骑马一路小跑而来。她单骑独行，貌似悠闲。

马丁一骑自林中横出，挡在她前路。

二秀："马丁？你怎么来啦？讲好了你不插手苍梧山的事嘛！"

马丁："本人受吴公子之命，前来暗中保护小妹。"

二秀："你说秦军有三百马队在后，我绕了好多个时辰都没看到。原来全是你的秦人兵马。"

马丁："小妹，马哥我可是发现了，百匹战马马队就在铜锣号楼船身后的十里尾随而行。船一靠岸，马队就会安营扎寨。"

二秀："啊！他们想干什么？"

马丁："还用说吗？一旦越人出现，就是决一死战！"

二秀："是赵佗还是你马丁？"

马丁："你不信马哥的话？"

二秀："现在我越来越觉得你们有点不对味儿。"

马丁："怕是小妹你自个儿变味儿了吧！"

二秀："不管怎么说，反正在苍梧山你们不能动手。"

马丁："放心吧。有赵光的人马在暗中压阵，我躲都躲不及。我马丁可从来不犯傻。”

二秀：“你若失言，敢在苍梧山伤害我家乡的亲人，我的长剑绝不放过你！”

马丁：“小妹这是咋啦，帮赵佗说话啦？没准你也看上他了吧！你可是我们吴公子的心上人！”

二秀：“滚！”

马丁：“别走啊。吴公子捎来指令，要你我一同回内良城，去见吴芮吴大人。”

二秀：“本姑娘谁都不认，是自由人。不过我要看着你的马队撤出梧州山峡。”

马丁：“好说。撤！”

马丁的马队撤离，驰进峡谷。

二秀转身骑上白马，一溜小跑登上一道崖畔，望着峡谷中的马队消失了。

苍梧古寨。钟离老阿公的宅院里。

钟离老阿公引赵佗、玉娘等人步入宅院。

越秀、玉娘为大家奉茶。

阿公：“我扬越氏的先辈钟离子，当年与欧冶子、赵氏武灵子在太行山中是同门铸剑的名师。天下威名的古越王剑，就是出在武灵剑师之手。星移斗转，吴越兴亡、越为楚灭、楚被秦平，这把武灵名门的越王剑已不知去向。唯有扬越、赵氏的大武灵剑法流传于世。寻得此剑者方可称得真正的天下王者。这是当年七雄争霸共同信奉的魔咒。熔毁王者之剑，助兴天道之剑，赢得天下和合，得施人间太平，则是三家百代铸剑宗师的歃血之约。秦王扫六国之初曾派遣灵谷子来求此王者之剑。不得。吴晃进谗，秦王勃怒，将欧冶氏、扬越氏驱散，发落异乡。独留赵公一家武灵剑师，因于太行山中，罚罪铸剑。灵谷子从此蛰居灵川，等待灵通一脉、神州天合之日，已整整八年。今，秦灭六合，天地一统，皇者不行天人之道，复来求王者之剑，扰动刀兵、力酷杀戮。武灵子赵公以身行天道，将剑炉与人同归于尽。悲夫，赵公！壮哉，赵公！此大德大善之道，成人间至极、至善、至美之德。赵公……”

钟离老阿公落泪，终至泣不成声。

赵佗眼含泪光：“钟离老阿公，您是佗儿梦中常常见到的亲人。阿公在上受赵佗一拜！”

赵佗跪拜老人。

阿公：“老朽承受不起，承受不起。赵将军，请问铜锣湾长老用他的下海楼船载将军来西江，是何用意？”

赵佗：“自然是一个‘商’字。满船装载的是谷粮、布帛、油盐。以一个周天‘易’字活日月、活人寰——活百越、活秦军也！”

阿公：“如此说来——那灵川灵渠，已在修建喽？”

赵佗："正是。由灵谷大师、史禄大人亲临监造。"

钟离老阿公苦笑："呵呵，终有这一天啦。越城开来的客商大船，装载着湘楚越街易来的货物，由漓江入西江、进岭南、入北江、泛东江，活百越！灵通一脉，有望了；天人无虞，得现了。客商，好你个中原大秦客商！哈哈哈哈……"

江岸。楼船上。骤然间铜锣铜鼓齐鸣。

赵多居然鼓起两腮吹起了中原的笙。

赵光指挥着士兵搬粮搬货下船。

越人家小按着往日习惯成群结队地前来易货。

珍珠、象牙、宝石、玉器、干海鲜等换吃的、喝的、穿的、用的。

苍梧山活了。

有说笑了。

有醉汉了。

有歌声了。

……

赵佗欣慰，面容泛起了光亮。

玉娘、越秀、钟离老阿公、婆母也笑着抱在一起……

第五章　天地篇

天之下　地之上　天地恩我
我不欺天
——引　古民谚

1

内良城。城门内外。

吴央、马丁自山口飞马而来，驰入内良城门，进入吴氏学馆。

吴芮："落到这般田地，把把失手，有什么不对头吗?"

吴央："以孩儿之见，动用两万兵马足可以打他个半死。费这个脑筋没用啦!"

吴芮："不可。下一步才是机会。"

吴央："下一步?"

吴芮："不错。就在下一步。"

吴央："……"

吴芮："就算那梧州让赵佗收买了，下一步他的楼船必然会进到南海边的安阳崖珠。由此上转北江进东江。逃跑的骷髅王余部只能潜伏在那儿。那里是东越霍龙氏大山，是桀骏龙昆部落的故乡，是刚刚发生了那出屠睢败兵之戏的岭南腹地。撤离的阿郎联盟也必然返回那儿。只需派马丁的数百兵马潜伏进去……赵佗不被五马分尸才怪!"

马丁："吴芮吴大人说得对。再把那屠睢散存的部下划拉到一起，那可就成气候啦!"

吴央："谈何容易。就连那越秀、二秀都变味啦……"

吴芮："为父早就说过，指望女孩子成事，非完蛋不可。我等的家国大事，不可以栽在她们身上。记住!"

吴央："是。"

吴芮："来人——备酒!"

苍梧山下。梧州寨外的崖畔。

马背上的二秀默默无声地观望着寨里的动静。

江边的楼船下。

赵佗："赵光，你无须担忧本将。两百马队留给你，潜驻山口。其余百骑由马旺带领随我在岸边行走。你要守护好苍梧山庄。伺机陷我秦军、扰我越民、挑起仇隙者，就在你我周边，不可不防。”

赵光：“赵光明白。”

赵佗：“对待越民要形同乡亲，不可有半分骚扰。”

赵光：“小的谨记将军之命。将军慎行。”

江边的楼船起锚开航。

赵佗站立船头，回望着苍梧之山。

岸上越人老小相送不绝。

江上有越人小船荡起了情歌：

关关雎鸠，
在河之洲。
窈窕淑女，
君子好逑。
…………
阿哥不来，
小妹心忧。
阿哥既来，
为何不求。
…………

岩畔旁。马背上的二秀仿佛被触动了，眉头微蹙。

她扬鞭打马，马儿飞跑。

她的马儿来到了江岸。

马背上的她，远远地望着楼船远去的背影。

背影里不断幻化出赵佗的面容。

西江上远去的楼船船影。

江岸上。马背上心神忧悒的二秀。

赵佗的面容又不时出现在她的面前。

现出十年前两小无猜的佗儿与秀妹。

楼船甲板上屹立远望的赵佗。

他取出胸襟中藏着的那柄二秀的剑。

他的心象中也闪现出十年前两小无猜的佗儿与秀妹。

那时他们都十来岁。赵国赵地的赵村。

村边老榆树下孩子们在玩“住家看狗娶媳妇”游戏。

小佗儿做新郎，小秀妹做新娘。

他们头上戴着孩子们用山花野草编织的花环，他俩被孩子们用手搭起来的

"马""轿"抬起来。其余孩子用手比划着，有吹喇叭的、有打锣的。大伙说唱着、笑闹着：

呜哇噹——呜哇噹，
娶个媳妇拜花堂。
呜哇噹——呜哇噹，
娶个媳妇入洞房。

骑马来——坐轿去，
娶个媳妇拜天地。
坐轿去——骑马来，
娶个媳妇抱在怀。

呜哇噹——呜哇噹，
娶个媳妇尿裤裆，
娶个媳妇尿裤裆。
…………

"新娘"被举起来，"新郎"被拉过按蹲在地背起"新娘"来。

孩子们在笑闹着……

硝烟。烽火。

秦与赵开战。风云、马队、逃难的人群。

赵氏武灵剑炉前。官兵把守着。

秀妹从出走的人群中跑过来。

佗儿从剑炉门后偷偷迎出。他从怀中取出两把匕首，那是嵌镂着赵字的一双精美信物。佗儿分与秀妹一把。二人各自细心地放在怀里。秀妹不舍地离去。官兵驱赶着她。她随逃难的人群离去……

大峡谷的山地。

山崖上下来的越女药娘二秀，第一回见到赵佗。

两个人各自惊异、奇羡的神色。

百越神庙。

她与赵佗对剑。她纵身失落怀中的那柄匕首——赵佗于瞬间拾得匕首的神情。

马背上的二秀似睡梦中醒来。

她心想："赵佗……他……真的是那个佗儿吗？真的是佗儿当上大秦将领，统兵杀来岭南吗？"

蓦然间，那噩梦般追杀而来的魔影又追逐进她的心田。

她急躁地一勒马缰，白马立刻竖起身子嘶叫着打了一个转。

她不再尾随楼船而行。她改变了主意，插入峡谷山麓，抢先直奔崖珠山寨而去。

她驭马驰行在峡谷山麓上。

楼船上的赵佗也从往昔中醒来。

舵楼上罗阿公在拿舵轮。

一身男装的越秀，过来替下汗流满面的罗阿公。

她拿舵轮的英姿妙影，被站立一旁望着大江远去的胜景的赵佗看在眼里。

少时她热汗淋漓了。她取下了那顶男儿的草帽，散落出一团飞瀑般的秀发。

她婀娜的背影，款动的腰姿，诱人的女儿神采……令青春勃发的男儿抑不住一阵阵心旌摇荡，以往的几幕影像不断飞掠过眼前。只是为将者的睿智令他心神无荡，气定神闲。

西江波动变幻的秀水，楼船切出的滢滢波涛，终于令赵佗不断浮现出往日来暗自心醉的一幕幕：

赵陵前。越公子出现在守陵的赵佗面前。越公子却变幻成了二秀。

襄阳江畔。小船上的竹笠艄公越女阿秀忽然幻化成二秀。

洞庭岸边。从头上飞越而降的神妙越女也幻化成二秀。

百越神庙。玉娘、与越秀身貌相似的姐妹，擂鼓祭乐、舞姿款款的动人景象。

他在四下寻访越秀而不遇的影子，迎面而来的又是影子二秀。

直至眼前拿舵的也幻变成了二秀的身影……

神庙前灵谷子和他苍凉的声音：越女阿秀出生在岭南东江霍山奇峰之地。她常来表舅舅吴芮家习武、读书，投师于吴芮。此间风传秦王要发兵百越、屠躏家乡，越女阿秀恨不能以一己之身生出退秦大军之计。她求助于吴芮……

一阵阵过往烟云聚拢。复又释散了。

……

秀女开言道：“将军，您好像被两岸醉人的景色迷住了。”

眼前秀女的回眸一笑和话语声打断了赵佗的沉沉思绪。

赵佗从迷幻中醒过来。

罗阿公递过一大碗凉茶汤。

赵佗从梦境般的心绪中被拉回来。

罗阿公：“将军，请饮杯凉茶。解暑气，祛湿热。目清神爽啊。”

“谢罗阿公。”赵佗大口饮茶，“哇，苦……不过——蛮清香的！”

罗阿公：“哈哈哈，喝惯了就好啦。岭南地方土有五色。地生五气。红壤为主，水土生热。酷暑季节将临，酷、热、暑、湿相接，四野凝合，谓之瘴气。令人经络消滞，郁结不舒。岭南人自采山花野草，如桑叶、菊花、金银花、夏枯草、霸王蕊种种，任选其二三，煎水煲汤，即渴即饮，瘀郁化解，消瘴褪暑。岭南人靠此，则百无病邪、长岁永安啦。中原人出入岭南，必知此道之妙，方可天人逸然啊。”

赵佗：“嗯，您真是位了不起的仙家。罗阿公，以您之见，大秦千军入岭南，人人离不得此药茶啦？”

罗阿公：“那是自然。与膳食同进，也叫药膳。这是岭南人祖上传下来的经验。”

赵佗：“这要办学馆才行啊！”

罗阿公：“当然。比如金银花，常与断肠草生长在一起。花形草叶尤其相似，很难辨认。一旦把断肠草误当金银花采来食用，人命可休矣。”

赵佗：“嗯，倒是要极其精准才行。”

罗阿公：“当然。不过也并不艰难。村人野女可为之事，大秦军人无不可为也。入岭南时，先由越人药娘、药童为师，按部就班学习数月可以无误。”

赵佗：“谢罗阿公指点。”

罗阿公：“小事一桩。不过呢，秦军回师灵川修造灵渠，没急着进兵岭南，还有许多意想不到的聪明处。就如这暑热瘴气的事、这蚊蠓蛇蝎的事、这菜蔬药膳的事。细事多多，如不预先思虑周全，贸然进来，可以致秦军大片逃亡冤死的啦。”

赵佗：“罗阿公，赵佗愿听您慢慢道来。”

罗阿公：“看你赵将军真是个缜密心善之人。老夫愿讲。”

……

山峡通道里。

二秀驭马疾驰着。

远远地出现了高高的山影。

山影那边，是一片蓝色的海洋。

心神迷乱的二秀正行走间，忽觉天旋地转，似见眼前峡路岩顶上的一棵老树横倒下来。老树的枝丫压倒了二秀，拦住了峡路。

恍惚间，林荫里蹿出一条黑毛猎狗在她周边嗅着，哼哼唧唧地呤叫着。她突然沉进了怪异的梦境。

她醒来时，发现自己正卧在山峡路畔的一间石洞门前。

洞口门壁上挂着的是一个慈眉善目的傩神面具。

洞口处正坐着一位虬髯壮猛的老者——游走江湖的萨满神巫，在那儿打坐念咒。

二秀：“阿公——神者，是您弄倒了老树拦挡我？”

神巫：“老树通神，也许是在迎接姑娘吧。”

二秀：“您救了我？”

神巫："是他——黑狗山豹。"

二秀抚摸着黑狗山豹："山豹，你好像认识我，我好像见过你……请问阿公——神的使者，搭救本姑娘有何见教吗？"

神巫："姑娘，你有了十年剪不完、十年割不断、至今解不开、日后驱不散的烦心事啦。"

二秀："你怎么知道？"

神巫："老树拦住你、山豹引来你，这是神缘。姑娘，是该我来帮你啦。"

二秀："您的声音很熟悉。长老，您——"

神巫："无须多忧，无须多问。我行我心，我心我行就好。"

二秀："我行我心？"

神巫："你想做什么来着？想见崖珠山庄安阳公主，想找的、想做的，就一样一样去做。行不通、走不顺的时候再来问。我也许在前边等着你，也许在后边跟着你。"

二秀："前边等、后边跟？那该有多累人！"

神巫叨念着："烦不烦，听自然，顺自然，百个安……"

说着，他半卧洞口门边睡着了。

二秀有些茫然："这么古怪的老者。他是谁？"

她缓缓地上马。马儿驮着她寻路前行。她消失了。

西江。铜锣号楼船上。

大江尽头，远远地出现了缥缈的山影。山影那边，是一片天地苍茫的蓝色。

"那一片蓝色是什么？"

"海，海！"大秦士兵们有人喊叫起来。

"是天是海分不清。咋啦？我们是掉进海底啦？"

"不对。我们的楼船是掉进天渊去啦！"

"咋整？回不了地面、回不了家乡——完啦！"

"中原人看到海啦！"楼船的舵楼上。大秦兵士们说着，透出异常的兴奋。

"大海也期盼着见到山里的中原人。"罗阿公说。

"为何？"赵佗问。

罗阿公道："当年越人先祖，并不仅限在岭南、南海。在岭北曾居至长江东海之洲。吴、越相争之后，楚灭越国，岭北的越人才东退闽越，也有从海上返回岭南的。楚人为沟通百越，在湘水长沙之地建有越城越人街。易商易货的楚人、越人，车水马龙。我年年都去楚地的越人街。小楼船装着换来的稻米、油盐、布帛、铁器。后来楚国也在岭南白云山下设立了楚庭，易商、易货。湘楚百越、中原岭南，相依相养，互通互惠。也是百余年和合相安的啦。"

（史话纪言：史上白云山下，筑有石牌楼长街“楚庭”——商易、储货市场。车船人流不断，甚是红火。今犹存石雕横额遗迹。）

罗阿公：“那时中原人年年有进白云山下楚庭石牌商街易货行商的，每每将船漂至我南海之滨，入我九龙岛渔港，来铜锣湾地，换我的铜锣、铜鼓，经这崖珠十字门水道，入崖珠渔港，再回西江楚城，经番山、禺山进北江，东行则入东江达越东霍氏龙峰之地，北出韶关，转马帮过庾岭归湘楚，再乘潇水则过长沙、入洞庭。这是南中国先祖遗承的经络灵脉。自从秦扫六合，发兵岭南的消息一出，则越城废止，楚庭荒芜。人烟云散、古道阻塞……”

秦人们仿佛看到消散的人群，空荡荡的越人街、石牌、商城，逃散的车船，荒芜废弃了的楚庭、梅关、古道……

罗阿公又道：“灵脉阻断，经络不通。百越觳觫，人心惶惶。岭南本是无一兵一卒之地，百越乃部族生息之乡。何以会招来大军屠戮之祸？天杀罪者，无罪者天不该杀呀！赵将军，你来啦，真是天赐百越的太平将军啦！”

赵佗：“罗阿公，顺天意即顺民心。民心亦是天心。为将者，当为天地立民心，为万代开太平。这也是大秦始皇帝一统江山的心仪大略。末将只是凭感悟行之而已。岂敢贪天之功？”

罗阿公：“将军真乃天将也。”

赵佗：“罗阿公与灵谷大师当仁不让。”

罗阿公：“老夫不敢当。灵谷乃大智者。在下只不过是个铜铁匠师、行陆海商贾之道而已。受灵谷大师的信赖和委派，关心百越乡里市井之情而已。”

赵佗：“这对灵谷大师倒是个填补。”

罗阿公：“不敢。实不相瞒，越人里还有好多心存疑虑者，深恐将军以商旅之行，探询桀骏的踪影，意在诱捕、追之、杀之——”

赵佗：“桀骏已远入西越万千大山中隐遁，赵佗何故会在西江上下南行、北去、东走，岂非缘木而求鱼？”

罗阿公：“将军固然言之有理。可是……”

赵佗：“东江之战乃是一场误杀。况且背后有因。只要桀骏不再袭击秦军。不再与大秦为敌，赵佗绝不再言‘追杀’二字。他若回头现身，赵佗会送他回龙昆山寨重归部落长之位。”

罗阿公：“好样的将军！”

赵佗：“本将此行是灵谷大师指引，意在经这南海崖珠十字门水道，走番山、禺山，入东江达越东霍氏龙峰之地；一商一易，给越人伤亡者家人送些抚慰。”

罗阿公：“百越得福啦！”

赵佗：“请罗阿公再行指点。”

罗阿公：“只是，眼下这前方就要到达的十字门崖珠部落……”

赵佗："罗阿公请讲。"

大海。蓝天。

楼船行驶在蓝成一体的天海之中。

罗阿公："香山崖珠部落乃南海大族，人称海族。崖珠之海藏有日月之贝，是从神奇的雷公岛下的北海神湾过来的日月神仔，携带着澳门神珠，日夜常光。海族人又谓安阳部落，以猎鲨、捕鳇著称。现今崖珠山庄长老有一女儿，名叫奉珠，自称安阳公主。族人们就叫她山庄公主、庄公主。她善制巨弓利箭，十里之遥可射猎鳇、鲨；射杀敌者，则一箭十镞，十镞十杀。此女虽然相貌靓丽，却是野蛮奔放的主儿。将军，部将需小心行事。"

赵佗："谢罗阿公提醒。赵佗记下了。"

楼船远去。

（史话纪言：崖珠山指古之大香山，今中山、珠海、香州陆海，为百越海族部落生息圣地。留有宝镜湾祭海摩崖岩画。古迹遗存至今。）

2

江海岸边。安阳崖珠山畔。

崖珠庄公主的半山竹寮营寨。

庄公主奉珠正在和那位远来的神巫见面。

那位戴着怪笑傩巫面具的神巫长老正敲着单皮太平鼓，且哼且舞地为庄公主跳着巫神舞。

神巫："公主，你有喜事开怀。"

庄公主："我不信。你不是说秦军来，有大灾吗？他们杀人也算喜事吗？"

神巫："那是头一拨秦军干的。这次楼船将军来了。本神者只是给你个消息。崖珠是否有灾，公主你都是灾中有喜。"

庄公主："会有这等事？"

神巫："不可不信——贵客来了！"

庄公主："瞎说。讨我高兴？"

侍者海妹进来。

海妹："庄公主。有人求见。"

庄公主："什么人？我正和远方的大师神者说话呢。"

海妹："她称自己是二庄主。"

"大师要我来为公主解惑的啦。"随着话音步入大堂的是二秀。

"哟，这不是人人都想着的二秀姑娘吗？"庄公主高兴地嚷叫起来，"听说你云游他乡，不在百越啦。阿妹是舍不得我还是想我啦？在我这儿冒出来一定是有惊天动地的大事情。过来坐。快说给我听听。”

神巫：“刚刚在下为公主算定，她有喜事开怀贵人来。您就来啦。”

二秀：“看来长老真是百断百灵。您真的是在前边来等着我的。”

神巫：“从不食言。也会有跟在后头的时候。”

庄公主对侍女说：“海妹，拿米酒、烤肉、龙虾来，犒劳大师。”

海妹：“酒肉都备齐了。”海妹转身接过身后女仆托着的食盘，递到神巫长老面前。

海妹与神巫目光相碰，如同一丝电火相撞，对视了一瞬。

“哦，谢公主。在下游走为命，只求素食一箪，酒水倒可当山泉解渴。”神巫接了酒肉，又问，“庄公主，请原谅在下多嘴。敢问这位小靓女她……”

庄公主：“她呀，叫海妹，是我的使唤丫头。三年前南十字澳发生过一场海盗船的抢劫。是我从附近海岛上把她捡回来的。说不清是哪个部落的人，听不懂她的话。这一年多来跟着说岭南话，说得马马虎虎。就是人特聪明，还……”

神巫：“在下知道了，谢谢。”他转而对海妹说：“恭喜这位小美女，你的好运该来了。”

神巫吃着肉，饮过酒，走了。

海妹盯着他的背影。

庄公主：“海妹，神巫长老好像认识你！”

海妹目不转睛地盯着，好一会儿才说一句话：“也许是……我好像在哪里见过这位长老。”

……

庄公主：“二秀，快点给我说明白了吧。急坏我了！”

二秀：“急啥呀，庄主朝思暮想的如意郎君他找上门来啦！”

庄公主：“在哪？快带我去见见他、瞧瞧他。”

二秀：“就在江边的楼船上——秦兵！”

庄公主：“少吓唬我。你哥哥梅旌回来啦？”

二秀：“美得你。你不是说，他久在秦地当兵不归，你就想换换口味吗？”

庄公主：“鬼丫头，替你哥哥来试探我？”

二秀：“不。倒是你可以试探秦兵秦将。”

庄公主：“此话怎讲？”

二秀：“我从九嶷山到西越灵川神庙，一直到平灭骷髅王的乌胥山，一路上跟秦军打了几回交道啦。中原的男人好色，都好色。尤其秦军的军官们，见了女的就想……”

庄公主：“男人都那样。你哥不也是吗？我正想试试，秦兵也不怕，只要是男的，得真是个人模人样的，我就立马把他接过来。若是个丑八怪呀，我就连你带他一块绑在大长箭上，用八人大弓，射到山那面的大海里去！”

二秀：“别说大话。”

庄公主:“少说废话。快给我拿来!”

二秀:“他们可不是来提亲的,是上来追杀霸占岭南的。你得按我说的办,他自个儿就会来。”

二秀与庄公主窃窃私语了一阵。

庄公主:“真的?这个他……可能是谁呢?”

二秀:“船上有越公子、有赵佗。肯定是有头有脸的一位。不会是小兵伢子。”

庄公主:“我就听你这一回!不过我这儿等着秦军的,还是杀人的刀剑、长弓。”

崖珠山。面对江海的崖畔上。

那一片平石台上,布列着细长树干弯制的巨型弩箭,朝向东、西、南、北、中五个方位,排列成五瓣花的形状。每座箭台后,持镞而立者一人;拉弓发箭者八人,全是崖珠山女性。个个半裸胴体,肌肤光润如雨后棕榈,别有一番秀媚英爽的风姿气韵。

庄公主与二秀走上山来。

庄公主:“你不能离开我这里。”

二秀:“我要快些去看阿郎的。”

庄公主:“他们躲在山里,生人找不到的。”

二秀:“我是生人吗?”

庄公主:“我知你是山里通。你也用不着忙。只要我对天发出一支带火的响箭。阿郎的西越部落联盟就知道秦军来啦。”

二秀:“若是山贼来了呢?”

庄公主:“发两支火箭。”

二秀:“若是海盗来了呢?”

庄公主:“发三支火箭。”

二秀:“秦军箭数最少——一箭。”

庄公主:“多了也没用。崖珠人都逃到禺山外的南海,准备着陆上岸,躲秦兵去啦。放多少带火的响箭,也是谁都听不到。”

二秀:“瞧,江上露出船影儿了。”

庄公主:“靓女们给我听好了。中箭冲天射火——东箭装五个箭镞。待会儿楼船到了,等我的口令!听懂没有?”

“听懂啦!”崖珠的靓女射手们齐声应着。

楼船上。

赵佗的铜锣号楼船乘风行走中。

忽见苍茫大海的近处,有一黛山迎在面前。

旋即山风呼啸、海风相迎，大浪急撞岩礁，发出一阵阵叮叮咚咚震彻天宇的奇妙声音。有如天琴、海乐、山吼、风语。

士兵们与赵佗只顾静听不语，仿佛痴入魔门幽梦之境。

“这就是南海十字门四岛之一，有名的横琴岛。”罗阿公的声音响起。

海风掀起浓雾的瞬间，果然见那黛山叠翠的大岛，横卧在眼前，恰似一柄巨大的神奇古琴。

“啊，横着的琴，横琴，横琴海岛！”

横琴岛。

那风海、山峦之间发出的阵阵天籁之音，令北方来的士兵们沉浸在惊讶不已中。又见远处阴霾下，岛间的海光处突然闪射出一片火焰似的艳丽红光，随云风动，摇曳如幻。更令人如梦如痴，惊叹不已。

罗阿公：“十字门。这就是十字门。万年巨大的神珠神贝铺满了海底。白天发出红光，夜里、风暴里会发出银亮的光，是航海人和渔家救命的航灯啦！”

“哇！海的珠、珠的海！”众士兵在呼喊。

楼船临近崖珠岸边。

楼船靠岸。

（史话纪言：大横琴、小横琴、陆岛、氹仔四岛组成十字形海域。史话称十字门。周围海域开阔，平亮如镜。有濠镜澳之俗称。与十字门相依，加之日月贝之海珠传说，方有澳门、珠海之称谓传之古今。）

崖珠箭台上。

庄公主的女箭手们正瞄准着楼船上的秦军。

赵佗的楼船刚刚靠岸。

赵多的锣鼓家什就敲敲打打地奏响了。笙也吹起来了。

过去了好一会儿，崖珠山下依然是一片寂静。不见一个人影儿出来。

船上的锣鼓笙都停下来。人们在警惕地观察着四周的动静。

突然“嗖”一声一支长箭射来，“咔嚓”一声霹雳般巨响。楼船桅杆上的“秦”字大旗应声断落。

全船兵士大惊失色。

郑武立即跑上舵楼，问请赵佗：“将军，是否下船应战？”

赵佗抬手止之说：“少安毋躁。静观其变。”

之后，崖珠海域四周真的就静下来。既无人迹可闻，亦无鸡犬之声，连风声也悄悄地隐退了。

越秀从后舵杆处走过来。

“将军勿动。”越秀说，“全员在船上歇息，我下船去寻找崖珠长老。”

赵佗："越秀，崖珠长老鸣火箭，射落我桅杆，是何用意？"
越秀："这是崖珠庄公主干的——一帮女射手。将军千万别急，等我消息。"
赵佗："越秀，我与你同行。"
越秀："不可。有阿郎的西越联盟在这边，这水深水浅一时难以说明白。"
赵多："将军，在下愿、愿随越公子前、前往。"
赵佗："也好，照应好越秀，遇事多听她的，都不准对越人动武。"
赵多："小的记下了。"
越秀："将军何时行动，谨听罗阿公的。将军，越秀去了。"
赵佗："我也会下船到岸上。我会在山里边转一转以便接应你。"
山畔上。山梁上正行走着神巫。
他飘散的白发银须，黑麻布衣衫被山林杂木刮得凌乱。
他背着傩面、神具，引领着黑狗山豹。
他口里嘟哝着："山豹，你慢点。山豹，你慢、慢点……"

小心翼翼在寨街行走的越公子、赵多。他们一前一后，东张西望地探寻着走过来。
她轻轻推开一户竹楼人家的木板门扇。
院子里、竹楼里是空空的、静静的。
他们又行走在越人的街区，试探地步入越人的一户户竹寮。
崖珠山庄空空的，死一般寂静。
崖珠的山林里。
朝海的山洞口外。老树、藤萝天然攀架起的浓荫下。
这里是阿郎和他的西越联盟部下头领们的驻地。
那位戴着怪笑傩面具的神巫，又在敲单皮太平鼓，且哼且舞地为阿郎跳着巫神舞。他灌了一大口越家米酒，喷到一架半燃着的篝火堆上，"噗"地燃起一团烈火。
神巫："盟主，你有大难临头啦……"
阿郎："……"
神巫："秦军在苍梧之地留守了赵光的一股兵马，设下了埋伏。又发来一楼船的步骑兵队。"
阿郎："……"
神巫："追赶你，桀骏的部下阿郎。"
阿郎一阵惊怵。
阿郎："秦军进苍梧之山我在那儿，没见烧杀动武。"
神巫："秦军横暴，激起过百越的仇恨。一下子死了十万兵马，他还会乱杀无辜吗？冤有头，债有主，你这等盟主、头领必是他们追杀的目标。秦军来到崖珠山下啦，大公！"

阿郎："啥叫大公，我算什么大公？"
神巫："因为要捉拿你，就给你提了爵位。小百姓也逃不掉。瞧，有人来寻你追杀。也有人来为你报信……"

二秀刚好出现在阿郎的面前。
阿郎："二妹，怎么会是你？"
二秀："不是我，会是谁？大秀，还是玉娘姐姐？"
阿郎："不，不。只有我的二妹妹才真正关心我。"
二秀："算你说了句良心话。玉娘姐姐被秦军护着，还不是为引出桀骏部落长留做诱饵？大秀哪，已为秦将赵佗做了向导。她只能引来秦军。"
阿郎："不。越秀不会是这样的。不会的！"
二秀："我的傻哥哥。你不信？走着瞧吧。"
阿郎："这位神使说……"
二秀："我听到了，也看到了。"
阿郎："你可看得清楚？"
二秀："不会有错。马丁他们走了我才回苍梧山的。赵光确实有百人骑队留守在苍梧山里。不会是马丁的人。"
阿郎："真的是设下伏兵、陷阱，等在那捉拿桀骏和我的人马吗？"
二秀："除此之外还能有什么别的勾当吗？赵佗的楼船已经停在了崖珠部落的岸边，就要找上门来啦！"
阿郎惊怵地一抖。大叫："阿仔！你快去打探清楚。要格外小心。"
阿仔："明白！"

空空的山寨子。街心空荡。
越公子、赵多走过来。
越秀几次拉住赵多，绕过了越人设下的翻板和陷阱。
赵多又被村中的老树神坛、黄铜锣鼓所吸引，登上坛去。
越秀一个人走入了庄街尽头的峡谷。
她正欲回身去寻找。
神坛上的赵多正模拟拜神、双手合十，却一脚踏落了地陷的翻板，跌进深深的地道，被守在下边的几个女箭手捉了，缚住双手。
赵多故不反抗。
女箭手们用黑布蒙了他的眼睛带走。
庄公主的高大竹寮里。
赵多被女人们押进来。
庄公主："海妹，替我解开他的黑布。"
海妹："咳。"她解开了赵多蒙眼的黑布，赵多滑稽可笑的面孔现出了。

他细看了一圈极富神采的海妹，又见了庄公主那艳惊人心的样貌。“嘻嘻……”他只顾笑，脸却苦得变了形，“女的。全是女的，嘿嘿嘿……”

庄公主走近他，一阵端详，立即扫兴：“什么大秦男子汉，丑八怪！丑八怪！放啦、放啦。快送他滚蛋……”

赵多：“哎哎哎——别呀。我还没待够呢。你还没问我姓氏、哪里人氏、贵庚几何、官居几等、武功门派、有否娶妻生子……”

庄公主：“得得得，这位爷，果然是个色鬼。我可不想再多看你一眼。”

赵多：“有那么邪乎吗？你不就是什么、什么‘脏、公、猪’吗？我见过的漂亮女人多啦。她们都说我赵多相貌奇特……”

庄公主：“你是谁？赵佗？”

赵多：“当然，俺就是赵多。立不更名坐不改姓，真的假不了。”

庄公主：“赵佗——大秦的副帅、少将军，就这模样？”

赵多：“这模样咋啦？打起仗来万夫难挡，疼起老婆来痴心病狂。我赵多一定叫你心花怒放。”

庄公主：“这个家伙嘴巴不老实。什么狗将军，靓女们给我收拾他！”

女箭手们上前撕扯他。揪耳朵的、踢打的……

女箭手们在取乐、打闹。

赵多在胡乱嚷叫着，令庄公主笑得前仰后合。

赵多实在挨不过了，一个鲤鱼打挺，纵身跃上了大堂的房梁。

庄公主和女箭手们，都惊讶地怔在那儿。

庄公主：“看不出你还真有两下子。下来！把他关进石洞里去。”

赵多：“不。我不下去。嘻嘻，我不下去！”

庄公主：“海妹，拿箭来！”

女箭手海妹张弓搭箭瞄住他。

赵多：“哎哎哎，别射别射！我下来啦，我下来啦——”他嚷叫间又一个纵身蹿出了大堂的窗子，滚落进崖下，不见了踪影。

女人们欲追。

庄公主止之：“算了吧！活该他掉进那地道井，可没有现在这么舒服！”

逃出大堂的赵多，得意扬扬地行走在崖畔上。

“扑哧”一声，他落进一道深深的陷阱里。随即里边咕咚一声响，水花溅出井口。

赵多在井下乱喊乱叫着。

越公子在寻觅赵多。

在神台的石阶下，突然蹿出四个女箭手，绑了越公子，也用黑布蒙了她的眼睛，拉着就走。

后崖。山洞口。

阿仔跑回来，急切地嚷叫着："阿郎哥，秦兵的大楼船停在岸上。奸细都摸进了崖珠庄主的大堂啦！是赵佗亲自来的啦！"

阿郎大惊："啊？赵佗……"

阿仔："不过、不过……让女箭手们给捉了。"

阿郎："拿剑来。阿山、阿根，拉十人敢死队，跟我摸过去。听我的，见机行事。"

"系！"阿山、阿根应了。

阿郎率他的越人敢死队全副武装，奔向崖珠庄主的山畔。

越公子被捉进了崖珠庄主的大堂里。

她的蒙眼黑布被海妹给打开。

一个英俊的越人男儿身形出现在众女人的眼前。

鸦雀无声。

庄公主大为惊喜。

她走近越公子，前后左右绕着圈地品视他。

庄公主："这个还真不错。不过，你是越人，不是秦军。"

海妹："庄公主，别忘了，这满船的秦兵都是化了装的。"

庄公主："我差点给忘啦。可是，中原的男人里头，也有这么秀气的男子吗？"

她走上前去，一把摘下越公子的帽子。越公子散落出一团瀑流状的乌黑秀发。

"哇——"满大堂的越女们一阵齐声惊叫。

"啊？女、女的？"庄公主又惊又气。她围着越秀转了三圈。

"你、你到底是谁？你是什么人，敢来这崖珠山上欺骗我。你说、你说……"

越秀："……"

庄公主："说。快说话！不说真话，我就射发长箭，把你射到山那面的大海里去！"

越秀讲了一句越语："美女，你是崖珠庄公主，我识得你。你不识得我……"

庄公主："百越人？"

众人惊讶。

阿郎等闯进了大堂。

阿郎大为吃惊地："阿秀？果然是你！"

越秀："阿郎，我是来找你的呀！"

阿郎："来找我？带着秦兵来找我！引领着赵佗来抓我！没错吧。大秀。我阿郎来啦。你让赵佗来吧。你让他来抓我，就先跟我拼个死活吧！"

越秀："阿郎……"

庄公主："原来是越人里的奸细，绑了，发箭！"

阿郎："庄公主别急。要她先把赵佗领出来。"

庄公主："赵佗？用不着她领啦。已经在我的手上！海妹，叫她们把那个叫赵佗的家伙带上来！"

海妹："是。"

崖畔的水陷阱。

女箭手们拉上浑身湿淋淋的赵多。

赵多冷得发抖，有意在石峡上来回跑跳蹦跶。

"快。美女们，给赵哥哥换一身干爽的衣衫来！快、快，哥哥我冷得要死啦！美女们，哥哥我冷得要死啦！美女们、妹子们……"

女仆们的后房竹楼里。

海妹从竹墙的壁笼里翻出几件上衣、下裤，抛给落汤鸡赵多。

海妹："快换掉你那身皮！"她与姑娘们走出房间，关紧了门。

赵多颤抖地脱着湿衣服："不兴偷、偷着看啊。长这么大，刀枪不怕，就怕女、女人偷、偷着看。走开、走开，窗外的女的全走开！"

海妹走进庄主的大堂里。

庄公主："海妹，赵佗呢？"

海妹掩嘴一笑："就来了。"

庄公主又围着越秀转了一圈："美女们别傻看着啦。海妹，把这个奸细越女押进关海盗的牢穴里！"

海妹："系。"

庄公主："看她姿色不错。留着，挑一个部落里最丑的男人娶了她！"

女仆们："是！"

阿郎："等等。让她辨识一下赵佗。"

一身越人艳丽女装的赵多出现在大堂里——那样子着实有些可笑。

周边的越女们强忍着笑意。

而阿郎和女庄主却惊愕。

越秀一时哭笑不得。

赵多叫苦不迭："哎哟，庄公主，真不好意思，我的越秀大妹子，你要是再晚来一步，赵哥我的小命就没啦。这是何苦呢？"

阿郎揪起赵多的领子："你说你是赵佗？哦？"

赵多："我是赵多咋啦？真的假不了。"

阿郎："大秦将军就你这德行？"

赵多："咋啦？这德行比你差多少？你是谁？没名没姓咋的？"

阿郎："我是谁？我就是杀过你秦军十万、龙昆部落大首领桀骏的部下阿郎。"

赵多大叫了一声："啊？冤家的路真的就这么窄？"

阿郎："天底下的道宽得很，是你赵佗不走。"

赵多："那你想、你想怎样？"

阿郎："今天我不要你兵马十万。咱俩一对一！"

赵多："干吗？喝酒？"

阿郎："别做梦！拼杀比武。"

赵多装熊："嘻嘻、嘻嘻！那可不行，我只敢比杀鸡宰猪，没杀过人。"

越秀："阿郎，别胡闹啦。他不是赵佗。他是火头军赵多，为将军烧火做饭的。"

阿郎出剑架住他的脖子："想隐藏身份？不敢对决？晚啦，出剑！"

赵多："嘻嘻。在下没带剑。压根儿没想跟人对剑——"

阿郎："谁信你鬼话？出招儿！"

说话间阿郎那逼人的长剑就已经刺了过来。赵多只好一旋身子闪开。阿郎的剑又拦腰横扫过来。

赵多一个黑鱼卧水，就势双腿扫堂，想将阿郎扫翻。阿郎见势闪出十步之外，一个迂回又仗剑劈来。

赵多滚过剑锋，倒着腾跃起一阵轻身龙卷，旋出了阿郎的剑锋圈。好一个漂亮的乌龙搅尾，那丑八怪似的中原人赵多，竟然神通惊人地跃出了大堂窗外，令人刮目相看，更令周围的越女们啧啧赞许。

阿郎盯着他窗外的滑稽影子，气恼地飞身追了出去。

隐身窗外的二秀得意地观看这一幕幕。

她抽身暗笑，悄悄地走了。

崖珠山野。

阿郎追逐着赵多。

二人在山崖上下盘腾激战。

赵多使出的依然是他的顽皮空手道。他顽皮笑闹，戏耍应对着阿郎的剑逼追赶。惹得阿郎一阵阵火气难抑。诱得阿郎剑剑出手失误，直至击石断剑，无法再战。

他还是跃身追下山峡。

半途中赵多几个闪跃，不见了踪影。阿郎在峡谷中左右盘绕寻觅着。

死寂的山谷。

阿郎站立在一道崖石上，四下寻望着。

崖珠山寨的方向突然升腾起一道道浓烟。

"不好，部落着火了！"阿郎跳下岩石回身向山寨的方向奔跑。

崖珠的部落山寨里。

一伙秦军铠甲装束的骑兵马队打着“秦”字军旗，在山庄里手举火把放火。

放火的骑兵奔驰着大叫：“秦军放火喽！赵佗放火喽！”

楼船上。

中军郑武发现火光：“百夫长！有贼人冒秦兵旗号放火烧山庄，尔等快前去救火擒敌！”

百夫长：“得令。箭手守好楼船。百骑队上岸救火。看准贼人。杀！”

百骑队下船，奔入火场扑火。

郑武带一股小骑队追杀假“秦”字军。

郑武的越装秦兵与“秦”字旗下的铠甲“秦兵”在崖下谷地里展开了激战。

小股铠甲“秦军”逃遁。郑武领军追杀而去。

山谷里奔跑中的阿郎。

寨子里的烟尘滚滚。他大汗淋漓。

意外来临。十数人的一股“秦军”铠甲骑队拦住前路，包围了阿郎。来者如狼似虎，手段凶狠，蓦然间出剑杀向阿郎。

阿郎只有躲避之力，眼看着就要被杀、被擒。

危在旦夕的瞬间，一身越人装束的猛男，飞步赤手夺剑而来，如一阵风雨雷霆般横扫，击散了“秦军”小队，救下了阿郎。

那猛男正是越人装束的赵佗。

“秦军”小队逃散而去。

山谷。恩公。都是影子。

3

阿郎在迷离之中遇救，拱手作揖，感谢这位不知名的恩公。

“请问恩公大名？”阿郎俯首垂眉，但细瞄着赵佗的轩昂体魄。

“我知你是谁——阿郎。”赵佗说，“你无须问我是谁。你只需问清放火、围杀你和部落山庄的是什么人。”

赵多也半路折回来。他擒了落马的“秦兵”梅旌。

赵佗把被擒的梅旌提过来：“阿郎，记准了这个人。梅旌，我料定你会是他们的同伙。阿郎，你我一道来审问他，自会知晓一切。”

阿郎一惊：“梅旌？怎么会是你？”

石后。

隐身石后的二秀，把这一幕看在眼里，她气鼓鼓地策马疾走了。

山谷的恩公。

赵佗："阿郎，火已经被熄了，领着你的随身人马，到崖珠部落山庄的神坛上来。我会把这一切给你和崖珠庄主说个明白。"

阿郎："恩公，阿郎恳请现在就把这梅旌交我送给崖珠庄主。"

赵佗："也好。"

赵多："但要我赵多押解同行。"

阿郎盯了他一眼："看在恩公相救的分上，我才放过你这个叫赵佗的家伙。可是，在下不会与你同行。"

赵佗："不必啦，赵多。还是按阿郎说的做。不过你要提防，看清楚，领梅旌前来打杀放火的又是谁。"

阿郎："在下不会放过一个杀手。"

赵佗："阿郎。你要劝解庄主，把越秀姑娘还给我。我追拿了纵火人就要见到她。"

阿郎："到了神坛上也许会有结果。"

山峡路上。马背上的梅旌不断地哼叫着恳求松绑。

阿郎不肯为梅旌松绑，反倒策马挥鞭，让战马一溜小颠小跑向山坡上走。阿郎跟在马后没有好气地挥鞭打马。

阿郎的脸色如一团阴云。

山峡路口。

赵多："将军，干吗把梅旌交给阿郎?"

赵佗："是马丁的人在作怪。他必定要来解救梅旌。这个人一出来，此间的谜团就已破解一半。"

赵多："他要是不来救呢?"

赵佗："我们就合审梅旌。发小队兵马巡走山林，追缴马丁。"

赵多："当初就不该放了他。以后的日子麻烦大啦。"

赵佗："他只不过是一只风筝，郑武会抓到他，而我要找的是操线的人。你我速回山庄，分头寻找越秀的下落。一袋烟之后，老树神坛上会合。"

赵多："是，将军。"

山梁上。

阿郎赶着驮着梅旌的马行走在山梁上。

石畔后闪出一骑拦住其去路——马背上正是二秀。

双方对视着站立在那里，一时不知如何开口说话。

阿郎："小妹，围杀我的秦军里有你哥。二秀，你、你真的不知情吗?"

二秀："阿郎，放了我哥。我会把生事的凶手马丁抓来给你处置。"

阿郎："放了梅旌？我可不想再跟你玩游戏。要是你真心，就去把马丁抓来给我看！”

二秀：“阿郎，你信不过我二秀？那好办。把梅旌交给庄公主。你我一同去追找马丁，抓了他，杀了他这个不仁不义、撒谎骗人的东西！行吧？”

阿郎：“不行。现在我谁都不信。马丁、梅旌，本是他们找我阿郎，要结成杀秦的伙伴。秦军的楼船来了，他却来围杀我。他们是敌还是友？把人搞糊涂啦。还是那句话，你要有真心，就去抓马丁！”

“马丁是个浑水摸鱼的家伙。不是人，不是人……”梅旌哼叫着。

“哥，你等着，我不会让马丁得逞！”二秀打马一阵风似的，飞下山去。

崖珠部落的山庄里。

楼船上下来的越装秦兵、阿郎联盟的百十号男丁们在扑灭山庄的火。

几间竹寮、木楼的院街，空气中飘来一阵阵残烟。

庄公主、海妹和女箭手们，脸色阴沉地面对着这场灾难。

女人们满怀伤感地离开街区，步回了庄主的大堂。

烈火烧心的阿郎。

阿郎赶过来。他把马背上的梅旌抓起抛在大堂门外的草地上。

阿郎疾步闯进大堂。

阿郎走近庄公主：“庄公主。这、这到底是谁干的呀？”

庄公主：“秦军。他们口里都高声喊叫着‘赵佗、赵佗……’。”

“秦军！赵佗……果然是秦军、赵佗！”阿郎提起手中的马鞭，一步走到门外，疯狂地抽打被推倒在地上的梅旌。

“秦军、赵佗！果然你们是同伙！是骗杀百越的同伙！秦军、赵佗！秦军、赵佗……”

阿郎口中吼叫怒骂着。

庄公主：“阿郎，打他何用？那个人是谁？”

阿郎：“还有谁？你的心上人！”

庄公主：“谁？住手、住手。过来我看看。啊，梅、梅旌？怎么会是你？”

被推倒在地上的梅旌把头埋进草堆里。

庄公主：“阿郎，把他给我提进来！”

阿郎拉起梅旌颓丧地进了大堂。

梅旌：“庄公主，阿珠，阿哥对、对不住你……”

庄公主：“你、你、你真的是放火的秦军？”

梅旌：“珠妹子啊，哥我……一言难尽啦。”

庄公主：“我就问你，这火是不是你放的？”

梅旌：“是。不、不、不……是一小队秦、秦军干的……”

庄公主：“是你说要做我的夫君。是你说跟随梅涓将军去楚地，做了中军尉之后，回崖珠山庄与我成亲。我等了你三年了。只以为你在东江秦越之战里，随屠睢十万秦军一道阵亡了。在这大堂的房梁正下方，我爹为你设了牌位。可是想不到你活着，回来了。更想不到你领秦军烧了我们的新房。你——”

梅旌：“妹子啊，哥不是你想的那样。哥之所以肯跟回来，就是为了见你呀！”

庄公主：“不想听你编故事。阿郎！”

阿郎：“在。”

庄公主：“把他拖到猎狗场去喂狗。”

阿郎：“好！庄公主，那猎狗都是他的朋友，怕是……”

庄公主：“那把他送到骷髅山，让乌胥人砍他的脑壳祭天神！”

阿郎：“对！庄公主，可是，骷髅王刚被赵佗平灭啦！”

庄公主：“这……”

阿郎：“不如先把他晾在大太阳底下，让太阳烤焦了他。”

庄公主：“随你吧。反正我不要再见到他！不要，再也不要！”

阿郎示意。手下把梅旌押出大堂。

阿郎：“庄公主，这回秦军可是无法赖账啦！”

庄公主：“把赵佗抓回来，把赵佗抓回来，才算你有本事。”

阿郎：“庄公主。您亲眼见的，我俩一直拼杀。我就是没法相信他真的会是那少将军赵佗，才让那兔崽子逃掉了！在下这就去抓他！”阿郎回身大叫：“来人！”

阿郎西越部落联盟的八位头领一拥而到。

阿郎急风暴雨式地指派：“老山、九真、南蒲、白蕉！”

老山、九真、南蒲、白蕉先后应着：“在！”

门外的赵佗。

赵佗从地道洞口走出来。

他走近庄主竹楼的大堂门口，停了下来。

他在门口看着大堂里的一切。

庄主的大堂内。

阿郎：“老山、九真，你们各带十个好箭手，搜遍庄前崖后。把那个穿女装的赵佗给我们的庄公主抓来！”

“明白！”老山、九真齐声应着。

“少咋呼。我要的可不是他！不想再见他！”庄公主忍不住叫了起来。

老山：“这就好办啦。庄公主不要他，我们就杀了他！”

阿郎：“庄公主也即刻下令发射箭弩，射毁秦军的楼船！”

九真：“对。杀将报仇，干个痛快！”

南蒲、白蕉："走。杀他个痛快呀！"

"走啊！"

"杀呀！"

"放箭啦！"

"慢——"陌生人的一声猛喝，令全场鸦雀无声。

猛喝一声、震息狂飙的人，正是已经站立门首有一会儿的赵佗。

怒气涌动的男人、女人们，愕然地望着他。

阿郎一时也怔在那。

"我——就是赵佗。"赵佗平静地说道，"在下正是诸位说的秦军赵佗。要抓、要绑、要杀、要砍，都不劳大家费事。我来啦！"

一席话仿佛凝住了大堂的空气——男男女女们呆了，傻了。

庄公主仿佛陷入梦境，品视着赵佗。

寂静过后。

阿郎一直怔在那。

又寂静了好一阵子。

阿郎醒过神来："哎哎哎，恩公。你犯的哪门子傻呀？干吗要替那小子背黑锅？就算你真的活够了，也没理由替他去死呀。他、他赵佗是个什么东西！他不男不女那副狗儿不如的样子……"

这工夫，身着女人红袄的赵多蹿了进来。

"哎哎哎——"赵多呼喊着，"别骂人呀。当着张三骂李四，冲着将军骂赵多，此乃小人之道也！赵多我回来啦，有啥不痛快的话冲着在下骂，可以让你骂个痛快！"

赵佗："赵多，百越陌生人前，不可言行无稽、无理取闹！"

赵多急忙跪下："是，将军。赵多知错，赵多知错。"

这一意外情景，让在场者为之大怔。

阿郎走近赵多："哎，赵佗，你说真话，他，到底是谁？"

赵多小声道："他是我的将军，赵佗呀！"

阿郎："那你就不是赵佗了？"

赵多："俺当然是赵多——多了。俺本来就是赵多嘛。俺爹妈生俺六个哥，俺是第七个，取名老多。多多多，将军是立人佗，在下是多少的多……"

阿郎："什么多多脱脱、立人立狗的啦，搞糊涂我啦。反正他才是赵将军，你不是那个赵将军。对吧？"

赵多："本来就没错！是你把我给搞错啦！"

阿郎："赵佗，看在你是我恩公的分上，阿郎我要以岭南人的礼节问您一句。"

赵佗："阿郎请讲。"

阿郎："山寨的火是不是你秦军放的？"

赵佗："你说呢？"

阿郎："当然，你可以说起火的时候你和我在一起。可是这不能说这罪孽不是你秦军所为。"

赵佗："赵多。"

赵多："将军。"

赵佗："带梅旌。"

赵多："我已把他拎来了。"

赵佗："梅旌！你可知罪？"

梅旌："将军在上。小的梅旌知罪。"

赵佗："你本百越族人。念你随梅涓将军入秦军效命国家，又遭东江之战，几经磨难、幸存活命，委实不易。为此你随同马丁等另行图谋，几番诡计、多次设陷，本将军都宽宥你，意在给你改邪归正之机。如今又来行离间害民之计，你必如实招来。方可饶你不死！"

梅旌："将军，小的梅旌一定句句如实说来呀！将军，这火是马丁放的，劫杀阿郎也是马丁的毒计。阿郎、庄公主，马丁一伙人马，本是屠睢残散的苟活部下，早已被将军遣散回乡。马丁已不是秦军。他要嫁祸将军、栽赃百越。再酿秦越东江仇杀的惨剧。"

赵佗："还有呢？如实说。"

梅旌："我说、我说……"

山峡里。

正在逃命的马丁小股骑队。

追击中的郑武小股骑队。

郑武追到山峡转弯处勒马停下来，命令骑队道："收兵回营。"

百夫长："中军大人，为何收兵？"

郑武："将军有言，马丁不过是只风筝，瞄准了他的影子放过一马，才好捉出他的操线人。"

百夫长颔首。郑武骑队调转马头驰行。

又一道山湾子里。

二秀骑马立在山口处。

逃来的马丁小股骑队驰来。临近了。

二秀怒目盯着马丁。

马丁在马背上喘息着："二小姐，你果然在这里！"

二秀："姑娘我要亲眼看看你怎么撒谎、如何骗人、怎么耍鬼把戏！"

马丁："扯远啦，姑奶奶。快走吧，郑武的马队追来啦！我从来不骗你。"

二秀："马丁我问你。你讲好了回内良的，我盯着你领骑队回内良，怎么又来崖珠偷袭我海族?”

马丁:“偷袭是假，攻秦才是真。小姐常说的，兵不厌诈。况且又是大公子吴央的事先安排。”

二秀:“你烧毁了村街，把我哥送给了赵佗。庄公主和阿郎都归顺了赵佗。整个西江、南海全是秦军赵佗的了。你还不和吴央一道滚蛋!”

马丁:“不，小姐，太阳还没到落山的时候，鹿死谁手，有待分晓!”

二秀:“那你就快滚。我要去救哥哥。”

马丁:“你以为你是谁呀?你是吴央的同伙、马丁的帮凶。你入伙望风、刺过秦将。你诱使乌干兵马攻打过秦营。你化装茶娘盗过御旨。你明里暗里与赵佗作对;你哥又是我马丁的紧密搭档，放火烧庄就有他的分儿。小姐，什么叫十恶不赦?这回你懂了吧?你回去吧，回去找赵佗吧!他要是不把你绑起来和梅旌一道吊在大树上处死刑，我马丁提头来见你!”

二秀震怔了。随即她又拿定了主意:“我情愿让赵佗处死，我情愿让赵佗处死!”

二秀吼罢调转马头愤愤然驰马奔去。

马丁喊叫着:“二秀、二秀——”

马丁望着她远去的背影自语:“野丫头，疯啦、疯啦!”

4

崖珠山。老树下的神坛上。

赵多的一群乐手们又吹打奏起南北混杂的鼓乐。

鼓乐三阵过后，村街仍然一派冷清，不见一个村人走来。

只有阿郎的百十号越丁肃然围立在神坛四周。

过了一会儿，赵多的锣鼓不得不停了下来。

崖珠山庄大堂里。

庄公主:“诸位，再接我崖珠人敬的一樽珍珠米酒。”

赵佗:“请问庄公主阁下，为何至今见不到一个崖珠的村民?”

庄公主:“中原传来秦攻岭南的消息，海族的青壮男丁都投了龙川百越联盟抗秦了。秦、越东江一战，血流成河、尸堆成山。男人们不知去向，不知死活。赵将军又统领几十万大军围了岭南、灵川。崖珠家乡都是手无缚鸡之力的女人老小。风闻将军楼船追袭崖珠而来，又有马队随后截击。有谁不恐慌逃命，等你们来任意杀戮不成?”

赵佗:“这固然与马丁等的造谣、离间有关，又符合百越常情。请问上千口老小，如何逃去安身之地?”

阿郎:“全部落三百条竹篷渔船，在家父带领下逃往番山、禺山间南海湾头的三江口避难。”

庄公主："他们不敢上岸，缺吃少喝，成了漂泊不定的船民啦！"

罗阿公："那一带常有鬼台风出没，也叫鬼仔湾。也常有不知哪儿来的海盗船前来抢掠骚扰。"

赵佗："郑武中军。"

郑武："将军。"

赵佗："命百夫长找寻木匠、工师，日暮之前修好断桅船帆。明天一早前往南海湾头，寻找崖珠全寨家小、部落长老，送去粮米衣布。让他们重回家园，安居乐业。"

郑武："在下遵命。"

罗阿公："这些事交给我就是。"

赵佗："阿郎，崖珠长老那边还有你龙昆部落的家小。我想让你带领着他们返回东江龙昆山下宝地。过一阵子我会送回玉娘家族老小一道重回龙昆部落。你意下如何？"

阿郎十分感动："少将军，若能这样做，你就不只是岭南的太平将军，更是百越族人的福星啦！"

赵佗："不过，你阿郎的部落联盟先不能解散。马丁的山匪还在猖獗地活动，要保护好桀骏家族和越民的安全。提防他们两面三刀的离间计谋。"

阿郎："阿郎多谢将军！"

庄公主："诸位，再接我崖珠人敬的一樽珍珠米酒。"

阿郎、庄公主、罗阿公、郑武一伙头领们举了杯樽就饮。美女们又逐一倒满酒。

赵佗："这岭南的家酿酒，就是清凉、淡美、幽香、甘醇，喝起来解渴又解困。"

他举杯樽又一饮而尽。

庄公主紧贴他的身子坐了过来："你这位'越公子'秦将军还真是个好样的，我可是要定你啦。待家父回来，他会做主为我赠宝珠、订大婚、拜天拜地啦！哈哈哈！"

赵佗喝进了一大杯："庄公主，看来你是喝多了。我早就听说庄公主要下嫁梅旋。贺喜庄公主！"

庄公主："这话要年前说也还不假，现在说就不是了。梅旋和马丁已经是一样的啦，是百越族的叛徒、罪人。剩下来的事是我抓来马丁，一道用箭刑杀了他俩。"

赵佗坐不稳了。

赵佗："不一样，庄公主。他们俩不一样啊。梅旋亲自为我赵佗做向导，秦军才一举平灭了骷髅王。梅旋是有功的百越好男人啦。"

庄公主："他没有你好。你好，我不要他啦。"

赵佗醉得斜歪了身子。

庄公主示意海妹和两个女仆过来。

庄公主："海妹，你们扶将军进我的后山秘房先歇息。"

海妹、二女仆："是，庄公主。"

庄公主："海妹，给我看守好。别让他跑了。"

海妹："公主放心。我软禁了他。走！"

二女仆："是。"她们搀扶起赵佗就走。

楼船的岸上。

罗阿公和他的工匠们在修造着桅杆和大帆。

阿郎的部落联盟的男丁们也在修理一只只小木船，准备沿着海岸回东江。

庄公主的后山秘房里。

赵佗待两个女仆走出房门，立即睁开了佯醉的眼睛。

海妹突然进门送水，一眼瞄见了赵佗。

海妹悄声道："庄公主，其实赵将军他……没有醉。"

庄公主嫣然一笑："我就知道他没醉，其实都没醉，他是借酒装糊涂，我是借酒说疯话，扯平了。无非是试探一番这位大秦将军是真才还是假货。他若是贪酒色、贪财之徒，就会是百越的祸殃，我就动手杀了他了事。关好他！海妹，跟我回房取一样东西。"

庄公主与海妹进了她的竹楼，取下悬在松木梁上的编花竹盒。她打开取出红绸包裹的西瓜大小的宝石奇珠。

海妹骇异，震惊地说："庄公主，这是崖海之南、南十字澳、十字门海底才有的日月贝——澳门神珠。"

庄公主笑道："鬼丫头，我这儿正是南十字澳的北岛湾。还算你识货。"

海妹："我的家公在十字门海崖上找到过一模一样的一颗大珠。海盗来偷、来抢，我的家公就又把那宝物放回南海大澳啦。可是海盗又……"

海妹打住不往下说了。

庄公主："让你说着了。为了这神珠，我崖珠山庄引得海盗船常来骚扰。他们惧怕姑奶奶我的箭阵，才不敢上岸打劫抢掠。可是伪装设局，想骗走神珠的勾当没少干。我的老父都没上当。"

海妹："谁都想得到它。把它放到山崖上，阴天、夜里它都会放出光彩，像一盏明灯。海上的船家渔民有了它立在家乡的山崖上，再大的风浪，再暗的天色，也迷失不了方向。这是个神授的宝物啦！"

庄公主："没错。你说的不错。老人们都说这是天河上的摆渡女神妈祖赐给人间的宝珠。它就藏在我们的十字门海里啦。我们这里叫作月儿长明日不落。我们这里就是百越的日不落部族。"

海妹："啊，日不落、日不落，好一个十字门、日不落！庄公主现在拿它出来……"

庄公主："验证赵佗是贼人还是将军！"
海妹："赵佗接受这颗宝珠？"
庄公主："那他不是海盗就是山贼。立刻杀！"
海妹："哇！杀？"

庄公主的后山秘房。
几个持剑女仆守在门前。
房内的赵佗几次推门、撞窗都无法逃出去，在房间里急得团团转。
山麓上的二秀骑马飞奔而来。
山庄里。
二秀牵着马在四处寻找。全是空空的竹寮、空空的山洞。
庄公主的后山秘房门前。
牵马的二秀走来。
她见到守在门前的持剑女仆。
房内几次推门、撞窗急得乱转的赵佗。
她的秀眉为之一蹙。
守门的持剑女仆在玩跳格子、抓"嘎啦哈"（注：猪的手骨，女孩们的玩具）。
女仆们见二秀来到，迎上去。
"二小姐，一道玩啦。"
"二小姐，我们这边好玩。"
"丫头们，又在这贪玩儿。你们可知道这里关押的是谁吗？"
"赵佗，秦国的大将军啦！"
"庄公主看中的心上人啦！"
女仆们七嘴八舌地说着。
"赵佗？"二秀心中一怔，"还有一个呢？"
"没插门的姑爷子，不归我们管。"
"在庄公主那儿问罪，完蛋了。"
"庄公主看上大秦将军啦！"
"赵佗？"
二秀走近秘房门前。门前，是一把大大的铜锁。
她眼珠一转："丫头们，把门打开。庄公主要我提赵佗。"
女仆拿出铜钥匙，"哗啦"一声抛给她："交差喽。走啊，跳海冲凉去喽。"
"走啦、走啦！"女仆们叽叽嘎嘎嚷叫着跑散了。
二秀打开铜锁，放出了赵佗。
二人无言地对视。
赵佗："是你？"

二秀盯着他："……"

赵佗："你为什么放我出来?"

二秀："还我的匕首。"

"匕首?"赵佗缓缓地从怀中取出一把金柄匕首。

二秀接在手中看了一阵，脑海中如闪电般现出昔日童年离乱中的一幕幕。

赵佗视野一片朦胧，眼前的二秀化成幼小时的秀妹子奔来跑去，随即消失了。

二秀又把匕首还给他。

二秀："不，我要我的那把。"

赵佗接过来又取出那把银色短剑，递到二秀面前。

二秀接过来看了一眼，两把短剑发出金银同辉的光芒。

赵佗："这两把短剑可以让你我相互确认了。你想杀掉我，好像不止一次啦。"

二秀："你变着法地进兵岭南，仅此一次就足够判你死罪。"

赵佗："秀儿，秀妹!"

二秀："认错人啦，将军!"

赵佗："不会。不过……"

二秀："将军，你已经是大名鼎鼎的大秦国赵将军啦。"

赵佗："秀妹，其实我们，不过是离乡背井的一帮客商。"

二秀："客商？说得好听。不过是伪装。骗人的，全是骗人的大秦兵将!"

赵佗："没有骗你，秀妹。你上楼船看看便知。我佗子还是佗子。没变!"

二秀："不是小孩子，都是成年人啦，别糊弄人。还没变？赵家阿公当年为毁王者之剑投炉自尽，你却佩上了这把秦王之剑，当了讨伐岭南、杀戮百越的将军。我来请你处死我，处死二秀，请!"

赵佗痛苦地盯着她："秀妹……"

后山的岩洞屋里。

被关在里面的越秀。她透过石洞窗遥望着北天。密布的阴云闪电，风声雷电齐来。

越秀焦急地喊叫着："来人哪，放我出去！来人哪，放我出去!"

守洞的女仆们玩耍着。无人理睬。

山前的二秀与赵佗。

赵佗："十年了。我一直渴望着找到你。"

二秀："今天找到了。该你处死我!"

赵佗："那不是我赵佗。"

二秀："我也一直盼望着能等到你。"

赵佗："我想你不会是为了杀掉我。"
二秀："可是，我等待的不是杀戮灭绝百越的战争。"
赵佗："那场流血过去了。"
二秀："这场大火呢？这场秦军点燃的大火呢？"
赵佗："这要问你的哥哥梅旌。"
二秀："还用问吗？无非又是马丁干的，吴央干的之类的说辞。谁还信这些鬼话？你让庄公主关押了我的哥哥梅旌，是为了保全你赵佗，没错吧？"
赵佗："他不是祸首，我自会救他出来。"
二秀："说得好听，也要做得好看。现在就去救他出来。走啊。"
赵佗看了一阵恶变的天色，不由急躁起来。

江边的楼船上。
罗阿公在着急地打着铜鼓信号，赵多吹响了低沉的海螺。
山前的赵佗和二秀。
赵佗听辨着螺号声响，一阵惊悸。
赵佗："军情有变，秀妹子，跟我来！"
他说着，一阵疾步小跑，向后山方向奔去。
二秀怔怔地看着他的背影，心中有说不出的怨怼和疑惑。旋即，她明白了八九分。她跃身上马，绕向峡谷另一侧也奔后山驰去。
后山。
骑马的二秀抢先一步来到了后山大石洞屋的岩畔下。
远远奔扑而来的赵佗出现在二秀的视野里。
赵佗急匆匆地一连进出了几个山洞屋。不见所寻。徘徊一阵，忧悒地快步走来。
二秀明了他的心意，登上岩畔的洞屋门口，打开了石门。
石洞里走出来越秀。
越秀："二秀？"
二秀："……"
"小妹，你怎知我被关在这儿？"
"是他让我知道你在这儿。"
姐妹俩都望见了谷下正在东张西望的赵佗。
越秀神色一惊。
"是你带他来救我？"
"是他逼我来救你。"
越秀百感交集："……"
二秀："好啦，姐，我的越秀姐姐。你去吧，我没杀他，还你一个赵佗，十年的姐妹情，我不欠你的了。"

越秀："小妹，你在说什么？"

骑上马的二秀把心一横，策马离去。

"小妹、二秀……"她追出去好远。

二秀头也不回，驰马远去。

山峡的坡畔上。赵佗钻进山洞屋。

洞屋里虽有越秀被拘押过的痕迹，却是空无一人。

他盘旋一遭走出洞门，却见洞外站立着越秀，正面对着他。

越秀："将军！"

赵佗："越秀，谁放你出来的？"

越秀："喏。"骑马的二秀背影一闪，消失在林中的岩畔深处。赵佗凝望着。

铜锣、螺号响得更急。

越秀："军号响啦！"

赵佗："像是有风暴雷雨来临！所以我来找你。"

越秀："在百越人听来，响鼓加长鸣螺号，是求救的信号。是罗阿公在呼叫我们。"

赵佗："有险情。走！"

江边。楼船上。

罗阿公在急打着铜鼓。赵多吹响低沉的海螺。之后又换了中原的古埙。

江的上游正漂流下来三三两两的小船。

郑武一伙秦兵围着刚刚靠岸的两只渔家小船。

小船竹篷里惊魂未定的妇孺，饥困病弱、力不能支的老者。

士兵们为他们送上吃食。

船舱里的孩童老人饿狼似的吞咽着。

低沉的古埙、铜鼓声声。

山峡风雾中。

出现赵佗、越秀急急奔扑而来的身影。

岸上。山庄大堂。

走下小船的两位老者在向庄公主倾诉着苦水。

老者："部落完啦。说是奔番山、禺山过南海进西樵入山林，可是那暴风雨、吞天浪，水位猛然间就升高。原来的陆地、小岛连山地都无影无踪啦。风暴过去啦。大雾又封住了天地，三天三夜啦。这哪像往常的南海呀，找不到南北东西、摸不到口岸，进不了樵山了呀！"

此刻的海，大雾弥漫，潮汐猛涨，一处处岛屿被淹没。

陆岸变作连天的汪洋。

几百只渔家小船被大雾锁在海上。部落长老简阿公在大雾中呼喊着，指挥船只挤靠在一起，用铁链将船连在一块儿。在海雾中失神地缓缓漂移着。几条没来得及连好的小船被风浪打散，冲向一边。在阴霾与迷雾中激烈地颠簸飘摇、不知所向。

老者：“我们这几条被大浪打散的船，也真算命大。托神保佑，不知不觉被风送进了西江，漂回了家门，活着为庄公主报个信儿吧。若不是为了逃秦兵，何至于投向怒海？青壮男人们都进了百越联盟，去龙川跟秦军打仗啦。崖珠部落上千口越人家小全完啦……”

泊岸的楼船上。

赵佗、罗阿公、越秀、郑武、赵多及众军官们在紧急议事。

赵佗：“崖珠部落数百艘民船、上千口百越族人家小，为躲避战争，逃奔怒海，遭遇不测台风，危在旦夕。我秦军楼船必须前去救援。罗阿公，海上之事您是行尊。赵佗听您的。”

赵佗起身作揖。

罗阿公：“在下不敢当。将军既有军令下达。老朽身为铜锣湾百越之人，怎敢不以死效力？以老夫之见，军卒马匹一概下船上岸。楼船上留足水手船工两百员。马队沿西江岸边往上行，随时准备救援四散下来的船只。我等楼船跨海，直朝正北方向，瞄准番、禺二山之间前行。在双梅沙抛锚，停船守候。”

赵佗：“可是，这些四散的小船，沿西江下来，表明简阿公长老的船部落当在南海的西北方向才是。”

罗阿公：“不错。正是在南海的西北方。那是鬼台风、大潮汐从东南来，刮向西北去的结果。我等楼船即便现在即刻起程，也要明天近午时分才能到达。现在风向已改为正东方了。你看那漫天的彤云，每年台风来去，都是这样的走法。按船部落的缓慢漂移来计算，明晚黄昏时分差不多刚好到达双梅沙。楼船在那里驻守营救，当是最佳契机。”

赵佗：“嗯。”

越秀：“可是，罗阿公，双梅岛屿、海岸都被淹没在海里，成了汪洋一片。怎样找得到双梅沙呢？”

罗阿公：“此番风暴突起，正遇大潮汐来临，凶恶骇人。全赶到一块啦！可是大潮汐来得迅猛，回落得也快。瞧那江岸的大石头。那一道道干了的水印渍，这半天的工夫就下落了足有三尺多，明晚黄昏之后，如果没有大汐回潮反复，就该看到双梅沙岛露出水面了。”

赵佗：“可是日落黄昏后，天就黑下来，如何营救？”

越秀：“需要有引航的灯火。”

赵佗：“这……”

罗阿公：“庄公主也许会有办法。”

5

山庄。大堂。

庄公主急得团团乱转："我、我阿爹咋样？"

老者："全靠他呼喊指挥着大伙连成了船部落。不然就四处飘散、活不成啦！庄公主。"

庄公主："怎么办？这时候需要楼船，需要引航灯火！"

海妹："庄主。这情景和那年我们遇上海盗一模一样……"

庄公主："我小的时候，有年也发生过。是澳门神珠救了我们……"

海妹："越说越是啦。不同的是，我们先遭遇了海盗。而后您庄公主用澳门神珠引航，搭救了我们。一想起十字门海，心里就怕得发抖。"

"可那也是渔人活命的岛……"

十字门海域的那场惨烈争斗闯入她的心扉——

"十字门"号渔帆船遭遇海盗船的劫持。

"十字门"号守候在一道山峡里。

狂风大浪不断扑来。

浓黑的云雾里亮起了一团银光。

"宝珠出现啦！宝珠出现啦！快，上去！"海盗的指挥者用干直的嗓门喊叫着。

海盗们驾着"十字门"号向银光驶去。

被挟持的海妹透过风云，巴望着引航的银光，说不清是惊是喜。

她猛回头间，一道闪电，照出了海盗头目的长脸。

风雷。银光。

庄公主："每遭风暴阴霾，澳门神珠就在珠峰上引航，救助落难的渔船。这是家父为部落定下的规矩。这回部分族人困在南海岸下的鬼仔湾。需要我的澳门神珠去引航。"

海妹："庄公主，海妹陪你去。"

庄公主："唯有如此。不过……"

海妹："你是担心跟上回一样，暗中有海盗夺珠？"

庄公主："何止海盗，又多了秦军。"

海妹："我看赵佗救越，是真心的啦。"

庄公主："也许。可是在澳门神珠面前不起贪心，那才是真的啦。"

海妹："事不宜迟，你我同去跟他讲清楚不就行啦。"

庄公主："别太小孩子气。咱这么办……"

她与海妹耳语。

泊岸的楼船上。将军船舱里。

罗阿公、赵佗、郑武、赵多等正接待着庄公主和海妹。

庄公主："将军，秦军的大楼船，真的是要去南海，进鬼仔湾救我们的族人吗?"

赵佗："当然。人命关天，岂可有半句戏言?"

庄公主："男人们都去打仗了，死的死、逃的逃，光剩下女人、老人和孩子啦！如何施救?"

赵佗："想必庄公主前来奉日月之贝的海珠?"

庄公主与海妹交换了一下眼神。

庄公主："小女子珠女这名字有献珠救海难的来历。不过将军可知道，崖珠部落的宝珠还有更为特殊的含义吗?"

赵佗："赵佗愿闻其详。请庄公主赐教。"

庄公主："将军愿闻，不如先看。海妹，去拿来。"

海妹一挥手，四位女仆抬着石珠进来。海妹揭开覆着宝珠的红布——那是一颗如铜盆大小的浅蓝色晶亮圆石。

少时，那石珠竟然发出耀眼的亮光。

众人赫然大惊。

"啊，宝珠引航，胜似灯火。果然名不虚传!"赵佗惊喜地大叫。

罗阿公："这是南十字澳、南十字门的宝珠，聚满着海的光芒，放在山崖上，它就发出月亮一样的银光。天愈黑，它愈亮。"

海妹："若是把它投放进海水里，它就会发出紫金色的彩光来。"

庄公主、海妹在关注着赵佗的神色。

庄公主："海盗、山贼们都想抢劫这颗宝珠。"

罗阿公："传说早先有人为躲避海盗船的抢劫，抱着一颗宝珠，跳进了十字门的深海里，那里就升起了那座宝光岛。"

庄公主："小海妹一家就是被海盗船抢劫，又遭了绑架……"

（史话纪言：古曾有海外驾船来人，自称腓尼基海族人，遥见十字门海面日燃红光如火，称太阳升起之海，腓尼基语称亚细亚；十字门海面夜放红光，腓尼基人称夜藏红日之门为亚细亚日不落之门。又遇老渔者释云：十字门海中深藏日月之神贝。贝中有神珠，珠贝之海，千万年结成海眼之底，乃成日月奇光之神珠。）

颠簸中被绑架的"十字门"号渔船。

浓黑的云雾里不远处亮起了一团彩光。

跳海逃生的海妹向着红光游去。

她游到岸边的沙滩上。

庄公主指挥着女箭手们放箭。

海盗船帆樯折落、转身逃遁。

沙滩上的海妹遇救。庄公主和箭手们抱起了她。

……

庄公主道：“海盗们绑架‘十字门’号渔船，就是要抢劫我们的澳门神珠，小海妹看到了这颗神珠的光，才跳下海盗船，躲在沙滩上被我们救了上来。”

赵佗：“澳门神珠乃南海瑰宝。中军郑武！”

郑武：“末将在。”

赵佗：“选派精兵强将百员，严加守护。倘若有山贼海盗胆敢前来抢劫，格杀勿论！”

郑武：“遵命。”

海妹：“部落得救之后呢？这颗宝珠将军会拿走吗？”

赵佗：“小妹，它在崖珠部落与百越渔民船家性命休戚相关，我赵佗为何要拿走呢？它在海山之上，是一颗引航的宝珠。离开了海，只是一块石头而已。我为何要拿走？宝珠，就是百越的，南海的，十字门的。”

庄公主：“还有就是……”珠女一时不好开口，拉海妹衣角。

海妹：“小姐要我告诉将军，她的阿公、崖珠长老对天立过誓，谁接了小姐奉的神珠瑰宝，谁就是崖珠部落的女婿。怎么样，将军，你行吗？”

赵佗：“这，在下乃大秦军人，有王命在身，不可随意谈婚论嫁。军人为将者，是以项上人头向大秦皇帝担保的。不过，我倒是选定了一位替我接珠的军人。”

庄公主：“什么人我都不要。我就要将军你接珠！”

赵佗：“好说。不妨先请这位海妹持珠同行。届时我自有安排。”

庄公主：“他是谁？你如何安排？”

赵佗：“他就是梅旌。”

庄公主：“他是我百越的罪人。你还信得过他？”

“当然。”赵佗说，“他虽然罪过连连，杀头亦不为过。但是，他是土生土长的百越人，被人左右、受人支使，并非出自本心本愿。况且，他与二秀兄妹一道为大秦军铁骑做过向导，一举平灭了乌胥山的骷髅王，为百越除害有功。自可另做评判。”

庄公主：“可是，他正是我百越崖珠要问罪之人。”

赵佗：“与其问罪，莫如让其戴罪立功，处风浪、舍命救亲，献足精诚。崖珠部落得救之时，他肯定是你的如意郎君。”

庄公主白了赵佗一眼。

楼船上。

赵佗：“其实庄公主是不放心澳门神珠的安全。我还想请阿郎的武丁护石。我另派一百军骑外围镇守。然后阿郎即可带领龙川家小从海上返回东江，我在这里留下军骑一百，重建被火烧过的山庄竹寮，以迎接长老乡亲们。庄公主可以放心了吧?”

庄公主：“将军既有诚意，就依将军啦！只是珠女我要遵从父命守护山庄。海妹，你替我辛苦此行，随同将军前去救难!”

海妹：“姐姐放心！海妹的命是姐姐给的，是澳门神珠给的!”

山峡通道。又是那棵横倒的老树路边。

驰马而来的二秀站在这里。

白须白发的神巫长者，迎立在洞前的石坡上。

“你果然来了。”神巫长者干哑的声音低沉而响亮，“我行我心，心迷则行迷。来找我?”

二秀：“不。来捉马丁!”

神巫：“姑娘，马丁不是你捉得来的。救梅旌这事自有赵佗会操心。梅旌和奉珠的婚缘已成定局，无须你小二秀去掺和。姑娘，跟我走。”

“跟你走?”二秀问，“去哪里?”

“哈哈……”神者放开干哑的嗓子大笑着，“去见马丁呀。他在找我，也在找你。”

“见马丁？为什么?”

“事关岭南百越大计。走吧，姑娘。”

山岩。江畔。

神巫领二秀在行走中。

他们来到了马丁的神秘驻地——海边。山洞外。

马丁迎接着神巫和二秀。

神巫：“崖珠部落受难，宝珠必然出现。”

马丁：“嗯，纯属天意。不过赵佗有楼船、军骑三百，并且山庄纵火之事，已令赵佗早有戒备。神者大师您看……”

神巫只顾闭目嘟哝。

马丁：“再说，我也不想再干总是捣乱的买卖。今天扮越人，明天装秦军，弟兄们都烦啦。哪怕干成一件大事，也不枉在这山里苦折腾一回呀！大师，您说我——”

神巫：“积少成多。好比铁镬，裂一道纹，散不了。裂三道、五道、七道，日积月累，它就碎啦。你天生就是个捣乱的主儿!”

二秀：“是啊。整天鼠窃狗盗，事事落败，根本不是赵佗的对手。”

马丁：“妹子，小瞧你马哥啦。大师——”

神巫：“无须争辩。”

马丁：“在下明白。大师，我的一支马队潜入船家队列之中，一支骑队直攻澳门神珠引航之地，做一回海盗山贼，抢了澳门神珠我便是觐见秦皇大帝的功臣。”

神巫：“不要忘了你是遗弃屠睢将军、脱离余部单独逃生的大秦军士。逃匿可是死罪。”

马丁：“在皇帝面前我就是赵佗将军的部下。受将军委派还朝献宝，我就是岭南大局已定的捷报。”

神巫：“可阵亡了的屠睢将军有一支上万人的残旅，迷失进了霍龙山脉的群岭里。中军校尉吴央带着尔等逃生出来为非作歹，可是死罪哟！”

马丁：“反正是死路一条。莫如铤而走险求生。大师，妹子，在下出发啦！”

马丁的马队急匆匆地驰入山峡。

神巫看也不看马丁一眼，合起双目自顾自地在嘟哝着什么。

二秀莫名其妙地看着他的神色，盯着他身上挂的鬼怪傩巫面具。

6

江岸。赵佗的楼船在风雾中离岸。

楼船两翼百桨摇动。号子声一阵阵响起。楼船向北方的黑色云阵、冲天浪涛中驶去。

梅旌在头排摇橹的赤背军士中。他满面汗水地摇橹，高声地喊叫着号子。

一百秦军骑队在江岸上疾驰。

山庄里。赵多为首的又一支百人秦军，在山边伐木、庄里造屋，不时哼唱中原的民谣。

山庄的神坛上。

庄公主、越秀率领着众女箭手、女仆长跪在坛上，口中念念有词，为部落祈福。

赵多悄悄地跑来跪在越秀身边，神秘地与之耳语。

众女仆异口同声地颂念祈福神谣：

天神地神祖先神，
海神山神万物神。
搭救部落救阿公，
崖珠百越谢大恩。

天神地神祖先神，
海神山神万物神。
搭救部落救阿公，
崖珠百越谢大恩。
…………

一阵阵风云掠过，隐隐地送来远处的雷声。

海边。石岸上。

黑狗山豹奔跑着追过来，上蹿下跳与二秀亲热着。

二秀：“大黑狗与我这么熟，我好像跟它也很熟，怎么回事？我们在一起过吗？”

“……”神巫用幽深的目光盯着她，“秀姑娘，还是跟我走吧。”

二秀：“先生，您到底要干什么？”

神巫：“我在等待一个人。”

二秀：“什么人？”

神巫：“十年前我遇到的一个人。”

二秀：“十年前？”

神巫：“不错。”

二秀：“您是谁？那人又是谁？”

神巫：“我是谁已经不重要。她，是个女孩子。十年前，她才十岁。那年赵地人被秦军驱赶，逃离赵国。途中，有个叫秀姑的女孩子，一家人被秦军追散。”

十年前的那一幕：

被秦驱赶的赵人，逃离赵地的途中，小秀姑一家被秦军追散。在一道山岭中，一位长满络腮胡须的中年人，他带领的马驮子队赶来，拾到了孤独无助的小秀姑。她被那位中年人抱上马背，向南方疾行逃遁。

神巫的声音：“是我的马驮子队把她驮到岭南，黑狗山豹成了她的好伙伴。”

那一幕幕断断续续的情景：

岭南的山石洞屋门前。黑狗山豹与小秀姑嬉戏着。

神巫：“我南北东西游走谋生，不得不把她送到了苍梧山下的一位朋友家。”

戴着傩巫面具的神巫在百越山寨间游走。

小秀姑被他送进了苍梧山下扬越部落，钟离阿公的家里。

她与越秀姑娘形影不离，在神庙里烧香、拜过姐妹……

二秀：“那是苍梧山下扬越部落钟离老阿公的家里。”

神巫：“她与越秀姑娘拜了姐妹，形影不离，钟离阿公又送她二人去灵川拜灵谷子为师，又同到湘楚之地吴芮门下修炼吴起兵家之道。”

越秀、二秀与灵谷子在一起。

越秀和二秀又与吴芮在山涧练兵习武。

海边。石岸。浪花。

二秀：“您、您是谁？”

“哈哈……”神巫笑起来，“姑娘要问问，你自己是谁？”

二秀：“十年了。徐泰阿公，认不出您啦。”

神巫：“我可是早就认出了你。”

二秀：“您多了一副神巫的面具。”

神巫：“其实这才是我的真面目。”

二秀："您答应做我的养父的。可是却不见您的踪影。"

神巫："苍梧山下扬越部落。生命上，钟离阿公的家是你的福窝。才艺上，有吴芮我那江湖上的师弟培育你。我游走天下，只是你的心神之父。"

二秀："那我要叫您义父啦。"

神巫："哈哈哈，叫义父吧。此后的事就由我来教你。"

二秀："啊，义父。好好听。义父，这些年您一直在这百越之地？"

神巫："当然。"

二秀："为什么？您说过的，内地才有王者之业。"

神巫："傻丫头，内地王者成堆啦，相互杀得血流成河。"

二秀："可是这岭南蛮荒一片，您……"

神巫："非也。岭南水草丰腴，河网连海，五岭成关，民风荒古，龙脉殷源，九龙兴王，争王者必来此地。秦将赵佗不就来了吗？"

二秀："啊？难道他是来称王的？"

神巫："你也该听到过的，王非王，非王者王……"

二秀："王非王，非王者王。那您……"

神巫："我只是在等待一位王，侍奉一位王。"

二秀："王，到底是谁？"

神巫："胜者王喽。不管是谁，只要他们来了，结果都一样。哈哈哈，这些年我东游西走，一直在等你们。等你和越秀一同长大。"

二秀："指望不上她了。虽然我们情同姐妹，可是我们已经分道扬镳。"

神巫："道是分手，未必分手。风一时，浪一时；阴一时，晴一时。神者来临，时世皆新。走吧，秀儿。爹的好女儿，跟爹走。"

二秀："义父，说吧，您要我做什么？"

神巫："准备着，接收越海神石——澳门宝珠。"

二秀："一块奇怪的深海石头，有那么重要吗？"

神巫："是呀！秀儿你不是要驾驭岭南秦人、保护百越吗？"

二秀："可是您已把它交到马丁的手中啦！"

神巫："秀儿说得不错。可是你瞧！"

神巫顺手指了指树上。

一只蝉在阳光下亮翅鸣叫。身后一只螳螂正悄悄爬去，向它偷袭。猛然间螳螂扑抓了蝉。一只鸟雀意外地飞来，一口将蝉与螳螂双双擒捕了飞去。

神巫："可记得'螳螂捕蝉，黄雀在后'乎？"

二秀看得目瞪口呆。

"我会让你二秀保住那宝珠。此后发生的事，才是结果。哈哈……"神巫意味深长地笑了。他舞动出青面獠牙的傩巫面具。

风云。雷暴。南海。

赵佗的楼船在向前驰行着。

西北方的海角里。数百艘连在一起的越人渔家木舟，如同飘落在雾海中的云阵，随着风浪起伏扭转、飘摇颠荡着。

电闪雷鸣。

赵佗的楼船上。罗阿公拿着舵杆，指挥军士水手们在拉绳、收帆。军士们在搏浪摇橹。楼船在向前驰行着。

江海岸上。

“秦”字麾下，一支军骑马队沿着岸边飞速前行。

山峡里。马丁的十人骑队在潜行。

西江上。越人装束的马旺等五人两艘小船在前行。

崖珠山庄。

日出日落。

百人军卒在伐木造屋的场地上忙碌着。木屋竹寮的小街已现雏形。

老树下的神坛上。庄公主奉珠在四名女仆的陪伴下面对天地之神祈祷。

天边依然有风云，闷雷在隐动。

海上。

黑色的风云迷雾中，越人海族家小的船阵。

崖珠长老抖动银须，站立船头，在风云中向苍天作揖祷告，祈神降平安。全部族船只上的长者随之跪立船头，求神祈祷声声：

天神海神，
地神山神，
啊，喔，
平息风暴，
救我越人；

孰拨魔雾，
退却迷云？
啊，喔，
天神海神，
海神天神。
…………

7

海上。赵佗的楼船向着风云深处驰行。

江海岸上。“秦”字麾下，一支军骑马队沿着岸边飞速前行。

山峡里。

飞跑的黑狗山豹，引出两个骑者——神巫与二秀，驰向远山。

在一道山梁上，二秀勒住了白马，转过身来，停在那儿不走了。黑狗山豹猛然在前停下来，回身张望着。

神巫亦勒马停下，回首盯着二秀。

终于，神巫回到了她的身边。好久，二人才又并马缓缓前行。

沉默的一老一小。

神巫在马背上盯着她。终于，神巫开口："秀儿，你心里打了死结，越勒越紧，紧到你无法解开它。"

二秀："义父，小女不懂您的话。"

神巫："所以，才要我给你解开。"

二秀："……"

神巫："你知道我们要去哪儿吗？"

二秀："我不想知道。"

神巫："那是因为你已经知道！走，快走！"他冷不防抡起了马鞭，猛力抽打着二秀的白马。白马蹿高，两个骑者又如箭一般飞了出去。

九嶷岭下、湘水旁。一幢祠堂门楼前。

有人在门侧向山外左右张望。这个人正是吴央。之后，他牵着一辆牛拉的双轮车向湘江岸边走去。

山下的湘水岸边正停着一只小船，走下来一位草笠黑袍行者。

近了就看得清，他是远道而来的"树下三诗家"之一——吴芮。

他随着儿子吴央上了牛车。一路缓行无语。

山峡。

奔跑着的黑狗山豹。

驰骋着的两个骑者。

山路上的牛车。行进在灵川古地。

牛车行近了百越神庙的门前。

车不见了。牛在山野中吃草。

吴芮潜入神庙。

二堂里。

吴央跪地不伦不类地叩拜："拜见钦差爷，在下的爹……"

吴晃："真的把你爹给请来了？"

吴央："晚辈怎敢食言？只是您与家父……"

吴晃："好好拜你的爹吧。"

吴央："俺爹在拜。拜您的方位。"

吴晃："嗯。他还挺讲老规矩的。倒也是啊，拜吧。拜的是北帝玄武至圣之位。这表明你爹他不能不来找我。这话你爹也只有留给我这般老家伙讲给你听。小子，令公原本是吴国夫差的后五代族裔——你当然就算是第六代啦。你们吴国被十年卧薪尝胆越王覆灭，他吴芮为了复仇，投身越国，怂恿末代越王王疆攻楚，反被楚灭。越人从闽越跨海逃回了岭南。你爹投身楚地潜居长沙、衡阳，又与楚人、越族交往甚密。你爹是个熟读孙武兵法，长于心计谋略的人。又借了老夫之便，曾献计秦王灭楚最后统合六国。秦封他做番阳县令，老觉着皇帝对他不起。他期待着秦平百越能遣他吴芮为主将，结果没捞着。失意呀！你父自恃才高，穷其心计设陷连连。可是一连三计都未得手，倒使贪功黩武的屠睢做了替死鬼。我知道他是不会罢手的，他早就在朝中寻到了我，现在有三位高人、能人，在斗志、在较量。我断定他会来的，会来见我的。”

吴央：“大人，小的斗胆，您已在大秦朝为御使，为何又蹚岭南的浑水？”

吴晃一怔：“谁说不是？这不全是看在你爹的分儿上！我吴晃可是够冤的了！”

吴央：“也是的。其实，岭南的事还不是大人在皇帝面前的一句话？大人不亏本。狡兔有三窟，岭南多一个洞，小的才好侍奉您。”

吴晃：“你爷我成兔子啦？央儿，有这么说话的吗？”

有人进来。

来者正是吴芮。拜见秦朝钦差吴晃。

吴晃：“我在这儿呆得如此腻烦啦。赵佗就是不回来。你吴芮来啦，也中。有什么好玩的，也好开心开心啦！”

吴芮：“大人，你我多年不见。此时，急不得。开心的事不远，就来啦。”

吴晃：“怎么着，你给我带来啦？”

吴芮：“有人就会送上门来了。”

吴晃：“好啊，可别让我等急喽！”

吴芮：“大人放心。他就该到了。”

吴晃：“他？他是谁？难道……”

吴芮：“正是他——引您拜觐玄武之门的道尊。”

“哈哈哈，会是他？”吴晃的声音，“虽也算得上胸怀大志的高人，可是还没脱出道士、术士的模胎。与那灵谷并非对手，当年他就输给了灵谷。他弟弟徐福受皇命几年前带了三千金童男女去了东夷那片海岛，寻找长生不老的药。至今不归。皇帝正要抓捕他的九族诛之。他这位哥哥徐泰，却早早失踪跑到了大西北边的蛮荒。没想到这些年他竟也蹽到了这岭南百越的密地，一藏就是多年啦！你们这三个谋略高人，中原都没得手。跑这儿百越热土行风行雨来了。是吧？”

吴芮：“有大人在，吾等当然要退避三舍。”

吴晃：“言重了。我可是从来没跟你们争过什么。日后也不会。如今你们又都出现在岭南，自然是又要一较高低。不怕我把你们的老底儿在皇帝面前兜出来吗？”

吴芮："此一时彼一时也。好几年了，好像都在找您哩。"

"哈哈哈，好好。当初你们三个为皇权、天下这类事在朝中暗地里就较过劲，我够得上是个旁证，全在我的掌控中。我也正好在这儿等着他啦！"吴晃笑得好开心，"如此看来，贵公子的老底儿也在我的手中。"

吴芮："……"

吴央依然在神庙门外张望着。

吴晃："您知道，弃军逃生者是何等罪过。"

吴芮："犬子虽为屠睢将军的中军校尉，但他是全军覆没的幸存者。"

吴晃："我有可靠的消息——屠军尚存万余残部，迷失散落在百越的山林中。中军校尉既不去收拢残部又不向皇帝禀告实情。弃军逃生的欺君之罪，吴家有几个脑袋够掉的呀？"

吴芮："大人饶恕。大人，你我皆是吴氏亲族，已在一条船上。兄弟万幸得很。"

吴晃："瞧瞧，越说越把我拉紧了不是？"

吴晃嘿嘿地笑个不停道："那位来者呢？"

吴芮道："来者说只需捎句话给大人便胜过当面千言万语。"

吴晃："又是他那老一套。也好。对他我早就心知肚明。"

吴芮："他已直去他该去的地方。"

吴晃："我知道就算见了。做糖不甜做醋酸的手儿，由着他去吧。"

山峡里。奔跑着的黑狗山豹。

驰骋着的两个骑者——神巫与二秀。

灵川谷地。

神庙后厢的正堂里。

气势雄浑的半人高的木制秦城模型前，任嚣正在把酒、品视。

"灵渠秦城，好、好！"任嚣干了一杯酒。

桂林山野。

灵川修渠开山、凿石炼铁的工地上一片繁忙；"秦"字麾下的士兵们伐木垦荒、翻地扶犁、播撒耕种，一派热闹。

兴安山谷上。走来灵谷子、玉娘和任嚣。

"这四面山梁围起来的天谷，当初建满了竹寮树屋。正是百越结盟抗骷髅王的越城。"玉娘的声音响起。

灵谷子道："秦兵要来攻讨的消息一传开，这里就成了空山。越城无城啦。"

任嚣神色凝重。

任嚣："越城本无形。此地就建秦城、越城——秦越双城。重新集合百越！"

他的目光盯着大屋顶"秦城"的雄伟形影、灵渠秦城的竹寮山寨沙盘垒砌、雕木造型。

南海。浓黑的风云雷暴里。

赵佗的楼船在向前驰行着。

雷暴突然停息下来。只有浓黑的云在默默地、低缓地翻滚浮动着。天地间突然一片静谧，静得奇怪，静得叫人心惊。

罗阿公皱眉望天，心头顿生疑虑。

梅旌攀上桅杆望海，突然大叫：“罗阿公，不好啦。大海上漂浮起了泡沫子。”

“大潮汐？日子不对呀！”罗阿公掐指算计着，“大风暴带来的大潮汐！”

“不得了啦！”梅旌的喊叫声。他下了桅杆。

罗阿公：“昨夜，今晨，大风暴从东到南再扑向西北方，崖珠长老的船阵此时当是在西北方的西樵山下。大潮汐前的风平浪静，会让他们找不到番山、禺山的江河海口。”

梅旌：“大潮汐今晚之前到来，就会把他们的船只送上岸地。大潮汐一退，那可就糟啦！全部船阵就被遗落在陆岸上，困在山沟子里。”

罗阿公走近赵佗：“将军，大楼船要直插西樵山下，方能赶在大潮汐前把部落船阵拖回番禺山口。澳门神珠要直送到岸山之上，才可有引航的功能。”

赵佗：“我明白您的意思。中军传令，本楼船向西北方加速前行。”百夫长向船工士兵们呼喊着。

梅旌过来：“将军，趁着大潮前的风平浪静，由我驾小舢板送澳门神珠直上番禺江口。”

海妹：“还是我海妹去。”

梅旌：“我来护航！”

赵佗：“好。梅旌我命你，驾小舟一艘，另选二十名熟谙水性的精壮士兵随行护卫。协助明珠登岸番禺江口引航。”

“遵命！”

大楼船、小舟分道前行在平静的海上。

梅旌、海妹的小舟在朝番禺方向前行。

海。天。

行驶中的大楼船。

天海间浓黑的云团缓缓地翻动着。

船头上赵佗、罗阿公阴沉的脸颊，凝视海天风云的眼睛。

风雾间辨不清哪是天云、哪是海面，那乌云滚动的天海背后隐藏着的不可名状的凶险和暴力，令人窒息。

番禺山海江口的礁岛上。

梅旌、几个秦兵捧着宝珠上岛。

那颗硕大的宝珠被放置在海礁的岩坎上，在黑暗中发出月亮般耀眼的银光。

梅旌和海妹用双手托着宝珠。

梅旌对秦兵说：“诸位，快去小岛四围巡查。严防窃贼！”士兵们分散四下布防。

海。天。

行驶中的大楼船。

赵佗、罗阿公凝视海天风云的眼睛突然一亮。

远处，风雾黑云间一点点闪亮的银光逐渐亮起来了。

“是他们。海妹、梅旌他们上岸啦。日月神贝——航标亮啦！”

满楼船上的士兵们一起呼叫起来。

“向西樵山，加速！”

“西樵山，加速！加速！加速！”

行驶中的大楼船在风云中远去。

8

番禺山海江口。岛上。

霎时间大风远去了，怒海无声了。

海与岛的平静中，更烘托只身单影的孤岛。

天海中翻滚的云，仿佛也悄悄然凝固。

梅旌：“这里是番山，那面是禺山。中间正是番禺山的海口，有名的大沙岛。东南西三方的来船，都看得见我们的海珠航标。这里往北去是大江。按时间算，崖珠长老的船阵顺着西风往东来，发现我们的航标就会找到这海口。大潮汐一到来，刚好把它推送进大江里。潮退它也会回到大海。这里，是我们必守的宝地，是护命岛啦！”

海妹：“梅旌大哥，你快与士兵们去巡查。我感觉有生人来到这里啦！”

“嗯？”梅旌警觉地寻望，“不好。海水正在猛涨。”

说话间小船已被海水鼓涨到他们的脚下。

梅旌：“海妹，听我的。”他拉扶着海妹借着涨上来的船，登上了岩坎。帮扶着她把宝珠送上了孤岩的峰顶。

海礁小岛的对面——海盗峡的山口。

马丁的人马隐藏的身影、窥视的面孔。

他们看到对面岛上的宝珠亮了。

马丁一阵惊喜，示意两个兵丁下水去盗取岛边横放的小木船。

梅旌、海妹倚身海岩、双手环扣，护着航标宝珠。

岛岸边。

二兵丁——马丁的人游水过来意欲盗船。

巡查的秦兵飞步赶过来纵身拦截、打杀起来。

山畔上。

踟蹰双马的鞍背上坐着的神巫与二秀。

他们远远看着岛上和峡口所发生的诸事。

神巫："不出所料，赵佗果然早有准备。"

二秀："皇帝能看得上的赵家人，肯定不会是。"

神巫："况且他用来抵抗吴芮的，竟是你的兄长梅旌。"

二秀："掩护南海之宝只有百越人才肯卖命。这也自然。"

神巫："好一个自然！赵佗道法自然到一石二鸟的妙境。现在倒要看看吴芮，他怎么向吴晃打这下一步的交道。"

二秀："我倒想看看义父有何妙招。"

神巫："船到桥头自然直。为师我既是天涯漂泊之神，自有漂流行走的规矩。"

二秀："是天机不可泄露吗?"

神巫："熬到天光大亮，自会一见分晓……"

海风猛然间大作。

赵佗的大楼船迎风疾驰。

水手百夫长："将军，风越来越大了。"

赵佗、罗阿公一同举头看帆、看云。

罗阿公："西风，来自西樵山的风。"

赵佗："长老的船阵也会随风漂向东来的吧"

罗阿公："按常规会是这样。可是现在大海的泡沫已经围满了船帮，怕是大潮汐会提早来临，那样的话……"

赵佗："船阵到不了番禺山海口，就被特大潮汐推上陆岸，困在陆地上?"

罗阿公："是这样。"

赵佗："百夫长，收拢风帆。长桨手全部上位。逆风行船，直奔鬼仔湾！准备拖牵长老船阵。加速赶往番禺山口。"

百夫长："遵命!"

水手全部上位。

海风又号叫着卷动黑云。

"秦"字麾下的楼船，全速向西前进。

大吼的西风又送过一阵阵凫飞而过的黑云。

西樵山下。黑云遮挡，天海难分，云山不辨。

"秦"字麾下的楼船，全速向西前进到了这里。

赵佗、罗阿公凝视海天风云的眼睛。
“西樵山！是西樵山！”
“西樵山到啦！”
变幻中飘摇的西樵山怪影。
赵佗、罗阿公凝视着。
西樵山在风暴中偶尔隐入隐现。山下的海面，那里是一片死寂、空空荡荡，不见一只船影。
突然间，风云更加猛烈袭来。浓云随风向东翻滚飘飞。
赵佗、罗阿公凝视东去的海天风云。
罗阿公：“海风转向东了。看来，崖珠长老的船阵，已随风暴飘向东方啦……”
赵佗：“他们会看到宝珠航标吧？”
求神灵保佑啦！会看到的，应该会看到的……
“右转船头，向东追赶船阵！”赵佗的呼叫，引发出中军令、水手们的摇桨呼叫。
他们的呼喊声化成一阵阵风吼雷鸣。

海边。番山、禺山相对的海口近岸小礁岛孤岩上。
硕大的澳门神珠在高高的海礁上、下、周边，透过乌云发出月亮般耀眼的神奇银光。
神珠是梅旌和海妹在双手扶佑着。
风暴、乌云不时缠绕、吞吐着他们。
小岛的对岸。
岩畔隐身的马丁注视着几个横尸龙舟的手下兵丁。他张弓搭箭，瞄准着岩岛上护着宝珠的梅旌和海妹。
马丁凶狠的箭发出。梅旌左臂中箭，晕倒坠落海里。
“梅旌大哥……”海妹的呼叫声。
一阵雷火电光过后，风云吞没了海妹。
宝珠依然在发着银光，渐渐地，珠光被乌云吞没。
一道通天的闪电伴着炸雷滚滚落下。
一颗硕大的雷电火球在江岛上跃来滚去。定位在江岛的护珠岩上的宝珠发出的月亮般耀眼的银光透出乌云。仿佛一轮天上的明月随着一阵雷闪落进了海里，托起了那片通体发光的海礁小岛。
礁岩上隐约现出的是海妹护珠的身影。
整个海天、风暴、珠光，氤氲出如梦如幻的神奇。
……
山外的海上。
“秦”字麾下的大楼船在风暴中疾速航行着。

百位兵丁壮汉在号子声中拼命摇橹。

一团团白色的海水泡沫袭向山岸、袭满大楼船的船身。赵佗站立船首高声呼叫着："全速向前，追赶船阵！"

百位兵丁壮汉在号子声中回应："全速向前，追赶船阵！"

番禺山海口的小岛上。

二秀的小船临近了宝珠所在的海岩。她发现了漂浮过来的小船。倒在船里的正是受箭伤的梅旌！

"哥哥！"她抱起梅旌呼喊着。她拔下梅旌肩头上的箭镞："这是秦军的箭！秦军、赵佗的箭镞！"

"不。是马……马丁的人干的。"梅旌断断续续地道，"二秀，小妹，帮我……护好宝珠，为崖珠长老导航……"

"小妹知道。我认识马丁。他并没有出现。"二秀道，"我知道秦军在岸上有兵马相随。哥哥你不能死……我会找赵佗算账！"

"不。我不会死、我不死……"他已昏厥过去。

风云中。唯有海妹的身影、宝珠的灼灼光影，在风云中闪耀。

雷电，黑云。

狂风，暴雨。

大潮汐的海面不断地上涨，上涨。

番禺山海口。

马丁依然隐在岩后。

他的人又有游水上岛、登岩的。

二秀仗剑而下，与登岛的"秦兵"格斗。

小岛外的海上。

"秦"字麾下的大楼船在风暴中极速航行着。

云雾弥漫的黑阵中闪射出银亮亮的光柱。

"看到啦！看到啦！"

"宝珠！宝珠！"

"海妹子——海妹子！"

赵佗、罗阿公同时疾步赶至船头。

"刚好大潮汐的潮头也到了！"百夫长说。

"长老的船阵奔着海珠航标来，该被大潮头推进了番山、禺山的江河口！"

"好！好啊！"赵佗仿佛松了一口气，"可是，我们一直没有追赶到他们的影子！"

罗阿公凝重的脸色。

赵佗："罗阿公，我们要不要沿江上去寻找他们？"

罗阿公："这要到大沙岛上，看海妹子和梅旌是不是见到了他们，才好决断！"
赵佗："百夫长，前方就是大沙岛，全速前进！"

小岛上。
"秦兵"们被二秀击退。二秀站立崖畔正观望间，林中一支暗箭飞来，射中她的左臂。她身子晃了几下，将要倒下时，负伤的梅旌走过来，用另一只臂膀揽住了她。
一对受伤的兄妹相互搀立着。
大潮汐涌动着上涨的海水，淹没了他们脚下的礁岸山岩。
海上。
"秦"字麾下的大楼船在风暴中疾速航行着。
百位兵丁壮汉在号子声中拼命摇橹。
一团团白色的海水泡沫袭向山岸、袭满大楼船的船帮。
海面在不断地上涨。
岸的山体仿佛在一点点下沉、下沉。
海面在浮升、浮升……
小岛无踪影了。一双受箭伤的兄妹无影无踪了。
小岛只剩下一丛石礁，在其上闪着宝珠的银光。

大楼船上赵佗、罗阿公、众秦兵们紧张、焦灼的神色。
他们的目光中，岛峰上下都有宝珠在翻卷的乌云中闪亮着。
好神奇！人们好惊奇。
海面上有倒掉的大树、草房屋顶等漂浮物，顺着大潮飞快地漂移而来，沿着宝珠下的小岛旋了个大弯，向山海的江河口漂去。
赵佗、罗阿公盯着。
罗阿公："将军见到了吧。长老的船阵，一顺风飘到这里就必会看到这岛上的航标，就会像这些漂浮物一般，沿着这宝珠所在的小岛被倒灌的海水推进那江河口。进了江河道，船阵就不怕大潮汐的退落了。"
赵佗："嗯，谢天谢地……"
小岛几乎被大潮汐淹没，只剩下岛尖。
天海、云霾里小礁岛似在奇异地闪着银灰的光亮。

赵佗的大楼船绕着小岛寻了一周，呼叫着："海妹——梅旌——"
四野不见人应。
大楼船靠了小礁岛的陡岸。
赵佗火速派人登陆四下寻找梅旌、海妹。
岛岸上空空荡荡，没了人影。

“梅旌！”

“海妹！”

人们呼叫着。依旧无人应声。

赵佗慌了。

“海妹在那！”船上突然有人大叫，并劈手指着一处。

陆岛上的赵佗仰头望向小礁岛尖的峰头。

隐隐约约正是海妹在风中的身影。她，正倚着山岩护举着闪射光芒的宝珠，然而，她已经是化作岩石的神奇人形巨雕。

赵佗惊愕地后退、后退着，“海——妹——”，赵佗的呼喊声响彻海天。

众秦人兵将随赵佗长跪在地，叩拜着海妹。

天海间飘动着“海妹”的呼喊声，混杂成风雷声声。

巨石女神海妹的山岛岩像，印在海域天地的蓝色里。

（史话纪言：二千余年前这里原为一片大南海。西樵山、番山、禺山之麓乃为古海岸。经千载地理演变，渐成陆岸——广州暨珠江两岸。珠江、海珠宝岛本事即此。）

9

海湾里。漂着小木船。

神巫驾的小舟上相依坐着负了箭伤的兄妹——梅旌和二秀。

他们回望海珠宝岛。“天意，实在是天意啦！”神巫说，“宝珠和美女都化成了宝岛的岩石。什么人再想抢走都办不到啦！可是上苍有眼，百越有心，他们看得清记得牢。梅旌和二秀，是护卫海妹和澳门神珠的活着的英雄！”

小船靠岸了。

梅旌、二秀回望海妹化成礁石的脸颊。

神巫用海水为他们洗箭伤，然后在篝火前炙烤伤口。神巫闭目、双手合十叨念了一通什么之后，戴上傩面，为伤者吆唱起舞。

梅旌：“大师父，我们走！去追赶崖珠长老的船阵。”

二秀也站起身来。

神巫：“莫慌。在这里养好伤。我知道船阵去了哪里。”

二秀：“恶鬼马丁那儿？他既是秦军，就脱不了杀人的干系。我要追他，杀了他！”

神巫：“不必了。他拿不到宝珠，又放冷箭伤了你们。他会另寻生路，逃之夭夭，不会轻易在你们面前出现了。”

梅旌：“那我们……也要去楼船上告知赵佗一声，船阵已随倒灌的大潮汐沿江河上行，我们看到了的，我们快去追赶楼船！”

神巫："不必操心了。秦军的大楼船会去追赶崖珠部落的船阵。赵佗也会来找寻你们。"

梅旌、二秀："……"

神巫："我要先在那宝珠岛的岸畔打磨岩石，为海珠女神雕字，修起一座图腾神柱，留念想儿于百越，神柱上刻上护佑者梅旌、二秀的名字，传扬千古。听我的，赵佗的楼船、长老的崖珠部落家小船阵，会平安的。你们只需要在此养伤、等待。"

二秀："义父您的意思……"

神巫："这一带将卷起风云。你们已是百越、神珠和赵佗楼船的护佑者，会得到上苍之神的褒奖。一时之间无须再见我。我也无须再见任何人。"

二秀："义父，为什么？"

神巫："此一举，赵佗的功德已成定局。别人再怎么闹都没戏啦！"

神巫又闭目双手合十叨念，然后戴上傩面，为伤者轻轻吆唱。

洞里的篝火明亮起来。

海边。向岸上巡来的一只小船。

船上是赵佗和数个秦兵。

他们发现了沿岸上冒着青烟的洞口。

赵佗及他的士兵们走入海湾的一个洞窟。篝火旁正站立着负伤的梅旌和二秀。

赵佗和他们惊异对望的眼睛。

"将军！"梅旌呼叫着。

二秀无语地望着赵佗。

赵佗："梅旌、二秀，果然是你们！终于找到了你们。走。上船。"

二秀："我也在这儿，你不觉得很意外吗？"

赵佗："不，不意外。"

二秀："……"

赵佗："你关心为崖珠长老船阵导航的宝珠，还有比你更关心宝珠的人，他们都会来这里。所以你们兄妹才会遭暗箭的射杀。不是吗？"

二秀十分诧异："算你说了一句真话。"她从身后取出那两支带血的箭镞，展示在赵佗的眼下。

赵佗凝视箭镞。

赵佗："不错。这是秦军的箭镞。可是这绿色的镞尾，是屠睢部先头马队的。你应该知道有个叫马丁的人。"

二秀："即便是马丁干的，不也是你赵大将军的部下吗？"

赵佗："不错。可是这不代表我的指令。"

二秀："不是你大秦将军的指令？唬谁哪？还有谁能指挥得动他？"

赵佗："这里应该还有一位护佑你们兄妹的神者……"

赵佗左右巡视。洞里空空不见神者的影子。

赵佗："洞口篝火的烟影是他告知我人已离开的信号。好了。先不争辩这些。我们走！上船。军中有郎中会医好你们的箭伤。我们一道去追寻崖珠部落长老的船阵。"

江河道里。

疾速行进着的秦军楼船。

赵佗巡视河道前方两侧的疑虑目光。

二秀也在焦灼巡视风云弥漫的前方和两侧。

赵佗的心声："但愿能找到长老的船阵。搭救一个部落，许能转换二秀执迷不悟之心。"

二秀的心声："宝珠化成了巨石，贼心贼胆与否都试不出了。追赶上船阵到底会咋样？他会不会拿崖珠妇幼老小做要挟百越的人质？赵佗是狼心还是佛意？"

翻滚扑来的风云。

海潮倒涌的江河。

灵川。神庙。

马丁、吴央正在觐见吴晃、吴芮。

"天下奇闻！奇到令人难以置信！"吴晃怪叫着，"难道这会是真的吗？即便是千真万确的，皇帝能信吗？编谎欺君！那项上人头立马就保不住啦！"

他急得在地上乱转。

吴芮："要不要亲劳大人走一趟，看一看这世间传奇、那化成石礁的抱珠神女？"

吴晃："我看顶啥用？你有本事把皇帝拉去看吗？"

吴芮："……"

吴晃："据人言，那霍龙山一带，还有一两万迷失的秦军兵卒！"

马丁："这是千真万确。小人都是从那里走出来的。"

吴晃："小小的中军吴央，你弃军逃生之罪有证人，又是铁定了的。原说是全军覆没，尔等十数人侥幸活命，还情有可原。如今倒好，又冒出个一两万兵马来！弃兵逃生，欺君不报，死罪啦！"

马丁："大人，小的可不是这个意思呀！"

吴晃："在皇帝面前还有别的意思吗？"

马丁："在大人面前，只是在大人您面前。"

吴晃一惊："背着皇帝？你是让老夫跟你们一块儿蒙骗皇帝、去送死？"

吴芮："大人。既是诛灭九族之罪，您这位吴氏长老，可是在下的近亲！更何况您是亲来岭南的钦差大员！"

吴晃："原来你吴芮是早有预谋，圈住老夫！"

吴芮："在下岂敢，只是天意如此。岭南的事如何生变，有无损皇帝圣名，全在大人股掌之中。吴氏家族有幸仰仗大人也!”

吴晁仰天长叹一声:“哎呀,苍天!”

江河道里正疾速行进的秦军楼船。

山野河川里一片空荡荡,不见船阵的影子。

兵员们焦望、巡索的目光都有些失落。

翻滚的风云。

潮涌的江河。

灵川。灵渠施工的工地。

史禄陪伴着大将军任嚣,在工地上巡走。露背挥汗劳作的中原士兵们,呼喊着口号抬木运石、凿岩通衢,热火朝天。

神庙里。吴晁面对着吴芮父子和马丁:“我是个忠于皇帝的人,权当作是平定岭南百越、维护皇权的一条大计啦。”

吴芮:“本应如此,大人请讲。”

吴晁:“吴央、马丁你们给我听着。现下你二人就去到霍龙山一带,火速找到那伙丢失的秦军遗部。我以皇廷圣意宣任你吴央做统领,马丁做你的帐下中军令。”

吴央、马丁:“谢大人。小的遵命!”

吴晁:“重整旗鼓,唤醒雄风。这可不是一句空话。既是押运粮草的秦师,就缺不了人吃马嚼的给养。尔等要巧施领兵寻仇之妙计。凡吴武祖上兵法,无所不用其极,定要赶在赵佗楼船之前,把大局搞定——赵佗孤军独船深入岭南,也一定是暗暗打这支秦旅的主意。那就只有将计就计,就手把他的楼船抢了,灭啦!这样一来,吴氏之师,东有霍山秦旅,西有桀骏百越之盟。只要计谋得逞,不愁岭南秦军不改弦更张……”

大江。赵佗的楼船北去。

赵佗观察着左右远岸——倒灌的大潮汐淹没着两岸。依然是空旷的山野大水,不见他们冀望的部落船阵的影子。

江心一座山岛迎面临近,前面的江流被分成了两股河道。

大楼船闪过缓缓邻近的江心山岛,进入右江道。

“这座山岛就叫龙山岛。这里已是北江。”罗阿公道,“江河就此被它分成了两股河道。一左一右平行着向东流。沿着五岭南坡在大霍龙山下又与从岭北流过来的江河相汇,成三江汇合之源,人称东源。转而沿龙川向南流去,则为东江。东江又流回南海,联通着东越与九龙之岛。我们至今不见崖珠长老的船阵。楼船所经之处,两岸多是山崖陡岸,船阵不可能登陆。入东江的三江汇源一带,才有山口、平川、陆岸,可以随处泊船靠岸。”

赵佗听着，不住地点头。

罗阿公又道："只是他们是行走在左江岸还是右江岸，我们一时无法判断。将军的楼船要有个巡行的定向才行。"

赵佗："左江、右江，越往前行相距越远。到三江汇源才流到一起，成为东江。这途中山岸相隔，寻不到船阵，会有疏漏啊。"

罗阿公点头："是的。"

赵佗："中军，命号角兵吹令埙、起锣鼓，安排士兵发烟火号箭。令马旺的骑队和小船队靠近楼船。沿左江岸听命而行。我等驾船沿右江道航行。到三江汇源处停船、会合。"

"遵命。"郑武发令。

一时间楼船上铜鼓齐响、埙号长鸣、弓箭对左江岸空中发射出带响的火光箭镞。

左江岸的山谷。空寂，并无回响。

左江岸另一道山谷里。

一彪人马驰骋着，是吴央、马丁引领的人马。他们看到、听到了楼船上发出的一切信号。

吴央、马丁的马队勒马停步。他们惊心地听着。

马丁："是赵佗的楼船。"

吴央："他怎么会到这儿来？不是在海珠的大沙岛吗？"

马丁："那，请问您为啥会到这儿来？您不是在灵川吗？"

吴央："难道他赵佗也……"

马丁："他既是大秦的少将军，能不找那些不知下落的秦军吗？"

吴央："救崖珠部落是虚，找屠睢秦部是实。冤家路窄！我们避开他，免得为他当了向导。"

马丁："他的信号发自江心，一时上不了岸，是这一阵子号令，是发给岸上的。他这岸上有人马！我们要格外小心！"

吴央："嗯。走！"

右江道上前行的楼船。

楼船驰出了右江道。看得到眼前的一片三江汇合的浩瀚水域和远处的霍峰山脉。

罗阿公与中军郑武一同指挥着大楼船抛锚，停靠在江心山岛岸边。

二秀走近赵佗。

"赵将军，我想……"二秀观察着他。

赵佗："二秀姑娘？请讲。"

二秀："我想借将军一匹战骑一用。"

赵佗："人在船上，用战马……"
二秀："登陆上岸。"
赵佗："嗯？"
二秀："山高谷深，水大风狂，你的号箭很难得到回应，况且你的马队在陆岸上行走，难说他们现在与楼船并肩同行。二秀上左岸巡行才万无一失。"
赵佗："二秀姑娘盛意我赵佗心领。只是你身负箭伤，怎好……"
二秀："别忘了，我是百越部落有名的药娘。船上无药，也要到山里方可采到疗伤的神草好药。"
赵佗："那，你是充当本楼船的信使，去左岸代我寻崖珠长老的船阵？"
二秀盯着他。
赵佗："中军令郑武！"
郑武："在。"
赵佗："选十位骑兵，随我护送姑娘下船上岸。"
郑武："遵命。"
二秀："何劳将军如此兴师动众？"
赵佗："应该的。只送姑娘上岸而已。给姑娘一个行动的方便。"
赵佗的十人马队护送二秀上左江岸。
左岸上。二秀在马上向赵佗告别。
赵佗："我可再送上姑娘一程。"
二秀："不敢再劳赵将军大驾。药娘我是岭南山里通。"
赵佗："敢问姑娘此行何方？"
二秀："沿河岸行走，找到崖珠长老的船阵为止。"
赵佗："我等候二秀姑娘的好消息。"
二秀："就此告别将军。"
赵佗："姑娘保重。"
二秀扬鞭而去。
赵佗望着她远去的背影。
扬鞭驰马的二秀飞行在山中。她又向山深处驰去。

岸边的山中。
赵佗的十人马队分散四下巡视着。
几路人马相继从林中回来，摇头向赵佗禀报。
赵佗拧着眉毛微微点头，又向前走去。
突然林中驰出中军令郑武。
郑武："禀将军，林地中发现了我秦军遗弃的铠甲！"
赵佗会意，眉毛一挑，小马队随郑武飞马而去。

林深处。

赵佗等十人驻足惊望着草丛——其中有一堆堆被秦兵遗弃的盔甲。

赵佗惊望巡视这四周。

郑武："将军，我四野查看过，这些秦兵丢弃的盔甲、战衣、武器，不下几百件。还有残车、粮袋、死马皮骨数堆。"

骑兵甲："看来，是龙山血战场上逃生出来的残兵所遗之物。"

赵佗："有残车、粮袋，表明正是押运给养的大秦兵队。"

郑武打开铠甲中的一张名签。

郑武："正是吴央的，都是弃甲逃生者。"

赵佗接过名签细细浏览，又是习惯性地拧眉思索。

赵佗："兵卒可以战死。秦甲不可以丢弃！"

郑武："在下明白。"

另一片山林中。二秀放慢了马速，在寻看中行走。突然她发现了什么——蹿出来的是那条大黑狗山豹。

二秀惊心道："山豹？是神巫、义父吗？"

"是。全是。不过就我老哥儿一个。哈哈哈……"这是一个怪腔怪调的声音。

随着这一串怪笑，走出来的是"丑男人"赵多。

二秀无奈地皱起了眉："你？怎么又是你？"

"哈哈哈！是我，正是我。实实在在的我。咱俩缘分不浅啦。哈哈哈……"

赵多大笑着。

他吹了一个口哨。他的战马从丛林中出来。他骑上马背。

赵多："在下指定要陪、陪小妹走一程喽！"

二秀："讨厌！谁稀罕你陪！山豹咋会跟了你？你偷了神巫的？"

"别忘了俺也是半个神使——人间食神。一块肉骨头就领来了山豹。"赵多嬉笑着驭马，将身子贴近二秀。

二秀策马闪开回身就跑。

她身后甩不掉的是赵多那紧追不放、一串串怪里怪气的笑吼声。

奔跑的马蹄。追逐的身影。

山林里还有奔跑的马蹄。追逐的身影。

那是吴央、马丁一行人马奔跑而来又奔驰而去的影子。

远远的一道陡峭的山砬子隐现面前。

吴央举手示意，马队停了下来。吴央："马丁，前面那道大砬子山影，下边就是龙洞。十几匹马要踏出几条行走的路径，免得给赵佗当引路人。"

马丁："在下已命三个骑者有意绕路造出多个假象，放些迷雾给他。我们直奔大砬子龙洞集合。"

吴央："好，你马丁总算脑子够用了。直奔龙洞山，走！"

10

大江上。赵佗的楼船。

船上的兵丁百夫桨手们在休憩。

赵佗、罗阿公、中军令郑武等都在大楼船船头目不转睛地盯住大江上浩浩荡荡的大潮汐。

倒树、杂枝又缓缓地向下飘来。

罗阿公高兴地一拍手，叫道："瞧，大潮汐开始退啦！"

赵佗："嗯，漂流物好像是往回来了！"

罗阿公："涨朝如刮风，退潮似放箭。再有大半天时间，只要崖珠长老的船阵没有登岸、搁浅，就该见得到他们飘下来的影子。"

赵佗："嗯，等在这里是对的。"

罗阿公："只怕是……他们全是妇幼老小，既是逃离崖珠的，一时不肯回来。但愿老小们是在哪道江湾里抛锚停了船……"

赵佗："这正是叫人忧心的事。但愿我放出的鸽子，能引他们回巢。"

刚好空中有一群白色飞鸟在声声长鸣中飞过。

山林路上的赵多与二秀。

赵多的马紧贴着二秀的马，赵多有意贴近二秀。

二秀躲闪不及，冷不防侧转马头，跳落到草地上。

二秀大声喊叫着："烦死人。不走啦！你想咋样？"

赵多嬉皮笑脸："嘻嘻嘻……不走好。我就想你能不走。"

他也跳下马背。

二秀："到底想干啥？"

赵多："问问你自己喽。"

二秀："我想做的与你无关！"

赵多："不会。不信咱俩就试试看。"

二秀："没那闲工夫。"

赵多："那好。我有工夫。来，咱们先去采药。"

二秀："采药？采什么药哇？"

赵多："当然是采治箭伤的草药。"

二秀："而后呢？"

赵多："我陪姑娘去找寻崖珠部落长老的船阵。"

二秀："是陪姑娘我去寻找，还是姑娘我来带你去寻找？"

赵多："这有啥不一样吗？"

二秀："您说呢？"

赵多："咱俩的目标一样，可是目的不同。"
二秀："说说看。"
赵多："你是想让长老藏匿船阵，躲避秦军。"
二秀："你呢？"
赵多："相反。"
二秀："哦？你也会掐算？"
赵多："通灵通神的事，略知一二而已。"
二秀笑着："哈哈哈……赵多、赵多，你真是个造事多多的主儿！"
赵多："不敢当。"
二秀："算你说对了一半。我为啥要让他们藏匿船阵，躲避秦军？"
赵多："你疑心赵佗会拿他们去要挟百越部落。"
二秀："难道不是吗？你与我相反，难道不是在为赵佗成全祸心吗？"
赵多："嘻嘻嘻……是祸心还是好心，出了水才见两腿泥！"
二秀："想得美。我不会带你去见他们。"
赵多："放心。在下会带你先去见他们。"
二秀："吹牛。咱们走着瞧。"
二秀旋身上马，跑掉了。
赵多一扬鞭追了上去。

龙洞山下。
吴央的小股马队在林中徘徊，寻不到洞口，听不到动静。
他们在小心翼翼地聆听、寻看着。他们很累了，终于下马，坐在倒树、岩石上喘息着。
远远地有一处山峡冒出袅袅炊烟。
"在那！"马丁手指着喊叫起来。
吴央一把拉住了他，示意其降低声音。
吴央："小心。你敢保准是我秦军吗？万一……派两个人打探清楚。回头来报！"
马丁："明白。在下亲自去！"

龙山谷下的岩洞里。
阴暗开阔的大岩洞里点燃着火把。
洞里一团一堆、横躺竖卧着一伙伙酒意浓浓的落魄秦军士兵。他们都丢弃了盔甲，内衣都成了破衣烂衫，索性赤背露体、狼狈不堪。他们多数醉卧不醒。醒着的有的在划拳，有的在玩土法对弈，有的在争执、骂仗，有的在打架、摔跤。一团乌烟瘴气。
大岩洞中央的石板上横卧着一个黑胖的络腮胡子。大家在给他敬酒："黑哥，弟兄们就靠你啦，就你腿脚硬朗。敬你酒啦……”

“我老五，只要有酒，就、就能走出大山，给、给弟兄们找条活、活路……”

“老五，有你这话，就他妈喝、喝死拉倒……”

黑子老五醉过去了。

洞口外的两个岗哨抱着剑戟在打盹儿，醒来后在吞酒、歪歪扭扭地猜拳。

隐身树后的马丁、秦兵们看在眼里。

突然，秦兵的战马脱缰溜到了洞口的草地，惊得两个醉哨兵好似噩梦突醒，歇斯底里撒腿就跑、嘶声喊叫：

“越兵啊，越兵来啦！”

“越兵啊，越兵来啦！”

林石边的吴央。

马丁：“禀将军。是走失的秦兵。”

吴央高兴起来：“果然是他们。天助我也！走！”

岩洞里。

“越兵，越兵来啦！”

“越兵，越兵来啦！”

跑进洞来的两个醉哨兵狂呼乱叫着。洞里的醉汉们无人理会。

“秦兵，秦兵来啦！”

“秦兵，来啦！”

改口了的狂呼乱叫，依然唤不醒醉汉们。

洞口的烟雾火光中出现了吴央等人的身影。

马丁喊叫着：“秦兵听着。起立——列队！起立——列队！”

醉汉们置若罔闻。无人理会。

“起立——列队！起立——列队！”

马丁声嘶力竭了，“大家听着，这位是大秦将军的中军校尉吴大人，来重新整编各位的。大家听清楚了没有？”

他的叫喊依然不见回应。

“大秦军？我还他娘的是大秦、秦将军哩！谁来了都没、没用的。”

“带一帮女、女人来才管用……”有人醉语嘟嘟哝哝。

“胡言乱语者，推出去斩首！”马丁嘶叫着。

俩哨兵对视了半天，突然跪过来拜见：“大人，大人，真的是您吗？可盼到你们过来啦。”

其中一个哨兵：“我们监押的军粮给大伙分光带走，剩下的吃光啦，连战马都快杀没了。躲越人、怕越人，只余下几大桶老白酒，大伙醉里求生，维持着有口活气儿啦！”

吴央：“你是谁？”

哨兵：“小的马乐。原本中军帐前卫士。可是中军大人您逃了，俺就……”

吴央：“好啦好啦！你呢？”
另一哨兵：“在下是粮草督部百里探马。姓陈名魁。”
吴央：“嗯。还算好样的。马乐，陈魁，你们把大伙叫醒！本将军要颁布号令。”
马乐、陈魁：“是。”
他俩狂呼乱喊、又拉又踹了一通。无一人真正醒来。
马乐：“大人，您瞧见啦。叫是叫不醒的啦。”
吴央：“那，咋办？”
马乐：“反正酒也快喝光了。让他们喝吧，酒没了，饿……自然就醒了。”
吴央：“这……”
陈魁：“不如大人也……”
吴央：“也真是又困又累啦。”
马丁：“给大人拿酒来！”
马乐：“遵命。”

第六章　天命篇

天有天语　花有花香　人有人魂
至圣神世也

——引　古民谚

1

山林路上的赵多与二秀。

他们骑着马儿一前一后，放慢了脚步在悠然地行走着。

马背上打盹儿的赵多，在东摇西晃着。

他偷偷睁开了一只睡眼，看了一下马背上正在盯着他的二秀。

两个骑马人自顾悠然行走。

龙山谷地上空，飘逸着的袅袅炊烟。

赵多、二秀同时看在眼里，心中都好似明了了什么，便加快步伐。

“秦”字旗下的楼船上。

赵佗：“中军令郑武。”

郑武从甲板上走过来：“小的在。”

赵佗：“你速带二十骑箭手士兵，沿左岸去寻找崖珠长老的船阵。一定要赶在秦兵逃散部落之前找到他们。不可使长老的船阵部落落在逃散秦兵的手里！”

郑武：“郑武遵命！”

龙山谷下的岩洞中。

在酣睡的男人群里，吴央等后进洞者也醉得东倒西歪，困倒在石坡上。

大岩洞里沉寂下来。满眼皆是横倒竖卧、鼾声如雷的汉子们。

山林路上的赵多与二秀，挥鞭策马，离龙山谷地的炊烟越来越近了。

他们不约而同地停马驻足。

相互观望了一下，赵多取出腰间的古埙，吹起了中原的乡曲《大神调》。

霎时间那古埙吹就的中原乡曲，就呜呜咽咽、高亢地飘摇云霄，行遍山野。

龙洞中，被这呜呜咽咽、高亢的乡音笼罩灌满。醉卧者开始被唤醒。

醉沉沉中醒来的汉子们在犹疑地聆听。

“乡曲儿，乡曲儿！”

“埙声，埙声！”

“回到老家了吗?”
“到家了呀!”
“哈哈哈！做梦啦!”
“老子一梦就回到老家黄河边儿了呀！听着跳大神的啦。哈哈哈哈哈……”
谷前路上的赵多与二秀。
赵多临近洞门时，突然举起古埙猛吹了几声长音，收起来。从鞍鞯上取下自制的蛇皮贝壳串铃当鼓，当当当地敲响着，放开喉咙喊唱起中原的乡曲《大神调》：

我家住在大河南北坡，
大河的名字就叫黄河；
黄河边上有棵树，
古树洞里有个窝。

大山大岭大谷地呀，
庄稼院里故事多；
爹亲娘亲生养了我，
弟兄八个我老幺儿。
爹娘说我多了一个又一个多，
老疙瘩得名就叫多、多、多。

多了一个多呀，
又来一个多呀，
山南海北八万个多呀，
看你是多还是不多！
呀呼嗨呀，咿呼呀嗨……

洞门前。被乡音唤醒的秦军汉子们，纷纷挤到了洞口门前的空地上，寻看着乡音的来处。不只闻到声音，也看得到绕谷而过的人影。
“是他。是那小子。吹古埙的大号兵……”
“会跳大神、搬杆子那个家伙!”
“多多多的，是他。他就叫赵多!”
“随了将军帐下，好威风哩!”
“真的是啦。是秦兵呀!”
“啊啊啊，回老家啦，回老家啦!”
人们发现了二秀的影子。
有人惊叫了起来：“女的！女的呀——”
“啊啊，有女人来啦！女人……”

更多的人渐渐醒来，欲循着声音追赶而去。

“站住，站住！”人们被马丁喝住。

马丁呼叫着：“大秦将军在此！不遵命者斩首！”

马丁的十余骑兵持剑拦住刚刚醒来的秦兵。

声音戛然而止，众人翘首望去。

吴央也随众望去。

二秀骑马的背影，随着赵多的身影和埙声隐入峡谷。

岩洞前的吴央。

马丁：“众兵丁将士们听清喽。这位是我们的将军！大秦皇家特使新任命的大都统吴央吴大人！大家跪拜参见啦……”

众人呆若木鸡。无一有动作者。

吴央一摆手叫停了马丁。他走下草坡一一巡视着醒来的秦兵众汉们。

“弟兄们。诸位受苦啦！”吴央凄然地呼叫，“大伙都是乡亲、大秦的兵丁将士。屠睢将军就战死在前边不远霍山的龙崖下了。你们看到了吧？就是那座山峰！我十万兵勇也被越人杀得死伤逃亡光啦。可是赵佗呢？身为统帅少将军，他不但不报仇，反而退兵漓江桂林，贿赂百越，屈膝求和。他的一艘送礼的楼船就在江上哩。他在寻找百越族人的部落，送粮米油盐给他们。我们怎么办？”

众人呆呆地相互观望着。

马丁继续高喊：“为屠睢将军报仇！抢了他的船，夺了他的粮，杀了他的人！好吃好喝归咱们啊！”

秦兵醉汉子们有应声者：

“对。抢了他。杀了他！我们要粮食啊！”

“我们要粮食。我们要活命啊！”

吴央：“别慌，急不得的。大伙这副模样，能抢得了赵佗吗？不要白白去送死。跟着他——那跳大神的，还有那女的，跟着他们就会找到百越人的部落。尔等秦兵丢了战甲，光了身子与百越人看不出两样。大伙这么办……”

他与众汉子在一一交代着。

居高临下的山峡谷地上。

二秀勒马驻足左右观望。

赵多也停了下来。

赵多装了一锅子烟，点着吧嗒几口抽了起来。

二秀：“明知道冒烟的山洞子里有人。为啥绕着过来啦？”

赵多：“姑娘找的恐怕不是冒烟的山洞。而是水边的渔火。”

二秀：“我料定那些山洞里会是你们流散了的黄河老乡。不去见见？”

赵多：“自然会见到啦。”

二秀：“怎么说？”

赵多：“我的古埧已经跟他们对过话。是他们就会跟我过来的。”
二秀：“不是呢？”
赵多：“就同鸭子听雷——听了也不动。姑娘，走吧。前边不远就会有渔火出现。”
二秀：“谢你吉言。如果你的同乡们真的能跟过来，见到了我的部落，也见到了你的大将军赵佗，三头对面，倒是能看透许多虚虚实实、真真假假的事儿来。”
赵多：“也许这是我们正在做的。走吧，姑娘。上马！”

山峡谷地上。
马乐、陈魁在前，引领秦兵醉汉中的四五十骑兵。骑兵在马背上摇摇晃晃地飞跑过来，又摇摇晃晃地飞跑过去。
前边的山峡里又传过来那诡异音调的《大神调》和乡埧声。
马乐的骑队随之而去。

山林中飞跑着吴央和马丁。
他们来到了下游江岛前的岸边，下马隐身窥望。
他们视野中的大楼船已然停泊在江心岛前的江流中。
吴央不由得心中暗喜：“果然等在这。”
马丁：“不出将军所料。”
吴央：“由马乐他们照计行事可也。”
马丁上马回身就走。
吴央叫住：“马丁，你做啥？”
马丁：“这射日的大事不能没我马丁。这是进岭南以来唯一可能成功的事。没有我马丁参加，注定不成功。那你我就都成了废物一块。百越永别啦。”
吴央：“马丁你别发疯……”
马丁好像真的疯了，叫喊起来：“来吧，吴央兄弟！别躲躲闪闪的啦。一不做二不休，那船阵上全是海族家人，都是女的。来吧兄弟。像个爷们似的上马，痛痛快快干他一场吧！啊，哈哈哈……”
马丁在狂笑中飞马驰去。
吴央：“马丁，不许你坏我大计！那些是越人，听马乐、陈魁的！”

马乐、陈魁的骑兵队来到江边，驻足而立。
大江雾气弥漫，山岛的影子隐在江心的一片迷迷茫茫中。
马乐、陈魁的骑兵队不知所向。突然，那邪声拉调的《大神调》和乡埧声又隐隐约约地传了过来。那声音忽而如烟远去，忽而随风飘近，令马乐、陈魁的骑兵队迷离。

他们循着声音沿江而行，近了、近了，那声音却似在大江之心，忽而又似在那江心的山岛之上。

骑兵队更加困惑。

他们无奈地在岸上徘徊、踱步。

山岛前的陆岸、岩畔、老树下。那《大神调》和乡埙声又隐隐约约地传了过来。

马队停下来。迷惑地观望。

马丁策马随后来到。

江心岛的雾影、树影里漂出一只小船来。

船上有蓑笠翁撑竹篙的影子。

马丁呼叫着："喂，船家过来！"

船家过来了。撑竹篙的蓑笠翁原来是变了装的越公子。

马丁叫道："船家，你可是船阵里头的船？"

蓑笠翁无语。

马丁问："长老的船阵可是在江岛岸上停靠？"

蓑笠翁依然无语点点头。

马丁又问："船阵里有秦兵吗？"

蓑笠翁无声亦不点头。

马丁："是个哑巴？我说，你是秦兵，还是越人？有吃的没有？"

蓑笠翁回身打了一响山里人的口哨。一挥手间，岛岸的树丛里漂出了数只小船，上有越人装扮的马旺等人。

马旺等秦勇从小船上取出一篓篓吃食。

马丁暗自高兴："啊，来吃的喝的啦。好个百越。天助我也！天助我也！马乐听我号令，把马拴在树林里！开吃开喝！有活命啦！"

马丁的秦兵们围上来争抢狂食滥饮起来。

那《大神调》和乡埙声隐隐约约地又传响了。

江心岛的雾林树影里。

蓑笠翁的小船独自在岛边的树丛间隙中急速向右划去。

右岸。

江岛前的大楼船上。

赵佗的视野中出现蓑笠翁的小船。他靠近了大楼船。

弓箭手张弓搭镞瞄准。

赵佗抬手止之。郑武同水员们接应蓑笠翁登上楼船。

蓑笠翁脱去蓑笠展现真容，众秦兵为之惊讶。赵佗迎上去："果然是你，越秀。"

2

右岸江岛前的大楼船上。

越秀："不出将军所料。他们有一大队人马。在下全照将军的意思办了。"

赵佗："好。马旺等人？"

越秀："他的小船吃食稳住了饥饿的秦军的马队。在照将军的吩咐行事。"

赵佗："嗯。等待长老的船阵引着他们一道下来。"

越秀："祈愿天佑长老……"

赵佗视野中平静的江面。

神秘莫测的江岛丛林。

风。云。山。水。

陈魁的秦勇马队在岸上观望着。

江岛。长老的船阵接近左岸。

马丁和他的一小队秦人兵勇乘机摸爬，已在船阵上。

长老的船阵缓缓地从上游漂下来，泊近了岸边。马丁以剑紧逼长老咽喉喝令："让你船阵的头船带领船阵向下行！快！"

长老："你们，下游是、是大秦军的楼船！"

马丁："我们就是秦军！长老你要瞧清楚、想明白喽！"

长老大惊："这船已经在向下、下游行走啦！"

马丁："马乐，把长老给我捆绑了。一切按我说的办，不然我大秦军就将你们满船阵老小推到江里去！女的嘛，全留下！哈哈哈哈……"

长老怒目看天。

船阵在缓缓下行。

下游江岛前的大楼船上。

赵佗的视野中，出现了他期待已久的崖珠部落船阵的影子。

船阵缓缓下行的影子，一点点向大楼船移近。

船阵前引行的是马旺的船。

长老被捆绑在船阵上。

船阵靠近江湾处的大楼船，刚好滞停下来。

大楼船伸下跳板来。

马旺几只小船的人手接板搭跳。

赵佗："中军郑武，传话下去，请长老上楼船说话。"

郑武："明白。"

中军郑武摇旗语。

马旺接答之后跃上船阵，走向长老和马丁。与之对话。

马丁眉头一皱：“上楼船？好。正合我意。弟兄们，护送长老上船，一道见赵佗！”

长老身后走出来二秀：“等等，就这么捆绑着长老上船吗？”

马丁：“二秀？你在这？”

二秀：“别忘了我是神巫的义女！”

马丁：“当然。不但松绑，而且我的武士们还是长老的随身护卫。”

马丁的秦兵们，正用南方的五色泥浆涂抹脸颊，装扮傩面人。

二秀：“秦兵对秦兵？这盘棋，我倒要看个究竟啦！”

马丁等十几个画着“鬼脸”的武士，簇拥着长老上跳板，走上大楼船来。

赵佗以凌厉的目光扫视着他们。

长老对赵佗怒目而视。

赵佗：“长老，我赵佗终于见到您了。部落船阵还好吧？”

长老：“少来。你们秦军绑架了我，挟持我部落的船阵老小。”

赵佗：“我们？秦军？从何谈起？”

长老：“装糊涂。想做什么就动手吧！”

赵佗：“在下率楼船为长老部落送来粮米油盐，一路随大潮汐而来，解救船阵危难而已。”

长老：“说得好听。全是鬼话。瞧，你秦军的武士们在做什么？”

马丁：“将军，我等乃长老的贴身护卫、百越武士。长老他年纪大了……”

赵佗：“百越武士？‘秦军’原来就是尔等！”

马丁：“非也。将军，我等就是为崖珠部落来领救济米粮的。”

赵佗：“中军，搬他们的救济箱来。”

中军：“遵命。”

中军郑武，挥手。士兵们已抬上一些救济木箱，放到了马丁等人脚下。马旺示意手下打开箱盖。

大箱盖一一开了。

箱里装的是那些被丢弃了的秦甲、战衣。

马丁现出惊讶的神情。

赵佗猛然大喝：“马——丁！”

马丁等人一时惊怔在那。

赵佗：“尔等画了鬼面，本将军就识不出你们了吗？尔等败军，弃甲亡命倒也罢了。多次阴谋行叛，还不服罪吗?!”

马丁索性出剑抵住长老咽喉，以长老为人质要挟赵佗。

马丁：“赵佗，你给我听清喽。今天我马丁就是一不做二不休。要杀掉你这个变节投越的叛将！为战死的屠睢将军报仇！武士们，给我杀——”

十多个马丁手下武士一窝蜂拥上，出剑围逼赵佗。

赵佗站立不动。

他没有出剑，只有目光如剑。

围上来的武士们无一敢靠近赵佗，严防与伺机出手的瞬间，半空里杀出个赵多来，他以奇绝的身手旋风一样拦截了武士们。

赵佗借机神奇地飞出他袖中的匕首，正中马丁持剑的右手腕。

马丁“啊”的一声惨叫，铜剑落地。他只能放开长老。

同一阵旋风里，赵佗一个旋身，那长长的剑锋就已抵住了马丁的咽喉。

马丁死不求饶，盯住那紧紧抵在咽喉的剑锋。

赵佗的双目燃着怒火，喷射向马丁的鬼脸。赵佗仿佛决心再加一分一毫的剑力，直刺入他的咽喉了断他的狗命。

马丁紧闭双眼等待着死亡来临的一刻。

赵佗那剑——在愤怒地抖着，但他依然没有下手刺入。

赵佗强咽下杀气，终于收剑。

赵佗：“念你，毕竟是屠将军的麾下，将他……拿下！”

郑武的兵将擒了马丁和他的武士们。

郑武在指点士兵们往长老的船阵上搬去粮米衣物。

楼船大甲板上。

赵佗示意长老坐在一旁。

赵佗：“长老受惊了。”

长老：“……”

赵佗：“也请二位姑娘坐过来。”

越秀拉着默默观看一切的二秀坐在一旁。

赵佗：“将马丁等押上来！”赵多、马旺等押上马丁、马乐、陈魁。

赵佗：“马丁，跪在百越崖珠长老面前，上对天下对地，该我赵佗还你马丁真面目啦！你有啥可说的吗？”

马丁不跪。

马丁：“本人上跪天、下跪地，况且我等为屠睢将军复仇，大义凛然，岂可跪你这叛降求和之将！”

赵佗：“本将所为，乃大秦朝皇帝之命，尔等罪兵面对皇天后土怎敢不跪？”

马丁：“赵佗你言笑啦。本人马丁无罪可罚！岂可言跪！”

赵佗：“尔等以为屠睢将军复仇为名，行谋取岭南兵权之实，多番化装越人以袭击秦营，刺杀任大将军和本将军；以逃亡之师谎称大秦之军，仇杀越人庄寨；此番又以秦镞射杀梅旌、二秀，栽赃我赵佗以结仇于秦，还言无罪？”

马丁一怔。

赵佗：“此时此刻尔等已在哗变造反。”

马丁：“此乃战与降，军策之争，马丁无罪！”

楼船下的船阵上，闯过来一位越族老人。

一众老小抬着老人被害的女儿。越族老人哭叫着：“冤枉啊！将军做主啊……”

秦兵扶他走过跳板，上了楼船。“将军做主啊——”老人闯入楼船大堂悲泣呼叫着，“秦军，还我女儿！还我女儿啊……”

众人一时皆惊。

老人怒指马丁：“就是他，就是他！这个穿着越人装的秦兵！恶狼！就是他，奸杀了我十六岁的女儿！这有他杀人的箭镞为证啊……”

赵佗接过箭镞细看。

赵佗盛怒之下将箭镞猛力抛出，插入大廊柱。

赵佗怒吼：“马丁！”

马丁咕咚一声跪倒。

马丁：“在下只是想……想吓唬她，让她说服长老起船下行。没想到她、她拔了在下腰间的箭镞就刺入俺的……俺才伤了她……”

“说谎！”越女子们也跟了过来，齐声道，“是你秦兵行奸在先！我等亲眼所见！”

气得发抖的赵佗拔剑怒视：“马丁！”

马丁颓然求饶：“将军息怒，小的该死！将军息怒……”

赵佗：“本人一直念你是大秦屠睢将军属下，一时为仇恨所迷，我本没想杀你。可是这奸杀民女之罪，天理不容！”

马丁：“将军饶命！将军饶命……”

赵佗吼叹一声，仰天长啸，插剑入鞘。

赵佗视野中的远山——霍山龙峰。他仿佛看到了当时秦越残杀的场面——屠睢、桀骏短兵相接、互相残杀。

染血的龙峰脚下山岩。

赵佗对马丁说：“马丁，面对大秦屠睢将军阵亡的霍山龙峰，你记下了。你是我大秦军在岭南砍杀的第一位军吏长官。我将用你的人头祭天地，以张正义；用你的血祭龙山之峰，祭一位神珠护卫者的英魂！中军郑武。”

郑武：“末将在。”

赵佗：“执我军法。将罪犯马丁拉下去，严加监禁、延时斩首！”

郑武：“得令！”

几个秦兵上来把马丁拉下。

越族老人与崖珠长老相互搀扶，抱在一起。

一旁，二秀与越女们惊诧的表情。

赵多过来，说：“将军大人。不如现在就——”他做砍头状。

二秀、长老等人露出疑惑神色。

赵佗：“此地乃龙昆部落与屠睢将军混战之地。不宜再处杀秦军官吏。”

赵多："那……"

赵佗："本将命你亲自监押。"

赵多："遵命！"

二秀、长老等人注视着。

大楼船正面对着的霍山龙峰。

赵佗："那场本不该发生的血战，就在这里发生。"

众人对山哀念的痛楚神色。

赵佗："马乐、陈魁听令！"

马乐、陈魁："小的在。"

赵佗："本将军委任你二人取代马丁，为屠睢部下左、右中军令。携军粮百石，重返霍山山林，寻找召回龙峰之战的秦军残部，就地在此龙山龙川之地屯垦谋生计。等待我大军不日进驻百越，行和合之策。"

马乐、陈魁："小的遵命。只是怕，残兵们逃散了好多伙，山里山外的不知了去向。怕、怕找不回来！"

赵佗："你的百十人马驻扎河边，燃起炊烟，有乡音，有米香。他们迟早会来寻你。不过切记，不得滋扰百越族人。"

马乐、陈魁："小的记下了。"

赵佗："违者罪如马丁——斩！"

马乐、陈魁："遵命！"

赵佗："将马丁被军法处决之事，告知秦军散部所有兵吏周知。"

马乐、陈魁："是！"

赵佗："马乐你还有一个使命——盯紧吴央，随时向我禀报。"

马乐："遵命。"

楼船上下。秦军们开始为船阵搬运粮米衣物。

船阵越人家小感激涕零的目光。

崖珠长老与赵佗执手话别。

长老："百越的将军，天赐之福啊！"

赵佗："长老不必过奖。佗乃受大秦皇命替天行道。只求岭南太平，百越和合无虞。大秦国天下一统，永休屠戮征战，万民之福也。"

长老："谢将军。"

赵佗："赵多，你与马旺的小船队分别在水上、陆岸为长老船阵护航，我楼船在前，引领长老船阵平安开往崖珠部落的安阳村寨。"

赵多："遵命。"

赵佗又拉过梅旌，道："梅旌是护佑澳门神珠、为长老船阵导航的功臣。恭贺长老佳婿美约有期啦！"

长老："谢将军美意。我崖珠部落父老家小们听着，赵佗将军之兵将，乃我百越族人的贵人、贵客。我等以百越迎贵客之礼，谢过我等最尊贵的客人赵将军!”老人们拱手深深鞠躬：

“天赐我岭南百越太平大将军也!”

众越族人齐声应颂道：“太平大将军永福！百越与贵客永福……”

桅杆下观阵的二秀与越秀。

二秀：“不可以高兴得太早。”

越秀：“啥意思？将军都为你哥哥请婚了，杀了马丁，也为你报一箭之仇啦。心里还不忿、信不过他?”

二秀：“杀了马丁，杀了吗？口头上宣告顶用吗？为啥不马上杀？真杀、假杀？杀还是不杀？大家都在等待，看清楚再说。”

越秀：“二秀，你总是有你自个儿的一套！这样下去会坏事的呀。”

二秀：“乱世相逢、相逢乱世，只能如此!”

无奈的越秀。

……

大楼船、长老的船阵，在漫漫平波中缓缓前行。

江岸上。

马乐、陈魁领着马队在江岸上行走。他们望着大楼船引领崖珠部落船阵渐渐远去，然后飞马向来路的岩洞奔去。

龙山谷下的岩洞外。

烟火熄灭了。

人迹全无了。

马乐、陈魁和跟随他们归来的几十人小队，愣在那儿了。

马乐：“吴央领着人马逃啦?”

陈魁：“那小子比猴儿精，跑得比兔子还快!”

马乐：“随便你跑。爷我燃起烟火吹起埙，不怕你们没吃没喝的时候不回来!”

陈魁：“来呀，先点着篝火!”

马乐：“你这厢召唤着，我去寻找那吴央。”

江上。大楼船、长老的船阵，在波浪中缓缓前行。

波光。水影。

说不清是赵佗的楼船护送长老的船阵，还是长老的船阵引导着大秦的楼船，顺着东江过九龙湾回十字门。安阳崖珠部落的家小们有望重新回到家乡——百越崖珠山寨了。有了粮米油盐的女人们，虽然还为男人们不知下落忧虑着，却为孩子们解除饥困而收起了眼泪。当天的正午时分，赵佗的大楼船载着长老和崖珠部落的一些老人和敢为马丁奸杀越女作证的几位女人，来到了番山、禺山之麓的海珠神岛前。

3

大潮汐退落后的小江岛上。

赵佗领着部下和相随的越众，来到岛岸上祭拜澳门神珠的护佑者——海妹。

众人目光中的海珠岩。

岩身已被人打凿成了原始的越式神岩神柱。神柱上有秦篆雕字：海珠神女。

众人随赵佗目视海妹岩顶的圆形宝珠默然而立。

赵佗："海珠神女——崖珠安阳的海妹，你携日月贝之神珠，引百越船阵之安流，海珠岩化为你的身影。射杀你的凶犯罪魁马丁，即遭大秦军法处置。以血为你、为百越和所有护佑澳门神珠有功的人祭江。你的心神光照日月，江海同长。"众人口中默念："光照日月，江海同长……"

赵佗盯视着中军郑武和赵多，挥手。

赵佗："把罪犯马丁押上来，行刑！"

中军郑武："把罪犯马丁押上来，行刑！"

列队的秦军武士们齐声呼喊："押上马丁，押上马丁！"

大江岸边。

崖畔上跪立的马丁。

闪电般的刀影起落，喷出的鲜血洒入江水。

江岸上站立的二秀。

她望着染血的江流。

她呆呆的双目，燃着莫名其妙的火光。

她取出背囊里斜插着的那支秦镞，仇恨地看了看。

她把秦镞抛入染血的大江。

小江岛上。

赵佗："今有天工出神柱，实为百越神女有灵。神之珠海、海珠之宝岛啊！"

众人随之焚香跪拜。

"神之珠海——海珠宝岛！"众人齐声呼喊。

赵佗："愿今人与后人记下了，此海就叫珠海，此江河就叫珠江，此岛就叫珠岛！"

众人呼喊着："珠海、珠江、珠岛……"

海岩侧畔的山洞前。

神巫正在打坐入定。

他脑海中浮现小岛上发生的一切。

赵佗于不知不觉中出现在他的面前。

赵佗鞠躬："大师，在下赵佗这厢有礼。"

神巫依然在入定中。

赵佗："在下知道，这里的一切都是大师所为。"

入定中的神巫嘴角的肌肉抖动了一下。

赵佗："感谢大师为百越族人雕凿出了'海珠神柱'。谢大师为百越向海神祈福并雕凿出宝珠百代不变的神位！"

神巫："将军百越之行，完成王者王道的圣迹，可喜可贺！"

赵佗："大师误解了。赵佗乃大秦一少将军尔，此行入岭南体察民情，无非是顺水、顺势、顺风而行。岂敢言王者之王道。"

神巫："'顺'字，天赐也。"

"谢大师点拨顺天之意。"赵佗的声音，"顺天者，天顺；顺民者，民顺。佗有幸能与大师共勉之。"

神巫："鄙乃一介草民，遑论天地民心？将军行之，岭南福祉也。"

赵佗："本将亦草民尔。苍生之世，有如江海升浮，岂有常道？草民言王道，终乃非王也。"

神巫："在下感念将军的启迪。"

他依然在入定中。

赵佗观察着他："在下很熟悉大师的笑傩神影和声音。在下有幸记下了您。"

神巫惊心地一抖，猛然睁开了眼睛。

赵佗的声音和人都消失了。

神巫微闭双目。

不远处出现楼船启程的影子。

楼船与往常不同，拉起了风帆，一副远行疾走的态势。

江海岸上。

楼船远去的背影。

……

海岩侧畔的岩洞前。

打坐入定的神巫："你，终于回来了。我知道你会遇到一切。干吗总是站在那里？"

神巫对面无声而立的正是二秀。

她一言不发。

神巫无语。

二秀面对神巫就地坐下，也盘腿打坐，似要入定。

打坐的神巫却睁大了眼睛。

"马丁让赵佗给杀了，已是你亲眼所见。"神巫开口道，"赵佗在百越岭南完成了他西江到东江，苍梧山到九龙的神龙行程。苍梧山是啥，你知吗？龙母山脉的龙首，北江进东江所依傍之山正是龙门、龙川直至九龙海岛，乃岭南龙脉之形身！"

二秀只是微合双目听着。

神巫："而他的楼船，从漓江顺延西江南行，绕崖珠东行，北行入北江东行，又沿东江南行至九龙。这恰恰是一个太极图形。你知这是什么吗？他走完了'大易周天'——太极图的'内八卦'！"

二秀："内八卦？"

神巫："这意味着什么，你懂吗？这已露出了上苍的昭示，赵佗他在依傍着先祖大舜帝的王者王道之运程，来统合岭南百越乃至其他！"

二秀睁大了双目。

神者："此番几经周折终于看明了天意。既是天意，为师就要谨遵天示，顺势而行，无以为争了。为师将要远去消失啦！"

二秀睁大的双目闪露不可名状的光。

二秀目光中远去的楼船。

她看着神巫于讲说中在地上画出的一个太极图形。

她迷惑又悔恨的双眼现出泪光。

神巫盯着她的双眼。

神巫："秀儿，相信我的话。你眷恋着你的青梅竹马，才猜疑他、考证他。你不愿他如你所想，更不愿他非你所想。爱、恨两个字同时烧炙着你。如今他的面貌既清，你的行为自明。顺水行舟，当爱则爱，护佑他、为他祈福——与他成亲吧！"

二秀秀眉紧锁。

片刻，她又心慌意乱地紧合了双眼。

神巫："天地有灵，唯人有性情。性者人之常道，情通万壑犹可经纬天地。情与爱唯性为一己，不可为他人所夺。情为何物？性、命、神、魂之合融；心、血、灵、肉之天成也。乃天赐神赋、圣洁唯己之事，不可稍歇无为也！"

迷惑的二秀。

神巫突然睁大双眼品视着她。

江海山口外的海上。赵佗的楼船在扬帆行走。

山路上。驭马一前一后疾驰的吴央、马乐。

海岩侧畔的岩洞前。打坐的二秀突然睁开双眼。神巫已不见了踪影。只有黑狗山豹卧在她的身边。

神巫真的消失了。

"义父，义父啊！"二秀呼叫。

"义父，义父啊！"远山群峰回荡着她的声音。

岭南山谷里，只落下一片静悄悄。

此时的灵川。神庙门前。吴央在见他的父亲吴芮。

吴芮："赵佗砍了马丁的人头？"

吴央："祭了江海和百越的宝珠。"

吴芮："我料到会有这样的结局。会是这样的。"

他急风般地来回踱步。

他突然缓和了下来。

吴芮："看来屠睢残部复招的希望渺茫。我们还要靠西部的桀骏人马收复东部。此后记下了：你吴央要偃旗息鼓，只在赵佗的麾下、史禄的身边，龙盘虎卧地潜伏下来，做好内应，一切顺应赵佗，不可显山露水。等为父的消息。"

吴央："好的。那位本家特使咋办？他正等着要岭南的神珠物宝。"

吴芮掐指算着："明天，明天初十，又是风暴大潮东来西去、北行的时候。那时又会同往年一样有外洋来的船只进入北海湾，到合浦深入内河漓江、三水与越人易货。到时我会着人换几件外洋的金器、宝钻和本地的雷珠缅玉，打发他。"

吴央："那可就是咱吴氏家族献给秦皇大帝的贡品。"

吴芮有几分得意："当然。"

海上。江海山口外。

赵佗的楼船正在扬帆行走。

天边突然有乌黑的云阵腾起。

罗阿公眼望着云阵。转向加大的风力，鼓起了大楼船的长帆。

罗阿公掐指算着："初十。东来的风暴大潮就快到了。将军……"

赵佗："罗阿公，您说……"

罗阿公："明天是初十。东来的风暴大潮已经跟定了我们船尾。等不到我们进入西江口，就会把我们刮向西海岸。"

赵佗走近大窗旁的《海舆航行图》前。舆标记行官沿着罗阿公的指向由北向南画一道横线，标出了西海陆岸。

罗阿公："沿西海岸北行入北海，进江河水道上行可返回漓江。"

赵佗："与其与风暴大潮抗衡，不如借此风力西行，沿西岸入北海。"

罗阿公："将军有如此豪兴？"

赵佗："我正想沿着罗阿公的话，寻走西海岸。"

罗阿公："那里正是交趾、九真古越之地。认一下海岸山门也是好的。"

赵佗："顺天意而行吧。"

天边云阵扑来。风力加大。

罗阿公望一阵天海："这也许是我们唯一的选择。"

楼船的身影隐入大海的风涛。

天边。天边袭来的风云。

沧海一片迷茫。

楼船上。

越秀站立在赵佗身旁，讲述着风云的往常走向。大风浪猛烈袭来，越秀飞步越到舵杆处，熟练地协同罗阿公操舵。

海岸上。骑马行走的二秀。

她目不转睛地观望楼船在海上风云中隐去，想象赵佗和他身边的越秀的浓情蜜意。心头不禁涌上一股股苦水。

她的心声在山间自语："义父啊，我该怎么做啊？义父啊，您究竟在做什么、在想什么？赵佗究竟在做什么，在想什么？义父，你告诉我！"

天海。

二秀的声音追随着海风、追随着楼船在天海间飘荡。

赵佗的楼船正在大风浪中行走。

马背上行走中的二秀。神巫的声影占据她灵幻的世界。

苍天、苍山、沧海之间，显现出傩巫的身影，回响起神巫的话语声："天地有灵，唯人有性情。性者人之常道，情通万豁犹可经纬天地。情与爱唯性为一己，不可为他人所夺。情为何物？性、命、神、魂之合融；心、血、灵、肉之天成也。乃天赐神赋、圣洁唯己之事。除一己之外，谁都不知道他人在做什么。战争与江山、胜者与输家，都说不清他究竟在做什么。成片的人死啦，成河的鲜血流淌着。面对人世间几千年前、几百年后，他说不清他是为着什么、他在做什么。能回答你的是你自己的心，你的心。你的本心是祖先百代、父母娘亲给的。心让你做什么，那你就该做什么，你就去踏踏实实地做。天地与我同在、我与万物共生。这些事都是你唯一的娘亲给你的。娘亲与天地只给了你一颗心。去问你的心吧，二秀！人间事就如同那艘张着帆的楼船，心魔心爱是你鼓帆的风。有风，则帆行；无风，则帆止。问你的心吧，二秀！你的心会带你的情与爱、仇与恨，游走你的人生轨迹。义父的法号就叫问心……"

二秀自语着："问心？"

海上。

赵佗的楼船正在风浪中艰难地行进。

山路上。

马背上的二秀加鞭催马。

风一样的她在山中疾驰着。

灵川的神庙门前，她疲惫地下马，无力地扑倒在庙门前。

神庙院外的后房。二秀发现自己倒在竹榻上。吴央端水来给她喝。

吴芮："这么说，赵佗的楼船遭了大潮风暴的围袭，被刮得不知去向？"

吴央："他的楼船失踪了。天意！"

吴芮："不过，风再大，也有西海岸挡着他。"

吴央："那里正是交趾、九真一带的古越湾所在。没准顺风借势会沿江河逆行北上——正中了他的下怀。"

吴芮："我儿真的大有长进，说到了点子上。不过我们不会让他得逞。我们要进十万大山，去北海。在那里找到桀骏的人，等着赵佗！"

海上。

风暴大潮中前行的楼船。

罗阿公喊叫着指挥："落下风帆！船头迎风，压住大浪。"

秦军的百橹船勇们听着口令在风浪中奋力搏击、奔忙着。

风暴裹挟着楼船远去的影子。

兴安。灵川。大将军营帐。

左中军尉严虎进来："启禀大将军。"

正在伏案查看《山海舆航图》的大将军任嚣停下来："左中军，可有消息？"

严虎："水道驿吏回来禀报。"

任嚣："要他进来。"

严虎："水道驿吏进帐。"

水道驿吏进来："拜见大将军。"

任嚣："你是水上第几驿站的驿吏？"

水道驿吏："禀将军，小的是第十八站——南海西江水道的最后一站。"

任嚣："哦。讲。"

水道驿吏："南海突起风暴大潮。我大秦军的独行楼船失踪。"

任嚣大惊："失踪？再去探听消息！"

水道驿吏："是。"

安神庙后殿厢房。

疲惫的二秀扶门而入。灵谷子扶住了她。

灵谷子坐在二秀的竹榻前。

灵谷子："你二秀所见与水道驿吏所报一样。楼船失踪于突来的风暴大潮。入秋的风暴大潮，都是东来西去的朝向。既是失踪于西江海口，势必随风就势奔向西海岸、漂向北海湾……"

二秀："有人一直在害他。就怕遭遇不测……"

灵谷子："有海上的老把式罗阿公在，行走大海如同行走自家的前庭后院。"

二秀："罗阿公只不过一位老阿公罢了。满船的秦兵百夫水勇都是中原人，不识海是何物，更没见过这么凶猛的风暴大潮。"

灵谷子暗暗含笑："你担心他了。看来你心中的风暴大潮改向啦。这才是你的原本。"

无语的二秀望着灵谷子。

灵谷子："不过你心中的大风潮水，此时此刻就该定向。别忘了多年来你身在何处。"

二秀巡看一眼神庙四周。"山水灵圣"的舜帝石碑。"灵通一脉"的岩壁雕纹。

灵谷子："大舜帝的禅让之神、天下一统的妙要德理，正由赵佗带来百越岭南啦！中原、百越互称姐妹兄弟，指日可待啦！该是大舜神祖日月含笑的时候……"

二秀无语，仿佛埋藏了心事。

灵谷子看了她一眼。

风潮摇荡的大海。

风涛。云天。

飘摇动荡中的"虎"字图腾大秦楼船。

罗阿公摇着手中小旗，呼喊指挥着舵手们逆风压浪。楼船在顺着风向漂游向西。

赵佗也成了赤臂的汉子，与舵手船工们混在一起，奋力搬着舵。

罗阿公将小旗交给郑武指挥："中军大人，就这样，瞄准'虎'字旗的风向，船头逆风，楼船则顺风向西而行，停桨落帆，大舵掌牢，借风行船，一路顺安！"

中军郑武："在下明白，罗阿公。您歇会儿吧。我来。"

罗阿公拍了一下赤膊赵佗的肩膀。

赵佗松开紧搬大舵杆的双手。

他们逆风立在大楼船的船头。

罗阿公："还算老天有眼，这是方向稳定的一场风。它可以把我们一直带向西海岸。"

赵佗："谢苍天！"

罗阿公："到了西海岸就是交趾、九真一带。风若不停，也不会登陆，那一线的海岸全是高山，风向自会沿山峰转北，楼船就会顺风沿西岸北行，到达北海岸进入江河口北行。"

赵佗："多亏罗阿公，助我赵佗亲历风浪，认知海的脾性。"

罗阿公："祈苍天护佑啦！"他双手合十。

风。帆。浪。

风海中远行的楼船。

陆岸。

十万大山的近海山畔处。

隘口外可以望到风雾迷茫的海。

山峡的河边，一支小船停了下来。

船上走下来一位草笠蓑衣人。

他登上山岩。

他四处巡看了一遭，好似发现了什么——山间飘升的三缕烟霭。

他撇嘴挂上一丝笑容，从怀里取出一支竹笛，面对山峡雾处吹了起来。

不远的山洞口里走出一个人来——他正是须发蓬污的越盟长老桀骏。他顺着哨音看去，脸上欣然："吴芮先生？果然是他来了！"

他走了过去。

风海，楼船。

楼船临近了陆岸。那是陡立南北走向的山崖。

楼船沿着陆岸山崖顺风北行。

楼船上。

罗阿公指着岩岸："将军请看，风随陆岸转向了！"

赵佗："是啊，果然如此。"

罗阿公："我们现在是顺风随岸向北海航行。"

赵佗："好，多谢罗阿公迎来好运！"

罗阿公："舵手们可以一半歇息，一半拿舵。轮番把握航向，喘一口气啦！"

赵佗穿了上衣，也为罗阿公披了上衣。

他们不无几分欣慰，望着船尾远去的海。

海上出现迷茫的风云。

罗阿公："陆岸山崖的谷里就是百越的九真渔村，再往东北就是交趾、北海、古越城了！"

赵佗："此行虽然险中求安，我们却也认识了大海，抵达了北海的西岸。"

罗阿公："还会有令将军惊奇的事情。"

赵佗："请阿公一一指点。"

罗阿公："会来的，惊奇会来的。"

4

漓江。灵川修凿工地上正是一片繁忙。

任嚣与灵谷子、史禄走出古庙，巡行在灵渠工地上。

灵谷子："老将军不必担心，少将军楼船乃是被这场大秋季的季风卷携而去。罗阿公的楼船向来在海上携风就势行航。入西岸，折北海，从水道返回漓江。他们会安然的。"

任嚣："我们正急着探查可开垦耕植的平原土地，几十万秦军将士不可全挤在山峡峰谷里无荒可开，一座紫雀界造梯田，顶多能容纳十几万人。还有一半兵将不可闲在那里。我要乘水退出去，迎将军，找平原，先生意下如何？"

灵谷子："在下正有此意。看来缘分更深啦。此行在下会做些安排。"

任嚣："不必安排过多，只要先生借到小船一艘，老夫轻装简从可也。"

灵谷子："桀骏等百越联盟的逃亡隐遁者，应该是在这十万大山里落脚，将军不可掉以轻心。"

任嚣："只劳先生寻得百越小舟一艘，行走江河入海，寻到失踪的楼船！"

灵谷子："在下心中有数了。"

十万大山山洞门前的松下。

岩畔松下落座的吴芮、桀骏在对饮山泉苦茶。

吴芮："你认为他赵佗不会是有意在玩失踪吗？灵川、百越山的秦营、越寨都知道赵佗失踪。越人心里都有个数。"

桀骏："南海安阳海面大风，这个季节正是刮向西海岸，然后转北，入北海河道，逆行进这十万大山……"

桀骏不由得心中一震，倒抽一口冷气。

吴芮："能说他不是在有意寻你这位杀了秦将屠睢的百越同盟大长老吗？"

桀骏："这场大灾大难是天意？他赵佗来了正好，免得我寻他，逼上山门，莫怪我动手了！"

他一扬脖，饮干了一陶碗苦茶。

海上。行走中的赵佗楼船。

左岸是峭崖山陆。右边是茫茫大海。大风鼓着楼船北去，却有奇异的黑色云阵在随船飘飞，飞向遥远的天海尽处，凝聚在了前边，如同汇起了海陆山峰。

楼船在这乌云阵中竟辨不清方向，惟随风而行，望先逃脱出这迷阵。

数日后。楼船上。

赵佗、罗阿公迎立大船甲板上凭风观望着。

远处的海风天云。黑云中撕裂出了一道道耀眼的闪电。炸开的霹雳滚滚而来，随即暴雨如注。

"雷暴，这是追风的雷暴！"罗阿公说。

"这是霹雷，是落到地面的霹雷！"赵佗说。

"这雷暴会劈倒山上的高树，炸裂山谷的峰崖，落雷落地，山崩地摇。"罗阿公道，"不过一年才有一个季节有一两次。伤害不大，百越的海上人都习以为常，不觉得可怕。落雷季节过后，那合浦深海的珍珠海蚌就是大丰收。百越人倒是年年盼着这雷暴到来。"

罗阿公又劈手朝前方的黑云集结处一指："前方不远了，那里该是雷公岛。你会看到更加神奇的雷暴。"

暴雨依然在挥洒着无穷尽的威力。

突然间一道闪电撕裂远处的黑色云团，直袭楼船的楼顶。风雷中的楼船摇震了一下。随即这道亮丽的电闪又随着炸雷化作火光远去了。在前方的陆崖岛上，集结成了一个个雷电的大火球，狂奔乱窜，形成了奇异恐怖的景象。

楼船上的赵佗、众秦勇士都翘首惊奇地遥望着。

雷暴。

“雷公岛，临近了雷公岛！”罗阿公嚷叫。

前方雷暴中狂窜乱蹦的大火球滚落、消失。

罗阿公一指：“那里正是雷公岛。”

雷公岛上。

临近的雷电火球在岛石岗上滚动，碰撞着，一直滚落到海里。

“是咋回事？这火球是咋啦？”

楼船上的赵佗有些急不可待。

越秀提着陶罐从底舱攀上来，给罗阿公、赵佗各倒满了一大陶碗桂圆汤：“多喝些汤水，祛掉风海雷暴的湿气，康康安安地到达漓江。”

罗阿公：“就让越秀为将军说说这雷公和珍珠的事吧！”

越秀：“将军刚刚看到了那雷、那闪落下来的一个个大火球了吧？它滚落到海里就成了日月神贝。”

赵佗越发疑惑：“莫不是那美诗盛言的日月神珠？”

罗阿公：“正是。”

赵佗：“它怎么会落在十字门，横琴岛的海底？”

罗阿公：“还是问越秀啦！”

越秀：“太阳女儿和月亮女儿，是一双漂漂亮亮的好姐妹。她们偷驾雷暴风，和雷公兄弟降落到海岛上游玩。那一个个大火球就是雷公兄弟。前边的合浦是十万大山里千江百河在这入海口相汇的所在，淡水与海水相接，风光分外奇美。他们偷偷落到合浦湾的后海里，建了日月别宫，岛上建了日月雷公山，太阳女儿、月亮女儿嫁了雷公兄弟，在日月别宫里就育成了日月神贝。他们养育出一代又一代成千上万的明珠，有的就成了日月神珠，和那落雷的大火球一样大，一样照亮天海风暴。”

赵佗：“那日月神珠咋会跑到十字门海去了？”

罗阿公：“部落之间抢珠争宝，出人命，神珠成了名品，连大西海那边的迦太基人也开来大帆船，从不知道什么海的地方冒出来盗珠宝，弄得北海湾不安宁。日月神贝带着众族迁徙啦，就去了澳门湾和十字门海。”

赵佗：“噢，我们见识过的日月神珠就是喽。”

海上仿佛闪出海妹与日月神珠的岩身。

阴霾中月亮似的神珠。

罗阿公：“那只是外洋、内海的海盗们窃取的遗珠。日月神贝众族不知去向了！”

越秀：“大南海、小北海、雷公山崖，都等待着海安宁日，神贝迎珠归来了。”

赵佗：“可惜了！”

前方的山岛。一派明丽的陆岸山岛渐近。

赵佗、船勇们都为秀丽山川所大惊。

“呀，好一片青山绿水！”赵佗惊叹了。

越秀：“这就是雷公岛，它如罗裙秀裾的，就是采珍珠、淘神贝往返的海峡。”

赵佗思索着：“好，这岛乃因雷公引来日月女儿临界人寰，雷公又乃日月之神的声音，此地理应就称雷州。”

越秀：“让将军说着了。这里百多年前就叫雷州。”

赵佗：“是吗？恕在下孤陋寡闻。”

罗阿公：“当年越与楚通和，楚在此设寨，就叫雷州，后来越与楚战，越被楚灭了。百越无国了。楚又被大秦吞并了，百越无官无府，也就被人忘记了。将军重提此名，还应了雷神、日月女儿之说，乃天海之合。”

越秀：“民谣《诗经》都有‘投我以木瓜，报之以琼琚’的句子。”

赵佗：“琼乃珠玉、瑰宝之谓也，绘图官记下。”

绘图长吏的笔下绘出雷州海图，书写下秦篆大字“雷州”。

赵佗自语道：“那日月女儿的海峡……投我以木桃，报之以琼瑶……这海就叫琼州海吧！”

越秀拍手称道：“雷州、琼州，珍珠宝玉全齐了，好！好极了！”

赵佗：“航舆官不妨先绘下来，待在下禀报大秦国皇帝恩准后才行。”

越秀：“地名、海名一传百，百传千，一阵风儿的事。岭南越海没有皇帝的。”

（史话纪言：雷州史话传说，为中国大北部湾区域涂染了美丽神奇色彩。包括合浦、北海湾、钦州湾、防城港在内的北部湾港，因古即今都是那日月神贝的繁衍海域，是“神贝”珍珠的盛产之乡。玉石、翡翠、纹陶与珍珠瑰宝的水路聚散、交易，令北海成了珠宝陶玉的水上通道和集散之地。陶瓷之国的珠宝陶玉通道自然形成。）

楼船驶进了一片海湾。

顿然间，风停息，海平静了。

“啊，古越先祖之地——安州湾。”罗阿公叫了起来，“安州湾，避风港。平安了，平安了，将军！”

赵佗放眼望去。

一派美丽的山海陆岸，在阳光下展现出迷人的静谧和画意。

赵佗缓缓地舒了一口气。

越秀望着岸道：“十万大山，远远就看得见的地方，云山处，先祖古越的衍生地。这里就叫古越湾。因它是内海湾中的无风湾港，祖上古越人就叫它安州湾。”

赵佗：“噢，好像是当年楚人的属地。安州、安州，好、好美的陆岸，好诱人的十万大山……”

罗阿公：“将军，请升帆，靠岸登陆，楼船该补充些淡水、蔬菜和水果。”

赵佗："好，中军，传令升帆，加速靠岸。"

中军郑武："在下遵命。"

"升帆靠岸喽！"

大楼船驰向平静海湾的陆岸。

越秀凭栏看向陆岸。

越秀似乎发现了什么。

越秀："不只这陆岸的山洞成群，山腰的岩洞里住进了越人。"

赵佗："你怎么知道？"

越秀："我常来古越湾采珍珠，那里是日月山的石洞群，眼下……"

陆岸上的群山，正飘动着一缕缕的袅娜烟柱。

陆岸的山逐渐被楼船拉近。

越秀："我知道他们是谁。"

赵佗寻问似的盯着她。

越秀良久不语，仿佛深重地自语："三把火！"

赵佗："又是三把火？呼唤秦军的信号，三座烽烟？"

越秀："不，是百越联盟的集结信号。"

赵佗心中顿生风云。

……

苍梧之南，云开大山中的风河口。

任嚣的五只越人木船飘然而来。

远远的山嶂现出一只只骏马奔跑之形。

任嚣在船上为之一惊。

任嚣："怎么，是赵将军的上岸马队在远山奔跑吗？"

灵谷子笑道："老将军思念赵将军归来心切。那不是他的上岸马队，是马仔嶂群峰在云雾中舞动也！"

任嚣："马仔嶂山？"

灵谷子："百越俗称，因其形似马仔。不过赵将军的楼船、马队也该在回程中到达这一带陆岸了。"

任嚣："如能与赵佗在这里会合，就一道探查了这云开大山里的平原沃土，正适于我秦军屯垦耕植。万峰有水聚于此，成风河、吉水河，又有南流江流入大北海。可谓南北陆海，水旱皆通。吉水祥河，风水宝地呀！"

一道道奇异的烟柱。

他们视野的云开山峰里，突然升起了三条摇摆的烟柱。

任嚣："烟云？从何而起？"

灵谷子："那里应该是古越湾岸上的十万山脚下。我相信他会在那里集结百越盟队，拦击赵将军的楼船。"

任嚣："你是说桀骏？"

灵谷子："他背后有人。"
任嚣："三把火，可是那集结信号三把火？"
灵谷子点头。
陆岸。
岸边山间，松柏相杂的半坡岸地，岭下的入海江河。
江上的小船。
船上桀武、二秀遥望见了篝火升腾着的烟气。
桀武："他果然来了，如果他是预先等在这儿劫击赵佗的楼船，你将如何？"
二秀："只能制止桀骏的刀剑。"
桀武："看来你要为护佑老乡赵佗出手啦！"
二秀："也许这是天命啦！"
另一条峡江上的船上。艄公装扮的吴芮。
他望见了那云天升腾摇曳着的三缕白烟；他又望见海上来船的帆影。吴芮心头一震。
岩洞里。
吴芮与桀骏在饮茶对话。
吴芮："你桀骏长老的'三把火'，看来真的把他给引来了。"
桀骏："来了？来了好。"
吴芮："当然，不过，赵佗那是一艘失踪漂来的楼船。"
桀骏："对付赵佗一船人马，我的勇士够了。"
吴芮："虽然赵佗只有一楼船的兵勇，却也有三百余铠甲武士，陆岸上还有百余骑兵勇相随，你奈他何？"
桀骏："火！火！先放带火的箭弩，再放几十只火船舢板，一阵风就把他烧干净了！"
吴芮："可是那满船是送上门的吃的、喝的、用的，都化为灰烬，岂不太可惜了？"
桀骏："……"
吴芮："你这出了名的'三把火'长老，要动动水上计谋才行。"
吴芮、桀骏低声密议着。

5

海岸不远处。一群越族女人在珍珠场上打捞海蚌珍珠。
越女们的视野里出现了大楼船的船头。
高大船头上的龙形的"九"字雕像。
"喔，九龙湾，罗阿公的船。"古越湾响起了古越歌声。
一只小木船从百越声韵中遥遥划出，传出越歌声。

……

小木船直向楼船划过来。随即小木船兜了个弯，做出引船的态势向陆岸上划去。

楼船上。

越秀一眼认出："玉娘，玉娘的采珠小船！"

赵佗："玉娘？她怎么会到这儿来？"

越秀："采珍珠，古越湾、北海湾是珍珠神地。眼下正是采集珍珠的季节，由苍梧山顺江南下，到这雷州、北海湾的合浦之海很方便，落脚安州古城，顺便祭祖。还可等到小西洋的天外来船，用珍珠、陶、玉石交易些金银宝物。"

赵佗："噢。原来是这样。珍珠、宝陶、灵玉……交易来自小西洋……小西洋在什么地方？"

越秀："天之外，海之外。"

赵佗："天海之外，难道在中原中国之外，还有天外之天、海外之海？海之外还有国外之国不成？"

他把目光投向了远处迷茫的苍天、沧海。

越秀："自然喽，天外有天啦！小西洋人他们的船也好大。他们敢从海天的那边航行过来，经年累月，要经历多少磨难奇险，真叫人感到惊奇。他们多毛，百越人都叫他们小西洋的洋毛子。天下奇怪的事还多着哩！好啦，将军，我要下楼船登岸，楼船就泊在此海边。没有我的信船回来，不要靠岸。"

赵佗："越秀，这是为什么？"

越秀："等我去寻见'三把火'，回头再与将军细说。"

赵佗："三把火……"

近岸的海中。

玉娘的小木船在逍遥地行进中。

斜刺里拦过来的是越秀的小船。

"玉娘嫂子！"

玉娘挡住越秀的嘴巴，越秀改口道："玉娘姐姐，采得了多少珍珠？"

玉娘："越秀，果然是你和将军，船上就有几篓，场上还多的是。估量着你们会随风暴西行，钟离老阿公才命我来此古越湾迎你们。"

越秀："料定会如此。雷州北海古越的宝珠，是小西洋们易货所需，也是将军向皇帝献宝所需。姐，楼船已抛锚，你上船见将军，我去岸上有要事。等我回来方可靠岸。"

玉娘："我正要去为楼船引航，这是为什么？"

越秀："别问了姐姐，还不是为了我那长老姐夫，你的宝贝夫君！"

玉娘："啊？他在这儿，他来这儿了？"

越秀："还没。不过他会来的。姐，快上船，我去登岸啦！"

玉娘："秀儿，与其你去见他，不如我去！你回来。"

越秀："不，你此时见了他，他会离岸越来越远。你在将军的船上，会是拴结他的缆绳。"

玉娘："他会认为将军拿我做人质！"

越秀："你去见了他，他会把你当作将军的说客。"

玉娘："他会翻脸，抓你做人质！"

越秀："说不定谁抓谁！"

古越湾。岸边。

越秀的小舢板靠岸。

越秀向陆岸山间疾走奔去。

山谷道里，行走的越秀。

山前岸畔、松树下的一座古亭。

越秀来到了亭前。她一眼瞄到了古亭的横额：古越安州。石阶上新竖起一道木牌，上书"千杯少酒亭"。越秀不无惊疑。她的心声："千杯少？难道会是陆贾先生吗？"

她犹疑四顾着。

海岸。楼船。

船上搭下梯绳板，吊上了玉娘的小木船。两个小越女打开竹篓，满篓的珍珠光彩夺目。

赵佗吃惊："这么多珍珠？玉娘夫人，钟离老阿公可好？"

玉娘："好。还是家翁嘱咐，玉娘才亲自来北海合浦采珍珠，以奉将军。"

赵佗："玉娘夫人盛情，这些珍珠乃皇朝贵胄们的钟情之物，佗怎敢私下收受？"

玉娘："岭南无朝官、无府衙。将军奉大秦皇旨来岭南，就是特使，理当替皇帝收受。"

赵佗："谢夫人。可是玉娘夫人怎断定赵佗楼船会漂泊此地？"

玉娘："是家翁的主意。我船从苍梧江沿南海江来此百河千江汇海之域，采得珍珠，在此陆岸迎候将军楼船。"

赵佗："钟离老阿公怎会料到楼船必到此？"

玉娘："家翁按历法算有冬春季风暴，断知必然。"

赵佗："噢，季风。风和海与百越人有如此重要的关系。"

玉娘："季风还会年年把小西洋的大船从天外刮过来，古越的安州湾成了平安避风港，顺便就交易了珍珠金银品饰，罗甸、缅田、安阳也有玉石、宝陶过来贸易，好是热闹！"

赵佗："啊，但愿赵佗此行也一开眼界，会会小西洋的天外来船、海外来客。"

玉娘："不光如此，也许还会有从十万大山里出来的百越逃亡群落。"
赵佗："那更好，楼船的货品米粮正愁发放不完哩。"

古越湾山前的千杯少酒亭。
越秀绕寻于亭边。她叫着："陆贾，陆贾先生……"
笑声朗朗的陆贾出现在她的身后。
陆贾："何止陆贾，还有你秀姑娘想见而不得见的人。"
他一挥手，身后出现了两个人。
悄然而至的是吴芮、桀骏，突然出现在她的一左一右。
越秀一惊，复又镇静下来。
越秀："三位莫非天人么？关山重重，怎么就会如此不约而同，会面于此地？"
陆贾："我这'千杯少'招牌正在'千里行'。如今战中，有和的商机，赵佗将独开千古帝王兵家奇迹，我就来了。十万大山，古越雷州海湾不够数啦！想当初楚越交易之时，楚地长沙有越城，'岭南'北有白云山，南有古越湾安州、雷州，易货交易红红火火，后来哩，因为打仗，全完了。"
越秀面对吴芮："师父请受徒儿一拜。饶恕不辞而别之过。"
吴芮："你已经带领大秦楼船游遍了岭南天涯阔海。我追你而来又有什么用呢？还是见过你的姐夫桀骏大长老吧！"
越秀："姐夫，你的伤……"
桀骏满面怒气。
桀骏瞪视她一会儿才道："讲好的抗秦防赵，你倒与赵佗厮混，如此不堪，还有脸来见我？快说，我的玉娘、我的儿子呢？你怎么不带他们来见我？阿秀，你说！"
越秀："玉娘她在云海大山风波不知处，想要见她也不算难！你可以先回梧州去探视我钟离越氏家园，一切便可知晓。"
桀骏："你阿秀也诱我桀骏入秦军罗网？你真的与赵佗合伙了吧？"
陆贾提上酒篓倒酒："我这里有楚池襄阳泉酒'千杯少'，三位饮了说话。"
桀骏先夺了一杯就饮了。
陆贾："'千杯少'，美酒也，话语间有了美酒气，就少了刀剑气。重来，诸位听我陆贾的。"
三杯酒持在三人手中。
吴芮："秀儿还是吴门的弟子，'三把火'居然还能把你招呼过来见我。"
越秀："我是想探知桀骏长老的伤势。"
桀骏："多谢你啦，秀姑娘，亏了你还没忘记我这个姐夫！"
越秀："我远远看见你燃起的三把火，火气大于烟气，莫非长老你要用火行事？"

桀骏：“当然，古越族人的老法子，自然要动用火，大火！烧了赵佗的楼船了事！”

越秀淡然一笑：“那满楼船装载的是救助百越族人的货品粮油。你身为百越联盟的长老，不怕在百越留下骂名吗？”

桀骏：“我要动用潜水越勇，凿斧并用，凿沉他大秦的楼船！”

越秀：“更使不得。”

桀骏：“嗯？”

越秀：“玉娘等一干越女已在楼船上。”

桀骏：“怎么？她，她玉娘一直和赵佗在一起？”

越秀：“不，楼船经过梧州之时，就把玉娘他们放行回家团聚了。此番是玉娘姐姐刚刚赶来海滩日月贝场，采集了满箩珍珠，送上了将军的楼船……”

桀骏震怒，来回踱步。

他猛地喝进了一大陶碗陆贾的名酒，“啪”的一声把陶碗摔到地上。

……

“来船了！来船了！”

“小西洋！小西洋！”

百越人传讯的口哨声响遍山野。

百越人聚拢的杂乱脚步声、呼喊声响起在山间、林子里。

赵佗的楼船上。他们的视野里——古越安州湾畔的湾口驶进了小西洋人的帆船。

岸上，已不知不觉间聚集满了山林里走出的越人。

小西洋帆船驶近了。

赵佗：“如何？我们的楼船跟随他靠岸吗？”

罗阿公：“不妥，秦军贸然登岸，会惊散越民，此宝陶珠玉之小西洋大墟，不可复也。”

赵佗陷入思索。

玉娘见状过来施一礼，道：“将军，不如这样。将军既是大秦国兵船，小西洋号乃西海西夷来船，不可隐匿。当令兵士水手们着装大秦铠甲，荷戟持剑，威列船甲，以示国仪威风，使夷知道百越有大秦国做雄威靠山，使以往海盗窃珠宝的贼船不再敢兴风作浪，扰闹这大北海湾乃至十字门海域的众越部族。与此同时，将军可派水岸精湛武士着越人装同行上岸，亮出一些中原物品，交易些奇货异品，以敬告朝廷，融通百越民风社情之实，以便于日后行将军大计。”

赵佗：“此计甚好，就依玉娘夫人所言行事。中军郑武。”

郑武：“在。在下已明了，立马安排。”

小西洋号大帆船驶近，在大楼船边慢行。

被越人们顺口称作小西洋号的船身现出古怪龙形“九”字图腾。

（史话纪言：形似甲骨的象形图腾符号，出现在被古越人称作小西洋号的迦太基人航海船上。史话传云，航海之父的腓尼基人，当初就是从海路被季风刮来这里——三面高山围起来的避风港湾古安州、合浦、北海湾留下来的原初印记。赵佗承之于大秦龙国，海上丝绸陶宝之路，乃易通国门也。）

小西洋号船上站立甲板观看招手的是一些迦太基人的脸孔。他们惊奇地望着赵佗楼船上全副武装威列的大秦雄兵。

疲惫不堪的大胡子船长摩根懒洋洋地站立船台上，叽里呱啦的说着什么。

仓里奔出几位白色皮肤的西洋女人，叽叽嘎嘎地笑闹着，疯狂地向秦兵抛着飞吻。

赵佗的楼船上。

舷廊上列队的秦兵一个个如同泥塑的雕像，呆望着突然喧闹起来了的小西洋号擦身而过。

列队于后、拎着大炒勺呆立痴望着的赵多。他嘴巴咧歪了，也扬起一只手模仿飞吻。他们惊奇地望着小西洋号驶去了岸边。

赵佗：“中军郑武！”

郑武：“在。”

赵佗：“一切按计议行事。”

郑武：“在下都已按将军令打理妥当。只等将军下令楼船靠岸，登陆行事。”

赵佗：“好。楼船起锚靠岸。”

郑武：“遵命。”

古越湾岸上。古越人的传统墟市。

岸畔的草地上，老树下铺设着竹帘地摊。

陶盆、陶筒里，摆满了亮亮的珍珠、闪光的玉石、硕大的象牙、庞大犀角，以及各种颜色的海干、琼脂、干果和冬季药材、水果，形同楚时越北长沙的楚亭越街。

墟市上的赵佗、罗阿公、玉娘和越人装束的数十兵勇。以赵佗为首的秦兵们背的全是粮油、大粒盐、饴、酒、刀、钗、铲、勺、布帛等中原食品、生活用具，还有精致的铜锣、铜鼓。

越人们警惕地观察着站立士兵的船和从楼船上下来的越装中原秦人客商。

陆岸岩畔，林隙间隐藏着的桀骏。

他和十数个勇士在窥视着楼船跟行走在墟市上的赵佗和他的随行秦客们。

6

陆岸停泊的小西洋号帆船。

大秦楼船上赵多的笙、古埙、锣鼓在猛劲儿地吹打鸣奏。

小西洋号大胡子船长摩根在甲板上注视着身边的秦人楼船。他盯着走下楼船的赵佗等一行士兵，不无蹊跷。

赵多的一行乐队摇头摆脑，吹吹打打，扭搭地走下跳板，登陆上岸。

小西洋号跳板搭落岸石。

弹弹动动的跳板上也走下弹弹跳跳的小西洋人。

走在最前的是船长摩根。

他们蜷须虬发，浓眉高鼻。大洋的日晒雨下形成的棕黑肤色，被赤臂水手们借以向东方百越这个同肤色的族群宣告他们与百越是同一个“棕之光”的世间主宰者。

小西洋人原本赤裸的身躯，披了各色绒毛的着装，怀里揣着一些金、银、铜制器和宝盒等小玩意儿，上了海岸。

他们游走在越人的珍珠地摊前，选择着可心的越人宝物，嘟囔着，比比划划地讲价。他们满意地交易着。

一旁的玉娘领着两个越女在陶摊前挑好了一双陶罐，正好岸边几个挑着珍珠的越女过来，把珍珠倒满罐里。玉娘低声与陶工商价。

赵佗、中军郑武带领二卫士行走在墟市上。

他被一个个红、黄、紫色的大陶缸、陶罐、陶碗和千姿百态的瓷器所吸引。

赵佗走过来道：“岭南也有这等上好的陶工、瓷窑？”

玉娘：“将军请，我交易了一双陶罐，请陶工们送上楼船，装了珍珠便是。”

赵佗：“好。此陶甚好。”

卖陶的男人：“听口音，客商是中原人？”

赵佗：“不错。你是？”

卖陶的男人：“咱祖辈都是黄河岸边安阳烧陶人，被大秦兵驱赶，逃亡岭南，还是以烧窑制陶为生，小姓陈。”

赵佗：“中原人。陈师傅，你的陶，为何有如此不同的色彩？”

陈师傅：“客商有所不知，这岭南百越之地，土分五色，俗称‘五色土’。本人独开上好的窑坊，挖得紫砂、黄泥、红土，外加黑白二道烧之以火，自成天光之彩啦！”

赵佗：“哦，原来是五色土！如何制得？”

陈师傅：“上千年前祖先神明将烧制方法刻在龟壳上，凿在岩石上，陶师就仿着烧制在陶器上。”

赵佗："多谢指明。"

一旁悉心聆听的玉娘揣度着赵佗的心思。

赵佗："师傅，你的船能载装几斗米？"

陈师傅："我的船从未装满过米，半斗米、半篓油、半坛酒、半匹布均可交易数只可心陶品。客官兄弟，看好了哪些？"

赵佗："该您看看我的货了。"

陈师傅看着他筐篓里的货："粮米、香油、粒盐、棉布……啊！还有一坛酒！"

赵佗："没错，都是你的了。还要什么？"

陈师傅："足够了，足够了。昨晚做了个吉祥梦，今儿个就遇见大贵人，应验了！"

郑武："将军，你这是……"

赵佗："郑武，你该记得秦、赵逸事吧。当年赵氏先人为完璧归赵，曾忍秦宫击缶之辱。那些缶只是些咸阳黑土窑烧出的大陶品，是些檐头滴水不堪一击的缶，如今当岭南、大秦和合之时，我想用岭南窑之陶艺，烧制成三百三十三件紫、黄、红色大陶缶，盛满百越大地之五色泥土、南海珍珠，奉给皇帝，以百越和皇帝三十三年之吉，为大秦宫门、宫墙周边摆满陶艺巨缶，五色藏五音，用以见证我岭南百越秦师一统和合天南地北之吉象盛意，使大秦、百越之缶成贵重的御品神物！"

郑武："噢，将军盛情英明。缶，理当载之于史，昭示天下！"

玉娘专心聆听的神色。

玉娘："将军如此厚看岭南百越珍奇风物，形同厚待岭南百越族人。玉娘感怀景仰。"

赵佗："玉娘过奖了，在下实实在在对岭南风物有些偏爱，出于真心。中军，派人随这位陶师回窑监工定制，完善一应交易收货之事。"

郑武："在下明了，陶师，你交了好运，也接了一份艰巨的订单。随我去取粮酒。"

陈师傅："好的，好的。徒儿，你在此守摊儿和小西洋人交易着，再找两个徒儿把一对陶罐送上楼船，为师我去提船装粮啦……"

伙计们应着，搬动着。

摩根走来，向赵佗举起陶泥酒杯敬酒，口里说着古怪的洋话。

玉娘含笑道："将军，摩根先生是这小西洋号的船长，他向您敬酒。"

赵佗与之举杯笑饮。

摩根兴奋地又说了一通洋话。

赵佗茫然。

玉娘："他说，亚细亚的酒好。"

赵佗："你听得懂他们的话？"

玉娘："这许多年了，每年都能在这里见到他们，眼前的话听得懂。"
赵佗点头："那么'亚细亚'是何意?"
玉娘："他们认为航海中能看到太阳升起的海岸、陆地就是亚细亚。他们把我们这儿就叫亚细亚。"
赵佗点头："亚细亚……"
越人的珍珠摊前，大秦的粮、酒摊前，围满了摩根船长为首的小西洋人。
小西洋人交易到了可心的珍珠。
小西洋人得到了秦人易送的中原美酒。他们痛饮几口之后，心情喜悦，回首向船上呼叫。
楼船上。赵多的锣鼓音乐更加起劲儿。
小西洋号的女人们。一群花枝招展的女人。她们索性随着秦人锣鼓、笙、古埙的古老乐调，扭动起腰肢，开心地舞到了陆岸上。
她们舞到了秦兵、越人的人群里。
船上。岸上。
所有的越人、秦兵、小西洋号的男人们目瞪口呆、惊奇无限的脸孔。
小西洋号下来了一伙小西洋男人。
他们混进了女人群里，围起了赵佗等楼船上下来的男人们，试探地扭动起来。
他们围拢了赵佗。赵佗也随之起舞。
围拢着赵佗的人群里混进了桀骏，还有几个山洞里出来的越人丁勇。
乐队里的赵多发现了什么，吹着唢呐挤进人群。
小西洋男人们舞动得更加疯狂。
他们逼近了赵佗。
赵佗的目光、大胡子船长的目光、越人长老桀骏的目光，如同三把火在碰撞着、交织着，各怀着心事。
桀骏逼近赵佗。
赵多嬉戏着蹿过来为之设障。
赵多、赵佗同被卷入狂舞着的男人旋涡里。
玉娘和她的几个小姐妹拨开小西洋女人挤了进来，各引了"自己"的男人开来，释散了对赵佗的围逼。
赵佗、赵多一时只身孤影地呆立在那。

沙滩上。树林里。
小西洋的男人们自愿跪倒在自己的女人面前，献着珍珠、玉宝。
秦乐队的男人们看呆了，吓傻了。
赵佗命赵多道："看什么！奏乐，奏乐……"
赵多揉了一阵眼睛。

赵多吼道："奏——乐——"

又是邪声拉调的鼓乐齐鸣。

……

林子里。

岩石后的桀骏与玉娘。

他们牵手仓皇地逃奔，隐身岩后。

他们在默默无言地对视。

他们拥抱着。玉娘突然挣开，二人惊悸而深情地对视着。

玉娘："桀骏，你一直在十万大山里?"

桀骏："神让我们进了岭南的十万大山，这里我们可以安身，不要再走了。玉娘不要再去见赵佗!"

玉娘："不，玉娘要引你去见他。"

桀骏："绝不!"

……

海湾。狂欢的小西洋人在醉酒痛饮。

他们的歌：（词意）

我来自夕阳西下的故乡，
小西海——大地怀抱中的海洋，
我来到东方的亚细亚，
初升火红太阳的地方，
这里的美酒令人陶醉，
这里的爱情甜透迦太基城邦，
啊，东方大海的亚细亚，
亚细亚，充满爱的东方海洋……
啊！狂吻吧，
让美酒醉入心房。
狂饮吧，
让美酒添加爱的唇香。
…………

[史话纪言：小西洋戏指古迦太基城邦国（腓尼基人创建，又叫迦太基古城）的来客。古城坐落于非洲北海岸（今突尼斯），与罗马共和国隔海相望。腓尼基人曾强大一时，有人称其为航海人之父，是最早来到东太平洋、南海易商，并为太阳升起之海、南十字星下日不落之国的发现者。迦太基存有大量珍贵历史文物。悉与赵佗时代海上交易的中国丝绸、古陶、珠玉相关。1978 年，联合国教科文组织将迦太基古城遗址列入第一批《世界文化与自然遗产》的名单中。

突尼斯政府在此遗址建立了国家考古公园。]

岩后的桀骏与玉娘。

玉娘："夫君，可是我不能跟你走。倒要劝你，跟我去见赵佗，去会见那年轻的大秦将军。"

桀骏："已经会过了，而且较量了——他不动刀剑。玉娘说的一切我信，信它的真实。工于心计的赵佗，不过是用行动向百越说了一个真实的谎言，抛出了一个诱我桀骏、诱我百越联盟上钩就擒的诱饵，我桀骏绝不会信以为真。"

沉默的玉娘。

急切期待中的桀骏。

桀骏："玉娘，你是我桀骏的妻，你是百越联盟首领、杀掉大秦屠睢将军和他几万兵马的长老的妻。你必须跟我走，他赵佗营造的和合百越，即便是真的，对我桀骏家族、部族而言，却是更大更可怕的灾难。跟我走！"

玉娘："夫君，玉娘求你，为了咱们的孩子，为了老母亲和一族家小，你不要再逃亡、不要在隐匿的路上走下去了。你的三把火为啥不肯告诉百越一个'和'字？'和'字为何不能在夫君身上行？"

流泪的玉娘，流泪的桀骏。

桀骏："和！谁不想和呀？大秦发兵五十万，是为了和吗？屠睢十万狂兵，烧杀行凶，是我桀骏不和吗？即便日后秦越和合了，独我桀骏必上断头台。玉娘，我桀骏不会再由着你犯傻！"

桀骏又流出大男人的苦泪。

他终于狠下心来，用藤索捆绑了玉娘，把她扛在肩上向山林深处跑去。

一阵风卷来三把野山火的烟雾，模糊了他们的身影。

锣鼓喧天的秦人怪乐仍在不停歇地奏鸣。

马旺伏近赵佗面前："遵将军之命，小的已一一做过。"

赵佗："好，马旺。辛苦了。"

马旺："谢将军。马旺禀报，三把火……我已知晓他是谁，并且打过照面。"

赵佗淡然一笑。

马旺："他身后又出现了千杯少酒亭……"

赵佗："'千杯少'，该不是他陆贾千里追到岭南来找我借酒的吧？"

马旺："大半是来送酒的。千杯少千里行进来到这里，该来和不该来的人也都到了。"

赵佗："合浦——千江百汇的北海口，今天当是风云际会了。"

马旺："玉娘、玉娘也会来的。"

赵佗："玉娘，人已经在……"

桀骏的岩洞里。

被捆住双手的玉娘喊叫着。

玉娘："桀骏，你这是做什么？放开我，放我出去。"

桀骏："委屈玉娘了，我的龙坤夫人。回头我会向夫人赔礼。"

玉娘："桀骏，听我玉娘的，不许你再去干莽撞事！回来！"

桀骏转身出洞走了。玉娘欲追出洞口，被洞口站立的两个越人岗哨拦回。

洞外。山峡。

桀骏沿山峡疾风般走去。

山岩坡后。

隐身观望的越秀。

她盯着桀骏离开的背影。

越秀闪身来到洞门。

守卫者："见过越秀姐姐。"

越秀："二位，桀骏长老一个人走了，楼船的秦军来了。你们两个随身护卫却守在洞门口，怕死不成？"

二守卫："不，姐姐，是长老吩咐我二人守在此！"

又一守卫："我们是在守护龙坤夫人！"

越秀："夫人有我就足够了，用不着你们这些男人，去吧，去追随长老！"

二守卫："谢越秀姐姐。"

他们追随桀骏而去。

秦人的酒肆、粮垛前。

桀骏急匆匆奔来。小西洋人陆续从船上下来，在秦人酒肆前易粮米、饮酒。

桀骏搜寻着，不见赵佗的踪影。

桀骏用一袋南珠换了一坛酒，站立在那里，仰头痛饮着。

他依然在墟市热闹的人群里巡视着，走着。

他不时灌一大口酒。

"啊，中土的老烧酒，冰火入心。好烈啊，赵佗……"

桀骏半醉语地叨念着。

岸过神巫、二秀的小船。

他们的视野穿过江河入海口，看得到楼船和小西洋号大帆船停泊的影子。

神巫凝视中。

二秀："我以为再也见不到义父了。"

神巫："我是特意为秀儿来。义父不放心你呀。这场大海送来的风暴大潮，果然把他们都刮到了一起，连他们的影子也都来到了这十万大山之下的避风港——古越安州湾。诸路英雄是要一较高下的，我在此能看个水落石出。我不能不来。"

二秀："义父，可是我们来这儿，不会是看看热闹吧？"

二秀不解地望着他。

神巫亮了一下他腰间的神傩面具。

神巫："秀儿，为在这场风刮来的角斗中看清楚他们，你要为自己预备好这无形的傩面。学会易、变、兑之道。"

二秀迷惑："易、变、兑？"

神巫："一看，看桀骏长老如何出面，如何为他自己、为百越之盟定个调门儿；二看赵佗的和合之策到底是真还是假；三看影子们如何在他们面前附体随身。"

二秀："影子，他们是谁？附体随身又是何意？"

神巫："赵佗、桀骏、吴芮还有灵谷子。他们各自有一个影子，在身前身后，一左一右为他们所用。"

二秀："……"

墟市上的桀骏。

他依然在墟市热闹的人群里巡视着，走着，大口地灌酒。

他的背后出现尾随者——吴芮。

小船靠岸。

神巫："与秀儿直接相关的是大秀。"

二秀蹙眉听着。

神巫："她和你如同嫡亲姐妹，是个好姑娘。可她只是灵谷子和赵佗遮掩真身的一个傩神面具。"

二秀闻之心中一震。

他们登上石岸。

神巫："灵谷计谋，超乎为师和天下奇秀吴芮。我等三人三十年来已斗过几个回合了。此番聚首百越，大半该是见分晓的最后较量。原本我已决意撤出的，可是事情到了这地步，三缺一不成局。至少我是看家。"

二秀："三位都是师父？"

神巫："三师都将徒弟作为傩面具。前朝七国争雄即已如斯游戏也！"

二秀："义父，那……你是把我二秀作为傩面具跟大秀斗，跟灵谷师父斗还是跟吴芮师父争啦？"

神巫一笑："秀儿，高手之间是神智谋略之争，如静水，如棋弈，所争皆非蝇头之利，乃大计权谋不动声色也。"

二秀不解："义父，怎么会扯得这么大呀？"

神巫："世界万物向来以小制大，你们看来很小，其实也可能很大。"

二秀："义父的意思是？"

神巫："全是灵谷一个小智慧的大游戏而已。随便玩一把的事。可是赵佗高就高在他把一场游戏给弄假成真了。”

二秀更加迷惑了。他们步入林中。

神巫：“而灵谷则会更直接地以飞流直下之势，比如令大秀与赵佗合婚，了了赵佗的‘和合’之策。灵谷自会是隐身的岭南王者，百越至尊。大秀岂不是一场权谋计术的情傩面具么？”

二秀一震：“那义父您呢？”

神巫：“赵佗已成江河东流之势。识时务者为俊杰。义父说过的，我会消失。只不过我需点化二秀，犹如围弈，勘明自身的方位。”

二秀陷入痛楚。

陆岸。山岩。

云天。沧海。

二秀终于平复下来。

二秀：“义父，您让二秀做些什么呢？难道也如灵谷先生一样吗？”

神巫：“我与之争，妙在一个‘退’字。方可与之旗鼓相当。”

二秀：“要二秀也做您的情傩面具不成？”

神巫：“秀儿与大秀不同，不同，截然不同也！”

神巫：“越秀乃纯正的岭南人，钟离氏族人。而你呢？与赵佗是土生土长在燕赵中土的同乡近邻，青梅竹马，两小无猜，有指腹为婚之约，秦乱赵地你们天南地北，不知去向，分离前又互赠武灵神剑为信物。今天由天意指引于岭南重逢，尽释凶善之嫌，你们理应延续连理，顺天合道，完婚成配……”

二秀：“然后您就成为隐身的岭南百越将帅王者。”

神巫：“水到渠成，天理自然，你们姐妹有‘易’，灵谷之道不变也。至于为师，远走天涯之行早成定局。”

二秀：“可是越秀姐姐已然占据了这个位子。”

神巫：“这个位子当是你二秀的。”

二秀：“秀儿如何争，在赵佗面前斗吗？”

神巫：“只需‘助佑’二字，如影随形地护佑赵佗。无须其他！”

二秀：“护佑赵佗乃秀儿本心。只是越秀姐姐她……”

神巫：“有为师在，徒儿只管问心去做……”

二秀：“问心？”

他们来到墟市，在一处桑茧的摊头停下来。

神巫信手拿起一把蚕茧：“心迹情也。情可做茧，茧丝缚赵，赵佗如何得以破茧而出呢？”

二秀：“作茧不自缚，缚人以缚赵？”

二秀陷入忧思。

7

古越神湾。海岸。

一支越人渔船的小船阵进入湾口，靠岸。

领越人上岸来的是崖珠部落的庄公主、梅旌以及崖珠寨的女箭手们。

庄公主：“你跟着我干什么？我还能跑到天上去不成？”

梅旌被她吓呆了，不知所措。

庄公主：“你还怔着干吗？要你带我部落的女箭手驾船看护南珠墟市，防范海盗船抢劫，忘啦？”

梅旌：“没忘，可是庄公主是女的，小西洋的男人们好色，不会客气，听说他们见了女的就起邪念，我怕……”

庄公主：“小西洋男人咋啦，他们敢抢了我？姑娘们全是女的，只会用箭镞跟他们交流！”

庄公主一路笑着，领着几个女箭手上了岸。

立在岸上的梅旌这时才敢仔细地打量女箭手们——一个个齐眉披肩长发，显然是为墟集精心修剪的。

她们的脸蛋上贴着花叶，或文出了紫红色的小浅纹，有着炯炯有神含情的目光，在一身宽松的净白粗织麻布中袖袄、短裙裤的衬托下，叫人想象得出那——

梅旌不由得自语：“岭南……乌鸡……白凤……”

墟市上。

赵佗令秦军为越人、小西洋人的街摊上拉起半开遮阳的军帐。

秦军的帐前。赵佗聆听着中军郑武的禀告。

郑武：“将军，听越人和小西洋人说，古越湾的山峡里，暗藏有乌胥山骷髅王遗部隐藏的海盗船，在小西洋号归途上抢劫南珠瑰宝，纠凶作恶。”

赵佗：“乌胥残部果然在十万大山南侧的海上作怪！看来需要护航，顺便歼灭骷髅王残部的余焰。可是楼船不便迁动，小船……”

庄公主传来了声音：“小船由在下送来啦！”

赵佗一眼望见了风风火火走近的庄公主。

赵佗：“庄公主？你怎么来了？”

庄公主：“这场风，小西洋人叫作信风，它送信来了嘛。风告诉我，将军的楼船绕过罗阿公的九龙岛归来，会经番山、禺山江河口，祭过海珠崖岛，你必定会随风来到这古越安州湾，泊进这里一年一度的南珠墟市。果然，我们在这儿团聚了。”

赵佗：“不愧是安阳庄公主，通天识海。真是神机妙算！”

庄公主：“将军过奖了。自打五年前出现海盗劫持来往百越船只，抢劫十字门神珠的事，我部落每到这个季风来临的日子都会出船十艘，箭手五十女，出海护航。”

赵佗：“好。”

庄公主：“每年都有交战，海盗多是为着那神珠来的。虽然从未得手，但他们逃往海峡，登陆上岸，又有马队接应，我们无法追赶，也只好让他们逃掉了。”

赵佗：“正好。今朝我们水陆两翼夹击，断其逃遁后路。庄公主，他们有多少人马、船只？”

庄公主：“船只每年只见两艘，岸上马队也不过一二十人。”

赵佗：“好！中军，为庄公主每只船选配强弩箭手五名，再选定长骑射手百名，埋伏于山峡岸口，一举合歼海盗！”

郑武：“在下得令！”

郑武回身上了楼船，部署战事去。

墟市帐前。

庄公主：“将军，还记得您带领的海妹吧？”

赵佗：“怎么不记得，不久前发生过的奇事。如果不是海妹以身护珠殉海，哪有崖珠族人船阵平安渡过风险，回归崖珠山岛啊？”

庄公主：“您的楼船还特意绕回番山、禺山的小岛祭奠她。”

赵佗：“是的。命那里为海珠岛。神巫大师立了神柱的。”

庄公主：“这全是神意。可是神意又让我为将军领来一位珠神之女。”

赵佗：“何人？”

庄公主拉过身后女孩：“您瞧！”

赵佗怔怔地看那女孩，惊呆了。

那女孩：“将军，将军！”

赵佗：“海……妹？”

海妹笑出了眼泪。

赵佗急步过来拉住了女孩的双手。

赵佗：“这……这是怎么回事？”

庄公主：“海妹说吧！”

海妹述道：“风暴把我掀到海里，一道雷劈下来，接住了我。是雷神和日月之光把那神珠放回了礁岛的海底，又给它巨大光亮。我只觉着有一双手在托浮着我，暖暖的，轻轻的。那是一只渔船，是养护日月神贝的百越渔船，一个白发老人接扶了我。不知多久过后醒来，就见到庄公主在喂我霸王花鱼羹汤……”

赵佗：“神奇，真是神奇！天助百越，神助大秦呀！庄公主，海妹，请接受我赵佗一拜！”

庄公主拦住赵佗：“将军，这怎么行？要拜，就由将军代大秦朝廷，我们女儿家代岭南百越，小妹代表外来的——日月女儿和雷神的使者，一同拜！拜天地、日月、山海之神，祈愿岭南、百越、大秦同福吧！”

赵佗：“好，庄公主说得好。”

三人跪地朝海同拜。

此时的赵多鼓乐队，不知不觉出现在他们身后，齐声鸣奏起来。

而令庄公主意外的是，梅旌也出现在她身旁，一同挨近她跪拜天地。

梅旌暗地里拉了她一把。

庄公主：“怎么是你？”

梅旌：“跟你拜天地的本来就该是我嘛！”

赵佗笑着：“这就叫天作之合。哈哈哈……”

海上。

庄公主的五艘小船，在海湾巡行，船头排立着五名大秦军强弩箭射手；船尾站立着越人女箭手五人。

秦军骑队在沿岸小跑巡行。

马上，马旺机智巡视山峡海口的神色。

中军郑武与庄公主、海妹并立船头。

庄公主：“中军阁下可熟悉水性？”

郑武：“在下生在黄河边，水里来浪里去，行船拿舵的事，一如家常便饭。”

庄公主：“这就好，可这大海与内陆江河又有许多的不同。尤其是北海湾这一带，是十万大山的断崖处，江河汇海，岸畔海峡大川，险崖隘口极多。海盗船就是在这一带藏身、出没、行劫，尤其在风浪大作的天气里，他们更猖狂，更隐蔽，难追赶，难寻找的了！”

海妹：“他们群伙里打打杀杀、行凶抢劫的，都是原来乌胥山骷髅王的人，都识些水性，可不熟悉山海路径，也不懂驾船出海。是靠着一帮携带着鬼怪傩面具的傩人神巫给引路、拿船。三年前家父的海珠船遭劫，就是乌胥族的杀手傩面人的船。”

郑武：“你可有见到过他们的真面目？”

海妹：“雷火一闪间我见到了……”

那年的风。海。

海盗船。神珠之光。海盗的脸颊。

海妹：“虽是短短一瞬，可我记忆十分深刻，我识得出他！”

她俯身与中军郑武耳语。

郑武点着头。

庄公主：“此人中军大人应当见过。”

郑武：“我知，我知。”

庄公主：“这些年，他们一直在寻找那神珠，而今神珠归入了海珠岛下深海，那人就不会再上海盗船了。”

郑武："少将军指教过，那傩面盗者，得知神珠已回归海底。他必留下记忆之痕于南海之崖，面对天上的金十字南庚星座……他们是不肯放弃的。"

浪。海。船。

川。峡。隘口。远去的巡盗船影。

岸畔上。

马旺的马队在川峡、隘口巡逻。

陆岸。墟市上。

又增入了一些赤身舞蛇、驯獠、耍猿的百越族人。小西洋人一伙一伙地围观、交易。

桀骏却不时地大口喝酒，不时寻看、找寻着赵佗的影子。终是不见。他正无奈地仰头灌酒。

突然有人拦下了他举起的酒罐。

来者是一位傩面人。受惊的桀骏。

他取下傩面，正是长发披散的神巫。

桀骏："傩神？"

神巫："借一步说话。"

老榕树下。岩畔。

神巫："我料定你会在这儿。"

桀骏："我也知道你会来这儿。"

神巫："就凭着你的三把烟火？"

桀骏："还有信风和海号。"

神巫："你是邀我一道来面对大秦楼船和少将军赵佗。"

桀骏："对于大秦将军我无须请什么神人来一道面对，只有刀兵相见而已。这是我桀骏今生注定的道。"

神巫："道，人间虽然只有一，可是应对之策却可有二、有三，乃至成千上万。正如饮酒，可有十壶、百壶，岂可一壶一日解忧？更有如杨柳，一树不成堤。千树万树，才成得意风景，桀骏，你说呢？"

桀骏："先生，骏是岭南粗人，请明示。"

神巫："你有驾驭赵佗的至上法器，何苦一条道跑到黑，以死相拼？"

桀骏："何意？"

神巫："别忘了，你有收养十年长大成人的妹子二秀！"

桀骏："又怎么样？"

神巫："同乡故里、指腹为婚、青梅竹马的小情人在百越相逢相认。你可以做将军大舅哥啦！"

桀骏："此梦不可做。骏有十万大秦军的血债，岂可轻信亲情？"

神巫：“信不信由你。请看，那是谁？”
二秀出现在眼前。
桀骏：“二秀？”
二秀看着他。

千杯少酒亭。
陶师：“陆贾先生，奉陈陶师之命，给您送来了两陶坛大秦军送赐的烧酒。”
陶师手拎肩扛大陶坛，送到亭里的陆贾面前。
陆贾挑了一木勺老酒品尝。
陆贾：“嗯，是中土烧锅的老烧儿，名不虚传，够劲儿！”
他付了几枚铜币。
陆贾：“我无物可易，陶坛二口就记大秦军账上。”
陶师：“是！”
隐身亭左、右的吴芮、神巫几乎同时悄然出现，登上亭阶。陆贾指点小童添柴燃旺炉火。
酒亭上的三饮者。
吴芮命手下：“刚刚猎到的黄猄、獦獠，放上烧烤架。”
神巫：“岭南水土生热气，倘若炙烤，火上加火。不如加入莲藕，放进锠釜，煲上一锅肉汤。和合以解，润生养命的好。”
陆贾：“又是不约而同。”
神巫：“此刻怕是如同这江海合浦，五神聚首，诸位高人在此古越湾畔，云凝风集，又要钩心斗角一回啦！”
陆贾：“无非是小西洋还有赵佗的楼船。引得各位游兴大发，在下才顺水而至。”
吴芮：“其实我等都是为一个‘观’字而来。”
神巫：“先师神殿称‘观’。‘道观至圣’深意即在此也。”
陆贾：“今日恐怕相反——观道、观复各显心计罢了。”
神巫：“各行其是，自然要突显各怀心机了。”
陆贾：“心机乃隐秘，如何得以突显？”
吴芮：“赵佗、桀骏一旦登临，则隐者无隐，秘者不秘！大显也。”
神巫：“前者有十余万人的秦越血光之难，今日佗与桀俱来，如何免得血刃之灾？”
陆贾：“本人将千杯少酒亭追随至此，意在以诗酒和合人际，化解血刃之争也！”
神巫：“酒乃和合之物，亦为仇雠之浆，心机不同，各尽其用。好难讲啦！”
吴芮：“巫者为神使，不可设魔咒，危言耸听。”
神巫：“哈哈哈，你、我、他——观者无须争否，在下把话放在这儿，有赵佗，桀骏身处危言中，诸位拭目以待。可不能便宜了那位灵谷大师……”

林间。岩畔。

隐匿着一支支箭镞，一双双盯着酒亭、路口的越人眼睛。

路口。赵佗的身影出现在临近千杯少酒亭的山路口上。

瞄准着他的正是林间的箭镞和一双越人的眼睛。

热闹的墟市上。

桀骏喝完了一大陶罐酒。

桀骏：“阿根，去为赵佗收尸！”

阿根：“也、也醉个透了，我这小船加黑马——误不了事！”

桀骏摔碎了陶碗，喊：“别贪酒，快去！”

阿根：“咳，不过，百越那些猎兽的箭镞，早该把一个赵佗射成零碎，找不到形了！”

他边喝边东倒西歪地跑了。

山路口的赵佗。

他与军士挑夫担着酒坛行走过来。

突然蹿出黑狗山豹，淘气地围着他左蹦右跳。

赵佗怔在那儿。

旋即走过来的是二秀，站定在他的眼前。

赵佗禁不住自语：“秀儿？”

二秀：“黑狗山豹受神巫指使，为你引来三位保护神。”

话音未落，林中的越秀、玉娘又悠然走出，靠近赵佗。

赵佗：“玉娘、越秀？你们三位是怎么走到一起，又跑到我这儿的？”

越秀、玉娘故作不语。

二秀：“此地不是说话处，快快行走，我等随将军一左一右，进了酒亭再讲清楚。”

岸畔林中、岩后隐藏的越人怔住了。

他们收起了拉满的弓弦。

他们的视野中出现：向酒亭走来的赵佗、前后左右护佑他的三位女人和被视为“神犬”的黑狗山豹。

古越湾的海上。

海雾迷蒙中，沿着岸畔正行走着秦军与崖珠部落女箭手的巡逻船只。郑武、庄公主、海妹的巡视身影。

岸畔的山路，峡口。

马旺、梅旌的马队在警惕地巡行。

迷雾茫然，悄无声息。

不见海盗船的踪影。

船只、马队上人们的疑惑神色。
雾气。风涛。树影。

千杯少酒亭。
神巫戴上傩面作法，念念有词：

山连天，水连天，
人心连着天。
铁镞箭，石镞箭，
为赵佗祈平安。
赵佗安，百越安，
神祇在岭南。
山连天，水连天，
人心连着天。

林中，岩畔。
那一处处隐现着的双眼，那一张张长竹弓拉满的弓弦。
箭镞瞄准行走而来的赵佗。
越人弓箭手们的视线总是被三个越女遮挡。
神巫叨念的声音："赵佗安，赵佗安……"
赵佗出现在千杯少酒亭上。
吴芮、神巫、陆贾一双双淡漠中隐藏惊吓的眼睛。
越秀、二秀、玉娘一直在他左右。
赵佗："'千杯少'随缘而来，我赵佗来送酒还愿，这是当初在襄阳酒亭许下的。"
陆贾："只是将军身前身后又多了三位白衣秀女。"
赵佗："有道是神女护道、护法，又有神巫、神犬同行，酒兴、诗兴、剑兴，自是非比当年啦！"
吴芮恍然间缓过神来。
吴芮："啊，老朋友终于在此古越湾畔重逢，岭南有幸。"
赵佗："火上有肉，坛中有酒，亭间有诗，百越得福。"
神巫："弦上有箭，鞘中有刀，诗酒杀机难消一灾啦！"
赵佗："大秦军有和合之盾，何箭之有？何刀之有？何杀之有？神巫，你我已是再次会面，在下倒要讨教了！"
神巫："将军无须讨教，见证一二自可分晓。"
千杯少酒亭不远的路上。
桀骏疯疯癫癫地嚷叫着走来。

桀骏："把赵佗尸首抬过来，抬赵佗尸首过来给我看！"

……

8

古越湾岸畔的山路、峡口。

马旺、梅旌的马队在警惕地巡行。

迷雾茫然，寂静无声，不见海盗船的踪影。沿着岸畔行走着的秦军与崖珠部落女箭手的巡逻船只。

郑武、庄公主、海妹在巡视。

千杯少酒亭下。

桀骏在呼叫着："山里的伙计们听着，私藏赵佗尸首者斩！把赵佗尸首抬过来，首发箭射中者本长老有赏！我要赵佗尸首、赵佗尸首！"

桀骏嚷叫着，来到千杯少酒亭下。

赵佗："赵佗尸首不在，活着的赵佗倒是有一个。在下在此迎候着长老！"

玉娘、越秀、二秀端上肉、香酒，忙忙碌碌围在赵佗的身前身后。

桀骏见状，怔在千杯少酒亭下。

赵佗盯着亭下的桀骏。

桀骏盯着赵佗。

桀骏逐一扫视着越秀、二秀和玉娘。

桀骏："嗯，你——赵佗？你劫持了我扬越钟离氏三位秀女！玉娘，你、你怎么跑了回来？一定是你越秀干的！我不会说错吧？"

越秀抿嘴一笑，说道："桀骏长老，请用酒！"

桀骏一时怔住。

桀骏愤怒地将大陶酒碗摔在地上。

桀骏："赵佗，你休想来绑架我扬越钟离氏女子。还我人来！还我人来！"

赵佗："请问壮士，你可就是百越联盟的盟主——桀骏长老？"

桀骏："本人行不更名，立不改姓，正是桀骏，杀你屠睢将军数万大军的人，就是在下。"

赵佗哈哈大笑："在下已经看出来了。其实你杀不掉秦兵十万，充其量万余人也。多数人散乱在百越山林中罢了。也许有一天，他们会成为桀骏长老部落联盟的客家百姓。"

桀骏："客家百姓？说得好听。杀掉我百越族人无数，这也叫客家百姓？你就是大秦走狗将军赵佗？"

赵佗："没错。与桀骏长老不期而遇，真是幸会。"

桀骏："少说好听的，什么和合百越，不过是捕杀我桀骏的诱饵。我不会相信你编织的美梦。"

赵佗：“也许这正成为事实。”他指了指身边的三位越人女子。

桀骏：“赵佗，你还我三位越人女子，解脱人质，我自会走。今日领到活人我便立马走人！”

赵佗：“今日能与长老一会，是天意，更是人意。三位秀女并非我秦军绑架而来，何谈放归人质？她们一向是自由自在之身。何去何从，她们自便。望桀骏长老也不要为难她们。”

桀骏：“玉娘、越秀、二秀，我来接你们回苍梧之地，回百越部落家门。走，免得我与赵佗再动刀剑，跟我走！”

玉娘：“桀骏，赵将军是不会与百越动剑挥刀，血刃相仇的。望龙坤盟主与我等姐妹一同与将军同行。”

越秀：“大家以诗酒千杯为兴，何苦耿耿于仇雠恩怨？”

桀骏：“你、你们全着了赵佗的魔咒，充当他的鬼傩巫面，百越大灾到啦！”

赵佗：“桀骏长老，为表诚意，赵佗可立即劝解三位秀女与您同行归越。”

桀骏：“你要说话算话！阿根，领她们过来。”

阿根：“好。”

三姐妹故意站立不动。

桀骏愤怒地盯着。

赵佗举起酒碗打破僵局：“不如长老过来，一道饮一碗美酒！”

林中，岩后的深处。

出现一张拉满的长弓。箭镞寒光闪亮。它瞄准桀骏。

越秀过来，把一大碗酒举到桀骏面前。

桀骏：“你以为桀骏是胆小鬼不成？喝酒就喝酒！”

林中，岩后的深处。

那瞄准桀骏的箭镞后，是着秦人军旅兵甲装的射手。他正是吴央的手下。

那张拉满的长弓正待射出。

桀骏从赵佗手中接过酒碗的瞬间，呼呼啸鸣中双镞齐发。

桀骏机敏地以盛满酒的大陶碗挡落飞来的箭镞，一把捉在手中。另一支箭镞却射中阿根的左臂。

酒亭下的阿根翻身倒地。桀骏拔出他臂上箭镞，双镞刚好合起。

桀骏略一查看：“秦军箭镞，一箭双雕的秦军箭镞！赵佗，你设下陷阱，暗箭伤人，好狠毒！我本不想动手杀你，你却要射杀我。今天，就拼个你死我活！”

桀骏长剑从腰腹亮出，飞步上前，直逼赵佗。

三越女以身护赵佗。

玉娘叫道：“桀骏，休要鲁莽！”

赵佗指示身边送酒武士：“捉拿放箭的杀手！”

二武士飞身入林中。

桀骏：“闪开！赵佗杀我之心已铁证如山，我桀骏岂可容他！闪开！”

赵佗以手拨开三位越女。
赵佗："三位越女请让开。赵佗愿与百越长老以酒对剑。"

酒与剑的对歌。
三位越女闪开。赵佗取下背后长剑，但他剑不出鞘。
桀骏出剑刺赵佗。
赵佗一个闪身避让开。
桀骏又一个旋风扫剑。
赵佗一个飞鹰随风，飘至石台上，喝了一大碗酒。
赵佗："请千杯少亭主——陆贾先生献酒来。"
陆贾开启陶坛，与三越女献酒给二位对剑者。
桀骏："赵佗，你为何剑不出鞘？"
赵佗："剑不出鞘，以示无杀意之诚也！"
桀骏："说得好听，莫如做得好看！"
赵佗："那还须'唱得好听'，吴芮先生，请为酒者献歌！"
亭上一直坐观的吴芮、神巫起身舞袖、以石陶击节。
酒与剑开始了对决。
突起如泣如诉的傩女歌：

为啥要我活你死？
为啥要你死我活？
剑与酒，
血与仇，
水与火，
呵、呵、呵——

在这千杯少的神亭上，
一杯酒，
一双剑，
男与女，
跳一回生死舞，
唱一曲天地歌。
兮、兮、兮——
…………

桀骏、赵佗二人在酒与剑、仇与歌的对击中。
他们躲闪着、追杀着。
三位越女的持陶献酒与掩护之武舞。

如风影电闪般酒剑变幻中的赵佗与桀骏。

一场酒对剑、剑对酒的绚烂厮杀。

一场如歌、如诗、如醉的酒剑、男女对舞。

对剑的两个男人都半醉了。

桀骏的醉声呼叫。

桀骏："赵佗，你……凭我百越的三位女人相护，令我不得施展身手，今儿记下此仇此恨，来日咱们……兵丁阵杀相见！玉娘、二秀，跟我走！"

赵佗收剑浅笑着。

桀骏端起大陶碗酒干了，醉了。

赵佗示意玉娘、二秀扶他。

桀骏醉中嚷叫着："赵佗看剑！看剑……"

他嚷嚷着醉倒在石桌前。

百越傩者们的吟唱突起：

啊，
别辜负了美酒天地合，
你生我生天下万物生，
你活我活大家好好活。

三越女扶桀骏起来。

玉娘："将军，就此留下桀骏，免得他再与大秦为仇，岂不省力？"

赵佗："夫人，放他回十万大山。那里的百越盟群，还要靠他桀骏长老带领回归故里。玉娘，放桀骏归山！"

二秀："放他归山？"

赵佗："是的，不但放归山里，你与玉娘等还要亲自护伴着长老，回到他的百越联盟驻地。"

二秀："这……"

玉娘："玉娘悉听将军之命。"

赵佗："别忘了，他的背后有暗箭在追射！"

三位越女搀扶起醉倒了的桀骏。

9

岸畔小西洋人与越人的易物墟市依然鼓乐声喧天。

山间路上，越女们搀扶着桀骏与带伤的阿根远去的影子。

百越傩巫者的隐隐咒吟相随：

……

你生我生天下万物生，
你活我活大家好好活。

岸畔。

山峡中行走的马旺骑队。

隘口临海的湾畔，他们发现了隐匿的船只和数名骑者、射手。

马旺示意他的骑队下马，隐身，观察。

三把火的崖洞前。

三越女扶着桀骏、阿根入岩洞口。

黑狗山豹突然闯来，围着二秀蹿跳，咬住她的裤角引向山野。

二秀："玉娘姐，黑狗山豹送信来，山里有急事，我要跟它过去。"

二秀随犬而去。

黑狗山豹引二秀奔跑在山峡、岸畔上。

岩洞里。

桀骏醉叫："剑不出鞘！什么剑不出鞘，他的暗箭，阿根的箭伤就是铁证。"

玉娘："夫君息怒。赵佗放行你我，这是千真万确的实证呀！"

桀骏："夫人，夫人之心已被人软化。以妖言迷咒争得女人之心，险些坏了我桀骏大计。我不会再听任你们说东道西。尔等既然已被赵佗迷惑，那就远离我吧，隔除我身边的说客女流。去吧，你们去吧！愿意回梧州更好，照看老岳父和我们的儿子嘉嘉，若随了赵佗我会杀掉你们。滚，滚！"

桀骏吼叫着。

越秀："姐夫，我早就备好了船，是接你一道回梧州，去灵川的。你若不与我们同行，那就随你自便。但愿你早些明白！我送玉娘姐开船喽！"

桀骏："秦箭在我手上，箭伤在阿根身上，还有啥不明白的？滚，滚吧——回来，不过，你们姐妹是百越的名门望族。要对得起扬越钟离老阿公在岭南、在中原的赫赫名声。你们听清楚了，我已在大风河入海口的魔鬼峡谷布好了海盗船，乌胥山的残留部落，会替我出来打劫小西洋号，截杀护航的赵佗。你们别为他陪葬送死。别怪我没事先告知你们！"

玉娘大为震惊："夫君，你、你怎么能纠合魔鬼食人部落！"

桀骏："这叫无所不用其极，兵书就这么写。哈哈哈，你们姐妹就等着瞧赵佗沉船完蛋吧！哈哈哈……"

玉娘："夫君，为咱们儿子积些阴德吧，不可以肆意妄为呀！"

桀骏大笑不停。

越秀："玉娘姐姐，莫慌，二秀被神犬引走，定与此相关。他们由岸畔骑马赶往大风河入海口。你我二人有船，正好从水路快速出去，先送消息给赵佗，不会有误，走！”

海岸。

越秀、玉娘的小船在疾行。

小船追上赵佗的楼船。

山间峡口。

二秀骑马跟随着黑狗山豹。

二秀的坐骑追赶上了马旺的骑队。他们的视野中出现了海湾峡口中隐藏着的两艘海盗船。

岸畔山岩深处有乌胥山残部的十几人的马队在伺机行动。

海湾近岸。

庄公主、郑武的巡逻船在缓缓行走。

古越湾畔。

小西洋号升起了九桅风帆。

赵佗的楼船也升起了巨帆。

罗阿公击鼓鸣锣。

岸畔。山峡里。

山峡里奔跑出了黑狗山豹。

二秀试图叫住它。

黑狗山豹直奔一道丛林子里。

林子里走出一傩面人，正是神巫。

黑狗山豹围着他左蹦右跳，十分亲昵。

神巫抚了它几下，口中叨念着怪声怪语，拍了一下它的头，它听话地直朝峡中飞跑而去。

二秀：“师父？”

神巫并不作声，转身随黑狗山豹悠然朝山峡走去。

海湾峡口。

海盗船和谷地上的乌胥山骑队正欲出击楼船。

黑狗山豹突然出现，咬住乌胥山骑队头领的衣角。

头领大吃一惊：“黑狗山豹？你领来了神巫？”

傩面神巫出现在岩畔。

众乌胥凶丁随头领大黑齐跪拜巫者。

大黑：“神巫在上，为何拦截弟子？请昭示如何行动？”

神巫：“本使者刚与桀骏言和，乌胥山已被重创，且有大军船入巡于海湾，精兵马队欲围剿我队于岸边峡口，尔等不可妄行。出击必遭灭绝。乌胥之子有令，从者编为秦军于古越江河之岸，围园开垦良田，愿随者可得安身立命，永不再杀人抢劫，伤命越货……”

大黑头领环顾左右：“神者已宣示神令。走啊！随神者投奔赵佗去！”

众伏地同念：“愿遵神示，渔猎度日、投奔赵佗……”

二秀奔向神巫。

二秀：“义父！”

神巫转身取下傩面一笑。

却原来是灵谷子！

二秀惊讶之后跪地行大礼。

黑狗山豹又蹿上来与灵谷子亲热。

二秀：“师父您、您咋会认得神巫的黑狗山豹？”

灵谷子笑了：“它还是小狗崽的时候是我收养的，后来送给那个人——神巫。”

二秀吃惊：“怪不得。您……”

灵谷子：“黑狗山豹才是只通灵气的神犬。它从没忘记我这个最初收养它的人。那个叫徐泰的抱走了它，还领来一伙背叛了犬狄帮的骷髅部落马队，进了乌胥山祸害百越，混上了神的使者名号。哈哈哈，黑狗山豹是我的使者、暗探、卧底。我对它的踪迹了如指掌。哈哈哈……”

二秀：“师父，真是神犬助您。”

灵谷子：“天助百越啊！”

二秀朝天作揖。

崖畔上。

神巫使者徐泰走来。

他站立崖畔的身后，盯着二秀、灵谷子师徒，盯着摇头甩尾、撒欢不止的黑狗山豹。

神巫呆若木鸡、若有所思。

旋即他只身孤影悻悻地离去，行走在峡谷里。

他的身影渐行渐远，在峡谷中淡入无形之境。

灵谷子望着那人的背影，在默念祈天。

赵多的鼓乐队面对小西洋号吹奏起了送行曲。

罗阿公：“将军，鸣锣、击鼓、升帆，是海上送行、护航出港离岸的友好信号。”

赵佗：“好，我大秦楼船为小西洋号送行、护航！欢迎他们明年这个时候再来交易！”

小西洋号在礼乐声中起航。

站立船首遥望的摩根船长与赵佗楼船挥手告别。小西洋号上的男女们载歌载舞。

大秦楼船护送着小西洋号离岸出港，出了古越湾岸口。

玉娘、越秀悬心落定的神色。

赵佗与摩根隔船对望的脸上挂满欢笑。

赵多的鼓乐队在起劲吹奏。

赵佗的楼船进入了北海江河口。

罗阿公："将军，楼船进入了北海，内陆江河的入海口。"

赵佗："北海。什么河?"

罗阿公："这里是山水和江河汇流入海之地，是出了名的合浦。我楼船就要进入南流江往上行。"

赵佗："噢，南流江，山势好险峻。"

罗阿公："这里当是海盗船藏身出没之地。"

赵佗半自语："海盗？乌胥山残部的山贼海盗都听神巫的。灵谷大师装扮成神巫，先走一步就止息了一场海盗截击的风暴……"

江上风平浪静。

一条小船上，传出灵谷子的吟唱声。那支舜帝《南风歌》相随相送着赵佗楼船。

南风之熏兮，可以解吾民之愠兮。
南风之时兮，可以阜吾民之财兮。
…………

灵谷子的小船和《南风歌》，相伴着赵佗的身影，勾勒出了赵佗的江海山河岭南巡迹图。

那是一幅绘制在竹简上的《岭南山河行域图》。

（史话纪言：赵佗的楼船沿南流江上行，进返漓江流域，回到桂林的山川古地，开辟性地行走了北海湾的珠宝玉陶通道。在灵渠修造过程中，赵佗将大部分秦兵分布在桂林西部及十万大山南侧的博白、右江、浔江流域的开阔平原开垦农田，屯兵种植，开拓了广西云开大山内外秦军屯垦的西岭农耕基业。同时，开启了每年一次楼船载物、易货赈济百越族群的岭南大巡游。他"太平将军大客商"的美誉，在百越不胫而走。）

赵佗楼船巡游在西江，欣赏云烟缭绕中梯田的秀美风光。

博白平原屯垦耕植的秦兵。

吴芮："吉人天相，吉人天相啊！赵佗大难临头都不死。老天也在相助他赵佗。难道他是南庚星临世不成？你瞧，你瞧！他果然走完了这内八卦！"

吴央："老爹，您别介呀！那是儿我无意中画成的形状。"
吴芮："人心无意，恰是老天有意。"
吴央："爹，那您说，干还是不干！"
吴芮："我吴氏家族，向来是以王者风，行霸业。"
吴央："嗯！"
吴芮："'霸'字何解？行风行雨、改换日月之谓也。"
吴央："好。一个'干'字！我就去找他——大神！"
吴芮："不可。他是争食者，不可在一锅里搅马勺。他勾连骷髅王，只要一穿帮，他立马就是百越仇家。会有人把他赶走。"
吴央："那只有再找桀骏！"
吴芮浅笑："也是后话。当下就要上那灵谷的小船——"
吴央："这……怎么可能？"
吴芮："灵渠修成，他们就要派御使向皇帝晋礼、报功。老爹我自有安排。"
吴央："他们就要渡灵渠、进岭南啦！"
吴芮："那叫庆典。我要亲自出面去恭贺庆典。"
吴央迷惑。

岭南中午的烈日下。
蓬头垢面的神巫疲惫不堪地坐在一处山泉下，张口接水喝。
突然有人将一个笑傩面具抛给他。他回首惊望。
身后来人正是浅笑着的灵谷子。
灵谷子："你好啊，神的使者。还你的笑傩面具。"
神巫："好你个灵谷山人啊，我正要找你算账！"
灵谷子："黑狗山豹已经找过我。眼下我就来啦。有何指教，请当面讲。"
神巫："我，就是想和你对酒、对剑。来个你死我活，痛快！"
灵谷子："我可没那闲情逸致。对酒、对剑，还你死我活？哈哈哈，还是早些回到归宿。消消停停地活着好。"
神巫："噢，算了。还要感谢您，盗我的傩面，替我做了一件善事。"
灵谷子："免了一场劫难，收复了一彪骷髅王人马，消灾免罪，何乐而不为？"
神巫："我不是你灵谷，乐善好施。我是个善恶并行者，只要有机会，啥都可做，事事可为。"
灵谷子："可是你把澳门神珠之石壁雕凿成了神祇，百越将共仰止。可算天功一件，传延百代的呀！"
神巫："可我不回避遗臭万年，更不求流芳百世。算了。还是留一点力气走路吧。你我陈年旧交，各走各的半辈子了。想起来怪可惜的。多谢以往的指教，良言苦口是好药啊。哈哈哈……"
神巫直起身子笑着，蹒跚地向山下走去。

灵谷子把黑狗山豹还给了他。

灵谷子："黑狗山豹过去了。徐泰学兄！"

神巫听人呼叫自己的名字，一震。

灵谷子指着黑狗山豹："我料定，你还会用得着它。"

之后灵谷子转身，向另道岐谷走去。

山岗上无声站立、观望着的是二秀。

她望着背道而行的两位长辈，心神纠结着。

山中疯狂奔跑的黑狗山豹。

两位长者仿佛听到了什么，同时停步回首相望。

黑狗山豹疯狂地跑向二秀，与她亲热。

二秀与黑狗山豹遥望着远去的大楼船影。

（史话纪言：屯兵兴安灵川、开凿灵渠四年之后，灵渠修建成功。任嚣以专为岭南建造的秦城、越城、灵渠和修缮一新的大舜帝"兴安神庙"，迎接最后一次巡游岭南的赵佗归来。同时最后一批楼船渡过灵渠，准备运送大秦客军进入岭南。）

10

灵川。新筑好的灵渠。

最后一批楼船在进入灵渠犁铧河道，渡过斗门式灵渠。

各司其职的军众，围观的越族人群，呈现出与平时大不一样的热闹气氛。

高大的秦城城楼，以一派新姿屹立在古老灵川的神秘谷地上。

赵佗面对这些神奇的建筑、景象，兴奋难抑，深躬跪拜。

赵佗拜叩道："大将军、史禄大人、灵谷大师，晚辈赵佗愿代百越族人拜谢三位大师修造灵渠之功，为百越中原开启兴安岁月之恩德！"

随后赶来的玉娘、越秀同躬首谢道："百越拜谢各位大人！"

史禄道："史禄不敢当。在下只是一大工匠而已。"

灵谷子："归功于少将军岭南救济巡行。"

赵佗："大师过谦。"

任嚣："少将军冒生死之险楼船独行，联通中原百越岭南命脉，同为造福兴安工程之举啊。此地即刻命名为兴安祈福之地吧！"

赵佗："好。传大将军之命，此地命名'兴安'！"

灵谷子："好。灵渠天赐，兴安祈福。"

玉娘、越秀："灵渠天赐，天赐兴安，百越得福！"

此时恰有祥云飘过，映衬出新建的秦城石牌楼上醒目的雕凿大字：

山灵水圣　祖迹神祇
兴安万代　龙越一脉

一阵阵欢庆的鼓声响起。

百越傩面舞者正在群舞。

傩舞者蓦地取下面具——那是一群百越妙龄美女。

新建起的千杯少酒亭上。坐满了赵多的混杂鼓乐队，吹打弹拉得起劲儿。

笑容开怀的任嚣道："大秦军也该有个像样的鼓乐班了。"

赵佗："在下在往返途中已做了安排。赵多在选拔人手。"

任嚣："好。日后越人中有能人，也可请进来。添加些百越味道的鼓乐声歌。"

赵佗："末将遵命。"

任嚣："好。我大秦客军就要太太平平进入岭南，对百越部族、对陛下我们也有了说得过去的见面礼仪了。此时此刻我们恳请史禄大人回见陛下，禀报实情。"

史禄："大将军所言极是。在下早已遵大人嘱，备好一切。只待启程面见陛下。"

任嚣："好。此行恰逢圣上巡游青龙之东方，特意绕道洞庭君山行营。旨在一见我岭南消息也。"

史禄："在下荣幸。一定如实尽禀陛下。"

任嚣："这一路上难免风高浪险。不可走漏消息。"

史禄躬身，悄悄潜去。

任嚣带领着人们游走秦城。

秦城——巨砖垒造的一幢城关、木楼，进得城门则是左右厢殿。园亭深处则是百越的桃花源圣地。

任嚣："城关门开，行走深处，是桃花源胜境。大秦一统之前，中原战乱，百姓逃避之所，均在山深水绕僻静处。如今大秦一统天下，结束战乱，打开秦关，应该还世人一个安乐的世界了。此乃'百越乐土'之福地也。圣上一旦南巡，就请他驾临秦城。"

赵佗："大将军英明。"

（史话纪言：古秦城今犹在桂林兴安灵川之地。其北之遥，可见三江岸畔之"三圣坡"连峰奇脉。古今"百越乐土"之神奇祈愿均将灵现于此。）

他们游走到山下，来到漓江岸边的越城。

越城——满坡的古越竹寮、村街。

神柱、图腾神兽、铜鼓乐台、祭神台。

漓江边上的萨满、傩舞广坪之地……

任嚣："这越城，是百越族人易货、住宿之城。有了灵渠，可接纳长江、湘江、漓江、珠江上下的中原来船易货。每年大潮汐来临，天外洋夷的来船就可由北海入内河，直接在桂林的秦城、越城与内地进行交易；也可承接内陆缅玉、贵翠、越陶、豫瓷等珠宝来船行走交易。实现九州山岛连脉也！"

赵佗："联通九州、神和一脉，我炎、黄、蚩尤三祖后裔、龙之传人，无愧先祖三圣之厚望，天佑神慰也！"

玉娘、越秀："感恩众位将军鼎成九龙，九州之功，实在是千秋大德！"

千杯少酒亭上，响起了赵多混杂鼓乐队的鼓乐声。

拾阶而来的赵光。

赵光："禀报将军，一直尾随我楼船而行的那艘船，跟上来了。"

赵佗惊喜："哈哈！果然是小西洋号跟上来了。小西洋号！"

赵光："今年第一艘小西洋人的商船来啦……"

任嚣："说来就来。与我大秦客军的巡游楼船殊途同归，很会赶时候。赵光，速去安排迎接，进入越城交易。"

赵光："在下遵命。"

任嚣："洋夷多是些须发卷曲、衣着古怪的人，言语不通。越人居然神奇地谙通他们的话语，留下他们的宝石、象牙、金银饰品，换走我云滇、夜郎、缅田、贵田过来的玉石、翡翠等。连河南的宝陶也过来了。今年他们就可以住进大浦港岸、竹寮村街，可以摆摊设店。梧州的扬越钟离长老去年来时，还特意留话，要换一艘洋人的船。哈哈哈……"

灵谷子："那是外洋来的一艘大船，先人说是一些腓尼基人。祖上就是生活在海船上的，深通航海易货之道。"

玉娘："那一年船上还带来一位公主和几个女娃，留下了他们的歌舞。"

小西洋号靠岸了。

船上的迦太基公主领着一群女孩，载歌载舞。

越秀："他们的公主把歌舞还留给了玉娘姐姐。瞧，又是公主号。"

腓尼基人的帆船公主号——射手座星相图案的组合中框进一颗六角形的大启明星，其下仍是那龙形的"九"字图腾。

大船上的人走下来。

玉娘："据说，那像六角形的图样儿，是夷客的启明星和我亚细亚的九字甲骨龙。"

大将军任嚣点头、捻须，吟笑着。

迦太基公主、一群载歌载舞的女孩迎着玉娘、越秀舞过来，并围住了她们。

玉娘、越秀模仿着公主的舞姿一同起舞、说笑。

围观的秦兵、越人们哼唱着、扭动着、拍掌随舞着。
西洋、南越、中原的混合鼓乐齐鸣。

岸上。
众人围着腓尼基人的古帆船在交易物品。
军与民的呼喊声。
“好啊!”
“好啊!”
“灵渠天赐。天赐兴安。百越祈福!”
“灵渠天赐。天赐兴安。大秦祈福!”
……
突然出现着便服的马乐。
赵佗示意他近前。
马乐近前:“大人,小的有紧急军情禀报!”
赵佗:“马乐?讲。”
马乐与之耳语。
赵佗猛然眉头一皱。

梅山关外的内良城郊。
吴芮、桀骏长老的兵丁训练营地。
受训的黑衣越族兵丁在朝岭南跪拜,口中念念有词。
桀骏训话:“我们是百越盟军新营,三年召集、一年营训,今年正是赵佗灵渠建成、进兵百越之时。全体兵丁听着,这正是我们杀回岭南,灭秦军赵佗于行都的良机。我营队名为神功绝技敢死营,总计勇士三千。诸位听明白了吗!”
众兵丁:“明白。以血换人头。杀回岭南,干掉赵佗。百越联合,找回部落。回家、回家、回家啦!”
吴芮出现在桀骏身旁。
桀骏:“吴芮吴大人,他是我们的上上将军。请大人训示。”
吴芮:“全体兵丁,你们名为神功绝技敢死营,实则全是百越未来的将士。赵佗修通了灵渠,能使困在湘江的楼船进入漓江、珠江。他要进兵岭南了。我等不进兵就是我们的灾难,我等敢死进兵就是我们的战机。大秦副将军屠睢的全军覆没就是先例。我们分兵在岭南暗处等候埋伏。待他行进中攻其不备,一举歼灭之。必胜无疑!”
“必胜无疑!必胜无疑!”
“必胜无疑!必胜无疑!”
众兵丁吼着。

新建秦城的大堂。

任嚣、赵佗、史禄以及马乐等秦军将领们在紧急议事。

任嚣："树欲静而风不止。看来与我和合之略为敌者，旨在血取岭南百越之地，绝非一位屠睢将军埋下的秦越仇恨呀。"

赵光："在下请求发一万兵马，剿灭之。斩除隐患！"

赵佗："剿灭之极易。结下百越族亲的血仇，却会越来越深。不可落此陷阱。"

史禄："少将军所言极是。幕后有人在挑动仇恨、操纵百越。我大秦军不可落此潭沼、泥足深陷。"

任嚣："我岭南秦军的兵家之计，已然颠覆了先师兵圣们的用兵大法。请灵谷大师破解此间奥秘。"

赵佗："先生何不即刻言明大计与在下。"

灵谷子笑对："禀告少将军，老夫无计可施也！"

众人一震："无计可施？"

众将惊寂，面面相觑，不解灵谷大师此间的蹊跷。

第七章　天道篇

天地人和　同怀同仁　道法自然
斯世人梦天圆

——引　古民谚

1

夕阳晚照。

秦城大堂里气氛有些异常。

“从未从您灵谷大师口中听到过无计可施的话语。莫非……”

灵谷子：“诸位莫急。无计可施即一计也。”

众人莫名其妙。

灵谷子道：“吴芮震慑少将军，旨在勒索。”

众将一怔，静听其言。

灵谷子：“吴芮以区区三千越勇与我秦军拼衡，非吴芮所行真意。”

任嚣：“其真意究竟何在?”

赵佗：“勒索者何?”

灵谷子笑而不答，附耳，与赵佗低语几句。

赵佗连连点头。

灵谷子：“所谓无计，即顺其计而行计也。究竟如何，将军们依我之言见机行事可也。”

赵佗：“学生心中有数了。”

任嚣：“先生，我大军之行……”

灵谷子：“一切照常为宜。权当在下所言无计可施——不施一计。此即叫作灵谷无计也。”

众顿然释然。

任嚣：“好。明晨日出时分，我大秦军按原部署全数进入岭南。”

赵佗：“遵命！赵光听我军令。”

赵光：“小的在。”

赵佗：“命你带领三万兵马、一千夫楼船，驻守灵川，守卫灵渠、护养梯田。”

赵光：“遵命!”

赵佗：“左中军尉严虎听令!”

严虎："小的在。"

赵佗："命你领十万人马，分驻博白、合浦，屯垦戍兵，守卫北海湾，严防海盗劫扰百越族群。"

严虎："遵命！"

赵佗："此外，三十万楼船军、精骑遵大将军令分三路队阵，今夜守营待命，明晨号令一响，即刻启程向岭南进发！"

众将领齐声："遵命！"

军营月色。星光营火。

灵渠岸边的赵佗与灵谷子。

赵佗："先生，我可是急不可待，恨不得大将军即刻发令，立马全军启程！"

灵谷子："将军少安毋躁。大将军定会于明天日出之时的大典上发出号令。少不得我要邀请到难得一见的三位高客。"

赵佗："高客？莫非是先生的'妙计'有成？"

灵谷子笑对："禀告少将军，无妙可言也！"

赵佗："无妙为至妙，非计乃真计也。"

灵谷子："且等明早日出，吉时良辰，大军开拔烽火晴空升起！"

灵谷子笑吟吟地走了。

红日出山，映红着兴安。

灵川。新建起的石牌楼。

石牌楼上醒目的石雕大字：

山灵水圣　祖迹神祇
兴安万代　龙越一脉

一阵鼓声响，现出百越神傩群舞者——百越东西、湘江、洞庭的神傩群舞者自行前来参与灵渠竣工的庆典。

"山灵水圣"巨型石牌坊前，他们在焚香、献兽、起舞、作"百越大歌"。

霞光笼罩中的秦城城楼、水畔越城。

山野石门相望中的千杯少酒亭。

三位不同穿着的神傩巫者，相继离开傩舞人群，走上酒亭。

酒童正搬起陶罐往彩陶碗里倒酒。

三位神傩巫者端坐石桌前，面面相对，望视不语。

微醉的酒家陆贾手执酒壶，笑吟吟地出现。

歌曰：

神之无酒兮，
岂成仙？
傩之无酒兮，
必为巫。

斯美酒兮，
桂灵泉。
山灵水圣兮，
贺兴安。
…………

酒童近前献酒。

陆贾：“三位请酒。”

三位神傩巫者接过酒樽。

傩者们先后取下傩面：神者——徐泰，智者——吴芮，长者——灵谷子。

灵谷子：“哈哈哈，三位权谋之士，变作了岭南神傩！我在此恭候两位已多时了。”

陆贾：“多谢灵谷先生在此修建了千杯少酒亭，才有此神仙会。”

灵谷子：“有陆贾先生千杯少的美酒在，这两位先生必来献诗！”

吴芮：“千杯少，万事亭，是灵谷大师向来的好诗。”

灵谷子：“大将军、少将军的灵渠修造，才是惊天动地的好诗。在下不过是为会你吴芮大诗家，修了这座酒亭而已。”

吴芮：“是啊。巧夺天工的灵渠！恐怕还要有战船五百艘、雄兵五十万，才好成器为伍的呀！”

陆贾：“刚好，我陆贾在此酿出了桂岭的仙泉酒！”

神巫：“灵谷师兄以扮巫之举，戴上傩面，就消了乌胥残部的海盗船阵，化解了大秦少将军的行程风险！”

灵谷子：“雕虫小技，不足挂齿。”

神巫：“日后岭南事，要仰仗灵谷师兄分神。如今天下为大秦一统，我等列国游说之士已无所作为，需寻巡安身之计，还请兄于岭南将军处举荐才是。”

灵谷子：“徐泰兄此言过了。天下游列之士觊觎岭南百越之权者，不止数人。或做‘黄雀在后’的‘黄雀’或‘借兵以攻’做个‘得利渔翁’。你神巫早有宏图大计，吴芮兄也有龙川一战的结仇埋火之计。各有智谋行运中，谁人能真正得手，一时尚难笃定。”

神巫：“自然是顺乎大秦将军统帅大法者，和合百越之道者为赢家啦。”

灵谷子：“可是另有兵家与之以争杀为谋，则和者未必胜。”

吴芮：“怕是虚妄之幻象也。”

灵谷子：“吴兄先有越将梅狷在九江为你所用，后又有桀骏在云开大山屯蓄百越抗秦丁员，岂是空穴来风乎？”

吴芮大笑：“哈哈哈，灵谷兄误会了！我吴芮向来为大秦始皇帝效命。梅涓之军已为皇帝御统。岭南桀骏越盟，区区数百众山民之丁，聚之、拢之，不还是大将军岭南勤政之旅，融入百越和合大计也。”

灵谷子：“讲得好，那就拭目以待。我等谋士余孽，虽然都出炉于黄河南岸鹤壁山中王禅老祖——鬼谷子，先师隐居讲学、权谋天下的圣地，可是今非昔比。大秦已然一统六合，我等自当以天下大同为局，道虽不同，亦当各施所能、各得其所，以求开市太平也！”

吴芮：“灵谷兄所言，实乃天经地义！”

陆贾：“饮酒，来诗！”

神巫：“灵谷子之言，就是天诗地韵也！徐某无诗可对，罚酒三坛！！”

众齐饮酒。

酒童献酒。

大将军站立神坛上，张臂挥手。

鼓乐声雷动。

大秦军号长鸣。

军阵战旗云起风动。

大军出发。

（史话纪言：公元前214年兴安灵渠修通，秦军兵分两路，始进驻岭南。大将军任嚣率秦军主力楼船、骑队出漓江进西江，由西线开入岭南进番禺；少将军赵佗率楼船小队、剑马轻骑八千，入东江驻扎龙川。）

堪舆吏在《岭南山河行域图》上以彩色标示出西江、南海至番山、禺山，北江、东江至龙山龙川的航行路线。

西江上。

任嚣与灵谷子站立船头的身影。

身后是一字长线的楼船长阵。

大江两岸是紧随疾走的骑兵队伍。

任嚣的楼船行至一处山光水色极佳胜境。

任嚣陶醉着：“妙境，真是神仙般的胜景。”

灵谷子：“这里乃桂林，山水甲天下也。下行则连起了苍梧之野。山那面则是大北海的罗泊湾。”

任嚣：“噢。罗泊湾！胜境真乃天赐。生不能长居此境，死后落一角方穴为墓亦足矣！”

灵谷子：“将军此愿，乃天人可随之心！孰能例外？”

任嚣：“大师既也如此，你我活着，为大秦百越营造天下太平之地，死后在这各选一处坟茔就是天照应。你我可算是同道生死之交啦。哈哈哈……”

灵谷子与大将军会心地同笑。

任嚣的楼船大军行入西江。

北江上。

赵佗楼船军阵在行进。

北江沿岸。

郑武率骑队大军在沿江陆岸上行进。

江道上，突有一只小船急速地穿越江雾驶来，并传出了悠然飘逸的岭南渔歌。

楼船和骑队的大秦将士们不约而同地放眼望去。

那小船上摇橹撑篙的人被雾气罩了大半个身子。众将士皆未睹此人真容。

楼船上的赵佗含笑而望，少时，自语道：“我一听便知，他正是灵谷大师也。”

山峡间。

突然出现桀骏的马队在行进。

探子阿戈飞马跑来。

阿戈：“长老，赵佗确实在进北江东行的楼船上！”

桀骏：“好，你飞马直向湘江岸，报信给吴央，可以放心动手劫持史禄进京献宝的楼船。”

阿戈：“是！”

桀骏：“阿水，你直去崖珠部落找到梅旌，联手崖珠部落抗秦救越，灭赵佗于东行北江之上。”

阿水：“明白！”

江汉河流里。

百越的竹木船阵在阿亮、阿水带领下疾行。

灵渠上行的湘江。

史禄的载宝楼船正在湘江顺流驶向洞庭。

湘江陆岸的山峡隘口。

岩畔上的吴央在观看着茫茫湘江。

史禄的楼船出现，“秦”字旌旗可见。

马乐小队尾随吴央领十数秦丁遁入路岸山林。

吴央、马乐隐身，盯住的目光。

吴央示意左右，手持斧凿、赤臂缠腰的越族水丁跳上数只小船，驶向江汉河口。

西江。

江上行驶着的任嚣楼船大军。

楼船行至苍梧山之下。

任嚣率船阵兵将行跪拜之礼。

任嚣："先祖大舜帝在上，我大秦楼船之军任嚣、赵佗一行五十万人马，终于完成了圣命嘱托，联通百越中原，施行一脉承通之和合大策。此行岭南江海、山野，按先帝龙行之足迹，招抚百越族人，直至九龙、十字门海。弟子承先帝之灵脉，代百越中原大业者，铭感于先帝护佑之恩！"

楼船上一起跪祈的秦军将士。

缓缓靠近又缓缓远去的神刻摩崖——苍梧峰壁。

翻滚的西江巨流。

秦军叩拜的楼船上。任嚣、罗阿公缓缓站起，景仰着渐行渐远的苍梧山峰。

任嚣："苍梧之峰，雄伟壮观，真乃神龙之首，有含珠吐瑞之气。直达合浦、大北海之湾，神珠、太阳、日月贝乃出于龙之神韵。至此，方感悟先祖舜帝高龄南巡至此，抚《九韶》之乐，复咏《南风》之熏，其寓意之深奥。"

罗阿公："大将军所言极是，苍梧之峰俗称为龙母之山，其龙脉山躯横岭南之北，过龙门至龙川，甩龙尾南向至海生成九龙之岛。是一神龙的完好躯体呀！"

任嚣："嗯，经阿公一说，在下茅塞顿开，先祖舜帝定神州为神龙九州岛之陆。龙生九子，九州九龙之地，岭南百越即为九龙州之一也。实乃岭南龙气宝地之所在！"

龙母山脉蜿蜒东去，南下九龙湾。九龙岛的山形遥现。

罗阿公："韶关正是大舜先祖南巡入岭南之地。经桂江入这西江，才来到这苍梧之州。"

任嚣："大舜先帝平生三抚《九韶》之乐，均在南巡之途中，于此处乃是第三次。首抚《九韶》曲，于湘潭之韶山谷畔，再抚《九韶》之乐乃在进入五岭山关隘口之地——韶石山之大磐石上。抚琴瑟以长歌曰《南风》，九成韶乐，彩霞翔舞，凤凰来仪，百兽亲和，丹峰笑梦，乃得名韶石丹霞山、韶山……"

罗阿公："此时此刻，少将军的楼船大队该是沿西江东行，后转北江东川之前，刚近韶山呀！"

任嚣："嗯，韶石，丹霞之山……"

舜帝《南风歌》渐起萦绕在心：

南风之熏兮，可以解吾民之愠兮。
南风之时兮，可以阜吾民之财兮。
…………

曲江，韶山。

赵佗的楼船大队进入曲江，临近韶石山。朝辉中显现出丹霞山峰，半天里一片耀眼的红晖。

梅关。阳山的山路上。

桀骏率领驰奔的越人马队疾风般卷入山口。

阿根背负箭镞带领越人船队驶入梅河、武江，向前疾驶。在一道山畔江河口处，桀骏立马于岸，阿根船队靠近岸边，跳上河岸。

桀骏："阿根，记住，前边已是韶石山。赵佗的楼船必定在此登岸，骑队亦会在此停留，你等先混入秦军队列之中。听我号令，再行动手。"

阿根："放心吧，盟主。"

桀骏："不可随意而为。看我眼色行事。"

阿根："是！"

桀骏："记住，吴央劫船传回得手消息之时，才是我们捕捉赵佗的大好时候！哈哈哈……"

2

湘江上。

北行的史禄楼船正在湘江上行驶。

史禄道："前方正是湘江南岸多山峡、隘口之境。留神警戒。"

船勇们应声分布于甲板、船舷查望。

船勇们专注的目光。

山峡隘口。

小河里果然驶出三只小船。船上载满手持刀斧、赤臂裸身的越丁。小船上的人佯装撒网捉鱼，喊着越语渔歌，驶向大秦史禄楼船。

冷不防，渔人们纷纷跳入水中，潜入水里不见了身影。

湘水之中一片安静。

楼船在稳稳前行。

湘水水底。

越丁们如游鱼般在潜游前行。

湘水岸边山隘里，隐着吴央及其骑队。

他们悄然盯着江中驰行的史禄楼船，焦急地等待着水下劫船者们的动静。

江上。上行的史禄楼船。

水下。潜游的数个越勇挥动斧凿欲靠近楼船凿漏船底，但被预先布设的拉网阻隔，继而一个个被网住。

楼船上秦勇们视野中的网铃发出阵响。

秦勇们拉网上来，是一个个困网如鱼、赤臂挣扎的越丁。

史禄憨然笑道："哈哈，赵佗果然预料不错。发火箭，令马乐的马队动手！"

士兵发出燃火的箭镞。

一串呼啸着飞向空中炸响的箭镞。

崖上峡口里。

马乐的马队见到空中的信号突然动手，擒了隐身岩后焦急等待的吴央一伙人。

山峡里。

郑武、马旺带领的秦军马队在飞驰。

梅江河道上。

风送秦军船队在疾走。

韶石山。

赵佗的楼船大队入曲江，临近韶石山。

朝辉里显现出瑰丽的丹霞山峰。

韶山之石——丹霞山峰下的一派平阔、映霞的巨大磐石。

赵佗站在大磐石的草地前，面对昂首而立的大秦武士们。他高声而沉稳地讲道："此乃先皇始祖大舜帝南巡百越，进五岭的第一山口——韶石山。在这大磐石上大舜先祖抚琴而歌，作箫韶之韵，起《九韶》之舞。面对天地，观视岭南表述忧民、惜民、爱民之帝者情怀心志。引来百鸟齐鸣、凤凰来仪、群兽齐舞，拥戴舜祖。辉染丹霞，千峰笑语，流出甘泉，万物奇幻。"

盘石山野仿佛真的现出了百鸟朝凤、《九韶》歌舞的幻境。

赵佗的声音响起：

"今我大秦军将士奉御令，西岭屯耕凿渠四载，进入岭南，和合百越，乃我辈奉行大舜先祖使命之大为也！"

众军士随其躬身叩拜。

正值此时琴音大作，回荡山谷江河。

众将兵们惊奇巡望。

原来是那韶山磐石上，灵谷子领着玉娘、大秀和二秀正在抚奏一张巨大的古琴。众女乐者执长箫，和着琴声，迎来祥云悠扬，氤氲浑厚而撩人心神。

三位越女随着琴音曼舞且歌之：

南风之薰兮，
可以解吾民之愠兮。
南风之时兮，
可以阜吾民之财兮。
…………

南风、霞影，云朵。
高山高山、大河大河。
南风仙来，
祖先长歌。
…………

赵佗、众秦将士惊奇地观之、听之，双手合十、虔敬祈拜、无限神往。

天、地、人、万物一时融入浩渺的丹霞之光。

……

峡口。江岸处。

崖珠长老、庄公主、海妹等分别引着部落里集聚的妇小们向赵佗秦军队伍靠近、走来。

她们应和着，奇异的歌声响遍山野。

歌声之幻，引出不知何处来的越众壮汉男女。

阿根等越人汉子悄声混入人群。

不远的山峡里。桀骏的马队下马。

越勇们伏身隐在岩石后窥视着大磐石前和曲江岸上的祭拜情景。

江岸上。

另一只越人的船隐在江岛荫蔽里，窥视着动静。

秦军队中军乐与铜鼓骤然间齐鸣。

军列中跃出八武士，头顶鸟兽傩冠，在草地中模拟作舞。旋即，百越聚来的人群里也飞蹿出十八条赤臂的精壮汉子，戴着凶蛮的鬼怪傩面具，跳着《九韶》武勇之舞。

赵佗看在眼里，灵机一动，也甩去外衣，解开铠甲，一挥手，身边也有十位强健军士赤臂裸面呼应去跳武勇之舞。

四野列队的秦军将士击戈，呼吼应节相合，节律之音震撼山河，歌道：

南风南风兮，
吾民嵯峨；
云起云落兮，
魂壮山河。

恩传千载兮，
万代江河；
百越息戈兮，
赤臂为歌。
…………

《九韶》武勇之舞中。秦、越二十八壮汉围绕着赤臂激情的赵佗在疯狂作舞。

壮勇舞者们胸脯挤撞胸脯，目光击射目光，敌意、仇视、扼腕、角鼎等种种较量隐藏于狂舞之中。

崖畔山岩后凝目盯着的桀骏，不时露出焦躁神色。

《九韶》武勇之舞难分难解时，鼓乐旋律突如天风细语，陡然转换，狂舞的精武壮勇们突然都换了一副怆然的神色。

来自崖珠部落的女人们。她们踏着《九韶》变律的音节，进入了武勇舞者群里，演绎出白衣越女与精壮武勇们的情律对舞。

天地间音律变幻，壮男越女们在色相迷离、浅醉微微中翩然作舞。

她们的《九韶》舞歌：

你走过了九韶千峰，
留下了一万年长河。
越土生五色，
脚印一个个。
几百代族人一个梦，
几千年春秋一曲歌。

南风之薰兮，
可以解吾民之愠兮。
南风之时兮，
可以阜吾民之财兮。

彩霞高山兮，大河大河，
爱生心歌情萧瑟。
祖先有灵，
百鸟齐歌。
回家吧、回家吧！
阿哥、阿仔、阿哥。
…………
彤云飞来，霞染丹峰。
百鸟鸣啭，山舞林动。

崖畔林后，诧然盯视的桀骏，越发骇然不已。

舞者草地上。

在飞旋的舞者群里，突然有一位“妖”者打扮的“百越女巫”以风雷般《九韶》舞姿跃出。

众傩面、傩冠的越人男武勇都惊诧地与之对舞。

冷不防，她引动出数十个越女风一般闪出，揭去了十八个越人男武勇的傩面。

《九韶》乐舞戛然而止。

原来那奇怪“百越女巫”正是二秀。

众人愕然间，相互观望。

越人男女在相互地辨认中。

“黑仔?”一位越女喊叫出越人男舞者的名字。

“姐——”黑仔丢掉傩面，飞跑过去，与姐姐抱在一起。

“阿海?”

“老婆!”

“山根!”

“娘!”

……

亲人呼叫，越人男女相认、相拥。

“你们还活着呀?”

“家还在呀……”

舞者群里瞬时充满了人间的亲情、苦情。

崖石林间隐着的越丁，也认出了自家的女人。

越丁们叫着：“阿环——”

“玉彩——”

“琼琼——”

“到家了呀!”

“家人还活着啊……”

越丁们不顾生死，奔跑出来与女人们抱在一起。

“到家了!”

“找到家了呀!”

……

崖珠长老带着散失男人的部落女族人走过来。

“他们都住在这北江的山里。快回去报信，秦军不杀我们，叫他们回家来呀!”

“部落还都是老地方，秦军给我们送了粮米、油盐，还有布匹……”

长老欣慰地笑着。

长老走向赵佗。

赵佗：“长老，按照灵谷先生说过的，您领家小们回各自的村寨，准备着迎接回归的部族男人。”

崖珠长老：“多谢将军和合百越之略，实乃苍天美意，先帝灵圣之举呀！苍天在上……”

（史话纪言：大舜帝南巡“九年舞《九韶》”，入岭南关注百越族群，韶关为进入五岭第一关，于大磐石上弄箫抚琴鼓瑟作歌《九韶》，《南风》表述他体恤民忧，光大龙国神韵之帝王心志。此去留名韶石山、丹霞山，已然三千余年矣。赵佗行走在先帝的景愿之路，悟尽的却是千古险境随身。）

山峡。路上。

桀骏在前，阿根在后。

他们神色黯然，信马由缰地行走着。

阿根：“长老，这样下去，与其让我们越盟人马逃散，不如您先跟赵佗谈判，凭你手下的百越人马，赵佗不会杀将的。”

桀骏：“诱饵，全是诱杀我桀骏的诱饵！要降，你阿根去降，回去吧，回去找你的阿秀，找你的爹娘。我桀骏与越众不同，我不信他赵佗。绝不上当！”

阿根：“这……阿根绝不丢弃桀骏大哥！”

桀骏：“随你便！”

桀骏一扬鞭，烈马扬蹄欲奔。

横出一马单骑，拦住了他的去路。

3

山口。

来人斜坐在马背上，口里胡乱哼着北方小调，原来是赵多。

桀骏：“什么人，敢拦我的去路？”

赵多：“哈哈哈，几年前曾在安州湾千杯少酒亭碰过杯，如今不记得啦？”

桀骏：“无名之辈，干吗要记得你？”

阿根：“长老，他是赵佗手下能将。之前我的箭伤，少不了他的嫌疑！”

赵多：“你可是搞错了，那放暗箭的人是我赵多给抓到的！”

桀骏：“冤家路窄，少编瞎话。送上门来找仇杀，焉有不给你些厉害瞧瞧的道理！让开！”

赵多：“桀骏将军，奉将军之命，前来阻拦你，你是可以单骑走掉的！”

桀骏：“少啰嗦，看剑！”

他跃马一剑刺去。

赵多一个翻滚，镫里藏身，桀骏扑了个空。战马被藤索绊翻，桀骏被颠出去老远。

赵多飞猿般蹿跃过去，一回手就挟起了翻滚踉跄的桀骏。桀骏手中的长剑却不知了去向。他猛一回手，正捞紧了赵多的脖颈，双手举起赵多，掼倒在地。

赵多却嘻嘻哈哈，就势一跃起身。

桀骏正愤然地怔住。

赵多："平手，平手！桀骏长老，赵佗让我称您为百越的大将军，小的失敬了，赵将军命我不可捕捉、伤害大将军，特命我备三辆三驾马车在前，为大将军百越之部送去粮米给养，任您自行带回本部，您既然回去，在下免送了！"

桀骏回首，只见那三辆三驾越丁赶着的粮米车辆正在山口处等着。

赵多消失了。

阿根："长老，您看这……"

桀骏："诱饵，又是诱饵！不过，粮米乃我百越勇士所急需，拉走再说！"

韶石山上下。

赵佗、灵谷子、二秀、郑武、马旺等一行人带着《岭南山河行域图》、行舆师行走在韶石山上。

赵佗："韶石山双峰相对一隘，是岭南连通内地天然关口，西连阳山连江，北驭梅山梅水。将成五岭内外沟通中原之要道。我大秦军在这里设关。行舆师记下了，这里就叫韶关。"

行舆师："记下了，韶关。"

赵佗："西边连江水畔有阳山，设阳山关；北有梅山，设梅山关。越北三关以韶关为轴，阳山、梅山二关为辅轮，越北五岭通途，驻防、耕植，人脉可在掌控之中。灵谷先生，您意下如何？"

灵谷子："将军所虑甚为妥切，老朽为之开怀，将军不妨下达军令。"

赵佗："中军郑武！"

郑武："小的在。"

赵佗："传我军令，命赵多为韶关镇守副将；命马乐、陈魁分别为阳山关、梅山关镇守副将，各留轻骑三千、百夫长楼船十艘。查好地山江河形貌，做好屯兵、守关、垦殖耕作、休养生息之一应准备，辑合百越族群，以怀柔、育化为安保大计，不得伤其秋毫。"

郑武："在下得命，即刻传令下去。"

赵佗："越北三关将成岭南先领中原风气、和合开化之地。三月之后，本将军将亲来查验三关设防垦殖、养民之势态。"

灵谷子："将军之令，实乃岭南造化，百越之幸事！"

赵佗："此乃大秦盛世所得焉，还望大师评点。"

灵谷子浅吟：

斯丹霞之峰岭兮，
横贯越北于三关。

凤凰来仪兮，
百兽偕舞。
祥云飘落兮，
岭南所期。

赵佗鞠躬：“大师过奖。在下还需聆听教诲。”

灵谷子：“不敢，不敢。”

山峡。水畔。黑狗山豹引领着神巫、二秀在水边行走。

神巫：“是你揭开了百越十八壮汉的鬼怪傩面？”

二秀：“秀儿羞愧，为越女无法认出自家男人所焦急，此行几真成了女巫！”

神巫：“这是救助赵佗，使越人明白桀骏计谋的关键之举。何在乎小女子的分寸？可以大胆、大胆、再大胆！”

二秀：“只怕是在赵佗面前，我惹怒了桀骏。”

神巫：“此举正是玉娘所期。至于桀骏，自陷牛角尖里，不惹自怒。让他明白的日子还在后头。今日之所作所为，乃百越千部之众望所归。秀儿，赵佗会打心眼里谢你的。”

二秀：“谢义父所言。”

神巫：“不过你要提防一个老家伙！”

二秀一怔。

神巫：“你心中景仰的人。”

二秀：“灵谷大师？”

神巫：“他……一片好心。可是他会坏你的事。”

二秀疑虑，不知所云：“为什么？”

远山。谷峡路上。

马乐的骑队押着一辆囚车和几驾挤满被绑越丁的马车在疾行。

木栏囚车里坐着吴央。

在山峡路口，与桀骏迎面而来的车骑相遇。

桀骏惊讶：“吴央，吴公子？”

囚车里的吴央面如死灰，看着桀骏摇头，又背过脸，暗示不认识他。

另外三驾车上被捆绑的越人壮汉却叫苦不迭地呼喊着。

“桀骏长老，快救我们啦！”

“桀骏，桀骏，你来得正好！”

“救救我等越人……”

马背上的桀骏、马乐相互对望着。

马乐：“桀骏？你就是大名鼎鼎的百越联盟盟主桀骏大长老？”

桀骏："在下正是桀骏！你是……"
马乐："剿获劫匪的秦军押解护卫马乐！"
桀骏："马大人。请把你捆绑押解的越人还我，可否？"
马乐："大长老欲要人？有我大秦少将军赵佗的手谕吗？拿不出，就须刀兵相见啦！"
桀骏："为何？"
马乐："他们劫杀史禄大人的贡船，欲凿船夺宝，可是死罪呀！"
桀骏："有我这三车九马赵将军奉送的粮米给养为证。我亦无须刀兵相见。"
马乐："谁知你是偷盗、抢劫，还是将军赠送？"
山林边。
赵多的单骑出现在他们中间。
赵多："我可以作证！马乐，既然长老开口了，就按他说的办，放人。"
马乐："赵多？他们可是打劫史大人进京楼船珠宝的山贼啊！我好不容易捉了来，要押送给将军方可处置的！"
赵多："有一位笼中物——吴央公子押给将军就够了。越人，照将军的意思，交给长老，听凭他处置。"
马乐："这……好吧，长老，越人交与你。到时可要在赵佗将军面前为我作个证哟！"
桀骏："我会的。多谢马大人！"
马乐："放人！"
秦兵们为十几名越人松绑。
越人们："多谢马大人！"
马乐："放了你们，高兴了？也不能大人、大人的满天飞！那不成了满天月亮一颗星，满营将军一个兵啦？在下只是个兵。谢你们长老吧！"
桀骏："谢二位大人……"

一阵笑声飘过韶石山前曲水、北江岸畔。
一阵笑声过后赵佗道："好，桀骏接受粮车，要走了越人，既非所料，又正值所期，押吴央来见我！"
马乐："是，带吴央！"
被捆绑的吴央不情愿地走过来。
赵佗："吴中军，你总是不出我所料。"
吴央："将军，我只求您押解我进京城。"
赵佗："想得美，进京城？"
吴央："以劫杀皇朝贡品之大罪，交皇帝将我处死。"
赵佗："以你十恶不赦之罪，我现在就可杀你！"
赵佗拔剑相逼。

吴央抖了一阵，旋即又故作镇静直起身来：“我好歹也是大秦将军屠睢帐下的中军。你必须把我送交皇帝。”

赵佗：“交皇帝处死，你以为我会那么干吗？我不会为尔等的阴谋制造机会！”

吴央冷笑：“呵呵呵！即便如你所料，皇家新设的湘江驿站吏，也早把百越恶徒劫杀史禄九十五尊陶缶、珠宝楼船的详情飞马上报皇帝！岭南无和合可言。你的太平百越就要成谎报军情啦！”

赵佗也哈哈大笑道：“料你会栽赃，恶人先告状，制造越人劫杀监御使的乱象，伪派飞马驿吏禀报皇帝。我已在楼船上紧急安排了百越族人，作为目睹全部事件的证人。”

吴央：“谁？”

赵佗：“自然是你吴公子父子都认识并且相知根底的人！”

吴央：“那又咋样？我相信等不到皇帝放过你，你就被除掉了。哈哈哈……”

湘水上，正行驶着史禄的楼船。

楼船上。越秀、海妹、崖珠部落老者并排站立在船舷上，观看着湘水两岸奇绝的风光。

史禄：“既然将军派你们追赶而来，此番觐见大秦始皇帝，还要恳请三位岭南百越族人鉴证赵佗将军的和合之策。”

越秀：“监御史大人吩咐，赵将军委托，我等一定不负诸将军关爱百越民生之情，如实禀告大秦皇帝。不过距离西京还好远。”

史禄：“不，西京咸阳还远。皇帝此次出巡是来许都驿馆的。”

赵秀：“许都城？”

史禄：“过到长江北岸就不远了。”

越秀：“我到过。是在那儿离了黄河，到长江，才进了任大将军当年招兵选将的行营所在——襄阳古城的千杯少酒亭。那可是很近了呀！”

史禄道：“不错。皇帝特意命在那里建皇家行馆的。”

越秀：“下一个皇家行馆就建在洞庭湖、建在兴安灵川。”

黄河之南。独山脚下。许都古地。

秦始皇又一次东巡的车阵马队迎面而来。皇家车队进入许都秦始皇驿馆。

秦始皇：“博士，这里是什么地方？”

博士：“禀皇帝，这里乃是许地。”

秦始皇：“哦？许地。何由？”

博士：“当年先祖炎帝命许尤向这一代寻找大地。他见此黄河之南、长江之北，有独山之美，携众落足耕耘此地，故名许地。先祖炎帝称此为许都也。”

秦始皇：“嗯。许地、许都。”

秦始皇果然看到了秀美许地独山的风光怡景。

秦始皇赞道："嗯。倒也真的是好地方。"

（史话纪言：辑如博士所云"许"者，炎帝委古贤许尤所选之地为河南许地、许都。今之许昌。汉魏三国时期魏国都城。河南独山脚下，灵气氤氲，风光旖旎，为独山美玉神品之乡。）

韶石山前。

赵佗："吴央，你做的比我想象的还要坏，于是你才把把都中我防坏的招数。怪不得我赵佗。"

吴央垂头丧气。

赵佗："吴央，念你是已故屠睢将军的部下，几年来在修造灵渠工地上，也算经历辛苦。今天我暂不杀你。"

吴央一怔。

赵佗一剑挑开吴央的绑绳。

赵佗："吴央听令！我准你带上你的几员人马，随我大军楼船东进到龙川屠睢葬身之地安营落寨，躬耕自资，守祭将军与百越误伤屠血之地。把你吴央放到我赵佗的眼皮底下，任凭你们翻云覆雨，成为我赵佗的另一位老师——令我不失兵武剑道的邪怪醒钟！"

吴央："若是你悬心刺腹的一柄长剑呢？"

赵佗："哈哈哈！无妨，千箭射向我赵佗一人。只要为岭南造就太平。"

吴央："……"

赵佗："中军郑武！"

郑武："小的在。"

赵佗："命楼船起航，东进！"

郑武："遵命。——楼船起航！"

秦军楼船大队起航。

北江，曲水岸畔。

《箫韶》的音律又在山宇间荡起。

古都许昌。皇家行馆。

秦始皇："史禄，你不辱朕的使命，四年修造灵渠，使之成为联通湘水、漓江、珠江水系的三源之汇，令我大秦楼船安然进入岭南，和合百越，为大秦一统天下立下汗马功劳，朕要犒赏你。"

史禄："史禄跪谢皇恩。仰仗圣上厚德，承载天命。臣下怎敢贪天之功？更有禹舜神祖点化圣示于山灵水圣之间，陛下派遣的大将军任嚣、赵佗、灵谷大师、大秦上下将校，惠心和风，百越诸族臣民诚意拥戴，乃成百越和合、南北一脉、天下一统之圣业，禹舜大业，功在陛下。万岁，万万岁！"

秦始皇："说的也是。朕当奖赏大秦岭南上下三军暨百越部落长老。可是赵佗怎么不来见朕？"

史禄："赵佗将军正率军东进，入龙川打理越东、九龙江海诸事，待岭南格局息定，修造大舜先帝圣迹神宫，以迎接圣上起驾南巡！"

秦始皇："哦，好！朕就等待他们的消息，再行南巡，进那洞庭湖，上行湘水，渡灵渠入岭南，可是……"

越秀、海妹等人同拜秦始皇："百越民众同心迎接陛下，祈盼陛下南巡，定百越族人福祉，以示天下太平祥和圣境！"

秦始皇笑着："哦，是啊，有朕的监御史史禄回朝复命，有尔等百越族人做凭证，赵佗就可忙他的啦！哈哈哈……"

秦始皇来到驿馆门外的廊下。

岭南彩陶巨缶都盛满着莹光闪闪的南海珠玉。

秦始皇："这南海的神贝珍珠，果然洁白剔透，光耀心神。加上这岭南烧制的五彩陶器……"

史禄："岭南土有五色烧成天然本色陶瓷，是我中原陶师与岭南陶土的和合，此为别出心裁仿制的大秦宫门巨缶，为岭南、为天下所独有。"

秦始皇："嗯，巨身陶缶，盛满这南海珠玉，无价高贵，神圣娇柔，实乃宝中奇物。"

越秀："禀陛下，这珍珠乃岭南南海的北海湾、雷珠湾所盛产，名曰日月雷珠。日月神贝产大粒神奇宝珠，有梦幻般的宝光，为安州湾、古越湾、南海十字门添奇境胜景。陛下南巡，一定会心旷神怡！"

秦始皇："哈哈哈，好！好个岭南宝地，讲的也好。想不到，蛮荒的岭南百越也有如此奇女子，朕为之高兴。"

秦始皇审视了一阵越秀、海妹。

秦始皇："这一奇女子似乎眼熟！"

越秀一怔。

秦始皇："听史禄讲，你是扬越氏钟离部落的孙女。扬越氏钟离子当年与赵国的赵氏武灵大师铸剑、剑法均为同一师门。"

越秀："圣上所言正是。"

"听声音，察动静，更觉得眼熟。嗯，这就对了。"秦始皇突然察觉到了什么，"其实你们一左一右随史禄前来，是为赵佗立足百越，初得民心做见证。刚巧这个越女与赵佗、与朕，都应该同出赵氏大武灵剑法师门。可否与朕一试剑法？"

越秀惶恐："小女子不敢！"

秦始皇嬉戏着拔出剑来。

惶恐的越秀连声道："圣上，圣上，小女子不敢，不敢……"

越秀不得不接过秦始皇抛过来的一把长剑，躲闪秦始皇已刺来的剑招。

在秦始皇狂风暴雨般剑势的逼迫下，越秀几度大闪身，变被动为主动。
她索性施展出赵氏绝门的大武灵剑法。
秦始皇在对剑中不断闪现以往。
当年，东巡路上出现的拦车刺客。
出现救驾、拦截黑衣杀手的赵佗，二人如暴风雨般的斗剑。
白马背上一旁观战的秦始皇。
追杀刺客的赵佗、秦始皇。
黑衣刺客转身旋入山林的影子……
秦始皇收住了疾速迭出的心象，大叫道："大武灵剑法！同是大武灵剑法！"
秦始皇惊叫着，猛然收了剑。
秦始皇自言自语地叫道："不错！果然是大武灵剑法！就是她！就是她！"
秦始皇声嘶力竭地大叫："就是她！"
秦始皇又在入魔地叨念着。
秦始皇抛剑给吴晃，陡然变色。
秦始皇勃然怒吼："大胆史禄，你可知罪！"
史禄惶恐跪地。
大庭死一般沉静下来。
秦始皇："朕的判断没有错，你果然就是当年的女刺客！"
越秀跪地："陛下恕罪，陛下真是好眼力。小女子罪该万死！"
全场为之震惊。
秦始皇歇斯底里怪笑叫喊："女刺客！哈哈哈……女刺客！"
越秀等一行人大惊失色，伏跪在地。

4

许都驿站御馆大门外。
吴晃正在叮嘱驿站使——驿吏白。
吴晃："小子啊，你的书简，我是送上皇帝龙案了。不管皇帝是喜还是怒，你都不要改口。小心你的人头落地。"
驿吏白："那是吴公子吴央交与的。我可啥都没看见啊。公公……"
吴晃："吴央遇上你这么个猪儿，唉，怕是我也救不了你们喽！"
驿吏白："公公，你可得救小的一命呀！"
吴晃："行啦。要想避开此中瓜葛，你这个倒霉蛋趁早逃回家乡，封牢嘴巴，老老实实耕田、下湖捕鱼，活命去吧。"
驿吏白："谢公公指点活路之恩！"
驿吏白逃跑了。
吴晃诡异一笑。

驿馆。御庭内。

秦始皇正阅驿简。

秦始皇："史禄，你还有什么谎言欺瞒着朕，快如实讲来！不要逼朕一一将你揭穿！"

史禄："陛下息怒，臣下实在不知前情，但求陛下赐臣一人死。"

秦始皇："朕已接到湘水驿吏禀报。原来岭南的太平和合全系假象，时有山匪、海盗劫杀、抢掳发生，而且是针对朝廷行事。是任嚣、赵佗和合抚越之策撂荒了武力，招来祸乱横行。你们却制造一连串的假象欺瞒朕，罪大恶极。胆大包天到引来当年的百越女刺客，近临朕的身边，意在何为？图谋杀朕吗？该当何罪？"

史禄："臣启禀万岁……"

秦始皇："史禄，无须赘言。有人证，吴晃！"

吴晃："臣在。"

秦始皇："提驿站使来见朕！"

吴晃："驿吏白他……禀陛下，他——逃啦！"

秦始皇："畏罪潜逃？"

吴晃："他、他是怕有罪。"

秦始皇："来人。把驿站使带上来。"

吴晃："陛下，您逮不到啦。他逃、逃之夭夭……"

秦始皇狡黠地盯着他。

武士押驿站使驿吏白进门来。

吴晃发抖、弯身低首。

秦始皇："对尔等近臣，朕也学会防着一手。保住人证方可辨知真相。驿站使者——对了，你叫驿吏白。这驿站书简是何人交予你的？在朕面前不讲真话就是一个字——死！"

驿吏白："禀陛下，是吴央吴中军啊。"

秦始皇一惊："为何不将打劫的狂徒一道押解过来！"

驿吏白："打、打劫的也是吴、吴中军的人。"

秦始皇更惊，转而哭笑不得。

驿吏白："禀陛下，小的可是什么都没看见，什么都不知道，什么都、都没说啊……"

他哆嗦着跪倒在吴晃足下。

秦始皇反倒苦笑了："吴晃，咋样？朕断定是你教唆他们的。没错吧？"

吴晃："回、回禀陛下……"

秦始皇："烩饼、烩饼。回家喝汤去吧！"

秦始皇一甩手，驿站使被武士押下。

吴晃："臣回、回陛下，小的家这辈子就是皇宫啦。"

秦始皇："你这个家伙，真不是个好饼！下回还是让赵高陪朕出来。"

吴晃突然脸色一变。"赵高……算啥玩意儿呀？卑职哪点儿不如他？陛下可别忘了您的圣旨、盛意——"

秦始皇："啥？"

吴晃："大秦朝最恨赵国、赵姓的人。赵高、赵佗——他们可都是赵姓的人！"

秦始皇："你这个家伙！吴晃你这个家伙！滚！"

吴晃："是。小的还在滚着伺候陛下。"

吴晃退下。

秦始皇自语："这些内臣、内戚，缠得朕头疼得要死。真想让洞庭发一场云梦大水，替朕把这身虱子、污泥冲洗个干净。唉……"

他一声长叹，十分无奈，靠在龙椅上。

秦始皇咕咕地吞饮一大碗茶水。"好解渴的大碗茶！"秦始皇深深吐了一口长气。

秦始皇："民间有句话，刨树要刨根。驿站使一出来就真相大白。朕险些要他们给蒙了。本不想再杀人，看来不得不开杀戒啦。吴央这小子果真不是东西！他老子吴芮也断不了瓜葛。吴晃呢？吴晃！"

吴晃急匆匆走过来。

吴晃："奴才在。"

秦始皇："怎么从来没听到你说吴芮父子这类事？"

吴晃："禀陛下。圣上有所不知，当年圣上曾给老奴下过圣意，断定吴芮身藏武略，文才过人，只是此人权谋心重野心大，大秦拼六合之后不可委他重任，只命他做了番阳县令。其心藏不满，才弃任，南居襄阳洞庭，妄图与任嚣、赵佗一争统兵岭南将军之任。不料他又空忙一场，才独隐内良，觊觎岭南，以期寻衅赵佗，制造可乘之机。臣下只道圣上早已明断在心，当由任嚣、赵佗二位岭南将军禀报方为妥当，在下虽然略知一二，怎敢妄言将帅之事？祈圣上恕臣下死罪！"

秦始皇："嗯，吴晃所言，倒也极是。佐证了吴芮在岭南滋事的实情。"

吴晃："谢圣上宽恩！"

秦始皇："可是，越秀、史禄，你们为何不早早禀报此中实情？"

越秀："此人在岭南鼠窃狗盗，多次诬陷赵佗将军。可是少将军向来嘱托民女，吴央所为有涉军机大要，故民女不可妄言。陛下恕罪。"

秦始皇："那么史禄呢？你身为朕的监军，为何竟敢知情不报？"

史禄："臣禀圣上，少将军一再嘱臣，吴央虽已罪该万死，可是不可不念及他是已故屠睢将军唯一遗下活着的部将。心怀仇恨一时无可解释，亦属情有可原。留着他搜救屠睢将军散失山林的秦军残部，给他戴罪立功之机，亦为我大秦所急。嘱臣下此行不向陛下请他死罪。以观其后效。"

秦始皇哈哈大笑起来。

又是全场皆惊。气氛又为之陡转。

大江上。

赵佗的楼船引领秦军楼船、马队进入东江。

楼船绕过龙岩峰壁。

赵佗远望峰壁。他凝神的目光。

赵佗耳畔响起当年那场厮杀声。

楼船渐渐向峰壁驰近。

赵佗凝神、紧蹙眉宇。

大埔的河源江口。

一只竹篷小船由戴斗笠的神巫摇橹。船头坐着二秀。远远地尾随楼船缓缓前行。

船影进入赵佗的视野。

又是赵佗凝神的目光。

许都驿馆的皇庭。

秦始皇："看来这赵佗倒是个真明朕意的将才。起来，别跪着啦，都起来！"

史禄、越秀等起身："谢陛下！"

秦始皇："朕已明了。任嚣、赵佗、史禄驻兵岭西桂林四年，多次出江河、陆海巡行百越岭南疆域，所制行舆图，甚为翔实。朕要思度岭南设立郡县之治，屯兵设防的计略，一应官员、郡守、都尉亦要任命。李斯，准备起草皇命，择日派遣吴晃作为钦差随史禄同赴岭南传达圣旨！"

李斯、吴晃："遵命！"

"哈哈哈……"

秦始皇又是放声大笑。

秦始皇："奇才小女子！当年，如若不是赵佗出手拨开你刺朕那一剑，朕真的就死在你的剑下。"

越秀一震。

秦始皇："民言相传，赵氏父辈投炉，以死绝秦，赵佗本要行刺朕复仇。可是出手救朕的恰又是他赵佗。叫朕何解？"

越秀："小女子也曾几次责难赵佗。他说，平息五百余年诸国战乱使天下六合者，唯有圣上大秦天子。天下无秦，必引发逐鹿谋权者重启祸心、挑起战乱，重置万民于血难涂炭之中。为一己之仇心刺秦，引起天下大乱，置万民于水火，千古大罪焉！所以改刺秦为救驾。小女子臣服于心。"

秦始皇："嗯。赵佗果真是这样讲的？朕信。朕没看错人。这小子好样的。"

越秀："陛下圣明！"

秦始皇："可是你，既然敢随史禄前来见朕，就不惧难逃一死吗？"

越秀："小女子心知肚明。"

秦始皇："那——为何又如此坦然前来！"

越秀："秉受明将诚意，面见圣君以成百越太平之使命，小女子死而无怨。"

秦始皇无限慨叹，来回踱步。

秦始皇："呵呵！世事难料真假吉凶啊！当年不是你那一剑引出赵佗救驾，岂有赵佗的今天？岂有百越和合之策、沟通灵渠南北的现实？当初就有人禀奏，是灵谷先生躲进百越，设下假刺客、真夺帅的谋局，朕说不信，却暗中期盼如此，如今果得其证，斯言为真也！"

越秀："民女心知欺君者死罪。"

秦始皇笑了："哈哈哈……善则无欺，诚者无诈。你为百越与秦和合，承灵谷大师之命，不惜性命之危为赵佗施展循佑之策，天佑朕不死。尔等何罪之有？我大秦自会倚重你们。可是，那吴芮父子……"

史禄、越秀等肃然，怔怔地站立。

突现忧心的秦始皇。

越秀观察到了。

越秀："陛下好像有心结？"

秦始皇："朕好心烦！"

越秀："陛下要珍重龙体。"

秦始皇："朕为这一统六合大业，拼着性命猛刮了几场龙卷风。活埋了数百个悖逆朕意、平庸作乱的儒生。唯独留下了吴芮等一干儒子。朕喜爱他的才智作为出众，尤其他那'我欲与君相知，长命无绝衰'的词句，并在朕的迎后大婚宴礼上，请他来献诗吟唱。"

一段往事——

咸阳。大秦宫内廷。

秦始皇的大婚仪式。

衣冠楚楚的吴芮携毛氏女诗家抚琴吟唱《上邪》。边歌边舞的毛氏女诗家。抚琴尽兴吟舞的吴芮。一双才艺出众、博满贺彩的才男美女。

他们的即兴吟唱：

上邪！
我欲与君相知，长命无绝衰。
山无棱，江水为竭，
冬雷震震，夏雨雪，
天地合，乃敢与君绝！

秦始皇自语叹道："一双奇貌男女，临场即兴赋诗吟唱，震惊我宫中众男女。朕有感于他的情爱奇才，献诗博彩。赐婚于他与毛氏爱女。当即也为他们举行婚庆。赐花船放流江河，一路诗酒笙歌送回楚地洞庭。他们的长歌才得以传唱宫廷内外，直至乡里民间。”

如梦醒来的秦始皇。

秦始皇：“他是个大诗家。可是他吴芮竟敢在暗地里设计朕。他……”

越秀：“圣上您……且不可与吴芮之辈相比。”

秦始皇有些恼怒。

秦始皇：“怎么，无可与之相比？朕有那么不值一提吗！”

越秀：“非也。民女是说，吴芮不可与圣上相比……”

秦始皇怒：“难道吴芮不是奇俊人杰，朕错看了人吗？”

越秀：“亦非也。恰恰吴芮是诗文、诸子奇言的奇才。唯其如此，灵谷师父才引小女子入吴门学馆求师数载。倘与圣上伦比，吾师只是文墨名家尔。虽亦可传韵智于后人，终无大器可鉴于世事也。平心而论，圣上才是旷世的大诗家！”

秦始皇：“朕无半句诗文可云。尔个小女子敢取笑于朕吗？”

越秀：“非也！圣上之诗，上，书写苍天风云；下，凝筑江河湖海。九岛神州一统、六合五行贯通；北有长城，南有灵渠；神州一脉，驰道八方。文图版土绳之以汉墨，车尺度量共之以中央。百姓于八方同供首，四维以大秦共日月。此乃人间至圣之诗。绝非文士奇才们的击节吟唱可比。故而我大秦始皇帝方能称得上盛世诗家！”

秦始皇一时无语。

听者暗自惊叹越秀此番不同凡响的见解。

秦始皇长舒了一口气：“好，好个才女！”

秦始皇：“秀女说得朕高、高兴之极！可是天下好多人说朕是个大暴君啊！”

秦始皇一时就委屈得像个孩子。

越秀：“对暴者勿论文暴还是武暴，当暴不暴非君主，以暴除暴安民心。少将军赵佗有言，‘王者，在于为天下立民心；将者，在于为万代开太平’。此即为至仁、至圣之大圣天道也！”

秦始皇：“哈哈哈……听汝一席话，胜读十年书。你们都是灵谷子的高徒，灵谷子、吴芮、徐泰同是鬼谷子的弟子，却是天壤之别啦。灵谷子与尔等不为一己谋权重，不设阴局谋天下，行和合百越之大节，堪称朕的使者。朕封你们……”

越秀：“小民秉承皇愿、圣意、圣心、圣德，为百姓行事罢了。”

秦始皇：“好一个小民。那就封尔等为‘至圣公民’。”

史禄：“叩谢皇恩。”

越秀：“至圣公民叩谢圣上！”

他们行起了叩谢之礼。

秦始皇：“这个灵谷子果然不凡。朕得大智者，乃大秦天下之幸事也！可是，这位灵谷子为何不同船前来见朕？又是真人不露相吗？”

史禄："灵谷大师正随赵佗将军一路沿北江东行，数日内即将经南海与任嚣将军会合于大珠江入海之口，定讫于百越和合之神局。"

秦始皇："好！好啊！哈哈哈……"

此刻的越东。

东江岸畔的龙川山野。

赵佗的楼船、马队行到了龙川山野。

屠睢血崖壁岩出现在赵佗的视野中。

许都驿馆。

秦始皇："如此说来，灵谷子、任嚣、赵佗三人联名的奏折，求朕选派二万名中土青壮女儿，下嫁岭南中土秦军士官，于岭南成家，扎根百越，倒也不失为一个好主意。尔等说是不是？"

史禄："陛下圣明。我大秦兵将数十万众，开进岭南已四载有余。他们告别中原乡土父老，身在异乡南国，家无家，客非客。漂泊苦熬，不宜日久天长。"

越秀："倘若陛下恩准赵佗，则数十万大秦将兵于岭南逐步落地生根，那百越就成为秦军的客家乡。亦家亦客，亦客亦家。这才是南北一脉、天作地和。"

秦始皇："两位至圣公民有言，朕准了。吴晃，此项吉祥燕贺之事，就交你办了。"

吴晃："奴才遵旨！"

秦始皇："即刻派驿吏飞马去颍川、九江、南阳等郡，立马征民女一万五千名，送往岭南交赵佗，这回朕要一辈子未娶过妻的大将军任嚣老头子先去为万八千将士做媒。然后也该给他配个老伴儿啦！哈哈哈……"

史禄："禀圣上，赵佗说，要在岭南百越五十万大秦军队中，举办一次盛大的御赐军婚大典。"

秦始皇："军婚、御赐的盛典……好！其他众多士兵的好事由赵佗去办。"

秦始皇诡异地看了一眼越秀。

越秀颔首笑着。

秦始皇："好，朕要另下一道赐婚密诏给任嚣啦！哈哈！"

5

越东。东江岸畔的龙川山野。

四年前屠睢那场恶战的战场。

秦将屠睢阵亡的峭岩下。

岩面上有"大秦屠睢将军血岩"几个火凿染血的大字。

赵佗引领的秦军楼船停泊在岸边。

楼船上鸣响长长的埙音，伴随一阵阵重鼓，低沉的声音在空谷天地里回响，在向秦、越战地死难者的幽魂致哀。

赵佗率领楼船的兵将及吴央一同下船上岸。

他们默立在峭岩下。

左边山岩上有血火雕字——秦人兵将染血。

右边山上有对称的血火雕字——百越族人魂。

大秦将兵们哀怨的目光中掠过这一幕幕血与火的影子。

吴央几步冲到大秦将军屠睢血岩之下。他捶胸顿足，失声痛嚎起来："将军，屠睢将军！在下中军帐执事吴央向将军叩拜。好久也找不到你遇难洒血的地点。今日得见，如同得见将军之面！在下至今未能得报将军的血仇，愧留人间呀！您与数万大秦兵丁的血不可以白流，我吴央只要命在，迟早要为你们报仇，谁挡杀谁！大秦平定岭南，征讨百越，乃圣上御命。杀字当头，誓死报仇。啊——"

吴央几欲晕倒在地。

哀默中的秦军士兵。

赵佗令士卒们扶起了吴央。

大秦士卒们开始交头接耳，议论纷纷。

赵佗低沉的声音响起："此地就叫龙岩山，乃北江、梅江、大东江三江合流汇源之地。本地族人称之为河源。寓意大秦中原与岭南百越族人九龙九子兄弟汇聚于此，施之'天命和合'的圣意。全军不可忘记当初先祖虞舜大帝南巡箫韶九成、凤凰来仪，百兽谐舞、神州一统的圣意、盛景。"

天宇间又隐隐响起箫韶的旋音。

赵佗："百越、中原，曾隔南岭，却同地同天，先祖神示，虞舜嘱愿，我军践行，神鬼开颜……"

中军郑武引军士队伍走过屠睢将军血岩，陆续登上楼船。

吴央扑过来拉住赵佗："赵佗，你身为御命皇封的大秦南征少将军，不执皇命，不报仇，不血恨，我吴央不会听你的！要杀要砍，给我个痛快！"

他厮打赵佗。

纹丝不动的赵佗。

赵佗："吴央，你可以放心，我不会杀你，至少眼下我不会杀你。"

吴央："你不杀我，我就会去皇帝面前与你说理！"

赵佗："你已经做过了！"

吴央："我还会做！"

赵佗："看得出来，不过为着你不至于在皇帝面前遭砍头，我现在送你中军大帐一架，'屠'字下将军麾旗一面，命你驻扎在这——屠睢将军遇难之地，进山搜救、寻找，召回原来的秦军散失兵卒。重新组合大秦屠军队伍。如何编制，待我禀告任嚣大将军定夺。”

吴央一时怔在那儿。

吴央：“不杀我？”

赵佗：“杀人容易，救人难。还让你做屠睢帐下的中军，重张‘屠’字军旗。但不得骚扰百越族人，行我任、赵大军的统一合略，如有悖逆，必杀之！”

吴央：“这还不如杀了我！不过也好。我吴央就在这儿，为屠睢将军守灵。永记这血仇！”

赵佗：“吴央，你睁开眼，看这边！”

一旁的坡地林中。

一幢特大的园冢，立有巨柱。

死难者巨柱碑上雕文：百越万人族亲血碑。

赵佗：“吴央，看到了吗！看到了吗！这边是百越族人的血！全是你和屠睢违抗军令、放火杀戮造成的恶果！讲报仇吗？把你交给越人，早该杀你一百回！”

吴央阴沉、哀怒的脸。

山野沉寂。

赵佗：“马乐，陈魁！”

马乐、陈魁：“小的在！”

赵佗：“执我军令，选带十名军士，随吴中军在此安营，有何军情，随时禀告。”

马乐、陈魁：“得令！”

大秦楼船沿东江而去。

大江的浪谷。

将军血岩下。

“屠”字军麾下，搭起了“中军”帐篷，架起了一堆篝火。

十名军士在嘀咕：“守株待兔兔不来呀！”

“有米下锅，只缺老婆！”

马乐：“吴大人，我回那里把那些死醉不醒的弟兄们领过来吧？”

陈魁：“你找死呀？留着粮食吃喝，够我们十儿个活命就行啦。都整来，大伙一块喝西北风啊！”

吴央：“……”

他们望着上飘的篝火浓烟，升上山野的空中。

韶关韶石山下的北江上。

神巫的小船在缓缓向东去。

二秀坐在船头，凝望着渐行渐远的韶石山的山影。

箫韶的音律响在她的耳边，那场魔与傩的角力对舞，闪现在她的眼前。

一组组百越族男女亲人们的相认、相依、垂泪抱肩而去的身影。

二秀望着山影在凝思着。

神巫："秀儿……"

她似乎没有听到。船儿进入了东江。

她望着渐行渐近的龙峰山影，仿佛要把她呆立船头的身影，也迭入那大山的一片迷蒙中。

龙峰的山影下。

江岸岩壁的血火"屠"字突然闪现。

雾岸上的明火、炊烟。

吴央等三个困倒的秦人。

吴央在霞晖中起身，懒洋洋地向江湾畔走去。

他的视野中出现江岸斜横的小船。

船头坐定的穿蓑笠、静神垂钓的老翁。

吴央在背后静静地观望着他。

老者发现了身后的人影，但他依旧默然于禅境之中。

吴央发现了他身后背着的傩面具。

吴央："仙家，神巫？早知仙家在此，吴某定来讨杯酒饮。"

神巫无应。

吴央："昔日姜太公钓鱼，有钩无饵，传为'愿者上钩'；今日神巫垂竿，弦与钩均无，仙人何为？"

神巫收了手中竹竿。

神巫："座翁之意不在鱼，意在抛开假象露出真相做人行事！"

吴央："仙家的真相不就是戴上傩面，以假象做真相么？"

神巫："吴公子今番倒得大悟，一语道破世间真人、真行之箴言也！"

吴央："何意？道是大悟，在下反倒糊涂了。"

神巫大笑："哈哈哈……人间大悟糊涂始！"

神巫引他走近"大秦屠睢将军血岩"。

吴央："噢，怎么讲？"

他们立在岩下，望岩良久。

神巫："此为兵家之计。以己之彻悟，生对手之迷离；以己之晴朗，布敌阵之烟雾。令其置于悬疑糊涂之境，以行己之独揽胜券之计！"

吴央："我吴氏祖上兵法有'疑兵之计'，莫非仙家所言，如是也？"

神巫："正是如此。公子不可谬于赵佗，一味张扬为屠睢复仇之旗。其实一个'仇'字并非尔等心机本源，而意在岭南权操在手也。"

吴央："当然。死者即逝，生者当求兵临天下，以成一方之主罢了。"

神巫："既如此，何必死咬死者一个'仇'字？赵佗身为少将军，与大将军任嚣同心，以'和合'二字为方略，君不顺势而行，岂不自陷囹圄，自寻死路吗？"

吴央："仙家之意……"

神巫："顺势而行，当然是假，真中有假，假藏于真，顺风扬帆，各夺彼岸……"

吴央略悟。

神巫："本傩神之巫，倒要送尔等一副傩巫神怪面具喽。"

吴央："可是……"

黑狗山豹突然从林子里蹿出来，与神巫、吴央撕咬嬉戏。

吴央："可是他赵佗明明在打着我的二秀的主意，大丈夫，怎生容得夺爱？"

神巫："哈哈哈！当舍则须舍。舍得，舍得，小舍小得，大舍大得，不舍不得。倘有心爱小妹做了百越少将军之妻妾，你吴央无疑将骏马之缰操持在手。即便是天子之驾辇，也任由你驱赶，何乐而不为？"

吴央沉寂。

神巫："况且……"

林边岩后的二秀止步倾听。

神巫："况且二秀与赵佗是少小同乡，双方爹娘为赵村乡邻，传闻曾指腹为婚。如今他们在远乡岭南之地相识相认。他二人迟早成婚，已是天经地义的事。若能顺风扬帆，促成此事，你吴央则可得大自在也。"

吴央依然在沉寂中。

林后的二秀亦在思虑中。

黑狗山豹又在前蹿后跳，撕扯他们的衣角。

岩畔路上。

神巫长笑着走向江岸。

吴央缓步跟着神巫的背影。

二秀呆望着他们。

吴央突然发疯似的呼叫着："不，不可以，不可以！"

吴央挥起长剑，砍断了一棵树。

吴央喊叫着："二秀是我的，我的！"

他的声音回荡在山谷。

神巫的笑声隐约不断地传来。

二秀、黑狗山豹相继上了岸边的小船。

神巫撑起竹竿，小船顺江而去，留下他怪异的笑声。

涟漪。满江的风雾。

岭北。内良城外。

山林中亮起一堆篝火。

一道白色炊烟在苍茫的天空升起。

内良城郊，山边坡地上的吴氏书院。

楼屋的一扇云窗被吴芮推开。

吴芮望见山林上空升起的一道炊烟信号，他关窗走出楼屋。

吴氏书院大门外的河口。

有三只小船靠岸泊住。

撑船人正是桀骏、阿根和探报人阿戈。他们上岸，聚集在书院大门前岸的路口。

吴氏书院大门轻轻地开了，露出吴芮的一张脸。

门外桀骏与他目光相触，吴芮将越族三人迎进庭院。

书院的客室里。

吴芮："这道细溪，在峡隙中流入岭南，可通入东江直进大埔、龙川。如何？验证与否？"

桀骏："正如先生所言，我们沿溪流入东江，回到了龙川。"

吴芮："看来先人的'竹书纪年'所证，并非妄断之语。越人亦很少有人行走这条水道。长老顺利通航，虽然只能是小舟单行，潜进潜出，也是天助百越！"

桀骏："先生所言极是。赵佗这几年名为在西越桂林修造灵渠，事实上他已安插兵士在龙川东江岸修造了一座城池，外围造了有无数竹屋木寮的村寨，名曰秦城越寨……"

吴芮："果然如此，看来赵佗早已做好了占据岭南的安排。龙川乃驻兵之地，又是你龙昆部落的休养生息之所。此城与南海岸地番山、禺山相呼应，乃成掎角之势。赵佗是领了大将军任嚣的兵计在行事，不可等闲视之！"

桀骏："越北山口又设韶关守将。右阳山、小梅山又设两翼山关，都是守军护关。"

吴芮："名为设关，实乃设置驻军之地，这一线秦城、秦关，连带桂林、兴安、灵渠的秦城守军，出漓江下西江又有梧州大秦军营，下北海、吉水、越州、合浦，又有以屯垦、耕植为名的十万秦军驻防。赵佗的营垦布局，已成星罗棋布之势，秦军名为和合，实乃以山脉江河之形，软禁了百越族群……"

桀骏："如此说来，百越入了大秦牢笼，如何能解？"

吴芮："非不可解也，与遍毒周身者同，解药只需一粒……"

桀骏："先生快说给我听。"

吴芮淡然一笑。

吴芮道："百越渔家拆网抽丝之计，如何？"

桀骏："结网、拆网，都不过是一根线的事。"

吴芮："桀骏将军所言极当！一根长线可结织成大网，割下网索的一根线头，也即解散一张大网也"

桀骏："这……"

吴芮："以拆网之计，以你精锐的百十号人马，以巧妙的迷心之法，捕拿到赵佗，大秦之笼网，自解自破也！”

桀骏：“嗯，有理。可是捕捉赵佗，谈何容易？闹不好，拆网不成，倒会自投罗网！”

吴芮大笑道：“哈哈哈……吴某自有锦囊妙计，只要你照计而行。”

桀骏：“先生请讲，百越部族听您的。”

内良城外山林。

桀骏百越盟丁的一个近营地。

岩洞。石屋。竹寮。老树丫杈上架起的树屋。

盟丁们攀软梯上上下下。有的壮丁顺着一根粗大的软藤或棕绳轻猿般攀上爬下，好似游戏时光。

桀骏布置：“大师的计谋各位记清了？”

阿戈、水根、邝六心不在焉。

桀骏：“邝六是带领六人卖唱献酒的；阿戈是带领八十武士擒拿醉酒赵佗的；水根是统领三千武士埋伏龙川秦城内外，接应断后的，记准了没有？”

阿戈：“我得八十骑者，再外加百只小船才行。一旦家族部落在水道上下来，岸上骑者干着急，救不到家人多败兴！”

水根：“我那三千武士家家都住在龙川，山就是祖先。不如先进那百越村探个究竟，有家乡部落在，就到家了，才好干别的！”

邝六：“大伙都思家心切，想老婆孩子，想爹娘了。我和你们不一样，没爹没娘。哥一个只要喝酒、唱歌，有粥汤，在哪都睡到大天亮！”

他已经醉得东摇西晃了。

桀骏：“水根、阿戈，不可以胡思乱想，干完了捉拿赵佗这件大事儿，好事就全来了。快回你的营地把人手集齐了。在这梅溪山峡里出发，小心翼翼，不得弄出响动，走漏风声！”

阿戈、水根跳上小船走了。

桀骏：“邝六，你责任重大，你的六个人全是饮酒的高手，唱歌狂舞的能手，必须把赵佗整醉了，让那蒙汗药的药劲发出来。不然你们再加六个人也捉拿不了赵佗，反被他捆了就要丢脑袋！”

邝六：“只要有酒，够喝，够多，赵将军又肯同我举杯，喝丢了脑袋也干！就怕那家伙不肯喝我的酒，你桀骏大长老还有啥招吗？”

桀骏：“这……要有一帮好看的女人，哪有山里的野雄鹿去劝酒的？吴芮，你的计策好损哪，骗我的兵丁入虎口不成？”

此时绿树掩映的河岸传出一阵阵女人的欢声笑语。桀骏猛然一惊。

岸上。

女人们的声音：

“哎哎，男人，男人们在这哩！”

“是这里，就是这儿呀!”
“停船、停船，快上岸，上岸呀!”
“别让他们跑喽！快，逮住他们……”
女人们七嘴八舌，令桀骏、邝六一时摸不着头脑，有些发怔。
桀骏：“女人，说女人，女人就到了……”
邝六又喝了一口酒：“没女人，我就想女人，一见了女人就怕女人……”
六七个年轻女人风风火火走上岸来，挤到他们身边。
“哎，你们是什么人?”
女人们争相嚷叫着。
其中一个高挑、秀气地张开双臂拦下了其他女人：“别乱叽叽喳喳!”
“别叫了，听八姑的。”
秀气八姑是河北禹家庄“老太儿”口音。她边打量着桀骏边走过来。
八姑：“我说这位大兄弟，高高大大的，像是皇帝的兵。俺老家是河北冒烟儿山马家炉赵家庄的。没准儿你就是那赵家庄的赵佗大将军啦!”
七姐：“我跟你赵将军是前村后屯的同乡！咋着，不记得啦?”
男人们被她叫得有些发蒙。
八姑：“咋啦？害臊不是？还等老娘们儿先下手呀。姐儿们上啦!”
男人们都逃到桀骏身边，惊惶地挤作一团。
女人们张牙舞爪冲过来。
桀骏、邝六他们痴痴地盯着越来越近的八姑等女人。
桀骏递眼色给男人们。
桀骏：“散开呀，挤在一块干啥呀？全当俘虏给人家啦!”
八姑：“一人就摊一个，多了我们不要。”
女人们往前凑着。
桀骏急了，亮出了战刀，喊叫起来：“停下来！停下来！你们是哪里来的一帮女匪?”
女人们停下来。
八姑：“哎哟，动真格的啦。谁是女匪？我们可是皇帝派来的。”
七姐：“没想到吧，这回皇帝派人满天下搜罗青春貌美的大闺女、小寡妇，要成千上万地送到岭南来，给大秦的赵家军当媳妇，做老婆。八姑我们赶上了头一拨儿。九州的秦兵驿吏，把我们姐妹八个抓到船上，一天两宿，夜以继日地就从洞庭湖运到这来见赵将军了。咋啦？谁先逮了将军，谁就是赵佗的老婆。将军，你要我不?”
八姑：“将军，俺的赵佗哥，俺姐妹们可是皇帝指派来的人。带来八坛老酒，先陪哥哥们喝起来再说。姐妹们，上!”
几个外乡来的女人一起拥过来，追着桀骏等就欲灌酒。
桀骏躲逃着。

桀骏："咳！什么皇帝派的，什么八姑九奶的，本长老不跟你们胡闹，八姑你到底是哪儿冒出来的女妖！来人，把她给我捉了！"

岸边道口。

船上下来一个人——正是吴芮。

吴芮笑着："八姑，八姑，连喝八碗酒，不晃不晕乎？"

桀骏："大师？这是您弄来的？"

吴芮："是皇帝。确实如她所说，皇帝圣旨已下，给秦军赵佗送来一万五千名女人，给秦军在岭南安家啦！这可是天大的机密消息。在下早跟小道驿站小吏传话，给我先征了第一船八个女人，送到我的手上了。咋样？她们做得像吗？演练得还满意吧？你不是擒赵之计正缺少女人吗？她们就准时来到梅江山口，是天意吧？"

桀骏笑言："哈哈哈，你真是不得了，吴大师！"

吴芮："用兵之计，都在这精、准、真三个字。我等还要一同来训练她们和你的百越人马，不得出一点纰漏。"

桀骏："是的，这可是掉脑袋的事，大师言之有理！"

6

东江。大埔的山口。

上游三百山里流出的曲水、梅江在此汇合。

此处正是龙山、龙峰之下，向南走出东江龙川之地。

赵佗引领一班水、陆战骑将领站在岩畔上望着龙峰、龙川四围的景色。

赵佗："这里就是龙川了。龙山、龙峰、龙川被叫作东江百越之东翼，南流入南海，出现九龙之山岛，真是山水令人陶醉，风物怡人忘情啊！"

郑武："是啊，将军率我等楼船载物，辑合百越数百山水部落，沿此水道上下往返，四年之中有八次之多。斯情燃起乡情，实是感念于怀甚深也！"

赵佗："此为大东江汇承三百山之水之处大埔。我大秦东越五百楼船以此地为总船坞，屯泊于此，江河百汇之源为湖港，实不亚于云梦之泽的洞庭湖了。杨什听令！"

杨什："末将在。"

赵佗："传任嚣大将军令，命杨什为大秦楼船统兵将军，率三百楼船屯于东源三江之水岸。"

杨什："末将遵命！"

赵佗："里弦听令！"

里弦："末将在！"

赵佗："传大将军令，命你为大秦越东骑射统兵将军，巡守岭南，行沿水精骑布防、垦殖诸事!"

里弦:"在下遵命!"

居高临下的山顶。

他们策马来到山顶。

赵佗执鞭环望。

赵佗:"龙川龙脉之地,江河汇接三江百河之源,为岭南心腹之地。因此,在下行大将军任嚣之令,于我军修造灵渠期间,分兵在此龙川神脉之地修造了秦城一座,越村百街;更在番山、禺山南海岸畔修造了秦越之城——大将军营府、大军水陆军营数地。如此,西北有西江、漓江之桂林灵渠要塞、梧州大秦军营,兵家已成掎角之势,营之以军,已成布防,在左、中、右龙川、番禺、桂林、梧州、北海之城,又都修造了钟鼓楼亭、马场箭场、琴山箫瑟之台。禀奏皇帝,要从中原请派礼乐大师,在岭南百越行中原教化,黄钟大吕谐声,箫韶传神,兴起礼乐之仪。"

里弦:"这正应了灵谷大师常常叨念的一句效命皇朝的话。"

赵佗:"灵谷大师要我辈不忘先人在《尚书》中留下的一段话'东渐于海,西被于流沙,朔南暨声教讫于四海'。"

杨什:"请将军开释至中奥义。"

赵佗:"这段话的原意就是把中原之国天子的声音、教化的恩德,传遍四海南北。构筑好岭南、中原大秦国的一统天下。"

里弦:"我军没负大秦皇命。"

赵佗:"略可自慰。我军在岭西屯兵耕植四年,战舰易为商船,辑合百越修造了灵渠,联通了当朝神龙一脉,令我大秦帝国北有长城,南有灵渠;又如期以太平之师进驻岭南,使皇帝君威天下四海,遍及百越。当感谢苍天助佑赵佗,不辱皇命也!"

众兵将群中自然地响起了山风海潮般的呼应之声:"谢苍天护佑。百越和合,天下太平有望!"

赵佗的楼船在沿江行进中。

楼船上。

秦军将士们全身铠甲齐整,队列威然。赵佗盯着正前方——遮蔽晴空的重重奇岚青峰。

灵谷子老人怀抱竹箫、长发飘然的影子,幻象般地迭浮在眼前奇异的龙峰峦影中。他向苍山发出心底的声音:"龙山、龙峰,我祖先女娲氏——娲皇娘娘留给岭南的五彩山峦、迷幻奇峰。相传,当年有远古部落颛顼、共工之战,共工怒触不周之山,天柱折倒,天破一角,女娲神母在此地掬五色土,炼五色石补天之漏洞,遗落下来补天之石,才成此多彩奇峰。人称龙山、龙峰,乃娲皇女神补天之圣迹。后有吴地大学人霍氏家族避战乱隐居此山，其子霍龙先生行神农尝百草之计，为百越族群医治暑热之疾。人称此群峰主山为霍山！”

满山河间响起缥缈的天宇之音：

五彩霍山兮，
如虹在南天。
奇峰奇梦境，
奇幻万年传。
祭我娲皇霍山兮，
留下神殿在岭南。
…………

各楼船队列将士们，雄伟的心音，随远古的江风回荡在江山云阵之间。

灵谷子老人身边，不时出现女娲的幻影及玉娘、大秀、二秀起舞相伴的幻影。

楼船在行进中。

远远地现出龙川岸畔秦城城楼、城关的影子。

（史话纪言：有关女娲氏炼石补天史话甚多。唯有龙川、霍山、龙峰女娲的五色炼石补天余石遗落岭南，乃成五色之土、虹彩川峰的华夏美传，得见于方志民传话本。赵佗于此首任龙川县令，筑有古城池，人称“佗城”。胜迹遗传至今。）

流入东江的岔河口出现了一只载满八个女人的竹船，邝六在摇橹。

后边追赶上来一只小船，操桨人哼唱着北方的跳神调，饶有情味。

那正是奉赵佗令前来的赵多。

赵多超了女人们的小船。

赵多那不正经的歪嗓子：

离地三尺月牙儿沟，
一年四季呀水长流。
看不见牛羊来吃草，
但见那和尚来洗头。
咿呼呀嗨，
左猜右猜也猜不透呀，
急得人儿翻来覆去滚绣楼。
…………

邝六船上的女人们惊喜叫嚷着：

“北方人！”

“北方人！”

“那家伙唱粉的、是粉的……”

“秦军，是秦军……”

“跟住他，别让他逃掉喽！”

“哈哈哈，追，没准儿就是将军赵佗……”

赵多的船飞快行驶着。他对着女人船做了个鬼脸，唱得更来劲：

猜不透呀，猜不透呀！
若问奴家穿的是啥呀，
情郎哥送的红红的、艳艳的、花不棱登小兜兜！
还有那狮子滚绣球啊……

这不好听的怪歌、笑闹声随着小船消失了。

龙川的江岸上。

新建的秦城门下。

赵佗领着下船在岸的秦军将士，在筑有“秦城”篆字匾的城楼前，躬身拜城。

赵佗：“三军听令——此乃龙川江畔新筑之龙川城，名曰‘秦城’。三军入驻，旨在系结百越，一统大秦国之江山。朝拜神祖女娲、大舜先帝之灵杰圣迹！”

中军郑武呼令：“拜城——开城——进城！”

军士们应声而动。

城门开了。

中军率队进城。

江岸下，一只驿站小船驰来。

下船登岸的白姓驿吏奔跑，来到赵佗身边。

驿吏白：“拜见将军大人。”

赵佗：“噢，驿吏白？此地新建了龙川秦城，该是第几驿站了？”

驿吏白：“禀将军，通往长安、咸阳，已是第十八驿站。以通过洞庭云梦之泽、君山神岛计算，凤凰城第八驿。龙川当是……”

赵佗：“龙川城第九驿站。刚好应了‘九州’的‘九’字。九州驿站为岭南中心驿。”

驿吏白：“将军所言极是。正如洞庭君山驿站——岭北、江南中心驿。小的刚从新建的洞庭湖君山驿行宫见过吴晃大人。特来回禀将军。”

赵佗："好呀，圣上旨意自会派钦差下达。你一路辛苦，进这新建的秦城、新设的行驿公馆歇息去吧！"

驿吏白："谢将军。小的特向少将军阁下贺喜！"

赵佗一怔："喜从何来？"

驿吏白："圣上恩准了将军的奏章，已命相随洞庭的朝臣就近征集中原未婚民女上万人，开赴岭南，以应大秦军落地安家之策。"

赵佗："在下乃请圣上恩准征派乡民乡女迁来岭南，为军旅成婚、成家、成耕植之业。此乃中原移民岭南，融合百越之计，非一时安军之举！"

驿吏白："小的明白，吴大人已抢先征得八位美女，随在下同舟南来，嘱在下交吴芮大人之手，育化一时，立马就可到此与将军享用。"

赵佗："交给了吴芮，在梅河上岸？是吴大人的指派？"

驿吏白："正是。"

赵佗淡笑："果然如此！此类事全由任嚣大将军统筹，派办秦军五十余万，区区一万五千女子，狼多肉少，将在全军遴选立功之将士由大将军赐婚，乱我军规者，军法处置！"

驿吏白："谢将军指教。在下明白。"

"明白明白，明了未必就白！"闯过来扛着渔网的说话人。

说话人正是赵多。

赵多："一定要趁着明白的时候明白，糊涂了才明白，黄花菜都凉了！"

驿吏白："将军，这位是……"

赵佗："新任岭南镇守三关的副将赵多，此后尔等进出岭南第九驿道、驿站的驿吏，全由他三关副将管辖。"

驿吏白："啊，拜过三关副将，小的明白。"

赵多："那一船中原女子就是你引来岭南的？"

驿吏白："正是。这一船八位女子是吴大人特别交代，是朝廷交由吴芮大人专门赏赐赵佗将军的……"

赵佗心中一怔："本将军听懂了。我会在此安排接纳事宜。"

赵多："将军，此中可疑事甚多，容小的把他问个明白！"

赵佗："等全明白了再说。驿吏白，你先去驿馆歇息！"

驿吏白："是，将军！"

龙川秦城内。

赵多随赵佗巡视新建的龙川秦城。

他们在临近城外的一道飞泉山壁前停下。

赵佗："赵多，瞧，那是飞龙泉，流成一道河进入城内绕一圈，又流出城外，汇入龙川东江，为城内营就了河畔、沙岸，街市人家，兵营箭坊，渔户小村。所以我才命你带领匠人在此泉山之下挖土凿石，打出三眼流泉井，以供人居、坊间的酿造、甘饮之用。周边栽种的多是驿吏们由北方船载过来的桃树和银杏树，岭南四季有花开，红白两色，结起果来紫金白银，红霞绿谷，神奇得很……”

赵多：“啊，真是叫人神魂颠倒，怪不得哥哥您在走桃花运。我回韶关，也栽种桃花、银杏。敢情是要走桃花运，得先往城门里运桃花。桃花进了门，皇帝都赏亲……哈哈哈！”

赵佗：“多子，少胡说吧。哥我心中有数。你立马就去领几艘楼船沿东江，赶往南海岸的番山、禺山，去迎接沿西江而来的任老将军。”

赵多：“那里已为他建好了岭南大将军城——”

赵佗：“番禺秦城。”

赵多：“怎么？哥你把我支走，去番禺？那走，赶紧走……”

赵佗：“当心！你副将的城门可是在韶关！回头你要赶回北江韶关，做好一应治理。”

赵多：“遵命。可是那吴芮一船女子的事……”

赵佗：“无须你在这儿操心了！”

赵多：“我？他们明明是来送你赵佗将军的。我当然不可咋样！可是……”

赵佗：“没那么玄乎！让你也面对满船的中原桃花，还怕你不走桃花运？多子兄弟！”

赵多：“可是那驿吏不是个好饼，咋处置他？”

赵佗：“哥自有主意。”

赵多：“哥，这事儿你可别嘻嘻哈哈的！有人要引你进陷阱，英雄难过美人关，哥……”

赵佗：“新建好的龙川千杯少酒亭，正等着开张哩！哈哈哈！多子，速去番禺，回韶关。我自有去处。别管我……”

赵佗走了。

赵多自语着：“不行，我不会让你一个人去见八个女的。我不……”

赵多跟着他的影子追了过去。

行驿馆门前。

赵多吼叫：“驿吏白！”

驿吏白已经在他身后。

驿吏白：“副将军。”

赵多：“你这家伙，咋神出鬼没的啦！”

驿吏白：“心里装着事儿嘛。”

赵多：“有事儿就痛痛快快说。谁知你葫芦里卖的什么药？”

驿吏白：“还没等说，将军就走啦。”

赵多：“那你就说给我老赵听。”

驿吏白：“咱与将军都是老乡，在下实话实说，这一船中原女子，可是吴晃的一个大计谋！”

赵多听着他的耳语。

赵多突然大叫起来："什么？又是吴芮出手！用美色、药丸、毒酒来绑架、捉拿赵佗？将军！千杯少酒亭你不要去呀！将军……"

入海口。

风卷大"秦"字军旗、"任"字大将军旗。

大将军任嚣的楼船列阵前行沿西江而来。

任嚣、罗阿公站立首船船楼上。

楼船进入入海口。

罗阿公："这正是入海口。"

任嚣："南海海域较之北海古越湾，果然开阔！"

罗阿公："可是云雾深处就隐藏着高山峻岭。瞧，那远处的风起云涌之处，就是南海陆岸上有名的崖珠山岭。"

任嚣："噢，崖珠长老的崖珠部落。"

罗阿公："他已经按赵佗将军的部署，开着船阵，把他收留的龙昆部落联盟弃留的百越族女，送进了在番山、禺山新建的越城村寨。"

任嚣："那些失去了男人的越妇家小们？"

罗阿公："是的，男人们有的在龙山下与大秦屠睢将军首战中死去了，他们成了孤儿寡母；活着的男人们随桀骏长老百越之盟进了越西十万大山，漂泊游荡，不知死活。此番赵佗将军执大将军令，建造南海越村，令家小们移居，亦可仰得大将军守佑关照，真是天佑百越啦！"

任嚣："看来，只屠睢孤军十万岭南一役，就已两败俱伤，百越族群五年之内难复元气，中原也添了数万孤寡村妇。倘若秦军全战百越，生灵涂炭，伤天害命的惨象，将更不堪设想。和合之略，即解民难，又解国忧。太平，太平，天地人间生灵之需求呀！"

罗阿公："是你任嚣大将军冒违皇命之险，成就了赵佗将军的大作为……"

任嚣："'任嚣'二字何足道哉？灵谷大师、越秀姑娘，还有你罗阿公、玉娘、二秀，数十万百越族人的颠沛流离，人间和合的天下苍生之道，命我们感知了先祖圣贤大舜帝的大天下、统合生灵之心。顺天命，立民心，我等已不足挂齿了……"

罗阿公："大将军所言极是。天地黎生之本，万物荣生之念，乃为古今神旨啊！"

任嚣沉吟："是啊。是啊……"

番禺秦城。

风云缭绕的崖岸。番山、禺山对峙的山海河口、岸畔。

秦城城楼的雄姿身影。

"哦，南海番禺的秦城！"

“哇！秦城。好像到家了，到家门口啦！”

“哈，秦城？赵地、黄河呢？”

楼船上的士兵们禁不住心中的喜悦，轻轻惊呼起来。

楼船上。

任嚣禁不住赞叹。

任嚣：“好个赵佗，你的影子与岸影，与大秦城楼的影子同在。这一日当是岭南百越山海永和合，盛世天地安的好日子。天下太平，唯此为愿！天下太平。天下为一，一生二，二生三，三生万物，万物共荣，相生太平，平者为太极，平欲平心以平民，平万物，平天下，太极太平。谈何容易，果然如此，我大秦功莫大焉！”

楼船靠岸驰行，秦城楼影隐在风云霞彩中。

[史话纪言：番禺之秦城即当今广州城。初称南海郡任嚣城（大将军府邸）。秦汉之初两广合称广信。三国后期以西江为际改称广西、广东（首府番禺南海郡，任嚣城改称广州城）。以秦赵佗建城计起迄今已2300余年城史矣。]

岸边。山林路上。

越族的阿戈、水根，率着数十越男壮武骑队在山林中、江岸上前行。在一片林木森森的江岛岸边的谷口前，马背上的阿戈与水根停了下来。

阿戈：“水根，这里就是赵佗龙川城通往北江和山里的秘密峡谷。”

水根：“看来就该在这一带设下埋伏，就看邝六那帮女子干得咋样了！”

阿戈：“能咋样？干好了，会是花船酒梦，绑他个老实的。干糟了，引得追兵来，我等小命难说哩！我引马队，你上船阵，分头藏起来再说。”

水根：“这里是我们龙昆部落的家乡，屠睢那一战就把这儿杀得家不成家。如今来了赵佗，建了龙川秦城。唉，我们的家人老少，都不知生死何乡，秦兵作孽，我水根逮着一百杀一百，劫得一千杀一千。”

阿戈：“也许，这城外边就有赵佗守城设卡的伏兵，小心着！”

水根点头，一挥手，一半越丁勇男提弩搭箭下了马上船。

船列驶入江岛山林深处。

阿戈引马队沿江岸行走在山林中。

7

龙川。秦城前的岸上。

赵多呼喊着：“将军——将军——”

中军郑武赶过来：“赵兄，请问有何急情？您……”

赵多："快别问，都过了一夜啦。再晚就来不及了。"

郑武："到底何事？"

赵多："女人，女人。中原过来一伙女人。快，命你手下守住千杯少酒亭，寻找赵将军，护卫好他，不准他饮酒，不准他接近那满船的女色，不准……"

郑武："赵兄，在下听得清楚，可是更加糊涂了，这……"

赵多："分头行事，快快快！龙川秦城内若找不到将军，俺赵多就是追到桃花岛，掀翻那些女人船，也要找回将军。将军，你不躲开她们，你有危险了呀，将军，你在哪里？将军！"

龙川秦城门外。

落霞时分的江岸外。

邝六的女人船靠了岸。

女人们吵吵闹闹地上岸，自行拥着酒壶，一眼得见千杯少酒亭。她们嚷叫着：

"千杯少！千杯少……"

"酒亭！真就有这么回事儿！昨晚白熬了一夜。"

"看来今儿老娘不喝倒他几个，就耽误我们的事儿啦！酒饮千杯少，喝老娘的酒一杯就多，哈哈哈……"

"将军在哪儿？赵将军在哪儿？"

女人们好似已经醉了，东倒西歪地走向千杯少酒亭。

千杯少酒亭。空空的亭间，石桌，石凳。

女人们胡乱上来，坐在那里。

"将军呢？姓赵的将军在哪儿？"

"他怎么不在这儿等我们？"

"将军，赵佗，咱可是前后屯住过的老乡哪……"

彪悍的郑武突然出现。

郑武大吼："住口！大胆民女，敢来此胡言乱语，不想活啦？"

众女子怔住，无言地望着他。

众女悄声：

"这位将军，好壮实，好魁梧哟！"

"够彪悍，够强健……"

"好英武，好雄气……"

"他一定就是来迎我们这群姑奶奶的。赵将军……"

郑武吼道："住口！你们听好了！在下乃中军郑武，不是少将军。本人奉将军之命在此等待拦截你们！"

八姑："哟，将军之命就是将军，你就是真命天子，姑奶奶们找的就是你。管你是郑武还是赵武，过来喝酒吧。"

几个女人呼啦啦提着酒坛围近郑武。

被女人们纠缠的郑武，突然一闪身跳上一块大岩石。
郑武："别胡来！"
郑武再次被女人们缠住灌酒。
他突然冲着亭下的河岸喊叫："将军，赵将军，快来救我！将军，赵将军……"
众女子突然罢手，同向亭下望去。
"将军？"
"赵将军？"
"真的赵将军来了？"
岸边。登上石阶的正是赵多。
赵多："她们果然在这儿！"
赵多命令着左右跟随的三个军士。"给我上，全部逮了！不许她们戏弄将军！捕了她们……"
三军士："得令！"
三军士飞步冲向千杯少酒亭。
千杯少酒亭上。
中军郑武正在八女灌酒的纠缠中挣扎着。
飞身抢先上亭来的却是赵多。
赵多挥起剑柄把女人们手中的酒坛逐个打碎。他唯独留下八姑手中抱着的酒坛。
赵多逼近八姑。八姑躲闪后退着，跌坐在石凳上。
"爷，您可别看上我呀。爷，我求求您啦……"八姑求饶着。
"爷我赵多真就是看上你了。你长得招人稀罕。肯定就是你来陪我——赵将军喝那坛最好的酒的。"
"你就是赵佗赵将军？"
"说是也是，说不是也不是。咋啦，看我不像个将军？可我就是赵多。你咋着吧？"
"我的妈呀，命真苦……"八姑惨然哀叹。
"命苦心不苦。来，先给我喝了这坛酒。喝。喝！"
赵多亮出剑来逼近她的胸前，逼她喝那坛酒。
八姑真的惊惧起来："军爷你……玩真的啦？八姑我可是应皇帝、吴爷之诏来跟赵佗成婚的。你可不能捅死我！"
赵多："编谎。说真的我就不杀你。喝了这坛酒。喝！"
八姑："大哥。这酒是吴爷……专门给赵将军准备的。"
赵多："现在我让你喝！"
八姑："不能喝呀。喝了就没命啦。"
赵多："你是来害我哥——少将军赵佗的！"

八姑："八姑该死!"

赵多："是我这一剑刺下去，还是你把这酒喝下去?"

八姑："看来命里该着我替赵佗去死。"

八姑一狠心喝了那酒。

八姑伏石倒地。

赵多："哼，想害我哥?没那么容易!来人，把她们全给我抓了，弄上船。"

军士们："遵命。"

江上。

赵多的船被赵佗的船拦在对面。

赵多："哎呀，我的哥呀，急死我啦。您……"

赵佗："这回你是摊上事儿啦，兄弟。这一船八个女子，一个不许少，尤其那喝了特供酒的八姑。你就是背着扛着，也得把她们送到地方。"

赵多："哥，您说啥了?赵多我咋没听明白呀!"

赵佗："跟着郑武的船。我有急事。"

说话间赵佗的船就飞似的顺水而去。

赵多："哎，这帮女人，可真是我老多的大麻烦啦!"

任嚣的楼船大军自西面海岸驶来，驶近的船影。

任嚣的楼船向岸畔靠来。

任嚣的楼船上。

任嚣等秦将士看清了岸上，南海番禺。楼门横额上的赫赫大字：秦城。

"哇!秦城、番禺。到家了，到家门口啦!"

"哈，番禺、秦城。赵地……"

任嚣的楼船向岸畔靠去。

山间驰道上。

史禄、越秀的一彪马队奔驰着，引领吴晁的宫廷钦差卫队车阵。

车内。吴晁挑帘探出头，左右掀开车棚。

吴晁："哎呀，进了岭南，这山水风光果然就大不一样。大秋天的，太阳老爷儿也还暖洋洋的。草木葱茏、千树花开。这是到了什么地界了?"

史禄、越秀策马缓了下来。

史禄："禀吴大人，已经进了韶关。再往前就该到九州驿站了。"

吴晁："九州驿站!好。听说赵佗在那修了九州驿馆。"

史禄："是的。预备迎驾给皇帝南巡当龙寝休闲用。"

吴晁："嗯。老夫有幸先来一步。今儿到那吴某就先……"

史禄："敬请钦差大人视察指点。"

越秀：“那里有温泉、瀑布。时已入秋，大人可以天天泡温泉，那才叫修身养性啦。”

吴晃：“哈哈哈。听姑娘这么一说，我还真有些心动。可是我查看赵佗给的《岭南山河行域图》，并没有九州这个地名。”

越秀：“是的。原本就是百越族人的一个部落寨子，叫英德天门沟，景色奇绝得很。”

史禄：“加之赵佗从舜帝先祖南巡三圣坡里悟知，天下第一龙乃由九黎八部九种神兽图腾合体而成。由此，龙生九子，江山为九龙，天下为九州岛。禹王制九鼎。岭南置第九驿，乃岭南直达皇室的最后一驿。故而为九州皇庭驿馆。意在天下圆满之数也。”

吴晃：“哈哈哈哈，好个赵佗！”

车马长驰远去。

番禺城阜岸上。

楼船靠岸。任嚣等走上岸来。

赵佗、严虎等大秦将士兵队在岸口的番禺城前出迎。

赵佗等拱手迎拜。

赵佗：“赵佗率三军将士迎见大将军！”

任嚣：“哈哈哈哈，好个赵佗！南海番禺——番山、禺山之岸，果真有如此壮观的秦城出现。大秦皇帝圣恩天赐，赵佗汗马功劳呀！”

赵佗：“在下何德何能。大将军在上，大秦三军将士五年茹苦效力，功载人心仁德也。”

任嚣：“哈哈哈哈，好个赵佗！好个赵佗！”

他们向城府中走去。

任嚣：“可得到史禄大人的消息？”

赵佗：“已接驿吏白来报，史禄大人等陪钦差吴大人车马进了岭南，今日将入住九州驿馆。”

任嚣：“看来圣上有旨下颁。吴晃肯定会在温泉行馆消闲时日。”

赵佗：“末将明白。已选派厨艺高手、推拿郎中前去伺候了。”

九州驿行馆。

房内温泉浴缸内。

吴晃：“哦，好舒坦。大秋天儿的岭南，不用点火烧水就能用上滚烫的温泉。好。只可惜呀……”

驿站行馆的岸下。

一个身着“驿”字服的船工撑船泊岸。

船上下来三个人，登上石阶。

那三人从腰中取出铜币塞到卫兵手中。

那三人进入驿馆大门。

温泉里吴晃自语着："只可惜呀，这么好的地界儿，徒有四壁。尤其没有那女儿家家的伺候着，不过瘾喽。都说太监挨过那么一刀，就'空前绝后'啦。咋的？皇帝用的老夫都没少享用。心里头好受，没用也用。谁管得着？爱咋咋地！可惜此地是行走途中。老哥儿一个没人帮护着。苦啊……"

蒸腾热气中他晕乎乎沉入梦呓。

四个中原女侍者出现在他周围。

迷离的吴晃望着望着，惊醒过来。

吴晃："你们……哪儿来的？哪儿来的？走开！是人是鬼？"

一位驿吏服者走近浴桶。

他的声音："同大人一样，是人。美人也！"

他取下驿吏服帽，露出真容——吴芮。

吴晃："吴芮？原来是你小子！还以为你不会来了呢。"

吴芮："九州驿早在我心里，就等着来伺候钦差大人。"

吴晃："恐怕还是为着贵公子的事儿吧。"

吴芮："说起您侄孙吴央来，这小子的运气倒真会给您一个惊喜。"

吴晃："哦？"

神兽图腾的按摩床上。

吴芮与他耳语，吴晃点着头。

吴晃："这么说，他真的收罗了屠睢的残部？"

吴芮点着头。

吴晃："不过，反正皇帝是当众有过口谕。有功则赏，弃功加罪！"

吴芮："山高皇帝远。全在您宣诏时的一句话啦。"

吴晃："……"

吴芮朝内一挥手。门上立即进来两个美人。

吴晃："咋着？这是……"

吴芮："记住她——七妹。专门侍奉大人的。"

吴晃："七妹？也行。不比八姑差。嘻嘻……"

吴晃脸色立时亮出异彩。

番禺城外，东江岸畔的船上。

小竹篷船里睡卧着八姑，赵多拉她不起。

赵多示意随从们抬她上岸。

八姑不肯，连踢带踹。

赵多："咋着，难道还得老子背你不成？"

说话间八姑就势搂住赵多的脖子不放。

赵多嚷嚷着："哎、哎，你还来真的啦！"

赵多无奈地背起了八姑。

赵多："哎呀，我的八姑奶奶。你可治住我啦。这郑武也是，为啥非要把个郎中找到这河边的山洞子里来？俺哥也是，偏偏把这不吃好草的八姑交代给了我赵多。真是倒霉到家啦……"

摇摇晃晃的赵多把八姑背进了山洞洞口。

迎出来的恰是赵佗和郑武。

赵多嚷嚷着："郎中哪，这个八姑纯粹是要赖！"

洞里郎中走过来——却是笑吟吟的灵谷子。

赵多拱手："原来是灵谷先生。"

灵谷子："赵大人，这以后可就够你辛苦的啦！"

赵多："江上有船，小船顺水。不辛苦。"

灵谷子："上了岸就是一段山路，你可是要辛苦啦。"

赵多："那酒她喝了，小命没了就该扔江里。没辛苦了。"

赵佗一笑："酒——有人给换掉了。"

赵多："啊？她要害哥，你却救她。诚心要我老多做苦力呀！"

赵佗："本将军宣军令，这位八姑就是你赵多的了。"

赵多："是、是我的了？啥、啥意思？"

赵佗："除了不能同她睡觉，吃的、喝的、走的、动的，全由你管。"

赵多："这……山路没船，我咋整？"

赵佗："背着、扛着、抱着，舍得出力气就行——不许生歪心眼儿。"

赵多："哥，小弟我没啥过失吧？"

灵谷子："这可是任嚣大将军对新任守关副将的褒奖咯。"

赵多："老天爷在上。这……不会是许配给我做媳妇儿吧，有这么对待我的吗？"

灵谷子："前边不远处，有好戏等着你。"

赵多："请来戏班子啦？还是河北'老太儿'影？"

灵谷子："还得看你的。"

赵多："大师啊，您搞蒙我了！"

山路上。背着八姑的赵多无奈地行走中。

河湾的盘山路上。

吴晃的车阵奔跑而来。车里飞出群女的吵闹说笑声。

车门帘被撩起，探出个女人头——那是七妹在叫嚷。

七妹："哎，外边的听着。大人说了，寻个有风光的地界儿下车歇歇脚，与我等姐妹们看看风光，风流风流。"

车阵停下来的山路上。

吴晃在美女陪伴下徜徉着。

吴晃："我说陛下总爱出巡呢，原来是有宫中享不到的奇趣。老夫我今天享到了圣上的福利，今生不虚此行也！唤吴芮——"

车夫："禀钦差大人，吴大师早就不见了。"

吴晃："瞧这人，我正要禀陛下嘉奖他，他却不见了。你们听着，把他给我喊回来，叫回来！吴芮、吴芮！"

四野无声。

旋即一秦将铠甲者出现，跪在吴晃面前。

来者正是吴央。

吴央："参见钦差大人！"

吴晃一怔之后定下神来："你是何人？"

吴央："小的是吴芮之子吴央，率部护卫应接钦差大人。"

随即一彪人马出现。

吴晃："原来是你吴央！有了兵马啦？"

吴央："遵圣上和大人之意，小的在岭南山中搜救屠睢将军溃散余部，重整旗鼓，今日特来护驾。"

吴晃："呃，好！不过护驾就说错了。老夫可不是陛下，也当不了陛下。迎接、护卫一下我，老夫就心满意足啦。好，你搜救了多少屠将军的残余人马？"

吴央："兵将三百余。"

吴晃："好！我会向圣上为你请功。"

一阵邪声拉调的北方影打断了这里的谈话——路上走来背着八姑的赵多。

走一回来又一回儿，
身上背着美貌娘子儿，
她死去活来害蒙了我，
是美是乐我说不上心里头啥滋味儿。
…………

山畔松下正观山水风光的吴晃被赵多的吼唱惊扰。

吴晃："这是个啥人在吼叫？好像还背着个女人。"

赵多吼唱着：

走一山来又一岭，
背着媳妇我心里直扑腾。
累得我腰腿软，
浑身筋骨松。
眼看着车马一大串儿，
老赵我正好歇歇气儿、凉凉汗儿、透透风儿！

吴晃："啊，'老太儿'影调儿，河北人？没准又是屠睢的部下！"
赵多："不对，俺是赵、赵佗的手下。"
"赵佗？这是咋回事？"吴晃一惊，问吴央："你们没有搞定？"
八姑早已醒来："是你那瓶酒把俺搞定哩！哈哈哈……"
"吴央，你们爷儿俩专门坏我大计！"吴晃看八姑，"你捣的乱……"

八姑："公公来巧了，是这位赵哥用您那瓶蒙汗药酒把我给搞定了。不是在山洞里喝了大师的解药，八姑我就死过去了。"
吴晃："果然是你，八姑。吴央啊吴央，她是我给你爹那八个中原女子里最好看的。原打算搞定了赵佗，就把她留下给老夫在南边享用的。可倒好，打了个耗子喂猫了！"
吴央："大人息怒。"
吴晃："还息怒？赵佗没搞定，丫头也搭进去了。"
吴央与吴晃耳语。
吴央："小的会把比她好几倍的越女奉送大人！"
吴晃："拉倒吧，还嫌给老夫的麻烦不多是吧！"
吴央："大人放心，赵佗逃得过这一劫，也逃不过我下一张网。"
吴晃："就怕你们爷儿俩做醋不酸做糖酸。"

8

吴晃车队的山路口上。
赵佗、灵谷子走过路口，出现在他们面前。吴晃发现了他们，但故意起身登车。
赵佗二人已站立他的车前。
赵佗拱手："末将赵佗恭迎钦差大人！"
吴晃故作一怔。
吴晃："哦，果然是赵将军。来得正好，吴央搜救的屠睢将军散部在此。将军既然来了，顺手验证属实，也好安排行赏。"
赵佗："末将谨遵皇旨行事，在此迎送大人。"
吴晃："有驿吏白引路，老夫直到任嚣南海郡府下旨就是。不劳将军了。"
吴晃车中传"走！"字，宫车扬长而去。
赵佗拱手相送。
树下的八姑怔怔看着赵多。
八姑："咋的，那位真就是少将军赵佗？"
赵多："不错，正是俺哥赵佗。"
"在山洞里那会儿，俺还以为是一伙土鳖庄稼人在瞎掰唬俺，如今看来是真的了。”八姑说，“俺得多看他几眼，不然他把俺派给你这个丑八怪，俺可就亏大了！”

赵多：“趁这会儿他就在你眼前，使劲儿看吧，等他回到将军位儿，骑马带兵，你可连影都看不到了！”

赵多笑闹着：“看吧，俺陪着俺媳妇儿，嘿嘿……”

“一边儿去。俺嫌你瞎眼！”八姑欲走近赵佗。

吴央示意阿戈拦住她。

吴央：“参见赵将军，吴央奉命已集合到山林散部秦兵数百，今携小支队百二十员特向将军回禀请命。”

赵佗：“果然吴央不凡。该禀报钦差大人为子封功请赏了吧？”

吴央：“在下怎敢妄为？”

赵佗：“百余秦兵散落山林，谋生多年，实属不易，本将军一一看过，慰劳他们。”

吴央向岩畔后吹一声口哨。

岩后。林边的山岩后大树林闪现出百余秦甲残破士兵。

赵佗走向阿戈。两人的目光尖锐，如闪电般对视。

绷紧心弦的山野“秦军”队列，一片寂静。

突然响起一声震撼山野的吼叫：

“阿戈——”

那是赵佗异乎寻常的大叫。

呆愣的阿戈和他身后的“秦军”。

惊呆的吴央、死寂的山谷。

赵佗：“你是百越族人阿戈！家就住在龙山部落，是桀骏长老的得力部下。是不是？”

阿戈被震惊，吓呆。

岩下有秦甲兵阵发出了冷箭，被赵佗一扬手捉住。

阿戈利剑出鞘刺向赵佗，被赵多一个飞身，踢飞长剑。

赵多怒火冲天，将阿戈擒缚。

吴央：“来人，将这个越族刺客拿下！”

他的左右上来将阿戈从赵多手中拉过，上绑。

吴央故作吼叫：“大胆越族刺客，竟敢混入我大秦兵充当杀手，行刺大秦将军！左右，推下去，斩首！”

赵佗：“慢——阿戈，混入吴央秦队的百越族人，恐怕不止你一个吧？”

阿戈：“我等是以屠睢残部之名，报屠杀越人之仇。你赵佗当年是我等百越亡魂第一仇家！不擒你、杀你，百越何能安生度日！”

赵佗：“好。我赵佗就是想奉送你安生度日的机缘。吴央，本将军已知你将百余越勇武丁引入秦兵队列，冒名充当你搜救的屠睢将军残部，用以包藏险恶之心。此罪你认不认?”

“刺客只此阿戈一人，绝无其余混人。”吴央呼叫左右，“来人！将此人砍头!”

赵佗:“慢!”

赵佗示意赵多朝山岩下打起口哨，吹起古埙。

岸畔上，出现越秀的身影。

越秀——一身百越族人白色衣裙，云朵般立在岩畔，向众秦甲兵勇中用百越语呼喊:

“百越亲族兄弟们。赵佗将军非屠越之军。你们不要假扮秦兵。他在这龙川、九连山下，为我们百越族人建造了竹舍、木寨的百越乐土家园。龙川的父老、妻儿姐妹们都在百越新寨子里等着你们回家团圆哪！走吧，越族兄弟们快回家。走吧，快回家吧，回家!”

秦甲兵勇里的一半百越族人，都在越秀的呼叫鼓动下脱下残破不堪的秦甲，迟疑不决。

越秀:“别迟疑啦，龙川、九连山，那里是新建的家园。亲人们在家里等着你们啦，快走呀，快走啊。我是越秀，越秀在呼唤你们……”

百越勇士们:“越秀，是她，是越秀啊!”

一群群抛掉秦甲的越勇撒腿飞跑着，狂奔向山谷。

“回家啦!”

“回家啦!”

“回家啦!”

天地间响起与百越笛箫相混成声的呼喊。

顿时，九连山下。新建起的越人村寨，竹寨、木屋、竹寮里走出越人家小与越人丁勇们相认，抱头啜泣。

山畔处。吴央与赵佗在冷峻的对视中无言。

过了好一会儿他们才开口。

吴央:“赵佗，事已至此，在下任由你这利剑在手的人，随意处置!”

赵佗道:“我说过的，你不知悔改之罪，杀你一百回都不多。可是这回，我赵佗依然不杀你。”

吴央惊怔。

赵佗:“我反倒要感谢你吴公子。”

吴央疑惑。

赵佗:“你虽然杀机毕露，暗藏了百越杀手，可是灵谷大师、越秀将计就计，反令你立下大功。”

吴央惊怔。

赵佗："是你，引来了桀骏部下百余精壮武士，令我为他们找到了日夜思念的家小，回归百越乐土，过上团圆亲和的日子。你岂不是立下大功一件？我会知会钦差大人犒赏你！"

吴央突然长跪，深鞠："赵佗将军在上，小的知错知罪，既不杀吴，在下甘效犬马之劳以酬大恩大德，绝不重蹈覆辙！"

赵佗："罢了。你去谢过越秀、灵谷大师，还有我的赵多老弟，还有这位八姑。"

吴央一道拜谢。

九连山，越人村寨的木房、竹寨里升起了袅袅炊烟。

小河里渔人们在推船下河。

船上正在升起白帆。

番山、禺山间的海。

番禺城的南海郡府。阳光下，一派中原格调的瓦顶檐廊"砖瓦大城"雄伟岸然。

大将军府第院内。

任嚣出迎吴晃等一行人。

吴晃："任嚣接旨！"

任嚣等一应官兵跪接圣旨。

吴晃宣旨："大秦始皇帝奉天诏曰：丰功有证，岭南五年达成吾朝一统南北归心之业，当朝设治于百越为南海之郡。命大将军任嚣为南海郡尉，统管岭南百越三军、州郡；升任赵佗为上将军，协助大将军任嚣统管岭南百越三军。"

首道圣旨宣过。

任嚣、赵佗跪拜接旨。

任嚣、赵佗："谢陛下圣恩。"

吴晃："再宣——赵光、严虎接旨。"

赵光、严虎跪拜。

吴晃："圣上命曰：南海郡外分设象山象郡，赵光为象郡尉镇守，严虎为桂林郡尉镇守，吴央为桂林郡副镇守使。"

众人发现独缺吴央。

吴晃："吴央呢，他怎么不来接旨？"

赵佗："吴央在城外野猎。"

吴晃："派员传旨给他！"

赵佗："遵命。"

城外，山路上。吴央引马乐、黑子等一行秦军遗部兵马行在山间路边。

驿吏白飞马而至，下马跳近吴央与之耳语。

吴央："此话当真?"

驿史白："没错。吴晃大人召你，去驿馆见他!"

吴央："好。我明白他要我做什么。弟兄们听着，在下受皇帝之恩昭，以副镇守之命，率领你们出发!"

众人上马随吴央驰去。

大将军府内。

吴晃："赵佗听旨——"

赵佗："在。"

吴晃宣旨："陛下特命，赵佗为南海郡属下龙川县县令！辖治越北、越东和越西之民生社情。"

赵佗俯首。

在场众人皆一怔。场面寂然。

赵佗："赵佗接旨，谢陛下圣恩!"

赵佗接过圣旨。

赵佗凝重的双目。

大将军府堂内众将落座于石凳、木椅上。

吴晃："南海郡城虽然初建，但也应有尽有。看来任大将军早有准备。"

任嚣："既已由史禄大人去都城向大秦皇帝复命，任嚣敢有怠慢？恭迎钦差吴大人，亦嫌仓促简慢，还请包涵一二。"

吴晃："在下奉皇命行走岭南，千辛万苦无须挂齿。赵佗受御封正品上将军，统岭南三军，权揽南天，可喜可贺呀!"

赵佗："谢公公抬爱。"

吴晃："不不，不关老夫的事。是皇命大于天。只是……"

任嚣、赵佗被这一个"只是"惊怔。

赵佗严峻的脸色。

吴晃："只是……将军功名齐天，却受命县令屈居郡尉之下，赵将军心有不平之隐否?"

赵佗："公公此言差矣。佗本黄河岸边一介平民之身。今接县令之职，正乃皇恩知任所在。皇权在天之为天，本县在民之为地。在下为县令乃为圣上天地相接，适为天下一体、春秋华实之要位。更何况，岭南之万众兵马三军，五年以来，已枕戈为民，虽有迎战操练之课业，却做耕田渔猎之实务。本将原本一平民，承载皇朝天命，隆誉千秋，何言'不平'二字之有!"

吴晃："哈哈！赵佗之言，不枉陛下识人，圣意天聪、隆恩浩荡也，老夫定将禀奏圣上。"

赵佗："在下惶恐。"

任嚣："谢公公美意。"

吴晃："老夫放心了。此次岭南之行与五年前之行大有不同啊！如今靠了诸位齐心之功，我大秦朝令中原岭南一统天下，皇帝龙颜必将大悦，按惯例须呈上岭南百越至宝贡品，皇帝定会颁旨褒奖，举朝大庆也！"

任嚣蹙眉。

任嚣："公公盛情，我等心领神会。其实此番圣旨下达，已是隆恩动天，也含了公公的一片错爱之心。吾等不敢再贪天功以期厚恩。"

吴晃："说着倒也顺理，可皇朝公例你我无权破免吧。"

任嚣："岭南大局初定，越人尚存归乡疑虑，民不聊生之际，以朝堂之名，征集民间财物当贡品，恐怕公公所言之事……"

吴晃："那就更好办了。以越秀为标杆儿，选上十名八名的靓女进宫陪伴陛下。不劳族群伤财，更显百越诚意，亦可免谈民不聊生也。况且，百越富庶得很。早闻中原商贾有言，百越村寨家家都有储藏珍宝玉石、象牙、牛角等贵重物品的山洞、石穴。寻到个把人家集讨那么一星半点儿，不会为难的！"

任嚣："请禀明圣上，下臣实在不敢。"

吴晃嗔然："老夫苦口婆心，为着各位新封的官位着想。"

史禄："禀大将军，在下听赵将军有言，此类事已有新任桂林郡副镇守使吴央，遵钦差大人之意在做。"

任嚣："噢？"

吴晃："怎么，赵将军已知此事有人在做？"

史禄："是的。是吴央副镇守使在做。"

吴晃："真的做啦？"

史禄："吴副镇守使按着大人的清单，吩咐人手在做……"

吴晃："将军大人，这是上将军赵佗捷足先登有意安排的吧？"

赵佗："下官位居下属，怎敢向上位指手画脚？无非是吴央心领神会与御使大人有所为也。"

赵佗言罢，悄然间遁失了身影。

"此乃圣意，圣意呀。"吴晃转身对任嚣说，"人老了。有啥想不明白的，该让的就得让让了。"

任嚣："老朽明了。只是，选送秀女的事要缓行。不可与陛下许婚大事冲撞。其他……陛下有密诏与老夫，老夫自会从命，命赵佗也从命。从命！"

吴晃："别密诏了。快打开一阅，看与下一道圣旨是否有别？"

任嚣："公公圣旨？"

吴晃："陛下赐婚越秀与赵佗成婚的口谕！宣了？赵佗哪？"

任嚣："哎，口谕就免啦。等等老夫的圣旨密诏吧。哈哈哈……"

九州驿新建起的百越村寨。

归村的百越部落亲族分布于河边、果园、院落，门前推船、织网的，修整果木园林的，院中放鸡、升炊的，一片其乐融融景象。

吴央的一袭秦人兵马悄声驰进村来。

吴央命兵马息于茶亭井边。

吴央、马乐悄进一院落，阿戈出迎。

阿戈：“恭喜大人，贺喜将军！”

吴央：“你小子消息蛮快，我不过是个副的。不过，往后本人会借桂林而独镇兴安，我等会有个生根之地。”

阿戈：“贺大人有福！”

吴央：“跟着我干的，都会得福。只需应对好钦差和皇帝！我这正好有个机会！”

交给阿戈一份绢本清单。

吴央与之耳语。

阿戈：“这么多物件……还有女人？”

吴央：“我会一样一样念给你，只许记在心里，不许说是我吴央交给你干的。”

阿戈：“那是谁？”

吴央：“御使大人。朝廷、朝廷，懂吗！查验之后把这清单还给我烧掉。”

阿戈瞠目结舌。

番禺。新建的南海郡“任嚣城”。

大将军府第的迎客宴刚刚开始。

大将军任嚣、皇朝使者吴晃并坐正席，其余将士和授任官职者位列侧席石桌、石凳。

一字而入者，为百越部落相关几位代表人物。

任嚣一一为吴晃引见：“这位是崖珠部落大长老，崖珠老爹，人称珍珠王。”

崖珠老爹拱手作揖。

任嚣：“这位是九龙岛上铜锣湾村寨大工匠师，罗阿公，人称铜锣王。”

罗阿公拱手作揖。

任嚣：“这位是西越部落长老、铸匠大师武陵三杰的传人钟离老阿公，人称铸剑王。”

钟离老阿公拱手作揖。

任嚣：“这位是百越龙越部落长老桀骏之妻，玉娘夫人，人称傩舞女王。”

玉娘鞠躬一拜。

任嚣：“这位就是大人见过的越秀姑娘，人称百越公主。”

越秀鞠躬一拜。

吴晃：“老夫有幸，替大秦国皇帝幸临百越，终身不忘也！大家坐下，快快入座吧！”

众百越族群青年男女有序上菜、满酒。

一瞬间越族男女侍者全部撤光。

场面一片寂然。

突然铜鼓、铜锣齐鸣，百越男女傩面者一拥而入，跳刚柔变幻的傩舞。

吴晁看得目瞪口呆。

傩舞者上前为列座大人敬酒。呼喊着：

“为百越族人祈福！”

“为大秦皇天祈福！”

任嚣：“在下恭请公公回禀陛下，岭南之事大局初定。仰仗皇恩威德，百越社稷民心与中原一统，部族辑和于皇天后土之滨。陛下之大秦不只有江山，还有阔海无边。天下之大，非我大秦莫属也。今日请到百越部族大师、长老迎接皇朝圣客，意在此禀告陛下，贺喜祈天之神佑也！”

吴晁：“在下领情，借大将军之酒，诚谢百越各位高人。干杯！”

众人：“陛下万岁！天下太平，百越长安。”

众人举杯同饮。

一组上来为宴者满酒的越族傩舞女子。

吴晁色眯眯地观看傩面变幻中的百越美女。

其中混入的一个中原女子径直去为吴晁斟酒。

她神秘地将一绢团塞到吴晁的手中。

吴晁盯着她傩面的目光，心声：“七姐？”

七姐取下傩面一个笑舞走过，又去为任嚣斟酒。

吴晁将绢团塞入袍袖。

傩面越女们在乐声中热舞阵阵。

吴晁借机展开绢团偷看，上有文字书：“巡九州、兴安”。

铜鼓收声中，傩舞者们退出大堂。

……

任嚣举杯。众宴者饮酒。

吴晁：“在下敢问任大将军，今日之宴岭南群功受封者皆至，为何独缺一人——新任龙川县令上将军赵佗？”

任嚣：“公公有所不知，龙川乃岭南第一大县，统管越北百越部族全部人口村寨。为开化荒古之境，赵佗早已将兵员军士按农耕、开矿、窑火、造米、架屋、易物、经商等分类，传授技艺于越众乡民。年来日夜奔忙，赵将军自称是百越族群大长老，事无巨细，不可失察，此刻他应是在越族归来部落的新寨中巡视，安顿可慰越民的大小杂事啦！”

吴晁：“啊，啊！好样的龙川县令赵佗，不愧为父母官！”

任嚣：“此乃皇天之幸！大人请干杯！”

众人饮着。

吴晃："如此说来，老夫倒有心情走几处越人村地、郡镇城池，以便为诸位请功禀奏陛下。"

"谢公公美意。"任嚣应着。

番禺城楼上。

赵光、赵多、严虎在饮酒。

驿吏白："不好了！"

赵光："咋了？"

驿吏白："赵将军不见了，大将军派人四下寻找都不见人、不见马、不见船！"

严虎："失踪了？"

严虎气愤地吼叫："他吴央凭什么当上了桂林郡副镇守使！我严某气不公！"

赵多："他居然登上了俺大哥脑门儿的上位！"

赵光："我猜，一定是那宦人谋私，假传圣旨！"

赵多："放心吧，俺哥不会干傻事儿！俺哥回朝奏他一本！驿吏白，跟俺奏！"

驿吏白："使不得，倘若那圣旨是真的，咱就落下杀头之罪哩！"

严虎："那……那咋办？只怕士兵们反啦！"

驻兵营房里。一片酒气、烟气。

"牛打江山马坐殿！"

"反啦！不干了！"

"回老家，娶媳妇！"

"种田过日子去啦！"

"走呀！"

士兵们走出营房门，醉倒在门外。

月光，孤山，独月。

星星点点亮着的兵营灯火。

隐隐响起古埙的中原乡音。

珠江岸边。独行的赵佗。

9

月下。山岸边。

道上踱步独行的赵佗。

他的眼前出现一张石桌，桌上摆满了好酒和杯碟菜肴。

赵佗怔住，停步。

江岸。

一条小船靠岸。

驾舟的神巫走上岸来。他走近石桌。

神巫："幸会，怎么会是将军在此？"

赵佗："大神驾临，在下无意间踱步到此圣境。"

神巫："过谦了。行者无意而来，本巫者更是意外有幸啦！"

赵佗："莫非先生在此设酒预先有约？"

神巫："非也。只是凭季风信雨而断定，我与大师兄灵谷在此当有一面之别。大师兄既已设酒，人却不见，莫非……"

山岸石后走出托着菜盘的二秀姑娘。

二秀："灵谷大师想必已料定上将军会闲游到此面见大神，故而他只顾走了，去南海郡府赴宴了。"

赵佗："也许在番山、禺山打坐吧。"

神巫："智高一筹者，灵谷师兄也。他居然知我有话要说与将军。"

赵佗："在下愿闻其详。"

二秀："请入座吧。"

二秀倒酒。

神巫："灵谷已知我要离去，去向何方，并且知我要留话给将军，所以遣二秀姑娘在此设下酒肴，供我告别辞行。"

赵佗："其实是大神的安排，是在下的荣幸，赵佗酒代我师，敬大神。"

神巫："……"

二人举杯饮酒。

"我之所去何方，行无寻址也。"神巫道，"本人也尚不知晓。正要请教灵谷大师兄，为之神算一番。可惜，他不肯出现，我只好四方云游。"

赵佗道："神者大师也，皆为至圣至贤至尊者。何不留在百越，共享百越乐土，以效命皇帝，共图千载和合之人间美愿？"

"晚矣！"神巫叹道，"此刻我势必离去，日后若有回转之机，我会想起将军的良言，愿将军亦能记住我几句真心之语。"

"佗愿洗耳恭听。"

"此位——"神巫指向二秀，"乃黄河之民的公主，百越人称二公主。将军身在岭南，不可忘怀乡情。"

"赵佗铭记在心。"

神巫举杯。

二人碰杯小饮。

"在下最后留一句真言。"神巫拉过二秀道，"将军该当尽快把你的新娘子红盖头，盖在二秀公主的头上。她会保你在百越中原畅行无阻。一旦你错盖了别的女儿头，无异于割舍手足亲脉，必遭祸端！"

赵佗怔视片刻。

二秀在凝视着他。

云。月。

赵佗："谢大神忠告，然此种事赵佗不会先行。皇帝即将送来万千中原女儿，赏婚嫁于岭南将士，在下不可擅专，谨遵圣命不可有二。不过，赵佗记下大神的话了。"

神巫："谢了。我知你正在做。我亦知我该做的一件事——在下该告别岭南，独行天涯。"

二人再度举杯。

赵佗："我知大神会早告归期。"

二人拱手。

一阵风吹长河，抛动清波远去。

山间、河畔。越寨岸边。

赵佗迎来疾跑的阿戈。

"将军大人，不好啦，越寨翻天啦！"阿戈喊叫着。

"阿戈？出了何事？"赵佗冷静地问道。

"喏，您瞧吴大人这张单，抢男霸女啦！"

赵佗接过单子，瞄了一眼，收起来。

赵佗道："本将军已差人妥善处之。一切已平息。你照常回话吴大人事已办妥便是。"

阿戈："在下……"

赵佗："我知有人在后山坳口等你，忙你的去吧。"

阿戈："大人，在下……遵命。谢、谢将军。"

阿戈跳上岸下的一只小木船，缓缓驶去了。

九州江口。岸边。

赵佗交代驿吏白："此公文是任大将军与本将呈送皇帝的合函，干系重大。一路驿站吏不得接手，只许陪护于你。你要星夜兼程，赶到京都咸阳，直交赵高大人或李斯丞相，呈给皇帝。"

驿吏白："将军大人放心，小的遵命，万死不辞。"

赵佗："好。只有你驿吏白善水陆交通。本将军会褒奖你驿吏白。"

驿吏白："谢将军，在下即刻动身，告辞。"

驿吏白下岸操舟，撑篙而去。

赵佗目送他。

岸边，石矶上。

赵光、严虎、赵佗三人低声密议。

赵佗："我料定会如此。照计行事。"

赵光："严虎暗随将军，以便有所策应。赵光告辞。"

赵佗："随机应变。留意吴氏父子的联络动向，小心行事。"

赵光："在下谨记。"

赵光拱手，飞马而去。

九连山坳口外的秘洞前。

阿戈的小船行去，上岸。

阿戈机灵闪避着跳入洞前平地。

他吹了一声暗示口哨。

无人应答，他正窃喜间，两个越人从背后将他反背双手拿下。

桀骏出现在他眼前。

桀骏："阿戈？你还是百越族人的阿戈吗？"

阿戈："大哥，桀骏大哥，我……"

桀骏："别叫我大哥！说，你是怎么出卖三百名越勇兵士，投了赵佗的？"

阿戈："不、不、不是的呀！大哥，是那吴央谎称我等收编了他部下为伪秦军。叫你妹子越秀公主一阵越语呼喊，让赵佗识破了吴央的把戏，谁知赵佗早就在九连山里建好了越村寮寨，让我三百部下的家眷住进了木村竹寨，越秀就地引他们进村回家，团圆去啦！"

桀骏震惊。

桀骏："有这等事？"

阿戈："千真万确。我特意悄悄赶来，为大哥，不，为龙昆部落长老传信、复命的！"

桀骏："可有玉娘的消息？二秀呢？"

阿戈："一直由越秀陪同，住进了为你龙昆长老建起的木竹院落。二秀不知去向。"

桀骏："我正要进去探个虚实。如有一句假话诱我入陷，绝不饶你！阿仔，走！"

桀骏带着十名崖珠部落悍勇走了。

江上。漂来一只百越小船。

拿舵的越人在轻唱着他北方的小调：

关关雎鸠啊，
在河之洲！
窈窕那个淑女儿呀，
大哥我好逑……

船舱门开了，走出了八姑。

八姑："不要脸的赵多，哼唱了一天，邪声拉调的！什么大哥好逑，窈窕淑女呀！想老婆想疯了吧？也不怕八姑我收拾你！"

赵多："哥哥我就是想让八姑你来收拾我！咋的，你不想？"
八姑："想，想给你那大哥看，气他气他，就气他！"
八姑上前一扑，把赵多推倒到江里。
八姑大笑不止。
赵多在江里上蹿下跳，扎了猛子，好久不出来。
八姑急了，呼叫着："赵多——赵多，你个王八蛋，快出来呀！俺的当家，可别吓唬俺啦。"
船后。大舵杆下悄悄爬上一个人——赵多。
一身湿淋淋的赵多冷不防从背后搂住只顾喊叫的八姑。
八姑大惊大叫着："妈呀！你个该死的，吓死俺哩！"
赵多还是不肯放开搂在怀里的俏女八姑。
八姑索性软下来，就势抱紧赵多滴水的脖颈。
他们都情不自禁。吻了。
粗野、豪迈地吻了。
他们的小船停了，顺着水流打旋儿。

岸上。吴央的骑队在引路，吴央策马在前，他的小支马队随后。
马队停马惊看着船上发生的一幕。
"谁家的小子？色狂不要命！给皇帝的宫女他也敢下手！"
"这好事儿咱咋摊不上！"
"别摊上，这可是掉脑袋的事儿！"
沿岸林边的赵佗也把这一切看在眼里，强忍着笑，憋红了脸。
船上的八姑。
八姑："哎，当家的过瘾了吧！这船怎么到了九州驿的岸？不是去桂林吗？"
赵多一指岸口："是吴央的骑队在引路，我们只管跟定他走。"
八姑："为什么？"
赵多："你不是让大哥看着我俩那啥吗？在这他才看得着哩……"
八姑："赵佗？"
赵多："早过来了。他都看着我俩那啥完了。哈哈哈。"
八姑："你们这哥儿俩在玩啥？把人弄蒙啦呀！"
赵多："俺哥说了，会叫你看一出好戏。"
赵多猛摇了几下橹。小船飞驰。

九连山的路上。
轻驰而来的宫车、便骑卫队。
宫车进入九州驿馆门楼。
吴央及他的随行小队秦军在驿馆庭院出迎。

吴晃走下宫车。

吴央拱手前迎。

吴央："小的吴央在此，恭迎钦差大人！"

吴晃："九州驿馆留有老夫美好的记忆。这里的风光，还真是好迷人。吴央啊，东西物件儿齐了没？"

吴央："件件不少都装箱在船上了……"

吴晃："装到老夫的皇车上，装上。装上老夫的车，就是皇帝的了。再遇上偷了、抢了、劫了的，就治他犯死罪，掉脑袋！对。往后就说是贡品。"

吴央："在下明了。"

吴晃一行人等入馆。

九连山坳口，山溪。

一只越人小船在缓缓行走。

小船沿坳口山溪行出峡口，沿岸上行。在岸畔松下的一间洞屋前徘徊少许。

驾船的竹笠越人——正是越人装束的赵佗。

他观察着山畔洞屋，那里有刚熄灭的篝火余烟缭绕。他与身后的摇橹越人严虎对视了一下。

尾随而现又一只越人小船。

那人是草笠双橹摇者——吴芮。

两只小船各藏隐秘，一前一后在水上缓行。

天近日暮，夕阳晚照，山影更加神秘。

日暮夕阳下的九州驿馆。

又是那间吴晃住过的温泉大浴房。

吴晃半裸在温泉中，舒坦地吁了一口气。过后，侍者出现，不过那人换了吴央。他一挥手，伺候的侍女托着木盘出现在吴晃面前。托盘里盛着海贝、珍珠、犀角等宝物。

吴晃扫视那盘中物件。

吴晃："果然出色。货色也不错，叫啥名儿呀？"

侍女故不作声。良久，开口："大人忘啦？没小的给您通风报信儿，您咋能又来到这九州驿馆哪？"

吴晃："吆，原来是七妹。"

吴晃摸着她的手。

吴晃："当年我来灵川，见过这种珠子，是北海有种太阳神贝的肚子里割出来的。好大、好白、好亮，特招人稀罕。"

他又拉过七妹的手贴在了脸上。

吴晃："可惜呀，让赵佗都给了小西洋人儿的商船换了几匹洋马。贡品里只有一个陶烧的坛子，里面装了满满一层普通的珍珠，可老夫连一颗都没捞着。这回可是得来点真格的了！”

又有两个妹子端着盛满玛瑙、红黄乳玉、大玉原石的托盘走来。

吴晃：“哟，换更鲜亮儿的了。来来，靠近点儿……哎哟，还是小鲜肉的好。真叫人不忍心下手。”

他怪异地笑了。

他突然打住。

吴晃：“还有，还有比这更好的！”

吴央示意。七妹又端着犀角过来。

吴晃：“对哩！犀牛角。还有——象牙！这还差不多。小子，总共多少？”

吴央：“总计一条越人船、七大箩筐。”

吴晃：“嗯，你小子倒也没少折腾。果然是找到了越人藏宝的仓库？”

吴央：“是的。”

吴晃：“有没有遇上反逆作乱的？”

吴央：“为他们许了愿、封了个小官衔，不然谁肯干呀！有权也能叫鬼推磨。可是朝廷那边……”

吴晃：“好说。山高皇帝远，朝中的事就由老夫巧应承。”

吴央：“这些是留在您老人家身边儿，亮在眼皮底下，困了、乏了，一睁眼就能看得见，玩得着。心里头乐呵不是？”

吴晃：“你小子心眼还真好使。”

吴晃执手将七妹拉得更近。

七妹：“公公不急嘛，七妹给您带来了那个更叫您高兴的人儿哪。”

吴晃：“谁呀？这会儿我要的就是你七妹。”

七妹：“急啥？好饭不怕晚。我给您领来的可是您天天想的、夜夜盼的大美人儿啊！”

吴晃：“美人儿？多着啦。来了再说。这会儿……”

七妹：“瞧嘛。她来啦。”

吴晃：“谁呀？偏这时候让她来捣乱！”

七妹：“八姑啊！”

吴晃：“八姑？真的会是八姑？她不是都——好好，七妹真好，嘻嘻！”

七妹抽身走了。

吴晃：“护卫，宣八姑入内，给她更衣。老夫要享一回皇帝的艳福。”

两侍卫应声：“是！”

吴晃神速坐回泉池里。

吴晃道：“闲杂人等都下去。一个八姑过来侍候着就行了！”

侍卫应声宣道：“八姑到！”

八姑娇滴滴应：“来了。”

吴晃叨念着：“瞧这声音多甜！”

八姑从帘外哼唱出场：

我本是月嫦娥仙人下界，
羞答答舞腰肢巧遮红妆，
广寒宫外来偷情，
出逃回避他吴刚。

吴晁急不可待：“不愧是个名优，还唱上大戏了。宝贝儿快过来呗。”

一身彩装的八姑忸怩作态走过来。

吴晁：“咋还蒙着面纱，不肯把你好看的脸蛋儿露出来给老夫看呀？”

八姑戏腔：“您还说哪，人家为着给您这皇家钦差大人献个身子，死里逃生，三天三夜一个人漂在船上呀！”又唱：

没梳头，没洗脸儿，
没着红妆，
看了怕你倒胃口肉跳心慌。

吴晁：“老夫没说的。原汁原味儿更好。过来，把八姑你的小手儿给我捏捏……”

八姑走近，为他捏肩膀。

吴晁：“哟，劲儿好大。舒坦——极了……”

吴央潜进来。

吴央：“大人！”

吴晁：“这工夫你进来干啥？你小子又回来了，不就是大功告成的意思吗？甭说了。”

吴央与吴晁耳语：“大人……”

吴晁：“咋的？驿吏白死活不明？咋还能跟那个赵多扯上干系？难道会是赵佗又设了第二个局？”

八姑：“大人，不是奴家多嘴，常言说得好，局中还有局，大人是设骗局的高手，难说他赵佗在你的局上还有个局。”

吴晁：“不信他赵佗，我魔高一尺，他会道高一丈！”

八姑：“你不信？”

八姑用力捏了吴晁头上的穴位。

吴晁尖叫不止，拉住她的手。

吴晁：“啊？这么粗的手，你是啥人？”

八姑：“奴家是千金巧妇之手。农家劳作，黄河岸边人，还练了一口难唱、好听的‘秦腔’，您的家乡曲。想听吗，大人？”

八姑抽手闪身，吼唱起粗气的西北“秦腔”：

女人哭，男人骂，
都在坑上；
月亮弯，日头亮，
都在天上；
黑心狼，野心狼，
都叫吴晃！

吴晃气恨大惊：“你、你是什么人？”

八姑抛下女儿伪装，变回丑男赵多模样。

赵多：“俺乃你们怕的、追的、杀的丑八怪——赵多是也！”

一时举座惊呆。

吴晃突然惊醒大叫：“刺客！赵佗的刺客！侍卫，抓刺客！抓刺客呀！”

几个侍卫遄上前，围捕打杀赵多。

赵多施展顽皮功夫调笑应对，口中不住地叨念着：“吴晃你这个老贼，我就是来破你的局，教训你！往后你再敢害我哥赵佗，我定补你裆下第二刀——开膛破肚，送你回老家！”

赵多跃身到屋门院落，留下他粗声粗气的一串老腔。

这怪声怪调的老腔，灌满院落。

信使驿吏白，正在大秦驰道上驭马飞驰的影子。

他飞马扬鞭，驰出关隘小镇。

他在山峡河溪中驭舟疾行。

日出日落，远逝的风云山影。

10

溪流。坳口外的洞屋前。

阿戈引领十余秦勇装束的桀骏小队潜入。

阿戈引桀骏靠近洞屋门前偷窥。

溪流上有一竹篷渔船悄然驶近。

桀骏示意不惊动，绕过去。

桀骏引着小队踏入溪流边的水草湿地，涉入山坳口。

他们来到寨口大院门前的老榕树下。

几位百越村民妇幼随一老者击铜板琴，面对桀骏的秦装军士施躬祈福，口中念念有词：

“大秦军士辛苦，百越太平得福。”

“大军辛苦、百越太平……”

桀骏面对为首的老者：“阿公，是赵佗强迫越众乡亲，你们才如此作为，并非情愿的吧？”

老者：“将军差矣，实乃百越族心，祈愿天佑赵佗之秦军、百越一家，太平得福也。”

越女子们提树皮篓罐，装着汤水、凉茶，前来慰军。

桀骏一行小队军士们惊异接饮，不免勾起心事。

桀骏似狠下心：“不可！这恰是赵佗设下的攻心之计。走！引我去找赵佗！”

桀骏小队上马驰行出村。

霍山。龙峰脚下的谷地。

百越人的墓碑，万人冢前。

桀骏引他的小队如风般疾驰而来。突然，他勒马急停。

桀骏巡视，不免心生悲恸。

他扫视秦军墓地，只见大片秦冢前有一位躬身扫墓的越人。

桀骏：“嗯？越族人！你……你怎么给秦人扫墓？”

越人扫墓者无言，只顾整理摆放冥纸、供品，复又挥扫杂草、落叶。

桀骏叫吼起来：“哎——我问你这个百越族人，莫非变坏了良心不是？”

扫墓人：“将军息怒。”

桀骏：“什么将军！我最恨‘将军’二字！”

扫墓人：“将军带领秦军轻骑而来，自然是大秦的将军，在下为秦军死难者扫墓献供，有何不对？”

桀骏：“这是座巨大的万人冢，是生死绝杀的仇冢。越人不可以为秦军行祭。”

扫墓人：“可是将军请看，你的秦军小队……”

桀骏的秦军小队忍不住哀痛，跪在百越冢前哭祭自己的亲人、兄弟。

扫墓人：“你的秦军小队怎会给越人坟冢祭灵？”

桀骏见状，一声长叹。

桀骏：“哎！我们本来就不是他娘的秦军！”

扫墓人：“看得出来。在下也不是越人。”

桀骏不由一怔。

桀骏：“你是什么人？”

扫墓人：“已经无关紧要，不过我会引来你最想见的人。”

桀骏：“啥意思？”

扫墓人：“长老不妨先藏于石。这里有足够的瓜果、酒水，可供来者享用。坐。”

流溪河岸。泊岸的小竹篷木舟。

船上走下山野越人装束的越秀和玉娘。

她们疾步上岸，隐身树丛石畔，窥视着冢前石桌落座的扫墓人和桀骏。

桀骏：“你是什么人?”

扫墓人：“同长老一样，忽而秦人，忽而越人。正如百越大秦已集于一身也。”

桀骏盯住扫墓人。

扫墓人盯着桀骏。

“长老假扮秦军。这是为何?”

“将军祭秦，为何改扮百越族人?”

“你意在隐去桀骏长老的百越真身!”

“你也是想隐藏大秦将军的真容!”

二人同声猛喝对方的名号：

“桀骏!”

“赵佗!”

空气顿时紧张。

二人的圆目对视。

桀骏：“你布下诱饵陷局，我就是要来见你赵佗!”

赵佗：“百越与秦军同葬的苍天之下，在下恭候多时了。”

桀骏放声大笑：“哈哈哈哈……”

赵佗安然浅笑：“呵呵呵……”

桀骏：“我知你欲把我怎样，我们都来了，你就动手吧！来，来吧。”

赵佗：“好一个‘来’字，只需桀骏长老一个‘来’字，来了就一切都好。”

桀骏：“来了，我桀骏来了。就立在你的面前。”

赵佗：“先见你最想见的人。”

赵佗向村中石后扬手示意。

桀骏扶剑起身。

他的十余秦勇越人小队悄然蜂拥上来。

桀骏以手止之，拔剑出鞘。

桀骏：“你也休要呼兵唤将。咱们山溪狭路相见，天意就是一对一，我宁愿了断在你的剑下。”

桀骏出手挥剑。

赵佗矫捷地闪身挪转，避开了桀骏的剑路。

林边石后传出喝止之声：

“桀骏住手!”

石后闪身出现的是玉娘、越秀。

越秀已蹿至桀骏身边，夺剑开解桀骏、赵佗二人。

桀骏呆望着不远处站立的玉娘。

山中一片寂然。

桀骏："玉娘？玉娘……"

他手中的剑"哐当"一声落地。

呆怔的山野中人。

九州驿的山路。

失魂落魄地行走的吴晃车队。

吴晃："奇怪呀，我早就觉着这几个女子不向着我们。我就是没想到她们全成了赵佗的奸细。坏了老夫大事。"

吴央："先下手为强。我这就去找赵佗算账！"

吴晃："你先下手多少回了？还不都是你随后遭殃！"

吴央："这回我给他玩毒的、狠的、真的！"

吴央翻身上马，一阵风似的跑掉了。

吴晃哀叹着："晚喽，完啦……"

驰道途中的小憩山地。

吴晃车马小队停下来。

吴晃被侍者扶下车来，在石地溪畔歇息。

突然一只黑狗——山豹跳出来，围着吴晃嗅来嗅去。

吴晃惊叫："嘿嘿……哪来的一条野狗，又没招你又没惹你，滚！"

黑狗山豹身后站立着傩面神巫。

吴晃："大神？你怎么会……"

神巫："哈哈哈哈……我说过的，我会在你最需要的时候出现。"

吴晃："你咋知道？"

神巫："此刻你正面临逃无生路，还朝必死的绝地。"

吴晃："你、你胡说！"

神巫："你的敛财、媾女好梦被赵佗给搅和，他还拿到了你给吴央开列的清单。你为了销毁清单罪证，命吴央设局谋杀进京送信的驿吏白，都被赵佗给破了局。你穿帮了，面临必死之凶。"

吴晃："大神，求你指点迷津，救我咸阳的宗亲老小……"

神巫："哈哈哈！你的所为……"

吴晃："怎样？"

神巫："谋害的是赵佗。如今能救你不死的，也是赵佗！"

吴晃："此话怎讲？"

神巫："赵佗好比一根灯笼杆。北方跳大神的有一句话，属黄鼠狼的得顺着杆儿往上爬！"

吴晃："啊？"

神巫走近吴晃，与之耳语："你要爬出个天花乱坠来！"

吴晃聆听，不住点头："嗯嗯，这……这可是欺、欺君之罪呀！"
神巫："你一直都在欺君！唯有如此，因祸得福。"
吴晃："那下一步……"
神巫："打造机遇，木已成舟再沉舟！"
吴晃："制木成船，再凿沉此船？这……"
神巫消失了。
吴晃的皇家车队在烟尘中远去。

龙峰下墓地。石桌亭旁。
苦口婆心的人们还在心与神的争夺中。
玉娘："上将军赵佗为百越所做的一切，百越人个个看在眼里，铭记心里。玉娘的夫君，何独无动于衷？"
桀骏："桀骏并非铁石草木。可是，玉娘，你来看，此乃大龙川之西岸，畔之东为客死岭南的大秦军人坟冢。那一场龙山之战，数万冤魂埋葬于此，秦军为首的屠睢就于此地亡命于我桀骏剑下。秦军百越亡魂皆埋于此地，唯独桀骏活于人间，千古有此理乎？黄河岸边早有古语，叫作'擒贼先擒王'，桀骏在赵佗眼里乃'贼之王者'，岂有不擒不杀之理？"
玉娘："夫君，赵佗和合百越，是真心的呀。"
桀骏："如若赵佗是真心的，我桀骏可以自取首级，以免招三千越勇之祸，有桀骏率三千越勇在外，恰是赵佗常设安宁为诱饵的理由。他不捕拿桀骏献于始皇，不足以功成名就。眼下只封其一个县令小职，不就是凭证吗？我桀骏让赵佗永久追剿，才会有百越的长久安然啊！"
玉娘："夫君此言差矣。君不见赵佗多年之所作所为吗？"
桀骏："诚然。诚然。可是唯独桀骏非然也！玉娘跟我走，你我同行，反为百越带来更长久的安宁，不再为赵佗做人质！"
玉娘："夫君一日不归，百越龙昆一日不安，悬心期盼之忧，终将酿成心腹大患！玉娘不离岭南，是为百越存一线期盼！"
桀骏怔怔呆望着玉娘。
玉娘饮泣。
桀骏："玉娘如此死心塌地，我桀骏必须走出这步破局。"
他转身呼叫着："赵佗，赵佗——你给我过来！"
玉娘："夫君如此出言，意欲何为？"

"长老，赵佗在此。"赵佗已经无声地出现在他的身后。
桀骏："赵佗——我百越男人，不会恳求敌手放条生路。我桀骏要走啦！你赵佗追拿，我百越突围。咱们生死各凭本事！"
赵佗："就依长老之意。"

十越勇围近赵佗。

赵佗有意抛剑赤手，准备空手迎击。

十越勇持剑攻赵，赵佗空手腾挪跃闪。十越勇相互撞击，复又出剑攻赵。

桀骏吓住。十越勇停住。

桀骏："住手！不可让赵佗小瞧我越人！"

桀骏亦抛剑在地，赤手冲上，与赵佗空手赤拳一阵交战，各出奇招，一时打得如风云胶着。

林边、岩后。

一秦军铠甲装束的蒙面人闪现，在窥视。

秦装蒙面人一个纵身空跃，意外地落入桀骏、赵佗空手搏击的圈内，狠挥一阵凶猛伤人剑法。

桀骏、赵佗二人惊疑间空手应对。

桀骏怒喝："好个赵佗，你设了伏兵！"

赵佗大叫："桀骏小心！"

一阵乱风绞雨的剑阵之中，蒙面人一剑刺中桀骏的左臂。

十越勇中有人挥剑过来报复，刺中赵佗左腕。

惊诧的玉娘、越秀看在眼里。

越秀仗剑跃起，与蒙面人对剑。

蒙面人逃脱。

越秀一路挥剑追赶而去。

赵佗呼叫："越秀不必追杀，我知他是谁！他逃不掉！"

山野。

追杀者与在逃的蒙面人，在奔驰中。

越勇中的阿戈等二人也跟了过来。

他们在追追逃逃、杀杀打打之中。

在一处山岩隘口，一男子阻住了蒙面人逃脱的路。

那人正是丑男赵多。

"哈哈！你小子果然来了，老赵我没白在这儿等你。蒙面人，该露出你的真容了吧？"赵多笑呵呵地说。

蒙面人上前出剑："赵多？果然你会在这儿。让开，看剑！"

赵多使出拿手的顽皮功夫。

越秀反倒坐在岩上观战："该老娘看看热闹了。"

林子边暗处。

秦军装束的阿戈等二人在窥视。

只见赵多一个回身探月，扯下了蒙面人的遮脸黑布。

蒙面人——正是吴央。

暗处的阿戈等为之一怔。

阿戈："是他，吴央?"

另一越勇欲上前，被阿戈捂嘴拉住。

坐在岩上的越秀见到吴央真容，一个冷笑，回身走开了。

赵多、吴央停手。

赵多："吴央！果然不出灵谷大师所料，你以蒙面秦兵刺伤桀骏，越勇激愤伤了赵佗。秦越又结了仇恨，一石二鸟——你玩儿得不赖呀！"

吴央："我吴央也料定你会在这儿迎接我。休想走了，陪我在这儿玩个一石三鸟如何?"

赵多："我没那闲工夫，特意请来个人儿，陪你吴央玩个够！"

出现在他吴央面前的是多时不见的傩面神巫。

众人皆惊。

吴央："神巫？二秀呢?"

傩面人站立不动，身后跳出黑狗山豹。

暗地里观看的越秀惊异地起身。

赵多："你们玩儿吧！老子可忙哩！"

他转身没了踪影。

山林静下来。

秦、越墓冢坟地前。

越秀、玉娘各自为赵佗、桀骏包扎剑伤。

玉娘拭泪扶住桀骏。

玉娘："夫君，你是中了邪魔呀！"

桀骏："他赵佗设了埋伏，这是铁一般的实情！"

越秀："那人是另有企图的刺客。"

赵佗："你我各得一剑之伤，挑起秦越血仇，两败俱伤，正是他这等人所要的。他们一直在做挑拨离间之事！"

桀骏："没错。我伤在你秦兵的剑下，你伤在我百越的刀上，往后的日子各留此恨是真真切切的啦。赵佗，此刻我伤在秦军包围中，你缚了我，我桀骏绝不反抗，生死在你一句话。"

赵佗："桀骏长老，缚了你早已不难。不过，今日我赵佗还会放了你。"

桀骏一怔："为什么?"

赵佗："一直等到你百越长老心甘情愿回归的那一天！"

桀骏："做梦吧赵佗。我可不客气，桀骏走啦。"

玉娘拉住他。"桀骏！"

桀骏："玉娘，跟我走！赵佗，你有真心便放了我夫人玉娘，让她跟我走！"

赵佗："可以。只要玉娘答应跟你走！"

桀骏："玉娘，走——"

玉娘："郎君不归，桀骏不回，玉娘我绝不离此地半步，我宁愿死守到老，老死在越寨——秦城！"

桀骏震惊、绝望。

桀骏无奈，狠心跪地，对天拜别。

山隘口。

人们怔怔地面对着神巫。

吴央："大神久违了，可是要把二秀送还给我？"

神巫取下傩面具，出现的却是二秀。

二秀："我只不过是大神留下的一个傩面而已。我知你想见大神，正是他命我来寻你。"

吴央："……"

二秀："吴央。果然不出灵谷大师所料，也如神巫所断言。你蒙面刺伤桀骏，挑动秦越仇恨，妄图杀害赵佗！"说罢，剑指吴央。

吴央："二秀，你、你我乃天造地设的爱侣，非仇非冤，何谈一剑之约？秀妹，大神也是我的宗师。他绝不会命你来刺杀我吴央！"

二秀："刺而非杀也！来吧！"

吴央："慢着。你……我想要得到的，恰恰是你二秀。"

二秀："别说梦话。吴央，出手吧。"

吴央哀求："二秀，何必呢？二秀……"

二秀："看剑！"

二人风来雨去，打杀起来。

在二秀的执剑挑衅下，吴央被激怒。

恼怒的吴央拼命持剑扑过去。二秀微微闪动，双剑各刺中对方肩膀。

风停、雷闪静下来。两人各按着剑伤。

二秀："大神的傩面具沾有你我的血滴，拿去吧，他会让神巫知道你我了断了这一场噩梦……"

吴央按着伤口而立，惊愕痛苦地盯着二秀。

二秀深施一礼，沿江岸缓行而去。

黑狗山豹应声而随。他们的身影消失了。

山间、河畔。

另一处林边小路。

在踟蹰行走，心事重重的赵佗。

山林中遄奔的黑狗山豹。

突然黑狗山豹闯过来，欢蹦乱跳地以口牵住赵佗衣角。

赵佗吃惊地随狗疾行。

在一片树林沙岸处，二秀正半倚在巨人石边，忍痛陷入沉思。

黑狗山豹遄过去，舔着二秀手臂的剑伤。

二秀抚着黑狗山豹。

赵佗奔扑上前，扶住二秀。

“二秀、二秀……”

二秀见是赵佗，口中只喃喃：“佗、佗……”

二秀晕了过去。

赵佗撕下衣襟。

河畔的二秀被赵佗托抱进怀里。

黑狗山豹为二秀舔着右臂的剑伤。

赵佗呼唤着：“二秀、二秀……”

赵佗查看、包扎着她的伤口。赵佗若有所思。

二秀醒来复晕去，似在呓语：“你终于来了。抱紧我、抱紧我。我二秀寻你、等你十多年，今天你总算来了。你来了，可以后，怎么办？赵佗……神巫真灵验。我跟着他山里行，风雨里转，为的就是这一天。佗子哥，抱紧我，谢谢神巫……”

赵佗：“秀妹，不是我不认你，是你一直误会我、恨我。这不怪你，是秦与百越的误会与恨。你恨我一时也没错。百越乐土出现，一切都释然得解。秀妹，从今日起，我赵佗做回你童年的佗子哥。秀妹……”

黑狗山豹围着他们欢乐地跳起来。

奔流的河水。漂浮的云朵。

山鸟在鸣叫。花树在摇影。

山路上。

赵佗背着昏迷的二秀走来。

神巫出现在赵佗行走的路上。

神巫、赵佗对视。

静寂的山野。

神巫笑道：“我终于看到了这一天。将军王业可成。”

赵佗：“在下无王业可言，我知道大师在谋划着这一天。你……伤了二秀。”

神巫：“行之必然。化大劫为小伤也……有了这一天，在下方可放心离去。”

赵佗：“不过大师还有一事未成，未可轻言离去。”

神巫：“将军不可多虑，古者云：有所为有所不为。在下……”

赵佗：“大师不会留下‘遗珠’之憾的。”

神巫："将军心知肚明，在下只求顺天意，事自然也。"

赵佗："只是你那梦寐以求的澳门神珠只能埋在南十字门下的深海里，你是盗不走的了。"

赵佗凝重。

神巫："只要人还在，心不会死，早一天晚一天的事儿。也许几十年、几百年，那澳门神珠，不论在下还是子孙，都不会忘记的……"

大神笑呵呵地走了。

河畔路上。赵佗背着二秀的身影。

二秀的脸颊红得吓人。赵佗呼喊二秀不醒，又将她抱在怀里，急欲求救，四野无应。

空山。野渡。

恰于此时，一只小舟随流水而至，伴行云而来。

来者下船，正是越秀。

赵佗喜出望外。

越秀从小背篓里取下草药几种，用汁叶、泉水为二秀洗净伤口，涂抹小瓶药粉。

少时。

赵佗："越秀，你怎知我们会在这儿，并且备好了草药？"

越秀："自然是灵谷大师告知的。"

赵佗："灵谷大师？"

越秀："师父说二秀会有一劫，命我来这里送药。"

越秀轻轻一笑，收拾起背篓。

越秀："二秀很快会醒来。将军要悉心陪伴，照料好二秀。"

说罢她起身下坡，随云水河岸消失了。

赵佗怀里的二秀苏醒过来，她发现自己在赵佗的怀抱里。她惊愕片刻，之后猛然挣脱。

二秀："不可以、不可以！怎么会这样？怎么会……"

赵佗惊讶："二秀、二秀，你刚才还好好的，怎么转眼醒来就……变了？"

二秀："将军这……才是我，真实的二秀！"

赵佗："不。你的伤没好，我送你回家。"

赵佗拉住她。

二秀狂吼："放开我！放开我！"

黑狗山豹跑过来，围着她蹿跳。

二秀呻吟："黑狗山豹，黑狗山豹才是我的家。"

二秀随了黑狗山豹，缓缓下了坡地，走近河岸。

那只远来的小船刚好靠岸。
摇船人迎了二秀与黑狗山豹上了小船。
摇船人正是戴草笠的灵谷大师。
灵谷子冲着岸上的赵佗意味深长地一笑。
河面上隐隐远去一只小船帆影。
岸畔上留下赵佗凝重的影子。

第八章　天下篇

天地民心　万世太平　乃大将者谋
无我即我

——引　古民谚

1

秦宫。殿前。

驿吏白跪见赵高："禀丞相，小的驿吏白星夜兼程，送来岭南任嚣大将军的密报奏折。"

赵高接到手中："既是密报，递于我赵高之手，意为我可以过目喽！"

驿吏白："丞相乃天子足下，任由阅过呈至陛下。"

赵高草草阅过："哈哈，驿吏白还是如此聪颖。在下必给你个面子，你可见驾。将任嚣、赵佗的密报面呈陛下。"

驿吏白："这……小的谢大人抬举。"

咸阳城街上。吴晃的宫车小队也在摇晃着驰而来。

御案前的秦始皇。

看过绢本奏章的秦始皇大怒，拍案而起。

秦始皇："驿吏白，你可亲自面见过朕的钦差吴晃？"

驿史白："禀陛下，小的见、见过。"

秦始皇："在何地？"

驿史白："在九州驿，皇家行馆……"

秦始皇："果然如此！可有越女作陪？犀角玉石之交割？"

驿史白："小的不敢讲实情。"

秦始皇："不敢讲就是真的有。看来任嚣、赵佗这份吴央画押的清单确是真的！赵高、李斯！"

赵高、李斯应声过来。

秦始皇："赵高、李斯。你二位丞相听好了，吴晃谎授朕的旨意，自作主张，勒索百越宝玉、美女，当以死论罪，念是你二人举荐的亲宦宫人，朕予免死，遣回乡里，自耕自资去吧。而且吴央父子与之同谋，要一律问罪。只要他吴晃回来，不许进宫见朕！"

赵高、李斯面面相觑。

赵高："谨遵圣裁。"

李斯："在下遵命。"

正当此时，奔跑的宫人入报。

"启禀陛下，御使回朝面见陛下。"

秦始皇："不许、不许……"

吴晃已如蛇鼠般不容轰赶跪在了陛下案前。

吴晃："臣吴晃回朝叩见皇帝陛下，万岁！万岁！万万岁！"

驿吏白见状，悄然隐退，惶惶逃掉。

秦始皇："你还有脸见朕！"

吴晃："臣乃奉御命出使岭南。钦差还朝，岂有不当朝复命陛下之理！"

秦始皇："你的命已有任嚣、赵佗复于朕的案前。你几次三番加害赵佗，铁证如山，还有何话讲？"

抛清单奏章于案下。

吴晃跪拾阅之。

他一阵惊悸，反转为释然。

吴晃："原来是赵佗的清单，任老帅的奏折。果然不出所料。"

秦始皇："你……又有何辩词，朕倒要听听！"

"哈哈……"吴晃一反常态，放声大笑起来。

秦始皇一时愕然。

秦始皇："罪证在此，死到临头你还敢笑？"

吴晃："哈哈哈，陛下。这并非老奴的罪证，乃大功的凭证。"

秦始皇："此话怎讲？"

吴晃："此乃臣下对他赵佗的一场试探。"

秦始皇一怔，眉宇间画出天大的问号。

吴晃："是老奴吴晃的一个小计。试出赵佗进军岭南之后的虚实真伪。"

秦始皇："嗯？讲！"

吴晃："圣上您想啊，圣上居于国中万峰之鼎，是也不是？您身边最亲近、最可靠的人儿只有臣一个了吧，是也不是？别人都是靠了陛下求功、求名、求利罢了。哪个敢去为陛下冒生死之险？一个猛子扎进河底，去把那河水里究竟是藏了珠宝还是埋了泥沙，摸个水落石出，一清二楚，好让陛下宽心，治理天下江山呀！"

秦始皇："学会绕弯子了，直说，直说！"

吴晃："臣真的是动用了圣上之名，要赵佗在百越搜罗珍珠、象牙、犀角之类瑰宝，还有美色越女回京进献。"

秦始皇："啊？以朕之名？"

吴晃："没错儿。一应清单是赵佗让开列的，是臣命吴央顺应赵佗签了姓名画了押的。"

秦始皇："好大胆。又怎样？"

吴晃："可是赵佗他将选好的八个越女美人儿一一送还了越寨部落，把所选的瑰宝，只留了九种各一件儿珍奇定为进京贡品。圣上可派员钦点，一件不多、半件不少。其余，几船宝物全照清单还了越人各家的宝洞，由他赵佗一人独揽其责，说是自己意在试探百越效命陛下的真心。陛下一心在建大秦的'皇天乐土'，百越族人同心效命才有岭南之'百越乐土'。所送贡品九件儿一应由山海作业之秦军照单如数归还越寨民间。百越部落族人齐呼'皇帝万岁'呀！陛下，小的是用投石问路之计，摸清了赵佗是个真君子，大秦的好将军也！"

秦始皇："嗯，从来没听你吴晃如此赞誉他人。可是……"

吴晃："那驿吏白星夜兼程送呈陛下的密报奏章，就是卑职句句实情的凭证。"

秦始皇也忍不住放声大笑："哈哈哈哈……果然给你说了个天花乱坠。太监，太监，真奸，太奸了。干脆就叫你太奸！哈哈哈……"

同样大笑的吴晃。

不过，他的额头反倒冒出了冷汗。

吴晃突然伏跪不起。

秦始皇："吴晃，怎么又下跪不起来呀？"

吴晃："臣下有伪冒皇命之罪，不敢……"

秦始皇："非罪也，非罪也。难道非要朕封赏，才……"

吴晃起身："臣不敢，谢陛下抬爱。"

岭南的山洞前。

石桌旁的吴央在为自己的剑伤敷换草药。

傩面的神巫立于他的眼前。

神巫："看来一切进展如期。"

吴央："我等皆是大神棋盘上的一颗棋子。"

神巫："不尽然。走好了，你们才是千古一盘棋的下棋人、掌局者、操盘手。"

吴央："请大神明示。"

神巫："吴晃此刻已到京都见过皇帝，凭他的机灵，化险为夷无疑，定可稍胜一筹，尔等当进入行走的下一步棋。好比民间顽童做戏的'憋死牛'。"

二人真的在石桌上摆起了"憋死牛"，落石为子，走了起来。

吴央急切一石落子。

神巫："非也，非也！"

吴央疑惑着。

神巫："这恰是你最需要的'阱'。"

神巫与之耳语，后曰："欲擒故纵。推其上天，方可动天剑以诛之。"

神巫落一石子："赵佗被憋死也。"

秦宫。

秦始皇："听你这么说，朕是该嘉赏赵佗了。"

吴晃："陛下圣明。"

秦始皇："可是，朕早就赐婚赵佗，有密诏给大将军任嚣，命赵佗与那百越美人儿越秀成婚，作为皇天之赏。这还不够吗?"

吴晃："当然。陛下此赏恩重如山。只是……"

秦始皇："嗯?"

吴晃："陛下您想啊，那越秀可是越人共称的'百越公主'。皇恩赏他赵佗与百越公主成婚，有意举办公主之婚庆大典！那娶百越公主的赵佗，不就成了百越王者吗?"

秦始皇一惊："啊？王者？朕从不封王啊！"

吴晃："其实赵佗功高当领封赏。可是，陛下只封了赵佗一个龙川县令，居岭南受封众官之下呀。"

秦始皇："怎么，赵佗心有不快?"

吴晃："非也。倒是任老将军有点……"

秦始皇："老家伙就是个倔巴公。朕知道。"

吴晃："可是封他赵佗与百越公主成婚，岂不就撩起他的'王者'之心吗?"

秦始皇："怎么讲?"

吴晃取出一卷绢图。

吴晃："陛下您瞧，这是灵谷大师与赵佗勾蓝描画出的《九兽合体神龙图》。"

秦始皇接过，细看龙图。

吴晃："赵佗把百越九黎八部族的什么牛马虎豹猪狗的部落图腾，都扯在一起，集聚成了大天下的龙图腾，谓之龙的传人，并且以炎、黄、蚩尤三圣大帝之名传至我大秦，这也罢了。他还命名岭南百越为三圣结盟一统之圣地！要在那里朝圣祭祖。此间暗藏岭南天地多圣之狂意，圣上不可不察也！"

秦始皇沉吟："前时史禄还朝，已言明九龙九州之意。朕以为是好事、盛事一桩。可是尔之所言，也有道理。防微杜渐。朕自会查明。"

吴晃盯着秦始皇思忖的脸色。

过了好一会儿。秦始皇突然叫道："吴晃！"

吴晃小心急应："臣在。"

"岭南万家婚事乃百越大秦之大事。"秦始皇道，"七日后还得辛苦你跑一趟岭南，与任嚣、赵佗操办好这一史上最大的婚事！"

吴晃："臣下万死不辞！"

秦始皇："朕将提早南巡！"

吴晃："奴才在南边恭迎着。"

岭南部落。

神巫在江河岸上的越寨部落村头行走。

村头空地上越族男人们在制作木质长舟。

神巫在一棵老神树下焚香火，鞠躬，作揖，作默起法事之状。

黑狗山豹在戏耍。狮、虎、豹、鹰等傩面图腾的部落长老聚集过来，围观着大神的吟念咒语：“嘛喇哞……大秦中原要为赵佗发来龙虎之舟，送来数万魔女，与岭南秦兵成婚。百越雷部落、闪部落，豹、虎、马、鹿、蛇各部落祖先图腾之神，不可发怒。只可喜庆相迎，免受灾祸的啦!”

众越首：“合了也无甚不好嘛。我等虎、蛇、鹰、豹部落之王，依然还在嘛!”

神巫：“赵佗将是百越王中之王，他是皇封县令，大大的王啦！诸部落都要听百越王者赵佗的指派。嘛喇哞、嘛喇哞……”

百越部落的首领们惊讶：“王中之王?”

神巫故作欢悦，怪唱怪跳起来。

西江上。

大江上正驶来装满中原女子的楼船。

女子们观看指点新奇的岭南风物，叽叽喳喳地笑闹着：

“这岭南要说看景儿真不错!”

“可是摊上个啥样的郎君，鬼才知道啦!”

“靠皇帝恩典、撞大运呗!”

“皇帝也靠不上，还得靠老天爷的命……”

有人在默念、合十、祈祷。

番禺的南海郡城。

大将军府内议事的将军们。

任嚣：“此乃天大的喜事，却发生着地大的难题。不可疏忽，出现差池。”

史禄：“区区一两万中原女儿，如何让数十万岭南中原兵将得以安心落根岭南?”

赵佗：“肉少狼多，已成定局。昭示将兵感恩天地天子圣心，我等由大将军定准规矩、章法，分批完成圣上所赐之婚!”

任嚣：“赵将军说的极是。圣婚之疑难，必寻开解完善之法。佗儿，愿闻子真见。”

赵佗：“在下以为，此为圣上赐婚，千古为奇。当论功行赏，不论将兵之官级。由骑队、楼船、百夫长、千夫长提拟大秦士兵之军功受赏者名单，包括农耕、林木、开矿、修船、渔猎、骑射种种记上功劳者，由大将军亲笔圈点，宣布许婚，择日分批完婚，进入兴安、合浦、龙川、南海、番禺各处村寨。”

赵光：“余下的几十万人马如何寄望于时日哪?”

赵佗：“同样以功行赏，逐步开解，试行与本土越女合婚之路。”

任嚣：“汉越婚俗如何合得自然，免除滋事之患，当维护岭南和合之大计，向天子请命获准再行。此二万黄河女儿的圣命婚事就照赵将军所言，下达各千夫长、百夫长一一执行操办。不得有些微差池。”

郑武：“在下立即召集各千夫长，由大将军、上将军下达圣谕。同时，在下安排婚庆花船庆祝和祥……”

当此之时，越寨里传出消息——

“二秀公主失踪啦!”

这一消息，令越寨、秦营大为震惊。

其实自那日赵佗抱了山里受伤的二秀，他就知道这女孩就是他苦等了十几年的青梅竹马，蓦然间心生异动。个中深藏之缘由，自也心照不宣。于是就派了驿吏白做暗中守护者。

山边、河畔。

赵佗视野中终于出现了一只飞快的小船，由其上跳到岸上赵佗身边的恰是驿吏白。驿吏白拱手俯身向赵佗耳语。

赵佗一阵惊悸，呆然立在那里。

身后的越秀意外地悄然走过来。

驿吏白一番耳语之后，转身离去。

赵佗心海翻滚，心象越过千山万岭，追逐到二秀身旁。

那里——他的家乡——恒山郡，真定县，赵陵。

那里新建成不久的是一座赵陵庵。

二秀已是一身尼姑装束，成为晨钟暮鼓的赵氏守陵人。

诵经声、木鱼声响震赵佗耳畔心田。

心绪黯然、激泪欲滴的赵佗，朝正北中原方向跪下，遥谢赵陵庵中的守陵人二秀姑娘。

此时悄然出现同跪拜于赵佗身后的正是越秀。

他们会心对视，齐对着北方的天地河山，同揖深拜。

珠江岸边。百越部落新寨驻地。

赵佗引任嚣等步入饰有各种图腾的越人船阵。

任嚣：“这些越人兄弟，在忙些啥呢?”

赵佗：“这是越族人按百越民间风俗为秦军庆婚、贺喜的喜船。”

任嚣：“哦，喜船。这些船头图腾、傩面，都是些上古神兽，好有气势。”

赵佗：“一方水土一方人，这是他们自个儿打造的部落图腾船。龙虎图腾、龙马图腾、龙蟒图腾、龙狮图腾，奇奇怪怪，还有好多种图腾，由他们去闹婚吧。”

锣鼓喧天，器乐齐鸣。

鞭炮彩花中驰出数艘披红挂彩的婚庆楼船。

楼船上有赵多、杨什、严虎、里玹等为首的新郎官数千人与花枝招展的配婚新娘，在楼船上欢喜地浏览岭南风光。

跳舞的百越女孩唱起了百越大歌：

等你几千年，
才有这一天。
天爷降下甘霖雨，
地娘变成米粮田。
刀剑化耕犁，
江河鱼满川。
人世无悲泣，
儿孙相自安……

赵多在掌声中吼道：“喜船由南海郡、番山、禺山出发，直去西江、漓江，至三圣坡下朝圣祭龙祖，行军婚大礼！”

百艘婚船出发。

三圣坡下。三山连峰的三圣奇峰前的江上婚船缓缓驰来。

紫鹊界涌来群山紫云紫雾、奇幻梯田的惊人景致。

赵多的呼喊声：“紫鹊界。这是神仙给的紫鹊界呀！”

满船的中原女儿见此仙境，无不惊呼。

赵多叫喊着：“此乃岭南先人、百越先祖开凿传下来的梯田呀！”

“哇。梯田！”

“种庄稼的呀！”

“一层一层、一圈一圈摞起来的！”

“摞到山顶，真像梯子。搭到天上去啦！”

“天梯。是天梯呀！”

“哇，好美、好神，真像做了个好梦啊……”

“眼前这一道道大山梯田，就是我大秦军士们接着古田造的新梯田。接天泉灌水，四季丰年。大伙吃的稻米、青菜、瓜果，都是这梯田里栽种收成的啦。哈哈哈……”

一时间人们仿佛走入了依山就势的仙境紫鹊界梯田。女人们跪拜行礼。有的感激涕零，口中不住喃喃叨念：“好样的百越同胞先人。好样的大秦军士男儿……”

大楼船上又响起了赵多的吼唱声：

紫鹊界，美名传。
小如碟、大如盘。
长如带、月儿弯。
天上瑶池降人间，
百越奇迹好惊天。
…………

（史话纪言：紫鹊界梯田位于中国湖南省娄底市新化县西部山区，是世界灌溉工程遗产。紫鹊界梯田起源于先秦。是中国侗、苗、瑶、汉等多民族历代先民共同劳动的结晶，它周边的梯田达8万亩以上，是国家自然与文化双遗产、国家水利风景名胜区。2013年5月成为中国首批19个重要农业文化遗产之一，是南方稻作文化与侗、苗、瑶山地渔猎文化融汇糅合的历史文化遗存，是古梅山地域炎、黄、蚩尤三帝结盟史情的标志性文化奇观，其独特的耕作方式和利用山泉的天然灌溉系统，可谓神州奇迹、世界之最。）

2

崖珠部落的岸上，正发生另一桩奇事。

庄公主叫道：“海妹记牢了，领着黑狗山豹，跟踪神巫的事，全交给你了。”

海妹道：“庄公主放心。”

庄公主：“在节骨眼上二秀失踪了，她的事就全交给你啦！”

海妹：“黑狗山豹已经跟我混熟了，神巫也收我做徒。我可以紧跟不放。什么都逃不出我的眼睛！”

海妹神秘地笑了。

庄公主：“其他不准走漏风声。由我安排！”

江海上。一艘怪异的大楼船在沿西江上行。

满船的雪白丧服越女。

满山野、大江河都为之睁大着惊奇的眼睛。

三圣坡前的兴安神庙。

庭院里走进任嚣、史禄、灵谷子等一行人。

他们看着山下江中准备婚庆的楼船。

任嚣等感慨良多、揖拜不停。

他们步入神庙内堂落座。

严虎、里弦疾步入内。

严虎道：“禀告大将军，南来的一艘楼船，是崖珠部落的女人船。”

里弦：“全身白孝素服，像是来三圣坡哭祭丧夫、追讨亡魂的!”

任嚣大惊。

严虎：“正当我军旅秦婚之喜，一船寡妇来三圣坡哭丧，祭讨亡夫之魂，有意冲撞，蓄谋捣乱。我立马去赶走!”

任嚣：“不可！这些百越族人的亡魂，乃屠睢将军欠下的孽债。我任嚣当偿还之！灵谷大师请言……”

寡妇楼船行近，听得到船上的号啕哭声。

这边喜船上披红挂绿的秦兵男女顿时惊呆。

任嚣、灵谷子、史禄拧眉沉思。

灵谷子：“大将军勿忧，但等上将军赵佗出现，在下可解此伤为喜也。”

大将军任嚣一脸将信将疑的神色。

寡妇们的楼船上。

神巫乱舞着傩面具，嘶叫着：

“这伙秦军杀死了我百越村民的男人，留下越女妻儿成了孤儿寡母。如今他们从中原送来女人，成婚成配，想得好美，我们要讨回男人!”

越妇们哀咒般叨告：

“我们要男人!”

“我们要男人!”

神巫：“百越族的神箭手们张满弓、搭上箭，对准那婚船上的秦人红衣女儿们。对准喽，听我神巫口令，使劲儿射杀，夺得新郎回寨里做男仆，做奴隶呀！瞄准——”

女箭手们张满了弓。

“慢着!”喝止者正是海妹，“不可张弓发箭。我们的庄公主正在登船上岸，你们看。”

张满弓的女箭手们盯着靠岸的楼船。

岸上。

突然出现两个一身红衣喜服的女子。

船上的丧服越女看清了——那正是庄公主和越秀公主。

与她们相伴而行的是披红彩绸的两男人——人们看清其中一个是梅旌，另一个是高大的秦地男人。

丧服越女们看得惊呆，不知所措。

“新娘子、新郎官?”

“是咱们庄公主和她的新郎官梅旌?”

“另一个是越秀、越秀姑娘！那男的秦人，是谁?”

一把把张满的弓箭放着冷光，悄悄松弛了下来。

岸上传过来庄公主的呼叫声：

“百越部落的姑娘们、寡妇们听着，皇帝赐我百越公主越秀与上将军赵佗成婚啦。”

越秀喊道：“任嚣大将军传大秦皇帝美意，庄公主与百越梅旌将军成婚！”

任嚣呼喊道：“宣大秦皇帝圣旨，赐百越公主越秀与大秦上将军赵佗成婚。此后中原、百越儿女可自愿成婚、安居乐业。钦此。”

赵佗：“本大秦龙川县令宣布，龙川百越战中阵亡者之妻，可来中原秦军中自选佳婿成亲！”

船上的丧服越女呆若木鸡。

庄公主呼叫：“百越秦人自选佳娘、佳郎之日来临啦！”

庄公主等已登上了寡妇楼船：

“姑娘们、寡妇们别犯傻啦，快把杀人的箭收起来，送上你们心中选婿的心意！”

岸上的灵谷子手拿红旗摇起旗语。

女弓箭手们弓松箭落。

灵谷子：“今日乃夏历三月初三，西王母蟠桃盛宴。正是天下男女踏青祭祖之日。解船上岸，百越误战中丧夫之越女，上岸与秦军将士立功建勋者自选自命，相识相处，与秦军中原之女同行皇封大婚之礼！”

楼船上的越女们拥上岸来。

与之相迎的恰是一船红绶披身的秦军将士。

秦男越女们拥上岸边青青草地。

《青青河畔草》的歌声唱响在江上、岸边草地上。

神巫只身孤影，独行在岸畔。

身后不远处有海妹和黑狗山豹的影子一闪而过。

三圣坡下。

一处巨岩石洞，被巨扇竹门关挡着。

百越族人头上各拥自己的部落图腾傩面，围在灵谷大师和赵佗的面前。

灵谷子：“各位百越部落首领，此扇巨大竹门内关藏着先祖大舜帝南巡留下的神龙巨像，被我神工巨匠雕成了巨岩摩崖龙图。”

众人不明所以，相互觑视。

灵谷子：“龙原本为上天闪雷之形。尔后乃由中华九大神兽部族图腾之神意组合而成。”

赵佗唤道：“请——狮、虎、龙马、仙鹿部落长老献上部族神兽傩面图腾。”

相应各部落长老前去献上傩面图腾。

赵佗、越秀、海妹等接过图腾傩具，巧妙地叠推上龙像首及颈部。

赵佗呼叫道：“请蟒蛇、鹰豹、凤凰部落长老献上傩面图腾！”

相应部落长老们依序奉上。

越秀、海妹、赵佗依序而行。

怪异的龙行巨身已出现。

众目惊异。

灵谷子：“请安阳崖珠部落献上图腾。”

庄公主献上的是一具光芒四射形的日部落图腾。

越秀合图后则现出长躯闪光的龙形概貌。

灵谷子：“百越之九黎八部先祖，与中原三皇五帝之华夏神兽图腾，天然可合一体，是为天地万物极数之九。先祖称天为九霄，地为九州，龙为九龙。九兽之神乃我华夏蚩尤百越部族之和合一体，龙头凤尾，山河一统，团龙为日阳也！我大秦岭南中原一统之黎民——炎、黄、蚩尤大帝三圣、三祖之子孙，乃太阳的子嗣、神龙之传人！”

越秀、海妹等拉开巨扇竹门，呈现出崖壁神龙身形，与傩面叠砌而现出的神似。

赵佗：“此乃先祖、先圣大舜帝传下的巨龙神雕！”

百越部落长老们拱手同拜。

草地上踏青谈情的越族女人、秦军俊男以及被赐婚的中原大秦女儿们，已于悄然间成双成对地围拢过来。他们容光焕发，关注摩崖巨龙神像，聆听着灵谷子、赵佗的声音。

赵佗：“它由我百越、中原族群九大神兽图腾而合成。先祖圣意以龙图相传千年，当今圣上以百越、中原男儿秀女合婚示之祥和天地，南北一统，此后民心天立，太平绵世于此地三圣坡。兹有大秦皇帝钦差大人亲临为证。”

吴晃摇扇自得。

灵谷子燃起了圣火：“此为炎帝、黄帝、百越蚩尤大帝三祖、三圣之神圣山坡，知者长跪叩拜祭祖，感恩大秦始皇帝赐婚，感恩百越任嚣大将军主婚，拜跪！”

众百越、中原男女齐跪拜三圣坡九龙神兽图腾。

百越、大秦婚庆彩船在锣鼓乐器声中驰行。

男女送行相伴《百越大歌》：

等你几千年，
来到这一天。
龙狮龙虎豹，
龙马龙鹿仙，
龙凤吉祥鸟，
龙神子孙天地间。

兮——兮——
几千年兮——这一天。
…………

（史话纪言：此三圣坡即时下的“三省坡”，当地族人俗称“弄三牲”——现代侗族、黎族、苗族、仡佬族等祭祖、庆典之地。为秦汉王者赵佗确认为炎、黄、蚩尤三位祖先由战到和的结盟圣地，百越祭祖、喜庆大典之圣界。）

3

黑云迷雾遮天蔽日。

洞庭湖远山路上迷茫一片。

秦始皇南巡的车队被湖山突然卷起的乌黑色风暴挡在路上。

秦始皇：“云梦泽君山之岛突有如此大的风暴，是何道理？”

赵高：“禀陛下，有一道士自称可解开谜团，求见陛下。”

秦始皇：“宣他近前回话。”

道士取下狮面傩具——神巫亮相。

他跪在秦始皇车前。

神巫：“小道觐见陛下。”

秦始皇：“朕欲渡水登君山之岛，拜谒大舜先帝神庙，何以遇阻狂风，不得登岛？”

神巫：“回陛下，皆因已有自立为王者立先祖九龙神柱于帝庙殿前，与圣上祖龙之神脉相克而冲撞，才刮起这场龙卷风！”

秦始皇：“龙卷风？此自立为王者何人？道长应向朕言明！”

神巫：“百越王者赵佗也！”

秦始皇惊怒：“啊，百越王者赵佗？”

神巫：“龙卷风大作，实乃对自称王者赵佗的天谴！”

秦始皇：“天谴赵佗，何以阻拦朕的车船登岛之行？那岛神、树神都不为朕平息那天谴赵佗之龙卷风吗？要那树林有何用途?！将军听令！”

虎贲俯身过来。

秦始皇：“朕命你带领随行的三千御林军士，三日之内砍光、伐光君山岛上的三千树林，以示我大秦惩戒之威！”

虎贲将军：“遵旨。”

神巫：“圣上不可，砍伐树木，会令狂风肆虐不息。”

秦始皇：“那……如何是好？”

神巫：“莫如速发此三千兵马，直捣岭南赵佗郡城，将其擒拿斩首。世事即可太平圣安也。”

北方天空被龙卷风布满黑色云团。

三圣坡下的秦城却是阳光灿烂。

驿吏白驰马过来，与灵谷大师耳语。

灵谷子聆听道："嗯，看来与上将军所料并无不同，龙卷风将圣上所发之兵挡驾了。"

赵佗："故而本将主意已定。"

灵谷子："在下已为将军所行备好了一切。可即刻启程。"

一阵百越铜鼓、铜锣声响震天，吴央为首引越众披红挂绿，成群呼喊而来：

"百越称王，天封赵佗！"

"天封赵佗，百越称王！"

赵佗愁眉苦脸。

背后指使者吴央一闪，隐去。

又一群中原女儿披红挂彩拥上，呼叫、纠缠赵佗。

三江岸畔的林谷。

桀骏集齐三千越人兵马。神巫与吴芮举酒坛送行。

吴芮："此乃大神代朝廷皇帝的圣意，代大秦兵马三千讨伐逆称王者赵佗，捕拿杀头，以解百战血仇之忧，复皇天圣命。勇士们，出发——祭酒！"

桀骏兵团如旋风般刮出山谷平川。

三圣坡下的秦城广场。

赵佗正无计驱散女人们的纠缠。

百越锣鼓又喧闹而起。

一队秦甲兵将推着一架木笼囚车闯入人群。严虎高声呼喊："宣——大秦大将军令！"

众闹者鸦雀无声。

严虎："大秦将军令曰，百越上将军赵佗自知'称王'罪责，自制囚车，自铐自首。三军听者，大将军令将赵佗拿下，送交朝廷治罪正法！"

军士们拨散闹众，护拥赵佗。

赵佗自行登上木笼囚车。

兵将拥推囚车如疾风远去。

场上之众愕然而寂。

暗中惊目而望的吴央和一众士兵。

山野。

风云般疾驰而来的桀骏兵马。为首的桀骏驰到三江岸畔，停马怔住。

越人兵马杀手们的视野里：三江河面上行来一列船队，甲板上立着木笼囚车，囚车里居然是披枷带锁的赵佗！

周围守护着秦甲兵将，威武雄壮。

越秀、玉娘、海妹、庄公主等越人男女随行。

桀骏看呆了，不知如何是好。

他目送船队远去，莫名其妙。

“赵佗已被大秦军正法入囚。”

“桀骏兵马弟兄三千何往？”

桀骏心里暗暗叨念着，却像滚着闷雷。

他想放越人兄弟们还乡，自个遁入十万大山深居起来，也算还了岭南一个清静。可是吴芮，还是把他的骑队引走了。

那场龙卷风说来奇怪，兜来转去居然围绕着君山岛转了三天才不知去向，平息了。未等虎贲将军出兵上路，却迎来了赵佗的自囚船队、车阵。

风平浪静后的洞庭湖。君山岛。

君山的皇家驿馆。

秦始皇半卧龙椅。

秦始皇：“虎贲，你怎么还不出兵南海！”

虎贲：“禀陛下，天语告诫兵家，龙卷风来，乃阻皇家兵马之动。动则凶。故而臣为圣上着想……”

秦始皇：“又是诡言托词！莫非你虎贲与那任嚣、赵佗暗中有约！”

虎贲急跪：“非也。臣虎贲跪禀陛下，那任嚣将军已将赵佗拿下，囚入木笼囚车。赵佗已被押解而来。正在陛下行馆门前谢罪。”

“嗯？有这等蹊跷之事？”秦始皇转念一想，“虎贲大胆！竟敢如此一派胡言，欺瞒于朕。分明是你勾结任嚣、赵佗，谎称谢罪，来行谋反刺杀之实。来人！将虎贲拿下。”

侍卫将虎贲拿住。

秦始皇拔剑怒吼：“大内侍卫们听着，与我杀出去！杀——”

杀气腾腾的秦始皇率侍卫们提剑而出。

行馆门外。

赵佗自囚的木笼囚车。任嚣一干人众等早已跪伏御前。

秦始皇一时怔住。

秦始皇：“好你个赵佗！十年之前你就谋划行刺于朕。今日你得势岭南，羽翼丰满，又设计弄诡谋反于朕。岂能容你！侍卫们，杀！”

伏跪在地的人们稳若磐石。

大内高手们傻傻地呆看在那。

秦始皇急不可待，亲自挥剑直刺向囚笼中的赵佗。

赵佗闭目等待剑来。

秦始皇突然停剑。

秦始皇："朕从不杀笼中之囚，来人，打开。与朕对剑，你死、我活！"

红衣女子越秀过来，以身抵住秦始皇剑身。

秦始皇："你，又是你？"

越秀："陛下，这囚笼是开不得的。他乃上将军赵佗自制、自囚的牢笼。别人无缘开解！"

秦始皇："那么你替他与朕对剑寻死？"

越秀："小女子遵命。"

秦始皇："看剑。"

赤手越秀跳舞般与秦始皇展开一场奇绝对剑。

对剑惊绝之处，侍卫军们竟情不自禁地喝起彩来。

秦始皇竟也失魂不知所以。

秦始皇无力，抛剑喘息。

秦始皇："这是、这是为什么？"

越秀："陛下别忘了，是陛下赐婚臣二人，上将军赵佗他是我越秀的夫君。奴家哪有不替夫君做殊死之争？"

秦始皇："朕在问这是、这是，为什么？"

越秀："还用问吗？陛下，让夫君亲自对陛下说吧！"

秦始皇："赵佗，你给朕出来，还不下跪求死！"

赵佗："罪臣赵佗谨遵圣命！"

只听哐啷一声，笼中赵佗挥臂。木囚笼碎裂。

赵佗被越秀扶下囚车，双双跪伏君前。

任嚣："老臣任嚣跪拜，山呼陛下万岁！万岁！万万岁！"

随众一起下跪山呼万岁。

秦始皇："朕还是要问，这是、这是为什么？"

赵佗："臣赵佗受大将军任嚣之'将赵佗拿下'之令，自制囚笼，披枷带锁，自入囚车，前来面君，谢罪求死！"

秦始皇："所谢何罪？"

赵佗："托陛下圣命之福，臣行令岭南十年，得百越同心化德之养，有错领百越感恩颂王之情。实为冒犯陛下皇尊之大孽。赵佗特来负荆面君，乞陛下赐死赵佗以谢罪天下！"

秦始皇："嗯。算你赵佗有自知之明。既然如此，朕倒有两件大事必须问明，赵佗你要如实禀报。容尔等起身回话。"

赵佗等人起身："谢陛下！"

秦始皇："朕问尔等这第一件。神龙图腾立于百越君山、岭南九州，暗藏之意究竟有何玄机？难道不是独霸岭南、觊觎天下为王之祸心所致吗？”

任嚣：“容老臣禀报陛下。托贤者灵谷大师指点，探秘先祖大舜帝南巡苍梧之古洞圣迹，拜谒到先祖炎、黄、蚩尤三圣结盟之圣山、祖庙，得见九兽神龙摩崖古迹之神形。老臣亲眼得见，绝非妄传。”

秦始皇：“那么龙图腾神柱，赵佗何以把它立在了君山岛上？莫非有意制造这场龙卷风阻挡于朕不成？”

灵谷子：“小民灵谷禀陛下。”

秦始皇：“好你个灵谷。你终于出现了。讲！”

灵谷子：“君山之岛乃八百里洞庭云梦之泽，系先祖大舜帝南巡归途驻足之神地。大将军任嚣、上将军赵佗为迎陛下南巡之圣驾，特意修造行馆于此。并选用国宝昆仑玉石雕制这九兽神龙图腾，欲立于君山之顶。配一方九州龙璧，奉圣上为玉玺，以彰圣上龙威、跪迎圣驾、拜谒大舜先帝以铭陛下圣恩圣德于天下矣！”

秦始皇：“嗯？如此动听！果真否？赵佗，龙图腾究竟何解，尔与朕要讲个一清二楚。”

赵佗：“臣遵旨。”

秦始皇：“讲！”

赵佗：“昔有千古史话传语于民。上古华胥氏履大迹、步西泽、望北斗，北斗七星突化雷霆利闪，隆声大作，垂天接地而来。雷其声、闪其形，是为万民仰呼之神龙也。值此龙时龙刻，华胥生育黄、炎二帝于西部黄土、烈炎之滨；金十字南庚星下有蚩尤生于蛇蟒虎豹之山。天公皆赐之曰龙的传人。”

秦始皇：“朕读经史子集、史话杂说，亦早有所闻。中原灵兽九合、岭南九黎八部之合为一龙之体。寓意又何在？”

赵佗：“九灵神兽之‘九’字，与岭南九黎之‘九’字，天机不谋而合。‘九’字乃天地阴阳太极之极数。顺应天有九霄、地有九州、龙有九灵，九天一统之圣意。九灵神龙图腾，乃大舜帝南巡遗迹所载。当年炎、黄、蚩尤大帝三祖圣山结盟、一统天下所立之天筹、国运、民心、民意之图腾，以龙为神迹之标也。龙者在天，则万里雷霆，轰鸣隆响，扶摇风云以现巨龙之行；神龙雷闪，则霹雳其形，通天接地、威荡苍穹；龙聚风云，降甘霖雨露于人间，滋养万物共生同长；龙者行雨，则点染苍虹，积日月之晖五光十彩，悬置于朗朗长空；龙者在海，则九洋八荒，神意翻腾，无所萍踪。龙乃万民心象之神位，是人兽山林虫、江河湖海风，是雷闪冰雨火、苍虹日月星。龙乃天之骄子圣上之写照，乃后裔传人太阳子嗣的心象之神，为天地人间万民所仰颂。小臣谨为百越族人归心皇天后土立兹神龙之鉴，将百越九黎八部和与神龙一体，乃求秦之大同一统，以昭告天下社稷铭记心怀也！臣与天地万民同呼我大秦皇帝万岁！万岁！万万岁！”

任嚣一众同呼：“臣等呼我大秦皇帝万岁！万岁！万万岁！”

秦始皇激动得一时呆怔。

4

秦始皇呆怔良久道："好你个赵佗，言之凿凿，倒也与那些鸿儒大贤不相伯仲。朕来问你，你在百越称王闹得沸沸扬扬，又作何解！"

八百里云梦洞庭，仿佛顿然间静止下来。

越秀："陛下您当记得我越秀公主可是御封的至圣公民？"

秦始皇："那又怎样？普天之下，岂可有另一王者！"

越秀："可是岭南百越，确实有成百上千的这个王、那个王的哟！"

秦始皇："嗯？侍卫，给朕押上几个来，倒要看看这些王是些什么货色！"

越秀："不劳各位，还是本姑娘为陛下引荐吧。来呀——"

越众一应而至。

越秀："这位是有名的药材王，他们分别是蛇王、鸡王、鸭子王、烧鹅王、糯米王……"

诸王奉上蛇羹、烧鸡、烧鸭、烧鹅……

越秀又轮番引荐铜鼓王、铜锣王、喇叭王、功夫王等等。

秦始皇："这、这些'王'究竟是何意？"

灵谷子："禀陛下。百越民俗中本无'王上'之意。然百越有百王者，皆为各行各业之能工巧匠，号称天下无双、享独家大拿之夸誉，赞美之辞也，有请舞王、歌王！"

越秀引舞王——玉娘领众越女载歌载舞。

灵谷子："有请龙狮王、珠宝王、绣球王。"

场面沉浸于一派热闹之中。

秦始皇大笑了。

秦始皇："原来是这么个'王'。险些叫朕当另立王者之罪给判喽！"

唢呐王赵多插科打诨："禀陛下，岭南人可算是吹牛吹破天了。也该着陛下恩准了！吹牛不犯死罪呀！"

赵多吹起了唢呐。

秦始皇："哈哈，你这小子吹得好听。你就该是唢呐王！"

赵多："谢陛下御封之恩！"

秦始皇："赵佗，你是什么王？"

赵佗："罪臣该死。小民赵佗被百越族民称作铁匠王，外加百越大长老而已。"

秦始皇："难怪，祖辈的铸剑师，可不就是个铁匠呗。当了县太爷也真跟大长老差不多，哈哈哈……"

秦始皇略想了一下："赵佗，你还要当好你龙川县令。朕加赐你岭南虎符百越上将军，协助大将军任嚣执掌虎符，统领岭南百越三军。”

任嚣、赵佗跪接御赐虎符。

众跪呼皇帝万岁。

龙狮王、歌王、舞王同舞。

秦始皇疑云开释。

“宣朕旨意，将九龙图腾神柱，分别建在九州之九地。统称九龙九脉、九州神龙，并凿甲骨‘龙’‘九州’字之玉石，立于君山之门为大秦封山之石。朕为祖龙也！”

自此，九州通规皇帝陛下为皇天后土。

九州无王，设郡尉。赵佗依然是龙川县令。特加授上将军赵佗“九龙虎符”，代执秦始皇百越调兵之圣命。

正值此时，大将军任嚣禀道：“臣禀圣上，那谎言道士神巫者，离间大秦统合，罪孽昭彰。臣已派员监控，待行拘捕斯人。”

秦始皇：“朕知此人乃徐福之兄徐泰也。他此番潜伏岭南失手，必定逃亡东瀛去寻徐福。朕已命吴晃跟踪此公，找到徐福和他带走的三千童男、童女为止。如有叛逆，当即剿杀之。你要派员暗中盯住吴晃，不得有失。”

任嚣应道：“臣遵旨。”

百越大地，山野，江川。

大家依然只能在验兵的箭场上、农猎田野里、渔船渔火间见到他的影子。

而吴央呢？被“王者”赵佗套在农田犁架上耕田。

吴央哭笑不得，他望着赵佗背影。

赵佗道：“你不是想当王者吗？这片田地归你无疑啦。你就是这片田地耕犁的王。该心满意足了吧。”

百越君山之顶、云雾缭绕之间，屹立着新雕砌的巨身“九龙神柱”。

君山石门两侧。雕凿“龙” “九州”之字的玉石柱，成为秦始皇的封山之印。

童谣之声仿佛在风与云中悄然飘荡：

九龙图腾，
炎黄蚩尤。

百越圣山，
神龙九州。

龙祉百越，
吉祥春秋。

…………

秦始皇大呼道："天下！天之下兮。朕乃地之上、天之下。皇者，祖龙是也！"……

（史话纪言："九龙神柱"屹立在百越君山之顶的云雾缭绕处。那"龙""九州"字雕石，作为秦始皇的封山之印，迄今仍立于君山之门侧，有迹可循。）

公元前212年12月越秀为赵佗生下一双龙凤胎。长子赵越，长女赵秀。恰是"越秀"；亦含勿忘故乡守陵地的她——二秀之念。赵佗任龙川城县令六年之久，勤事农耕、昌兴养殖，开物天工始于岭南，成就稻麦之乡、五羊神传。

"天下，天之下啊……"

"天有不测风云。"

秦始皇三十七年（公元前210年）。

秦始皇再次出巡。

皇家车辇、船阵并用。

此为东巡，顺黄河陆岸东行，又沿东海西岸北去。

途中，皇家车辇船队至秦皇岛。秦始皇忽得重病。

皇家车辇、船队急转入燕赵故地津水。

正值出巡当年之盛夏，秦始皇溘然逝于河北沙丘平台。

赵高权弄之下停皇椁于平台之地秘不发丧。

斯时的大秦即刻坠入第一场朝政变局的阴谋中。

中原面临即将兵纷四起的乱局。大将军任嚣重病袭身，令百越的和合世事遭到威胁。赵佗这位太平上将军，为着维系天下一统，不得不把百越的太平之船，驶入颠簸的风云飘摇岁月。

5

秦始皇病逝于东巡途中。

赵高弄权，逼死太子扶苏，令胡亥政变登位。

胡亥愚戾暴政引发乡野举旗造反，中原烽烟四起、暴乱不止。

吴芮曾遣使诱请岭南任嚣、赵佗出兵，伐暴秦、平内乱，以雄兵重定天下。任嚣、赵佗深悉吴芮之野心，将其拒之于岭南之外，明言不参内战。吴芮自行督帅一袭劲旅，返回中原参与伐秦暨纷争天下之战。

秦朝亡，天下乱。烽烟铁马，诛戮逐杀，中原黎民复入饥荒无济、饿殍遍野之岁。

“天下，天之下兮……”

那一声声往昔秦始皇的呼喊，只化作烟云随风飘去。

大将军任嚣年老，病情加重。

忧心忡忡之下，任嚣于危急中约龙川县令赵佗来番禺任嚣城商议要事。为生养百越、避免中原战火袭扰岭南，任嚣力嘱赵佗接任他南海郡尉之职，并留下一纸大将军令，更嘱赵佗将岭南封关立国、称王。

“唯有如此，方可拒中原战乱于‘国门’之外，百越之安方可得也。”任老将军诚然叮嘱。

赵佗接此大将军令，心中翻江倒海。遂曰：“在下乃中原小民一芥，怎敢思立国称王乎？”

任嚣道：“今世已非秦也。始皇帝崩于非命，二世胡亥受蛊惑登基，且乱政无道，天下苦之。兵燹四起、叛秦相立，虎争天下，已然大乱。百姓未知所安。倘危及岭南，兵盗者来侵，割而碎之，百越部族陷于战乱之苦，十数年和合安泰之功，一朝付诸东流！唯有封关立国称王，方可拒战乱于关门之外。佗不立国，必有立国者；佗不称王，必有称王者。伊时涂炭岭南，天下割据，局不可收矣！你我百越之师助和天下乃天职也。以百越之安宁滋养时日，以迎中原仁胜一统者，归而合之，自可复得百越中原一统灵脉之盛世。岂非天赐王者之圣命乎！”

赵佗震惊，亦恍然大悟。跪曰：“在下悉遵大将军之言。”

赵佗一向“无王”的心魂，令他对亲若生父的任嚣大将军的嘱咐，虽听信，但却迟迟未敢践行。

中原纷乱战火愈燃愈烈。

任嚣老将军三个月后溘然离世。

赵佗尊其生前意愿，将大将军厚葬于西江岸畔的罗泊湾山地。

赵佗此时才面对大将军陵墓，由灵谷大师宣告任嚣遗嘱：“希赵佗封关立南越国，称南越王。”

斯为胡亥二年（公元前 208 年）。

赵佗照计筹之——谨遵任嚣举荐，诚请灵谷子做军师；重兵堵绝横浦、阳山、湟溪等南北交通隘口；强防卫，封关道，断桥栈，换守将；重整秦设象郡、桂林二郡；由龙坤夫人玉娘治理龙川县政事。

赵佗入番禺任嚣城，改称其为南越国都城。

赵佗为加固城防，将都城番禺扩拓为周数十里之大。

是年，南越王赵佗三十二岁。

（史话纪言：番禺任嚣城即南海郡城地、南越国都。即今广州市北京路、仓边路、中山路一带。现存有遗址文物。）

中原大乱。转瞬数年即过。

刘邦、项羽楚汉相争，公元前206年刘邦建汉称帝，号高祖。吴芮在秦二世遭乱之机，曾参与项羽临楚起兵，被封衡阳王。楚项亡后又投靠刘邦助力于王者之业，受封长沙侯（长沙王）。他当即遣人去桂林郡找到屯兵十万大山里的桀骏，收为上将军。

桀骏由桂林郡去长沙郡投奔。儿子由钟离氏玉娘夫人领着在梧州父母家居住。后玉娘携子随越秀同入番禺都城居住。

龙昆玉娘临危欣然受命执事龙川县政，奔走于番禺、龙川之间，深为笃诚辛劳。

不死心的吴芮进谏汉帝进兵南越，讨伐独立称国的赵佗，并自荐统兵入越。汉高祖刘邦其实甚解佗意："赵佗封关乃拒战乱、养越民，非他图也。"

刘邦于是派遣赵佗当年千杯少酒亭的相识老友——上大夫陆贾出使岭南，面见赵佗，说服其撤国归汉。

此为汉高祖三年（公元前204年）。

6

荔湾湖畔。增埗河边。

陆贾一行进入岭南，驻足在这里。

此处正是南越国宫署城之西关门外。

赵佗故意不见。上大夫陆贾一行自筑泥城、植荔树，做出不见不走、诚意等待之势。

（史话纪言：古荔枝湾畔留有"汉使陆大夫奉节驻地"遗址。至今留有古越雕文石碑。更有陆氏族裔建有陆贾城，遗存于后朝。）

红荔飘香之季。荔湾乃成荔枝之乡。

公元前203年，赵佗出城迎见大汉特使、上大夫陆贾。

汉越两意相悦，一拍即合。

南越撤国，回归大汉。

江山一统，高祖皇帝甚喜，仍封赵佗为南越王，颁赐皇朝印绶，年供牛羊马匹、丝绸布帛、铜铁器具于百越族人。南越以象牙、犀角、珠玑、名贵荔枝等奉贡中原大汉朝廷。

是年清明节祭，赵佗与妻越秀携子女登上龙脉之山祭奠中原先人。

遥望北方，心驰神往；故土乡情，感慨涕落。

嗣后年年如是。赵佗以爱妻之名命名此山为越秀山，于越秀山上修筑朝汉台，以示心潮永向中原大汉，百越有幸共存于江山一统——“天之下、地之上”……旋即在朝汉台旁设学馆，由灵谷子（是年已六十岁）任教。教授以南越王赵佗之子赵越（时年五岁）为首的数十学童，皆为五至十六岁的越汉子女。学童中有桀骏、玉娘所生之子——吕嘉（十五岁）。

吕嘉虽小，却敏而好学，才智过人，深受赵越的仰慕亲善，更得灵谷子的厚爱，亦得越秀喜欢。她与赵佗共同教授学童们赵氏武功和大武灵剑法。

吕嘉、赵越双双出众。

这一年越秀把丫鬟红荔送给灵谷子做侍女。红荔本姓湄，是岭南南方九真地带越人的长者湄阿公的女儿，随父自幼习汉文。灵谷子对红荔宠爱有加。

十八岁少女与花甲老人隐生真挚的恋情——直到许多年之后依然是红颜白发、不娶不嫁的师生恋者……本录暂置遗缺。

又是天有不测风云。十余年后。

汉高祖刘邦驾崩，惠帝继位不到七年亦离世。

吕后始独揽权谋，朝野内外风波四伏。这更加使专权的吕后大行逆正之策。

吴芮借机入朝，谗陷赵佗有谋叛大汉之举。吕后恶之，断岭南通道、绝供给。

赵佗闻之，知是吴芮作梗陷谗所至，便遣将率兵佯攻长沙郡。意在警示长沙王吴芮收手。孰料吴芮借此宣扬赵佗出兵谋反。吕后闻之大怒，差人捣毁赵佗河北故土先人坟墓——赵陵，并扬言重兵伐越。且果然派周灶、陈濞率军讨越。后遇瘟疫而悄然溃返。

赵佗闻之震怒，从长沙回兵，闭关待守，一连闷酒狂饮数日。大醉醒来，突发蹦跳，一改平素秉性，吼啸宣：复立南越国，索性改称南越国武帝。

“武帝！南越国武皇帝——俺赵佗是他娘的皇帝啦!”

定帝都番禺（今广州），行天子礼仪、颁旨皇权圣令。

此为公元前 187 年甲寅岁尾。乃为南越国武帝赵佗之元年。

奇事，奇闻，奇景，桩桩件件出现在这一年的百越、岭南。

一挂黄帷皇车——高头大马的皇家车辇，风风雨雨中一日日不停地狂奔乱跑在京都番禺古城。

在城区。在驰道。

在关口。在郡镇。

直至山野四合之地，无不驰遍。

日日夜夜。

然而，皇车里乘坐者并非南越武帝赵佗，而是随便一位轮值的将兵。

赵佗依然布衣越装，混于饮者、钓者群里。

……

7

狂驰不息的皇车。

风涛汹涌的海岸。

一直交叠着赵佗凝眉锁苦的脸颊。

岭南诸山。一道高耸壁垒。

似与吕后封绝南越国策相偶。

百越部族、客属生机、中原神脉强遭阻隔。

天之下、民之生……逼迫赵佗日日面海苦思。

沧海无语。云天无际。

放眼遥望。思邪渺茫。

忽一日，沧海翻腾的巨浪，令赵佗奇想突发。

于是，公元前180年，南越王赵佗“双子双婚”“嫁迎公主”。要王子赵越迎娶崖珠少公主；将女儿百越王公主下嫁少将军吕嘉。赵佗在他亲自主持建造的百越公子号航海木帆楼船成功下海远出南洋的大典上，完成这双子双婚的喜宴。由王子赵越、崖珠少公主率队并任船长远航，从者众。在南海郡都、番山、禺山的广府崖畔，南海神庙祭海、祭天、拜祖。仪式隆重。

王子携王子妃出海远洋。

吕嘉入赘赵佗家成为和合亲族。

人们以为王上赵佗又在要酒疯。

实在是赵佗被中原吕后逼得无计可施后无奈之计——跨海出洋，寻一条能令百越谋生的小西洋人式的风波险路。

一年后传来消息：出航远洋的百越公子号楼船到达马来群岛完成商务归来途中，在马六甲海峡遭遇大风浪。楼船遇险，新婚的王子赵越与崖珠少公主从此杳无音信。南越王赵佗以亲子失踪的代价开拓了海外的贸易之路。

嗣后，赵佗更把吕嘉视同亲骨肉，将亲家扬越钟离玉娘也接进帝都番禺同住。等待那山外的长老桀骏早些归来。

数年后海外又有信风来者传来赵越公子夫妇当年遇救，于今为异国之相的传奇消息，一时无从查证。只有这南海神庙香火传世日旺可入史话。

吕后乱政8年。在上大夫陆贾的智谋策划下，她被大将军周博抓了，处死。

汉文帝刘恒即位。清理吕后执权时的谬误，重整和合之策治理天下。又与陆贾议论召回南越王赵佗之大计。

此时吴芮已年过花甲，深觉大势已去，急忙安排后事，意在施绝计。把他长沙王的兵权全部交给手下的桀骏统领，任桀骏为大将军，并骗其吕嘉母子已在赵佗越秀山的牢中为囚，死活不知。汉文帝已决意遣陆贾再入南越说服南越王赵佗归汉。

“这是你桀骏返越成王、取赵佗而代之的最后机会。”

吴芮又道：“陆贾此行只轻装简从，百人一楼船、数十轻骑，载些朝中赐赠物品。他必路经长沙会我。我自有安排。届时你桀骏以大将军之名行虎威护卫职责，率数万兵士尾随其后，布阵于岭南关隘。

“赵佗必以陆贾诈和实攻为由将其囚之。届时你‘百越之子’自当‘营救’汉使，一举袭赵。百越族人盼子之归久矣。南越为王者非你桀公莫属也。”

吴芮如此这般嘱咐桀骏照计而施，然后就蹊跷地不知去向。其后吴芮之子吴央宣告长沙王吴芮无疾而终并举办盛大的丧礼。

这已是吴芮第二回假死。

二十年前他搞过一回。此番又意在何为？

依然又是一个谜。

8

大汉文帝元年（公元前 179 年）之秋。

遣上大夫陆贾再出使南越，说服南越武帝赵佗。

陆贾绕路长沙，经衡阳直来到五岭关外梅天山庄的一幢先祖庙宇。果然撞见了原应正在发葬奠礼之中的吴芮。

一个道：“我知你会活在这里。”

一个说：“我知你会来到这里。”

“你在等我？”

“你在找我？”

……

吴芮说服陆贾道：“赵佗仇汉之深与岁俱增。佗已陈兵五岭，设渊待临陷者久矣。君不来，佗亦发兵袭汉，今君入越境必死。莫如我吴某先自死了事。”

陆贾言笑道：“吴公多虑也。”

相邀吴芮同入南越，与赵佗三友——当年千杯少酒亭的三诗人举杯朝汉、吟诗论剑。

吴芮以不想送死为由拒之，并道：“待你为赵佗所囚，需我搭救时，方是我冒死入越之日。”

陆贾问其何由造死之假象？

吴曰：“死可试天下、试人心也。”

果然，吴芮死讯一出，为其造庙立碑的不少。岭南越秀，竟然也带使团亲自赴长沙吊唁先师。

吴央以投靠师姐为由，跟随越秀返回岭南。

长沙吊唁的人归来，一路上见汉军大队人马不断地向岭关方向运动。果见五岭关外关隘要路都布满了汉军的营垒，大有来攻岭南之势。

顿时百越上下一片疑云。

陆贾相隔二十四年再次来南越，赵佗已六十一岁。

吴芮之子吴央来到南越，首先向赵佗放出陆贾来越，汉朝征逆大军压境的消息。赵佗在越秀处得到证实，震惊，备精兵设埋伏、严阵以待。这一年春节期间，陆贾一行轻装简从入越。关隘外、山峡处伏兵如云聚拢尾随而来，屯兵其后。陆贾一行还以为是赵佗在布兵阻断可能尾随而来的汉军，或是监控他的关防阵势。

难道吴芮说赵佗仇汉的话会成真吗？

后来才知，是吴芮安排桀骏的大军尾随扎营。陆贾叫苦不迭：“吴芮害死我矣！”

陆贾自入岭关，义无反顾。

陆贾一行先去了兴安秦城（这里又改叫了越城），之后又入龙川的越王城——佗城。

佗城是赵佗的兴王之地，果然名不虚传：兵营、演练场、城楼、圣堂、孔庙、祖庙、学馆、商市、食街一派兴旺，今非昔比。

再见那越王井、龙川五华朝汉亭，则更令陆贾感慨于心……

在龙川的越王城里，陆贾与预先迎候在这里、白发如银的灵谷子老人相见，步入中年的红荔带着一班学童前后侍应着。这一双红颜白发的师生恋者，偈言谜语般为陆贾设好了对付桀骏大军的计策。

陆贾一行来到南越王都番禺，又去越王城的西关寻二十四年前住过的泥屋。孰料那泥屋早已不见了踪影，只有一幢青砖墨瓦的殿堂院落。匾额上书刻着“大汉百越陆大夫奉节行馆”字样。陆贾上前，朱门洞开，早有门童迎来。陆贾一行下榻，旋即有南越国威壮武士八人围馆守卫。

下属向赵佗禀报情况。赵佗却又不急于见陆贾。拖延时日是观察军情动静的最好办法。果然，没过两日，岭关上的兵卒飞马来报：抓了一伙潜入的汉朝兵马，押来见赵佗。得知真相却是吴芮“生前”指派桀骏率了数万大军屯在关口，就要攻打进来……

赵佗听了，雷霆变色，一剑挥起，劈断了宫门前的图腾石柱。

赵佗连声怒吼道：“汉吴勾结，谋我百越。桀骏愚枭，又来嗜血。当年你陷我十万秦军横尸遍野。今又找上门来，赵佗岂能容你？陆贾此来欺我、诈我也！给我统统拿下！”

遂命三千威壮武士，将西关会馆层层围住，扬言拿了陆贾。

随即又亲点精兵，预备杀向桀骏大营。

吴央连夜飞马向桀骏报告消息：赵佗大怒已抓捕了陆贾！又将率兵来捉拿你桀骏。汉军当先发制人，速救汉使、救妻儿，乘赵兵已分散岭南各地，各个击破、平定赵佗之时到也！

桀骏当即决定以其三千劲旅潜攻岭南雄关。

吴央见桀骏捕杀赵佗的一场血战已经掀起，径自飞马驰向湘越交界处的吴祠祖庙，去向“亡父”吴芮告喜。

年少的百越上将军吕嘉，向岳父赵佗请命，领军袭击桀骏之旅，将其擒获于三关之门。

赵佗面对吕嘉，心神如遭雷击。

陡然间明白过来——桀骏、吕嘉父子两军对垒厮杀，要在他南越王的百越清静之地发生吗？当初赵佗有意收留吕嘉母子，既是中意吕嘉的雄才，也旨在利于桀骏回归。万万没料到让吴芮给埋成了火种！

他让吕嘉解甲归帐，暂歇再议。

赵佗沉入波涛般澎湃的心绪之中。

其时杀掉桀骏是一计之间的事。可是……

他面对狂风惊涛，面对自己的妻儿，头一回把自己推向了亲杀命运的渊谷。

吕嘉去告别母亲和妻子，并告知自己也许会连夜出击迎战桀骏。

母亲玉娘才告诉他桀骏是其生身父亲的实情……

整个家族处在情感的波涛颠簸之中。

赵佗一夜不宁。

9

赵佗问天、问地，问风云、问星海。

风云、星海引他回到一幕幕往事中：

灵谷沙滩上越秀姑娘的出现。

她在嬉笑、她在舞剑、她的说词、她的倩影……

灵谷子也出现了。大地沙滩上书的“和”字。

桀骏与屠睢两军在残忍地厮杀……

龙峰下的秦、越大墓地、大坟场。

突然，那桀骏飞马挥剑向他赵佗刺来。

他惊醒。越秀站在他的面前。

越秀也在讲说着一个“和”字。

赵佗便道：“当年秦攻越，剑在我手，我说‘和’字，越自得和；如今桀骏攻我，剑在桀手，我言‘和’字，岂不我死？”

越秀曰：“‘和’乃天字无形之剑。佗君之言当自思。”

赵佗欲驰马去寻灵谷大师问计。

灵谷子恰已登门自来，为其计曰：“‘和合’二字也。一计柔其杀气，二计困其锐力，三计以平可成鼎力。尤人乡情，和合可得焉。”

王者赵佗思忖，领悟，点头称是。

瞬间改变决策，急命韶关沿路越军：偃旗息鼓，撤出营谷，不得交战。

……

电闪雷雨之夜。

桀骏三万军骑一路带着杀气驰骋而来。

越兵营地。空营。空谷。

桀骏大为吃惊。

难道这是《孙吴兵法》的“空城之计”？

他不敢贸然前进了。

他布军阵为三节，每隔百里设伏兵扎一营。

桀骏单骑执剑在先，后跟他的三千精骑，沿秦时修造的驰道，星夜疾驰，欲以旋风之势一夜扑向番禺城，拿了赵佗，解救陆贾，寻得妻儿老母。

哪想一夜大雨瓢泼，雷击人马。待天亮雨晴，已是人困马乏。桀骏四望盘算，行程刚过一半，不得不选一处林密崖谷歇息。

日上东山。

遥见山间村落，鸡犬声中炊烟袅袅；水田里有耕者吆牛劳作。草地牧歌，江流渔唱；山风来处，万木花香。

牧歌起处，一位老者赶着一辆水牛驾辕的大轱辘车，悠闲地在草地上走过来。车上坐着几名学童，口里唱着怪歌，叽叽喳喳地为桀骏送来解暑气、平饥渴的汤水。

老者在怪吟着：

叮叮复叮叮，
将军岭上行。
三千刃血剑，
如今父子兵。
…………

桀骏喝着家乡的凉茶，望着老者赶车的背影远去。品着那似懂非懂的吟唱，一脸莫名其妙。

想不到那老汉却是灵谷老人。

久别的乡情，袭痛桀骏。他花白的须髯一阵阵抖动，苍老的眼窝里滚落出泪滴。

箭在弦上。

一路飞马驰奔，桀骏来到一条江河的岸边。

又见风帆点点。渔歌起处，一只渔船已经靠岸近前。

那半倚卧在船头的老渔人正是刚刚巡视完水军的南越王赵佗。

那年轻的撑篙船工正是少将军吕嘉。

江河拦路，战马难渡。

桀骏焦急地在马背上呼叫船只。

“请问将军要买鱼吗?”船工吕嘉问道。

赵佗吟唱着：

江鱼湖鱼美，
备好买鱼钱。

桀骏吼道：“买你个头！领我找到水浅处，马队过河。”

赵佗吟道：

船在水上行，
焉知水深浅?

桀骏：“这里当年没有江河，怎么一转眼就——”

赵佗唱：

时光西来水，
岁久自行船。
战马随人老，
何不改渡船?

桀骏：“少废话，快把江里的船全给我叫过来，战马上船!”

赵佗继续唱：

兵卒伐木造，
不过半月天。
徒劳百姓苦，
将军何安然?

桀骏：“本将军要尽速杀到番禺越王城，与赵佗对剑!”

“莫非你是桀骏桀大将军不成?”

“在下正是。怎么着?”

“哈哈哈……失敬、失敬。”赵佗笑道，“南越王向以辑和百越为良策，何以将军以刃血之剑与之对决?”

"他将我的妻儿老小囚禁在大牢里。怎可不与之对剑？怎可不与之一决生死？"

"将军此言差矣。赵佗以百越长者为父母，以青幼少者为兄弟子嗣，你瞧这位阿哥，可是贵公子……"

桀骏看一眼气宇轩昂的吕嘉，不由得心中一抖。

"按说我的儿子也该是他这般年纪。可是这等越人靓仔怎会成为他赵佗的子嗣！"

"赵佗也自视是百越子嗣。"

"少废话。桀骏此行就是要讨回儿子，你却在这挡道啰唆。"桀骏定睛看时，眼前这人的打扮装束如同越汉杂处的猎户或船民，额发齐眉，披发过肩。

"你是赵佗的说客？那就先吃我一剑！"

桀骏下马，一剑刺过来。

赵佗一剑抵过去。

两口剑如风绞雨、雨绞风。一场高手的对剑决战在江畔展开。

江里小船上的百越渔民都握紧了暗藏的兵器，关注着这场异常的对剑。

桀骏剑路露出阴险。

旁观的吕嘉跃身出剑，一击一点，为赵佗解了。

赵佗剑锋使出怪招。

旁观的吕嘉飞来横剑，一掂一挡，为桀骏平了。

当赵佗、桀骏双剑如风如闪、死缠难解之时，又是吕嘉出剑，三股旋风绞在一起，忽天忽地、忽东忽西，翻翻卷卷、腾腾跃跃，旋得昏天暗地。

是吕嘉以一剑维系着那二剑的均衡互制。这三剑精彩地鼎力，是古今对剑的奇绝境界。三方都体会到了大武灵剑法的极高妙用。

终于，吕嘉猛然间抽手撤剑，三股旋风失了支点，立即落地而息。三剑罢手的瞬间，赵佗、吕嘉就已飘回到小船上。

赵佗道："劳将军小试牛刀，幸会也。沿江下行百里，自有渡口木桥。越王城里，赵佗正大开城门，坐等将军哩……"

不解其意的桀骏，又是一头雾水。

赵佗、吕嘉一老一少又吟唱着驾船走了。

……

桀骏的汉装骑兵队阵，在困顿中东摇西晃地行走，渡过了那江的渡口，向番禺城进发。精骑三千离离散散，昏昏欲睡。桀骏心中积压着理不清的疑团。

此时，西江进入珠江的主河道上，一只乌篷渔船上，正坐着黄衫吴芮和前去接他的公子吴央。他们顺流飞快地向番禺城驶去。

在西关的江埠上，他们停船上岸。站在那里相迎的是灵谷老人和他的几个学童。

“我知你会活着过来这里。”
“我知你会等在这里接我。”
“我知你会见到许多意外。”
“我知这意外会令你惊奇。”
“哈哈哈……”
奇怪的笑声遮盖了这些奇怪的话语。
灵谷子把吴芮引进了西关行馆的朱红大门。

荔湾湖畔的红荔已缀满枝头。
荔园行馆里，赵佗与陆贾正在饮宴。
灵谷老人引着道人装束的吴芮进来。
赵佗意外地一震。
当年的树下三诗人——赵佗、陆贾、吴芮都惊呆立在那。

黄昏色重。夜幕初临。
桀骏的骑队一路驰来。
突似一只狡黠的兽，悄然停下来，坐马观望。
番禺越王城的影子出现了。不见兵马守卫，不见一个人影，一片沉寂无声。前方探路的哨兵跑回来对桀骏摇头。
桀骏狐疑了一阵，一挥手。
大队军骑燃起了长长的火把。
一阵风围在了南越王宫署——越王城楼之下。
桀骏大声吼着叫阵：“叫赵佗出城对剑！”
良久无人应声。
桀骏又恶言挑衅：“赵佗你听着，你囚禁了我的妻儿，又关押了汉使陆贾，我桀骏与你势不两立！快快出来与我对剑。再不开城门，万箭射火，烧了你的王宫！”
转眼间城楼上灯火通明。城门大开。
抱剑而立的竟是那位船上少年——吕嘉。
桀骏面对着健壮的他，震惊地立在那儿。

10

吕嘉回身鞠躬。
恭迎而出的是一位贵夫人和一位白胡子长者。
好久，桀骏才辨认出这是老母亲和老岳丈钟离老阿公。
搀扶两位老者的一位是玉娘、一位是衣着华贵的姑娘。

城内无一兵一将可杀。

赵佗呢？人已在西关。

这一幕令桀骏如坠五里云雾，又似升上了九霄银汉。

他已无须多话——深拜老娘，母子相见；叩拜老岳丈钟离老阿公。

妻子携少将军吕嘉父子相认。

家族老少意外地团圆于王城……

亲人相聚。黑白正反。真相大白。

妻子玉娘数数落落。桀骏痛悔，老泪潸潸。此后之事，时空遗记。只有摩崖斑驳不全之刻诗为证：

以剑寻仇决生死，
原来仇怨是亲缘。
须发忘年风云逝，
多情日月旷人间。
…………

诗不吟完，马不落鞍。

他桀骏知，那吴芮正怀揣着毒害赵佗和汉使陆贾的东西飞马风驰赶往西关行馆。

西关行馆里。

当年千杯少酒亭的三诗人在红荔湾的大客堂里把酒论剑言诗。

赵佗把酒、弄剑，借以论道——一件一件痛数吴芮的阴谋诡计。

赵佗大声言道：“自大秦始皇帝进兵岭南日起，前设陷后追剿的是你吴芮；挑仇设陷、令桀骏与屠睢混杀的，也是你吴芮。对否？在汉高祖面前谗陷赵佗称王谋反的是你吴芮；在吕后面前谎称赵佗起兵犯汉的也是你吴芮。对否？借吕后之怒遣人拆毁我先祖赵陵的是你吴芮；此番笼络桀骏，尾随陆贾，妄图以疑兵之计制造越汉桀骏三方仇疑格杀，想从中得大利者又是你吴芮。对否？”

……

吴芮悠然地饮酒点头，神情自得。

赵佗正色道：“其实此刻我可以立马将汝斩为三截！”

“慢着。还是给长沙王听听大汉皇帝的御笔信函的好。”陆贾插言，恭示汉朝文帝的亲笔信卷，上备述吕后篡政八年之过，晓以大汉一统江山之深意，并告之当朝已重修赵陵于真定县，派有专人祭守陵墓、抚恤赵氏家族亲眷……相劝赵佗南越撤国、免帝号。南北和合。同归大汉朝一统天下。

文帝御函，劝慰言辞恳切。

赵佗恸怀感激，不禁热泪盈眶。

“佗诚真应诺，臣归大汉！”

当即喻枢秘官复信汉帝刘恒。

吴芮此时执剑举觞饮酒而后吼曰：“迟了！迟了！都迟了！”

吴芮旋身而起宣喝道：“请听外面兵马的嘶叫声吧——桀骏的三千军骑已经拿下南越王城。文帝的圣旨和诏书自不必再行宣读，都不属于你的了。哈哈哈……”

正于此时，闯进来一位须发皆白的武士——桀骏，身后跟随着少将军吕嘉。

吴芮高声道：“桀骏将军，该是你亲手把上大夫陆贾、南越王赵佗一一拿下了。快与我动手！”

桀骏却命相随而进的三大武士拿下、捆绑了吴芮。

桀骏俯身躬拜赵佗，汗颜谢罪，连称：“归越、归越！”

赵佗双手将桀骏扶起，笑称：“归越就是归汉、归汉！”

南越王宫署的大殿里。

接旨封绶大典正在举行。

陆贾高声宣旨：“赵佗听旨！大汉朝文皇帝曰，念赵佗竭半世之心力，合辑百越、神牵家国、心系大汉。令皇恩声教，育化岭南苍生。今又欣然撤国号回归我大汉朝，天下一统。日月之心，当朝共仰，百越共襄，功不可没。皇封赵佗为大汉朝岭南百越之地辖主，御封赵佗南越王。加赐大汉天子‘文帝行玺’金体龙身玉玺印绶，代天子行岭南事……”

赵佗跪伏接旨。

桀骏双手托出祖传的那柄古越王者之剑，献给赵佗。赵佗接剑，请陆贾转献大汉天子……

汉越和合的古越歌舞——《百越大歌》潮涌般响起。

山脚下的牢洞门里。

黄衣吴芮，他已成孤单的洞牢之囚。

他老眼蒙泪，俯首垂眉，双手合十……

人间《百越大歌》伴随着王者鼓乐在上空回旋震响……

吴芮与毛氏女诗家当年同舟放歌洞庭的诗音却不时混入：

我欲与君相知，
长命无绝衰……

山海来风，吞没了吴氏诗家心中的最后绝唱。

“天下长安万岁！”

“大汉朝天下万岁！”

山呼海啸般的欢呼声中，镌刻着“文帝行玺”大字的龙纽金印一方，被放在一面如圆月的水晶石盘上，由陆贾送过来。桀骏等四位壮悍武士相护于后。

赵佗伏跪大拜，起身接过水晶石盘金玺……

“哦。天下。天下啊……”

这人界之上、云天里呼喊出的声音，悄然间又化作沉吟妙语，缭绕于岭南群峰、中原大地。

赵佗热泪纵横。

龙玺

这一日之来临，年老的赵佗，重新走回他当初、又不是当初年月的那场离奇梦境。

已不是浪迹中原。他来到一处岭南客家乡野大河边的青石台上。天云迷蒙中走来那位道人模样的老者，好似灵谷子。身后紧跟了那只大得惊人的黑狗山豹，围着赵佗亲热。

那狗引了他。

他随了那狗。

行至一处高山大岗之地，已不再是孤怪的山洞里。

满天宇响彻着那灵谷老者的声音，却不甚清晰。

忽来一阵清风。白云翻滚如阵。

托起他轻如鸿羽之身。飘忽而动，来到那三圣峰下。一道金光闪射中。遥见那三祖巨身神影。紫鹊界云桥从群山梯田间升起，飘然而来。紫云下聚集朝圣者人众如海。上方龙闪无声，其形耀天，却是一片万里碧空。圣祖含笑而指。他如云之身就又飘至了大汉长安、岭南佗城、兴安灵渠、百越龙川……

虚虚幻幻之中，那如阵的白云载着他，直飘回岭南云下那叫作白云山的“客乡”神地。

此地亦称飞鹅岭。白云如海，仙气十足。

那黑狗山豹却从深峡林莽中跑出，引来一人——傩面神巫。

那神巫手中摇晃异物，放言怪笑道：“赵佗，你的玉玺金印已落在我手上!”神巫得意轻飘而起。

赵佗急欲追赶，双腿却如绊了藤索，行动不得。

神巫笑道：“民谚曰：‘大盗窃国，小偷窃财，神偷盗印。’本大神名不虚传也……在下将把你的玉玺金印埋进深山古洞。千年万年之后或可得见天日也。”

那神巫的怪笑飘落深渊。扬言将去东瀛小岛，与兄弟同道为仙是也。言尤未了，影子瞬间消失。

那被盗的玉玺呢?

赵佗拼力挣脱羁绊，飞身而起正欲追去。

迎面一人含笑而出将他拦下，却是灵谷老人。

“妖言惑众。”灵谷子道，“无须理睬。神巫乃我百越永久的噩梦。”

赵佗更为飘忽，曰：“我刚刚游历这场噩梦。”

“与君同梦。”灵谷子道，“随我同行。可解大梦也。”

灵谷子携赵佗驾云雾而漫步，恍若置身云船星舟。

一个未来来世的无解之梦。

山驰云飞、江海巡转。如航时光之海。

仿佛踏入了那一千年、二千年之后的一方天下人城万象之中。那是一处光怪陆离的所在，天河星汉，浑然一体，灯火流萤、霞彩飞虹、交晃驰骋……蓦然间足下这白云山脉飞鹅岭上，兀立起一座高阶亭台。上有越、汉四方武士壮汉举臂托肩，高高撑起一方巨型宝石皇玺——雕有“文帝行玺”汉隶大书的龙纽天子大印，威壮雄伟，高耸云天。

那龙玺图腾的巨大神秘身影升腾而起。

承接着那天空北斗七星处不时飞来的雳闪“龙”光。

正汇入那四颗亮星分立东西南北的南十字星座。它东迎日出，西送日落，以星为标，引领小西洋号航船东行。往返于这日出之海，留下亚细亚的洲名；这十字星座北接北斗，南通南庚，和合四面八方为一体，实乃世事共和、共生之吉祥天符。九兽神龙复现神州百越之地得福啦！

“啊，天下。天下啊！”

……

那巨声。那巨光。那巨响。那巨像。

一同盖过赵佗长梦中的呓语和呼喊。

一梦醒来。眩迷不知岁月的一片天地——他居身的白云山地。头上正是那南十字星座，闪着光亮。

那山、那石、那人、那狗，那灵谷老者都无了踪影。

……

此梦留有的奇境，此刻却航越过百年时空，回观了赵佗的命运行迹。从百越大长老、太平大将军、岭南王者。跨过一千年、二千年、三千年的时空如航来世、未来。

“如来。如来……”

如来未来之世。于今，可见古都广州城耸立有高台巨亭。四方越、汉部族壮伟武士托扛起“文帝行玺”一统天下的巨型印玺石雕。亭台伟岸，耸入云天。其壮观之势，集纳古今浩气，堪喻中华天下之最。此百越城史标识之极品，正是赵佗千古梦境的神奇写照。回观了中华一统天下的百代国运行迹。

当赵佗不断从长梦、新梦中醒来，他已是 103 岁老人。

在岭南从县令到护越封关立国、诚心期待归汉、两度复封王者，临政 67 年……他的一生，以大易周天、中易社稷、小易世人的智慧和合百越族人与客属宗亲，留下了维护华夏一统的千古和合风范；留下了胜迹广州古城、龙川秦县，以及扬帆海外的神奇身影……

“王者”玄迷无数；“无王”二字却充填了“王者”的实写。“九兽神龙”图腾的背景苍穹，写满着一个漫天宇巨大的闪形“龙”字。

古传炎黄东移迷途，龙马出黄河献河图、神龟出洛水献洛书。

洛书河图、天授神物皆归为一个“九”字。“九”即为“龙形”。

“九”为终极、开启无极之神数、天数、大数。

那“龙”字的摩崖甲骨刻形“九”字的“大天下”之数数，衍传古今——九天、九霄、九龙、九脉、九州……

一个祖先甲骨“九”字的天谜神龙。如今却在天宇的运图上得到了天大的“十”字。“十”字为圆为满。和合乃成。龙国行玺，和合百越，玉成南十字星下福祉之地，是天授神命、回报神命于天地人间也。

那闪。那龙。那字。

仿佛在发出历史的呼喊——天下，天之下……

那风。那云。那雨。

来去间留下那位大道者言——“王者非王”的天下人间大哲。

祈悟“龙图腾”之神州天道。

摩崖有灵谷刻诗曰：

天地齐合掌，
双手合为十；
千秋共和日，
人界太平时。
…………

那神秘碑诗。那十字星座下的纽龙玉玺。那人间图腾。那梦中的大城、来世。

天下。地上。

万物。人间。

古今。如来。

……

初稿 2000 — 2005 年
改竣 2012 — 2016 年
于广州暨南园